# Petróleo

Pier Paolo Pasolini

colecciónotraslatitudes

# Petróleo

## Pier Paolo Pasolini

Traducción de
Miguel Ángel Cuevas

Nørdicalibros
2025

Questo libro è stato tradotto grazie a un contributo del
Ministero degli Affari Esteri e della Cooperazione italiano

Este libro ha sido traducido gracias a la Ayuda a la traducción del
Ministerio de Asuntos Exteriores y de la Cooperación italiano

Título original:
*Petrolio*


C/ Doctor Blanco Soler, 26 · 28044 Madrid
Tlf: (+34) 91 705 50 57
info@nordicalibros.com
Primera edición: octubre de 2025
ISBN: 979-13-87563-99-8
Depósito Legal: M-19430-2025
IBIC: FA
Thema: FBA

Impreso en España / *Printed in Spain*
Imprenta Kadmos (Salamanca)

Diseño de la colección: Filo Estudio e Ignacio Caballero
Maquetación: Victoria Parra
Corrección ortotipográfica: Victoria Parra y Ana Patrón

## Nota preliminar

*Petróleo* es una novela (el de *Novela* sin más, precisamente, es uno de los títulos que Pier Paolo Pasolini tomó en consideración para el texto) cuya primera edición, al cuidado de Graziella Chiarcossi y Maria Careri, fue publicada por Einaudi en 1992, diecisiete años después de la muerte de su autor, que en el transcurso de la obra se refiere a menudo a ella como «poema», en la común acepción italiana de 'poema narrativo' (y ya en esta denominación es detectable la presencia de Dante Alighieri, cuya *Comedia* es uno de los cimientos en los que el poeta y cineasta boloñés funda su escritura). Como también es detectable tal presencia en otro de los títulos barajados por el autor, *Vas*, una referencia cruzada a Dante y a la figura de san Pablo (es de recordar que Pasolini se ocupa durante varios años y en distintas fases —a partir de 1966— en preparar una película sobre el santo, proyecto que no superó el estado de guion): el poeta florentino se refiere al apóstol como «Vas d'elezïone» (*Infierno*, II, 27), en una cita híbrida latino-italiana del «vas electionis» de los Hechos de los Apóstoles (9, 15), que la Biblia de Jerusalén en su edición española traduce como «instrumento de elección» y que la mayoría de las versiones castellanas de la *Comedia* dan como «vaso de elección»; pero el término *vas* podría también esconder una alusión al crisol alquímico, o a un gran recipiente, un 'calderón': *cialderon* en friulano, *calderone* en italiano, en su acepción figurada de «recopilación extremadamente confusa y caótica de cosas dispares y discordantes» (*Gran diccionario de la lengua italiana*). En efecto, el material que constituye *Petróleo* (preparado y acumulado por el escritor, sin que sea posible una mayor precisión, al menos desde la primavera de 1972) es una considerable mole compuesta por más de quinientos folios mecanografiados (casi siempre con anotaciones añadidas a mano) y en menor medida manuscritos que abordan materias heteróclitas mediante estrategias formales heterogéneas, a menudo de trabazón ostentosamente incierta, en un estado textual que oscila entre la página de impecable hechura, pulida, y el boceto, con absoluta prevalencia de este último. Se trata de una obra de obvio, y exhibido, carácter incompleto; en el original abundan marcas autoriales de distinta naturaleza, indiciarias de la supuesta intención de Pasolini de volver sobre sus páginas para reformularlas. Asimismo obvio y exhibido es su carácter predominantemente fragmentario y su no rara dicción titubeante, con la disyuntiva expresa entre variantes y redacciones alternativas. Pero no ha de perderse de vista que la precariedad y el desaliño propios del esbozo y la voz narrativa promiscua se deben a una precisa y explícita voluntad. Mediante una mezcolanza de registros «magmática, desproporcionada y anómala» (apunte 131) se entreveran pasajes de alta densidad expresiva con otros cuya impronta es la comunicación despojada, parca, esquemática; y todo ello en un texto que expone sus suturas, en bruto, del modo más crudo, sin desbrozar, en su aparente camino de llegar a ser lo que aún no es; o dicho de otra manera: en un texto que se autopresenta como inacabado, *in fieri*. De suerte que se tiene la firme impresión de que esta textura trunca, descabalada, nunca habría alcanzado, en ninguna circunstancia, por su propia y resuelta constitución, la consistencia de lo cumplido, de lo *completo*; se tiene la impresión de que su forma es el despliegue de las tácticas de búsqueda de la forma, la mostración del imposible hallazgo de forma alguna plausible, y por tanto su traza no puede ser sino la del sondeo, la del atisbo. Y tal tentativa se desvela, desnuda, en todas y cada una de sus fisuras, en su ser desparejo, atrabiliario y deslavazado.

Por otra parte, como cualquier atento observador pasoliniano está en condiciones de advertir, el último libro que el autor entregó a su editor poco antes de morir, *La divina mimesis* (un guiño, de nuevo, a Dante, guía ideal entre «fragmentos infernales»), es una obra formada, en su concreción o en su intencionalidad declarada, por «páginas pulidas y páginas en estado de esbozo», por anotaciones «casi ilegibles»; bosquejos y notas en dispar amalgama, en uno de cuyos pasajes, titulado «Apuntes y fragmentos para el canto IV», se lee: «nuestro saber es una forma. Y la forma del mío —por más cosas que venga yo a conocer, por más experiencias que pueda yo tener— siempre será la misma». Pasolini, en *Petróleo* (obra terminal, como *Salò o los 120 días de Sodoma*, la película póstuma, en algún sentido su contrafigura), tensa hasta el extremo, hasta la aporía (en su significado literal: hasta un *paso impracticable*), la abjuración o desmentido de la forma. O de la vida: de la insignificancia del saber y la experiencia.

Viniendo a lo menudo, el lector no podrá acogerse a la certeza tranquilizadora de que determinadas discordancias en el nombre o el origen de algunos personajes, o los saltos, repeticiones o en general el relativo desorden en la numeración de los distintos «apuntes», habrían de ser subsanados, concertados, en una presumible e hipotética redacción última; o de que habría de hacerse lo propio con la puntuación descuidada, o con algunos anacolutos o construcciones agramaticales, o con las profusas reiteraciones léxicas; o de que serían introducidos ciertos desarrollos discursivos allí donde lo que se encuentra es una señal (V) que aparentemente lo prevé; o de que serían subsanados los vacíos donde asimismo unas marcas (series de xxx) avisan de que han de precisarse determinadas alusiones. No. El texto es tal cual: cumplido en su inacabamiento.

En cualquier caso, teniendo en cuenta que la factura inmediata, visible, de la novela permite casi asistir al proceso de su elaboración al exhibir las trazas de su fragmentariedad (se interprete su innegable precariedad como síntoma de un estado aún irresuelto, o bien como fruto de una consciente y articulada opción constructiva, o como ambas cosas a la vez), es preciso, para su cabal lectura, considerar el valor de los signos recién referidos, además del que constata la presencia manuscrita de palabras de difícil desciframiento (‹?›), lo que genera en conjunto un estado textual plagado de lagunas. Y de adherencias: las mencionadas variantes.

Por razones editoriales, en la presente traducción los marcadores tipográficos originales se han mantenido solo allí donde el texto de otro modo resultaría incomprensible o se vería comprometida su coherencia sintáctica; y se han eliminado otros, abundantísimos: los que identifican muchas de las redundancias para su eventual revisión. El propio Pasolini preveía una «edición crítica» de la novela, tarea a la que han ido contribuyendo sus sucesivos editores; y aunque es obvio que aspirar a semejante objetivo no forma parte de la naturaleza de una traducción, sí es posible sin embargo dar a través de ella razón aproximada del texto también desde el punto de vista ecdótico, poniendo de manifiesto los titubeos, los tanteos de una intrincada escritura. Las distintas opciones barajadas por el autor para determinadas expresiones se dan en nota como variantes, en el caso de que no sean simples sinónimos, o, de serlo, si traslucen un apreciable cambio de registro (y allí donde han parecido más adecuadas las lecturas de las tres primeras ediciones sobre la cuarta y última —cfr. *infra*—, se ha especificado). El sistema de notas es doble: las que se hallan a pie de página, indicadas con un exponente numérico correlativo entre paréntesis, son autoriales, y forman pues parte de la obra; las señaladas con el mismo procedimiento pero sin paréntesis y ubicadas al final del volumen (algunas de cuyas informaciones, al igual que ciertas noticias de esta introducción, han sido ya ofrecidas por los comentaristas, especialmente por Silvia De Laude y Walter Siti, como se hará constar), son propiamente las notas a la traducción y su propósito fundamental (entre otros, como el de reseñar ciertos sesgos o procedimientos característicos y evidenciar algunas erratas) es situar al lector hispánico en una posición no demasiado despareja respecto a la recepción de su homólogo italiano, que previsiblemente poseerá las referencias en ellas consignadas. Queda así al arbitrio del lector privilegiar en la fruición del texto una fluencia de ritmo intermitente, o subrayar la intermitencia misma asistiendo a través de las notas finales a las constantes dudas sobre su conformación; en la certidumbre en todo caso de que, autoriales o no, las notas nunca suspenden ritmo sostenido alguno, porque no lo hay.

Tras la primera edición de 1992, Mondadori publica una segunda, en 1998, a cargo de Walter Siti y Silvia De Laude; en 2005, de nuevo Mondadori, saca una tercera, al cuidado exclusivo esta vez de Silvia De Laude; en 2020, en fin, con motivo del centenario del nacimiento del autor, aparece en Garzanti una «nueva edición», la cuarta, a cargo de Walter Siti y Maria Careri. Las tres primeras ediciones apenas difieren entre sí. La última, sin embargo —además de reorganizar la ubicación de algunos materiales, incorporar anotaciones al margen, corregir en contadísimos casos lecturas precedentes o subsanar ciertas mínimas lagunas—, incorpora hasta en cuarenta y cuatro ocasiones, señaladas oportunamente en nota, fragmentos de texto (desde enteras cuartillas hasta párrafos, frases o simples palabras, aportando a veces la fotografía del folio original) que las anteriores omitían por presentar diversos tipos de tachaduras u otras marcas para su exclusión. Esta última edición es la base para la presente traducción, que sigue su sistema tipográfico por lo que hace al uso idiolectal de las mayúsculas, a las palabras o expresiones subrayadas (nunca se recurre a la cursiva, ni siquiera en los títulos de obras o cabeceras de periódicos y revistas), al empleo de asteriscos, corchetes u otros signos auxiliares, que son siempre los del original; no reducir a norma ortotipográfica tales particularidades (a veces incongruentes) da, se diría, la medida visual, *física* del texto: permite casi observar, sin más mediaciones que las estrictamente imprescindibles, la mano que escribe o que teclea.

Precedido por un paratexto liminar en forma de carta, el epígrafe de la novela (el verso que da título a un poema de 1931 de Ósip Mandelstam, algo anterior a su confinamiento en el gulag estalinista) suscita de inmediato una cuestión: ¿es *Petróleo* una obra sobre el poder? El conjunto del texto induce a una respuesta afirmativa, y tal es la opinión de la mayoría de la crítica. Pero, también desde muy temprano, ocupan la escena otras dos temáticas, la disociación y el erotismo (un erotismo violento y ritual, orgiástico y velado de notas mortuorias): ¿no será esta la matriz de la novela? Otra parte, minoritaria, de la crítica es de este parecer. Ambos planteamientos juzgan insuficientes e inadecuadas las razones del otro: para los que consideran la obra como fruto extremo de una escritura urgente, de intervención y compromiso civil, no cuentan las razones de quienes la ven como la prueba cuasi alucinatoria de una obsesión por los mitos y la sacralidad del mundo arcaico; y viceversa: no sufriendo los primeros el tufo místico de los segundos, ni estos el simplismo instrumental de aquellos. Walter Siti, en el epílogo a la última edición, sostiene sin embargo la posible compatibilidad de ambas posiciones, aunque propende sin ambages por la primera, privilegiando la interpretación sociopolítica hasta el punto de acompañar el texto de la novela de cinco «documentos», a modo de testimonios: discursos, conferencias y artículos periodísticos acerca de las luchas intestinas en el ámbito de los hidrocarburos. La presente traducción prescinde de este dosier.

Acaso el propio movimiento oscilante y trepidatorio del texto (si vale la metáfora sísmica), habida cuenta de la indiscutible centralidad de las tres temáticas antes aludidas en el entero universo artístico e intelectual de Pasolini, consentiría —quizá requeriría— evocar la admonición de uno de sus personajes, la Sombra de Sófocles, en la tragedia *Fabulación* (que se abre con una cita de Sade: «Tal vez las causas son insignificantes para las consecuencias»): «no es un enigma lo que se plantea… *es un misterio*».

Concluida esta versión de *Petróleo*, quiero evocar la figura del pintor friulano Giuseppe Zigaina, amigo fraterno de Pier Paolo Pasolini, que acompañó y condujo su cuerpo desde Roma hasta Casarsa della Delizia, y allí lo hizo sepultar plantando sobre la tumba un renuevo de laurel que cincuenta años después es casi un árbol. Zigaina me regaló y trajo a Sevilla, en 1992, la recién aparecida primera edición de la novela, cuando preparábamos —con su supervisión, mi traducción y la dirección escénica de Sara Molina— el estreno español de la tragedia *Orgía* que Pasolini había escrito (como todo el teatro de la madurez) a finales de los años sesenta. Artista excepcional, escritor ocasional extraordinario, apasionado y minucioso exégeta pasoliniano tratado con complacida suficiencia, cuando no desatendido o ignorado, por la crítica académica oficial, Zigaina interpreta la obra del amigo como un proyecto expresivo fundado sobre la muerte: no sobre la *idea* de la muerte, sino sobre la muerte acontecida, la del propio autor, como acto y gesto definitivos, definitorios, literalmente transcendentales. *Petróleo* sería el sello último, entre el enigma y el misterio, de tal concepción y ejecución de la *obra como muerte*.

Cual sugiere, quizá, la propia novela, invoco la *epojé*, la suspensión del juicio (escéptica o fenomenológica, tanto da). Y dedico este *Petróleo* castellano a la memoria de Giuseppe Zigaina.[(1)*]

M. Á. C.

---

[(1)*] Una vez más, agradezco a Trinidad Durán Medina su atento, generoso y eficaz escrutinio de la traducción.

Querido Alberto:[1]

Te mando este manuscrito para que me aconsejes. Es una novela, pero no está escrita como lo están las auténticas novelas: su lengua es la que se emplea en la ensayística, en determinados artículos periodísticos, en las notas críticas, en la correspondencia privada (que se sabe que antes o después habrá de publicarse), o incluso en la poesía; raros son los pasajes que pueden llamarse decididamente narrativos, y en tal caso se trata de pasajes tan declaradamente narrativos («pasemos ahora a los hechos», «Carlo caminaba», etc., aunque por otra parte se trate de una cita simbólica a este respecto: «Il voyagea...»[2]) que más recuerdan la lengua de los guiones o de los tratamientos que la de las novelas clásicas. O sea que se trata de «pasajes narrativos en sentido estricto» elaborados «aposta» para evocar la novela (que es precisamente lo que se hace, de modo sumario y aproximativo, en los guiones).[3]

En la novela por lo común el narrador desaparece, y ocupa su lugar una figura convencional que es la única que puede establecer una relación auténtica con el lector. Auténtica precisamente porque es convencional. Tan es así que fuera del mundo de la escritura —o si prefieres de la página, o de su estructura, tal como se presenta para uno del oficio— el verdadero protagonista de la lectura de una novela es, claro, el lector.

Pues bien, en estas páginas yo me he dirigido al lector directa y no convencionalmente. Lo que quiere decir que no he hecho de mi novela un «objeto», una «forma», obedeciendo en consecuencia a las leyes de un lenguaje que asegurase su necesaria distancia respecto de mí, anulándome casi incluso, o a través del cual yo me negara generosamente a mí mismo asumiendo con humildad el papel de un narrador idéntico a los demás narradores. No. Soy yo quien le habla al lector, yo en persona, el mismo que te escribe a ti esta carta, el mismo que a menudo escribe poemas en italiano.[4] He convertido la novela en un objeto, no solo para el lector, también para mí; y he situado tal objeto entre el lector y yo, y juntos lo hemos sometido a discusión (como puede hacerse en soledad, escribiendo).

Llegados a este punto (tal es la razón de esta carta) podría reescribir desde el principio y por entero la novela, objetivándola: es decir, desapareciendo en cuanto autor real para asumir el papel de un narrador convencional (que es mucho más real que el real). Podría hacerlo. No estoy desprovisto de autoridad, ni falto de arte retórica, y tampoco carezco de paciencia (no desde luego de esa paciencia ilimitada que se tiene en la juventud); podría hacerlo, repito. Pero si lo hiciera, tendría ante mí un solo camino: el de la evocación de la novela. O sea, no podría hacer otra cosa que recorrer hasta el final el camino que naturalmente he iniciado. Todo lo que en esta novela es novelesco lo es en cuanto evocación de la novela. Si diera cuerpo a lo que aquí es solo potencial, es decir, si inventara la escritura necesaria para hacer de esta historia un objeto, un artefacto narrativo que funcione por sí mismo en la imaginación del lector, por fuerza debería aceptar esa convencionalidad, que en el fondo es un juego. Ya no tengo ganas de jugar (en serio, hasta el final, o sea aplicándome con total seriedad); y por ello me contento con narrar como he narrado. Este es el consejo que te pido: ¿lo que he escrito alcanza a decir digna y poéticamente lo que he querido decir? O, por el contrario, ¿sería preciso reescribirlo sin más todo en otro registro, creando la maravillosa ilusión de una historia que se desarrolla por su cuenta, en un tiempo que, para cada lector, es el tiempo de la vida que se ha vivido y permanece intacta a sus espaldas, revelando como auténticas realidades aquellas cosas que habían parecido simplemente naturales?

Querría que tuvieras en cuenta, al aconsejarme, que el protagonista de esta novela es lo que es, y, aparte de ciertas analogías entre su historia y la mía, o la nuestra —analogías ambientales o psicológicas que son meros envoltorios existenciales, útiles para dotar de concreción a lo que acontece en su interior—, me resulta repugnante: he pasado un largo periodo de mi vida en su compañía, y me sería muy fatigoso retomarlo desde el principio, durante un periodo que presumiblemente sería aún más largo.

Estaría dispuesto a hacerlo, pero habría de ser absolutamente necesario. Esta novela ya no me sirve de mucho en mi vida (como sucede con las novelas o los poemas que se escriben en la juventud), no es una proclama, ¡señores, estoy vivo!, sino el preámbulo de un testamento, el testimonio del poco saber que uno ha acumulado, completamente distinto del que uno mismo se imaginaba.

Tuyo
Pier Paolo

# VAS

# NOVELA

# PETRÓLEO

Con el mundo del poder no he tenido sino vínculos pueriles
Ósip Mandelstam

## Apunte 1
## **Antecedentes**

.......................................................................

.......................................................................

.......................................................................

.........................[1]

[1] Esta novela no comienza.

## Apunte 2
## **La Primera Rosa del Verano**

La casa que Carlo había alquilado —y en la que vivía solo, a la espera de que se le uniera su padre— estaba en los Parioli, barrio que aún gozaba del prestigio que se le había atribuido en la década precedente, pero que ya languidecía en la atmósfera que tienen los lugares en decadencia, con viejos jardines que han conocido demasiados dueños, y una arquitectura ya vieja respecto incluso a la de barrios pequeñoburgueses más deprimidos.

Pero en aquel mayo de 1960 el neocapitalismo era aún una novedad demasiado nueva, era el término de un saber aún demasiado privilegiado como para cambiar el sentimiento de la realidad.

La casa de Carlo era un edificio gris con un jardín delante que parecía asimismo de piedra; siempre en sombra o con una luz gris; al fondo de un fortuito embudo geométrico, entre las aristas de otros edificios cerrados en su hermético silencio, aristas a menudo despuntadas según el estilo de las casamatas del periodo fascista... Carlo vivía en la cuarta planta; en el gris un tanto tristemente corroído del viejo revoque destacaban los alféizares de las galerías, que eran de un oscuro color granate.

Carlo estaba precisamente en una de esas galerías, dispuesto a explorar el teatro de su nueva existencia. Era de mañana. Pasaban por el cielo nubes cálidas, preservando sobre la tierra la humedad de la lluvia que poco antes habían tristemente descargado. Parecía que la vida en la ciudad se hubiera interrumpido. Carlo, como siempre, se sentía presa de la angustia; no tener nada que hacer sino ocuparse de la casa —con la certeza en estas cosas que tienen los hombres en torno a los treinta años— lo obligaba a estar solo consigo mismo, como una sombra; y a representar por tanto esa escena de soledad frente al panorama de Roma (que desde allí le parecía una ciudad como Atenas o Beirut). Un desaliento (de lejanos orígenes) anulaba toda su fuerza, toda su voluntad. La vida se le aparecía —la que tenía por delante— como un inevitable fracaso, observado por lo demás con la más absoluta lucidez, etc., etc. La serie de derrotas que desde hacía unos años se sucedían en su vida de técnico que quiere ocupar su lugar en una sociedad que rechaza, era perfectamente lógica; lo que no alcanzaba a entender Carlo era de qué dependía esa lógica. ¿Quizá de la neurosis? Es decir, en pocas palabras, ¿de ese Peso que había sentido toda la vida dentro de sí («en el pecho») y del que no conseguía nunca, ni siquiera un solo instante, sentirse aliviado? Y fue así, de repente, como vio su cuerpo caer. En la galería, sobre un triste pavimento de cemento, había tiestos vacíos, recipientes, tubos (porque probablemente servía además como trastero); y allí estaba su cuerpo, yacente entre aquellos objetos degradados, como en una desmantelada trastienda, en presencia solamente del cielo que sobre él se extendía.

Sin defensa alguna, como se encuentra un cuerpo privado de consciencia, abandonado, todas sus formas y sus características podían ser descifradas por un observador libre y despiadadamente.

Así que Carlo observaba, a sus pies, su propio cuerpo bocarriba: ahí tenía la faz pálida, casi blanca, la color quebrada de adenopático; ahí la frente de persona inteligente y obstinada bajo el cabello liso e incoloro, al que, en la desagradable circunstancia, se le había descompuesto algo el peinado, de manera ridícula; los ojos redondeados, con ojeras, que sin la protección de las gafas (que en la caída habían resbalado de la nariz, y allí al lado quedaban, con sus finas patillas metálicas) parecían haber sido desnudados, en exceso expresivos; la piel tersa del rostro alargado, suave, como de niño, en torno a la nariz ligeramente respingona; la boca de piñón, de labios arrugados, semiabierta a causa de los dientes demasiado prominentes, grandes y amarillentos, o quizá más bien debido a la nariz, que era sin duda una de esas narices tapadas a perpetuidad que obligan precisamente a mantener la boca semiabierta para respirar; y ahí tenía el cuerpo, largo, delgado, de persona débil pero esmerada, enfundado en un traje gris algo gastado, camisa blanca y corbata (de tono tan discreto que no se percibía).

Carlo conocía bien todos los antecedentes que lo habían conducido hasta ese punto:[2] el nacimiento, la infancia, la educación, las primeras experiencias vitales; entendía pues que también esta caída tenía que ver con la lógica de la que dependían irrevocable y justamente todos sus actos. La total pasividad de esa especie de ajusticiado —fusilado o condenado a morir de inanición— con la inmovilidad obediente de su cuerpo, como una ofrenda casi, con su aquiescencia ciegamente pasiva y casi infantil, parecía aprobar la obra de sus carnífices, como los pobres cuerpos consumidos de los judíos en Dachau o en Mauthausen. El último acto lógico era esa oferta de sí mismo, de su cuerpo de intelectual pequeñoburgués, incapaz de ofender y destinado a ser dócil, a ser castigado. Todo aquello de lo que se gloriaba como de un privilegio sin alardes —su piel blanca, el paño del traje, esos calcetines que se entreveían por debajo de los pantalones ceñidos a la pantorrilla, de manera lamentable, a causa de la caída— era objeto ahora de una piedad un tanto repugnante, y se acabó. Ni siquiera la ausencia de vida bastaba para borrar los estigmas de nacimiento; antes al contrario, los ponía de manifiesto de modo aún más brutal.

[2] Es decir, a estar tirado allí en el suelo, en la galería del ático.

## Apunte 3
## Introducción del tema metafísico

Y en eso, descendiendo probablemente desde el cielo —o quizá de las profundidades de la tierra—, junto a aquel cuerpo bocarriba, Carlo ve cómo llegan dos seres, de una naturaleza que ciertamente no es humana; pero no obstante parece natural, entrando en la lógica de la Visión. Se sitúan cada uno a un lado del Cuerpo, con los pies a la altura de su cabeza, y comienzan a hablar. Aunque tampoco sea humano su lenguaje, Carlo lo entiende; más aún, la lengua humana en la que Carlo lo percibe es una lengua maravillosa. Cada una de sus palabras posee en efecto una claridad reveladora: de modo que entender no se limita a ser solo entender, sino que es además gozosa cognición del entender. Se diría, en definitiva, que aquellos personajes hablaran en verso o cantaran. Claro, es efecto del sueño visionario, porque, llevados fuera de su contexto, aquellos discursos revelaban la naturaleza carente de misterio que la cultura de Carlo estaba en condiciones de proporcionarles, y se reducían a un intercambio de opiniones, a una disputa ideológica más bien corriente (como por lo demás verá el lector).

El primero de los dos antagonistas tenía un aspecto angelical, y Carlo sabía interiormente que su nombre era Polis; el segundo, por el contrario, tenía el aspecto de un pobre diablo, de un miserable; y su nombre era Tetis.

Era Polis quien había empezado a hablar:

—Este cuerpo es mío, me pertenece. Es el cuerpo de alguien bueno, obediente…

—Sí, pero el Peso que lleva dentro, sin embargo, es mío… —replicaba Tetis.

Polis lo miraba sonriendo, con sus ojos celestes, seguro de sí. Siguió hablando, paciente:

—Si este es el Cuerpo de un hombre que ha amado en los justos límites a su madre, y contra su padre ha luchado, sí, mas como debía, sabiendo distinguir bien dentro de sí entre las culpas del padre y las suyas propias, este Cuerpo es mío.

—De acuerdo —replicó obstinado el Diablo—, pero el Peso que lleva consigo es mío.

Por algo Polis era angelical; así que no perdió su actitud no violenta, didascálica, al entonar, en un registro cuyo encanto puede ser percibido solo en los sueños, su nueva argumentación:

—Si este es el Cuerpo de un hombre que ha criticado el mundo en el que nació con el objetivo de mejorarlo, y no ha hecho de su destrucción la excusa para poder vivir en él con mayor mérito, ¡este cuerpo es mío!

—Nada que objetar —contestó Tetis—, pero el Peso que lleva dentro es mío…

Una sombra comenzó a descender sobre el rostro de Polis:

—Trata de comprender —dijo— que el Bien que ha perseguido el hombre de este Cuerpo no ha sido un Bien formal, porque lo ha experimentado en su existencia, haciéndolo real. ¡Por eso este cuerpo es mío!

—No creo que pueda ser tuya —respondió Tetis— esta envoltura, si el Peso que contiene es mío.

—Este Cuerpo es el de un hombre que no ha imitado al padre por inconsciente obediencia, sino que lo ha imitado a través de la tragedia mediante la cual ese su padre había imitado a su vez al suyo propio, es decir, en su condición eterna de hijo: por eso este Cuerpo es mío.

—No, porque el Peso que tiene dentro es mío —insistió Tetis, duro, perdido en una obstinada convicción, que pareciera incapaz de ceder frente a nada en el mundo.

Polis se mantiene un momento en silencio, mirando al suelo. Piensa ciertamente que podría decir otro millar de frases como las que ya ha dicho; pero puesto que son todas similares, como las cuentas de un rosario, ninguna de ellas podría obtener efectos distintos a los de las ya proferidas. Es un santo, este Polis, y por ello está dispuesto no solo a dialogar —con un ser tan distinto a él— sino incluso a colaborar con hechos, ya que no pueden entenderse con palabras. La única demostración de buena voluntad real es la acción común, y mucho más incluso si es escandalosa.

—Está bien —dijo al cabo Polis, pactando con lo Inconciliable—, ¿qué quieres hacer entonces?

Tetis, que ciertamente es aún más pragmático, como quien quiere el mal y se contenta con el mal que puede provocar de inmediato —porque siempre hay tiempo, y mucho, para seguir provocándolo—, responde sin dudarlo:

—Toma tú lo que es tuyo, que yo tomaré lo que es mío.

—Explícate —quiso informarse, comprensivo, el Ángel.

—Tú —responde el Diablo— tomas tu Cuerpo. Y yo tomo el otro Cuerpo que tiene dentro.[5]

La propuesta del Diablo es razonable. Polis lo mira como fascinado. Calla y lo mira. Y, mientras calla y lo mira, una sonrisa le asoma desde lo más hondo, lentamente, como un cielo en el que el viento barre las nubes, y poco a poco se vuelve del todo sereno y luminoso; hasta que la sonrisa, suscitada por la propuesta del Diablo, pero quizá justificada por más profundos cálculos, mudó en palabra:

—Acepto —dijo Polis—, toma el otro Cuerpo.

No hay que decírselo dos veces: Tetis saca de sus sórdidos bolsillos un cuchillo, clava la punta en el vientre del cuerpo de Carlo y practica un largo corte. Lo abre luego con las manos y, de entre las vísceras, extrae un feto. Con una mano, pasándola sobre los labios sanguinolentos del corte, cura y cicatriza la herida; con la otra alza el feto al cielo, como una comadrona feliz de su labor.

El feto crece inmediatamente, a ojos vistas. Y, con enorme estupor, a medida que crece Carlo lo reconoce: es él mismo de niño, muchachito luego, luego ya un joven, un treintañero en fin, tal que ahora, un hombre de aire culto, preparado, listo para afrontar la vida.

Así que el feto se hace adulto, de pie en la galería, junto a su patrón, Carlo ve asimismo cómo el cuerpo tirado en el suelo, inconsciente, comienza, como una puérpera, a reanimarse; lo ve abrir lentamente los ojos, mirar a su alrededor aturdido, calarse las gafas y, apoyando la mano en el suelo, incorporarse hasta erguirse en pie junto a Polis: ese a quien parece pertenecer.

Quien a cambio de su veneración lo protegerá. El Carlo de Tetis y el Carlo de Polis son idénticos. Y de hecho se reconocen. Dan un pequeño paso el uno hacia el otro, como para examinarse mejor. Y Carlo los ve de perfil, inmóviles, como Cristo y Judas en la pintura de Giotto: están tan cerca que el suyo es el gesto de dos personas que están a punto de besarse. Y entretanto se escrutan con tal fijeza que sus ojos parecen petrificados. Un sentimiento oscuro yace en el fondo de esa mirada que los une estrechamente, como atándolos en una única tensión que los empuja el uno al otro.

Mientras Carlo observa esa mirada de quien adivina y calla, y no sabe apartarse del hecho a que se debe la revelación —previendo, al mismo tiempo, toda la larga cadena de actos futuros que aquel reconocimiento encierra—, no se da cuenta de que el Ángel y el Diablo se han alejado. Apenas le da tiempo a ver cómo desaparecen, conversando amigablemente, cogidos del brazo como dos viejos amigos que han representado una comedia.[6]

## Apunte 3a
## **Prefacio pospuesto**

Hacía un día estupendo, extraordinario. Tras aquel paso de nubes «míticas» al que ya me he referido, se habían abierto claros y el sol lucía libre sin que nada se interpusiera entre la ciudad y su luz. Pero era justo esa luz, precisamente, lo extraordinario. Y no lo digo poéticamente, porque —en este caso particular— la belleza de la luz se da, en cierto modo, justo en función de este relato. Sucede a menudo, en efecto, que la luz es tan absoluta, serena, profunda —dotando al azul del cielo de un azul perfecto, aunque apenas algo velado, claro, marino casi—, que da la impresión de no pertenecer al presente sino a un pasado milagrosamente retornado. La luz del mito que regresa y se repite, si puedo expresarme así; pero en tal caso el mito queda indefinido, no pertenece a ningún momento concreto del retorno de las estaciones, uniéndose a alguna divinidad de cualquier religión. No. Estábamos en pleno verano, y el tiempo parecía no haber nunca comenzado; estábamos en la entraña de algo —silencio, azul, plenitud— cuyo transcurrir no contaba, sí su fijeza: algo que sucede exactamente con los días que se recuerdan. Solo al pensar en los veranos del pasado la luz de uno cualquiera de sus días es «tan absoluta, serena, profunda». He aquí la razón por la que mi descripción, aun sumaria, de una luz tal, no vale por sí misma, sino en función de mi historia. Era de hecho la que tan gloriosamente relucía una mañana de finales de los años cincuenta o principios de los años sesenta; y justo es este el hecho relevante, lleno de significado.

En una luz semejante (maravillosa precisamente porque del todo anónima y cotidiana, la de un buen día cualquiera de verano), aquellos dos personajes que salieron de casa de Carlo caminaron lentamente juntos hasta una pequeña plaza cuadrada. En los alrededores, edificios bajos, muy nuevos por entonces, el murete de una pequeña y deslucida iglesia, y una hilera de arbolillos a lo largo de una tupida barda; un parterre en el que se levantaba un quiosco variopinto, y mucha gente sentada en los veladores del quiosco, o de pie por las esquinas de la plazuela a pesar de lo caluroso y cegador de la hora.

## Apunte 3b
## **Prefacio pospuesto (II)**

«Fue sentimiento antiquísimo que los Dioses se dejaran de tanto en tanto ver por los hombres», escribía en 1815 Giacomo Leopardi en una de sus trescientas densas páginas «sobre los errores populares de los antiguos», preanunciando, además de «La historia del género humano», asimismo otros opúsculos suyos, entre ellos «Sobre las fábulas antiguas». Pero la calificación de «antiguas» ¿deriva de «antiquus» o de «anticus»? «Antiquus», se sabe lo que quiere decir; por lo que hace a «Anticus», contrario de «posticus», indica el sur, la hora del sur (como señala un gran poeta hermético moderno a la zaga de la «vaguedad», vale decir polivalencia).[7] Las fábulas en cuestión ¿son fábulas «antiguas» o fábulas «del meridión»? El fragmento más hermoso del «Ensayo» es por otra parte el titulado «Del mediodía», y tiene como objeto la hora en la que «el propio sol parece oscurecerse por el calor». Es verdad que los Dioses suelen aparecerse de noche, pero es a esa hora meridiana cuando su aparición es más aterradora y sublime. Ya lo sabían los anónimos autores de los Salmos: «non timebis a timore nocturno; a sagitta volante in die, a negotio perambulante in tenebris, ab incursu et daemonio meridiano».[8]

Qué verdad sea esa, lo demostró —si ello tiene alguna importancia— la aparición de nuestros dos demonios meridianos en el quiosco de Piazza xxx; los estudiantes de enseñanza media, y también, desdeñosos y apartados, los universitarios —con un rictus que en la época podía parecer propio de intolerables alborotadores sociales, mientras que hoy no parecería sino una inofensiva sonrisa pequeñoburguesa simplemente antipática— sintieron de repente que el cabello se les erizaba. Incluso el camarero, que llegara humildemente a la mañana desde Prima Porta, no ayuno[9] por tanto de ambientes sepulcrales[10] e incompetente en acidias o acedías, en cuanto aquellos dos pidieron un aperitivo, sintió cubrírsele la frente de un sudor helado. Mientras, la luz ardía soberana, y el calor casi afoscaba las cosas, en la paz de aquel mediodía, tan actual, pero que sabemos perteneciente al pasado.

## Apunte 3c
## **Prefacio pospuesto (III)**

Se intuye aquí a continuación el esquema de un viaje. Cuyos modos, cuya «ocurrencia» retórica, cuyo proyecto metafórico, cuyo proceso narrativo y cuya técnica demoníaca (consistente sobre todo en la exclusión de la toponimia), serán retomados más adelante en el curso de esta obra. Estamos en el momento inaugural, el de la «fundación». Puesto que no tengo intención de escribir una novela histórica, sino solo de construir una forma, me veo inevitablemente obligado a instituir las reglas de semejante forma. Y no puedo instituirlas sino «in corpore vili», es decir, en la forma misma. He aquí la razón de este «esquema de viaje»: que sirve como matriz, o, para decirlo mejor, como precedente, al cual será remitido el lector cuando se halle frente a un caso análogo mucho más desarrollado.

## Apunte 3d
## **Prefacio pospuesto (IV)**

Tetis se dirigió a pie hasta una plaza no muy lejana, que daba, más allá de un parapeto, a una profunda escisión de la ciudad, más allá de la cual surge una colina boscosa, convertida en un parque público; y que se recortaba por lo demás contra la llanura al norte de Roma, con el amarillo humoso de los rastrojos, los sotos velados de flama, las manchas de ciertos suburbios calcáreos. Allí se detiene, a la espera, en la parada del autobús. No es un barrio que le sea familiar; el verano es extraño a sus ojos como un fenómeno vivido en otro lugar. La gente va vestida de modo decente, y, hasta donde lo consiente su civismo, es reservada. Estudiantes, profesionales liberales, institutrices, señoras de la burguesía media; así como la cohorte sedentaria de sus directos dependientes. El autobús que está esperando Tetis lo llevará bien lejos de allí, al extremo opuesto de la ciudad. Llega, al cabo de un rato, medio vacío. Arranca de inmediato; a Tetis apenas le da tiempo a subir. Devora el espacio de aquel barrio extraño, donde solo un piamontés podría establecerse. Toma por un amplio vial arbolado, que con curvas muy abiertas lleva hasta otro vial —amplio también, pero recto esta vez— más allá del cual una vasta explanada, cuyo asfalto hierve bajo el bochorno —no lo olvidemos— del cielo despejado, se asoma al vacío que circunda las orillas de un río. Un río de escarpados ribazos repletos de inmundicia, que apesta agudamente. Pero se trata de inmundicia orgánica, carente aún por completo de plásticos y poliestirenos. Son solo papelajos y mierda. Una vez en el Lungotevere, el autobús corre que se las pela; el tráfico es escaso, a pesar de que en aquellos lejanos años el Lungotevere era aún de doble sentido. Se suceden a contraluz las fachadas del barrio de la otra orilla del río: un barrio de tipo residencial, de los tiempos del fascismo. Luego comienza la mezcla de estilos (mientras que el sol, la broza, los papelajos y la mierda no cambian: modernismo, novecentismo, para empezar; luego, el barroco, el siglo XV, la Edad Media). Tras los cúmulos de casas surge, siempre a contraluz, en el ardor inmóvil, una colina, con grandes árboles, pinos, y balaustradas, por donde se insinúan círculos nobiliarios y algún que otro gran palacio convertido en internado, de una congregación religiosa americana quizá. El autobús enfila un puente que cruza el río cenagoso. Justo en medio de la corriente, en ese momento, pasa un orinal. A los pies del ribazo escarpado (un derrubio de inmundicia) hay unas instalaciones balnearias. En la plataforma, entre macetas, mesas cojas y gatos, tumbados al sol, diez o doce chavales, con gorras caladas hasta las cejas, la nuca descubierta, bien recortada, a veces algo rizosa. Por el puente pasa una hilera de seminaristas. Pronto el autobús llega a lo alto de la colina que apareciera tras el río. La cruza, por grandes avenidas tranquilas y desiertas, entre jardines (que parecen abandonados) en los que no falta el grana de las buganvillas. Pasada una antigua puerta, muy pequeña, del XVIII o principios del XIX, el autobús enfila una calle que tiene, en uno de sus lados, una larga hilera de discretos edificios modernos, en el otro un murallón de toba, grandioso y familiar al mismo tiempo. Es una calle irregular, quizá trazada sobre los restos de otra más antigua, cuya huella permanece: una pequeña iglesia del XVII, construida también con esa toba porosa y alegre, balaustradas de mármol blanco manchado por el tiempo, los márgenes de un viejo prado, cubierto aún de achicoria y manzanilla (completamente seco, es verano). A mitad de esa calle, en una parada en la que no hay nadie, Tetis se apea. Toma por el lado de la hilera de edificios con sus pequeños jardines, y se adentra por una calle bastante ancha, cuesta abajo (uno de los lados de la calle da a unos terrenos por edificar, donde juegan a la pelota unos chiquillos que lucen gorras rojas de «marine»). Ante uno de los edificios, al final de la calle, un edificio como todos los demás, Tetis se detiene. La entrada es de un mísero lujo señorial, con xxx dorados. Entra, coge el ascensor hasta la cuarta planta, toca al timbre de uno de los varios pisos. Acude a abrir una mujer mayor, con aire de niña, que viste una batita humilde, algo sucia incluso.[II] Es de ojos mansos, pero un poco asustados por la presencia de aquel extranjero, a quien se siente evidentemente incapaz de responder. A las preguntas que él le hace, ella responde también en tono interrogativo, da confusas respuestas, abrumada porque no sabe ser más precisa. Su fuerte acento véneto acentúa su propio estupor al decir cosas que ella misma sabe: o sea, que la persona a la que busca el desconocido no está en casa; y tampoco está en la ciudad; se ha ido; a una región lejana; a Siracusa. A cada información, aumenta su estupor; y, al tiempo, el pesar porque el desconocido no encuentre allí a la persona que buscaba (y que es tan querida para ella, manifiestamente, todo lo que tiene; tan es así que, a la vista está, se siente aturdida por su ausencia). Alcanza a añadir, trabucándose, el nombre de un hotel donde probablemente se hospeda el ausente. Luego sonríe por su confusión. Se nota en esa sonrisa su verdadera naturaleza de mujer inteligente, delicada y valerosa. Sin edad: podría ser viejísima o aún una muchacha. Tetis se va, acompañado por su aprensiva sonrisa. Regresa a la parada y espera el autobús. Los chiquillos, mientras juegan a la pelota, no hacen más que soltar tacos, con una violencia casi opresiva; pero, de tanto en tanto, de sus bocas risueñas y tiernas, brota una frase chistosa, rápida como un dardo. Llega el autobús, y rehace en sentido inverso el trayecto anterior. Pero, poco antes del puente sobre el río amarillento por donde pasaba el orinal, Tetis se apeó, y esperó la llegada de otro medio de transporte. Esta vez se trataba de un tranvía. Que llegó, extrañamente, bastante pronto, y también casi vacío. Se llamaba «Circular Negro». Superó asimismo el puente; en el Lungotevere, después, pasó en primer lugar por antiguos barrios dispuestos en desordenadas perspectivas: bien en torno a plazuelas contrahechas, bien sobre pequeñas alturas con la cima boscosa y las laderas salpicadas de la inmundicia habitual, bien —incluso— en una isla del río en torno a la cual rompía la corriente amarillenta en una sórdida espuma blanca. Alejándose del río, después, e internándose primero entre parques llenos de ruinas, a continuación en un populoso barrio modernista, llegó ante una vieja estación ferroviaria, igualmente de principios de siglo, con su noble enlucido ocre.

Tetis entró en la estación, y se dirigió a las destartaladas taquillas para comprar el billete. Pero hubo de esperar el tren aún un par de horas. En la sala de espera, la gente, muerta de calor, mostraba sus rostros antiguos y hambrientos, machacados por el hábito de la pobreza; en los jóvenes, sin embargo, desbordaba una belleza insolente, pero ingenua y dispuesta a la curiosidad y a la diversión. Eran, todos, rostros antiguos, alguno con «cierta ferocidad de pómulos»,[12] otros con cierta crasitud clerical, etc. Esperaban pacientes sus trenes. Fuera, la luz no daba señal alguna de atenuarse. Eran casi las cinco pero parecía aún media mañana. Cuando Tetis cogió el tren —repleto de aquella pobre gente vestida como adefesios (los jóvenes, menos desastrados, llevaban prendas de tres al cuarto)— y el tren, entre prolongados pitidos y paradas, alcanzó las afueras y llegó a los campos —entre arrabales de cal y paredes como papel de fumar y fétidas chabolas—, se presentó de nuevo el mismo sol de horas antes. El mismo azul árido, la misma luz grávida de la última, de la más explosiva forma de la vida. En la claridad interminable desfilaron campos desiertos, a la derecha, y, a la izquierda, velados montes enteros de piedra. Los raros pueblos, pobres, se hacinaban alrededor de la iglesia y la mansión nobiliaria. Las casas nuevas no eran sino míseros edificios o pequeños dados blancos. Poco a poco, prenunciada por un caos de murallones desconchados, alcantarillas a cielo abierto, tugurios, fábricas recién construidas y ya en desuso —destechadas— con sus esqueletos de hierros retorcidos y xxx contra la luz cada vez más intensa y cegadora —restos de caseríos medievales entre enormes bloques sin atisbo de vegetación alguna, descoloridos, manchados, como devorados de humedad tropical—, fue apareciendo una ciudad inmensa. Al fondo brillaba el mar. El aire estaba cargado de un hedor inaprehensible: mierda, gas, cloacas, y también la tierra abonada de los huertos, limones, azufre, y algo como perdido, sofocante, que no era sino polvo de pobreza.

Comenzó un largo crepúsculo, que amasó oro y un rojo sangre tirando a bronce, cada vez más leve, como una lluvia de xxx, sobre la franja del mar cada vez más pobre. Desfilaron pueblos informes y anónimos, en los que parecía imposible que grandes construcciones modernas, grises y desnudas como cuarteles o prisiones, pudieran sepultar algo tan vital y agresivo como aquella tierra. Pero por lo demás incluso las construcciones antiguas, hechas con bloques amarillentos de xxx, chaparras, con soportales y escaleras exteriores, estaban impregnadas de luto,[13] como en ciertos lugares del norte. El desorden y la miseria reprimían una violencia física de vida que solo en los huertos, colmos de pingües legumbres y de las matas rojas de una salvia particular, casi toscamente exótica, conseguía extenderse.

Llegó la noche, y la oscuridad lo engulló todo. Aunque enseguida compareció la luna; una luna lechosa, espesa, que irradiaba una luz intensa. La costa y las montañas se dibujaban negras en aquella láctea claridad, untuosa casi.

En el corazón de la noche, el tren se detuvo en una inmensa estación, en la que garitas, farolas, almacenes, pasos elevados, casuchas particulares con toda su miseria, vallas de cemento, minúsculos huertos, todo parecía esparcido en un inexpresable desorden sobre el cual el silencio de la noche ejercía su opresión mórbida y xxx. El convoy empezó a realizar prolongadas maniobras con un melancólico sonido de chatarra, de cuando en cuando interrumpido por voces agrias o los ladridos afónicos de los perros, pero también por cantos lejanos. La luna nublaba las estrellas, e iluminaba aquella estación casi como en pleno día.

La conclusión del prolongado ir y venir del tren fue que acabó en el vientre de un buque. El olor a mar se extendió de repente, mezclándose con la luz de la luna. La mayor parte de la gente se diseminó por la cubierta del buque. Desde allí se veía un brazo de mar, como muerto, donde la vida se manifestaba incierta solo en las orillas, a proa y a popa, en un titilar funéreo de pequeñas luces. Pero en la cubierta de la nave, sobre los dos grandes puentes y a lo largo de las xxx, repentinamente, a pesar de que fuera aún noche cerrada, había explotado una especie de alegría, de despertar colectivo. Grupos de jóvenes, de pelo corto o gran tupé cual corona sobre la frente, bromeaban, reían. Algunos, entre los que se mezclaban reclutas y marinería, se mostraban más contentos aún; rodeaban a un muchacho, serio como un santo, pero de ojos risueños, que tocaba la guitarra.

Al llegar a la otra orilla del brazo de mar, de nuevo lo mismo. Gradualmente la alegría de los jóvenes, golfos e ingenuos a un tiempo, se fue apagando, y tornó el silencio, el sordo traqueteo del tren, la luz de la luna hedionda de humedad marina.

Al alba, apareció la ciudad en la que Tetis debía apearse y donde el tren «moría». Era una informe extensión de pequeñas casas amarillentas, con algún que otro lujo de mansiones e iglesias barrocas, testimonio de una larga historia de dominio absoluto del poder, y de miseria. Todo ello en la grisura del alba. Pero pronto el sol apareció y se impuso, y ya a las cinco de la madrugada brillaba una luz meridiana. Había ya muchachos, jóvenes que caminaban por las calles, con toda su alegría y su sensualidad.

Tetis se encaminó hacia el hotel del que solo conocía el nombre chapurreado. Pero los habitantes de la ciudad supieron darle indicaciones (quizá, por casualidad, ellos pronunciaran ese nombre precisamente así). Había una vieja fuente, helenística o romana, con papiros en medio, y alrededor muchachos medio desnudos. Cerca de allí una amplia avenida borbónica, con sus plantas fragantes en medio de la suciedad y el caos. Y era justo a mitad de esta avenida donde, en una suntuosidad burguesa de principios de siglo, se hallaba el hotel del exótico nombre. El vestíbulo solemne, casi monumental, pese a la pobreza de los materiales, no alcanzaba a esconder la humildad de una administración familiar y un tanto miserable. No estaba la persona a la que Tetis buscaba: ya a esas horas había salido. Y nadie sabía decir cuándo volvería. Tetis se dispuso a esperarla pacientemente. Se situó fuera, a la entrada, entre las plantas de recargada fragancia, calculando que la persona en cuestión regresaría hacia mediodía, para la comida. Hubo de esperar sin embargo hasta el anochecer. Un anochecer blanco, luminoso, por otra parte, como si fuese una prolongación del día. La persona que esperaba llegó inadvertidamente, a pie, por una calle que flanqueaba el hotel. No venía sola; la acompañaba un muchacho alto y blanco, de labios apretados y boca algo torcida, de timidez, como de paralítico, de sonrisa excitada. Su voz, cuando empezó a hablar, era aguda y desentonada, y decía, de manera elemental, las cosas refinadas que dicen los intelectuales. La persona a la que Tetis buscaba, en cambio, era dulce, humana, dueña de su propio pensamiento, por más que su fondo pudiera ser pasional, visceral y tempestuoso. Era una mujer, también ella, sin edad; y aparentaba sin duda muchos menos años de los que tenía. Su cabello era castaño claro, ondulado y generoso, el propio de las mujeres de unos veinte años atrás. Sus ojos eran azules, como los de algunos gatos, y rasgados, a veces pacíficos —incluso demasiado—, a veces llameantes, pero en modo inestable, con una agresividad neurótica, de intelectual. Su luz le iluminaba la entera cabeza, erguida, que semejaba algo a las de ciertos muchachos sicilianos fotografiados a principios de siglo por refinados fotógrafos alemanes. Tenía la boca pequeña, y un mentón igualmente pequeño y frágil, bajo el que se insinuaba bien visible ya la arruga que acabaría por partirlo. También en el cuello tenía alguna arruga. A pesar de lo cual, en su conjunto, su rostro era el rostro de una gata joven.[14] Al acercársele Tetis, le brillaron de hostilidad los ojos, furiosos casi; pero inmediatamente, de golpe, se le distendieron en una sonrisa asimismo excesiva. Cuando Tetis le habló, diciéndole que tenía importantes secretos que confiarle, esa sonrisa se transformó en una franca, peligrosa carcajada. También el muchacho que la acompañaba se echó a reír, mientras que al principio se había sentido en la obligación de asumir un aire de defensor no exento de acaloramiento y exaltación. Justo en ese momento, no lejos del hotel, estallaron violentísimos los primeros cohetes de unos fuegos de artificio veraniegos, que colorearon por igual de verde, violeta y naranja toda una parte del cielo. Aquellos fuegos artificiales ejercieron tal fuerza de atracción sobre la mujer y, por consiguiente, sobre su acompañante, que, por importantes que fueran los secretos que Tetis debía comunicarle, todo quedó aplazado hasta la mañana siguiente.

A la mañana siguiente, sin embargo, la mujer a la que Tetis pretendía encomendar evidentemente un deber de absoluta importancia, tenía ya un compromiso: debía acudir a la casa de un niño, que había conocido el día anterior, un niño extremadamente pobre, y poco agraciado por lo demás, aunque a ella le pareciera guapísimo, y no sin razón quizá, pues había en él una poesía desesperada a causa de la inconsistencia de lo que, pálido y algo miserable, lo mantenía en vida. La mujer, al parecer, debía llevar a ese niño a comprarse algunos regalos por la ciudad, aquella pobre ciudad en cuyos pobres suburbios vivía, con una madre cargada de hijos como una gata y un padre ciego. La mañana, y también parte de la tarde, fueron destinadas a tales ocupaciones. Al anochecer se reanudó la fiesta en el barrio de atrás del hotel, la que había empezado el día antes; y ahora daban además un espectáculo en un pequeño circo que había levantado su carpa junto a las ruinas de un anfiteatro antiguo circundado de casas de dos plantas, amarillentas, llenas de festones de bombillas de colores. Basta. Tetis no consiguió comunicar sus importantes revelaciones a la persona aquella, tampoco el segundo día; y tampoco, en resumidas cuentas, en todo el periodo de su permanencia en aquella ciudad. Tomaron el tren juntos. Pero a lo largo del viaje de vuelta acontecieron asimismo tantos y tales episodios extraordinarios, que no se presentó nunca la ocasión de hablar seria y detenidamente, pues siempre había algo mejor que oír o que mirar.

Era muy probable que aquella persona a la que Tetis había elegido como confidente —o sea, como depositaria de un secreto que, una vez revelado, no podía no ser de enorme valor público— hubiera tenido el coraje, incluso la extrema temeridad, de hacer un buen uso de él; pero evidentemente no quería conocerlo. Transcurrieron quince años, y Tetis se mantuvo siempre cerca de ella. Que por su parte, y apriorísticamente, o, como es usual decir en nuestro horrible lenguaje, por prejuicio ideológico, había decidido no escucharlo. Durante ese periodo, ella se mudó a un barrio blanco, en los aledaños de la ciudad, empezado a construir en tiempos del fascismo. Su casa estaba justo al lado de una enorme iglesia, una especie de falso San Pietro enteramente blanco, ante la cual se extendía la depresión por la que discurría el río sucio y amarillento repleto de orinales. Había, lejos, al otro lado, un poblado chabolista entre mogotes repelados, y algún que otro barracón, debajo, en la hierba que crecía, sucia y polvorienta probablemente, al lado del río. Más tarde, poco a poco, la ciudad comenzó a acercarse amenazante con largas y tremendas hileras de bloques de edificios, con la construcción de nuevas fábricas, entre ellas —enorme— la de una industria automovilística del norte, con su invasión de coches y de gente cada vez mejor vestida y de costumbres más delicadas, pero al mismo tiempo cada vez más vulgar y casi odiosa y repugnante. Como quiera que sea, durante todo este periodo históricamente importante, la persona elegida por Tetis como depositaria de un secreto que bien podríamos llamar histórico, nunca quiso escucharlo. A pesar de ser con toda evidencia cada vez más valerosa, cada vez más capaz de arrostrar cualquier consecuencia, habiéndose situado en la condición de no tener en sustancia nada que perder. No quería saber algo peligroso y revelador que solo ella hubiera estado en condiciones de hacer público. Y dado que esa persona inútilmente buscada y requerida por Tetis era una escritora, fácilmente se deduce de ello que en los libros de tal escritora, por más plenos y completos que fueran en sí mismos, faltaba en realidad «algo»: lo que los destinaba, por consiguiente, a una fatal ambigüedad.

## Apunte 3e
## Segunda parte del prefacio pospuesto: Las espadas vendidas

## Apunte 4
**Continúa el despropósito prologuista: ¿Qué es una novela?**

Carlo es el nombre de mi padre. Lo elijo para el protagonista de esta novela por una razón ilógica; de hecho, entre mi padre y este ingeniero[15] «desdoblado» cuya historia me dispongo a narrar no hay posibilidad de parangón alguno. Mi padre era un oficial del ejército, que vivió su madurez durante el periodo fascista (aunque en la rivalidad que se estableció entre fascismo y ejército estuviera de parte del ejército); su carácter, predispuesto a aceptar los nuevos tiempos[16] —ya que de joven había sido un bala perdida y un quinqui dc rancia familia—, había sido moldeado por el fascismo: nada hay más solidario que el desorden y el orden. Se conserva una fotografía de mi padre a los diecisiete años, poco antes de partir a la guerra de Libia: es un muchacho guapetón, fuerte como un toro, elegante, con esa elegancia algo chulesca que corresponde a un hijo de buena familia venida a menos, malcriado y rudo al mismo tiempo. En su pelo y en sus ojos negros hay algo de malvado: es su sensualidad, que se manifiesta en extremo violenta y lo muestra demasiado serio, casi torvo. La pureza de su tez juvenil, la perfección de su cuerpo (aunque era un muchacho de baja estatura, un retaco), era la de quien tiene una buena polla. Y sin embargo todo esto, en su conjunto, era expresión de una voluntad hostil, casi del exceso de actitud defensiva de quien, aun ostentando violentos derechos sobre el presente, prevé la futura tragedia que transformará sus derechos en degradación. Ha formado una familia y la ha aterrorizado. Luego se ha ido a África a combatir en su tercera guerra; ha sido hecho prisionero y tras algunos años ha reaparecido en Casarsa, el pueblo de mi madre, el «pueblo inferior» que había despreciado siempre, para desquitarse de un amor no correspondido por mi madre; y se ha dado a la bebida, como corresponde a un hombre. Se ve que nunca había reflexionado sobre su destino, igual que nunca había reflexionado sobre política.[17] Había aceptado las cosas: exactamente como corresponde a un hombre. La humanidad, querido lector —querido pues eres de momento solo potencial—, no es revolucionaria, debe vivir la realidad como un todo: aceptar las jerarquías sociales como valores inmutables. De tal modo el hijo puede repetir la vida del padre, es decir, ser hombre.

El Carlo que toma el nombre de mi padre es en cambio un hombre escindido y (como dice Lukács) problemático. Tiene mi edad, no la de mi padre. De hecho, al hablar de él uso el presente de indicativo, porque vive en la actualidad, en estos años, justo en este momento.

Como he dicho, es ingeniero: o sea que, si bien es lo suficientemente culto como para vivir las contradicciones sociales y políticas de nuestro tiempo, no lo es lo suficiente como para vivirlas a través de esa consciencia que asegura la unidad del individuo, haciendo del estado esquizoide un estado natural y de la ambigüedad un modo de ser.

Debido a una profunda honestidad provinciana, Carlo (como mi padre) no hubiera podido aceptar nunca esta componenda, a la que solo la especialización política o literaria proporciona las coartadas, las habilidades, los instrumentos. Si el tiempo en que le ha caído en suerte vivir (habiendo nacido en 1932) es un tiempo en el que la lucha de clases provoca una división que se replantea en cada uno de sus aspectos o momentos —hasta la más profunda intimidad del individuo—, no puede por menos que aceptar esta división (igual que mi padre había aceptado su unidad: errando, y por lo tanto pagando atrozmente su error). Tal como mi padre nunca habría aceptado escindirse en dos, capaz hasta de matar —como matan los fascistas— por defender su unidad, asimismo Carlo, por el contrario, nunca habría aceptado fingir que era uno si en realidad estaba escindido en dos. Habría podido hasta dejarse matar, con tal de ser coherente con esta su realidad.

Es católico, y, por su carácter aquí descrito esquemáticamente, no podía sino verse abocado a ser un católico de izquierdas. Toda su infancia, desde 1932 hasta aproximadamente 1945, la pasó en una ciudad de la Romaña, en Rávena (la ciudad de mi padre). Y no veo qué diferencias sustanciales podría haber entre la Rávena de los primeros años del siglo, y la Rávena de la inmediata preguerra o posguerra. Hay por lo tanto un periodo en la vida del protagonista de esta novela transcurrido en un mundo que coincide a la perfección con el de la generación precedente, y casi diría que con todas las generaciones precedentes. Los niños se comportaban de idéntico modo con sus padres; las casas eran las mismas (nada de televisión, ni frigorífico, ni derroche de bienes de consumo; la función de calentar confiada a la estufa, y en habitaciones privilegiadas: no, por ejemplo, en los dormitorios, donde el calor lo daban cobertores y braseros de cama); idénticas eran las comidas; idénticos los olores que se percibían por las calles yendo a la escuela, por adoquinados construidos con diligencia e imprecisión artesana el siglo anterior; idéntico el renovado anuncio de cada estación, con olor a tierra y a no sé qué material quemado, mezclado al perfume de las glicinias, en primavera; un agudo olor de piedra sin olor o de tierra helada, en invierno; idéntica la escuela, desnuda, pobre, vieja; idénticas las personas, a las que los niños, en su visión desde abajo, ven como pequeños y miserables gigantes que saben lo que es la vida, que los transporta a otro lugar, en una variedad de relaciones inimaginable para sus hijos pequeños, que tienen las horas todas tan bien ordenadas y la vida enteramente unidireccional.

Idénticas eran incluso las autoridades —al menos hasta 1944—, o sea los fascistas: la pequeña burguesía que había exteriorizado sin tapujos, ya sin la coartada de la mala conciencia, todas sus peores cualidades; que por otro lado se confundían con las buenas. Mientras tanto, al mismo tiempo, todas las que durante siglos, quizá durante milenios, hemos sido habituados a considerar buenas cualidades, las encarnaba el pueblo; a quien no había contaminado ni la revolución campesina ni la primera industrialización, y seguía pues totalmente fiel a sí mismo.

Carlo, perteneciente a una familia acomodada, ha vivido toda esta parte de su vida igual que pudo haberla vivido mi padre; o, sin ir más lejos, el suyo (muerto prematuramente, era un noble propietario que vivía gracias a las rentas de tierras e inmuebles, rentas condenadas sin remedio a disminuir). Así pues el catolicismo de Carlo era una costumbre, estrechamente ligada a su infancia y a un periodo del mundo.

Se podría inferir, por tanto, que su honestidad moral, su inocente voluntad de no oponerse a su propia disociación, real, necesaria, histórica, podría ser también una de las tantas formas positivas que puede asumir ese contenido negativo que es la hipocresía. Sí, la vieja hipocresía católica, contrarreformista. Quiero decir que la disociación podía también derivar, al modo clásico (y clasista), de un mecanismo de conservación, como es bien conocido; y acabar coincidiendo con esa disociación «real, necesaria, histórica» que digo. La primera disociación estaría regida por la hipocresía católica, y acontecería fuera del dominio de la consciencia. La segunda disociación estaría regida por la honestidad del viejo mundo (católico, coincidentemente), y acontecería no solo dentro del dominio de la consciencia sino por la propia voluntad consciente.

Tan es así que hay dos Carlos, no solo uno.

## Apunte 5
## **Continúa el despropósito prologuista: Carlo Primero**

Carlo nació en Turín el 6 de marzo de 1932. Cursó primaria y secundaria en Rávena; más tarde estudió ingeniería en la universidad de Bolonia, donde se licenció en 1956. En el colegio, fue siempre un buen estudiante, uno de los primeros de la clase; pero destacaba por igual en todas las asignaturas, y por lo tanto en su inteligencia había evidentemente algo de mecánico, que funcionaba bien. Se parecía a su madre, quien, tras la muerte del padre, había tomado las riendas de la familia —como suele decirse— y no solo había asegurado la continuidad de una digna condición económica, sino que incluso la había mejorado. Los demás hermanos, más pequeños, bajo su protección (cerrada como un mundo en sí mismo), seguían las huellas de Carlo. Recién licenciado, había echado un vistazo alrededor (porque hasta ese momento lo único había sido su propio mundo) e inmediatamente se había ratificado en lo atinado de sus ideas: es decir, de su catolicismo «existencial», de su racionalismo, de su tristeza un tanto ansiosa de moderado, de su sustancial pragmatismo que aceptaba la integración (entonces no se llamaba todavía así) para poder verificarse y obtener resultados que fueran más allá de los intereses de la clase en la que se integraba, articulándose en esa unidad en que consiste el bien del ser humano.

Se interesó de inmediato por las prospecciones petrolíferas; pero ello no significa que optara decididamente por la acción, o bien que su único pensamiento fuera hacer carrera. (Tan cierto es que no se ha casado, que sigue soltero.) Continuó desarrollando su profesión en el ENI,[18] V incluso en cuanto reflexión intelectual. Bolonia era una ciudad comunista; en los años cincuenta la cultura comunista, o genéricamente de izquierdas, tendía a ser la hegemónica; y por otro lado no tenía reales alternativas. Carlo tenía también amigos que cursaban filosofía y letras o ciencias políticas; había vivido la cultura del compromiso, con la que se identificaba como se identifican los jóvenes con las cosas del presente, con el código. Algunos de sus amigos se cuentan entre los fundadores de la revista «Il Mulino», sin que dejara de frecuentarlos; es más, fue allí donde se formó su cultura no especializada. Pronto conoció la nueva sociología americana, las nuevas formas de catolicismo social; pronto conoció el nuevo psicoanálisis, los primeros textos de los comunistas disidentes. Al llegar los años sesenta, estaba preparado para vivirlos. Era su momento. Y el momento en que se convirtió en un católico de izquierdas; lo que le consintió por un lado diferenciarse o distinguirse del poder, y, al mismo tiempo, mediante su específico trabajo especializado en aquella vanguardia técnicamente avanzada que era el ENI, incluso tras la muerte de Mattei,[19] introducirse casi con jactancia (nunca ostensible) en el «espacio» donde se halla el poder real.

La resistencia a disociarse funcionaba en Carlo cuando se encontraba ante su propia conciencia en un plano moral, que, como veremos, coincidía en gran medida con el de la sexualidad, rechazada o aceptada. No funcionaba —y en tiempos de pragmatismo, velozmente vividos tras lentos siglos preparatorios de catolicismo, era lo natural— cuando se encontraba ante la acción, la elección, la praxis. La praxis resuelve por sí misma, axiológicamente, sus contradicciones.

Il voyagea. Poco más que un muchacho, en el 61 viajó a los Estados Unidos; en el 62, como veremos, conoció todos los países árabes, llegando hasta Tanzania, siempre por cuenta del ENI. De modo que Italia pronto se le presentó, y casi naturalmente, como una particularidad, una entre las tantas partes de un todo, y no de las más importantes. Que fuera el centro del mundo, el ombligo del mundo, bien pronto le pareció una fábula, pese a haberla vivido radicalmente en su infancia. Pero también aquí hay que registrar una contradicción. En el preciso momento en el que Carlo se separaba de Italia, reconociendo sus características como antiguas y poéticas, se especializaba en esa particular disciplina italianista que es la participación en el poder. Era de todo punto libre de desear el poder, aunque fuera un poder tácito, no nombrado, definido solo empíricamente; aun sin vanidad, y casi casi, se diría, sin ambición y con ascetismo. Se trataba sin duda de una libertad maravillosa, que esterilizaba la culpa, hacía ineficaz el mal; una libertad como nacida de sí misma, y dotada de tal fuerza real como para consentir que toda una parte del universo histórico resultara inmune a la curiosidad de la conciencia.

## Apunte 6
## Continúa el despropósito prologuista: Carlo Segundo

Si un hombre es idéntico a otro hombre, tan idéntico que son lo mismo, ¿cuál de los dos es el verdadero? ¿Cuál es ese al que el otro se parece o, mejor, con el que el otro se identifica? ¿Cuál es el primero de los dos, en cuanto término de referencia? Llamar Carlo Segundo a la persona que es prácticamente el «doble» de Carlo Primero es injusto; porque muy bien podría ser Carlo Segundo el nombrado en primer lugar, y sería él por tanto aquel con quien el otro es relacionado.

Probablemente la injusticia de esta jerarquía, Carlo Primero y Carlo Segundo —aunque se justifica por ser puramente numérica, práctica— es una injusticia de carácter social. En efecto, Carlo Primero es, como he dicho, ingeniero, alto cargo de uno de los principales entes del estado italiano, forma parte del «poder silencioso» (mas no por ello menos prepotente, al contrario), proviene de una familia rica, respetable, religiosa, etc., etc. Mientras, para Carlo Segundo —que de ahora en adelante llamaré Karl— no podría utilizar ninguna de las formas de identificación social censitaria que he utilizado para Carlo Primero. La gradación es por tanto social. Cierto que tampoco Karl escapa a la socialidad; pero el modo en que esta se confirma en él, como contaré, es justamente porque escapa de ella. Sosias perfecto de Carlo Primero, contiene en su interior un vacío en lugar de la plenitud social que hace de Carlo lo que es y lo define. Y este vacío lo colma otra cosa, que no obstante se manifiesta a través de todas las reglas de comportamiento social que caracterizan la socialidad que hace actuar a Carlo. En otras palabras: si un testigo presenciara las acciones de Karl, no podría sino atribuirlas, en un hipotético juicio, a Carlo. Del mismo modo que un policía, si sorprendiera a Karl realizando algo ilícito, contrario a las reglas burguesas o simple y llanamente al código, no podría sino arrestarlo en cuanto Carlo: revisando los documentos de Carlo, informándose sobre sus datos censales, sobre lo que, por oposición, como en un sistema lingüístico, lo ubica en el contexto social.

El segundo Carlo es pues, en la jerarquía social, inferior a Carlo, aun siendo idéntico, tan idéntico que en la práctica no se distingue de él. Pero su inferioridad no es controlada por Carlo Primero.

El segundo Carlo, como todos los humildes, carentes de autoridad social —un poco como los perros—, es bondadoso. Inferioridad social y bondad coinciden. No obstante es en Karl donde se concentran los rasgos malvados de Carlo, mientras que es en Carlo donde se concentran los rasgos bondadosos de Karl.

Karl es siervo; Carlo es amo. Pero, como contaré a continuación, Karl (quizá) es libre, mientras que Carlo sin duda no lo es.

La libertad de Karl tiene rasgos inclasificables, y no hay solución de continuidad entre ella y todo aquello que es libre fuera de la razón: es decir, la realidad no cultural, no socializada (que por otro lado existe solo teóricamente). Aunque sea su siervo, Carlo no consigue controlar a Karl. Lo lleva consigo, atado a la correa como un perro; pero no sabe hasta qué punto lo conoce, ni siquiera hasta qué punto existe fuera de la acción, de la presencia física y factual.

Karl es sobre todo un hombre bueno, y nunca cambiaría. También él nació en Alessandria, estudió en Turín, vive físicamente su vida en esta sociedad y en este tiempo histórico, aunque parece provenir de una cultura distinta por completo de la italiana, o de la cultura burguesa. El que esté al servicio de otro presenta rasgos que no son por cierto los típicos del burgués italiano (cuyo servilismo es de naturaleza bien diferente); quizá proviene del «pueblo» italiano, o sea de una historia distinta y olvidada; y quizá esto explique la gracia de su servidumbre. Del mismo modo en que son profundamente gentiles y carecen de sentimiento de culpa ciertos policías o ciertos carabineros adolescentes que provienen de familias pobres del sur, o como son agraciados y dignos ciertos campesinos —jornaleros, mejor— precisamente de las tierras romañolas, etc. Aunque sea el encargado de llevar a cabo acciones incluso vulgares —como contaré—, no vulgares en sí mismas sino debido al espíritu burgués o pequeñoburgués que Carlo infunde en ellas culturalmente, Karl permanece intacto e incontaminado. Y no solo en los primeros años —los de Rávena y Bolonia—, en virtud de su juventud (como los policías y los jornaleros), sino también ahora que tiene el pelo entrecano y es un hombre maduro, aunque de aspecto adolescente. No poseer nada ni pertenecer a nada lo protege: de estar determinado por una sociedad que le ofrece su medio de vida, incluido lo superfluo, pero que él ignora y rechaza como un ser puro. Los reflujos y atoramientos que, al interiorizarse, produce en el alma de Carlo la lucha de clases, en Karl son «flatus vocis», no carentes de significado, pero sí de sentido.

Beirut, 5 de mayo de 1974

- En el primer viaje a Turín lo sigue un espía. La cosa se sabe en una breve escena entre dos personajes de los cuales uno al final dice una frase en siciliano.
- Todo lo que Carlo hace en Turín está visto como por él mismo (un proyectado informe suyo rellena los vacíos; tal informe está escrito en un estilo tosco, como un acta, pero yo, narrador, lo traduzco a un estilo artístico, etc.

———

Simultáneamente al primer viaje de regreso a Turín (madre, hermanas, amigos del colegio, lugares míticos resacralizados), Carlo II viaja por primera vez a Oriente como subordinado (está en el inicio de su carrera)

Su viaje lo deciden otros dos personajes pertenecientes al poder, no toscos sicilianos sino hombres cultos (que instrumentalizan el catolicismo de izquierdas, el sustancial laicismo de Carlo II)

*

El viaje

Es el viaje de los Argonautas hacia un lugar otro apenas cartografiado (desde el viaje de Hércules) — Analogía con el resto de viajes emprendidos por los héroes (‹?› científico-cultural) [esto dicho a las claras en una introducción del autor]

– El viaje es del todo inventado, es decir soñado (la realidad es fragmentaria, visionaria, etc.) [viaje juvenil, etc.].

↓

Por consiguiente el segundo viaje que después realizará Carlo II cuando sea «poderoso» es una repetición del primero. Ya está todo cartografiado (en sumo grado, a causa del Petróleo) — Queda solo un rincón sin cartografiar (en el desierto, casualmente). En ese punto no cartografiado es donde comienza (cfr. la caída de Damasco) la ‹?› de Carlo, que más tarde volverá a convertirse a la religión mística (a la italiana, etc.)

↓

El tercer viaje [a Edo] es una tercera repetición [más allá de la cartografía — cultural — mental]

Apuntes 6a etc.

Donde acaban Polis y Tetis tras su intervención (desaparición análoga a la de Carmelo y los Veinte Espíritus)

También Tetis y Polis son veinte; siguiendo a estos veinte Tetis y Polis se obtiene una imagen del mundo italiano hacia 1960 (inmediatamente después del 50)[20]

* (aparición meridiana del Dios, el más temible
cfr. Errores de los Antiguos de Leopardi)

## Apunte 6b
## **Las fuentes (premisa)**

Hasta este punto sin duda el lector habrá pensado que todo lo que está escrito en este libro —como es natural, y como es por otra parte inevitable— «remite a la realidad». Solo lentamente, avanzando en la lectura, y recorriendo por tanto el camino de su autor, se dará cuenta de que, por el contrario, este libro no remite a otra cosa que a sí mismo. Incluso remite a sí mismo —¿por qué no?— también a través de la realidad: de la que conocen —convencionalmente y en común— lector y autor. Cuando poco a poco se hayan establecido las premisas para una lógica interna, que funcione fundándose por entero en la «moción» que la constituye —«moción» completamente arbitraria e incluso, lo admito, pero por razones que resultarán claras más adelante, un tanto estúpida—,[21] el lector podrá moverse con mayor seguridad entre artimañas narrativas «que se explican recíprocamente». Por ahora, y lo entiendo, debe vencer la repulsión que provoca una transposición falsa de la realidad; falsa porque en efecto no existe. Me veo pues obligado a pedirle al lector que venza, mientras pueda, esta su natural repulsión por la «mascarada», y que confíe al menos en el efecto positivo del puro y simple acumularse de la materia.

Digo esto justo porque me dispongo a exponer ciertos antecedentes y, séanlo o no, determinados hechos que es imprescindible conocer; lo cual tiene toda la apariencia precisamente de una crónica que remite por vía directa a la realidad, aunque —en función de nuestro relato— vista como una larga y más bien tenebrosa incubación prehistórica.

## Apunte 6 bis
## **Los personajes «que ven»**

Es extraño que los verdaderos «hechos» de este relato comiencen a ser, cómo decirlo, organizados, vividos, por personajes imaginarios. Pero, como podrá entenderse mejor a continuación, fatalmente debía ser así. El lector queda libre de imaginar «dónde» se reúnen tales personajes. Por supuesto, estamos en Roma, la Roma de finales de los años cincuenta. En verdad, mi desesperante inexperiencia de todo ambiente que se ubique en la esfera del poder me impide incluso imaginar la calle, el edificio, el piso en que se desarrolla una reunión de gran importancia para el destino de mi protagonista. Me es difícil imaginar asimismo los tipos físicos de los personajes congregados para discutir el caso de Carlo, etc. Y no por afectación. (Pero el lector no debería fiarse de mí.) Es verdad que una cierta pereza mental me sugiere la imagen —visionaria por detracción de realidad— de una casa en los Parioli, no lejos de la que alquiló el joven Carlo. Es, por lo demás, la imagen tosca, dura, vagamente popular —bien que bajo las galas en exceso respetables, rígidamente burguesas— de nuestros personajes en la sombra. Imagino también para ellos cierto lenguaje jergal, su conversación sobre cosas diversas (pero siempre con un espíritu estrictamente económico, si se exceptúan los excursos insignificantes, de asunto meridional y forense). Para mí, una persona que forme parte de ciertas esferas de poder (cuando no se trate de una dictadura, en cuyo caso todo es más simple) no puede ser por otro lado más que una aparición.[22] Ver a uno y pensar: «Ahí lo tienes, un ciudadano italiano —napolitano, pullés, siciliano— que se aparta de una vida normal y entra —pero ¿cómo?— en las esferas del clientelismo, y por lo tanto del poder real, aunque sea en el margen extremo; que se pone al servicio de la criminalidad estatal, por supuesto con la mayor de las inocencias —es más, probablemente incluso con la certeza de estar del lado justo—, y empieza a recoger información con cargo al fondo de reptiles de una u otra corriente política del partido en el poder, etc., etc. Conoce, pues, al menos una pequeña parte del engranaje del poder, y tal conocimiento, mantenido en secreto de modo particularmente «tenso», casi sacralizado mediante una iniciación no formal, cuyos procedimientos, las reglas tácitas de la ley del silencio, ninguno de nosotros, ciudadanos normales, conoceremos jamás...», todo esto me parece, en efecto, casi sobrenatural, motivo de profundo estupor. En definitiva, tiendo a «negar» que todo esto exista; o, al menos, habitualmente lo olvido, no lo tengo en cuenta.

Nuestros personajes «imaginarios» se congregan pues —este es el meollo— en el piso del de mayor jurisdicción de todos ellos (un hombre no de la oficialidad, sino, digamos, el sicario en jefe). El objeto de su interés es Carlo. Lo que se decide es seguir a Carlo, vigilarlo y tomar nota de todo lo que haga. El encargado de esta delicada misión es un catecúmeno recién iniciado, pero ya de confianza (un «picciotto», un honorable «picciotto»).[23] No cabe duda de que desarrollará su cometido escrupulosa e incluso apasionadamente. Tiene alrededor de treinta años, la nuca oblonga, el pelo negro, corto y muy poblado, la cara muy morena, árabe casi, un perfil numismático, sensual, casi de adolescente; si no fuera porque, como sucede por ejemplo con algunos policías, la ingenuidad popular, la fisicidad desbordante, está como apagada y xxx por una especie de grisura ascética.

Todo lo que haga Carlo será «como visto» por este sicario que no juzga. Lo que yo diga al respecto no será sino el meollo de la relación oral —y por ello, en parte, dialectal— que haga al respecto este tal Pasquale (así, cómicamente, se llama).

## Apunte 6 ter
## **Cuentas pendientes**

Carlo, el puro,[24] parte, digámoslo así, la misma noche de su nacimiento. Parte hacia Turín, en tren. En aquel mayo de finales de los años cincuenta, Italia está aún intacta, y solo los espíritus críticos notan, con un juicio negativo en virtud del cual sentían gratificado su propio narcisismo, los primeros indicios de la nueva época que está a punto de desfigurar para la eternidad las viejas ciudades y la vieja campiña. La delicadeza de Carlo lo incluía por derecho natural entre esos elegidos;[25] pero él era bondadoso, y el sentimiento de totalidad que mediante el sexo lo ligaba al mundo —al margen de todas sus Éticas particulares— era más fuerte que el sentimiento estético. Buscaba —pero en el mundo, entre los cuerpos— la soledad más absoluta. Y no había solución de continuidad entre lo que esperaba de aquel viaje —impremeditadamente, en el acto mismo de entrar en la estación, de comprar el billete— y el placer íntimo de las visiones más puras y desinteresadas de la realidad, en cualquiera de sus aspectos, humano o natural, etc., etc.

En el atardecer, una luz madura, dulce, de catástrofe, ilumina oblicua las cosas. La vieja estación Termini desapareció, con el rodar monótono y fascinante de las ruedas del tren sobre las junturas de los raíles (divino sonido de la sexualidad infantil); y, anunciada por unos suburbios al viejo estilo que van raleando, aparece la vieja campiña, reluciente como un Caravaggio «en plein air»: los trigales entre el verde y el amarillo se insinuaban irregulares, como praderas salvajes, entre abultados, cuajados arbustos de acacia blanca; los tilos han florecido; la hierba lo desborda todo, lavada por la lluvia, perfumada por el sol que la reseca. Lomas irregulares cubiertas por bosques de robles, largas y sinuosas vaguadas solitarias que albergan el discurrir de las aguas, el Tíber quizá, crecido hasta los bordes, hasta rozar los gruesos árboles torneados y deslumbrantes en los purísimos ribazos.[26] Grandes bosques de robles, en el horizonte, sobre prolongadas lomas planas, entreverados por indefinibles terrenos silvestres como de rastrojos amarillentos que preanunciaban ya de pleno el verano.

Así, como naturalmente traída por aquella hora y por aquella luz, una mujer, que aún buscaba asiento por el tren, tras echar un rápido vistazo vino a acomodarse en el compartimento que ocupaba Carlo, y en el que solo había un soldado (en primera clase) durmiendo; se sentó frente a él y se puso a leer una revista. Y fue así, sin interponer barrera alguna ante la belleza de aquella Italia que, igual desde el inicio del siglo, iba pasando por las ventanillas del tren, mientras anochecía (el rojo de la luz mudaba en un celeste anonadado), como Carlo comenzó el ritual sexual que habría de prolongarse hasta la llegada, en la oscuridad. Lo prioritario en este rito dictaba con carácter obligatorio un inquebrantable silencio. El segundo lema era que los escarceos debían acontecer por fases, pudiendo cada fase representar[27] realmente la totalidad, resultar autosuficiente. Todo, por ejemplo, podía reducirse —y ser motivo de extasiada satisfacción— al exhibicionismo; o bien a tocamientos a la mujer en apariencia puramente casuales; o incluso tan solo a una mirada insistente, que negara la complicidad en el acto mismo de buscarla. Poco a poco Carlo pasó de una fase a otra. Y, ya que estamos en un nivel ensayístico, añadamos que la violación de su propio pudor y de su propia dignidad causaba en Carlo un trauma demasiado fuerte (y en consecuencia una ebriedad demasiado fuerte) como para resultar vulgar y agresivo. Tal violación no creaba sino las premisas de un infantil y obstinado derecho. Era esto lo que, precisamente por dramático y excesivo, no apartaba nunca del todo a Carlo de la realidad y no requería en él disociación alguna. La mujer asistió (con su rigurosísima hipocresía) al exhibicionismo de Carlo. Un exhibicionismo que, dentro de su propia técnica, estaba constituido a su vez por una serie de fases (igualmente autosuficientes en potencia, habida cuenta de que Carlo, aún por debajo de los treinta, estaba en condiciones de prolongar la erección cuanto quisiera, y de eyacular en el momento en que le pareciera oportuno). Cuando empezó a oscurecer, antes de que se encendieran las tristes bombillas del tren, Carlo se cambió de sitio, y fue a sentarse al lado de ella. Una vez aquí, prolongó aún bastante tiempo la fase exhibicionista, retomándola desde el principio, dado que la nueva óptica garantizaba nuevas emociones. Luego, con lentitud extrema, pasó a la segunda fase, comenzando a rozar las rodillas de la mujer con los nudillos. En pocas palabras, solo pasada Génova, ya en plena noche, cuando la luna iluminaba paisajes indescifrables que preanunciaban el final de aquel viaje de regreso, tuvo Carlo sobre su propio vientre una mano de la mujer (en la oscuridad; había apagado las luces —incluso el pequeño piloto azul— como para dormir; y el nuevo pasajero que había sustituido al soldado se desvanecía como un fantasma en su rincón; y quizá veía). Y solo poco antes de Turín —cuando el ruido metálico del tren hubo cobrado el tono melancólico que precede a la inmovilidad, al silencio del final del viaje— la mano de la mujer se había introducido por la bragueta de los pantalones de Carlo y agarraba el miembro desnudo, erecto por la eyaculación retardada, que solo en el último instante, en el estrépito de los cambios de aguja que anunciaba —casi festivamente, ahora— la estación, la inundó de semen, que ella no acertaba a limpiarse. Pero Carlo ya se había levantado, y, plantándole el vientre con los botones aún desabrochados a la altura de la cara, cogió la maleta; y salió al pasillo, no sin haber dirigido a la anónima señora una sonrisa de muchachito tímido.[28]

## Apunte 6 quater
## **La vida secreta de Carlo a la luz del sol**

No hay nada más fácil que espiar a un hombre como Carlo, habiendo él renunciado por completo, aunque no de manera insensata, a la buena reputación. Se ha degradado. Si hubiera pensado que tal cosa era inmoral probablemente no lo habría hecho. Pero, bien al contrario, consideró esta su degradación profundamente moral. Y además la consideró un derecho. El objetivo de todo ello no es sino el placer de los sentidos, del cuerpo, es más, para ser precisos e inequívocos, de la polla. Debiendo por tanto procurarse eso que por convención se llama placer —y que en realidad es una felicidad inigualable e incluso indescriptible— no se rebeló en absoluto ante un Poder represivo(3) que a tal «placer» niega el permiso, es más, lo condena severamente. Si se hubiera rebelado, habría estropeado todo. Habría llamado la atención sobre sí mismo, habría dado un espectáculo. Su rebelión era mucho más profunda, global, según la expresión en uso una década más tarde. Todo lo concerniente al poder había perdido <u>realmente</u> cualquier valor, y derrumbado a su alrededor yacía olvidado como un enorme desecho ruinoso. Para hacer efectivo su propósito de completo, riguroso, <u>global</u> desorden, adoptó con ingenuidad las técnicas del orden. Hacía lo que quería y punto, ese era su objetivo. Exteriormente, a excepción de un cierto abandono formal respecto de las reglas que hacían de él un hombre de la alta burguesía, y comportándose por consiguiente como uno

(3) P. ej. el Estado italiano.

de tantos pequeñoburgueses, heridos, parcos, fracasados quizá, pero sensibles y dignos (incluida su pobre vestimenta, quizá un tanto juvenil en exceso), exteriormente, repito, nada habría revelado la verdadera condición de Carlo: el doctor Jekyll que vivía en él.[29] Y si acaso algo la hubiera revelado, a Carlo no le habría importado demasiado. Sencillamente no se preocupaba ni de esconder ni de revelar lo que realmente era y lo que buscaba en la vida. Por esto he dicho que no hay nada más fácil que espiar a un hombre como Carlo. No solo ni se le ocurre pensar que alguien lo espíe —y por tanto que lo conozca, que levante acta sobre su vida— sino que si por casualidad hubiera de venir a saber que alguien lo está espiando, el asunto no le preocuparía lo más mínimo. Peor para el espía. A no ser, como es natural, que se tratara de un espía de los carabineros o de la policía, porque en tal caso se sentiría aterrorizado a más no poder. Teme que algo le impida continuar haciendo lo que quiere hacer, lo único que da sentido a la vida. Por lo demás, el amor a sus familiares[30] —que sufrirían ante un revés judicial que le afectara, ante un escándalo— era verdadero, nacido en la infancia, etc.: no había en ese amor nada de conformismo ni de, digámoslo así, contradicción ideológica.

Pasquale Bucciarelli, en su primera misión importante, no debe enfrentar pues particulares dificultades; es casi un juego. Mejor para él. Podrá quedar bien ante sus jefes, sentar xxx xxx de su carrera, saboreando ya, en su corazón impenetrable, las alegrías que habría de procurarle, dinero, coche, mujeres, y todos esos bienes que hombres como Carlo gozan con total naturalidad e inconsciencia.

Apunte 6 quinquies

## Dos palabras sobre el tal Pasquale

(Historia de Pasquale — Pícaro — Smerdiakov)

## Apunte 6 sexies
**La maleta con el informe**

Repito: no hay cosa más fácil que seguir, observar, espiar a Carlo. Pasquale, gracias a ese talento que no podía no estar vinculado a su vocación, lo había comprendido enseguida.

Se dispuso pues a cumplir con su cometido, y a llevarlo a término del modo más escrupuloso y con un resultado que fuera el más satisfactorio para el Estado (¡) y para sí mismo, Pasquale. Aspiración y proyecto que se realizaron puntualmente.

Pero llegados a este punto debo anticipar los hechos, y llegar al final de toda esta parte de mi relato referida al regreso de Carlo a Turín.

Estamos pues ya casi en otoño, ya todo ha acontecido, y Pasquale está volviendo a Roma (un día antes que el propio Carlo). Está en el tren, en un vagón de segunda clase. Está visiblemente satisfecho; en cuanto puede, pega la hebra con los compañeros de viaje; y se siente sinceramente uno como ellos, uno que piensa como ellos. Luego, en Génova, el compartimento se vacía, y Pasquale se queda solo con su pequeña maleta (aún no se usaban las llamadas xxx; era una de esas maletas de cartón que habían prestado servicio fielmente a los italianos sin solución de continuidad desde antes hasta después de la guerra, desde la Resistencia hasta los comienzos del desarrollismo). Dentro de aquella maleta estaba el tesoro de Pasquale, o sea su informe. Durante todo aquel periodo, efectivamente, había anotado, en un lenguaje preciso, burocrático, al tiempo prolijo y esencial, todo lo que había «descubierto» en la vida de Carlo. Tal era el informe que ofrecería, como una absoluta obra maestra de esmero y obediencia, a sus jefes. Pero allí en Génova entró en su compartimento un nuevo compañero de viaje. Pasquale comprendió enseguida que, con este, iba a ser difícil pegar la hebra y entablar una de esas agradables conversaciones llenas de sensatez y de respeto recíproco que tanto satisfacían a su alma de policía —mejor, de cabo de la policía— frustrado. En efecto, se trataba de un hombre joven, de su edad, quizá incluso más joven. Pero era claramente un intelectual. En aquellos años una brecha enorme separaba a los burgueses de la gente del pueblo, a los intelectuales de los obreros. Tomando en consideración la pura y simple presencia física, el cuerpo, un vistazo era suficiente para distinguirlos sin la más mínima posibilidad de error. El hombre del pueblo Pasquale entendió enseguida que se hallaba ante un burgués intelectual, y el burgués intelectual entendió enseguida que se hallaba ante un hombre del pueblo. Nada, en verdad, me da objetivamente derecho a saber quién era o qué pensaba este intelectual que había accedido a un compartimento del tren Turín-Catania aquel día de primeros de otoño de 1961; no obstante, creo poder afirmar con una cierta seguridad que se trataba de un intelectual de izquierdas; en efecto, la maleta con la que cargaba, que había colocado no sin esfuerzo sobre la rejilla, estaba a rebosar de libros, y había escogido uno para leerlo durante el viaje; y efectivamente se trataba de un libro que solo podía ser leído con interés por un intelectual de izquierdas de aquellos años: un libro de Shklovski sobre Sterne (en ruso; así de bufo sonaba el título: «Sterna i teoriya romana»). De modo que, justamente en cuanto intelectual de izquierdas, este hombre joven, pálido, impersonal y un poco curil, no podía por menos que sentir simpatía por aquel «obrero» (el que se tratara de un lumpemproletario era para él irrelevante: ya que, evidentemente, no quería saber, como todos sus correligionarios, que semejantes seres existían). Por lo tanto, fue amable con él en las pocas palabras que cruzaron. La simpatía, naturalmente, no era correspondida por Pasquale, que enseguida había visto en él al «rojo»:[31] y de inmediato confundió su odio de clase con su anticomunismo profesional. La cosa no lo alteró demasiado. Era una óptima disposición de ánimo. Se dispuso a que el viaje transcurriera lo más placenteramente posible, echándose incluso un buen sueño. Miraba con profunda complacencia su maleta, con el informe dentro, junto a la cual estaba ahora la maleta gemela del intelectual, llena de libros.

El viaje se hacía largo, eterno. Vino el crepúsculo, cayó la noche. Llegaban nuevos compañeros de viaje, se acomodaban, se esfumaban. Por fin el sueño se apoderó de golpe y casi al mismo tiempo de ambos jóvenes viajeros: un sueño casi no buscado esta vez, no deseado, un sueño profundo e infantil.

Cuando se despertaron, ambos, en Roma, ya casi al alba, sufrieron los dos al mismo tiempo un trauma que los turbó hasta el fondo más impenetrable del alma: no había rastro de las maletas. Habían desaparecido, y su desaparición tenía algo de fatal: daba la impresión de que nunca desaparición alguna hubiera dejado tras ella, sobre aquella rejilla, un vacío tan absoluto y profundo; tan profético, estaríamos tentados de decir.

Pues bien, el del «informe robado» será un motivo muy secundario en mi relato, prefiero decírselo enseguida al lector. Pero no por ello sus efectos serán de menor relieve, ni como es obvio, por otra parte, su desaparición será definitiva: en el momento debido, este motivo del «informe robado» será diligentemente retomado.

Por ahora la cosa tiene un solo significado. Pasquale no pudo exhibir su perfecto informe, perfectamente exhaustivo con los hechos, a sus mandantes. Dolorosamente herido en su orgullo de subalterno eficiente y fiel, hubo de pergeñar unos apuntes y referir después los hechos sobre todo oralmente.

Lo cual no puede dejar de reflejarse en mi relato. Que pertenece por su propia naturaleza al orden de lo «ilegible», siendo la suya por tanto una legibilidad artificiosa: una segunda naturaleza no menos real, en cualquier caso, que la primera.

Referir lo que hizo Carlo durante su estancia en Turín, deduciéndolo del «informe» de Pasquale, habría hecho depender fatalmente el equilibrio del relato de las razones de la «legibilidad». Mi deber de escritor por el contrario es el de fundar ex novo mi escritura; y no por una cuestión de principios, en absoluto, sino por una auténtica coacción a la que no puedo en modo alguno oponerme. Aunque yo no lo hubiera querido y decidido, este escrito tenía que ser a la fuerza —quizá no léxica ni formalmente— un «nuevo ludo»;[32] todo en él es en efecto grave alegoría, casi medieval (o sea, ilegible). No puedo sustraerme a este compromiso. Y que me perdone el lector si lo aburro con estas cosas, pero yo vivo la génesis de mi libro.

## Apunte 7
**Turno de la madre**

La villa de los Valletti está en el Canavese:

> Con su jardín inculto, vastas salas, hermosos
> balcones seiscentistas ornados de verdor

Nada más llegar, Carlo sube derecho a la buhardilla. Apenas si ha entrevisto a su madre, sorprendida, que no esperaba su llegada. Es una señora guapísima, alta, como su hijo, pero más gruesa. Se está preparando para ir a Turín a una fiesta. Carlo casi ni la mira, y al abrazarla desliza hacia abajo sus manos, hasta el comienzo de los gruesos glúteos enfundados en seda. Luego sube a la buhardilla, donde pasaba horas y más horas cuando niño. Desde allí conoció el grillo y el mochuelo; el cernícalo; el toque de las campanas, el Matutino o el Ángelus; la entera vida campesina. Helo aquí, pues:

> en la buhardilla seiscentista, oval,
> de prietos bastidores, y la trama
> del cristal deformando el panorama
> como un antiguo esmalte innatural.
>
> Incierto (y bello) como en un esmalte
> a cuadradillos ves el Canavese:
> Ivrea torreada, las lomas de Montalto,
> la línea de la Serra, las iglesias, los árboles…[33]

Solo en la buhardilla (en un día como aquel, ya con una cierta atrocidad septembrina; cansado del largo viaje en tren y una noche en un hotel en Turín, sin dormir), Carlo se desabrocha los pantalones, se la saca y empieza a masturbarse. La cosa tiene un cierto sabor seco y polvoriento; un poco humillante y esplénico; la erección es insuperable, pero es la voluntad del cerebro taladrado por el retorno de la infancia y del conocimiento del mundo campesino con su tremenda pureza lo que determina aquella masturbación. En toda la casa —exceptuando la servidumbre— están solamente su madre y él mismo. Empiezan a repicar las campanas de xxx. Está ya bien entrado el día, quién sabe por qué suenan; quizá por la fiesta de mañana. Junto a la polvorienta sequedad matutina hay en el aire algo de blando y húmedo, vespertino. ¿Cómo? ¿Ya se acaba el día? ¿En esa grisura melancólica de un cielo demasiado sereno? Carlo deja de masturbarse, pero no, como suele hacer, para insistir de inmediato. Introduce el miembro, endurecido pero vacío, con una ligera acuosidad desconsolada y quizá algo fétida en la punta, en los pantalones y se los abotona. Desciende de su observatorio infantil, del que solo él sabe, y desde el cual se conoce el mundo: el mundo campesino visto por un niño rico y enfermo. Baja las escaleras que parecen resonar, en su vejez, en su consunción incluso (mental, porque en realidad parecen nuevas a estrenar, olorosas a cera y a la burguesa lavanda), parecen repetir una sola cosa como quince o veinte años antes: «Masturbación, masturbación». Carne caliente del pene duro y desollado, excitado, estrujado, bajo los pantalones de dudosa elegancia impuestos como un refinamiento familiar. Baja por la casa vacía (hay una nueva criada joven) y entra sin llamar en la habitación de su madre. Ella, con la espalda desnuda, se vuelve hacia quien entra, después hacia el espejo, ocupada en acicalarse para la fiesta a la que debe acudir. Es una mujer de cierta edad —cincuenta años—, no tiene demasiadas alternativas para pasar los días: sigue los martes literarios, las exposiciones de la Fiat, y todos los aditamentos mundanos de estos y similares acontecimientos. El inicio de los años sesenta comportó aún, naturalmente, mujeres como ella. Es rubia (no tendría después demasiadas canas), con una gran onda sobre uno de los ojos, como si tuviera unos quince años menos. Parte del pecho también está a la vista. A pesar de que es cerca de mediodía (el party al que va es justo a esa hora, en un rascacielos, una especie de Terraza Martini), invade la habitación una penumbra vespertina, cargada de una sensación de fin de la jornada, de consumación de todo, de atroces propósitos de retiro y descanso, como Dios manda. La madre tiene el pecho medio al descubierto, y por supuesto toda la garganta, las arrugas tirantes de la garganta, cubiertas de crema. Bajo la bata ligera se entrevén los gruesos muslos. Carlo se le acerca, y le da un beso. Era una vieja costumbre durante un periodo bastante largo de la primera adolescencia de Carlo. Emma (como Bovary) se extraña. Y ríe con una risa destemplada, en o:

—¡Jo, jo, jo! —y se reordena toda como una gallina clueca tras el asalto del gallo.

Trata de comentar algo sobre la vida de Carlo en Roma. Pero sus ojos se posan en el espejo, donde ven la figura de Carlo de pie, que con una mano se aprieta el vientre, como quien tiene una urgencia por orinar que lo inmoviliza. Emma levanta los ojos hacia el rostro de Carlo, disimulando, y repite tranquila, displicente:

—¡Jo, jo, jo!

Pero —era imposible que no sucediera— vuelve a bajar los ojos, que esta vez ven en el espejo las manos de Carlo que trastea en el bajo vientre y se desabrocha lentamente los pantalones. Emma se concentra en su maquillaje, empolvándose el rostro. Carlo se inclina sobre su cuello y le da otro beso; no solo, sino que le lame la espalda. Emma dice:

—Pero ¿qué haces? —como una muchacha cualquiera, o como una puta.

Carlo le responde (es el colmo):

—Cállate, mamá.

Ella se calla, y vuelve a empolvarse. Como es natural, no está pasando nada. Pero ella no manda en sus ojos, que se posan de nuevo en el espejo y ven, sin posibilidad de error, el pene de Carlo que asoma por la bragueta, tieso, duro, apuntando hacia ella. Emma entonces se asusta, y se yergue sobre el taburete en el que está sentada, medio desnuda. Carlo no se opone, pero cuando está en pie la coge por el costado y la empuja hacia la cama (entretanto, la bata que cubría su cuerpo —no la llevaba puesta— resbala) diciéndole:

—Ven.

Emma dice:

—Pero Carlo, Carlo —y, aun siendo fuerte como una vaca, ni más ni menos, no alcanza a liberarse del embate de aquel pequeño Narciso de treinta y cinco años, seco como un adolescente.

Carlo consigue tirarla en la cama y se le monta encima, tras haberle arrancado las bragas.

## Apunte 8
## **Continuación**

Tras semejante exordio, todo lo que Carlo está destinado a hacer en aquella villa del Canavese o en la cercana Turín no podrá sostener la comparación. Pero así han ido las cosas, no siempre lo más interesante llega al final. Emma ha acudido a su party, al que sin duda ha llegado un poco tarde, algo sin importancia. Como ella se ha ido, Carlo ha comido solo. Le ha servido la nueva criada, una campesina de xxx. En aquellos años todavía podían encontrarse sirvientas de la zona, como durante todos los siglos precedentes. Era una mujer de unos treinta años. Carlo empezó enseguida a mirarla de modo particular, como un patrón gentil en demasía, insistente, no solo en las miradas, también con melindres sobre la comida, etc. Cuando ella le lleva la sopera con el primero, se lo encuentra con las manos juntas sobre el vientre. Cuando le lleva el segundo —un pollo muy bueno con verduras, muy buenas— hasta se ha desabrochado los pantalones. Ella trata de no hacer caso, pero esta vez Carlo no le quita ojo, y ve que su mirada ha caído sobre el borde blanco de la elástica que asoma bajo la bragueta abierta. Así que, mientras ella le sirve, él mete la mano por la bragueta y agarra, apretándolo con violencia, el pene. Y al mismo tiempo la mira fijamente con sus ojos de un azul velado, que dan pena y a la vez reclaman sumisión, y empieza a hacerle preguntas que la obligan a las respuestas respetuosas de una pobre mujer a la que pagan por servir:

—¿Estás casada?

Y ella:

—Sí, señorito.

—¿Desde cuándo?

—Desde hace tiempo, quince años ya…

—Te casaste siendo una niña…

—Pues sí…

—Y ¿tienes hijos?

—Sí, señorito.

—¿Cuántos?

—Tres.

—¿Varones o hembras?[34]

—La mayor es una niña, los otros dos chicos.

—¿Cuántos años tienen?

—La mayor catorce, el segundo trece, el último es aún muy pequeño, tiene catorce meses.

—Ya.

Durante este diálogo, que obliga a la mujer a estar allí parada respondiendo diligente, Carlo se ha sacado el pene, y lo aprieta fuertemente en el puño.

—Y ¿cómo se llama la niña, la mayor?

—Viola.

La mujer ha terminado de servir, permanece allí con la bandeja en la mano, con el aire propio de una gobernanta, puro practicismo sin gracia alguna. Carlo abre el puño con el que aprieta el pene para coger los cubiertos: y el pene queda desnudo, tieso, túrgido fuera del pantalón. Bajando los ojos la mujer se va. Pensando en Viola, Carlo no se resiste, y una vez solo se masturba rápidamente, llegando pronto a la eyaculación, de tan excitado que está. Se ensucia toda la mano. Va al baño a lavarse.

Cerrado el paréntesis de la criada, se fue a su habitación. Se tumbó enseguida sobre la colcha blanca de xxx, y se desabrochó los pantalones. Aunque naturalmente el pene no estaba erecto, se lo cogió y empezó a moverlo, como si se masturbara, con lentitud, como siempre, en cualquier ocasión, cuando estaba solo. La sombra era terrible y, aunque, fuera, su otra cara mostrara una luz poderosa debida al sol ardiente si bien ya incapaz de provocar verdadero calor (sobre los viñedos como esmaltados contra el azul, contra las lomas), pesaba sobre el corazón como el plomo. No era como durante la juventud, cuando la angustia de aquella sombra (decretada por Dios) era insostenible; no obstante, a pesar de la costumbre, todavía seguía provocando dolor. La luz penetraba por la ventana como en el verano recién disipado, y un no sé qué desvaído decía claramente que el mundo había girado al tiempo austral que regresaba, con sus obligaciones. Carlo era completamente ajeno a ello; durante el invierno regresaría a Roma; quizá incluso se iría a Sicilia. Su única preocupación, tremendamente placentera, era la de satisfacer el sexo, el mismo que tenía apretado en el puño, y todo lo que traía consigo. Pensó en su madre y, de inmediato, aunque vacía de semen, seca como una caña, la polla volvió a empinársele. Era una nueva codificación, observada y aplicada por primera vez. La madre de Carlo en Turín, en la casa de la ciudad, nada más comer, sola, sudada, cansada, de vuelta de un compromiso mundano y ya con los preparativos para el siguiente (digamos el té en la casa destinada a homenajear para pocos privilegiados al invitado o invitados, para quienes se había organizado una fiesta pública algo vulgar), era una imagen ya de repertorio, uno de tantos repertorios de la imaginación de Carlo, con la que el pene se le empinaba y podía masturbarse, pero sin llegar a la eyaculación, o sea todo el tiempo que quisiera. El movimiento de la masturbación —como si lo acunara— le provocaba además por lo común un sueño profundo, que le caía como plomo sobre los ojos. Por la noche, tras la acostumbrada masturbación, se dormía definitivamente; en los demás casos dormía durante un rato presa de un sueño ciego y feroz. Cosa que también allí le sucedió, en la cama de su adolescencia. Cuando se despertó, al cabo de cinco minutos, el sexo se le había helado dentro del puño que lo apretaba. Un rayo de sol penetraba con ímpetu entre las rendijas de los viejos postigos y las pesadas cortinas dannunzianas.[35] Al oír voces fuera, sin dejar de apretarse el miembro, Carlo se levantó; se dirigió a la ventana y la abrió, pero no tan poco como para no poder ser visto (era un cálculo mecánico ya). Las que hablaban, a gritos, eran las tres hermanas de Carlo, Chiara, Natalia y Emilia. Había con ellas una niña de unos trece o catorce años, a la que llamaban Viola; era por tanto la hija de la criada. Carlo, mirando a todas aquellas mujeres, se apretó más fuerte aún el sexo en los pantalones desabrochados, invadido por la angustia. Las hermanas y la chiquilla desaparecieron por los recovecos de la villa. El jardín quedó vacío. Se veía una franja, que abarcaba, fuera, los árboles del campo, álamos y arces. Dentro, los setos de boj, convencionales y cargados de un ya secular sentido de riqueza; los caminos de gravilla blanca; los parterres de flores, moradas, anaranjadas, pero como polvorientas, o descoloridas, pasto de celestes abejas, en aquel sol tenue y ardiente.[36] Carlo se echó de nuevo en la cama, con las piernas abiertas, y volvió a pensar en su madre, masturbándose un sexo que había perdido de repente la dureza de la erección. Había decidido levantarse e ir a Turín. Pero se concedía aún cinco minutos, o quizá diez, de masturbación, allí en la cama, la mente enardecida con las imágenes eróticas que habría hecho realidad en Turín al cabo de unas horas. Entretanto —como sucedía a menudo— se distraía con algunas preguntas que no tenían que ver con aquellas imágenes. Por ejemplo, se preguntaba con insistencia cómo podía su familia llevar un tren de vida tan poderosamente regular, tan opulento: una enorme villa en el Canavese, un piso de siete u ocho habitaciones en la ciudad (un ático en Via xxx), la necesaria servidumbre respectiva; automóviles para todos, o casi todos, los componentes de la familia. Cualquier gesto que se hiciera dentro de aquel universo familiar tan sólido y tan a la antigua, no podía dejar de costar un dineral en moneda moderna, no directamente acumulada por los antepasados (el abuelo empresario latifundista). Molesto con aquellos pensamientos que no le concernían, Carlo se abrochó los pantalones y, sin cambiarse ni lavarse, salió.

Su madre no estaba en casa. Acabó encontrándola al caer la tarde, en una tercera fiesta. Le costó mucho conseguir enterarse de dónde estaba, porque no se atrevía a pedir noticias suyas simple y llanamente, como un hijo lo haría con una madre. La timidez y el miedo mediante los cuales se alcanza la satisfacción sexual habían terminado por instalarse también en aquella relación entre Carlo, su madre y los demás. El hecho de que Carlo hubiera decidido de una vez para siempre ocuparse exclusivamente del sexo, fuente de placeres únicos todas y cada una de las veces, sublimes, e inexpresables, no significa que su vida se dedicara al placer. La timidez era de hecho más bien angustia que simple timidez. En esto Carlo seguía siendo el mismo que cuando era un muchacho. Telefonear y preguntarle a alguien: «¿Sabe dónde puedo encontrar a mi madre?», ahora que la buscaba por motivos no ciertamente normales y corrientes, lo bloqueaba en un estado de angustia invencible. Hubo de maniobrar como un delincuente para cerciorarse de que su madre estaba en casa Oddone, en la tercera fiesta como queda dicho. Apenas la vio le dijo que fuera al baño; pero tuvo que repetírselo dos o tres veces para que ella le obedeciera y bajara al baño, en la planta inferior. En cuanto se aseguró de que entraba en el baño, se coló detrás de ella. Aquellos retretes de casa Oddone eran todo blancos, de mayólica de aires dieciochescos; bajo el estrato del olor del maquillaje y los demás cosméticos, el estrato del olor de la orina mezclado al del menstruo, precisamente por su ligereza, dejaba sin respiración. Era la primera vez, por supuesto, que Carlo entraba en aquel sagrario. La erección fue tan fuerte que hubo de doblarse sobre sí mismo, como por una dolorosa punzada. Había una mujer ante el espejo en una pequeña antesala. Carlo tuvo que fingir que se había equivocado, y retirarse de nuevo hasta el pasillo, con el riesgo de que lo sorprendiera allí otra señora. Comenzaba la maniobra, la esperada maniobra en la que estaba en juego el cosmos. O las cosas salían según el plan, o sería una desilusión intolerable, peor que la muerte. Había que esperar que la señora que estaba dentro saliera, impedir que fuera su madre la que lo hiciera antes, poner cuidado de que no llegaran otras inoportunas. En efecto, apareció una criada. Carlo se sintió desfallecer, jurando para sus adentros, desesperado como un chiquillo. Como rechazada por la voluntad de Carlo, la criada tomó otro camino, bajó las estrechas escaleras que la llevaban a sus fogones, maldita puta. La otra maldita puta (si se me consiente un breve inciso en estilo indirecto libre) seguía sin embargo allí. Cómo ver en qué punto estaba, sin asomar la cabeza y por tanto que lo viera de nuevo. La maniobra precisaba de absoluta inmovilidad, y de un cigarro. Pero Carlo no fumaba, el muy inocente. Como aspirada por su voluntad, cuando estaba ya a punto de perder el sentido y los nervios eran como un grumo inflamado de tensión, la puta salió, deslizándose hacia la planta superior como una sombra, con la levedad adquirida en aquellos cinco minutos en el lugar apartado. Carlo entró como loco por donde ella había salido; de los tres retretes, dos tenían la puerta abierta, uno cerrada. Carlo llamó a la puerta, diciendo en voz baja y alterada:

—¡Abre que viene gente!

La madre corrió el pestillo. Justo a tiempo, porque en efecto, charlando de cosas sobre las que habían empezado a hablar en la planta superior, entraron dos señoras, o quizás tres. La madre tenía el rostro terso y casi sin arrugas. Era la excitación, el excesivo cansancio (tres fiestas en un día). Allí dentro el hedor a orines femeninos era verdaderamente agudo.

—Qué quieres —dijo Emma.

Era una mujer avanzada, conocía a Freud gracias a los libros divulgativos de los psicoanalistas italianos; pero lo que le estaba pasando superaba cualquier límite. Sin duda pensaba que su hijo, si hacía aquellas cosas, que a él sin embargo le parecían del todo naturales, había enloquecido.

—Calla, puta —le respondió.

Y se la estrechó contra el pecho. Los senos abultados y blandos lo conmovieron casi hasta las lágrimas:

—Puta mía —añadió con la ternura que un poco lo convertía en asquerosamente sádico—, dulce, hermosa puta mía.

Deslizó la mano sobre los glúteos altos como dos murallas o dos cúpulas, la seda rugosa no impedía que se notaran debajo las marcas de las bragas, incluso sus costuras y encajes. Carlo giró con violencia a su madre hacia la taza del váter, le puso una mano en la cabeza para obligarla a agacharse, y, haciéndola callar, procedió lentamente a la operación que en aquel momento le parecía improrrogable: le levantó las faldas y le bajó las bragas, dejándole el culo al descubierto. Debajo, en la sombra aséptica del baño de los Oddone, quiero decir debajo del culo, entre los muslos, sobresalía un matojo de pelos. Carlo lo aferró entero, por detrás, con la mano.

Chiara, cuya voz había sido la primera en oírse en el jardín aquella tarde, era la hermana más joven, nacida cuando él ya tenía dieciséis o diecisiete años, y ahora tenía la edad de Carlo cuando ella nació, poco más. Casi ni se conocían. Pero dos o tres años antes, cuando él se fue a Roma, la había visto besar a un perrito que por aquel tiempo era el rey de la casa (ya no andaba por allí, a saber dónde estaría). Chiara hablaba en dialecto con xxx (así se llamaba aquel perro), y mientras le hablaba, agachada, los senos se le quedaron enteramente al descubierto. Todo ello formaba parte del perfecto cuadro del pasado. Pero Carlo, al día siguiente de haber llegado a casa, pensó que debería descansar, sexualmente. Por eso se quedó en Turín, para dedicar un día a la contemplación.

———

- Felicidad del día etc. (sol de septiembre — amigos) — esperanzas etc.
- Angustia meridiana
- Estación (?) — Casa
- Zafiedad de las hermanas (relación no contestataria con los adultos) — Abuela
- Descripción patrimonio familiar — cambio registro (otra familia)

– Poesía de la madre (anotaciones metalingüísticas en psicología funcional)
– Pensión Sicilia
– Relación varones y Carlo
– Relación financiera con Carlo I (aún dinero escaso)
– el billete de los carabineros
– Madre tiene objetivamente su hijo en Roma
– Padre a la mesa

8 de septiembre de 1973

Las razones por las que había decidido esto provocaron, además, que a la mañana durmiera hasta tarde, lo que para él significaba las nueve o las diez. Enseguida notó el sol. No necesitaba abrir las ventanas para saber que la luz de ese sol se propagaba apenas desvaída en los bordes por las calles y las plazas de la ciudad. Que tenía una transparencia marina, un poco blancuzca, en el azul que aparecía entre los techos, al fondo de las calles. Y que esa lumbre, aun caliente, tenía ya dentro un vacío, una falta de fuerza de la cual, junto al gozo de su limpidez que hacía prever una serie inalterable de días igualmente azules, se expandía una especie de desesperada melancolía indolora (como son siempre los presagios). Salió a la calle, poco antes de mediodía, y era en efecto uno de los días más calurosos del verano, si no el que más. Y no obstante la gente ya había regresado de las vacaciones, y el tráfico era como en invierno. Ya en aquel lejano 1960 la ciudad estaba llena de meridionales. Ellos sobre todo atestaban las calles, antes vacías. Daban a la ciudad un aire de hospicio, de retaguardia llena de convalecientes. Los cafés del centro, por el contrario, estaban llenos de burgueses turineses que tomaban el aperitivo. En la espléndida barra del bar, o en pequeñas salas equipadas con muebles bien conservados, con antigüedades del noble siglo XIX, estaban los jóvenes herederos: mezclados entre sí, los hijos de padres pequeñoburgueses, profesionales liberales, empresarios.

..................................Casa Ansaldo
Casa Rattazzi, Casa D'Azeglio, Casa Oddone.

Todos con el rictus, tímido en unos, vulgar en otros, de los jóvenes provincianos. Decían «sovente» en vez de «spesso»,[37] y su propia condición les parecía la más natural posible de las condiciones. Sus costumbres convertían en extraño al resto del mundo. La complicidad existente entre ellos, por otro lado, los convertía a su vez en extraños para quien tuviera la mínima sospecha de que aquello a lo que tal complicidad tendía no fuera algo absoluto. Y era esta la sospecha que Carlo había tenido durante toda su vida. Cosa que no les había pasado inadvertida; y de inmediato encajaron en la hendidura abierta en la conciencia de su sensible amigo el cuchillo de su natural ferocidad, agrandándola. Esta situación de tácita hostilidad se había desvanecido sin embargo en aquellos días, a raíz de los primeros éxitos en la carrera profesional de Carlo en Roma. Aquello zanjaba el asunto. Carlo se reencontró con los amigos en el café con sincera alegría. Sus costumbres, que hacían de ellos ejemplares completamente naturales de una condición vital identificada con una verdad única, eran bien conocidas por Carlo; y conocerlas las transformaba. Justo porque las veía en su totalidad y en su complejidad, hasta las más lejanas raíces, a Carlo se le presentaban como precarias e inestables: como todas las formas de vida de las que ellos se consideraban a salvo. Visto por un extraño, su código podía parecer irreductible, bien radicado en la existencia; visto por alguien competente, copartícipe, se presentaba como una tela de araña pintada sobre un velo.

Pero ello no hacía sino aumentar el placer de Carlo, porque, así convertidos en sombras de la historia, esos jóvenes envejecidos, exdueños de aquel sentido integral de la vida, se presentaban ante su compañero, ya no dominado por la carencia de tal sentido, como inofensivos. Pasar la mañana con los viejos amigos era para Carlo un pretexto: por un lado confería a aquellos viejos amigos un aire vagamente épico (el epos colegial pequeñoburgués de una aristocrática ciudad provinciana) y por otro los convertía casi en caricaturas.

El aperitivo fue «un licor de oro que hace sudar»;[38] de oro era la luz, de oro el día siguiente. El corazón de Carlo desbordaba de felicidad. No podía sino pensar en su sexo, lo que traía consigo placeres indescriptibles, los únicos auténticamente sublimes en la vida. Es cierto que habrían de costarle también angustia y terror, que para alcanzarlos debería atravesar zonas de muerte, de auténtica muerte —por miedo, por ansia—, pero la idea de todas las posibilidades de gozos sexuales puestas juntas, y aisladas del resto de la vida, provocaba una dicha profunda: la sensación de una singladura en un mar por momentos más pacífico, azul y luminoso.

Carlo almorzó en uno de esos restaurantes que todos los afortunados lectores de novelas sin duda conocen y que es superfluo caracterizar, precisamente en una novela que no solo no es realista, sino que además se encamina irrefrenablemente hacia las Visiones; luego regresó a casa por los pórticos de los que solo se servían los meridionales, y algún que otro turinés distraído. Durmió un rato. Cuando se despertó atardecía. Volvió a salir. Aún caluroso, como en pleno verano, el día empezaba a declinar. Las sombras alargadas en el aire sofocante eran la trágica señal del renovarse del tiempo en su repetición antigua.

Carlo se sintió invadido por el terror. Un dolor agudamente físico comenzó a provocarle una atroz punzada desde el fondo de la garganta hasta el costado. Hubiera querido vomitar, o llorar maldiciendo. Aquel repentino «taedium vitae», sin duda justificado por razones que Carlo no pretendía saber (prefería aceptarlo tal cual era), anulaba el sentido de todo; o, peor aún, cargaba todo de un sentido trágico. El sueño perdía sus colores y se convertía en realidad. Una realidad a su vez ciertamente soñada, pues se separaba demasiado de los sueños, y aparecía como deber, dolor, privación, agonía, aburrimiento. El terror de estar solo, el miedo al futuro, el disgusto (en absoluto purificador) del presente. Respecto a la mañana, nada había cambiado en los proyectos de Carlo y en su situación. Seguía dedicándose como siempre a la infinita serie de verificaciones sexuales, acumulando ante sí mismo sus posibilidades, sin fin, ocupando de lleno su vida entera. Y sin embargo, aunque estos pensamientos siguieran siendo magníficos, y no pensara siquiera lejanamente en librarse de ellos o ponerlos en tela de juicio, de golpe se presentaba ese desaliento que hacía que le temblaran las rodillas y que gimiera para sus adentros, el rostro impávido para no darlo a entender a los viandantes. Murmuraba frases insensatas, lamentos dirigidos al viejo Dios e incluso a la Virgen. Desvariaba canturreando para sí estas invocaciones blasfemas, mezcladas con interjecciones escatológicas. Estaba perdido, ya nada habría podido salvarlo, el mundo en torno a él era una superficie que solo con mirarla o rozarla provocaba dolor, más aún en su permanecer sin cambio alguno, con aquel su sol estival declinante.

Regresaba donde sus amigos, a sus discursos desinteresados de jóvenes cultivados, en un café lejos del centro, cerca del instituto que frecuentaban quince años atrás. Pero se detuvo, y maldiciéndolos con imprecaciones romanescas tomó la dirección contraria. Se dirigió hacia las orillas del Po, hacia jardines desconocidos (pero que sí conocía cuando iba al instituto). Tenían algo de tosco, como de ciudad provinciana o incluso de pueblo. Pero ofrecían grandes perspectivas sexuales, maravillosas posibilidades de encuentros con criaturas que el sexo señala como excelsas. Lugares impensados, abiertos con toda naturalidad a las grandes ocasiones. Los mogotes en los descampados desolados de sol, polvorientos y verdísimos; los grandes árboles de los parques urbanos, quizá ralos de más; ciertos bancos para gentes de pobres vidas vacías; un urinario púdicamente rodeado por un seto, los tejados de la ciudad al otro lado del río, con el sol rasante.

Entretanto, por la avenida central (por donde pasaban también los coches), pasa una chiquilla con su madre. Carlo calculó que si se daba prisa podía llegar al urinario en el mismo momento en que pasara por delante la chiquilla. Ni siquiera había visto bien cómo era. Era una morenita graciosa, vestida con ropa barata, sin más. Carlo se dirigió corriendo casi hacia el urinario, rogando a Dios que la madre se distrajera, que mirara en otra dirección. Rogaba a Dios con toda su alma, como de muchacho en clase durante los exámenes. Y gemía para sus adentros, rechinando los dientes ante la idea de que las cosas no sucedieran como deseaba. Una especie de cuchillo candente se le clavaba en medio del pecho paralizándolo. Estaba delante del urinario, la chiquilla a punto de pasar. La madre miraba hacia adelante, a lo lejos; pero la hija también. Carlo se llevó la mano al vientre, vistosamente, como con pleno derecho, mirando insistentemente a la niña (en la que notó de golpe unos pómulos demasiado altos y una boca desagradable) para llamar su atención. Se desabrochó, medio fuera medio dentro del templete de hormigón. La muchacha ya había pasado, sin volverse, igual que su madre. Pero Carlo seguía mirándole fijamente los hombros, confiando en que su mirada la haría darse la vuelta; era una esperanza lancinante, cuestión de vida o muerte. La chiquilla no se volvió. Carlo, gimiendo y blasfemando como un niño, se abrochó, sin mear, porque esperaba necesitar esa meada en poco tiempo. Se sentó en un banco ante el urinario, mirando a aquellas dos que se alejaban, maldiciéndolas, llamándolas putas, rabioso como un chiquillo.

Deambuló de un banco a otro, en búsqueda de madres con sus niñas, o, por concesión celestial, de chiquillas solas. En todo el parque no encontró ni una. Por lo demás, la tarde se hacía cada vez más lóbrega en su esplendor, que anunciaba días asimismo espléndidos. Y el parque rápidamente se quedaría del todo vacío, sin ni siquiera las pocas madres con sus cochecitos y los viejos. Carlo tomó un taxi, y obedeciendo a su instinto se dirigió a la estación. A fin de cuentas, por allí todo estaba también lleno de bancos. En su inexperiencia, Carlo no había previsto que justo en la estación encontraría el paraíso, y que habría de ser para él como tomar hachís por primera vez, una costumbre de la que no podría liberarse en toda su vida, precisamente por vergonzante, peligrosa y divina.

Chiara, Natalia y Emilia tenían las tres una característica idéntica: parecían más pobres que Carlo y que sus padres. Sobre todo Chiara. Había en ella una ordinariez y una humildad física que no acababa de entenderse de dónde derivaba. Probablemente la riqueza de la familia de Carlo era en realidad limitada; y las tres hermanas pequeñas habían sufrido las consecuencias. Por supuesto no les había faltado de nada, se habían educado en el mejor colegio de Turín, también habían aprendido a tocar algún instrumento, etc. Y sin embargo se las notaba algo desatendidas, la riqueza no las había pulido ni, por decirlo así, «trashumanado»[39] como a los demás miembros verdaderamente ricos de la familia. La ordinariez de sus cuerpos no había sido disimulada. Una cierta falta de gusto les hacía elegir las prendas menos apropiadas para esconder sus defectos; y, probablemente, una tendencia al ahorro que se les había inculcado desde niñas —aunque es probable que nunca se hubiera verbalizado y de la que no fueran conscientes— las hacía equiparse en comercios no de primer nivel, como la madre, el padre y el primogénito. Ellas notaban esta ligera degradación física, pero su honestidad hacía que la creyeran merecida. De modo que se habían dotado de actitudes adecuadas a tal merecida degradación física, sin fingir enmascararla, o, al mismo tiempo, enmascarándola. Se consideraban prudentes y prácticas, destinadas a una entera vida de acción, de acción cotidiana, doméstica. Acabaron evitando los lugares mundanos frecuentados por su madre. Al principio por su timidez instintiva, sintiéndose menos «preparadas» por su condición social que sus amigas, que sí se identificaban con tal condición social. Además, porque acabaron sintiéndose excluidas e indignas. Se resarcieron asumiendo esas maneras expeditivas, carentes de femeninas debilidades, un tanto rudas y hombrunas, que sustituyen la gracia con la practicidad y el comportamiento mundano con la cultura. Pero el caso es que su cultura, como su actitud ante la vida, carecía de gusto, de capacidad real para identificar los valores. Y esto también lo notaban ellas. Por eso, bajo su apariencia de eficacia, se sentían eternamente inseguras, laceradas por una irremediable timidez intelectual. Se habían reservado el papel de quien sabe proferir el juicio adecuado, manteniéndose desesperadamente del lado de la cultura; y sin embargo nadie más inseguro que ellas de sus propios juicios. Los aventuraban con un temblor infantil, que la puesta en escena nunca conseguía enmascarar. Todo ello, por otro lado, las hacía en extremo afectuosas, apegadas a los sentimientos y a los valores de una familia que, en realidad, había creado en torno a ellas un vacío un tanto siniestro, fúnebre incluso. También les gustaba ejercer de protectoras cargadas de prudencia (he aquí el motivo, por ejemplo, de que mantuvieran siempre a su lado a Viola y a los demás hijos de criados y campesinos). En consecuencia, eran socialistas. (Por lo demás era esta una tradición familiar, nacida en tiempos de la Resistencia. La madre, aunque mundanamente, frecuentaba el mundo cultural de la izquierda.)

## Apunte 9
## En la estación[40]

Se puede pasar de la realidad a un sueño; pero es imposible pasar de un sueño a otro sueño. Carlo permanece sentado en el banco desgastado, casi negro. Por encima, la bóveda es altísima, casi de vértigo; alrededor, el espacio del pasillo es inmenso. Silban los trenes con su inalterable melancolía. Van y vienen desde la provincia o desde el sur, y vierten por los pasillos de la estación, cuyas ajadas vidrieras resuenan, una multitud de pobres gentes que siguen con absoluta naturalidad su destino. A Carlo lo devora el ansia de que una niña sentada en un banco más allá de los cristales de una gran ventana interior, en la sala de espera, mire hacia él. Pero ella está encerrada en un sueño sexual que incluye espera, pureza, descuido, distracción; y justamente la más absoluta ignorancia del sexo (así es, por lo menos, en aquel lejano 1960). En el sueño de Carlo, por el contrario, ella debería mirarlo e interesarse en lo que hace: es decir, en la violación de su pudor, con la mano encima del sexo, una mano dispuesta no solo a empuñarlo por encima de los pantalones, en el caso de que la chiquilla mirara hacia él, sino incluso a meterse por la bragueta desabrochándola, y agarrar la carne viva y caliente del sexo erecto, dejando entrever, quizá un instante, su lívida pigmentación blanquecina. La gente en torno a él ha de ser espectadora del riesgo. Su pudor ha de ser asimismo violado, junto al de Carlo y al de la niña, sentada entre sus hermanos pequeños, con un tebeo en la mano. Sus ojos deberán sin más alzarse y posarse primero en Carlo y después en su vientre. Si no hubiera de suceder así, Carlo podría incluso morir a causa de la tensión que le destroza los nervios, que lo tiene ya medio muerto. Al mismo tiempo, este dolor suyo de agonizante que espera ser devuelto a la vida por una mirada, es un gozo inmenso que inunda como una luz la entera estación, en aquella melancólica hora del crepúsculo. Es un gozo porque todo el mundo y su sentido se reduce a esa espera; no hay límites para esta esperanza y acto únicos. Todo el día que precede y sigue a esta hora se dedica a la búsqueda[41] de una mirada u otras cosas semejantes, ya probadas y alcanzadas, o aún por probar, aún por alcanzar. La trepidante espera en la que se transforma el ansia homicida da un sentido infinito de posesión del futuro, de dulzura y benevolencia del mundo represivo y justiciero, que sin embargo a escondidas permite que se lleven a cabo hasta la saciedad empresas como las que Carlo sueña lleno de un gozo impetuoso, calmado casi.

## Apunte 10
## La estación (continuación)

Durante muchas semanas Carlo continúa frecuentando la estación, sede de infinitas posibilidades sexuales. La muchacha que ha de encarnar el cumplimiento de lo que va buscando le es indiferente; basta que responda a ciertas exigencias generales del código que para Carlo ha partido en dos el mundo femenino; no importa que se trate de pelo rubio o de pelo moreno, de cuerpos pingües o de cuerpos delgados; de comportamiento pequeñoburgués o de comportamiento popular. Hay algo, que Carlo identifica de inmediato y que ha aprendido, en parte, a prever, frente a lo cual se repite el milagro. Milagro que puede acabar con la más desenfrenada de las satisfacciones (los ojos de la muchacha se han posado sobre él, han asistido a la apertura de su secreto y a la ebriedad que tal apertura, junto a la larga serie de apretujones preliminares, lo lleva a veces a la eyaculación pública) o que puede acabar por el contrario en tragedia: en lo mejor, alguna circunstancia aparta del lugar a la muchacha —después de haberla hallado y habérsela trabajado— dejándolo solo, presa de una desolación irremediable, cercana al deseo de morir y al descubrimiento, terrible, de la incompatibilidad entre la realidad y su sueño. Decenas y decenas de muchachas fueron halladas o perdidas. Todo ello constituyó un periodo de su vida, que acabaría coexistiendo con nuevos periodos, pero ya nunca desaparecería. La búsqueda de la satisfacción exhibicionista (que no era la única, porque, si podía, intentaba también relaciones menos factibles, más complicadas: por ejemplo, tocar él mismo a la muchacha, obligarla a tomar conciencia de su propio, incipiente e impensado exhibicionismo) no impedía a Carlo observar el mundo en torno a él: o sea, en este caso, el ambiente de la estación. En un modo fragmentario y angustioso, consiguió identificar toda una serie de hechos, de presencias, de hábitos. Todo ello lo asumía en la esfera del gozo. Cuando salía de casa para dirigirse a la estación (no tenía otra cosa que hacer en la vida) pensaba en lo que le esperaba con exultante ansiedad, lleno de gratitud por la divina maleabilidad del mundo; pero esta imaginación contenía no solo los momentos de las maniobras sexuales y del orgasmo, sino además el marco en su conjunto. Y tal marco era objetivo. Formaba parte de su sueño, pero también de la realidad. Y no de la realidad severa y horrenda como se le presentaba en los momentos de desaliento, en los que Dios, la moral, la normalidad parecían detentar la razón, disipando el velo de las ilusiones; sino de una realidad natural, la que ven por ejemplo los ojos alegres y aguzados de un escritor realista. Y sobre todo formaba parte de una realidad nueva, porque para el burgués Carlo se trataba de la realidad popular, vista por lo demás en un momento de particular pobreza, en todo al margen de las experiencias burguesas, y vivida por el pueblo pobre corporalmente, es decir, de modo intraducible. Había muchos meridionales. Vendían tabaco de contrabando; chuleaban a las putas que hacían la calle en los alrededores de la estación; muchos quizá fueran ladrones, y se citaban allí en medio del gentío que iba y venía por la estación acre y polvorienta. Eran casi todos jóvenes, jovencísimos muchos de ellos, chiquillos casi, recién llegados desde sus pueblos de Calabria o de Sicilia.

## Apunte 10 bis
## **Dispendio de Espíritu**

Vertiendo con gozo parejo al dolor la cláusula shakespeariana

> All this the world well knows; yet none knows well,
> to shun the heaven that leads men to this hell.

en:

> El mundo bien conoce todo esto, y nadie lo conoce bien:
> evitar el infierno que conduce a los hombres a este paraíso[42]

Carlo regresó a la casa del campo. Deshecho y aterrado por las tensiones que no veía el momento de retomar justo en el instante en que las rehuía, sentía el corazón oprimido por la angustia, en el preciso momento en que la enormidad de las cosas que comenzaba a experimentar reconfortaba ese mismo corazón, henchido de gratitud. Un atardecer violeta tornaba terrible la plaza de xxx en la que se apeó del autobús (en aquel tiempo era la suya una economía media, y hacía lo que hace el hombre común). Las golondrinas volaban altas; la gente volvía a casa, dando la espalda a la luz que aún resistía como un fósil ardiente emblanqueciendo el cielo oliváceo. Carlo, como un sonámbulo, jadeando y gimiendo para sus adentros, a escondidas, con un ‹?› y un rostro que intentaba mantener impasible, se encaminó a pie a la villa paterna. Cuando llegó, la noche boreal seguía emblanqueciéndose: el verde oliva era añil, y semejaba un telón extendido contra la luz cegadora del Tercer Cielo. Las flores del jardín recogían aquella luz, crudas[43] en la penumbra que dolía en los ojos. Carlo esperaba encontrar de inmediato, en la casa, a las tres hermanas, o cuando menos a una de las tres. En la casa, sin embargo, había un silencio innatural. Se le presentó la criada —en cuyos ojos había sido completamente sepultado el recuerdo de lo que habían visto hacer al hijo de su amo— y le dijo que Natalia, Chiara y Emilia estaban con la abuela. La villa de la abuela no estaba lejos (era un casal al que se había retirado hacía muchos años). Carlo, sangrando por la herida que el alejamiento de los lugares donde el sexo podía «a través del infierno alcanzar el paraíso», ofuscado por la tristeza emanada de la luz persistente en el aire, se había asido a la única posibilidad de salvación. Hacer con Chiara (o con Natalia, o con Emilia) lo que hacía con las niñas en los parques públicos o en la estación. Tenía que hacerlo inmediatamente. Salió de casa, y tomó por el camino sin asfaltar, con dos hileras de álamos altísimos que llevaban al casal de la abuela. Se encontró otra vez en la penumbra del atardecer, iluminada, tras la barrera de los montes, por la luz cristalina del cielo sin una sola nube. Hacía un calor tremendo;[44] avanzar a lo largo del borde herboso del sendero era como caminar en un aire ardiente de hogueras recién apagadas. Y sin embargo ahora, de repente, Carlo era feliz. La meta sexual transfiguraba la tarde, que en vez de ser el teatro de una renuncia, de una antigua vida familiar dedicada a la pureza y al amor matrimonial impuesto como un deber que el corazón sentía como mortal mortificación, se había convertido de repente en el teatro de una maniobra que desafiaría cualquier pudor y cualquier realidad, ofreciendo al corazón el pálpito de una felicidad ciega, que había de lograrse aunque el precio fuera la muerte. Aunque no caminaba deprisa, Carlo estaba completamente sudado. Lo que le parecía estupendo, como la noche que lo envolvía, en la que ahora comenzaban a brillar innaturales algunas estrellas, y a ladrar perros a lo lejos, en jauría, frenéticos por más que apenas perceptibles. Cuando tuvo a la vista el casal, la verja de la era, transformada en una especie de patio exterior, se abrió, y aparecieron las tres hermanas, con sus bicicletas. Tras ellas, la abuela y, de su mano, Viola. Las mujeres (que sin duda no habían visto a Carlo, en la sombra de los álamos) se despidieron alegres, con voces indescifrables[45] —no se entendía si festivas o dolientes, como las de los perros lejanos— y se separaron. Las tres hermanas montaron, dando bandazos, en las bicicletas y, riendo entre ellas, tomaron camino adelante, con los faros encendidos y tocando, como una broma tonta, el timbre. Al ver que se dirigían hacia donde él estaba, Carlo se acuclilló en la zanja que flanqueaba el camino, justo detrás del tronco liso y oloroso de un álamo. Todo por allí, contra la tierra, tenía un olor fuerte, como si acabara de llover. Y sin embargo la zanja estaba seca. Las tres hermanas pasaron ante él pedaleando torpemente, y enseguida desaparecieron al fondo del camino, desapareciendo y reapareciendo entre las sutiles sombras de los álamos en hilera, con los faros que relucían en la luz residual de aquel crepúsculo dilatado hasta bien entrada la noche. La abuela y la niña habían permanecido en la verja viéndolas irse. Y allí siguieron un rato en silencio. Luego, diciéndose la una a la otra como de costumbre palabras incomprensibles, se retiraron. Un perro, en el patio, se puso a ladrar haciendo fiestas. Carlo seguía agazapado en la zanja. Debía quedarse allí hasta que las hermanas llegaran al final de la alameda, enfilaran la carretera y entraran en la villa. Solo así podría decirle a la abuela que estaba allí pero no las había visto, y a ellas podría no decirles nunca que esa noche había estado en el casal de la abuela. Comenzaba la tensión que destroza los nervios, la interminable lucha con la secuencia temporal que tienen los acontecimientos inocentes, siempre imprevisibles. Calcular el tiempo que las tres hermanas emplearían en llegar a casa era cosa literalmente imposible para Carlo. Una ansiedad que lo extenuaba se lo impedía; para él un minuto era la eternidad. Con todo, no debía equivocarse. Mecánicamente, echado allí como estaba en aquella zanja seca, honda menos de dos palmos y cuajada de hierba olorosa, se desabrochó la bragueta y, para hacer tiempo, excitado además como estaba, se echó mano a la polla y empezó a masturbarse, como siempre, repito, que estaba solo o escondido. Pero la polla no se le empinaba. La ansiedad era excesiva, lo ahogaba. Su pensamiento no se ocupaba más que en imaginar el recorrido de las hermanas hacia la casa. En su agitación, no conseguía concentrarse ni siquiera imaginar las acciones para cuyo cumplimiento estaba desarrollando toda aquella maniobra. ¿Qué le diría a la abuela para justificar su presencia en el casal? Justificaciones no las había. O quizá tampoco hicieran falta. Carlo, atormentándose hasta desvariar, sentía tanto la necesidad de encontrarlas como el terror de no darlas. Intentaba concentrarse en la masturbación que habría debido consolarlo, trayendo a primer plano el único sentido tanto de aquella noche (tan maravillosa y milagrosamente prometedora) como de la vida entera, y anticipando la felicidad a la que todo se subordinaba. Pero no lo conseguía; el miembro permanecía flojo, o apenas hinchado, enrojecido por la mano que lo atormentaba. Sin duda antes de tiempo, Carlo se abrochó y se levantó. Con las piernas que le temblaban y los ojos vidriosos se acercó a aquella verja inocente de la villa de su abuela, y tocó el timbre. Enseguida, desde dentro, resonando nítidamente en el vibrante bochorno, llegaron unas voces; que se apagaron de inmediato en las habitaciones, dentro. Poco después se abrió la verja; Carlo entró y saludó enseguida, con excesiva efusión y calma culpable, al viejo criado que había ido a abrirle, mal disimulando su sorpresa, y se dirigió con desenvoltura al interior de la casa. Las ventanas estaban todas abiertas, y una luz roja y melancólicamente festiva se proyectaba sobre el patio reluciente, con todos sus tiestos de flores bien ordenados, sus pesadas[46] mesas y sillas de madera blanca, las chaises longues cubiertas de pieles. Junto a la puerta de acceso, también abierta, en una sala pavimentada con un barro rojo de alegres reflejos deslumbrantes, estaba Viola, sentada en un banco. Llevaba en la mano una caja pintada como un tiovivo. Debía ser el Juego de la Oca. Estaba en silencio, apoyada en la pared de la casa, caliente como la de un horno, con los ojos sombríos. Apareció la abuela —con su blanco vestido de vieja— en el vano de la puerta; y no tuvo que hacer esfuerzo alguno —al contrario que el criado— para manifestar su sorpresa. Carlo por su parte tenía lista la más natural de las justificaciones: el deseo de verla un momento y de saludarla, dado que había vuelto de Roma y pronto debería partir de nuevo. La sorpresa de la abuela pasó enseguida, e incluso lo invitó a quedarse a cenar con ella. Precisamente este era el plan de Carlo, que se sintió invadido por una irresistible y gloriosa satisfacción. La paz se adueñó de él. Y, esperando la cena, mientras la abuela se ocupaba de los preparativos, se echó en una chaise longue frente a Viola, que ahora estaba sentada justo en el tosco escalón del umbral. Tumbado como estaba, Carlo no podía dejar de mirar las estrellas. Ocupaban todo el recuadro del cielo sobre la vieja era, con sus lados regulares y sus antiguas tejas. Era ya noche cerrada. La luz se había esfumado, dando paso a una oscuridad innatural. No había ningún alumbrado público en los alrededores, en muchos kilómetros, y aún no había salido la luna. Solo había estrellas. Las maravillosas estrellas de la juventud, que luego dejan de contemplarse, pero ellas siguen brillando con su luz granulosa e inquieta, incluso en la suprema calma. Su rielar insistente era como un lenguaje. Y a él se añadió de repente el lenguaje, fraterno, de un concierto de grillos, cercano e infinitamente lejano. Ambos lenguajes parecía que quisieran repetir sin cesar un único concepto, pero inagotable: y sería demasiado fácil pensar que aludiera a la tristeza o a la muerte; era algo muy superior, era un saber puro, un pensamiento en extremo significativo, pero sin objeto. Carlo no se detuvo en tales consideraciones; simplemente lo hacía feliz gozar por un instante de aquel denso gravitar del firmamento sobre él. No le atañía: era solo un marco, un sublime marco. Durante años y más años, durante enteras décadas habría gozado de él. Lo que en verdad le importaba era Viola. No veía bien si la niña lo miraba o no. Con todo, dejó caer lentamente la mano sobre el vientre, y la mantuvo quieta allí, en el lugar que para una niña es misterio y vergüenza. Pero cuando la cena ya debía estar lista se oyó más allá de la verja un repentino tintineo; y una voz masculina que llamaba:

—¡Viola!

El criado fue a abrir, como si fuera algo habitual, y apareció un hombre muy delgado a horcajadas sobre una bicicleta, vestido de campesino (con los pantalones y la camisa que los campesinos se ponen al anochecer, después del trabajo, después de lavarse en el pilón de la era). De inmediato Viola se levantó y corrió hacia él. Apareció la abuela, con su vestido blanco, en la puerta y, reprendiéndola, se dirigió a Viola que se iba corriendo:

—¿No te despides?

Tenía un deje dialectal, exactamente como el de Viola, que, volviéndose apenas, dijo:

—Buenas noches, señora Emilia.

Y como el del padre, que añadió:

—Perdónela, señora, buenas noches, adiós.

—Buenas noches, Vito —zanjó la abuela, con un tono algo resentido, y entró en la casa.

Carlo permaneció solo, en la chaise longue, bajo las estrellas. Le esperaba toda una cena, ahora, solo con su abuela.

## Apunte 10 ter

La abuela disponía de un óptimo vino, un Barolo de producción privada. Ambos bebieron hasta emborracharse totalmente. Para la abuela debía ser una costumbre. Por otra parte, ante aquel Barolo tan bueno, de verdad tan bueno, era difícil resistirse. Al final además apareció, para rematar, una botella de «xxx», un vino que nadie conoce, porque, aun sin formar parte de una añada especial y no siendo nada selecto, si hubiera estado a la venta habría costado aproximadamente[47] treinta o cuarenta mil liras la botella, ya que de hecho solo se producía en una colina de la finca de la abuela de Carlo; es más, su nombre se conocía solo en la familia y en las pocas casas de los campesinos que lo elaboraban (además de un reducido grupo de amigos turineses). No tenía nada de especial, pero, al parecer, era divino, por su absoluta pureza; y también por la decrépita vejez de su calidad, que se había mantenido tan infantilmente fresca a lo largo de los siglos; había llegado pues del todo «ingenuum» prácticamente hasta el final de un ciclo humano. Su modesta pero refinadísima gracia consistía en el hecho de que no era ni seco ni dulce, como si al modo arcaico tal distinción no tuviera razón de ser: era vino, sin más, y ni siquiera demasiado fuerte, como placía a los antiguos. La embriaguez de la abuela adoptaba extrañas manifestaciones. Si hubieran de anticiparse las impresiones de Carlo, podría decirse que en ellas se revelaba un pasado enigmático en cuanto ya no era enjuiciable. Por una parte, la abuela se revelaba como una ruda campesina, una terrateniente tan patana como sus jornaleros, carente de cualquier interés por cualquier forma de realidad frente a la cual la pusiera su privilegio social. Quizá hubiera sido puta: una de esas «cocottes» que por tradición decimonónica los terratenientes de principios de siglo iban a procurarse a la ciudad, suscitando gran escándalo, y luego integraban en un contexto sólidamente familiar (pues ellas se revelaban como buenas administradoras, de mesurado espíritu conservador). La borrachera quizá sacaba a relucir aquel origen. Sentada en el sofá de cuero, despatarrada, con una copa de «xxx» en la mano, después de haber chismorreado palurdamente de naderías, como habría podido chismorrearse cincuenta años atrás, aún dentro de una época que ahora terminaba, con sus códigos hoy[48] utilizables solo como referencia, de repente se puso acto seguido a hablar de los sonetos de Shakespeare.[49] En las tinieblas de su borrachera, aquello que la hacía interesarse puntillosamente era un problema de jardines. No conseguía desenredarse, como una mosca en una tela de araña. Una vez hecha una observación, miraba un momento a Carlo fija e inquisitiva, con los labios moviéndosele nerviosos y los ojos erráticos en una sonrisa desesperada y un tanto mendicante, y después, sin esperar a comentario alguno por parte del interlocutor a quien tan vibrantemente se dirigía (y del que sin duda nada esperaba) volvía a darse de cabezazos contra el muro del problema de aquellos jardines suyos. Hablaba inglés a la perfección. La «flor» de los tercetos del soneto 94, ¿era o no era el joven amigo? O ¿no sería más bien una parte del todo, es decir, no flor sino jardín? Y, además, ¿era identificable con los lirios de que se habla poco después, «los lirios que apestan»? Al respecto Hallett Smith sugería que los tales lirios del último verso son una reminiscencia, la enésima, del Sermón de la Montaña... Que no, que no: ese último verso está tomado sin duda del Eduardo III, y no se trata de lirios privados del sentimiento del mañana, negligentes, humildemente absolutos en su estado natural; no puede no atribuírseles la connotación negativa de «husbandry» introducida en los versos precedentes. Por lo demás, el Evangelio habla de lirios de campo, mientras que aquí se habla explícitamente de lirios de jardín. Y Shakespeare era bien consciente de esta oposición, véase el soneto 54 en que opone la rosa de jardín a la rosa montés, a la rosa canina o silvestre, a la Canker bloom. Son las rosas y los lirios (las flores) de jardín más delicadas, y ha de defendérselas de los hierbajos, ¡que las hacen mustiarse, morir, apestar! Como Ricardo II, hombre débil, devorado, eso es, por los «hierbajos crecidos a cubierto en su vasto follaje», lo que permite —¡durante la guerra de las Dos Rosas!— suplantar a aquel Rey-Rosa con la «Rosa silvestre Bolingbroke». El conflicto entre los dos jardineros en el Ricardo II demuestra que el Estado no es otra cosa que un jardín (¿es esto lo que se debe demostrar?): «¡Nuestro Jardín rodeado por el Mar, el País entero, lleno de Hierbajos, ahogadas sus más hermosas Flores!» Así habla, para ser exactos, el criado del jardinero. ¡El criado de un criado! Y en esta idea del Jardín —amada por los propios criados— convergen además las ideas de los dos Jardines arquetípicos (como documenta Peter Ure en su edición del Ricardo II): el Jardín del Edén y el Jardín de la Arcadia. Pero estos Jardines ideales tienden a ser postergados a la utopía, abandonan los Estados-Jardín reales a la amenaza del abandono. Es la nueva sociedad comercial-puritana que irrumpe, y uno como Shakespeare no puede ignorarlo. La Reina Isabel agoniza…

No era plausible en modo alguno que la abuela hubiera tenido nunca relación con la nobleza. Los Valletti eran riquísimos, es cierto, pero no tanto como para llorar la muerte de la reina Isabel como si hubieran coincidido con ella en un yate de amigos comunes. Patana o académica dotada del mejor tipo de saber, humanístico y filológico, justo el de los buenos tiempos idos, la abuela era simultáneamente una tercera cosa: era una pequeñoburguesa, una Bovary cualquiera, satisfecha. Y ese era el peor de los obstáculos para el plan de Carlo. Pero por suerte estaba ya completamente borracha. Y las maniobras, esta vez, no le costaron a Carlo angustia alguna. Él también estaba borracho. Lo hizo todo jugando, riendo con franca ligereza, como si en el asunto no hubiera ningún cariz trágico; como Ludmila y Sacha.[50] El vino hacía más tersa y lustrosa la piel de la abuela, que por lo demás tampoco era tan vieja. Carlo bromeaba sobre ello. Y después, comenzando a engatusarla, mientras ella retomaba el discurso sobre el Estado-Jardín, comenzó a bromear, riendo sinceramente, sobre la frescura de sus carnes, en las axilas, en la cintura. Quiso de todas todas verle las piernas, que ya estaban a la vista; y le levantó la falda por encima de los muslos, riendo. Fue en ese momento cuando se dio cuenta, con grata sorpresa y muy divertido, de que al hacer todo esto se había excitado. Quiso de todas todas que la abuela observara el fenómeno con sus propios ojos, si es que no se lo creía. También él se mostró: se desabrochó la bragueta con una carcajada aún más fuerte y divertida, tomó una mano de la abuela y se la apretó a base de bien sobre el miembro fieramente erecto como el de un jovencito. La débil y huesuda mano de la abuela, por más voluntad que le pusiera meneándose arriba y abajo, no consiguió hacerlo llegar al orgasmo, de modo que él se la apartó, dejándosela caer sobre el muslo, y acabó rápidamente por su cuenta, eyaculando encima de ella, manchando aquel su bonito vestido blanco de vieja.

## Apunte 10 quater
## **Cosmos**

Cuando todas aquellas risotadas hubieron quedado atrás, con el entero entramado de actos corporales, objetos, luces y sombras de la velada familiar, con sus costumbres y sus transgresiones (que incluso estas parecen registradas en la agenda del hogar), y sobre todo ello hubo caído el olvido, Carlo acabó fatalmente encontrándose de nuevo solo en medio del campo, en la alameda.

A tan altas horas de la noche, ya no cabían las excepciones. Todo callaba, los perros incluso. Entretanto, había salido la luna, y demoraba, tan límpida que parecía desprendersc del cielo, sobre las montañas que negrecían en el aire luciente; así, las estrellas retomaban tenuemente su discurso, repitiendo sin cesar sus desconsoladas señales, trémulas e imperceptibles. Impertérritos por su parte permanecían los grillos; los grillos de aquella región somontana, al final de un verano sofocante, se desgañitaban repitiendo su indescifrable mensaje, que hacía como una curva, significativa en extremo: aquí, cerca, tenía el sentido casi de un amor sediento, humanamente insaciable, vivo, mientras más allá, declinando en la impensable lejanía, devenía un lamento que nada podía decir ni enseñar, tanta era su melancolía.

Carlo se detuvo y se sentó. Miró a su alrededor como si aquella hubiera de ser la última mirada de su vida. Una noche en el Canavese, tan perfecta en su reiteración como para desdibujarse en sus mil formas pasadas y anularse en ellas, y tan perfecta en su presente como para gravitar cual aparición hecha de mil apariciones, cada una fascinante en la fatalidad de su ser, y basta: puro designio de la mente[51] del mundo. Pero la presencia era tan fuerte que el corazón, aun saboreándola cuanto era capaz, la rechazaba. Herido por su fervor ante toda aquella silenciosa belleza, y por su miedo ante ella, Carlo seguía observando la noche con una sonrisa de dicha que, cuando uno está solo —y el único pudor es el que se tiene ante sí mismo—, se vuelve vagamente lunática; a pesar de la escenografía, era ese el momento más alto y hermoso de su vida dedicada en exclusiva al sexo, en el más completo alejamiento de cualquier otra forma de interés humano. Después de haber llenado el mundo —en el presente y, más aún, con una todavía más desesperada felicidad y gratitud, en el futuro— de esta exclusiva pasión sexual, era precisamente en sus raros momentos de completa suspensión —y en los otros, frecuentes, de suspensión fragmentaria, entreverada a los actos amorosos y a los largos rastreos— cuando la felicidad alcanzaba sus puntos más altos, hasta sentirse para siempre protegida de la muerte, de cualquier forma de fin, aun aceptando el lejano coronamiento final, como magnífica carencia de límite a la vida.

A todo aquel formarse, ser y disolverse externo del cosmos, se oponía el cuerpo —sentado ahora, en el aire caliente donde parecía que acabara de apagarse un fuego, y en torno no se movía un soplo de viento—, en el que comenzaba realmente la vida: una vida que tenía todavía todo por ofrecer.

## Apunte 11
## El nuevo día

Al poco rato (aunque hermosas, las relaciones del cosmos son de breve duración: son poco útiles, hacen perder otras cosas, el tiempo, el sueño, etc., tan razonablemente necesarias. La sinceridad del contacto con el cosmos se agota pronto: tiende a transformarse enseguida en un acto de homenaje de obligado recogimiento, del que el hombre intenta liberarse, reprimiendo hipócritamente su propia impaciencia, como un niño de las clases de religión), Carlo retomó su camino, volvió a casa, se desnudó, se metió en la cama. Enseguida, como era norma incuestionable, echó mano[52] al miembro, flojo, aún algo pegajoso por la reciente eyaculación (Carlo no se lavaba por la noche), y comenzó a toqueteárselo para que se pusiera duro. Al poco rato lo consiguió, y comenzó a masturbarse. Su imaginación revivía, con el fervor del condotiero que revive los momentos de una victoria en la batalla, todo lo gozado aquella noche; pero no se limitaba a revivirlo: lo replanteaba como repetición futura, con variantes tan exultantes como simples (en la imaginación, carente de las resistencias de la realidad). Pero un pensamiento lo atormentaba. La pérdida de la presencia de Viola. Tanto que poco a poco la imaginación se centró por completo en ella. Masturbándose, en una larga eyaculación discontinua, Carlo pensaba en lo que habría hecho delante de la niña, de no haber sido tan inopinadamente «salvada» por su padre, aquel hombre flaco, sin vida, con su bicicleta y su voz grave de antiguo capataz padano. Como siempre, la masturbación le causó un sueño repentino, ciego, que lo reabsorbió hacia el fondo de una garganta musgosa, justo mientras la imaginación pintaba ante sus ojos cerrados actos que superaban en mucho cualquier posibilidad real; él sin embargo daba por hecho que, aun a costa de renuncias, angustias y peligros, acabaría realizándolos. Este, y no otro, era el objetivo de su vida.

## Apunte 17
## **La Rueda y el perno**

Todo lo que hizo Carlo en ese periodo quedó en la memoria de Pasquale, de modo perfectamente objetivo. Hubo algo sin embargo que no sufrió la misma suerte que todos los demás actos de Carlo y por tanto no fue registrado o, mejor dicho, consignado por Pasquale. Se trata de un sueño. Y en concreto del siguiente sueño.

Carlo se encontraba atado a una rueda. Era una de esas ruedas que se ven reproducidas en las ilustraciones que representan las torturas de la Santa Inquisición, etc., y que —mal miradas— vienen a la memoria de modo deforme, ubicándose en el espacio según nuestra fantasía y nuestra voluntad inconsciente. De suerte que tal rueda en el sueño era enorme, infinitamente más grande incluso que las monumentales ruedas barrocas de las ilustraciones; y estaba trabajada, además, de modo minucioso y delicado, tanto que se asemejaba a la rueda del carro de una Divinidad, o bien a la Rueda de la Fortuna, o incluso a la Rueda Zodiacal.

Tal rueda estaba suspendida en el vacío. ¿En qué vacío? Pues en el vacío del cosmos, claro. No obstante, tal vacío es asimismo un «espacio cultural»: acaso el fondo (ilimitado) de un techado o un ábside, o bien sin más un cielo, pero invadido por una melancólica, escalofriante luz, con pocas nubes apenas pinceladas en el añil.

Carlo estaba atado, desnudo, a la rueda. Pero, como acontece en los sueños, estar allí, atado y desnudo, era al mismo tiempo una acción y su contemplación. Carlo estaba atado desnudo a aquella rueda, y, al mismo tiempo, se veía estarlo. No solo: además alguien se lo decía (como sugiriéndoselo, o, mejor, mostrándoselo con una paciencia análoga a la inapelable severidad de unos padres o de los maestros infantiles en el acto de inculcar un deber). Era un Coro «inmemorial, sereno, quedo»[(4), 53] que, aun intermitente, con largas pausas, perdiéndose a ratos en la nada, anunciaba a Carlo lo que él mismo en ese momento estaba viviendo y además observando.

La Rueda giraba; que girara rápida o lentamente era un concepto relativo, que en aquella dimensión no contaba. Lo importante era que Carlo regresaba siempre al mismo punto (como el Coro «inmemorial, sereno, quedo» le hacía notar). Pero ¿qué punto era ese? Ausente toda referencia en aquel pardo, desértico espacio nocturno, Carlo no habría podido reconocer ningún punto en particular. Todos los puntos eran idénticos el uno al otro respecto a la absoluta desnudez del espacio; y eran también, por supuesto, idénticos todos respecto al centro, como sucede con cualquier circunferencia como es debido. No obstante, en efecto había un punto. Y cuando Carlo llegaba a este punto, no solo lo percibía —pues se hallaba él mismo allí con su cuerpo— sino que lo veía, como si fuera un espectador de sí mismo; y, además, el Coro, quizá un poco menos «inmemorial, sereno, quedo», no dejaba de advertírselo. Había sido en tal punto, por ejemplo, donde, al inicio (?) del sueño, Carlo había visto, exacta y perfectamente en el centro, es decir en el perno de la Rueda, la primera escena que había sido llamado a contemplar. Se trataba de una madeja (asimismo enorme, barroca) de dos serpientes, allá al fondo, entre los radios de la Rueda. Que formaban una sola serpiente retorcida sobre sí misma, con sus escamas secas y violáceas, que resaltaban extrañas en el aire incoloro. Cuando Carlo, impelido por el giro, volvió por segunda vez al punto y miró, las dos serpientes se habían separado la una de la

---

(4) Sandro Penna.

otra y yacían en tierra, en el espacio abstracto del perno de la Rueda, como sin vida; además se habían empequeñecido, convertidas en simples culebras, muertas y resecas por el sol estival. Pero en su lugar había una mujer, de pie. Una salvaje. Su frente era pequeña; el pelo le arrancaba apenas por encima de la nariz chata, y le caía hirsuto y untado de algún aceite repelente tras la pequeña nuca, sobre los miserables hombros. Tenía la pose de las mujeres preñadas, tiesa, la abultada barriga prominente, en sus ojos y en su boca de gruesos labios una especie de sonrisa impúdica. Pero lo curioso no era su aspecto bárbaro, de alguien pobre de espíritu y sin corazón, ni la extraña conciencia irónica que emanaba de todo aquel cuerpucho, sino el hecho de que un enorme pene le pendiera del vientre: era un pene colgante, puesto que, evidentemente, no estaba en erección, pero pleno de la misma oscura fuerza y salpicado de la misma negra pigmentación que se supone en los hombres priápicos o en las bestias, en los asnos, en los mulos. Era en la posesión de un pene semejante donde se originaba, para subir hasta los ojos de aquella mujer, esa sonrisa suya obscenamente alusiva. Pero no estaba sola: la «escena» contaba también con la presencia (no percibida en un primer momento) de un hombre a su lado, a su sombra, si así pudiera decirse (en aquel mundo no había ni luz ni sombra). Era increíblemente pequeño: un geniecillo, una muñeca de trapo como las de las niñas, un duende, un enano. No obstante, tenía unas proporciones perfectas, si se lo consideraba en sí mismo. Su aspecto era viril y apacible al mismo tiempo, con el aire de un padre joven recién casado y que sigue siendo él mismo aún un muchacho. También a él le colgaba el sexo entre las piernas, pero se trataba de un sexo normal, y, en el pudor natural de su desnudez, no se notaba. Pero algo más arriba, en la ingle, se notaba muy bien sin embargo un largo corte, una profunda y negra herida. El hombre, inclinado sobre sí mismo, la mantenía un tanto abierta con los dedos, como si quisiera enseñarla, y se la miraba, alzando a ratos los ojos con una sonrisa paciente y protectora. Carlo sabía —y el Coro, desde los espacios internos de aquel universo, se lo confirmaba— que ese corte profundo en la ingle del hombre era la vulva. En el siguiente giro de la Rueda, la Escena, en el centro del que partían los radios, había cambiado. Ya no estaban ni las serpientes, ni la mujer ni el hombre. Estaba él mismo, Carlo; pero estaba muerto (o quizá, aun habiendo venido al mundo, no había nacido nunca). Su cuerpo estaba completamente rígido, como si fuera de piedra: es más, era sin duda el cuerpo de un monumento de vieja piedra. El Coro le advertía, en lo profundo, de que eso era la felicidad, y de que nunca habría felicidad más grande.

Pero Carlo conocía ya el giro de la Rueda; y sabía también que el «punto» estaba, más o menos, arriba y a la derecha de quien la mirara. Por lo tanto, ahora que recomenzaba el giro, iría hacia abajo, se precipitaría en la grisura abisal para remontar luego y llegar allí, arriba a la derecha, desde donde tendría la maravillosa posibilidad de contemplar una nueva escena. Entretanto gozaba del giro de la Rueda en el espacio con la misma excitación (y una especie de cosquilleo en el vientre) que siente un niño al columpiarse. Pronto regresó al «punto», y desde allí miró hacia el perno de la Rueda. El monumento de su propio cuerpo rígido y muerto era ahora una Polla, una enorme Polla de piedra, un língam; y junto a él estaba un viejo corpulento, de barba blanca y ojos dulces y dolientes: un viejo santo, sin duda sumamente bondadoso, pero asimismo, y se veía, sumamente intransigente, sin duda capaz, si se daba el caso, de permanecer por completo insensible a la piedad.

La Rueda se sumergió de nuevo en el espacio, giró sobre sí misma, y Carlo regresó de nuevo al Punto. Esta vez, allí, en el perno, se había convertido en un muchacho, a la orilla del mar, donde una barca se balanceaba; a su alrededor, un pueblo de bárbaros lo miraba, mientras un hombre (cuya cara no se veía) lo cubría de signos; al cabo este hombre le entregó un bastón coronado por una enorme concha en espiral; y, aunque él lloraba como un niño que hubiera de separarse de su madre, el hombre aquel lo empujaba con violencia, con sus bárbaras manos, hacia la barca, lista para partir hacia mundos lejanos. El Coro le advertía de algo muy curioso:

—Mira que has nacido por segunda vez.

El giro recomenzó; en el perno de la Rueda, dejándose ver, había ahora un viejo pequeño, normal y corriente, ni más ni menos que un pequeñoburgués con el acostumbrado traje gris. Carlo lo reconoció enseguida: era su padre. A su lado había un hombre joven, desconocido, también él sin rostro; pero, esta vez, con un enorme sexo, potente, oscuro, como el de la mujer de la Primera Escena. El sentido del padre no era el que Carlo le atribuía habitualmente, desde tantos años atrás, en la vigilia; era un sentido del todo nuevo, como pleno de una radiante novedad.

## EL GIRO SUCESIVO DE LA RUEDA[54]

En el giro sucesivo de la Rueda Carlo entendió de inmediato que el espectáculo dejaría de desarrollarse para él en una serie regular de Escenas, en el Centro de la Rueda; el espectáculo, de ahora en adelante, se desarrollaría fuera, en el espacio circunstante. Que ya no era el desnudo cosmos, sino el desierto.[55] Y sobre ese desierto estaba, de hecho, surgiendo el sol en ese momento. Sus larguísimos rayos oblicuos arañaban las arenas y las piedras, surcando V de largas sombras. En un oasis, o junto a un vado en el que crecían plantas azulencas y espinosas, dos hombres jóvenes provenientes de dos partes opuestas del desierto se encontraron: en un principio se miraron con miedo y con odio, luego se aproximaron y, aunque seguían mirándose con recelo, se estrecharon la mano. Acto seguido otros hombres jóvenes, desnudos y fuertes como ellos —y todos con el sexo prominente, bestial, potente de aquella mujer de la Primera Escena— comenzaron a llegar hasta aquel punto del desierto (en el que surgía —Carlo lo veía ahora— otra piedra picuda, en forma de obelisco o de escala). Se miraban entre ellos, al principio, con la hostilidad de los desconocidos; luego —eso parecía— decidían sin embargo amigarse, aliarse en un pacto. Ya habían encendido un fuego, y algunos —por más que pueda parecer anacrónico— cantaban y bebían vino.

—Son hermanos huérfanos —advertía el Coro inmemorial, sereno, quedo. Lo que traspasó el corazón de Carlo de un dolor indecible.

En ese momento se despertó. Pero, durante un instante, el sueño continuó en la vigilia: el instante necesario para que tomara conciencia (una conciencia sugerida —desde lejanías al cabo indescriptibles— por el Coro) de que entre aquellos «hermanos» irrumpía un nuevo personaje, algo así como un «Diablo», un «Espíritu del Mal», dotado incluso de nombre, «Polis» o algo parecido, como Carlo tuvo tiempo de pensar, o, mejor, de venir a saber.[56]

## Apunte 18
## **Cosas irrelevantes para Pasquale**

El sueño de Carlo tuvo su pequeño apéndice en la mesa. Aquel día había regresado su padre que en todo ese periodo había estado fuera debido a sus negocios. La familia estaba pues al completo, aquel día, a la hora de comer. Era algo casual (porque desde hacía veinte años el hecho en sí carecía de la más mínima importancia); a pesar de lo cual no dejaba de tener una cierta significativa solemnidad. El padre presidía la mesa. Y lo curioso era que justo así lo había visto Carlo la noche anterior en el sueño. Vestido de oscuro, con sus antipáticas gafas con las patillas de carey, un cierto aire eficiente y juvenil que incomodaba.

Mirándolo, de repente, Carlo recordó una parte de su sueño, o la añadía ahora, como si el sueño continuara.

—Regresas —decía el coro inmemorial—, regresas.

Y quería decir:

—Regresas <u>a aquel punto</u>.

Pero, en este caso, el punto ya no estaba «arriba a la derecha», sino abajo, en el centro, allí donde el abismo cósmico se sumía como en una vorágine, y donde (también era este un saber absoluto pero del todo injustificado) se proyectaban las sombras de los personajes aparecidos en las Escenas en el centro de la Rueda.

A los postres, el padre, algo más locuaz, siempre con ese su aire juvenil un tanto repugnante, a causa quizá de aquel vino propiedad de la abuela, pronunció alguna que otra frase chistosa a propósito de no sé qué acontecimiento político del momento (1960-1961, le recuerdo al lector). Ante las palabras de su padre, Carlo sintió una nueva sacudida interior o profética. Tuvo la impresión de no haber tomado en consideración nunca en la vida el peso que representaban para él las personas de su propio sexo, y del de su padre, es decir los varones, sobre todo (pero tal cosa no había aún alcanzado el umbral de la consciencia) los varones jóvenes; y pensaba que antes o después debería reparar en su existencia, con la misma brutalidad física con la que ahora se apercibía de la presencia de su padre: de su viejo padre.

## Apunte 19
## **Balance**

En conclusión: en el periodo de su regreso a Turín, como quedó escrupulosamente anotado en el «informe robado» de Pasquale, Carlo mantuvo relaciones sexuales completas —y en la mayoría de los casos repetidas— con su madre, con sus cuatro hermanas, con su abuela, con una amiga de esta, con la criada de la familia y con su hija de catorce años, con un par de docenas de muchachas de la misma edad o incluso menores, con una docena de señoras del «entourage» de su madre. Mantuvo además relaciones de cariz exhibicionista (consumadas o no con algún tipo de complicidad, o con alguna relación sexual incompleta, como por ejemplo una masturbación) al menos con un centenar de muchachas menores de edad y con otras tantas mayores (pero en cualquier caso por debajo de los veinte años); se había servido de una media docena de proxenetas y, en fin, se había masturbado —retrasando infinitamente la eyaculación— cada vez que había estado solo, incluso en público.

Todo esto lo he referido, con gran dificultad, «como visto» por Pasquale, o sea a través de su informe. Ahora Pasquale ya había concluido su misión. Y podemos librarnos de él y de sus limitaciones lingüísticas. Porque, ha de quedar claro de inmediato, Carlo iba a continuar durante años, durante décadas comportándose como se había comportado en su regreso a la ciudad natal: y aún peor.

## Apunte 19a
## **Hallazgo en Porta Portese**

Era una mañana ardiente de junio. El verano había llegado de golpe. El asfalto y las piedras abrasaban, y al tufo de la basura requemada por un sol que era imposible imaginar más límpido y puro se mezclaba el olor de la vegetación silvestre, que brotaba por todas partes: entre los tugurios de los poblados chabolistas, entre los viejos casalicios del XVII, entre las fabriquillas amontonadas a orillas del Tíber, por los ribazos del Tíber, que llevaba hasta la ciudad el verde salvaje y sucio de los campos cercanos. Pero en aquel sol inmemorial, en cuya limpidez —tan excesiva que tenía algo de turbio y de lechoso, sobre todo en los fondos— parecían no poder desarrollarse sino los actos de la antigua vida tarda y profundamente silenciosa de una vieja aldea, era sin embargo ensordecedora, indescriptible la barahúnda. Automóviles, camiones, furgones, bicicletas, carros en movimiento: y un gentío inmenso, ansioso, vociferante. Parecían haberse entremezclado un día de fiesta grande y otro de intenso trabajo; lo que tenía a todo el mundo excitado, porque además aquel gentío estaba formado en su gran mayoría por hombres jóvenes y por chavales.

Quizá porque aquel sol penetraba las cosas, y desde dentro de ellas xxx su fosco y seco esplendor, todo el gentío que se entremezclaba bajo los arcos de Porta Portese y avenida adelante era una multitud meridional. La luz rezumaba desde miembros pobres y morenos, rostros huesudos, ojos que emitían destellos de negrura famélica, nucas rapadas, y de sus propias voces, roncas de tanto grito y tanta guasa desde el amanecer, cuando aún estaba oscuro.

El literato véneto de apellido acabado en -òn avanzaba[57] en medio del gentío; aunque no fuera el único intelectual, allí, en medio de aquel gentío lumpemproletario, estaba solo. Caminaba, entre empujones, con su elegante traje azul de verano, de puesto en puesto, con aire curioso y disponible. A pesar de ir solo, estaba realizando un acto decididamente social; lo sabía, y no albergaba sospecha alguna acerca de su convencionalidad, ni mucho menos; si acaso, se mostraba ufano; y su mirada vagaba en busca del «descubrimiento» dominguero, siempre posible, en medio de la ristra de cachivaches, de apariencia irreal, provenientes de la oscuridad de sótanos y almacenes, en toda aquella ciega fulguración del sol matutino. Miraba, se paraba pensativo ante algún objeto, lo descartaba irónico, pasaba a otra cosa. Dio con un puesto, si es que se le podía llamar puesto, más pobretón que los demás. De hecho, toda la mercancía estaba colocada en el suelo, directamente encima de la tierra. Detrás, rozados por las pisadas del gentío que caminaba junto al murallón con los portones de los almacenes abiertos, estaban los vendedores: tres jóvenes entre los quince y los treinta años, a los que la agitación y la noche en blanco (durmiendo en el suelo, allí donde estaban ahora) habían reducido al silencio: un silencio no obstante extraordinariamente expresivo. Ni un solo miembro de sus cuerpos estaba quieto: la boca babosa, los pómulos machacados y deformados a martillazos, los ojillos chispeantes, la mata de pelo espeso que parecía arder sobre las orejas de soplillo. Y sin embargo había en sus ojos y en sus actos una especie de dicha indiferente que los hacía semejantes a estatuas, venidas allí, costrosas y xxx, desde muy lejos. Eran tres ladrones, o como mínimo peristas, igual por lo demás que la mayoría de sus colegas; y eran napolitanos. Las cosas que vendían, por lo tanto, para ellos eran irrelevantes, carecían de significado y de valor real: se trataba de libros, viejos manuscritos, retratos amarillentos de personajes famosos, discos de veinte o treinta años atrás, baratijas de estantería o boudoir modernistas o novecentistas, etc. Nuestro literato se detuvo frente a aquella tienducha extendida en el suelo, y comenzó a observar distraídamente, con un ligero bostezo nervioso clavado en los labios entreabiertos; miraba arrugando la frente aquellas naderías, dispuesto a proseguir su exploración, cuando, quién sabe por qué, nada menos que junto a un retrato del general Graziani,[58] atrajo su atención una pequeña maleta tan repleta de libros que parte de ellos andaban desparramados por allí. Fue el título de uno de esos libros lo que atrajo la atención de nuestro intelectual de apellido véneto; se trataba de un título que para un italiano sonaba bufo: «Sterna i teoriya romana» de Shklovski. Y con esto el lector ya habrá entendido de qué maleta se trataba. Con cansada curiosidad, pues a primera vista había comprendido que se trataba en verdad de una pequeña biblioteca, muy coherente, nuestro intelectual comenzó a rebuscar entre los libros, a hojearlos. El primer libro que cayó en sus manos fue una edición muy económica de «Los demonios» de Dostoievski, todo subrayado, desde el primer renglón hasta el último podría decirse; casi pegado a él, como si se tratara de un solo volumen, «Los hermanos Karamazov», mucho menos subrayado, pero con más decisión, casi con violencia: algunas páginas estaban incluso rasgadas por la punta del bolígrafo. Luego una edición, también muy económica, de la «Divina Comedia», donde había solo una señal, una esquina doblada en la página donde comenzaba el Canto XXIX del Purgatorio. En cambio, estaban muy subrayadas las páginas sobre Dante (y sobre Sade) de un volumen en francés, «L'écriture et l'expérience des limites» de Philippe Sollers. Seguían, sin orden ni concierto, todo Swift, todo Hobbes, todo Pound. Especialmente subrayado, e incluso con notas, Propp. A su lado, desde luego no por casualidad, Apolonio de Rodas, «Argonáuticas». Y «Thalassa» de Ferenczi. «La República» de Platón y la «Política» de Aristóteles, leídos, sí, pero no demasiado subrayados. Igual que las «Memorias de un enfermo de nervios» de Schreber y el «Inferno» de Strindberg. Llamaba la atención la presencia allí en medio de Roberto Longhi: el «Piero della Francesca», que evidentemente había pasado ya por varias manos, y un manojo de escritos varios, la mayor parte en revista. En el centro de la maleta, como en un «puesto de honor», los cinco libros siguientes: «Don Quijote», «Tristram Shandy», «Almas muertas», «Ulises» y «Finnegans Wake». En medio de otro montón de libros, fuera de la maleta, el «Viejo Testamento», los poemas de Belli[59] y una docena de volúmenes de lingüística. Los habían robado juntos. Allí estaba también el informe de Pasquale Bucciarelli. El intelectual, divertido, comenzó a echarle un vistazo, mientras desde abajo, en cuclillas junto a su mercancía, los tres napolitanos, silenciosos en su agitada dicha, lo cataban esperando que se decidiera; pero sin darle el gusto de mostrar la más mínima inquietud, con «pinta» displicente, marcados por la fatiga y por el sol, los ojos sombríamente lúcidos sobre sus pómulos de lobos famélicos.

↑

– reproducir algunos de los más significativos pasajes subrayados
– dar las ediciones con alguna indicación filológica

apunte a bolígrafo en una página de las «Argonáuticas» (griego-inglés):

* «¡No hagáis caso! Todo gran escritor escribe solo para llenar de signos la página blanca»; y en letra más pequeña: «Todo gran escritor ama sobremanera los Centones. La cultura de todo gran escritor es medieval».

## Apunte 20[60]

## Carlo —como en una novela de Sterne— abandonado en el momento de acudir a una Recepción

Mientras ese Carlo que estoy lamentablemente obligado a llamar Segundo, o bien a distinguirlo endilgándole quizá un Carolus o un Karl de tan inevitable mal gusto literario, vivía su «Poema del Retorno» en Turín, el Carlo que por simetría debería llamar Primero, y que en efecto es el Carlo por excelencia (o sea por privilegio social), estaba por su parte a punto de realizar un salto hacia adelante. Vagamente se habla de la «carrera». Pero en realidad se trata de otra cosa. No deberíamos nunca aceptar el lenguaje de nuestros enemigos; no existen límites morales de ningún género a la realización de un hombre. Este Carlo n.º 1 procuraba realizarse, por ahora, buscando protectores; para poder después realizarse cumplida y coherentemente consigo mismo en la vida histórica, en la vida de la Ciudad: como le correspondía más que de pleno derecho.

Se da una inevitable simetría en el inicio de las dos historias que constituyen el argumento de esta obra mía; de modo que la historia del Carlo n.º 1 también comienza no lejos de la casa que había alquilado en el barrio que por aquellos años se consideraba elegante. Se trata del círculo de la Sra. F., que una serie de digresiones dilatarán enormemente. Lo que no quiere decir sin embargo —me importa precisarlo— que la simetría de la que hablo se vea trastocada en lo más mínimo. De hecho, tras el lugar y las personas imaginarias a quienes se ha confiado el inicio de la historia de Carlo n.º 2, hay asimismo una enorme perspectiva que los trasciende,[61] pese a tratarse del miserable enjambre de hombres antropológicamente inferiores que proclaman su derecho a la historia ofreciendo el chantaje a cambio de su servilismo, y pese a provenir de las partes en todos los sentidos más bajas de la nación.

Era un atardecer, mediada la primavera, misteriosamente húmedo y frío, y también, e igual de misteriosamente, seco y tibio. Lo que lo colmaba de tal ambigüedad podía ser, bien un vendaval que se andaba formando —pero en silencio, sin truenos ni viento— sobre el vasto barrio, o bien, por el contrario, que el cielo y la tierra se abrían de par en par hacia la paz del buen tiempo, con sus franjas aún tempestuosas de nubes iluminadas en un solemne celaje.

Respirando a pleno pulmón aquel aire misterioso, como si fuera el de su propio futuro el helor o la tibieza del atardecer lleno de presagios, Carlo acababa de salir de casa, y caminaba a grandes zancadas, con el abrigo desabrochado que ondeaba pesadamente, siendo como era un xxx de encerada inglesa (y contribuyendo con ello en clave realista al Oxímoron que preside este pasaje de nuestra historia).

Junto a Carlo —inspirando con menor aliento el aire gélido-tibio, lóbrego-resplandeciente— y avanzando con menos ímpetu por la calle de los Parioli hacia la casa de la Sra. F., en el barrio calmo-tempestuoso, lánguido-efervescente, caminaba un hombre de su misma edad, casi idéntico a él.

Tenía el mismo mechón juvenil, aunque ya un poco ralo, que le bailaba como un ala sobre la frente, el mismo color moreno en la cara y el pelo, el moreno de los italianos septentrionales, la misma complexión atlética escondida en un cuerpo de apariencia menuda, los mismos andares levemente simiescos. La forma del rostro poco se diferenciaba: el pómulo algo más redondeado, mientras Carlo lo tenía pronunciado; el mentón más blando, mientras Carlo lo tenía muy marcado; la mirada más irónica y distraída, mientras la de Carlo rebosaba de seriedad infantil, como petrificada en una especie de terror, compuesto de ansia y de esperanza a un tiempo.

Las reglas que presiden la exposición de mi historia, aunque aún no explícitas ni autónomas —y por tanto confrontables solo consigo mismas—, me imponen perderme en el paréntesis acerca de este amigo de Carlo. No importa que su destino, tras este momento crucial, sea no volver a aparecer en nuestra historia. Veamos pues: se trata de un compañero de colegio de Carlo, llamado Guido Casalegno. No habiendo tenido los problemas de Carlo, iba muy por delante de él en esa realización de sí mismo que se llama carrera profesional. Ni i-lusiones ni desi-lusiones lo habían apartado de aquella «lusión», de aquel construir «lúdico» que no defrauda las expectativas; y que es en sustancia, si puedo continuar expresándome así, colusión con quien juega mejor y desde antes: el poder. En este caso concreto, la gran empresa del ENI. Casalegno había sido compañero de Carlo Valletti en el instituto. Dejaron de verse en la universidad. Por tradición familiar, Casalegno se matriculó en derecho, mientras que Carlo, carente de tales tradiciones, eligió, como hemos visto, ingeniería. Una vez licenciado, Casalegno no emprendió una vía tradicional. Su cultura era ecléctica (además de forense, también literaria y sociológica); y era ecléctica justo en el momento en el que estaba explotando el boom de la especialización. Allá donde hubiera sido lógica la expectativa de un ejecutivo, o sea, de un técnico especializado, él daba el perfil de un «hombre para todo», aunque sustancialmente honesto. Pues bien, si el ENI era una empresa, era también un «topos» del poder, cosa harto conocida para que yo me extienda en explicaciones. La sutura entre estas sus dos formas o modos de ser no podía absorber, en su concreto aspecto histórico, o sea en su asentamiento y realización a través de plantillas fluctuantes y departamentos poco menos que anónimos, personal regularmente especializado. Fue pues en este terreno mixto, de sutura, donde Casalegno se abrió camino. Hubo en aquellos años (en los que estas maniobras no salían todavía a la luz, se las consideraba de lo más normal) un oscuro desplazamiento de piezas en un sector importante para un organismo de poder, estatal y al mismo tiempo no estatal, como era el ENI: el sector de la prensa. Por ejemplo, editado por la Nueva Editorial Italiana, salía en Milán el nuevo «Avvenire», nacido de la fusión entre el diario católico boloñés y su homónimo lombardo. El ENI sentía una particular predilección por este periódico, que no se limitaba a privilegios publicitarios. El sueldo de redactores y colaboradores aumentó tanto que suscitó la envidia del «Corriere della Sera»; creció el número de páginas, aumentaron las secciones, los reportajes, etc. Hasta fueron fichados periodistas del propio «Corriere» —por ejemplo el vicerredactor jefe de la sección de deportes—, así como redactores de la ANSA[62] y de «Panorama»; por no hablar de otros personajes más excéntricos, como por ejemplo el exdirector de «Ciao Big», el exdirector de la revista mensual solo para hombres «Kent», el exdirector de «Sì» (patrocinado por el semanario «ABC») y el exredactor jefe del propio semanario. El presidente de la Nueva Editorial Italiana, Ettore Zolla (que es, sobre todo, un hombre de confianza de Troya), se convierte en uno de los máximos dirigentes del ENI. Ruego que el lector preste atención sobre este punto, porque Aldo Troya, vicepresidente del ENI, está llamado a ser uno de los personajes clave de nuestra historia.

El vicepresidente de la Nueva Editorial Italiana, en el momento de nuestra historia en el que nos hallamos, es precisamente Guido Casalegno. Había hecho carrera con extraordinaria rapidez. Había comenzado en la SNAM de Bonocore, el presidente del ENI, cuando esas siglas significaban literalmente «Sociedad Nacional de Metanoductos»; destinada, como veremos a su tiempo, a ser liquidada por Troya, para ser relanzada más tarde con el mismo nombre pero ya sin las viejas funciones. En la primera versión de la SNAM, Casalegno tenía a su cargo las funciones de secretaría, donde se había distinguido por ciertos méritos particulares, y bastante novelescos, en lo que nos atañe. El presidente Enrico Bonocore estaba tan atrapado en la vorágine de su actividad —fundacional, perteneciente al tiempo del mito— que no encontraba tiempo siquiera para poner su firma al pie de los centenares de cartas de correspondencia ordinaria (las cartas más importantes llevaban su sello autógrafo); así, era Casalegno —repito, un hombre sustancialmente honesto— quien firmaba el correo ordinario en lugar de Enrico Bonocore, rubricando con nombre y apellido en una imitación admirable la firma original del Jefe. A consecuencia de su ilimitada paciencia manual, Guido Casalegno ocupaba al presente el cargo que hemos dicho; además de ser Dirigente Administrativo de la SNAM y director de la Sección SEGISA, controlando pues administrativa y financieramente el «Giorno»; y había entrado a formar parte de la pequeña y fluctuante oligarquía del llamado imperio de los Troya.

Carlo, en un estado de ánimo dramático y enigmático al mismo tiempo, se encaminaba pues hacia la casa de la Sra. F., acompañado por este poderoso amigo suyo. Por el rostro de Carlo pasaban en tumulto y descompuestas las expresiones más variadas. A veces casi sonreía, como presa del éxtasis ante una vida que se presenta de improviso llena de promesas intensas y profundas, aunque todavía desconocidas y ni siquiera nombradas; otras, parecía consternado: bien ante una debacle ineludible, predispuesta por su propia naturaleza, bien ante su angustia prematura por una especie de «cósmica» nimiedad de cualquier posible realización terrena. Y tampoco faltaba una expresión casi vulgar y servil hacia su amigo, que, aun sin haber hablado de ello, tácitamente le concedía su protección para un primer xxx xxx; ni faltaba tampoco, al mismo tiempo, cierto rictus chulesco de desprecio que —precisamente porque son jóvenes— los jóvenes provincianos, en nombre de la cultura, V frente a acontecimientos como el que le esperaba aquella noche de primavera en el círculo de la Sra. F. (cuya casa, llena de luces y de ajetreo de automóviles en la calle, se delineaba ya al fondo de la alameda que bajaba al corazón de los Parioli).

Carlo era libre. Lo que hasta ese momento le impedía abalanzarse sobre la vida (que, siendo una vida «social», es maravillosa y angustiosa) se había separado de él, como un lastre que frenara el vuelo. Al separarse de él, había iniciado una historia propia, paralela a la suya; y él vivía por tanto los primeros momentos de su liberación. No solo su dicha, también su miedo. Y no era esta la única contradicción, porque, como hemos visto, aquel que separándose de él lo había liberado, viviendo su propia libertad total —ajena incluso a cualquier obligación o incluso conveniencia social—, había llegado por su parte al límite más allá del cual ni siquiera la más absoluta libertad puede responder. También una libertad así puede conocerse; es más, no puede dejar de conocerse. Tal conocimiento de la libertad es el de la posibilidad de su final. Quizá porque gravaba sobre él, consciente o inconscientemente, este inextricable nudo de libertad ganada y perdida, ilimitada y vigilada, Carlo miraba hacia la casa resplandeciente de la Sra. F. con expresión de pasmo, con la boca abierta, como en una instantánea disparada de improviso, y el paso impetuoso y al mismo tiempo incierto —como bloqueado en el gesto de la conquista por una duda metafísica— que «fijaba» los pliegues de su ondeante xxx como en un cuadro manierista...

Apunte 21

# Vislumbres sobre el ENI

## Apunte 22
## **El llamado imperio de los Troya: él, Troya**

Él, Troya, es un hombre de unos cincuenta años, pero aparenta menos. Lo primero que llama la atención es su sonrisa. Llama la atención, en primer lugar, porque se nota enseguida que es una sonrisa estereotipada. Es un hombre público, y por tanto tiene la obligación de sonreír, al parecer; pero la suya no es una sonrisa tranquilizadora, luminosa, radiante incluso, de «hombre común» que, siendo un buen padre de familia, un simpático trabajador, un buen católico, no tiene nada que reprocharse; tampoco, por supuesto, es la suya esa sonrisa de oreja a oreja con la que en el fondo declara no tomarse la vida demasiado en serio, porque la vida es bella en sí misma, digna de ser vivida, y justo de esa manera. No. No se trataba de una sonrisa de este tipo, tan extendida entre los hombres públicos. La sonrisa de Troya es, bien al contrario, una sonrisa de complicidad, casi insinuante: es decididamente una sonrisa culpable. Con ella Troya parece querer decir a quien lo mira que ya sabe él que quien lo mira lo considera un hombre abyecto y ambicioso, capaz de todo, carente de punto débil alguno, pese a su aire de pobre excolegial y de tiralevitas de sacristía; y quiere decirle al mismo tiempo, a quien tal lo considera, que siga haciéndolo, y que si se diera el caso de que hubiera cuentas pendientes al respecto, la cosa —era un hecho— quedaba aplazada sine die (o sea hasta el día en que Troya hubiera dejado de ser un hombre poderoso). No solo eso: cualquier ajuste de cuentas con el impotente e idealista «ciudadano corriente» que formulara un juicio sobre él y sobre la asquerosa verdad que él mismo admitía, se vería siempre, de uno u otro modo, obstaculizado por algo más urgente, notoriamente más urgente. Y era este «secreto de algo más urgente» lo que, sobre todo, escondía la sonrisa de Troya. En última instancia, esa sonrisa ponía de manifiesto además otro mensaje, que es un mensaje esencial, indispensable y hasta diría casi sagrado en Italia: Troya, en fin, sonriendo astutamente, pretendía dar a entender, a todo el mundo y en todo momento, sin solución de continuidad, que era un tipo astuto. O sea, que lo dejaran estar, por favor, que él «sabía ciertas cosas», «tenía ciertos asuntos urgentes de importancia nacional» (que antes o después se conocerían), que «era tan hábil y, reconozcámoslo, servil» como para apañárselas siempre de la mejor manera, y en beneficio de todos. Como sonrisa de complicidad que era, también era por supuesto una sonrisa mendicante: mendigaba compasión sobre su propia culpabilidad. Casi como una confirmación de todo lo que aquella sonrisa dejaba entrever —no sin cierta afabilidad, más para entendidos que para simples ciudadanos—, Troya tenía siempre la cabeza hundida entre los hombros, hasta el punto de dar la impresión de que estaba un poco jorobado. En efecto, si se quiere, esa cabeza era un poco la cabeza de un jorobado: redonda, la frente prominente, el pelo liso, el mentón pequeño y frágil. En cuanto a los ojos, tras sus gafas, eran redondeados, y expresivos en virtud de su continuo ejercitarse en esa sonrisa insinuante y culpable. Se adherían vivaces a quien lo observaba, pero para retirarse de inmediato. Tenía un proceder presuroso, y el hecho de que llevara siempre bajo el brazo revistas, carpetas llenas de folios y de libros, le daba un aire ajetreado que acrecentaba la impresión de apresuramiento.

Se sabe que había nacido en Sacile, un pueblo de la provincia de Pordenone (pero que pertenecía a Udine cuando él nació), en 1921. Su padre llevaba la granja de una familia patricia, los Degano, latifundistas (por decirlo así), pronto disgregada y venida a menos, aún antes de que él terminara sus estudios. Su padre, viejo católico, cooperativista parroquial donde los hubiere (pero luego fascista hasta el 43), se hizo en cambio bastante rico (una riqueza siempre de pueblo, de sacristía). Pese a la riqueza, los Troya seguían viviendo en su vieja y modesta casa, cerca de la plaza de la iglesia; una vieja casa de estilo veneciano, como todas las demás, con sus grises soportales debajo y sus garbosas balconadas de forja. No muy lejos de allí, detrás de la iglesia, discurría el Livenza, verde y profundo, a cuyas orillas, parece ser, iban a jugar el pequeño Troya y otros chavales de la parroquia. Esto es todo cuanto se sabe de la primera parte de su vida: una nebulosa y plana leyenda que Troya no se había preocupado nunca, en modo alguno, de aclarar o xxx. No le agradaba en absoluto ninguna forma de publicidad. Debía, por la propia naturaleza de su poder, permanecer en la sombra. Y lo hacía. Cualquier «fuente» posible de información sobre él desaparecía, tan misteriosa como sistemáticamente. No se le atribuía anécdota alguna, ni circulaban chistes sobre él. Algo muy poco o nada italiano, que contrastaba con su «astuta» sonrisa; pero que, por otra parte, como veremos, no carecía de lógica. Se sabía que se desplazaba en coche, un Citroën verde, que ni siquiera estaba a su nombre (así que no era dueño siquiera de un modesto Citroën); y también se sabía que coleccionaba objetos de cerámica blanca, no por cierto antigüedades raras (lo que daba a determinadas mesitas en su casa o en su despacho el aire de pequeños cementerios). He aquí todo lo que se sabe actualmente sobre su persona. La actividad que desarrolla es el lenguaje con el que se expresa; por eso yo, para interpretarlo, debería ser auditor además de detective. Me las he ingeniado, y esto es lo que he logrado saber.

## Apunte 22a
## **El llamado imperio de los Troya: las filiales más cercanas a la casa matriz**

A Troya, emigrado a Milán en 1943, el final del fascismo y el inicio de la Resistencia no lo pilló desprevenido en cuanto a sus propias alternativas. De hecho, participó en la Resistencia (en esto, como veremos, consiste el escándalo). Existía una formación mixta, degasperiana y republicana[63] (la mixtura, está a la vista, comenzó de inmediato), que luchaba en los montes de la Brianza. El jefe de aquella formación partisana era el actual presidente del ENI, Ernesto Bonocore. (Ni Troya ni Bonocore, como el lector habrá notado, son apellidos septentrionales: en efecto se trataba de inmigrantes. Las septentrionales eran sus madres: una tal Pinetta Sprìngolo, de Sacile, la de Troya, y una tal Rosa Bonali, de Bascapè, la de Bonocore.) Por lo que hace a las empresas antifascistas, intachables, respetables pese a la mixtura, de la formación partisana a las órdenes de Bonocore, ya he aludido a ellas en el parágrafo titulado «Vislumbres sobre el ENI», y a él remito a quien quiera refrescarse la memoria. La mía no es una novela «en ensartado» sino «en borboteo»,[64] y es por tanto comprensible que el lector se quede algo desorientado. Lo que quisiera subrayar es lo siguiente: en la formación partisana Troya era un segundo. Y la cosa parece que le cuadrara ya entonces. No querría magnificarlo, pero a Troya le traía sin cuidado sobresalir por sobresalir. Era más que un ambicioso. No tenía por lo tanto la debilidad del ambicioso; su vida, su aspecto, su comportamiento, eran grises, o, mejor dicho, ascéticos. Lo habían sido siempre. En su condición de «segundo» (vicecomandante o vicepresidente) su tendencia ascética a «realizar» se manifestaba mucho mejor. Es probable que no fuera premeditado, pero se limitaba simplemente a moldear y construir su propio destino según su propia naturaleza. No avanzaba, acumulaba. No subía, se expandía. Sería demasiado largo, y para mí además imposible, seguir toda la lenta historia (dos décadas) de esta acumulación y de esta expansión. Me limitaré pues a ofrecer un panorama, tal como podría presentársele a un observador en este momento de nuestra historia. Las incongruencias entre el carácter gris y ascético de Troya y el retrato físico «simulado»[65] que he dado de él V, pero eso forma parte del borboteo, o vórtice, que es la figura estructural de mi relato; y el lector debe tomarlo como un divertimento.

Así pues, Troya es el actual vicepresidente del ENI. Pero esta no es más que una posición oficial, la premisa para un ulterior salto hacia adelante debido no tanto a una voluntad ambiciosa como al acumularse objetivo y profuso de las fuerzas guiadas por tal voluntad. La verdadera potencia de Troya está por ahora en su imperio privado, si tales distinciones son posibles. Troya ha actuado desde siempre instintivamente[66] bajo el signo de la Mixtura. Por lo tanto no hay nunca una real solución de continuidad entre lo que es suyo y lo que es público. No obstante, al menos uno de los feudos de su llamado imperio es decidida y clásicamente suyo: pero se trata de un feudo muy lejano, se encuentra en ultramar, en concreto en Argentina, en las inmensas llanuras aledañas a Mar del Plata. Aquí posee una auténtica pequeña «región», cuyo feudatario es, al parecer desde hace muchos años, su hermano Ivan. Un hermano que pasó directamente desde Sacile a Mar del Plata, trasplantado con la desenvoltura que, en cualquier latitud, ofrece la tierra a quien la cultiva. Ivan era el vivo retrato de Pinetta Sprìngolo, su madre. Era sacilés hasta la médula, o mejor protosacilés (el substrato de Sacile es friulano, aunque la burguesía, que se ha impuesto incluso lingüísticamente, es véneta). Un campesino salomónico y rapaz, la cara colorada, sobre todo la nariz, tocado siempre con un sombrero resobado de alas boleadas. Este Ivan no volverá a aparecer en nuestra historia. El otro fundamento primordial del imperio de Troya era la Sociedad de Inmuebles y Participaciones (?), a nombre de Amelia Gervasoni. Esta Amelia Gervasoni era una de esas mujeres que se encuentran solo en Milán, aunque sean de origen provinciano. Tenía ya más de cuarenta años, era una solterona (al menos este era el término anticuado con que se concebía a sí misma) y de una moralidad y un moralismo absolutos. Había conservado en sus flacas y huesudas facciones algo de inferior, como mujer (y solterona) y como pequeñoburguesa (y provinciana). Pero estas debilidades eran asimismo su fortaleza. Le impedían objetivamente tener ambiciones inalcanzables, y en consecuencia la volvían ascética como su poderoso cuñado. Era la hermana de la mujer de Troya, una Gervasoni, proveniente de xxx. Sabía pues de sobra que era una testaferro, pero, puesto que no tenía ambiciones, quería resultar útil incluso como persona interpuesta, y aunque en modo subalterno participaba eficazmente en la empresa. He aquí la razón por la que toparemos a menudo con su nombre a lo largo de este «dossier» nuestro tan... borboteante. La tal Amelia Gervasoni se había convertido en una mujer elegante incluso, de una elegancia en todo montenapoleónica,[67] acabando por parecerse algo, por antífrasis, a Camilla Cederna: una Camilla Cederna «acederniana».[68] No obstante, también su peluquero, óptimo, era discreto, sus chales poco llamativos, al igual que sus faldas, sus zapatos. Solo que todas estas cosas «discretas», puestas en serie, acababan siendo algo indiscretas y revelando su proveniencia: una proveniencia que comprendía también ese punto de «antiguo» que, en contraste con su eficiencia, la convertía, si no en simpática, al menos en no antipática. Basta. De «Inmuebles y Participaciones» derivaban, dispuestas digamos en dos filas, otras ocho empresas o entes, o no sé cómo demonios llamarlos. Primera fila: La Aronesa, la Inv. Inm., la San Floreano, la DBDI; segunda fila: la Spiritcasauno, la Spiritcasadiez, la Cen-Mer, y la SIL.

Los dos nombres, bastante «borboteantes», de «Spiritcasauno» y «Spiritcasadiez», se deben sencillamente al hecho de que en el momento presente Carlo Troya vive en Via Santo Spirito, en Milán.

Comencemos por la primera fila. La Aronesa: sociedad en comandita simple para la adquisición, explotación, propiedad y gestión de bienes inmuebles. Constituida en marzo del 59. La primera asociada es una tal Donata Bandel Dragone, que es la secretaria de Aldo Troya y que, al contrario que Amelia Gervasoni, es una testaferro sin más (y lo será repetidas veces, como veremos). Ya que acepta al pie de la letra su cometido y en consecuencia no se ocupa en absoluto de la empresa, se permite ser una mujer muy vanidosa, pero solo fuera del universo Troya (donde es ascética). El otro socio de la Aronesa es la «General Lake Investment Trust», de Coira.

«Inv. Inm.»: «Inversiones Inmobiliarias». Sociedad en comandita simple para la participación en sociedades industriales y comerciales, gestión de bienes muebles e inmuebles, compraventa de inmuebles. Entre los socios figura de nuevo, como advertí, la tal Donata Bandel Dragone, pero esta vez se le añade Amelia Gervasoni. Además de la consabida «General Lake Investment Trust», de Coira.

«San Floreano»: inmobiliaria y comandita simple (constituida en tiempos más recientes) para la participación en sociedades industriales y comerciales, la gestión de bienes muebles, la compraventa de inmuebles. La primera socia es la eterna Donata Bandel Dragone; la segunda, esta vez, la «Ladina Établissement» de Coira.

«DBDI»: o sea, Donata Bandel Dragone Inmobiliaria, para la gestión de bienes inmuebles. Sociedad limitada constituida en marzo de 1949 (cuando la tal Donata Bandel Dragone era muy joven, y daba sus primeros pasos como mística interpósita persona, todavía en el ámbito histórico de la Resistencia). La particularidad que caracteriza esta arcaica rama del imperio troyano es que aquel famoso Citroën verde botella ya recordado está puesto a su nombre.

Y pasemos a la segunda fila de semejante proliferación.

«Spiritcasauno»: sociedad limitada para la compra y gestión de bienes inmuebles, constituida en febrero de 1951, pero adquirida por Troya una decena de años después. Administradora única: Donata Bandel Dragone. También a su nombre está registrado el despacho de Troya en Via Santo Spirito.

«Spiritcasadiez»: sociedad de responsabilidad (i)limitada, constituida en el 51, asimismo adquirida por Troya unos diez años después, para la compra y gestión de bienes inmuebles. Administradora única: Donata Bandel Dragone, que no consta que lo sepa.

«Cen-Mer» (Centro-Meridión): s. l. para la compra, la venta y la gestión de bienes inmuebles, constituida en el 58 pero adquirida por Troya más tarde, en el 60. Administradora única: Donata Bandel Dragone.

«SIL»: «Sociedad Inmobiliaria Lombarda», limitada, para la compraventa y la gestión de bienes inmuebles. Administradora única: Donata Bandel Dragone.

## Apunte 22b
## **El llamado imperio de los Troya: otra importante ramificación**

Aldo Troya tenía un tercer hermano, Quirino, que estaba entre Aldo e Ivan, o sea entre Ciociaría y Sacile, entre «ciocia» y «dàlmine»,[69] aunque fuera el mayor; tenía el rostro seco y la nariz afilada de Pinetta Sprìngolo, o mejor «Sprìngola» como se dice por aquellos pagos, y de su padre la cabeza redonda y la mirada astuta y algo mortificada (el viejo Troya sintió siempre como una culpa el hecho de ser un meridional que había medrado en el Véneto). A Quirino le estaba reservado el papel de enlace entre Milán y Coira, casi por el sino romanche, sepulto en el tiempo por lo demás, al menos en Sacile. En estos periplos —que vivía con la religiosidad de un campesino que se convierte en obrero— lo acompañaba un viejo amigo, que podía exhibir una herencia romanche abundante e intacta, pura hasta casi el purismo. De hecho, era de Cividale, la Civitas, la Ciudad del Friul, la Florencia del Friul. Un tal Erminio Cossùt que, además quizá del apellido, de eslavo tenía también unos ojos rasgados y amarillentos de mirada sesgada. Tras haber jugado «coram montes» —las colinas, ora yermas y fúnebres casi, ora divinamente idílicas y productoras de un óptimo vino blanco—[70] y en los guijarrales del Isonzo —de divinos hileros color turquesa en todas las estaciones—, se dedicó a prepararse para no ser más que un modesto contable, si no hubiera acabado siendo compañero de estudios del tan católico Troya. Los viajes a Coira eran en todo caso la actividad menos relevante de Quirino, aunque quizá la más delicada. Se encargaba en general de las relaciones con los socios internacionales, en otros lugares francos no romanches, como Liechtenstein, Luxemburgo o el Principado de Mónaco; se trataba de socios comanditarios, como la empresa «Pentavalor Trust Reg.» de Eschen, la «Abat Finance Établissement» de Triesen (?), la «Iskra Finance Établissement» de Triesen (?), la «Samko Trade Trustreg», la «VAI» de Schaan (?), la «Tech Finanzanstalt» de Coira, la «Filil Anstalt» de Triesen (?), la «Nautilwarn Holding AF», de Mendrisio, la «Sosmel», de Vaduz, la «Walalla Établissement» de Balzers (?): todas ellas integradas como sociedades comanditarias para las garantías y obligaciones a terceros, o para consentir una mayor compra de inmuebles, participaciones industriales y comerciales —incluso, nótese, por cuenta de terceros— en otros entes troyanos que iremos viendo.

## Apunte 22c
## El llamado imperio de los Troya: la ramificación más importante de Quirino, el hermano

Pero la ramificación más importante al mando de Quirino Troya era la actividad concerniente a la Informática Aplicada, que dependía directamente de él. La Informática Aplicada generaba a su vez tres sociedades dependientes. La «Lignea» de Quirino Troya y Cía., SCS, reubicada no lejos de Santo Spirito, en Via Manzoni; capital social, 100.000, pero su comanditaria es la ya nombrada «Pentavalor Trust Reg.» de Eschen (?). La «SDN», asimismo de Quirino Troya y Cía. —1.200.000 liras de capital esta vez—, también por la zona de Santo Spirito (Via della Spiga). Actividad: las consabidas compra y gestión de bienes inmuebles. Y para acabar la «Pattern italiana», que tiene una historia algo particular. Había nacido unos años antes con el nombre de «AM. DA.» y había sido encuadrada en el ENI para que ofreciera su competencia y colaboración en materia de servicios subsidiarios; como para las demás sociedades, por otra parte, también para esta Troya se procuró un socio comanditario, encontrándolo en Hong Kong. La «AM. DA.», sociedad anónima de administración de datos, tiene también su sede en Via Manzoni, cerca de sus secretas hermanas; pero su actividad es diferente: «implementación y administración de centros de proceso de datos por cuenta propia y de terceros, prestación de servicios, etc.». La dirección fue encomendada en un principio a un hombre de pro milanés, cremonés para ser exactos (intachable, es decir, un poco demasiado conservador), pronto sustituido por otro lombardo, el tal Beolchini —Virgilio Beolchini— que encontramos, con idénticas funciones de Administrador Único, en la ya mencionada «SDN». Provenía, por parte de su consorte, de la rama matrilineal xxx. En cuanto a ella, Camilla xxx, la mujer de Aldo Troya, lo único que hizo fue darle dos hijos, un niño, Vincenzino, y una niña, Pinetta: dos infelices que, puesto que tenían un físico xxx, por no decir agradable, y gozaban de buena salud, hubieran podido en otras circunstancias ser discretamente felices. Más allá del mérito de haber traído al mundo a esos dos hijos, Camilla xxx de Troya tenía también el mérito de encontrarse del todo a sus anchas en la iglesia, sobre todo en los funerales. Y era una auténtica pena, a este respecto, que su marido no tuviera ambiciones más aparentes, por ejemplo la de ser ministro. Un año después la «AM. DA.» fue absorbida por la «LI. DE.», sociedad anónima de prospecciones demográficas, cuyo objetivo era la «edición y distribución de cartas, correspondencia, constitución de ficheros, etc.». Con el aumento del capital inicial de uno a quince millones, el objetivo se precisa mejor: «programación de actividades para la investigación y recogida de datos, tratamiento y difusión de información, asesoramiento y servicios para el proceso electrónico de datos».

En definitiva, técnicamente algo así como un pequeño SID[71] (que unos años más tarde prestaría muy útiles servicios a Troya, ya al frente de otra responsabilidad estatal, como se verá). Por otra parte, el momento cultural de esta «LI. DE.» prefigura intereses a los que Troya no es del todo ajeno, y, al menos en primera instancia, tales intereses atañen directamente a nuestro relato.

Luego la LI. DE. se traslada (por supuesto) a Roma, con un consejo de tres miembros hasta que el fiel notario de los Troya (figura que he pasado por alto injustamente hasta el momento: su nombre es Eugenio Tramontin, también él un clásico «hablante» véneto en tierra friulana) anuncia que el capital social es de trescientos millones. Uno de los miembros dimite. Es sustituido por otro. Y la sociedad pasa a denominarse

«DA. OFF.», «Data Office». Pero por poco, porque bien pronto el ya mencionado Virgilio Beolchini ocupa el puesto del miembro que había sustituido al primer dimisionario, además de los puestos de los otros miembros hasta ahora no apartados; y la sociedad vuelve a llamarse «AM. DA.». En este punto (novecientos millones de capital) es nombrado presidente Quirino Troya, y la sociedad, ampliándose, expandiéndose, toma el nombre definitivo de «Pattern italiana» (Beolchini se va, vuelve uno de los miembros apartados, y se añade Evelyn Lane, el hombre de Hong Kong). La «Pattern italiana» es una empresa precozmente (para los tiempos de los que hablo) americanizada; y puede ofrecer al ENI de los años sesenta técnicas de vanguardia en el campo de las «computer letters», de la elaboración de «mailing lists», en los problemas de «direct marketing».

## Apunte 22c
## El llamado imperio de los Troya: la pulga malsina del piojo[72]

Al mando de las otras dos ramificaciones fundamentales del imperio de los Troya se encuentran dos perfectos símbolos del pacto lombardo-véneto que conforma (aun con ciertas oscuras raíces meridionales) las bases de tal imperio. Uno es aquel Erminio Cossùt, de Porpetto, cuya fisonomía y días de infancia ya hemos esbozado, así como su camaradería con el hermano mayor de los Troya, Arduino. El otro también había jugado «coram montes», pero no se trataba esta vez de las colinas lóbregas de la Venecia Julia sino de las airosas lomas prealpinas de xxx; y también había vagado entre infinitas guijas blancas y corrientes celestes, pero no las del Isonzo, las del Oglio. Provenía de xxx, un pueblo de cierta solidez industrial entre las provincias de Bérgamo y Brescia. Ermenegildo xxx, perteneciente al sistema de los xxx, de carácter femíneo. Quién sabe por qué motivo surgió desde el principio entre Erminio Cossùt, de Porpetto, y Ermenegildo xxx, de xxx, una misteriosa rivalidad, que se saldaba en todo caso con alguna que otra pulla malévola que ninguno de los dos ahorraba al de enfrente. A este propósito, Arduino Troya solía intervenir con una fórmula fija, de efecto seguro siempre:

—La pulga malsina del piojo.

Erminio Cossùt estaba a cargo de las «Petrolíferas directas», Ermenegildo xxx de las «Metaníferas indirectas».

De ambas matrices, que no dejan de tener su moderna epicidad, si no de carácter homérico sí ciertamente hesiódico, procedía una nueva y bien ordenada proliferación, igual que de un tronco las horcaduras y después la maraña del follaje.

Comencemos con las «Petrolíferas directas», por la sencilla razón de que, para bien de nuestro relato, hemos de terminar con las «Metaníferas indirectas».

No olvide el lector —se le ruega encarecidamente— que este excurso «en vórtice» tiene una finalidad, y sus elementos dilatorios no son en el fondo sino puro y simple «suspense». Siguiendo en todas sus ramificaciones el imperio de los Troya a la fuerza deberemos acabar en un ramito terminal, en el último pimpollo, marcado además, como se verá, por un dramático signo de interrogación, siendo como es de naturaleza doble: se encuentra en efecto, como veremos, en el punto de intersección entre dos universos, mitad a un lado y mitad al otro, mitad en un dominio y mitad en el otro. Y su ambigüedad fusionará el sentido de la historia de Carlo y de sus decisiones. Basta. En el momento oportuno el lector tendrá las ideas clarísimas al respecto. No anticipemos pues. Procedamos no obstante algo más rápido, habiéndose constituido, creo, los precedentes mentales para una ulterior y más certera adscripción de sentido.

Bifurcaciones de la «Petrolíferas Directas», tres: la «MCCC» («Metano Carburantes Combustibles Comprimidos»), cuyo administrador es el propio Cossùt; la «USMETA» (usos del metano para fines industriales y civiles), administrada igualmente por Cossùt; en fin, la «Petrolchimical International Instrument CO.» (?): cisternas, tuberías, depósitos; son precisas, como es natural, buenas coparticipaciones no solo para el metano y el petróleo, además para los materiales y las «infraestructuras extractivas», de depósito y de manipulación. El director técnico es xxx xxx (lombardo), director comercial xxx xxx (véneto), director administrativo xxx xxx (lombardo), y en los suministros xxx xxx (véneto). En esta ocasión Erminio es el responsable para Irán, el edén, como quien dice. Por supuesto, aunque hasta ahora no lo he dicho, Erminio Cossùt tiene un hermano —¿cómo no iba a tenerlo?—, Mariano. Pues bien, Mariano Cossùt (que se sacó solo un grado medio de formación profesional, en Cormons) es el director de Infraestructuras. (Es además presidente de una Sociedad, la «Làssem», fuera de los límites del imperio troyano, pero en cuyo consejo de administración encontramos al lombardo xxx xxx y al véneto xxx xxx.)

Estamos en la copa del frondoso árbol, y querría limitarme, según esquemas de muy nobles precedentes literarios, a los «listados». Pero me extenderé solo un instante, como muestra, sobre una de las ocho sociedades, dispuestas en dos filas, aunque sin jerarquizarlas. Es la primera de la primera fila: la «Hermanos Panzini», la «STI» (Sociedad termoplástica italiana). Media docena de años antes tenía un capital de nueve millones; en el momento de nuestra historia es de trescientos (declarados). El hecho es que ha entrado en ella, precisamente, Aldo Troya, como consejero administrativo, con él Leone Panzini, uno de sus fieles, que también está presente en la STIEM (ENI) y en la Agencia de prensa «Informazione». Más tarde Troya pasa incluso a presidir esta sociedad marginal de «moldeado de materiales plásticos y afines»; y por supuesto con la presidencia de Troya el radio de actividad se amplía: no solo moldeado, sino también fabricación, producción y comercio de objetos en material plástico y resina sintética, en particular artículos técnicos, menaje, material de escritorio, electricidad, sanitarios, artesanía sacra. Siguen, en la primera fila: la «Fecit», la «Italoamericana Prentice» (?), la «Industria maderera A. Bortotto». En la segunda fila, la «SRM», la «Po-Petrol», la «Stilgraf», la «Medias lombardas L. xxx». En todos los consejos directivos y administrativos de estas sociedades encontramos siempre los mismos nombres, mezclados como es natural con las falanges interregionales de lo que vulgarmente se llama «el pesebre».

## Apunte 22d
## **El llamado imperio de los Troya: la ramificación del piojo**

Sade me enseña que es preciso «no exigir demasiado al lector». Pasando a las «Metaníferas indirectas» al mando de Ermenegildo xxx, intentaré pues ser muchísimo más breve, y adoptar casi exclusivamente la «técnica del listado».

Del tronco «Metaníferas indirectas» derivan tres bifurcaciones fundamentales: el «Grupo Alfa», dirigido por xxx xxx (lombardo), el «Grupo Beta» dirigido por xxx xxx (véneto) y el «Grupo Gamma» (dirigido por un toscano, xxx xxx, sobrino de Gioacchino).

En un segundo plano encontramos la habitual eflorescencia borboteante: «Fábricas Reunidas Fiorani», «Banco xxx», «Línea Sociedad Publicitaria Italiana», «xxx Producciones cine y televisión», «Sociedad Anónima Tazio Giubertoni», «Sociedad Transportes Especiales», «Fibras Textiles Artificiales».

Y, por último, un ente, o entidad, o actividad anónima, que no puede ser indicada de otro modo que con un signo de interrogación: «?»

## Apunte 22f
## El círculo de la señora F.: sus actividades artísticas

Esta señora F., a cuya casa Carlo, como un pobre, irónico iniciado, se estaba dirigiendo en la noche primaveral, era una mujer completamente redonda y casi enana. Por pelo tenía poco más que un mechón, una escobeta rubia, por lo común recogida en una cola de caballo; los ojos, grandes, melindrosos y algo lunáticos; el cutis, blanco y esparcido de una más bien anacrónica pinguosidad infantil; la nariz y la boca, pequeñas, demasiado pequeñas, sobre todo la boca, poco más que una guinda descolorida; el rostro, por supuesto, redondo, como todo en ella. Era napolitana, y pasaba la mayor parte del tiempo en su villa en las laderas del Vesubio, a la altura de Castellammare. La heredó del marido, que al morir acabó siéndole útil. Junto con la villa vesubiana (no muy alejada de aquella en la que viviera Leopardi sus últimos días, entre idénticas retamas, naturalmente), el marido le había dejado asimismo una hermosa colección de cuadros, cuyo núcleo estaba constituido por un raro stock de bambochantes (peritaje de Roberto Longhi).[73] Lo cual era motivo de orgullo para la F., fuente de inagotable satisfacción, y en la práctica conformaba su lugar «particular» en sociedad. La F., en Roma, poseía solo aquella discreta casa a la que Carlo se dirigía, no se sabe albergando qué turbias, confusas, humillantes y no poco angustiosas esperanzas; pero aquel piso era un auténtico centro de irradiación de cultura. En efecto, la F. ponía todo su ahínco en empresas culturales. No solo organizaba, casi todas las semanas, Recepciones (como la actual) en las que participaban literatos, periodistas, científicos, políticos, sino que también se ocupaba de otra actividad más específica: una pequeña escuela y seminario teatral, un centro de experimentación audiovisual. Y para esto necesitaba financiación, poca cosa, algún que otro millón, digamos que unos veinte al año. ¿Quién la financiaba, si de financiación puede hablarse? Pues bien, a lo que parece, la financiación le llegaba, por vía del todo amigable, de ese ente o sociedad «?» del que he hablado más arriba. Puesto que la mano que, en concreto y físicamente, le «pasaba» la discreta suma era la de una tal Eleonora Ciaffi o Cioffi, amiga suya, a la que la unían complicadas relaciones (la familia del marido, los cuadros, algún que otro «pufo», la exportación ilegal al extranjero de tales cuadros, de efectivo, y, por otro lado, ciertos vínculos con los ambientes literarios florentinos), la F. apenas atribuía un vago sentido político a la financiación. Antes que nada por su carácter, un carácter que tendía a exacerbar artificialmente el cinismo connatural a una feminidad aceptada[74] por xxx ideología como cortesana cuando no putesca, igual que ciertos curas no tienen ningún empacho en mendigar o hacer acopio de género sin mirar su origen con tal de mantener asilos y orfanatos; y además por la particular mentalidad cultural de aquellos años, en los que todo era vagamente fundacional, consagrado por una especie de «establishment» de izquierdas, la hegemonía cultural comunista, que englobaba amplias masas de intelectuales que no dejaban por ello de ser burgueses. Razón por la cual un hombre como Troya, igual que Bonocore —nombrado con casi venerable respeto, con la voz queda, como artífice de la Resistencia—, estaba fuera de toda sospecha. Faltaría más.

## Apunte 22g
## **Continuación del precedente**

La Sra. F. tenía algo «superior» que perseguir. Las contradicciones tanto del fin como de los medios quedaban apartadas en ese particular estado de inconsciencia que es la sensatez. Algunos hombres, es obvio, merecen estima más allá de su color político; y por otra parte, a partir de cierto nivel, las personas valiosas que triunfan se unen entre sí por una cierta equivalencia que se identifica —como por vía alucinatoria, a causa de la identidad de las respectivas «estructuras retóricas»— con una especie de pacto o de alianza.

El círculo de la Sra. F., repito, era un círculo intelectual de izquierdas. Pero en la Sra. F., así como en la cultura de aquellos años, había una cierta tendencia ecuménica y conciliadora. No digo que la Sra. F. se pareciera a la «gobernadora» Yulia Mijáilovna de «Los demonios»... Pero bueno, ¿por qué no? En el fondo le encantaba rodearse de jóvenes y adularlos para ser adulada; el objetivo de esta adulación especular era además, exactamente, el de «sujetar a los jóvenes (a los que pudieran no ser de izquierdas) al borde del abismo»; o en cualquier caso ahorrarles dramatismo y hacerlos presentables, en virtud de su inteligencia o de su inclinación artística, en un círculo de izquierdas. Veremos a continuación lo que quiero decir con todo esto, y sobre todo lo que quiero decir con la referencia a «Los demonios».

Una docena de millones, más o menos, donaba la «?», la última de las últimas ramificaciones del imperio de los Troya, a la sazón totalmente incorporado al mundo del poder, sin menoscabo de sus ya lejanos méritos democráticos logrados durante la Resistencia. Entonces (como lo sería aún por muchos años) el antifascismo no se ponía en discusión, ni de lejos, como un «valor».

Querría recordar también al lector que entre las ramas y ramos anteriores a la «?» había una «Línea Sociedad Publicitaria Italiana» (y ya se sabe lo estrechos que fueron, en aquel periodo de «descubrimientos», los vínculos entre los intelectuales y la publicidad, que era considerada casi un género literario), y sobre todo una «xxx Producciones cine y televisión», harto elocuente. Así pues, a través de estas ramificaciones no explícitamente petrolíferas, llegaba al círculo de la Sra. F. la mitad de la financiación necesaria para sus iniciativas artísticas. Pero ¿de dónde llegaba la otra mitad?

## Apunte 22h
## **Esquema de un puzle elemental, y su lúdica dicha**

No pretendo llevarle la contabilidad a nadie. No podría hacerlo, con este espíritu «contemplativo» de quien ha vencido y eliminado de sí el interés por tales cuestiones, como hacía Balzac; ni podría hacerlo, es evidente, por interés, o sea, movido por la complicidad del amor al dinero. Así pues, puedo hacer todo esto solo a condición de tomármelo como un juego, y lo más divertido posible. Digo esto porque dentro de poco nos veremos manifiestamente obligados a jugar. Veamos: que la mitad de la financiación del círculo de la Sra. F. proviniera, por este o aquel ramal, de Troya (que por su parte quizá no supiera nada en absoluto), era algo bastante conocido, o que en cualquier caso podía ser conocido. Por el contrario, quién procurara la otra mitad era algo que no hubiera debido saberse, o eso cabría esperar. En cambio, se sabía. Y a causa, o por mérito, de la propia Sra. F. No es que la Sra. F., nuestra pequeña gobernadora de Piazza Buozzi, no supiera mantener un secreto. Es más simple: se olvidaba de mantenerlo. Sobre todo cuando la tentación de revelarlo fuera particular y dulcemente irresistible. Pero la revelación quizá nunca habría tenido lugar si no hubiera existido en el comportamiento de la Sra. F. una especial mecánica que la propiciara con toda naturalidad. Era una mecánica de índole lingüística. La Sra. F. se había construido poco a poco, a lo largo de los años, un verdadero idiolecto que tenía características casi paranoides: un pequeño sistema lingüístico en el que las cosas resultaban aludidas mediante ardides retóricos (o, mejor, oratorios, porque la jerigonza de Madame F. era exclusivamente oral) que las hacían nombrables ubicándolas en determinados pliegues sintáctico-fonológicos que no poseía ningún otro sistema de signos conocido. Como en ciertas lenguas habladas en China (y también entre los pieles rojas de América del Norte), bastaba la entonación para cambiar el sentido de una frase, pero no en cuanto a los matices (Jakobson ha percibido alrededor de sesenta «intenciones» distintas en el modo en que un actor ruso pronuncia «buenas noches»), sino en su estricto significado literal. Y había sido justo durante uno de esos sus raptos lingüísticos cuando la Sra. F. había «revelado» el nombre de su Segundo Patrocinador. De modo que, en aquel círculo, confluían ambos Patrocinadores; cosa que, como veremos, es ideológicamente imposible.[75]

## Apunte 22i
## **Continuación del puzle, etc.**

Pero he dicho que, para explicar esto, tendríamos que jugar. No me ha sido fácil tomar esta decisión «superflua et inordinata» que en sustancia nada importa, pero que importa mucho. Si un autor se impone, en un sistema lingüístico, no usar nunca (es el caso de Petrarca) la palabra «pie», algo como se ve sin importancia, en el momento en que la usa provoca escándalo. Yo me había propuesto no usar en mi relato ningún ardid que interrumpiera su normalidad, que diría casi severa, por no decir incluso austera.[(5), 76] Pero una absoluta exigencia de claridad me empuja a transformar por un momento este texto en la página «superflua et inordinata» de una revista de pasatiempos. Fíjese pues el lector en este gráfico. Los rectángulos que representan las diversas Sociedades o Entes del imperio de los Troya están punteados; los puntos significan cifras, es decir, en concreto, capital social, declarado y real. El último rectángulo está punteado solo a medias. Se trata de las «Iniciativas culturales» de la Sra. F., cuya consistencia financiera conocemos, justamente, solo a medias.

---

(5) «Austera» en el sentido en el que usan esta palabra Aristóteles y Tomás de Aquino, citados por el sociólogo Ivan Illich en «La convivencialidad». Yo en efecto vivo, trabajando en esta obra, «la dicha del uso del instrumento convival». Conozco la «convivencialidad» o la «Mitmenschlichkeit». Por lo tanto soy austero. «Austeritas, secundum quod est virtus, non excludit omnes delectationes, sed superfluas et inordinatas. Unde videtur pertinere ad affabilitatem, quam Philosophus, lib. 4 Ethic. Cap. VI, amicitiam nominat, vel ad eutrapeliam, sive iucunditatem» (Summa Theologica).

El lector que conozca, aun solo un poco, a este no muy conocido sociólogo Ivan Illich, entenderá que no lo cito sin motivo en esta primera serie de apuntes de mi obra.

## Apunte 23
## **Segunda parte del puzle**

Para trazar un pequeño punteado, que quizá fuera de derecha a izquierda mejor que de izquierda a derecha, es decir, para saber quién financia la segunda mitad a la Sra. F., habríamos de hacer justo lo que se hace en los rompecabezas; es decir, recorrer simétricamente el camino ya recorrido, pero de izquierda a derecha, no de derecha a izquierda, y también, en nuestro caso, de abajo arriba y no de arriba abajo: como bajar y subir después dos escalinatas que tuvieran el último peldaño en común.

Quien pasaba a la Sra. F. los otros doce millones anuales más o menos, siempre en persona (simétricamente) y en mano, o sea con su pequeña y peluda mano de carne y hueso, era...

Apuntes 20-30[77]

**Historia del problema del petróleo y tejemanejes**

↓

* VISLUMBRES SOBRE EL ENI

Apuntes 20-25 aproximadamente (antecedentes): Las fuentes

Apuntes 25-30 aproximadamente (la trama): Apéndices de relato policiaco

*novela no tanto «en ensartado» sino «en borboteo», o incluso en «shish kebab»

↑

todo como una enorme digresión a lo Sterne, que deja a Carlo mientras se dirige a la recepción de la señora F. y lo retoma al entrar.

- Tabla del Imperio Eni después Montedison
- Tabla del Imperio Monti

según este esquema

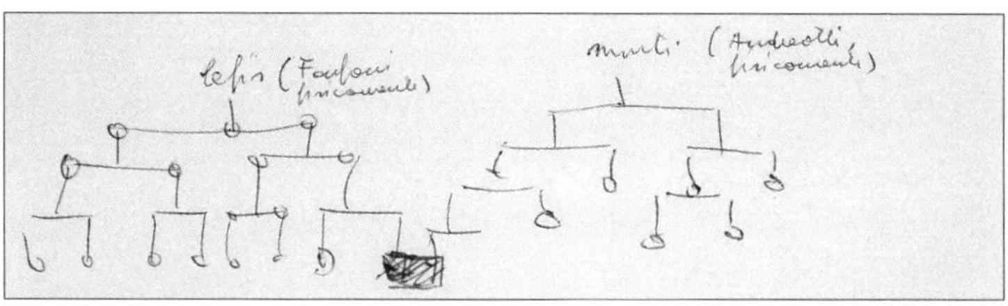

**Cefis (Fanfani físicamente) [izquierda]; Monti (Andreotti físicamente) [derecha]**

– La señora en cuya casa tiene lugar la recepción es la Señora titular de un Ente Cultural financiado (por razones de amistad o parentesco) tanto por Cefis como por Monti (fascista) — Sin embargo el círculo es un círculo intelectual de izquierdas.
– En esta ocasión Carlo es observado y admitido por una de las dos grandes Sociedades, pero ascendiendo por las filiales petroquímicas comunes se convertirá en un pez gordo (vicepresidente o presidente nominal, como Beolchini) de la otra

* El relato que conduce al punto de intersección del círculo de la Señora está todo él constituido por noticias e informaciones sobre negocios, parentelas, etc. (Apuntes 20-30). Pero también en el propio punto de intersección se cuenta de nuevas operaciones de negocio, intereses, manejos, clientelismo, que preparan la parte II

↑

En este preciso momento histórico (BLOQUE POLÍTICO I) Troya (!) está a punto de ser nombrado presidente del ENI: lo que implica la eliminación de su predecesor (caso Mattei, cronológicamente desplazado hacia adelante). Con la camarilla política tiene necesidad de anticomunismo (el 68): bombas atribuidas a los fascistas

(A Restivo lo conocemos en casa de la señora F.)

El BLOQUE POLÍTICO II (ap.) estará caracterizado por el hecho de que la misma persona (Troya) está a punto de ser nombrada presidente de la Montedison. Tiene necesidad, con la camarilla política, de virginidad anticomunista (bombas atribuidas a los fascistas)

** introducir los discursos de Cefis, que sirven para dividir en dos partes la novela de modo perfectamente simétrico y explícito (un poco como los dos episodios de los veinte chavales, etc.)

(16 de octubre de 1974)

– En ambos delitos toma parte activa Carlo:
en el Bloque I <u>inconscientemente</u> (en una anómala relación entre el Yo y el Ello) como uno más de los miembros activos del complot
en el Bloque II alucinadamente (explosionando una quimérica bomba en la estación de Turín)

(16 de octubre de 1974)

## Apunte 31[78]
## Una recepción

Mientras ese Carlo que estoy lamentablemente obligado a llamar Segundo, o bien a distinguirlo endilgándole quizá un Carolus o un Karl que apestan a literatura, vivía su «Poema del Retorno» en Turín y alrededores, el Carlo que por simetría debería llamar Primero, y que en realidad es el Carlo por excelencia (o sea por privilegio social), estaba por su parte a punto de realizar un salto hacia adelante. Vagamente se habla de la «carrera». En realidad se trata de otra cosa. No debemos nunca aceptar el lenguaje de nuestros enemigos. Este Carlo n.º 1 procuraba realizarse, por ahora, buscando protectores; para poder después realizarse cumplida y coherentemente consigo mismo en la vida histórica, en la vida de la Ciudad.

Se da una inevitable simetría en el inicio de las dos historias que constituyen el argumento de este poema mío; de modo que la historia del Carlo n.º 1 también comienza no lejos de la casa que había alquilado en el barrio que por aquellos años se consideraba elegante. Se celebraba una recepción en casa de una señora que llamaremos la Señora F., y Carlo fue invitado; era uno más, invitado casi por casualidad, porque era amigo de un amigo a su vez de segundo nivel, tanto que no importa siquiera decir su nombre o describirlo (creo por otra parte que ya no volverá a aparecer en nuestra historia). Baste decir que era de Turín y que desde hacía unos años trabajaba en el ENI. Bien sabe Dios lo tosco e insignificante de mi experiencia en recepciones semejantes, y mi ineptitud para describirlas a causa de mi absoluta incapacidad de «imitar» cualquiera de las particularidades del lenguaje, tanto escrito como mímico o físico, que allí se usaba. En realidad, tampoco merecería la pena describir esta recepción tan importante para la historia futura de nuestro héroe. Cuando se haya dicho que todos los pantalones de los hombres cubrían el espectro completo de los negros y los grises, y todas las chaquetas el de los azules; que aparte de camisas blancas se veían también camisas vagamente celestes o cobalto, neutras (pero con corbatas siempre rigurosamente oscuras); que sus esposas se dividían en señoras seniles (por lo general gruesas, imponentes) y señoras infantiles (pequeñitas, de ojos traviesos e ingenuos, aunque ya llenas de arrugas); y que las primeras trataban de imponer altaneras su autoridad manifestando, sin temor alguno a resultar vulgares, su desprecio social indistintamente repartido entre todos aquellos que no fueran decidida y formalmente superiores, mientras las pequeñitas trataban de manifestar, con toda su alma, no otra cosa que buenos sentimientos, obediencia, gracia, el interés de los subalternos por cualquier cosa de que se hablara, etc.; pues ya está todo dicho.

## Apunte 31[79]

En este relato —debo ser brutalmente explícito al respecto— la ideología sustituye por entero a la psicología. No se engañe pues el lector: en ningún momento habrá de tropezarse con esos personajes misteriosos que se desarrollan y evolucionan revelándose a los demás protagonistas, y al propio lector, a medida que los acontecimientos —que ellos mismos provocan y cuyas consecuencias sufren— los constriñen a una dramática coherencia. De igual manera, en mi relato, tampoco habrá secundarios de este tipo. No hay pues motivo para describir una recepción, ni placer alguno en ello. Buena excusa esta, no lo niego, para no describir algo que no aprecio, algo por tanto de cuya experiencia (la auténtica experiencia, que es sobre todo lingüística) carezco. Pero hay aún más motivos que justifican todo esto: en psicología siempre hay otra cosa y algo más que psicología. Y asimismo en la imagen social hay otra cosa y algo más que la imagen social. Nótese que no he dicho «fuera» o «por encima» de la psicología o de la imagen social, sino en sí mismas. No podría decir que no tengo conocimientos —gracias al psicoanálisis, quizá— de psicología. Pero conocer el ánimo humano es, precisamente, otra cosa y algo más. De manera análoga podría decir que —gracias a la cultura marxista, también aquí quizá— conozco bastante bien la «socialidad» de un individuo. Pero, también ahora, el conocimiento del ánimo humano es algo más que tal conocimiento social. ¿Qué es esto del ánimo humano? Es una presencia, una realidad: eso es todo. Como una coerción ejercida a través del individuo a quien pertenece, y que sobre él mismo pesa como un doble monumental y al tiempo inaprensible. Tal «figura coercitiva» (que de algún modo, aun misterioso, es también física) está solo allí donde puede estar. Posee la propiedad de los cuerpos. Yo nunca haré pues, en este relato, psicología; y mi conocimiento del ánimo humano sin duda me impedirá ponerla al servicio de la ideología de modo erróneo. O sea que cada personaje, estoy seguro, «será» y «actuará» como no puede por menos que «ser» y «actuar», incluso según las deducciones de la más clásica de las psicologías; nadie estará fuera de su sitio, no tenga el lector ninguna duda.

Siguen siendo «personajes imaginarios» los que ponen en marcha la historia o la acción. En aquella recepción, una parte al aire libre en un exiguo jardín, otra en la agradable tibieza del interior del piso profusamente iluminado —en el indolente y complacido trasiego de al menos un centenar de personas—, es evidente que estos «personajes imaginarios» poco tienen en común, ni social ni psicológicamente, con los otros «personajes imaginarios» que han tomado la decisión de poner un espía tras los pasos de Carlo a fin de conocerlo todo sobre su vida; no obstante, como la continuación de esta historia —en parte, e irregularmente, muy irregularmente— quizá explique, se dan, entre los dos grupos de «personajes imaginarios», analogías y vínculos.

## Apunte 32[80]
## **Provocadores y espías (en 1960)**

À la recherche comme à la recherche: recuerdo aquellas recepciones de finales de los años cincuenta y comienzos de los años sesenta (cosa que algún día no dejará de parecer muy poética y envuelta en el misterio de los tiempos pasados) con una mezcla de odio (del que ya he hablado) y de conmoción. Me conmueve esa cierta ingenuidad con que vivían tal género de cosas hombres jóvenes como Carlo. Y me conmueve también la ingenuidad pertinaz, empedernida, monstruosa, con que las vivían hombres viejos, ya entonces ajados y ahora decrépitos; o bien hombres y mujeres simplemente mayores, pero en la plenitud de su actividad profesional, en el ápice del poder social. Marcados por profusas gorduras o tirantes por infaustas delgadeces, todos ellos se lo creían. Se lo creían como se lo creen los muertos. Allá, en la eternidad de aquella velada, con las luces resplandecientes en el frescor de la noche, en la parva hierba de un jardincillo encajado entre lujosas construcciones, con la brisa que de tanto en tanto agitaba las hojas brillantes de los limoneros, esa gente ha permanecido como intacta, con la sonrisa adherida a los labios, con las copas o los dulces en la mano; y, sobre todo, con aquella fe, aquella esperanza, aquella despreocupada carencia de toda caridad. Los problemas eran los problemas de aquel momento, la verdad era la verdad de aquel momento (y todos ellos, allí, evidentemente, sin la menor duda, se contaban entre los privilegiados depositarios de aquella verdad: cada guiño, gesto, sonrisa que cruzaran aludía a ello). El fulgor de la luz, como el de una nave festiva atracada en la oscuridad de un puerto, se mezclaba con la «luz» de aquella verdad tan profunda y sinceramente vivida; y el rojo de ciertos terciopelos o del papel pintado, el verde del vestido algo más audaz de una señora, el reflejo de los oros y las perlas, todo permanece allí, en aquel rincón viviente de un mundo de difuntos. Recuerdo los grupos, como mecidos por la mareta del buen humor y de un extendido talante en extremo conciliador, casi fraternal (estábamos, es preciso recordarlo, en los inicios de la sociedad del bienestar, del «despegue» económico, años de general satisfacción y de personal y secreta esperanza para cada quien); unos cuantos estaban dispuestos en torno a una mesa baja, sentada la gente en un sofá de seda algo gastada y en las correspondientes butacas; y el que no encontraba sitio se acuclillaba con desenvoltura en la alfombra; otros encontraban su sitio de pie, apoyados en una librería repleta de preciosas figuritas, y en este caso eran todos hombres, y hablaban de problemas particularmente «serios»; otro grupo se reunía en el dormitorio de la anfitriona, una habitación que se dejaba para la ocasión abierta de par en par, fulgurante de luz; algunos hasta se sentaban sobre la recargada colcha de raso, y eran la mayoría jóvenes que daban a la velada su contribución, bien codificada, de fatuidad y alegría; y otros se congregaban en el jardín, mejor dicho entre el salón y el jardín, resguardándose del fresco. Las chaquetas de los hombres, azul noche o marino, los pantalones de franela gris marengo —como un uniforme—, los vestidos de las señoras, asimismo parecidos unos a otros, según un modelo que era un modelo absoluto —ese escote, ese largo de falda, ese tipo de alhajas—, allí, entre la potente luz del salón y la más débil y desvaída sobre la hierba (con la que se mezclaba una tercera luz, la de la luna, finísima, incisa en el azul del cielo entre los Parioli y Villa Glori), cobraban particular realce, ya fueran de color oro o salmón, malva o bien audazmente turquesa.

Recuerdo a los personajes más destacados de aquellos grupos (esos que una periodista habría de apuntar los primeros en su lista, llena de ciega esperanza en un «establishment» que además estaba «despegando»). Quien no los conocía —y, como el joven Carlo, quizá los estaba viendo por primera vez—, tras las apresuradas presentaciones, los miraba desde lejos con la misma mirada con la que se mira la vida cotidiana de las teofanías.

Había un intelectual, en activo desde hacía muchos años y por tanto célebre y respetado, que no obstante mantenía aún el aire juvenil del que no cree en nada pero se interesa por todo. Tenía el pelo blanco y muy corto, la nariz pronunciada, la boca hundida, sin labios, el mentón prominente; densísimas, bárbaras las cejas, sobre los ojos vivaces y eternamente distraídos de quien está un poco sordo. En cualquier postura que estuviera, sentado o de pie, se le veía siempre inquieto, inquieto casi con violencia. Aunque del todo extraño a tal género de recepciones, se encontraba a sus anchas, no desentonaba en absoluto en el cuadro; estaba lejos de aquello, pero, ya que estaba allí, aceptaba el juego, y no renunciaba ni por un momento a la tensión de su inteligencia. Cada palabra suya era una palabra crítica. Venerable y juvenil, se hallaba en medio de aquella flotilla permanentemente varada como la proa de una vieja nave que hubiera surcado todos los mares, en una aventura más intelectual que poética; pero que, sin embargo, había terminado por ser poética a causa de un rigor intelectual nunca atenuado siquiera un instante.

En otro rincón del salón se encontraba otro intelectual, unos quince años más joven que él, infinitamente más tímido y por lo tanto más agresivo; su agresividad —mezclada con la natural dulzura o, mejor, casi suavidad de su carácter— se diría que formara parte de un papel que se hubiera visto obligado a aceptar. No parecía en absoluto sentirse cómodo; más bien parecía sentirse allí emplazado solo por su éxito y por su tormentoso prestigio. Tenía el aire de un adolescente delgado y consumido, los pómulos un punto excesivos y perplejos ojos castaños. Su cuerpo rebosaba de una sensualidad indecente, aunque no menos ascética y severa, todo él consagrado a una aventura intelectual, como su amigo quince años mayor. Aparte, llevaba calcetines bajos y ropa demasiado vistosa.

Había también un político —era ministro desde hacía diez años y habría de serlo aún otros quince—, sentado en una butaca roja, con la cara redonda de gato hundida entre los hombros, como si no tuviera cuello y estuviese un poco raquítico; su frente despejada de hombre cultivado contrastaba con su sonrisa astuta, que tenía algo de indecente: porque pretendía poner de manifiesto, con astucia y depravación, la conciencia de su propia astucia y depravación. Por lo demás, el sentimiento de la vida como «juego», como «apuesta» que se pierde o se gana, y por lo tanto enteramente fundada en la acción y en el comportamiento, si tenía en él una muestra real, era un modelo de vida que, más o menos inconscientemente, todos seguían en aquella recepción, incluidos los que lo tomaban a chanza, quizá de manera presuntuosa (por ejemplo, desde las páginas de «L'Espresso»).

Tampoco faltaba un comunista del Comité central del PCI, investido aún del aire «popular» que debía tener un militante de aquellos años y, además, del prestigio de la «hegemonía» que, por aquellos años, detentaba aún con solidez la cultura marxista. Su modo de presentarse era la sonrisa: todo era motivo de sonrisa. Como para exorcizar el estúpido temor del Comunismo (que, por lo demás, allí nadie parecía tener). Era algo que le ocurría de modo natural, porque la sonrisa y la campechanía (moralista, entiéndase bien) formaban parte de su simpático carácter de hombre que sigue siendo un muchacho. Aparte de que todos lo llamaban por su nombre de pila, no por el apellido. Y el nombre en cuestión era un diminutivo.[81]

Había también un columnista, un periodista especializado en editoriales; radical, laico, pero absolutamente independiente, un hombre absolutamente intachable por su, para aquellos años, precoz tolerancia, exento de todo moralismo (cosa siempre de una rareza absoluta en la cultura italiana, tan provinciana). En su rostro de hombre pequeño, de cabeza grande y grandísimos ojos, la sonrisa era inalterable. Pero sin ninguna finalidad de exorcismo o desdramatización, sino simplemente porque el corazón de aquel periodista laico era puro, y no tenía nada que reprocharse: por encima de todo, carecía sin duda de prejuicios.[82]

Y, en torno, las caras de señoras y caballeros, casi todos de una cierta edad (los escasos jóvenes formaban un grupo aparte, bajo la mirada benévola de los padres): rostros tan terrible y monstruosamente marcados, maculados, consumidos, hinchados por el tiempo, como bien conservados, bien cuidados, derrochando holgura, bienestar y camaradería en la verdad. Entre estas personas estaban justamente aquellos, los «personajes imaginarios» que habían puesto su atención en el católico de izquierdas Carlo (católico de izquierdas en la acepción que podía tener esta palabra durante el papado de Juan XXIII). Carlo, para quien lo observara, presentaba una característica esencial: la de estar interesado por todo y permanecer por completo inalterable. Tan inalterable como debe serlo un subalterno, que no debe tener sentimientos. Pero esta inalterabilidad, al mismo tiempo, era la de un dirigente, que, por su parte, los sentimientos no debe manifestarlos, ya que está por encima de ellos. Su falta de familiaridad con el poder le daba en verdad un cierto aire de sacristán, de provinciano recién salido de un internado de curas; y su cuerpo achaparrado, con los pantalones grises y la chaqueta negra que hacían que resaltara aún más su constitución tosca, recia y sumisa; su cabeza redonda, con el pelo negro tempranamente ralo en el centro de la coronilla, que dejaba un vacío lustroso semejante a la amplia tonsura de un fraile; el rostro también redondo, con los grandes ojos tristes en medio, casi llorosos, pero al mismo tiempo llenos de tensión y voluntad obstinada, asimismo curil; todo en él refrendaba la buena calidad de su hipocresía y su honestidad no exenta de maquiavelismo, o sea su capacidad de acallar la conciencia por el bien de todos.

Entre estos «personajes imaginarios», además de un alto dirigente del ENI, de un político (de la misma corriente del ministro del que he hablado antes), etc., había también un intelectual; joven, quizá más aún que Carlo, también él provinciano (provenía del Véneto y su muy campesino apellido acababa en -òn), de grandes y ardientes ojos negros, bastante bien parecido para ser un literato. Por lo que decía, por sus conocidos, por la índole de su pensamiento, no difería notoriamente —al menos en el orden de la «categoría»— de los demás intelectuales, incluidos los de primer orden, presentes en la recepción. Al parecer había escrito algunos libros, respetables pero irremediablemente mediocres; aunque joven aún, estaba claro que su destino no era convertirse nunca en una revelación literaria, nunca habría superado los límites de un trabajo que le había granjeado el interés de los editores y una relativa buena acogida de la crítica. Su «pasta» era la misma que la de los demás intelectuales activos en aquellos años. No obstante, había en él algo más. Por ejemplo, esas mismas relaciones con algunos políticos y con agentes económicos. Los mismos que se estaban ocupando de «el tal Carlo Valletti», y que, para ser exactos, habían decidido ponerlo a prueba justo entonces, durante aquella fiesta, mientras el propio Carlo andaba por allí, presente-ausente, deferente, seguro de sí. La prueba para incorporarse a un gran Ente como el ENI, que, como hemos visto, era mucho más que una simple empresa, y no porque fuera del Estado, era casi puramente formal: se trataba de un encargo, de carácter burocrático, que conllevaba un viaje a Oriente.

Con esto podría dar por cumplimentado el sentido de este pasaje de mi poema: un viaje a Oriente no es cosa de todos los días, el fondo de su sentido se asienta nada menos que en el mito, es la repetición de uno de los «actos inaugurales» del hombre (si es que la cosa puede ser apreciada). Pero, si el paciente lector me lo concede, tendría todavía algo que añadir.

En la época, no tan lejana, por otra parte, en la que se desarrollaba aquella «velada» en casa de la Señora F., la «cultura» italiana era muy unitaria, ya sea en la acepción histórico-etnológica (en aquellos años De Martino[83] estaba escribiendo sus magníficos libros), ya sea en la específica acepción burguesa y académica, ya sea en fin en la acepción de cultura de élite, que implicaba la jerarquización de valores que la colocaba en la cúpula del país. Dominaba todavía la hegemonía cultural de las Izquierdas tal como se configuraran tras la Resistencia; mientras, continuaban abriéndose camino la sociología y el mito tecnológico, pero como una «renovación» que no hacía sino, por un lado, poner en crisis a la vieja intelectualidad marxista, y por el otro revitalizarla. Pero el antifascismo y el progresismo seguían cohesionándolo todo, en una Italia aún casi aldeana. Los jóvenes orquestaban sus felices redefiniciones a la sombra de los padres (que, como he dicho, los observaban benévolos, en una relación muy tradicional). Se trabajaba bien. Italia no había conocido nunca una actividad cultural tan ferviente, intensa y honesta como en aquel periodo. Aún había espacio para el escándalo, a causa del estricto poder democristiano, cuya obtusa brutalidad ennoblecía aún más la causa que se le oponía. En definitiva, los papeles asignados a cada cual estaban bien diferenciados: un obrero se distinguía netamente, con su sola presencia física, de un burgués; y lo mismo un aprendiz de mecánico de un estudiante, un intelectual de izquierdas de un intelectual de derechas, un catedrático de un escritor. No había confusión posible. Nunca, por ejemplo, un literato aficionado, perteneciente a la subcultura (en sentido jerárquico), habría podido confundirse con un literato de valor, es decir, perteneciente a la cultura. Su propia presencia física lo habría delatado. Y bien, la pregunta que el lector debería plantearme en este momento es la siguiente: ¿eran posibles en aquellos años los provocadores, los espías? Pues sí —debería responderle—, por más contradictorio que resulte —inconciliable con la idea que con toda justicia nos hemos formado de aquel periodo histórico—, en aquellos años también eran posibles los provocadores, los espías.

## Apunte 33
## **Invocación a la Musa**[84]

Oh, Itaglia, Itaglia,[85] mientras escribo estas cosas sobre ti, no hay duda de que es Dios quien me inspira. Pero si, como en los poemas clásicos, quisiera incorporar al texto una «invocación a la Musa», la tal Musa bien podría ser Mefistófeles. Los itaglianos deben saber que quien teoriza sobre la inexistencia de los sentimientos y sobre la improcedencia de expresarlos es aquel que tiene sentimientos estúpidos y venenosos; quien, por el contrario, es irremediablemente honesto e incapaz de mistificar se ve impelido a hablar de sus propios sentimientos y a fundar sobre ellos la legitimidad de la escritura; deben saber además los itaglianos que lo «ilegible es inhumano»,[86] y que a menudo quien es muy humano puede decidir ser ilegible, inventando una escritura fundada sobre sí misma, es decir sobre su metaforización xxx: hasta llegar a proponerse como modelo los últimos Cantos del Purgatorio, es decir, hasta el límite de la más cargada, pedante, monstruosa alegorización.

## Apunte 34 bis
## **Primera fábula sobre el Poder (del «Proyecto»)**

—Os contaré la historia de un intelectual —arrancó, como en «Las mil y una noches», el fabulador, no omnisciente sino humilde, con la sola intención de[87] «referir» lo que él mismo había oído—, os contaré la historia de un intelectual, pero se advierte de que la selección y la elección dominarán mi relato, y que seré lingüísticamente pobre: universal y por lo tanto genérico.

»Para empezar, ni siquiera os diré el nombre de este intelectual; así como tampoco os diré su trabajo concreto, su edad, sus hábitos, la ciudad donde vivió; pudiera ser incluso que no hubiera nacido en nuestro país.

»Lo que en cambio me es preciso reseñar —como estricta función narrativa— es su cuadro clínico. Neurosis. Y quizá, más que neurosis, locura.

»En su gordura (no era obeso, sino redondo, hinchado, de carne insana y amarillenta) eran patentes las sórdidas señales de la degeneración psíquica. Todo era redondo en su cara, como si estuviera formada por círculos concéntricos. Las cejas redondas, y, debajo, los ojos redondos, las mejillas redondas —aunque, a pesar de sus solo treinta y cinco años, ya colgantes—, el mentón redondo, la boca redonda. Solo esta última, al hablar, perdía su redondez y tomaba formas irregulares, pero siempre inciertas, imprecisas, y de aquí una cierta sensación de repugnancia, la misma que se siente por lo viscoso. Redonda era también su frente de generosas entradas, sobre la que se dibujaba una corona redonda de ralo pelo claro, vagamente ascético, de cura de pueblo, de abogado de provincias. La redondez daba a su fisonomía un aire infantil, pero el niño evocado era un niño un tanto repugnante. Por lo demás, se comportaba tal como debe comportarse un adulto.

»Aún no sabía —en el inicio de esta historia nuestra— a qué fin real tendería su vida. Era como un gusano dentro del capullo. Pero en potencia ya era lo que quería ser; y, en consecuencia, en su comportamiento —en la vida y en el trabajo— se daban ya las maniobras (que yo, sin objetividad alguna, definiría abyectas) de quien quiere alcanzar metas para las que en realidad no está hecho (a pesar de que ya solo concebir metas grandiosas o nobles en un cierto sentido ennoblezca incluso a quien no es digno de ellas). Era preciso, incansable, discreto, siempre eficiente en su puesto; y al mismo tiempo era calculador y adulador. Como no llamaba la atención, nadie se daba cuenta; pero en realidad era un monstruo repelente de apasionado servilismo. Habría sido capaz de las acciones más abyectas con tal de obtener el favor de alguien. Al tiempo, cultivaba asimismo el mito de su inocencia. El hecho es que su deseo de afianzarse y de avanzar pertenecía al orden de los deseos clínicamente ansiosos; era pues la «enfermedad» la que se encargaba de preservar la inocencia, como primitiva condición de gracia, justificando al mismo tiempo cualquier pobre infracción contra ella.

»Nuestro intelectual parecía pues destinado a realizarse en el más común de los modos: a través de ciertas satisfacciones, obtenidas, más que por sus mediocres méritos, por sus maniobras, calculadas en lo íntimo de su conciencia.

»Una noche, empero, mientras andaba perdido en el ligero sopor de los desgraciados que —sin reconocerlo— sufren de insomnio, fue despertado por una voz que lo llamaba.

»Abrió los ojos, se incorporó y, en efecto, algo, una Presencia, estaba a los pies de su cama (la neurosis, o su predestinación a la locura, lo habían acostumbrado humildemente a semejantes fenómenos, y él, humildemente, aceptó este también). Lo que siguió fue el siguiente breve diálogo moral entre aquel hombre y lo que estaba sentado a los pies de su cama, que por ahora podríamos llamar Fuerza Oscura.

—¿Qué pasa?

—¿Sabes cuál es el objetivo de tu vida? —preguntó aquello que, por ahora, podríamos llamar Fuerza Oscura.

»El intelectual, desencajándosele los ojos, diligentemente, traga saliva y se apresta a dar una respuesta juiciosa que preserve su sustancial inocencia:

—Hacerme con una posición en la sociedad en la que vivo, como cualquiera —dijo—, quizá en la capital mejor que en esta ciudad tan provinciana.

—Vale, vale —admitió la Fuerza Oscura—, pero eso es una parte, una fase, del verdadero objetivo de tu vida. Sigue preguntándotelo, entra más a fondo en tu conciencia —y una breve risa benévola puso fin a esta frase curil.

—Es el máximo esfuerzo que puedo hacer, sinceramente.

»No tenía la más mínima intención de seguir ahondando, de interrumpir la gestión tan bien equilibrada, por fin, de su propia vida. Lo que ignoraba es que, precisamente él, tan abyecto e impotente, y sobre todo tan carente de cualidad alguna, había maniobrado a fin de crear para sí mismo la posibilidad de un destino de grandeza.

—Bueno, ya que tú no quieres decirlo te lo diré yo: el objetivo de tu vida es el Poder.

»Ante aquellas palabras, el intelectual aguzó la vista en la penumbra que la triste noche provinciana adensaba en su cuarto de asalariado: y consiguió de hecho distinguir mejor a quien le hablaba. Los cabellos se le erizaron, y se quedó helado de miedo.[(6)]

Temblando como un azogado, cubierto de sudor frío como un agonizante, nuestro intelectual no vislumbró otra cosa ante él, sentado al borde de su cama, que al Diablo en persona: el Diablo, con sus dos pequeños cuernos que le asomaban en la cabeza canosa, su pequeña cara desdentada, roja,

[(6)] Los pretéritos indefinidos, es decir, los tiempos imperfectivos, son los adecuados para los héroes.

encendida, como la de un borracho que se sabe un miserable; apretaba los labios en una especie de sonrisa afilada que era al mismo tiempo de soez conmiseración hacia sí mismo y de resignado rencor hacia quien lo miraba. Su abyección era como una costra, esparcida sobre el rubor enfermo de su cara, sobre la piel de su cabeza, bajo los mechones desgreñados de su pelo blanco y sucio. Difundía en torno a sí el hedor insoportable de quien ha dormido en el suelo, entre desechos, en una sala de espera o en cualquier tabuco, sin quitarse la ropa ni el calzado.(7)

»Helado, y con el pelo erizado, entendió sin embargo que el Diablo había nombrado la verdad. El Poder era en efecto el objetivo de su vida, admitió, reservándose reticente una eventual vía de escape.

—Si tú lo dices…

—Estoy aquí para ayudarte.

—¿Y cómo?(8)

—Pídeme el medio con el que quieras alcanzar el Poder y te lo daré.

»Un guiño de inteligencia atravesó los ojos del intelectual, encendiendo por un instante su fingido letargo de niño hinchado; y lo que dijo al final, tras unos instantes de concentración, de duda y, diría yo, de inspiración, fue sorprendente.

»Habría podido nombrar mil maneras de alcanzar del poder, rápidas y seguras. El prestigio literario, alcanzado ya fuera escribiendo obras literarias, ya fuera escribiendo obras de sociología, o ensayística, para lo que quizá estaba mejor dotado; un prestigio que debería coronarse, digamos, con el premio Nobel (sería fácil para el Diablo ayudarlo en Suecia). O bien

---

(7) Nada aterrorizaba más a nuestro intelectual que el aspecto extremo de miseria a que conduce el fracaso.

(8) osó preguntar —casi como si se tratara de un pacto inocente—, con su abstracto aire untuoso, el intelectual, mirando inquisitivo al Diablo, con su cara flácida y redonda, las redondeadas bolsas de sus mejillas colgantes.

habría podido pedir la obtención de un empleo en una de esas grandes compañías tradicionalmente propensas a encauzar a los intelectuales hacia un trabajo técnico (en el que obtenían óptimos resultados); también en ese caso le habría sido muy fácil al Diablo posibilitarle, dentro de la compañía, una rápida carrera, hasta ponerlo a idéntico nivel al de los jefes en la gestión de una inmensa empresa incluso transnacional. O bien habría podido pedir, en fin, hacer carrera política abiertamente, afiliándose a un gran partido de gobierno, al más grande quizá; y aquí habría sido facilísimo para el Diablo guiar el intercambio de favores, las casualidades, que (unidas a la innata, aunque todavía potencial, capacidad demagógica de nuestro intelectual de provincias) habrían podido conducirlo a la cúpula formal y real del poder: convertirlo en ministro, en presidente del Gobierno incluso, quizá de un gobierno semidictatorial de derechas.(9)

»No, nuestro intelectual no le propuso al Diablo ninguno de estos medios «naturales» para alcanzar el Poder; habrían sido todos inauténticas mistificaciones, y tal condición se habría reproducido después en el propio Poder así obtenido, desvalorizándolo ante su conciencia. Quizá nuestro intelectual pensara esto, fulmíneo, antes de responder.

»Al cabo, habló:

—Quiero alcanzar el Poder mediante la Santidad.

—¿Por qué no? —respondió el Diablo—. Obtendrás el Poder mediante la Santidad, de acuerdo —y tras soltar una vez más su risilla tranquilizadora, desapareció.

»Quizá el Diablo, cogido, como suele decirse, a contrapié, se había comportado un poco a la ligera, o quizá, quién sabe, todo había sido predispuesto por él en virtud de algún

(9) El padre de nuestro intelectual había sido un fascista bien conocido en la capital de su provincia; pero él no solo se había limitado a esconder la cosa en la otra capital de provincia más grande en la que trabajaba, sino que incluso —señal definitiva de su trastorno— ¡había hecho pasar a su padre por un heroico antifascista!

complicado plan; el hecho es que desde la mañana siguiente nuestro intelectual comenzó su nueva vida de santo, viviendo, con absoluta naturalidad, una auténtica contradictio in terminis.

»Era una de esas personas que han sabido siempre muy bien «cómo ser santos», igual que los descarriados, en los reformatorios, saben muy bien cómo son las «personas respetables»; y si no lo saben es lo primero que aprenden, de modo que cuando salen es justamente gracias a ese conocimiento como se convierten en auténticos delincuentes, perdida la inocencia.

»Así pues, como es natural, no tuvo dudas: tenía que ser un santo católico, no debía escandalizar con su santidad.

»Comenzó los ejercicios, en silencio, secretamente; su mano derecha nunca supo lo que hacía su mano izquierda. (Sí lo supo, es lógico, alguien más, que, no siendo santo, no tenía ninguna intención de observar las reglas del silencio y el secreto; es más, le encantaba estar de palique, es muy humano, y sobre todo mostrarse bien informado, al corriente de las novedades aún inciertas, etc., etc.)

»Habló de Fe y de Esperanza; lo cual no podía sino ser público. En privado, en cambio, aplicó la Caridad, que proclamada se convierte en operación del Demonio (!).

»Bien se guardó de suspender la tradicional disociación de la Iglesia entre Fe y Esperanza, por un lado, y Caridad por el otro. Abandonó en nombre de esta última los bienes del mundo (o sea, su funcionariado). Vivió en la pura pobreza (en un convento en el centro de su ciudad natal, muy frecuentado). Comenzó a elaborar un pensamiento que, no siendo en absoluto herético, era no obstante innovador respecto a la tradición eclesiástica. Se aproximó moderadamente a los movimientos católicos de izquierdas, pero siempre proclamando con contrición y modestia su fidelidad al Vaticano. Prescindió de todo contacto sexual, y el «amor a la mujer», que siempre había tenido tanta importancia en su precedente vida en sociedad demostrándose condición necesaria de todo progreso, fue reemplazado por la castidad.

»A medida que todas estas operaciones se iban desarrollando, hasta puntos extremos, los síntomas del poder comenzaron a manifestarse. En torno a nuestro santo intelectual comenzó a crearse primero una atmósfera de prestigio, después de respeto, después incluso de profunda y silenciosa veneración, y al cabo de altas e inspiradas expectativas.

»Pero fue precisamente al llegar todo a su extrema consecuencia, cuando la situación dio un vuelco.

»Atraídos por el olor de santidad, un grupo de jóvenes católicos se hallaban en torno a nuestro intelectual, en el patio del convento (que era nuevo, de estilo neomodernista, construido con los fondos de una gran industria); la ocasión del encuentro era una semana dedicada al Cinefórum de la ciudad, y el convento se había encargado de hospedar a los jóvenes participantes en el congreso. Era inmediatamente después de Pascua, un domingo; se notaba la tibieza y la tersura de la primavera; en los ribazos inundados de sol habían brotado las violetas y las prímulas; los cauces secos de los torrentes resplandecían de un azul conmovedor, de aguas recién bajadas de los montes. Los Apeninos, sí, pardos y desolados, se alzaban tras la ciudad, perdidos en la incierta tersura del cielo, mientras ante ella se extendía la vasta llanura, hasta las orillas del Po, rebosante del agua de los aluviones. Parecía que acabara de pasar por allí Salimbene;[88] o, cuando menos, parecía que estuvieran pastando, en aquel olor de cáñamo, los caballos de algún pequeño pueblo de bárbaros, destinados a conmensurar su propia vetustez con la gran Novedad de la Iglesia...

»Un apacible debate giraba en torno a nuestro intelectual, mientras, en algún lugar, repicaban las campanas. En aquel momento pudo medir hasta qué punto llegaba su popularidad; aún no había «despegado», pero se percibía en torno la solemnidad henchida de anhelo que precede a la ascensión de los hombres excepcionales. Era él en realidad el centro de todo aquel congreso, y el convento bullía de invitados solo por su causa; algún día más, algunas semanas, algunos meses, y su caso alcanzaría resonancia nacional. Ya no habría límites a su fama, a su prestigio. Percibía todo esto con esa íntima capacidad planificadora que siempre lo había caracterizado; su lóbrego pesimismo nunca le impidió analizar lúcidamente, llegado el momento, las buenas nuevas.

»Mas, en lugar de exultar de dicha por el futuro de gloria que comenzaba a abrirse ante él, de repente una sombra le nubló los ojos, un frío invernal lo dejó helado, se le cerró la garganta de desesperación, le temblaron las rodillas.

»Sus ojos aterrorizados miraban fijamente al vacío, henchidos de un dolor colmo de vehemente ansia de verdad. Y de nobleza. Porque todo elemento «cómico» se había extinguido en la tragedia, quedaba solo el estilo sublime; y los ojos del «santo», desorbitados en el vacío, bajo los ralos cabellos desordenados por el viento de mayo, y su cuello retorcido —como de alguien que mira hacia los lados o a su espalda, intentando huir, pero permanece en realidad inmóvil donde se encuentra, como petrificado—, reflejaban la luz de tal sublimidad.

»Si nos atenemos a los hechos, a las cosas, lo que lo fulguró fue la radicalización de la disociación teórica en la que había vivido preparándose a la santidad. De repente, como en torbellino, Fe y Esperanza resultaban incomprensibles privadas de la Caridad de la que habían sido separadas (¡como si se tratara de Idealismo o de Nazismo!). Cualquier forma de renovación del pensamiento religioso se reveló impensable al margen de la herejía. El catolicismo de izquierdas se reveló inconciliable con el Vaticano. Pero todos estos eran solo pretextos o ∨.

»Nuestro intelectual clavaba los ojos, enardecido, atónito, en la sencilla forma de la Verdad —que había hecho presa en él—, cuando al fondo del patio del convento vio pasar al Diablo, que lo miraba con una sonrisa de complicidad, casi guiñándole el ojo, pletórico de su color rojizo de borracho. Ciertamente había mantenido su palabra: le había hecho alcanzar la Santidad. La Santidad, no una ficción de Santidad. La Poesía, no la Literatura.

»Poseído por tal Santidad real, se dio cuenta de que tal Santidad real era un don del Diablo; que la Verdad en la que de repente vivía era obra de la Mentira; que el Bien del que inefablemente, de repente, gozaba, era producto del Mal; que la Revelación había acontecido sirviéndose de sus peores sentimientos. Pero todo esto, así enunciado, era letra muerta. Bajo esta serie de banales oposiciones racionales discurría otra serie de oposiciones, no solo inefables, sino apenas vagamente discernibles como Burla, Sustracción del cosmos. Nuestro intelectual lanzó un grito y se desplomó. El Diablo aprovechó para abrirle en el palmo de ambas manos sendos largos y sangrantes estigmas...

»En medio del delirio (o del rapto) fue llevado a su yacija; y quien tuvo la fortuna de oírlo hablar durante aquellas horas pudo referir que lo hacía mediante estilemas de nivel supremo, el del Eclesiastés o del Apocalipsis, o el de presumibles textos perdidos auténticos de san Francisco; pero no pudo, naturalmente, referirlos ni reconstruirlos.

»Durante la noche, mientras deliraba en su yacija, el cuerpo del santo fue trasladado a otro lugar.(10)

»Allí, en la luz, se le apareció una luz más fuerte, que lo llamaba por su nombre. Por analogía con la Fuerza Oscura, llamaremos a esta nueva presencia Fuerza Luminosa.

»El santo cayó de rodillas ante ella, porque creyó poder lógicamente deducir que se trataba de Dios.

»La Fuerza Luminosa lo llamó por su nombre.

»El santo alzó sus ojos hacia ella, y reconoció en efecto los rasgos de la Divinidad; reconoció, mejor dicho, para no salirnos del tema, el Poder, envuelto en semblanza corpórea; pero reconoció la autoridad, el saber, la paz, la bondad; a diferencia de la cara de borracho, enseguida reconocible entre miles, de la

---

(10) presumiblemente a un desierto (como veremos), pero esta no era sino una primera etapa, porque desde allí —lejos de miradas indiscretas— fue arrebatado al Tercer Cielo.

Fuerza Oscura, la Fuerza Luminosa —Dios— tenía un rostro anónimo. Siguió el siguiente diálogo:

—¡Dios! —musitó el santo.

—Sí, Él —contestó Dios.

—No soy digno... —balbució el santo, bien sabía él por qué.

»(Dios se echó a reír amorosamente. El santo lo miró sorprendido: ¿se burlaba de él?)

—Sí, no soy digno —insistió, listo para confesarlo todo.

—Lo sé, lo sé —dijo, siempre con benévola alegría, el Señor—. Pero tú, ¿de verdad te crees la historia del Diablo? ¿De verdad te la crees? —y lo miraba fijo, riéndose de él con dulzura...

—¿Cómo? —volvió a balbucir el santo.

—Pero ¿te parece posible que el Diablo haya podido llevarte a la Santidad, a la de verdad?[89] En eso no habría ni lógica ni falta de lógica. El Mal no es más que una experiencia transitoria: no está ni en el principio ni en el final. Hay que pasar por él, eso es todo. Así que si la iniciativa no ha partido del Diablo, que no es más que un incidente, ¿de quién ha partido? ¿De quién puede ser el designio de usarte a ti, un pecador entre los más abyectos, para redefinir la santidad? ¿Quién puede haber precisado de casos extremos, para derribar el extremo negativo y hacer que viva por entero el extremo positivo?

—¡Tú!

—Ha sido una Burla. El Diablo no es una persona, es un semblante. Yo lo he colocado sobre mi rostro y me he aparecido a ti, en la miserable casa de la miserable ciudad del miserable mundo donde vives. Debía usar al peor para convertirlo en el mejor, y una arbitraria contradictio in terminis para que triunfara la ausencia de contradicciones. Ve ahora, vuelve a la tierra: sé testimonio de esto. Te impongo una sola condición... —y aquí su júbilo se atenuó un tanto para dar paso a la solemnidad de la inescrutable Voluntad.

—Dime —dijo humildemente el Santo.

—Mientras vayas alejándote de aquí debes caminar de frente, sin volver la vista atrás para mirarme.

—Así lo haré —dijo el Santo, con firmeza.

»Era una despedida. Así pues el santo, tras prosternarse una vez más ante Dios, se levantó, giró sobre sí mismo y echó a andar con la cabeza un poco baja, mirando derecho hacia adelante, decidido a no volver la vista atrás.

»Pero al cabo de unos cuantos pasos una curiosidad irresistible se adueñó de él; fue un nuevo arrebato que lo arrastró como broza; no pudo, literalmente, frenar una fuerza que lo obligaba por la cerviz a girarse hacia atrás y echar una última mirada a sus espaldas a aquello que le estaba prohibido mirar. Regurgitar los bajos sentimientos —que, evidentemente, no son superados por los altos, sino que continúan coexistiendo con ellos— fue como un dictado de la naturaleza: y volvió la vista atrás un instante, solo un instante.

»La Fuerza Luminosa estaba allí. Pero ya no tenía la cara de Dios. Tenía la cara del Diablo: visto de tres cuartos, el pequeño ojo que miraba chispeante, el pómulo alto encendido de repulsivo rubor, la sonrisa mendicante…

»De inmediato, como Lot, nuestro intelectual-santo se petrificó. Se convirtió en un pesado peñasco, y se precipitó a plomo desde el Tercer Cielo.

»Unos geólogos encontraron el peñasco en la melancólica vaguada de un desierto perdido en medio de otro desierto,[90] quizá en otros tiempos habría discurrido un río; desde lejos, pálidos tonos paradisíacos, el rosa, veteado de rojo anaranjado, el ocre, el añil, como tiernas pinceladas sobre un velo, hacían pensar en uno de esos valles que encierran una pequeña palmera, el verde de los pequeños sembrados de cebada. En cambio, al llegar no se encontraba nada, ni siquiera el silencio, el fondo decepcionante de un pedregal de triste color pardo. Ahí estaba, en medio, la piedra caída del cielo, divinamente hermosa, como una concha o una estatua de Moore. Todos los tonos del desierto visto desde lejos se concentraban en ella: el rosa paradisíaco, las vetas de un sublime rojo naranjado, el ocre, el violeta, un violeta indefinible, semejante al añil luminoso de las noches tropicales justo tras la puesta de sol. Los geólogos cargaron como pudieron en el Land Rover aquel precioso hallazgo, y lo llevaron al mundo civilizado para analizarlo. Pero no lo consiguieron, y todavía hoy aquella piedra es un puro enigma. La infinita variedad de sus suaves colores corresponde a una infinita variedad de materias, pero ninguna de ella ha sido realmente identificada, porque cada mineral presenta caracteres incoherentes, tanto en relación a sí mismo como en relación a los demás minerales en amalgama o composición; no ha sido posible separar en la piedra lo que parecía precioso de lo que parecía carente de valor alguno o incluso ponzoñoso; ni tampoco ha sido posible hasta ahora precisar la resistencia al análisis y su incoherencia absoluta, porque, en lo concreto, la investigación, nunca suspendida, sigue dando buenos resultados parciales.

* sigue el resto de historias: el pueblo y el poder (cómo eran hasta el 68 o antes), y cómo comenzaron a no existir siendo esta la razón por la que se habla de ello

mayo de 1974

## Apunte 34 ter
## **Final de la recepción**

Al final de la recepción reproducir frase paciente esquizofrénico (Róheim citado por Brown)[91]

Apunte 36-40
**Argonáuticas**

Viaje «mítico» a Oriente, nueva versión de Apolonio de Rodas. Rincón no cartografiado (en el que aparece la figura del Héroe precedente).[II] Serie de «visiones» reelaboradas sobre el Mito del Viaje como iniciación, etc., mezcladas con versiones realistas de viajes efectivos (sin nombres ni especificaciones, como en los sueños, etc.)

↓

escribirlo todo en griego (con la traducción resumida telegráfica pero fehacientemente en los títulos de los parágrafos)

↑

Entendido como iniciación, fundamento del segundo viaje, pero también como transcurso de tiempo para la maduración de un «tiempo político»: la situación se bloquea cuando Troya sustituye al presidente del ENI y este último es asesinado. El regreso de Carlo de un «soñado» viaje a Oriente lo pone como autómata que sueña en manos de los sicarios.

---

[II] Centauro (?) — coincidencia Grecia antigua con África.

## Apunte 36
## **Argonáuticas. Libro I**

Salida del jet — Una aurora interminable — Un joven trajinante tocado con una gorrilla casi militar — Los periódicos griegos — Pequeñas montañas de piedra blanca a plomo, sin playa, sobre un mar que azulean los «Etesios» — Aparición de los Gigantes — Su dulzura y la enormidad de su miembro — Su fuga hacia las nubes que se amasan sobre el Monte Díndimo — Despertar — Desayuno americano (xxx xxx xxx, buen «champagne» francés) — Aterrizaje en Teherán, con nieve — Vestigios de los héroes que pasaron en los siglos precedentes por el primer trazado cartográfico del mundo — Aparición de Heracles — Su dulzura, enormidad de su miembro — Hace un alto a lo lejos — Heracles reemprende el camino — El Hilton de Teherán — El hijo de Humberto I, Víctor Manuel III, en el bar — Orfeo canta la primera parte del viaje — Funcionamiento del teletipo.

(texto griego)

## Apunte 36b
## **Argonáuticas. Libro I (continuación)**

Recepción en el palacio del Sah — Recorrido cruzando la ciudad, cubierta de nieve — Miles y miles de edificaciones de cemento posadas en el desierto cubierto de nieve — Enormes avenidas recuerdan el Boulevard Périphérique — El palacio del Sah en los márgenes de la ciudad, hacia las descarnadas, puntiagudas, informes montañas — En medio de una serie de lomas que parecen un parque recién reforestado — Mitad cuartel, mitad complejo termal: mucha simpleza y lobreguez — El pabellón de las Recepciones: aislado entre árboles de altos troncos amasados artificialmente — Estilo vagamente modernista — Interior con grandes salones. Recuerda un poco la «Sala Blanca» de la fiesta de Yulia Mijáilovna en «Los demonios»: solo que la tapicería no es roja, sino que la forman como es natural enormes alfombras persas que parecen falsas — Hace los honores la hermana del Sah — Unos cincuenta años, juvenil, pero las manos le tiemblan, muchos tics en la cara — Asustada, llena de incertidumbres y al mismo tiempo vagamente despótica, como quien vive en la opulencia — Se sirve una enorme cantidad de comida rápida.

(texto griego)

## Apunte 36b
## **Argonáuticas. Libro II**

La calle Melli de noche — Borrachos en un patinillo — Cuchitriles en las ruinas de viejos sótanos y montones de escombros — Un borracho acuchillado por la espalda mientras duerme bocabajo en una vieja colcha infecta, rodeado de cagadas — Fuga de los asesinos hacia la gran Plaza xxx xxx — Mucha policía, bienestar poco — Selección nacional de fútbol en el Hilton — Historia del curdo xxx xxx exactamente idéntica a la que contó xxx xxx (única diferencia: xxx xxx es futbolista en vez de soldado) — Episodio de Jafari: curiosamente semejante al de V en «Zadig» de Voltaire — El desierto: un altiplano que se extiende como una barrera ocre lechosa, que contiene en su centro un lago salado seco, blanquísimo — Por una calle una fila interminable de coches que van a la mezquita (moderna) de Qom — Otra vez el desierto: méganos en forma de pan de azúcar, violeta, de pendientes escamosas, muy irregulares, como fiordos, que esconden vaguadas arenosas y peñas que parecen de metal, veteadas de azufre — Aparición de Apolo — adoración — Aparición de la cerámica, toda azul turquesa, ya sea en las cúpulas cónicas, entre las casas ocre, de arcilla, ya sea en objetos artesanales — Una ciudadela que integra todas las casas, como una colmena en medio de una calleja encerrada entre altísimos muros de arcilla, hendidos por las entradas a las casas, de media bóveda (una de bóveda vaída, con las aristas del xxx xxx listadas de azul) y con dos asientos de piedra a los lados, resalta un bote de carne en conserva o quizá de zumo de fruta, pintado de un color turquesa que, en la lata, se revela completamente diferente que en la cerámica o en el barro cocido — Llegada a la llanura rumbo al Golfo Pérsico.

(texto griego)

## Apunte 36c
## **Argonáuticas. Libro III**

Las mezquitas de Isfahán, azul turquesa, azul oscuro — Recepción en el xxx xxx, residencia del hermano del Sah, muy informal — El Jefe de la expedición explica su plan a los Argonautas — Llegada a Abadán — Llegada a Kuwait — El viento cubre la ciudad de tolvaneras de arena — Es como Milán en un día de niebla — Los palacios de los jeques son como las jaimas del desierto — Los atrios lujosísimos están repletos de calzado polvoriento, desordenado, también de calcetines, no muy limpios — En los cientos de televisores se canta la misma interminable canción de Ramadán, a voz en grito — Cantan viejos árabes flacos como muchachos, y muchachos de pelo muy corto, con pantalones grises y camisa blanca — Los planes de Jasón para apoderarse del Vellocino de Oro son en realidad puras y simples intenciones — Largas tardes en la piscina del xxx xxx donde las esposas de los diplomáticos de segundo nivel que por supuesto se jactan de conocer a Medea acuden para exhibir sus languideces se ignora si afectadas o uterinas — Uno de estos diplomáticos de segundo nivel, con acento romano, habla de las molestias provocadas por la muerte de un tipo — Los soldaditos, de origen palestino o jordano, de guardia en todos los palacios, con su pañuelo de cuadros rojos bajo la gorra militar — Regreso a Abadán — Velada en el night club, con jóvenes iraníes idénticos a los italianos, especialmente a los del sur — La locura de Irán: están todos locos — Las plazoletas del centro de la ciudad con parterres circundados de Cupidos y de Conchas — El sabor del té de menta (la menta, áspera, es como un montoncillo de algas en el vaso) — Regreso a Isfahán

— Jasón visita al hermano del Sah — Pasa un entierro: unos cuantos jóvenes transportan el ataúd negro a paso rapidísimo, mientras otros jóvenes, delante, portan una docena de enormes abanicos negros de plumas quizá de pavón.

(texto griego)

## Apunte 36d
## **Argonáuticas. Libro III (continuación)**

De regreso rumbo a Kuwait — Aterrizaje forzoso en Dubái — Arena estupendamente blanca, quizá la más bella del mundo, con penachos de palmeras altísimas — Los camellos vagan en libertad, en estado salvaje, no se les da uso — Absoluta ingratitud hacia ellos y sus seculares servicios al hombre — Una ninfómana inglesa en el hotel xxx xxx, en el puerto — Tiene pronunciadas mandíbulas, ojos azules que miran hacia el tiro de los pantalones de todos los hombres que se cruza — Una sonrisa guarra y desafiante — El puerto está lleno de buques persas antiguos — Achaparrados, redondeados, con alfombras en cubierta, un retrete como una pequeña jaula de madera colgada a popa, un larguísimo espolón de madera a proa — Por la noche los tripulantes beben té y tocan sus instrumentos — Regreso a Kuwait — El mundo de los diplomáticos: recepción con muchas de aquellas mujeres con tensión afectada o uterina, desquiciadas y como deshidratadas de fiebre — Amor entre Medea y Jasón, en boca de todos — En cuanto al «Vellocino de oro», reluce a jirones, con una luz oleosa apenas palpitante, muy roja, aquí y allá por el desierto.

(texto griego)

## Apunte 36e
## **Argonáuticas. Libro III (continuación)**

Meditación de Orfeo — El nacimiento verdadero y el segundo nacimiento — La iniciación; el nacimiento cultural, dice Orfeo — El verdadero viaje es el segundo viaje — El primero en el sueño (en la caverna, bajo el árbol: todo dentro del vientre materno) — El segundo viaje es el verdadero porque es realista — No podría serlo si no tuviera los «fundamentos de ensoñación» del primero — Nosotros seguimos las huellas de Heracles que ha soñado nuestro viaje — Hacemos lo que hizo Alejandro e hicieron muchos otros — Llegará el momento en que el espacio de la ensoñación del viaje se saturará — Existirá solo el espacio del viaje — Quizá nosotros somos los últimos, y en efecto nuestra ensoñación está muy cerca de la realidad: del banal trazado cartográfico de cualquier lugar — Somos «tardos», somos corrompidos helenísticos, somos hombres cultos que acaso tienen todavía, quién sabe, una cierta posibilidad de iniciación — Muerte de Orfeo (malaria) — Sepultura de Orfeo — A la hora del crepúsculo en los suburbios camino del mar dos jóvenes que acaban de regresar del trabajo extienden en la arena fuera de su casuca una pequeña alfombra descolorida — Dejan los zapatos en la arena — Se sientan con las piernas cruzadas en la alfombra y comienzan a tocar sendos instrumentos (un tambor y una especie de mandolina muy tosca, de panza hinchada y redonda como los buques persas) — Son obreros, inmigrantes, muy oscuros de piel: dos sudaneses.

(texto griego)

## Apunte 36f
## **Argonáuticas. Libro III (continuación)**

Planes de Eetes contra los Argonautas — Medea promete a Calcíope que ayudará a sus hijos y a sus compañeros — Viaje en coche a Basora. En la frontera con Irak es ya noche cerrada — Instalaciones para camioneros, con almacenes, cafés, cuarteles — En un destartalado edificio con un pequeño pórtico, delante de un comercio resplandeciente de luminarias de verbena de pueblo, pero que se desvanecen enseguida en la arena, dos jóvenes obreros se aprestan a dormir extendiendo sus alfombras sobre las baldosas sueltas — Son dos jóvenes altos de rostro infantil, demacrado, con bozo, que miran con detenimiento — En el patio de un cuartel, los soldados disponen sus camastros al sereno — En una alta pared desconchada hay un televisor, dan una película americana — Unos soldaditos de dieciocho años la están viendo — Otros se van a dormir — Dos duermen juntos, abrazados, sonrientes, en el mismo camastro — No hay luna — Hay un fuerte olor a mar estancado — Entre los ramales enormes y luminosos del estuario del xxx aparece el oasis de Basora — Poblado de palmeras chaparras, cubiertas de polvo — Una extensión sin fin — Atravesada de tanto en tanto por un canal cenagoso — Una gran barca medio podrida toda incrustada de sal y de barro y pintada de brea, empujada hasta el agua por los bracicos negros de un viejo que se afirma con todas sus fuerzas en un largo remo pescado en el fondo cenagoso — En el único y enorme hotel, estatal, de Basora, inmenso, húmedo y ruidoso, sobre alfombras raídas, Jasón mantiene un encuentro con algunos burócratas, que, en aquel hotel caótico, parecen sentirse totalmente a sus anchas — Regreso a Kuwait — Preparativos de Jasón, que ofrece un sacrificio a Hécate — Aparición de Hécate — Aparición de un grupo de hijos de jeques multimillonarios, tienen en torno a los treinta, se sientan en la hierba delante del hotel xxx xxx y se ponen a jugar a las cartas como los mendigos o los chaperos — Hécate desaparece — La luna se cierne sobre el Golfo Pérsico calmo y caliente como una laguna.

(texto griego)

## Apunte 36g
## **Argonáuticas. Libro III (continuación)**

Testamento de Orfeo — Hay un momento del viaje en que comienza el regreso — Alejandro no es solo Alejandro, también es Sikandar — Sikandar que ha sabido aprovechar ese momento, milagroso, inmediatamente previo al regreso — El fin de todo viaje es Zulmat (el País de la Oscuridad) — Se vuelve atrás por azar — Se sale de los adentros, se regresa a la luz — Pero ¿vale la pena? — Consejos al turista Tenelo y al observador Linceo — Para no quedar excluidos del mito — Recordar que la serpiente hallada en el desierto fue muerta el día anterior por Heracles — Basta aguzar la mirada y su figurilla aparecerá, remota, al término del desierto — Además sus huellas, que han cartografiado la tierra, están frescas aún por todas partes — Haber cantado los orígenes (deja escrito Orfeo en el testamento) ha hecho posible el viaje — El mito es literario; pero no deja de ser mito — Mas ahora, llegados al ápice del viaje, si os dais cuenta, quedaos ahí — Desentendeos si en Zumat es todo tenebroso y arbitrario: pura locura, acaso extravagancia — Razonad como Buzurg Ibn Shahriyar, que ve los portentos y basta, sin vínculo alguno ni sentido alguno — Si para volver atrás son precisos sacrificios, no los hagáis — Recordad lo que os dice un poeta desde la tumba (cerca de un pozo petrolífero): vosotros no sois «tardos», no sois «subsiguientes», sois los «últimos» — Si volvéis atrás con las nuevas noticias, nadie podrá viajar nunca más como vosotros lo habéis hecho (es decir, poniendo los fundamentos de ensoñación para ulteriores viajes realistas) — Dejad encinta a simias con cabeza de serpiente y patas de anadón no a Medeas

— Permaneced en el prodigio bajo la luz de la Nube Purpúrea — No vengáis a contarles nada ni a Propp ni a Blanchot — Azoramiento y desconcierto de la tripulación a la lectura del Testamento — Nadie cree tener la condición de un Gordon Pym o de un «Pícaro Divino».

(texto griego)

## Apunte 36h
## **Argonáuticas. Libro IV (continuación)**

Breve viaje a Damasco — La ciudad abigarrada como un enorme cúmulo de silos sobre las ruinas de los zocos y los poblados árabes, sobre colinas desnudas, polvorientas, habitadas por los aullidos de los perros — El ministro de Asuntos Exteriores, xxx xxx, en su despacho pobretón, con mobiliario mostrenco que parece comprado a un chamarilero — Está melancólico — Por la noche ofrece un cóctel en el que las esposas de los diplomáticos ya no tienen fuerza para pulsión arribista alguna, tampoco en el coño — Callan las pobrecillas, melancólicas — Un joven pianista interpreta bastante bien la partitura de un maestro italiano anónimo e inédito del XVII — Motivo muy popular, que recuerda las canciones napolitanas — Quizá la falta general de energía se debe a la visita la semana precedente del ministro de Exteriores italiano — Excursión a Palmira brindada por el gobierno — Regocijo de Tenelo y Linceo — Un frío que pela — Por la mañana las narices están completamente negras hasta la garganta a causa de las emanaciones de las pequeñas estufas de petróleo del hotel — Ruinas de Palmira — Desolada aparición de Heracles en el horizonte — Regreso a Kuwait.

(texto griego)

## Apunte 36i
## **Argonáuticas. Libro IV (continuación)**

Medea huye del palacio — Encuentro con Jasón — Entrega del Vellocino de oro — Partida de la expedición hacia Eritrea — Escala en Adén — Alto en el tórrido aeropuerto del que no se puede salir — «Visa» de entrada — El enorme grupo de volcanes violetas denticulados a cuyo pie, sobre una infinidad de penínsulas, istmos, lagunas, muelles, islas, se extiende la miserable ciudad — Por todos lados trazas de los combates — Muros de casas populares agujereados por ráfagas de ametralladora — Aquí y allá trazas varias de los bombardeos — Escombros — Los grandes depósitos abandonados, el puerto vacío (sobre cuyo cieno yace volcado algún viejo velero persa) — Las calles cortadas una y otra vez por caballos de Frisia y alambradas herrumbrosas — Puestos de control con cuatro soldados yemeníes mal contados — El antiguo hotel colonial desierto — El club marítimo, inglés, desierto — Ensordecedor graznar de cuervos — Recepción formal en el desesperanzador vestíbulo del hotel, a cargo de un subsecretario o algo similar, con traje gris y unos polvorientos zapatos de punta que se te encoge el corazón.

(texto griego)

## Apunte 36l
## Argonáuticas. Libro IV (continuación)

Medea monta una escena — Crisis apocalípticas de llanto, recriminaciones, amenazas, explosiones de odio — Planes de Jasón — «Excursión» a un poblado de pescadores, con hileras de escualos alineados en la rompiente y bandadas de pájaros volando a su alrededor — Dos horas de trayecto en jeep por la playa — La «salvaje» es abandonada allí, después de emborracharla con whisky — Precipitada salida de Adén — Apéndice al Testamento de Orfeo (hallado entre sus papeles al embarcar) — Identificación de la muerte con la meta real del viaje — El País de la Oscuridad, o Zulmat, sería curiosamente, para nuestro Sikandar, Kuwait — Lo habría intuido al pasar la noche en un barrio del casco antiguo, repleto de infinidad de cafetines miserables y pequeños hoteles — Grandes plazas polvorientas que bullen de gente — Turbantes, túnicas blancas (Kuwait es muy tradicional) y vaqueros — Callejones aún más bulliciosos, y todo sin empedrado ni asfalto — Polvo antiguo por todos lados — Al parecer, cuando pasaba Orfeo todos los hombres jóvenes que abarrotaban los cafés (no había ni una mujer) se volvían, con una sonrisa jovial y posesiva, a mirar al extranjero, como en los cuentos de «Las mil y una noches» — Esta sería la señal.

(texto griego)

## Apunte 36m
## **Argonáuticas. Libro IV (continuación)**

Llegada a Asmara — Encuentro con las autoridades etíopes — Asunto: proyecto de prospecciones petrolíferas a lo largo de la costa, en la zona de Hassan (?) — Encuentro con el comando guerrillero en las cercanías de Agordat (el objetivo del encuentro es el mismo) — Largo viaje a Agordat pasando por Keren — El pretexto es la caza del facóquero — Llegada a Agordat al anochecer — Toque de queda; el poblachón todo blanco se asienta en el polvo de dos palmos de alto — Grandes habitaciones vacías con camas pequeñas como literas y cortinas desgarradas de tela de flores — Sueño profético de Carlo — Interior de una iglesia copta, donde unos sacerdotes jóvenes están cantando — Forman un círculo oval al fondo de la iglesia toscamente cuadrada — El Sanctasanctórum está en el centro: otro tosco cuadrado revestido de vistosas pinturas naífs con historias de Arcángeles — Los sacerdotes que cantan no tienen nada de clerical — Son jovencitos con el pelo medio rizado medio ondulado, muy poblado, que les asoma por detrás en la nuca y por delante en la frente — De nariz fina, boca abultada, ojos oscuros y lastimeros de animal herbívoro — Los viejos son como ellos, igualmente lozanos — Sus cabellos, medio rizados medio ondulados, han encanecido — Todos cantan la canción sagrada con gran alegría, echando el cuerpo hacia adelante, ofreciéndolo casi sensualmente, como arrastrados por la música — Pero en su sonrisa hay también algo dulcemente descarado y familiar — Algunos acompañan el canto agitando el sistro, con movimientos regulares; otros percutiendo pequeños tambores — Los viejos se apoyan en báculos, que terminan en forma de T con una primorosa empuñadura desgastada — Uno de estos viejos tiene una sonrisa deslumbrante — El ensoñador se le acerca, hasta que los ojos del viejo cano se posan sobre él — Es una mirada penetrante y reveladora — Ese viejo «lo sabe todo» sobre Orfeo y su relación con el Tercer Mundo — «Lo sabe todo», también, de la pobre bárbara burlada, cuyos huesos blanquean entre los escualos (a menos que ahora sea la mendiga ante el postigo de la pequeña mezquita).

(texto griego)

## Apunte 36n
## **Argonáuticas. Libro IV (continuación)**

«Cuando se escribe sin pensar que se revela un secreto, es decir, sinceramente, uno se da cuenta de que está revelando un secreto que ignoraba tener» — «Morir antes de que esta gente abjure» — «Y también comunicar con alegría a los demás lo que se sabe de esta gente» — Último cuaderno de Orfeo — Partida hacia Tel Aviv — Escala en El Cairo y en Nicosia — Llegada a Tel Aviv al anochecer — Rápida visión de una ciudad fenicia del XIX — En la playa cercana al hotel, prendiendo hogueras, pasan la noche unos muchachos pobres — Un bar, más allá, grande, vacío, relumbrante — La mañana «revela» una ciudad llena de soldados — Algo desconcertante, misterioso y doloroso — Traslado a Jerusalén — Continúa el clima de revelación, que deja sin embargo a oscuras y en suspenso el asunto más importante que afecta a esta nación — Noche — Refulge la entrada de un cine — Un grupo de chicos y chicas se para delante, en la calle vacía, con ociosa indecisión — Permisividad y timidez — Un chico mantiene el equilibrio, un poco neurótico, en el bordillo — Es la criatura más bella de toda la tierra — Quizá venga de España — Dando un respingo, su cuerpo grande y fuerte, pero que parece aún el de un crío, se aparta de la acera caprichosamente, de golpe — Se va — Llega a un callejón desierto tras el cine — Hay allí un urinario todo de mayólica blanca un tanto mísera — El chico moreno entra a mear — Pero mea separado de la pequeña taza desconchada — La meada es un largo chorro relumbrante que dibuja en la sombra un arco jactancioso y al mismo tiempo inocente — El chico moreno, agarrándose el miembro entre las dos manos, echa el vientre hacia adelante, abiertas sus sólidas piernas de adolescente — No teme que lo vean — Ni se le pasa por la cabeza tener algo de pudor, ni tampoco hacer exhibición de nada — Es un juego de niños el suyo — Pero al mismo tiempo la meada aquella es posesiva — Es curioso que un introvertido chico judío orine así — Ciertamente ningún chico árabe orina así: se esconde, un tanto sórdido, y hasta se agazapa — No hay deseo de afirmación en su meada, aunque sea tan inocente (y solo socialmente un tanto censurable) como el chico judío.

(texto griego)

Apunte 37

## Algo escrito

En el final de mi «Argonáutica» siento que le debo alguna explicación al lector, refiriéndome a cuanto decía en el apunte 22i a propósito de la «extravagancia» estilística en una novela que se ha propuesto ser austeramente normal. Entonces se trataba de la inserción de un «gráfico», aquí se trata de la larga inserción de un texto en griego, mejor en griego moderno (y más concretamente en el griego moderno literario usado por Kavafis). Pues bien, estas páginas impresas pero ilegibles pretenden proclamar en modo extremo —pero que se propone además como un símbolo para todo el resto del libro— mi decisión: que es la de no escribir una historia, sino la de construir una forma (como se verá mejor más adelante), una forma consistente simplemente en «algo escrito». No niego que sin duda lo mejor hubiera sido inventar incluso un alfabeto, quizá de carácter ideográfico o jeroglífico, e imprimir así el libro entero. Por lo demás, lo ha hecho recientemente Michaux (?), dibujándose el libro entero, línea a línea, en una paciente e infinita invención de signos no alfabéticos. Pero mi formación cultural y mi carácter me han impedido construir mi «forma» mediante métodos semejantes, extremistas, sí, pero asimismo extremadamente tediosos. Por eso he elegido usar, para mi construcción autosuficiente e inútil, materiales aparentemente significativos.

## Apunte 40
## **El arte que deleita el corazón humano**

«Oscuridad y solemnidad están del todo fuera de lugar en el diseño (aun en el más riguroso) de un arte tendente originariamente a deleitar el corazón humano:

> Gravity, a misterious carriage of the
> body to conceal the defects of the mind
> Laurence Sterne»[(12), 92]

Hemos llegado con estilo rápido y sintético al final de la primera de las tres partes que constituyen este poema; no se ha tratado sino de un largo prólogo, o de un largo antecedente (por eso he podido ir relativamente deprisa). Pero echando la vista atrás, llegados a este punto, no puedo dejar de hacer una observación que por otra parte me resulta bastante incómoda. ¿En qué contexto, bajo qué «techo» cultural, se establece la relación entre el Yo de nuestro protagonista y su Ello? Desde el punto de vista psicoanalítico, tanto ortodoxo como heterodoxo, tanto freudiano como junguiano, tanto frommiano como lacaniano, semejante relación es hasta tal punto libre que puede ser definida con propiedad como arbitraria e incluso provocadora. Raramente se ha visto jugar con tanta desobediencia con conceptos aceptados con obediencia. La praxis represiva mediante la que el Yo de Carlo se libera, clásicamente, de la responsabilidad de los hechos de sangre con

(12) Ezra Pound.

los que concluye la primera parte del poema, obedece en realidad a leyes del todo inventadas. No puedo dar otra explicación más allá de que las fábulas son toscas. Y que por tanto la división en dos del Yo de Carlo plantea en realidad una y otra vez la relación entre un Medio Yo y un Ello entero. La praxis represiva es mitad la de una represión clásica, científicamente analizable, mitad un aturdimiento similar al de ciertos paralíticos a los que les funciona solo la mitad del cerebro. No hay en esto oscuridad ni gravedad, solo hay que admitirlo; y todas las eventuales implicaciones alegóricas no pueden sino ser divertidas. Al menos así lo espero. Y con esta esperanza paso a la segunda parte del poema, que en realidad vendría a ser la auténtica primera parte.

## Relatos cultos

A propósito de «cultura popular», para introducir personajes totalmente distintos de los personajes burgueses, en una reunión intelectual se cuentan y se comentan (véase «Los hermanos Karamazov») las siguientes historias:

La compra de un esclavo (en Jartum): ida y vuelta (ida esclavista, vuelta ósmosis entre las dos culturas a través del sexo)

La historia de una familia india cuyos miembros mueren uno a uno de hambre (cfr. «Apuntes para una película sobre la India»)[93]

La destrucción de la población de Bihar (los blancos intentan acabar con los 30 o 40 millones de hambrientos y afectados de cólera, primero lanzándoles desde el aire paquetes de víveres envenenados, después con bombardeos masivos sobre ciudades y aldeas. Pero la población no muere: apenas asesinados, masacrados, todos resucitan).

El intercambio de experiencias entre un joven israelí y un joven árabe (ambos mueren en una batalla en el Golán, etc., y cada uno de ellos renace en el cuerpo del otro, viviendo sus experiencias culturales: el árabe vive la industrialización y el cosmopolitismo industrial de Israel (en Betsabé), y el israelí vive la existencia preindustrial, campesina, mágica de una aldea del Líbano pobre. La historia acaba con los dos verdaderos funerales).

La refundación de la religión de los Kota

Una historia que se desarrolla en el momento en que Sicilia es de nuevo romanizada (árabes y sicilianos)

Discusiones sobre las relaciones entre cultura popular (poesía popular, tradiciones reales, etc.) y cultura dominante (el catolicismo borbónico, etc.) en un pueblo lucano.

Historia de un emigrante griego o andaluz en Alemania, visto en los primeros años sesenta a las puertas del 68 (aún absolutamente imprevisto)

Tres historias de Trampillas

- en Marruecos (Rabat) trampilla abajo mundo igual por mérito de un Rey (moribundo, apestado)
- en Nigeria (Kano) un mundo degradado, con la vieja enjaulada[94]
- en Argelia (?) el mundo de París, donde el muchacho es barrendero, <u>verdaderamente</u> degradado, siervo[95]

## Apunte 41
## **Compra de un esclavo**

—Nuestro héroe —dijo V—, que no podría ser italiano, y que además también sonaría falso como francés, digamos que es anglosajón; y lo llamaremos, de coña (porque nada tiene que ver), Tristram. Es un tipo que podría parecerse al crítico cinematográfico de un importante periódico que hubiera querido rejuvenecer su «staff». Rubio, jovencito, estúpido, bromista.(13) Está dotado de la habitual «cultura media». Pero es un «iniciado». Y eso transforma su «cultura media» en una cualificación social que le consiente a un tiempo estar integrado y estar en vanguardia. Escribir en el «Guardian» (?) y reírse con aire nihilista y el máximo desprecio (como ciertos jóvenes rebeldes que se encuentran en los libros rusos de Dostoievski a Bulgákov) del establishment (cosa de lo más gratificante). Bien, todo esto lo digo por el placer de contar, que, como es sabido, peca siempre por exceso (quien decide contar una cosa ha sobrellevado la posibilidad de contar el entero universo).

»Pero ahora seré esquemático. Este Tristram seria un inhibido puritano, si su cultura media lo pretendiera desinhibido. Por eso su sadismo clásico, victoriano, etc., encuentra el modo de que su conciencia lo acepte. Por supuesto, en el mismo momento en que es aceptado, tal sadismo se reubica, huelga decirlo. También en el plano ideológico, por lo demás, nuestro Tristram ha reubicado su progresismo antiautoritario y anticolonialista en el más vasto cuadro de un eurocentrismo que

(13) Véase el señor Walker (el crítico, en efecto, del «...»).

conforma sus reales, y mucho más profundos e inextirpables, prejuicios raciales. A todo esto, un día un amigo le dice que en ciertos lugares de la franja sudanesa, o sea al sur del Sahara, existen todavía mercados de esclavos. Por ejemplo, cada año se organizan en todo el mundo islámico peregrinaciones a La Meca. Hay gente que parte desde Marruecos, desde Mauritania, desde Senegal, porque debe ir obligatoriamente a rendir tributo a la tumba de Mahoma. (Parece que luego tienen derecho a cubrirse la cabeza con un turbante verde.) Pongamos un grupo de jóvenes campesinos mauritanos, negros de religión musulmana. Quieren ir a La Meca. Pero son pobres a más no poder. No han visto más dinares juntos que los precisos para comprar en el zoco un par de pantalones. Pero alguien se ocupa de ellos, es decir, de su sed devocional. Se organiza el viaje, que pagarán con su trabajo en vez de con dinero. Parten en camiones destartalados pero muy graciosamente pintados de los más vivos colores. Se despiden de sus madres, de sus numerosos amigos, de sus aldeas, y se van. El recorrido para llegar al otro extremo del desierto, a lo largo de toda la franja sudanesa, dura tres o cuatro años. No me pararé a describir tal odisea. Los peregrinos trabajan por supuesto como jornaleros. Y el viaje está organizado de modo que puedan trabajar en plantaciones o quizá también en la construcción según ciclos regulares. Por supuesto no tienen protección alguna y su trabajo prácticamente carece de límites. Y no tienen alternativa: o trabajan como esclavos o ni hablar de La Meca (ni mucho menos de volver a casa). Los mayores y los más débiles mueren por el camino. Los que llegan al Mar Rojo, a Puerto Sudán o con más probabilidad a cualquier localidad costera pequeña y retirada, pueden por fin embarcarse con la esperanza de llegar al final de su calvario. Si no fuera porque, nada más llegar a la otra orilla del Mar Rojo, en los alrededores de Yeda (puesto que no se considera necesario que hayan de llegar a La Meca), son capturados y encadenados, y permanecen allí como esclavos.[14] Bien, todo esto es poco más que un excurso, demasiado curioso, quizá, para ser en verdad «real»... Pero no olvidéis que quien os habla es un periodista. Lo que importa en nuestro cuento, cuya «realidad» es simbólica, es un detalle que por otra parte es un excurso dentro del excurso. Algunos de estos «peregrinos», junto con otros muchachos y muchachas de raza negra, cuya proveniencia se me escapa (¿quizá el sur pagano de Sudán?), son capturados y vendidos como esclavos incluso antes de llegar al otro lado del Mar Rojo. Esto tiene lugar en la periferia de Jartum, probablemente en Abadam[96] que es la ciudad vieja (la de xxx xxx), todavía con sus casas bajas de barro color ocre, sus largas tapias que protegen celosamente la intimidad casi religiosa de la vivienda campesina, sus amplias explanadas polvorientas cegadas de sol, y al fondo esplendorosas buganvillas o alguna acacia roja... Tales mercados de esclavos están al margen de la legalidad, pero bajo el régimen de Abboud[15] son más o menos tolerados. En resumidas cuentas: quienquiera que lo desee consigue encontrar el modo de llegar de tapadillo a la subasta de esclavos y comprarse una muchacha o un muchacho por una cifra equivalente, creo, a unas trescientas o cuatrocientas mil liras. A Tristram (paradójicamente) le impresionó esta historia. Y decidió (asimismo paradójicamente) emprender un viaje rumbo a Jartum para comprarse una esclava. Al parecer, era heterosexual. Dio comienzo pues a la que tendremos la debilidad de llamar su «anábasis». Se trataba en efecto de aventurarse en un lugar (Oriente Medio y la franja sudanesa) reconocible pero, para nuestro viajero, desconocido; y, al mismo tiempo, de dejar atrás un lugar conocido, es más, EL lugar por excelencia: Inglaterra, Europa, la civilización occidental (banalmente os lo ruego: daos cuenta). Bien. Nuestro brillante Tristram tuvo siempre «conciencia» de la existencia de otro universo, y no dudaba, como buen progresista, en

[14] Nuestro narrador contaba esta historia hacia 1965-1966.
[15] Véase la nota precedente.

atribuir a tal universo una dignidad pareja a la del suyo propio... Pero una cosa es la «conciencia» y otra el «conocimiento». Más si cabe cuando la cultura social de Tristram era, evidentemente, una muy aristocrática cultura empírica y pragmática, que solo confía en la investigación «sobre el terreno» (a pesar de que Tristram estuviera «viciado» por ideologías provenientes del continente: utopista, dogmático, toscamente racional). A través del tiempo de la anábasis, relativamente lento pese a los viajes en aeroplano, nuestro Tristram incorpora a su conciencia algo que esta socialmente acepta pero que en el fondo (justo por razones sociales) rechaza: la realidad de ese otro universo. Una cosa es pensar el sol de Jartum y otra vivirlo, aceptar en el cuerpo su silencio innúmero, etc. Una cosa es pensar en la persona que habría propiciado el contacto con los vendedores de esclavos, otra toparse con ella, en carne y hueso (un hombre alto, gordo, blando como un niño, con grandes bigotes, envuelto en una túnica blanca que cubre un par de pantalones negros occidentales, y zapatos como acartonados por un polvo ya consubstancial). La venta de esclavos tenía lugar a la chita callando en un hotelito que en la planta baja era además bar (un camaranchón vacío y hediondo debido al retrete contiguo, con el agujero que rebosaba de orina). Las habitaciones daban a un patinillo interior blanco con galerías de madera, recias y devoradas por la humedad. Dentro de las habitaciones, camastros grisáceos, sillas igualmente recias y medio podridas, un lavabo miserable. Los esclavos estaban amontonados en tres o cuatro de estas habitaciones, empapados en sudor (porque allí no había siquiera un ventilador como los que giraban desesperada y casi inútilmente en el camaranchón desnudo del bar). Tristram esperaba encontrarse con esclavas y esclavos desnudos. Y sin embargo todos ellos estaban vestidos, muy pudorosos. Cuando le dijo a su xxx si no era el caso de ver a las esclavas desnudas, para poder elegir mejor, notó enseguida que provocaba una grave incomodidad, a la que siguió una especie de estado confusionario. Tristram comprendió que había metido la pata, y según los dictados de su filosofía se adaptó de inmediato paradójicamente a la situación. Siguió un momento de agitación; si el puritanismo negro, y también el musulmán, juntos, habían de ser transgredidos, ello no podía suceder sin una cierta tribulación. Pero —¡prerrogativa del hombre blanco!— inmediatamente después Tristram fue conducido a otra habitación, similar a las precedentes pero con un gran ventilador, y fueron allí llevadas a su vez las esclavas que, como si se les hubiera ordenado, comenzaron a desvestirse. Lo que sucedió no sin una cierta alegría por su parte. Reían como ríen las campesinas, con sus dientes deslumbrantes, y mirando al adquiriente con cierto atrevimiento casi burlón (es decir, como si desde el fondo de su negritud consideraran «otro» a aquel blanco, tanto como él en el fondo las consideraba a ellas; no había posibilidad de encuentro ante semejante otredad, ni siquiera de un encuentro de carácter moralmente negativo, dramático, escandaloso, como el que existe entre quien compra un ser humano y quien es comprado. Era evidente que aquellas mujeres se sentían tan distintas, tan alejadas del hombre que las compraba, que vivían aquel acto como algo inexistente, o al menos ajeno a su vida real). Observando aquellas caras risueñas y provocadoras, Tristram pensó en las putas. Sucede a menudo en efecto que las putas tienen un excesivo aire de desafío (risueño, claro) con sus clientes. Y a la idea de las putas se unió enseguida la idea de la trampa. Aquellas mujeres no eran sino putas de tres al cuarto que se prestaban al juego de la venta de esclavas, controladas por el tipo aquel negro y gordo de los bigotes, que no era pues otra cosa que un sinvergüenza estafador (ligado a su propia estafa por un vínculo, como siempre, de obstinada tribulación). Tristram entendió de inmediato que no era el caso de lanzar acusaciones directas, e irritado, pero filosóficamente, fumándose su pipa, se limitó a decir que ninguna le gustaba. Mientras tanto, ellas seguían riéndose, mirándolo, como si se mofaran de la deplorable debilidad que había mostrado pidiendo verlas desnudas. Pero el background de aquellas risas suyas era tan remoto y tan perdidamente extraño que Tristram se preguntó si no era el caso de angustiarse. Y fue justo en ese punto cuando se liberó de aquella sensación tan desagradable (el mediador tenía ya una especie de terco y malvado velo de llanto en los ojos), con una idea que ni él mismo se esperaba. Pidió ver a los esclavos varones, para quizá comprarse uno. El mediador y sus sicarios, cándidos y aprensivos, todos adolescentes con una edad en verdad imprecisable, suspendieron el juicio. Se precipitaron a satisfacer la voluntad del adquiriente; y de inmediato fueron amontonados en otra habitación algunos esclavos varones, una docena, que, en cuanto Tristram entró, se apresuraron a desnudarse, según las mismas indicaciones que recibieran las mujeres. Lo hicieron sin reírse ni burlarse del extranjero. Alguno de ellos hasta sonreía dulcemente, con simpatía, sometimiento y obediencia. Pero los más estaban serios, los ojos vidriosos, o abiertos de estupor, cuajados de incerteza y de temor. Los de origen quizá etíope —y quizá no musulmanes— eran incluso presa de una dramática sensación de pudor ofendido (ligado quién sabe a qué desesperantes tabúes). Si Tristram, en vez de estar allí cargado de esquiva comprensión hacia aquellos sus «hermanos» negros, cometiendo un acto arbitrariamente culpable, hubiera tenido una ametralladora en la mano, como un marine o cualquier viejo antepasado militar, amenazándolos, apropiándose de ellos por la fuerza y no con dinero, el efecto no habría sido distinto. Es más, habría sido perfectamente idéntico. Aquellos hombres jóvenes amontonados, con sus humildes miembros colgantes, estaban en un lugar remoto, y no entraban en relación con Tristram sino existencialmente (y aquí podrían encajar asimismo ciertos pobres campesinos europeos), mientras que su xxx cultural seguía perdida en lejanías xxx. El avanzadísimo Tristram Walker se arriesgaba así a no poder llevar a cabo experiencia alguna: ni privada (sádica) ni social (el conocimiento de un mundo distinto, que empezaba entonces a llamarse Tercer Mundo). De la inmoralidad de la primera debía derivar la autenticidad de la segunda. Y lo previsto era una confirmación del progresismo democrático de Tristram. Idéntico a sí mismo sin embargo, y desilusionado por el hecho de que ese mundo «otro» no le hubiera abierto los brazos para acogerlo en su seno, ni siquiera provocándolo, o sea agrediéndolo mediante una voluntad cognoscitiva real por escandalosa, Tristram volvió a la galería seguido por los sicarios, en cuyos ojos brillaba siniestra y desesperadamente la inocente esperanza de una recompensa aun por un negocio fallido. Mas justo en la galería se produjo la aparición. Se trataba de una niña de unos doce o trece años, quizá incluso menos. Era de una belleza tan perfecta e inhumana que parecía casi metálica (aparte del color de la piel): una mascarita de Benín, de facciones talladas, absolutas, como vegetales. Con una batita de campesina muy pobre: un trapillo rosa desvaído de flores, ceñido al pecho y con vuelo hasta media pierna. Nada más verla Tristram, la niña dio un respingo y desapareció. Pero Tristram lo había decidido: era a ella a quien tenía que comprar. Se lo dijo enseguida bien claro al mediador. Que cayó, como tenía por costumbre, en un estado confusionario, pero, tras haberlo consultado con sus flacos compinches adolescentes, acabó conduciendo decidido a Tristram hacia una tercera habitación, donde se hacinaba la chiquillería. Allí estaba ella, entre los demás, pero en primera fila, sumisa y orgullosa como un soldadito. Quizá lo había entendido todo, y con ojos fulgurantes y firmes confirmaba estar dispuesta a que la comprara como esclava justo aquel amo. El negocio se cerró sin dilación (relativamente), al gusto de todos.

»Tristram había alquilado una casa con jardín al otro lado de Jartum, en la zona europea señorial, a orillas del Nilo. Allí, por lo común, parecía uno encontrarse en un calurosísimo día de verano «au bord de la Seine». En el secreto de su chalecito, donde podía tranquilamente «su lascivia hacer lícita»,[97] dado que nadie habría osado censurar la conducta de un ciudadano de la Commonwealth, mientras se ocupaba de escribir los artículos con los que tenía planeado pagarse aquel viaje, inició sus prácticas de aplicación de la «philosophie du boudoir». Por ejemplo, durante todo el tiempo que estaba sentado a la mesa escribiendo, Giana, la pequeña esclava negra, tenía que estar bajo la mesa con el miembro de su amo, no necesariamente erecto, en la boca. Descuidar tal obligación habría dado lugar a un castigo preestablecido, con pericia legislativa, a base de latigazos: dos si la niña abandonaba solo un instante —por alguna necesidad corporal o alguna distracción propia de la edad— el miembro de su amo; una dosis que por supuesto iría fatalmente en aumento en proporción a la entidad de la desobediencia. Así que Tristram pasaba desde media mañana hasta bien entrada la tarde (las horas del día en las que trabajaba) con el miembro en la boca de Giana. Los eventuales castigos se consignaban en un cuaderno y se aplicaban todos juntos al anochecer. La niña encontraba natural todo esto, sin pestañear ante ninguna de las exigencias ni de las xxx; la idea de ser esclava formaba radicalmente parte de su conciencia. Y cuanto mayor era la pasividad con que aceptaba la esclavitud, el dolor, las vejaciones, los golpes de su amo imperscrutable, tanto más el amo por su parte se deleitaba ensañándose. Había notado además que la niña aceptaba con toda naturalidad sus cambios de humor y de comportamiento. En efecto, Tristram era espontáneamente amable, dulce y bondadoso para con ella, excepto cuando decidía pasar a las prácticas sádicas. Un tránsito que se producía sin violencia alguna, mediante una simple e irrevocable intimación. Y la niña ni siquiera se preguntaba por qué su «amo» pasaba tan de repente de la dulzura y la comprensión, ciertamente desconocidas para ella, a las exigencias más despiadadas, con los anejos castigos asimismo despiadados. Tristram, una vez que se hubo apercibido, incorporó ese sesgo a su comportamiento de amo, o mejor a su ceremonial. Pero, del mismo modo que la niña aceptaba con naturalidad las violencias y los castigos, con idéntica naturalidad aceptaba la amabilidad y las atenciones de Tristram; ni sentía hacia él gratitud alguna por esto, como por lo demás tampoco sentía rencor alguno por el dolor que le causaba. Durante las ceremonias sexuales, que ella llevaba a cabo con la diligencia con la que los niños hacen los deberes o cumplen con sus obligaciones, con amor propio y un cierto deseo de hacer las cosas bien, no estaba claro lo que pasaba por su cabeza. Era menos bonita que cuando había aparecido la primera vez en la galería del «National Hotel», más mísera, fosca, menuda; y esto era todo lo que, indirectamente, dejaban entrever sus sentimientos. Cuando recibía el castigo chillaba y lloraba como corresponde, pero lo dejaba enseguida. Cuando el amo la trataba bien, en los momentos de normalidad, fuera de los ceremoniales, no traslucía sentimiento alguno. Solo cuando comía brillaba en sus ojos una ávida dicha. Tristram acabó dándose cuenta también de esto. Y así, también la «suministración del alimento a la esclava» pasó a formar parte del ceremonial. La primera vez provocó un gran goce en Tristram. Ella, aquel día, absolutamente inocente, se disponía a comer esas cosas buenas que se comen en casa de los ricos, con su acostumbrada y pacífica felicidad. Tristram, según su plan abominable, cuando Giana estaba a punto de empezar a comer, le retiró el plato, con aire severo, cual Júpiter «arcanamente justo»,[16] como suplemento a los castigos que se había merecido esa mañana. Uno de sus cometidos era el de lavarlo con minuciosidad, hasta el último rincón, en la gran bañera de la «toilette» colonial; y aquella mañana, en efecto, había mostrado una cierta carencia de esmero al frotar el pene y el ano de Tristram. Por primera vez, al retirarle aquella comida suya de cachorrilla, Tristram pudo percibir en la cara de Giana cierta decepción desesperada, y una mirada de abajo arriba casi desgarradora. A partir de entonces también alimentarse dependía de la imperscrutable voluntad del amo, y Giana, como con todo lo demás, se resignó.

»Esta historia duró solo unos días. Tristram, como bien habréis entendido, carecía de grandeza. De modo que había

[16] Dante, Purgatorio, Canto XXIX.

previsto una experimentación muy breve para su experiencia sádica, decidido a recordarla después durante toda su vida, con ironía, es decir sin nostalgia, por lo que hace a la primera parte, la esclavitud, y sin el más mínimo sentimentalismo por lo que hace a la segunda parte, la liberación.

»Estaba decidido a liberar a Giana del mejor de los modos posibles; pero, a decir verdad, no había mucho donde elegir. Ni poco: había una sola posibilidad, dejarla en una misión. En Jartum había solo una misión, católica, regida por un padre holandés, de nombre xxx, un hombre muy joven, sobre los treinta, con una enorme melena y una enorme barba pelirroja, y en mitad de toda aquella pelambrera[98] unos ojos eterna y atolondradamente risueños. Atardecía cuando Tristram le llevó a Giana para confiársela, hacía un calor atroz, las buganvillas y las acacias rojas pendían inertes en la paz de la noche africana con un tambor lejano y ni una sola voz que se elevara desde las casas de barro color rosa u ocre, en el inmenso barrio cubierto de dos palmos de mullido polvo. La misión era un chalecito parecido al que había alquilado Tristram a orillas del Nilo, pero infinitamente más miserable. En cuanto el padre xxx —que conocía ya la decisión de Tristram y lo esperaba— lo vio llegar, comenzó enseguida a hacer grandes y exagerados ademanes con las manos, mejor dicho, con sus largos brazos al completo. Tales ademanes solían acabar con el largo y huesudo índice aplicado a los labios y el destello de una sonrisa aún más gozosa en sus ojillos cándidos; como es evidente, el padre xxx quería con ello dar a entender a Tristram que debía guardar silencio. Acto seguido los amplios ademanes sufrieron un cambio asimismo muy subrayado. Esta vez indicaban claramente a Tristram que siguiera, siempre en silencio, al fraile. Así Tristram se encontró, con Giana de la mano, en la habitación contigua (que en circunstancias normales habría debido ser un cuarto de estar), con las puertas abiertas de par en par a una veranda que daba a un jardín polvoriento, siniestramente poblado de xxx y palmas. El calor era atroz, la oscuridad profunda. No obstante, se entreveían, en el suelo del cuarto de estar vacío casi de muebles, unos cuarenta cuerpos; eran cuerpos de niños que dormían. El sueño los había sorprendido en las más variadas y desordenadas posturas. De no haber sido por la profunda paz y por cierto decoro en sus pobres ropitas blancas, habrían parecido fusilados. El padre xxx, con sus manazas recogidas sobre el vientre, los miraba casi conmovido, y sin duda muy alegre. Sus ojos fijos después con un intenso e ingenuo centelleo sobre el visitante daban a entender que al padre xxx la cosa le resultaba muy divertida. Una vez que hubo mostrado a Tristram tal maestría organizativa —producto de la sencillez de espíritu y la pobreza cristianas— el padre xxx susurró a Tristram que lo siguiera hasta su despacho. Se trataba de una salita sofocante, entre otras cosas a causa de las recargadas telas de los sofás y de las sillas amontonadas en torno a un pequeño escritorio rebosante de papeles. Aquí se desarrolló brevemente lo que en la práctica era la segunda venta de Giana, que, sin entender nada, miraba a ambos amos que hablaban entre ellos. Hasta que el nuevo comprador la tomó de la mano, disponiéndose a llevarla allí, al dormitorio, con los demás. Pero antes acompañó a Tristram hasta la puerta. Tristram acarició la cabeza de Giana, estrechó la mano del fraile, con su sonrisa irónica, casi de joven marine americano, algo mustio precozmente, despidiéndose. El fraile se volvió, como siempre, con una exagerada pirueta de alegría, hacia el interior de la casa. Giana lo siguió, y a pesar de que Tristram permanecía quieto sobre la mullida alfombra de polvo de la ancha calle polvorienta, mirándola, ella no se volvió, ni siquiera por un instante.

»Lucía la medialuna, en el paisaje islámico. La noche era de color añil. No se oía una voz. Sonaba a lo lejos música americana.

»Comenzó la catábasis, que, además de menos clara y por así decirlo menos «expresiva», fue también mucho menos breve que la anábasis. Tristram voló, es verdad, hasta El Cairo (donde visitó la ciudad), pero luego se dirigió en tren a Alejandría para regresar a Europa por vía marítima. Alejandría es una ciudad con una cierta tradición cultural no solo arqueológica. Allí nacieron y vivieron algunos escritores (por ejemplo Kavafis), hay algunos círculos culturales. Deambulando por el centro a la espera de embarcarse, Tristram entró en una librería, y, cosa curiosa, el primer libro que cayó en sus manos fue una pequeña antología del «Capital» de Marx, en una edición cualquiera. Tristram no lo había leído, habiéndolo desdeñado tanto en Cambridge donde estudió, como en Londres donde vivía su vida de intelectual. Eran muchos por otra parte los libros que Tristram no conocía. Ser un «iniciado» en tanto que perteneciente a la élite más desprejuiciada culturalmente de su país, le daba ocasión de no leer prácticamente otra cosa que periódicos y revistas. A decir verdad, después de Cambridge no había leído ni un libro, exceptuada alguna estúpida monografía sobre Eisenstein y Hitchcock; no sabía una palabra de historia de las religiones, de lingüística, etc. Y, de antropología, había leído solo algunas páginas de Lévi-Strauss en el momento en que más de moda estaba. En cuanto a Fanon (y también porque estaba muy de moda) lo conocía solo de nombre. Imaginaba por eso que tras el misterio de Giana y de sus vendedores habría un «mundo mágico», pero, instintivamente, y por pura ignorancia, lo degradaba a simple hecho comprobado, en última instancia insignificante y negativo. Para él, progresista, el mundo mágico no era otra cosa que superstición (sobre la cual, en verdad, no conocía sino esos cuatro datos banales que todos conocen). La «alteridad» del mundo de Giana, que ni se había vuelto, incluía también el mundo mágico, es evidente, pero no se manifestaba a través de él; es más, Tristram instintivamente atribuía a Giana, siquiera de modo en extremo tosco y solo potencial, su propio sentimiento de condena hacia esa esfera, su juicio negativo de hombre avanzado que interpreta el Tercer Mundo como mítica confirmación de su propio progresismo reformista, y como mítica marcha hacia un porvenir con el que la Nueva Izquierda se sentía reconfortada en su justa lucha. Pero, incluso interpretándolo así, el Tercer Mundo de Giana era una frustración total, sin resquicio alguno razonable de esperanza. En efecto, en el momento inevitable en que se habían separado, siguiendo cada uno su camino, no podía decirse ni que Tristram hubiera integrado su propia cultura en la cultura de Giana, ni que Giana por su parte hubiera integrado su propia cultura en la de Tristram.

»Pero que ambas culturas se integraran era la única posibilidad de una relación democrática entre personas como Tristram y personas como Giana. No había otra posibilidad en el mundo de convivencia civil y razonable. El que ello ni por asomo se hubiera verificado, irritaba terriblemente a Tristram. No obstante (para un observador imparcial como yo), ya era mucho que hubiera entrado en crisis; y que quisiera prolongar indefinidamente el tiempo del viaje de regreso a su país. El problema consistía en salvar la propia conciencia en una relación entre dos culturas que no podían integrarse la una en la otra; y que, por muy buena voluntad que se pusiera, permanecían del todo extrañas entre sí.

»La solución llegó de modo imprevisto. El barco en el que Tristram arribaría a Inglaterra tras un eterno viaje de regreso hizo una escala de un día o dos en Nápoles. Tristram por supuesto desembarcó y se dedicó a explorar la ciudad (aunque ya había estado allí). En unos jardincillos irresistiblemente sucios, donde unos niños, como veinte años antes, se bañaban en calzoncillos en un pilón, vio, apartada, salvaje, a una raterilla, renegrida y harapienta:

xxxxxxxx

xxxxxxxx

»No cabía ninguna duda: se parecía a Giana. Como una hermana casi. Pertenecía a una «cultura» idéntica. La que proporcionaba la misma índole física (a pesar de las diferencias puramente accidentales) a esos chiquillos plebeyos de Nápoles que se zambullían en la fuente y a los de Jartum que dormían en el dormitorio del padre xxx. Aquellas carnes eran de otra pasta, distinta de la pasta de la cultura dominante, que solo podía integrar la cultura popular haciéndola suya, es decir, constriñéndola a la degeneración, relegándola a los niveles inferiores de la conciencia tal como la había relegado, durante siglos, a los niveles inferiores de la sociedad.

»Y hete aquí que Tristram se dejó caer sobre los hierbajos hediondos de los jardincillos aquellos de Forcella. «Caer», digo: como san Pablo camino de Damasco. De repente se convirtió al marxismo.[99] Se levantó, y ya del todo imbuido de su nuevo futuro, caminó largo rato, como buen deportista que era, arriba y abajo por las covachas a pie de callejón en los barrios más fétidos de la ciudad; y, viendo a su alrededor toda aquella miseria, aquella «falta de dignidad», ahora sabía que debía luchar para suprimirla y superarla. Ya no había lugar para los casos de conciencia, para la piedad y todos esos otros incordios. El catecúmeno es despiadado (y lo será más aún cuando envejezca).

—Extraordinaria historia, incluso por lo decepcionante —dijo uno de los oyentes.

—Sí —dijo la Voz Recitante—, pero la historia de Tristram no es nada, en comparación con la historia de xxx, de xxx y de sus tres hijos.

—Y ¿cómo es esa historia de xxx, de xxx y de sus tres hijos? —preguntó el mismo oyente.

—Bebo un trago de whisky y os la cuento —dijo con rostro complacido el narrador.

↑

– la parte napolitana debe ser un apéndice, ofrecido rápidamente antes de comenzar el relato siguiente
– el final del relato debe ser otro, y ser un verdadero final[100]

- experiencia de la esclavitud (sentido[101] simbólico, etc.)
- liberación de la esclava
- indiferencia de la esclava tanto ante la esclavitud como ante la libertad. Su desaparición sin rastro, no existencia. Lo que es distinto no existe. Enigma no planteado además de no resuelto, etc., etc. Llevada a una Misión ella no se vuelve a mirar atrás
- mezcla o integración cultural fallida: en ella y en él
- Catábasis: paso por Nápoles (en barco) — Niño napolitano — Caída de Damasco — Imposibilidad de una integración cultural real, viviente [democrática] — Única posibilidad plantearse el problema para salvar la conciencia y luego desentenderse — Inscripción de Tristram en el Partido comunista (conversión al marxismo)

26 de mayo de 1974

## Apunte 42
## **La historia de xxx y xxx y de sus tres hijos xxx**

## Apunte 43
## **Historia de la ciudad de Patna y de la región de Bihar**

—La ciudad de Patna —arrancó el narrador— como bien sabéis todos es la capital de Bihar, y se encuentra a orillas del Ganges. La noche en que comienza nuestro relato era una noche como tantas. A las nueve el silencio era ya profundo, pero mucha gente, como es usual en la India, seguía en vela.[102] Acurrucada en las esquinas, en las chabolas, junto a fétidos desagües, entre los matojos al borde de vastos descampados, a la sazón un cenagal, ante las puertas violentamente iluminadas de un hotel cualquiera. Había también un denso aunque silencioso tráfago de bicicletas. Al contrario que las voces de la gente, que eran tan discretas que más parecían susurros pronunciados en un lugar sagrado (pero con el aire tranquilo, ocioso, de la gente que se conoce de hace tiempo y se ve cada noche para conversar), las luces, sin embargo, al contrario que las voces, resultaban carentes de toda discreción: relucían blancas y violentas en festones, como al acabar una verbena, reflejándose en los charcos y en el barro (se había iniciado hacía poco la estación de las lluvias). En un punto donde estas luces brillaban con más desnuda y mísera violencia, justo delante del «xxx Hotel», el más importante de la ciudad, el corrillo de conversadores nocturnos era más numeroso y compacto que en otros lugares. Un montón de «culis» había alineado sus carricoches tirados por bicicletas allí delante, en la explanada fangosa delante del hotel, las casas ruinosas y el vasto descampado de la plaza de armas, todo un cenagal iluminado por la luna. Más de uno, incluso, envuelto en el mismo largo andrajo que enrollado a la cintura le servía de vestimenta, extendido ahora ligero como un sudario, se había echado a dormir en el asiento de su carricoche, que era también V. Pero, en general, quien esto hacía no conseguía en verdad conciliar el sueño, pendiente de la conversación de los amigos. Algún otro se afanaba en los preparativos que preceden al sueño: ordenaba su destartalado carricoche incrustado de fango, hacía sus abluciones en un charco cualquiera, secándose con el primer trapo que encontraba por xxx, y se ocupaba de rellenar de agua ese misterioso cántaro de latón que todos en la ciudad llevaban consigo. Y eran estos preparativos los que propiciaban, en quien los llevaba a cabo, una disposición de ánimo particularmente alegre; y si en el subsiguiente conversar discreto, que zumbaba como un murmullo bajo la inmensa capa de la noche tropical, de vez en cuando se alzaba un grito o un reproche, o una carcajada, eran los que se preparaban al sueño los responsables. El xxx Hotel estaba a punto de cerrar. La puerta roja, provista de mirillas como un «night club», y rodeada de una corona de bombillas, ya estaba cerrada por dentro; quedaba solo un par de clientes en el interior, cenando en los camaranchones del sótano, y los vigilantes daban vueltas y revueltas con aire huraño y recogido, como curas que repiten gestos inútiles cuyo sentido simbólico ni siquiera se recuerda. Los camareros, según iban acabando sus turnos, salían, y la mayoría, antes de largarse cada cual a lo suyo, o sea a dormir, se paraban a echar una parrafada con el grupo de «culis» y con los viejos noctámbulos cuyos dormitorios por otra parte se vislumbraban allí cerca, débilmente iluminados: un suelo desnudo de tierra apisonada, un banco, cuatro andrajos y, ante el umbral, un charco fétido. Solo los que trabajaban en el hotel vestían a la europea, y de aquella manera, digamos: llevaban un par de pantalones blancos muy ligeros y una camisa del mismo tejido. Por ello no paraban de darse cierto aire altanero. Los demás, como he dicho, llevaban simplemente un trapo enrollado a la cintura, y alguno que otro, encima, una pobre camisola desteñida. Hacia las diez salieron del restaurante los últimos clientes, todos ellos nativos. Esa noche no había ningún extranjero de paso y las habitaciones del hotel estaban vacías, con sus enormes ventiladores parados y las puertas abiertas a las largas y siniestras galerías de madera oscura. Tras aquellos últimos clientes —que se fueron en coche—, se vio salir también a Sardar, uno de los camareros del restaurante, quizá el más joven, pero también el más fuerte y agraciado. Era originario de la región montañosa lindante con Nepal. Se mostraba satisfecho de su trabajo, con un toque elegante en sus pantalones negros y su camisola europea (no, americana, de flores) y sus zapatos de punta (acartonados de polvo y barro seco, de acuerdo; pero señal de un lujo por todo lo alto allí donde todos andaban descalzos). Sus ojos, que parecían ahumados, tan marcado era el rasgado dibujo de su órbita y tan pobladas tenía las cejas, relucían de una alegría sin motivo, como la de los animales; ni se habrían podido diferenciar de los de ninguno de sus coetáneos allí reunidos, en aquel rincón del mundo. Así como tampoco habría podido diferenciarse su pelo liso, repeinado, brillante y negro; negro de un negror tan puro que solo podía compararse al plumaje de los pájaros; y brillante de una igualmente pura brillantez.

»Sardar permanecía en silencio, de pie, ante el corrillo de los granujas aquellos; no osaba intervenir en la discusión, pero sonreía y se mostraba partícipe. Era la suya a un tiempo timidez y soberbia. Timidez porque tenía más delicadeza que aquellos culis que dominaban la calle; soberbia porque se sentía socialmente superior a ellos. Pero timidez y soberbia se anulaban entre sí, y de su lado más atractivo restaba solo su fulgurante y muda sonrisa.

»Sus coetáneos menos afortunados y más toscos —hasta donde sea posible hablar de tosquedad en aquellas criaturas dóciles como corderos, frágiles y de mirada inofensiva— seguían hablando entre sí del asunto que aquella noche les ocupaba, con su rápida parla, y apenas habían percibido, tan perfectamente natural e irrelevante era la cosa, la presencia de Sardar. A este Sardar por su parte le complacía tal desatención; pensaba entretenerse allí un poco solo, porque era un muchacho, la vida se le presentaba siempre llena de alicientes, aunque se tratara de una simple conversación vespertina entre parias, no le apetecía retirarse ya enseguida a su casa apartada a dormir. Le divertía simplemente estar allí, formando parte de aquel pequeño corro (la única comunidad acreditada y despierta en el inmenso desierto húmedo de la Patna durmiente), enterándose, por un lado con respeto y por el otro con una cierta ironía, de los viejos intríngulis de eventuales riñas o burlas. Había en él una gran pureza, la que tienen todos los muchachos carentes de sentimiento de culpa y al tiempo muy humildes y respetuosos; y esa pureza parecía reflejarse y resplandecer en su piel y en sus ojos.

»Cuando de pronto ocurrió algo imprevisto. Imprevisto probablemente más para un eventual observador occidental que para un ciudadano de Patna. Se sabe no obstante que cuando cosas de este tipo acontecen tienen siempre algo de nuevo y de sacral. Se trata de la verificación de una fatalidad que nos amenaza, pero que siempre creemos que corresponde a otros, o al futuro. Cuando nos sucede a nosotros, y en el presente, nos quedamos consternados, presos de un religioso terror.

»Fue lo que les sucedió también a los inocentes muchachos culis y a los viejos trajinantes que holgaban por allí, en aquella calurosa noche de la estación de las lluvias, en la plaza del xxx Hotel.

»De golpe dejaron de hablar, y en sus ojos, hasta un instante antes llenos de paz parlanchina y optimista, centelleó el espanto.

»La causa de todo ello era Sardar. De repente en efecto su purísimo rostro se cubrió de manchas purulentas, inflamadas, y sus líquidos ojos negros, plenos de esplendor gozoso, quedaron reducidos a dos horrendas ranuras, porque en su derredor la carne se había hinchado. Muy pronto las manchas de la piel se transformaron en llagas y la hinchazón en torno de los ojos se cuarteó, se puso lívida, como de tracoma. Por las llagas salía pus, que surcaba el cuello y la blanca camisa de Sardar de una repugnante y oleaginosa baba amarillenta; mientras, de las grietas de la tumefacción alrededor de los ojos manaba sangre, pura todavía, que acababa mezclándose al pus. Según la sangre y el pus descendían por el cuerpo de Sardar, el propio cuerpo se iba llenando entero de llagas y protuberancias, que a su vez escupían y manaban pus y sangre.

»Sardar —que apenas tuvo tiempo para darse cuenta, con estupor, de lo que se abatía sobre su cuerpo—, tras una última mirada silenciosa de socorro, cayó sobre el barro. Y quedó allí como un horrendo amasijo del que emanaba un olor insoportable. Todos escaparon dando voces, gritando. También los que dormían se despertaron de inmediato, y se asomaron a las puertas y a los ventanucos de sus tugurios. Todas las luces del xxx Hotel volvieron a encenderse. Ahora la gente tenía algo bien concreto y urgente de que hablar. Y pronto se vio que quienes pasaban por allí en bicicleta —cuyo tránsito parecía fluido— eran en realidad una multitud, que en breve se congregó en torno, pero apartada del punto en el que yacía el cuerpo de Sardar, que apestaba el aire.

»Hasta bien entrada la noche, hasta el amanecer incluso, continuó la agitación y el vocerío. Todo el barrio era un hervidero como en pleno día, los perros vagaban de un lado para otro, hambrientos, los niños lloraban o jugueteaban. Solo ya a pleno sol llegó una ambulancia para llevarse el cuerpo de Sardar, que había comenzado a gemir.

»El mal de Sardar contagió enseguida a los que habían estado cerca de él: en primer lugar al portero del xxx Hotel, uno que se daba mucho pisto, pobre viejo exhausto, porque había sido un soldado destacado bajo los ingleses; luego los pinches de cocina; luego los culis, luego quien más quien menos todos los habitantes de aquel barrio. En definitiva, había estallado una epidemia, pero no de viruela o de cólera, sino de un mal desconocido que reducía a los hombres a un amasijo sanguinolento.

»La epidemia, llamémosla así, no estalló y se difundió solo en Patna. No: al día siguiente fue el turno, simultáneamente, de tantos otros lugares en Bihar.

- masacres, etc.
- único relato feliz, vivificante,[103] etc. (resurrección como imposibilidad de destruir un valor [popular, pobre]
- la sola nota de tristeza es que el único que no renace que muere para siempre [víctima inocente] es Sardar (?), en quien se piensa con lágrimas en los ojos

*

N. B.

en uno de los últimos relatos concluir con la nota metalingüística «El delirio es exquisito, lo pedantesco, etc.» — Obra como juego —

## Para la Parte II

* El amor de Carlo el apacible por los jóvenes del pueblo comunistas —que lo transforma en mujer,[104] lo hace sumiso a ellos— muta en odio en Carlo hacia el Poder, que participa (inconscientemente pero en modo psicoanalíticamente anómalo) en la masacre en función anticomunista.
* Después de la masacre siente el remordimiento de toda la burguesía italiana por ser sanguinariamente anticomunista (una pesadilla de sangre). Tal remordimiento dispone los presupuestos para una análoga acción antifascista (que regenere una conciencia democrática, naturalmente falsa)

octubre de 1974

## Apunte 41
## **Un sueño significativo**

«Han pasado diez años. Carlo está en su cama, y está soñando»

* Carlo sueña con sangre: pero el rojo de la sangre es rojo (o sea comunista).

Es un sueño premonitorio, por eso todo el resto de la parte II no es sino un «flashback».

Este sueño es, a): el terror de la sangre, y b) la indiferencia a la sangre.

El terror es el terror de toda la burguesía italiana anticomunista, que sin embargo es infeliz en conciencia por esto

La indiferencia es la indiferencia de la burguesía histórica italiana, insensible a todo, adocenada por pragmatismo salvaje.

De este sueño de sangre y del consiguiente arrepentimiento nace el giro antifascista y la serie de masacres de la parte III.

30 oct. 1974

## Apunte 42
## **Puntualización**

Este poema no es un poema sobre la disociación, al contrario de lo que parece. La disociación no es otra cosa que un motivo convencional (y un homenaje a la gran narrativa burguesa inaugurada por Cervantes). Por el contrario, este poema es el poema de la obsesión de la identidad y, al mismo tiempo, de su desintegración.

La disociación es orden. La obsesión de la identidad y su desintegración es desorden. El motivo de la disociación no es otra cosa por tanto más que la regla narrativa que garantiza la limitación y la legibilidad de este poema; que, a causa del otro motivo, más auténtico, de la obsesión de la identidad y de su desintegración, sería de natural ilimitado e ilegible.

Pero también es cierto lo contrario; es decir, que si el primer motivo (el de la disociación) fundamenta el orden de la novela, fundamenta también la idea simbólico-alegórica que constituye la novela; y que en consecuencia lo hace, en la práctica, ilegible. Mientras que del segundo motivo (el de la obsesión de la identidad y de su desintegración) nacen esas ráfagas de vida y esa concreción, aun insensata y aberrante (no podría ser de otro modo, a riesgo de sufrir la xxx de la convención), que hacen legible la pedantesca, vertical, inhumana..........................
............................................, signo de impotencia (necesitada de la ayuda de la literatura) y testificación del final de la novela.

Por lo tanto, mientras ese Carlo nuestro que en ocasiones, por mayor claridad, me veo obligado a llamar Carlo Primero, o n.º 1, tenía estos «sueños de sangre», el Carlo a veces llamado Carlo Segundo o n.º 2

## Apunte 43
## Vislumbres sobre el «Linkskommunismus»

«La manera ideal de presentar esta sección del libro sería registrar las citas SIN comentario alguno. Pero temo que sería demasiado revolucionario. En efecto he tenido que aprender, tras larga y agotadora experiencia, que, en la presente condición imperfecta del mundo, el autor DEBE guiar al lector».[17]

En una primera redacción de este texto a cada apunte seguía una de estas leyendas: «Del Misterio» o bien «Del Proyecto». Los textos pertenecientes al orden del «Misterio», es decir, las páginas completamente acabadas (en el momento de esa primera redacción aún muy fragmentaria) eran poquísimas; en consecuencia, eran preponderantes los apuntes en sentido propio, es decir, los pertenecientes al orden del «Proyecto». Toda la obra estaba concebida en cualquier caso como una viva coexistencia entre el «Misterio» que habría de ser, y su «Proyecto». Tan es así que ambas palabras, «Misterio» y «Proyecto», eran además, provisionalmente, el subtítulo de la novela. Luego cedí a la exigencia a la que tuvo que ceder Pound. Todo autor es un dictador, ya se sabe. Pero es un dictador apacible. Es un dictador dispuesto siempre a arrepentirse, a dar marcha atrás, incluso a dejarse matar. Es un dictador que no pierde la ocasión de postrarse ante el último de sus presuntos súbditos. Es un dictador que va mendigando la atención de su corte. De modo que me apresuré a tirar por la borda la coexistencia entre «Misterio» y «Proyecto» apenas me di cuenta de que la resolución del

---

[17] E. Pound, «El ABC de la lectura».

«Misterio» era demasiado difícil e igual de difícil la irresolución del «Proyecto». Los mezclé anulándolos pedagógicamente.

Las primeras páginas de esta segunda parte pertenecerían sin duda a la sección «Proyecto»; y, en efecto, son puramente informativas o, lo que es más, prologales. La cosa puede explicarse así. En esta obra el punto de vista es siempre el de la cumbre. Las cosas son captadas en un momento de tan extrema actualidad que se presentan como cristalizadas o petrificadas. Todo consiste en una serie de ornamentos y de simulacros, en el ápice de la expresividad, pero, al mismo tiempo, ordenados, como en las Obras Teológicas o en las Alegorías. No obstante, este punto de vista culminante no desdeña tomar en consideración de tanto en tanto (es más, en verdad bastante a menudo) las profundidades de los abismos; no solo eso, sino que incluso observa cómo las cosas, formándose en el fondo del abismo, ganan altura lentamente, hasta emerger y cristalizarse en la cumbre; las percibe incluso, en definitiva, en su movimiento, en su evolución, en su historia. Pero —entre cumbres y abismos— hay todavía una tercera alternativa «a media ladera». Así pues, la verticalidad medieval de la obra no desdeña tampoco la media ladera, que es típicamente moderna. Si el gráfico de la obra está constituido por una serie de «saltos» entre cumbres y abismos, está constituido asimismo —y con una cierta continuidad— por una línea regular, justo la de la media ladera. En torno a tal «figura de la media ladera» se ha conformado e identificado el contingente inicial destinado al «Proyecto».

↑

sigue la historia de la revuelta del 68 y su significado histórico.
(cfr. también el Linkskommunismus)
El tema es que el «Comunismo de Izquierdas» ha renovado en la burguesía el miedo al Comunismo.

«Yo no admito la juventud. Todo son proclamas» (dicho por el gobernador Lembcke, «Los demonios»)

* cfr. «Los demonios», parte II, cap. 10, 2

## Apunte xxx
## **Encuentros al anochecer**

Cada noche el primer y el segundo Carlo se encontraban. No tenían nada en común sino el propio Yo. Que, al parecer, es mucho. Pero no lo bastante para ofrecer un número relevante de asuntos de los que hablar o para producir un afecto recíproco relevante.

Había siempre, es cierto, en sus encuentros, algo íntimo, conmovedor y al mismo tiempo solemne; porque, en tales encuentros, se celebraba la vida. Y una vida, es preciso añadir, personal, es decir, constituida solo consigo misma y sobre sí misma, como algo único y objetivo, aunque destinado con suma facilidad a perderse (de donde el eventual patetismo de sus recuerdos). No obstante, ambos vivían la intimidad, la conmoción y la solemnidad de aquellos encuentros en un estado de automatismo, como en un sueño ordinario en el que los acontecimientos acaban siendo habituales, normales y corrientes, y poco a poco van perdiendo toda significación.

En otras palabras, la intimidad, la conmoción y la solemnidad eran vividas por los dos en lo hondo de sí mismos (a la espera de que, un día u otro, algo las desencadenara); mientras que externamente, o, mejor dicho, en la práctica, se las ignoraba.

Pero, a propósito de la absoluta normalidad, es más, de la banalidad de estos encuentros en los que ambos Carlos intercambiaban experiencias y, por decirlo así, las reincorporaban, ha de hacerse una observación quizá aún más importante (sin duda importante por lo que afecta a la economía de nuestra historia).

Las experiencias que intercambiaban no tenían nada de particular ni de dramático, no transformaban nunca los encuentros en desencuentros.

De aquí deriva el hecho de que este poema sea lo que es.

Quiero decir que si Carlo Primero hubiera vivido un siglo atrás, o quizá solo cincuenta años atrás, habría sido un héroe en el que yo, contemporáneo suyo, habría creído. O sea, habría creído en el valor y en la objetividad de su ansiedad social. En la culpabilidad de tal ansiedad, precisamente por su miseria histórica, habría en consecuencia algo grandioso. El pecado[105] de enriquecer, de poseer, de ascender, de prosperar: todas ellas cosas que se hacen siempre trágicamente contra la propia conciencia y contra la libertad ajena. Y que presuponen la realidad de la riqueza, la realidad de la posesión, la realidad del ascenso, la realidad de la prosperidad. Una sociedad que, recién inventadas y aplicadas sus propias leyes, es profundamente unitaria, estable; lo es hasta confundir su propia unitariedad y su propia estabilidad con las de la historia humana, con las del universo incluso. Nadie dudó un instante, entonces —y, gracias a la autoridad de la fábula, tampoco ahora—, de la necesidad de un héroe de Balzac y de sus relaciones con el patrimonio; ni, por lo tanto, de su psicología personal.

Podría repetir exactamente lo mismo acerca de Carlo Segundo. Su libertad sexual no era en el fondo más que la afirmación, mil veces reiterada, de un derecho contra imposiciones represivas anquilosadas, asimismo reiteradas. En esta tozuda, infantil y en el fondo humilde reafirmación del propio derecho a cometer una infracción sexual, no había en el fondo sino algo de anárquico y mucho de idílico. Es verdad que en su infinita reafirmación del derecho a la infracción sexual (y al placer consiguiente) Carlo Segundo vivía lo que se denomina una totalidad; o lo que es lo mismo, supeditaba a ella irremisiblemente todo su ser (y huelga hablar de la inmensidad de un ser humano). En cualquier caso, tal totalidad —aunque, de necesidad, entendida como martirio y alternativa radical— era en definitiva anárquica e idílica, nada más. Piénsese en Stavroguin y se me entenderá mejor. A través de sus pecados, Stavroguin tenía la misma idea de su propia sociedad que la que tenían quienes la aceptaban y se encaminaban a conquistarla. Ganado o perdido, un valor es siempre un valor. Nuestro Carlo Segundo tampoco carecía de una pequeña dosis demoníaca capaz de allanarle el camino de la degradación. Pero ya que el valor que de ese modo perdía era modesto, también su perdición era modesta. Además, ya que las normas del comportamiento pequeñoburgués eran mediocres, de igual modo su culpable comportamiento tránsfuga pequeñoburgués era mediocre. Carlo Segundo nunca hubiera permitido que alguna de sus niñas se ahorcara en un trastero, mientras él observa una diminuta araña roja. No conocía los auténticos abismos de la infamia y de la perversión, así como Carlo Primero no conocía las tentaciones presidenciales o dictatoriales.

Ciertamente, en este punto podría preguntárseme (visto que he traído a colación mi estilo) por qué no he preferido entonces escribir un poema sobre Troya o Shpigulin, que son héroes a su manera, como los héroes de Balzac o Dostoievski, tal cual; es decir, conocen la grandeza tanto de la inteligencia como del delito. A esta pregunta —si se me hiciera— respondería que no es posible escribir un poema sobre personas aburridas, que aburren porque son excepciones, y como tales no entran en la esfera de la vida cotidiana. Tiempo atrás, cuando era posible escribir poemas psicológicos, no existían ni los Troya ni los Shpigulin, sino que todos eran un Troya o un Shpigulin más o menos excepcionales.[106]

En los encuentros vespertinos —a la hora en que después de la cena comienza a cerrarse la noche— uno y otro Carlo «celebraban la vida», se intercambiaban noticias sobre sus recíprocas experiencias (experiencias que, desde el punto de vista psicológico, por las razones que he dicho, no tenían nada de interesante) en voz baja, monótona y natural, la que se tiene, en las comunicaciones prácticas cotidianas, en las estancias retiradas de la casa. En realidad era Carlo Segundo el que hablaba, visto que a Carlo Primero había que hacerlo partícipe de la dicha a la que había renunciado. A Carlo Segundo por su parte le bastaban las dos o tres noticias de carácter «social» que le daba Carlo Primero, lo justo para no perder contacto con la «sociedad»; pero nada más tomar la palabra su interlocutor empezaba a bostezar. Se le caía el mundo encima. Por lo demás, a esas horas cerraban los últimos locales y la ciudad se reanimaba. El Sexo tenía hambre: un hambre tan árida, ciega, febril, compulsiva, que Carlo comenzaba casi incluso a temblar. Nada hubiera podido retenerlo ni un minuto más allí sentado en la intimidad de la casa, cuyo silencio y cuya paz le eran literalmente insoportables.

## Apunte 43a
## **La continuidad de la vida cotidiana**

Así pues, Carlo salía de nuevo, tras haberse recogido apenas un rato, a vivir la noche. Las horas sucesivas estaban rígidamente codificadas; y a pesar de todo siempre dependían de la casualidad. Es verdad que a veces —más bien bastante a menudo— Carlo lo tenía todo organizado, mediante citas, una o varias. Pero por lo general las propias citas dependían de la casualidad; las previsiones se iban a tomar viento y Carlo se encontraba solo en medio de la noche, con toda la ciudad ante él, para volver a empezar. Si por el contrario las citas funcionaban, entonces se daba a las repeticiones. Carlo se encontraba en la misma habitación, por lo común sórdida, con la misma mujer o la misma niña, y volvía a hacer lo que otras noches precedentes. A veces, no en una habitación, en un descampado, entre matorrales llenos de papelajos y cagadas secas o recientes. Tanto antes como después del encuentro, como sabemos, Carlo, de una u otra manera, hasta incluso en medio de la calle, con la mano en el bolsillo, se agarraba el miembro y se masturbaba. Las citas consumadas, o sea las repeticiones, nunca lo satisfacían, ni antes, mientras esperaba, aunque la espera resultara afanosa, ni después. La angustia y la miseria existencial se enlazaban con el ansia de la espera del placer y con el placer mismo. Todo ello, además, se enlazaba a su vez con miserables tratos crematísticos, con un mundo económico que la pobreza convertía en peligroso y escurridizo. Por entonces Carlo no había comprendido qué vínculo íntimo y supremo existía entre pobreza y cuerpo; y cómo el cuerpo tenía las de ganar, preservado como estaba, así, en su «pasta» popular, que era salud, inocencia, barbarie, delincuencia: cualquier cosa menos sentimiento de culpa, banalidad y vulgaridad. Lo descubriría más adelante. En realidad, entonces amaba los cuerpos de mujeres y de niñas burguesas, y, por su necesidad de repetir cada noche la escena de su pasión sexual, se veía obligado a apañárselas en el mundo del trabajo y de la pobreza. Comoquiera que fuese, la organización (la cita, la habitación, la cama, la mujer o la niña ya amaestradas y obedientes) era atrozmente antiafrodisíaca; porque suprimía la dicha altísima y desesperada de la verdadera repetición, que es la del milagro, quizá incluso con riesgo de muerte, o casi. Cuando por fin la noche quedaba desierta por completo, a eso de las tres de la madrugada, Carlo volvía a casa y dormía hasta las once o las doce. A esa hora el otro Carlo ya había salido, a sus ocupaciones en su mundo histórico...

Pero, por más que pertenezca al orden de las «obras acroamáticas» (cuya vulgarización fue censurada a Aristóteles por Alejandro Magno), querría hacer una observación al pie de este apunte.

Es la primera vez, aquí, que he usado, para contar algo, el imperfecto incoativo (pero recuerde también el lector, passim, una parte análoga a esta, el «poema del retorno», Apuntes 7-17 más o menos). El imperfecto incoativo indica repetición habitual de una acción durante un periodo de tiempo por lo general bastante largo (en nuestro caso se trataría más o menos de una década). Ejemplo «chupaba el coño».[107] Pues bien, haber usado semejante imperfecto, por mi parte, es un error. Lo que cuento debería estar, de acuerdo con el espíritu de mi obra y las normas emanadas de la instauración de tal espíritu, siempre en presente. Puedo permitirme el pretérito absoluto, es verdad, que es un presente alejado atrás en el tiempo por pura función mítica. Pero tanto el presente como semejante pretérito absoluto dan un poderoso testimonio de la voluntad de concebir la historia como algo único y unidireccional, en la que acciones y personajes se alinean como en una galería o en una serie de hornacinas o altares. El imperfecto incoativo, aludiendo al paso del tiempo o de la vida, denuncia por su parte el espesor de la historia, lo presenta como un vasto y profundo frente lávico, o mejor como un ilimitado río sin fondo, que fluye en ese imperfecto que, de tal fluencia, elige e indica un particular que se repite, un hábito, eso es, pero como un puro esquema (que el lector percibe colmado de una infinidad de cosas y sentidos). En ese imperfecto en definitiva c'est la vie (amenazadoramente madura para devenir recuerdo).

Por lo demás lo que he dicho mediante tal imperfecto es todo lo que considero oportuno y suficiente decir a propósito de la relación entre el Carlo I y II, en la «continuidad de la vida».

## Apunte 50
## Cómo debían ser los hombres jóvenes en el 69 (del «Proyecto»)

Una tarde de noviembre —serían las seis y ya estaba oscuro— Carlo caminaba por los alrededores de la estación Termini. Buscaba, por aquellos días, un duplicado de Rita. La sexualidad iba por rachas, y ahora era precisamente el momento de Rita. El sexo femenino había adquirido las características del sexo de Rita. Era como una luz nueva que se proyectaba sobre una materia vieja, renovándola. Y era extraño el modo en que esta novedad se presentaba como objetiva, como si hubiese una gran cantidad de mujeres y muchachas que se prestaran a la función Rita: tenían la pequeñez poco velluda de su vientre, su muslo delgado, mantenían la cabeza gacha, suspiraban sofocadas por la timidez sin por ello dejar de atreverse a hablar, a responder, se ruborizaban con un rubor más de obediencia infantil que de vergüenza, y el rubor proporcionaba plenitud e intensidad a labios y mejillas, etc. Los sueños durante la noche, el despertar por la mañana, el sentido de la jornada, todo lo ocupaba la idea de esta Rita y de la infinita serie de sus variantes, que presentaban como nuevo y estremecedor hasta el delirio un viejo deseo destinado a colmar por sí solo, y para siempre, un cuerpo humano.

La idea de Rita era pues una idea formal, y en cuanto forma determinaba la existencia, le daba sentido, orden, y también esa particular luz «selectiva» o «tonal» de que se compone la inspiración figurativa de un poeta. En efecto, Carlo era de alguna manera un poeta, aunque ni lejanamente tuviera intención de escribir versos. Escribía poesía, como tantos, viviendo.

Era un burgués, es cierto, y por lo tanto esto era en teoría imposible; porque solo alguien que sea pobre puede expresarse a veces poéticamente con su acción y con su presencia física, sobre todo en los momentos de alegría. No obstante, Carlo, en tanto que obseso, rondaba el rechazo de la gente de su clase. De viejo podía acabar como un pordiosero, ni más ni menos. Ya ahora se sabía en los márgenes, vivía como un proscrito, fuera de la ley. Por ello, errático por las calles de la ciudad, ajeno a toda idea de obligación, de trabajo, de futuro, perdido solo en su afán sexual, la luz interior que a su alrededor le manifestaba la existencia, eligiendo sus formas según un patrón (la función Rita), era justo esa luz con la que un poeta ilumina el «particular» que en ese momento lo apasiona como única verdad física.

Había pues una exaltación sexual en el ajetreo de aquella hora en torno a la estación Termini; el torbellino humano que como arrastrado por un viento de lluvia, espeso y tibio, se arremolinaba bajo las fachadas pardas de las casas, ante los escaparates de bares y pequeñas tiendas; las filas de coches, que se amontonaban en exageración descomunal por las calles estrechas, junto a semáforos extrañamente brillantes en el lóbrego atardecer; todo ello se hallaba como determinado por la idea de Rita, en todo ello se hallaba su sexo, su carne con su hedor leve y su ternura. Y por lo tanto el mundo en torno, tal vorágine de cuerpos, cada cual arrastrado a su propio caos, parecía cómplice de la soledad de Carlo. La soledad, que buscaba a través de sus rastreos sexuales, y en la que se perdía con una felicidad interior a la que nada en el mundo se podía comparar.

De improviso se oyó un canto.

¿Era una radio encendida, la televisión, un grupo de quintos bajo la marquesina de la estación? No estaba claro. Cubierta por el ruido del tráfico, potente e ininterrumpido, no se distinguía qué canción cantaban esas voces lejanas. Eran voces masculinas, seguro. Esa cosa extraordinaria, que sucedía a las seis de la tarde, en el aire húmedo y oscuro y anochecido ya de noviembre, difundió en torno una especie de pánico. El tráfico pareció como menguar; se diluyó el ritmo denso, puntilloso y melancólicamente[108] cotidiano de las prohibiciones, de las interrupciones, de las vías expeditas. Asomaron cabezas por las ventanillas de los autobuses. Tras los cristales de los coches hacinados aparecieron rostros risueños. En las aceras la gente miraba aquí y allá. A las puertas de las tiendas se asomaron mozancones y hombres maduros con sus guardapolvos y sus buzos. Algunos chavales echaron a correr hacia uno u otro lado, indecisos, en distintas direcciones.

La tarde se detuvo, como si sobre ella ondeara una bandera que la hiciera excepcional solo por una repentina felicidad (aliviada de grisuras y deberes, poéticos solo en la profunda soledad de Carlo).

La canción se hizo presente de improviso. Por Via xxx, saliendo de Via Cavour, devorada por la triste y lóbrega barahúnda —entre los pelagatos de gris y de negro que la atestaban, unos con hostilidad, otros con curiosa y partícipe alegría—, apareció primero un camión, luego otro, y otro; y detrás una hilera de motocicletas. Encima de los camiones ondeaban banderas rojas, muchas, agavilladas, empapadas de lluvia, ennegrecidas por la luz crepuscular; y bajo sus pliegues un montón de cabezas, también empapadas, ya estuvieran descubiertas, ya cubiertas por esas gorrillas que solo los jóvenes saben calarse de esa manera, encajadas hasta casi taparles los ojos o plantadas apenas más atrás en la nuca. Eran ellos los que cantaban. Hacinados en aquellos camiones como animales conducidos al matadero o como soldados trasladados de cuartel, sin poder hacer nada, poniendo a mal tiempo buena cara. Pero en lugar de callar, avergonzados o pasivos, o irónicos, se hacían notar, apelotonándose contra los laterales de la carrocería, y el que no estaba en primera fila sacaba la cara entre las cabezas morenas de los compañeros. El ritmo de la marcha se los iba llevando. Se vieron sus ojos risueños. También gavillas de puños cerrados. La gris oscuridad de la tarde se los tragaba, entre el millar de luces desesperadas bajo la lluvia. Y lo que fuera a su aparición pánica euforia —revelación de una primigenia felicidad vital— fue insanable decepción cuando desaparecieron. Lo que los había hecho visibles era tan gris y severo como lo que los engullía. Otros lugares de la ciudad y de la nación. Donde nacen las cosas; donde concluyen las cosas para continuar. Una segura voluntad los quería allí a esa hora, estrellas fugaces que sabían todo de sí, que se ofrecían a las miradas, que imponían su glorioso canto. Eran muchachos pobres, peones, pintores, plomeros, ascensoristas, ordenanzas, carpinteros, se veía a las claras. Finales de noviembre de 1969. Todos aquellos jóvenes parecían recién renacidos en una forma nueva. Anticipaban algo que estaba a punto de suceder, incluso en el modo de presentarse, en sus cuerpos de varones jóvenes. La nuca bien recortada, el mechón en la frente, son los propios de los hijos cabales de décadas y aun siglos precedentes. Pero sus poses escondían una novedad rebosante de gozosa sorpresa, sin razón alguna, de ansia por el futuro, incluso de interés por los nuevos acontecimientos. No eran estudiantes, eran obreros. En la adversa calígine de la impalpable lluvia, cantaban quién sabe qué canción partisana. Una canción nunca oída, que solo ellos conocían, quién sabe dónde la habrían aprendido. Era como un anuncio del Reino, que enseguida se fue disipando al fondo de Via Nitti, hacia la iglesia de Santa Maria Maggiore. Aquellas unidades de un inmenso ejército acampado quizá misteriosamente en las afueras de la ciudad, hacia donde sin duda se dirigían los camiones, vestían humildes prendas de trabajo, pero de nueva hechura: los pantalones eran más ajustados de lo habitual, y muchos de ellos llevaban cazadoras y chaquetones caqui, americanos. Todos lucían en el cuello un pañuelo rojo. Todos lo llevaban anudado del mismo modo elegante, informal, propio de chavales sensuales y jactanciosos. Cantaban su canción, levantaban el puño y desaparecían. Su juventud era una aparición, también carnalmente hablando. Era como si no hubieran tenido ni infancia ni formación alguna. Sino que desde siempre hubieran estado así dispuestos, en aquella nueva forma de joven virilidad. Y que de repente la oscura voluntad del país, o del pueblo, los hubiera expuesto a la mirada de los ciudadanos, perdidos en su modorra, soltándolos desde alejadas reservas, desde aquellos cuarteles de las afueras.

Su nuevo modo de ser hombres jóvenes redescubría el que fueran hombres jóvenes como si ello por sí mismo constituyese una novedad. Una novedad que provocaba el pánico en quien ya no era un hombre joven. Con tan imprevista fuerza la vida se renovaba que, por doquier, tamaña carnalidad viril estaba dispuesta y madura para esparcir —en amores para ellos renovados, y misteriosos de nuevo para quien ya los había experimentado— una nueva simiente, cuya consciencia sería absorbida por la autoridad de aquel canto que atravesaba la ciudad turbada. La fuerza política y la del cuerpo eran una sola fuerza. Y alguien la había previsto, tal identidad; alguien sabía que habría tenido lugar este repentino cambio de consignas, alguien había predispuesto para sí la fidelidad de estas nuevas hordas. Carlo, perdido en su soledad, ciertamente no.

Miraba, como los demás ciudadanos asistentes a la Aparición, mudo, y míseramente gozoso y partícipe, en la acera. El primer camión le pasó por delante como una sombra, y no vio sino ojos risueños y puños cerrados; y encima un parapeto de banderas, bien familiares para un hombre como él. El segundo camión le pasó por delante igual de rápido; el tercero en cambio, más despacio, casi se le paró justo al lado; y tan cerca de la acera que, desde abajo, ni siquiera se podía abarcar del todo con la mirada. Carlo apenas podía ver, inmediatamente por encima de su cabeza, una hilera de piernas y entrepiernas. La humedad hacía parecer aún más grises y humildes las ropas que cubrían aquellas piernas y aquellos sexos en hilera; las arrugas de la tela barata, los desgarrones, las braguetas a medio abotonar, o selladas por pobres cremalleras, las anchas correas ceñidas sobre el bajo vientre, la tela pasada, raída, lívida en ciertas partes, en las rodilleras, en la entrepierna donde se destacaba el bulto del miembro, desamparado ahora, sumido y olvidado en el viril canto de lucha. Un canto que, en aquel pedestal de cuerpos cortados a la altura de sus sexos en hilera, pobres, humildes, todos iguales, pero al mismo tiempo agresivos y gloriosos como sus poseedores, parecía suspenderse, apartarse, como un espíritu. Espíritu terrenal, sin duda, nacido en los barrios donde nacieron y vivieron los padres más pobres, en la más usual de las tradiciones, variante del más manido Nous histórico de la Italia humilde, requeteoído; y así y todo más fuerte que cualquier lógica o cualquier recuerdo. El camión retomó su camino, con aquella carga suya, llegó a la tenebrosa angostura de Via xxx, desapareció por las amplias explanadas detrás de Santa Maria Maggiore, entre cornijones y techumbres relucientes de lluvia. La vida retomó su curso. Pero había acontecido en sus profundidades un suceso irreversible: el anuncio de una nueva juventud.

## Apunte 51
## **Primer momento fundamental del poema**

Carlo sintió un peso en el pecho. Era un peso innatural, una losa que lo aplastaba levitando. Al mismo tiempo, el bajo vientre se aligeró, se vació. Cesó la consciencia del miembro que en Carlo era un «bajo continuo», una nota sin fin. Nunca, ni un solo instante, nunca, se olvidaba de esa carne que urgía como una burbuja que no termina de evaporarse: el deseo, mezcla de dulzura, agotamiento, quemazón, un cerco indefinible en la carne blanda alrededor del glande,[109] con su continua necesidad de caricias, de apretones, de tirones, para obtener un alivio que nunca habría obtenido espontáneamente.

Le invadió una repentina curiosidad. De golpe desapareció la visión que restringía el mundo a una unidad en la que contaba solo el sexo (ese día, el sexo de una muchachita casi descarnada). Como repelido por la realidad desconocida que la castidad había recreado en el mundo —y que había de ser la real realidad— Carlo tomó un taxi y regresó a la casa de los Parioli. El «otro» no le escatimaba ni el dinero ni el resto de las comodidades burguesas.

Para Carlo la gradualidad no existía. Siendo como era un apacible proscrito no conocía (como Des Esseintes)[110] recesos en medianía alguna; no había experimentado sentimientos distantes por igual de los extremos.

Fue derecho a su habitación y se desnudó, mirándose en el grande y sobrio espejo V de la intimidad viril. De inmediato vio lo que había sucedido en él. Dos grandes senos le colgaban —ya no lozanos— en el pecho; y en el vientre no había nada: el vello se ocultaba entre las piernas, y solo tocándola y separándole los labios, Carlo, con la mirada lúcida de quien mediante su experiencia de proscrito ha aprendido la filosofía de la pobreza, vio la pequeña herida en la que se había convertido su nuevo sexo.

## Apunte 51a
## **El Bullicame**[III]

El Acqua Bullicante con la campa nocturna tal como era a finales de los años cincuenta, idéntica a sí misma aún uno o dos años después. Descripción del lugar asegurando (jurándolo) su autenticidad. La infinidad de tipos y episodios de las rondas nocturnas. El paso en medio de ellos de Carlo que solo osa observar.

Después Carlo toma el tranvía y llega a la estación Termini, allí, como si lo esperara, está Tonino.

## Apunte 52
## **Polla joven (Historia de Tonino)**

## Apunte 52a

## **Mudanza a Via xxx xxx, en el Quadraro**

Apunte 52b

# El Negro y el Colorao

## Apunte 54
## **El viaje real a Oriente Medio**

El viaje precedente a Oriente Medio, en el que el ingeniero Carlo Valletti había participado con el cometido propio de quien, entonces, era «el último mono», acabó poco menos que en un fracaso. Mediante la COMIP, el ENI había invertido en Marruecos entre doce y quince mil millones, pero no se encontró ni una gota de petróleo. Era el precedente del viaje de nuestro ingeniero. Pero en el viaje en cuestión las cosas tampoco fueron mucho mejor. En Sudán ∨ otra buena porción de millones, y lo mismo: ni una gota de petróleo. En Eritrea se invirtieron exactamente diez mil millones —alrededor de cinco millones al día para activar las sondas— sin el menor resultado positivo. En el Golfo Pérsico, sin embargo, el petróleo —Vellocino de Oro redivivo, en nuestro idiolecto— apareció: de suerte que entró triunfalmente en funcionamiento el «Scarabeo», la famosa plataforma flotante del ENI. Aunque por desgracia, justo en ese mismo periodo, todo lo ganado en el Golfo Pérsico se perdió en el macizo montañoso de los Zagros, tras un inútil año de perforaciones a 3.350 metros de altura. Ahora, alrededor de diez años después —repitámoslo— el ingeniero Carlo Valletti regresa a Oriente Medio; pero esta vez no es el último mono, sino el jefe de la Misión. Además, y precisamente en cuanto dueño de «fundamentos de ensoñación», como bien sabe el lector, puede ser considerado alguien competente en asuntos de Oriente: alguien que <u>ya ha visto</u>. Vuelve a lugares que reconoce y juzga, donde por tanto se mueve libremente, sin el «retardo» que ocasiona el estupor de tales apariciones.

## Apunte 54b
**Sikandar**

– Llegada a Damasco — Recepción en una legación diplomática — Sikandar, relato de uno de los asistentes: Alejandro Magno, su viaje por Irán, hasta la India. La transformación del mundo: destrucción de culturas tradicionales, reales, sustituidas por una nueva cultura alienante, homologadora,[112] etc. En los poblados se desarrollan varios asuntos (trazas de relatos populares locales, persas, nepaleses, indios) que son interrumpidos al paso de Alejandro, tal como resulta interrumpida la áulica vida de poblados y campos, vaciados y contaminados por la nueva civilización que los cubre de inmundicia, desechos, objetos artificiales, etc., etc.

(una veintena de historias)

(3 de diciembre de 1974)

## Apunte 55
## **La campa de la Casilina**

Carlo, tras lo acordado, se encaminó descampado adelante, sin volver la espalda para mirar quién se decidía a ser el primero. Miraba a la redonda para elegir el sitio adecuado. Pero por aquí había demasiados hondones y pequeños mogotes escarpados, por allá demasiadas piedras (entre cascotes y basura), más adelante ni una brizna de hierba, todo polvoriento terregal; pero un poco más allá sí había una breve explanada, de hierba seca, llana, aunque estaba demasiado en alto, expuesta por tanto a la vista de quienes esperaran; más adelante aún, un hondón, pero demasiado profundo, y además lleno de cardos y de ortigas. Solo superado aquel hondón, un pequeño raso que podía servir, eso parecía. El grupo de chavales que iba quedando atrás empezó a impacientarse y a pegar silbidos. La razón de su impaciencia era un misterio. Quizá se sintieran demasiado solos en mitad del descampado; o les fastidiaba tener que darse la caminata, a la ida y a la vuelta; o lo que querían era poder ver el «polvo» del amigo a quien le tocara el turno. Por lo menos, estas eran las suposiciones «burguesas» de Carlo, que sintió cierta ansiedad. Pero el raso aquel al que había echado el ojo pasado el hondón parecía decididamente apropiado. Llegó hasta él, resbalándose, tropezando; no estaba tan alto como el otro, y además tres o cuatro cúmulos o mogotes de terregal y grava, entre las basuras y cascotes de rigor, lo protegían de las miradas indiscretas. Era un herbazal denso y seco, como de rastrojos, pero blandos; probablemente fuera xxx, xxx o manzanilla. Tenía un perfume intenso.

Desde allí no se veían sino tres o cuatro cosas, a la redonda. La extensión irregular e inmensa del despoblado y al fondo las luces parpadeantes de la barrera de casas (bloques a un lado, una ristra denticular de casitas con bardas de piedra al otro); el cielo con pocas nubes pinceladas apenas en su añil profundo; la luna, en medio de aquel cielo, que dejaba de ser roja para volverse de luz fresca y purísima, y, a su lado, igual de luminosa la fiel pequeña estrella del crepúsculo. Todo este escenario —sin gradación alguna, salvo quizá en los bordes del fragmento fosforescente de cielo iluminado por la luna— exhalaba un solo y profundo olor, el del hinojo silvestre. Todo el cosmos estaba allí, en aquella campa, en aquel cielo, en aquellos horizontes urbanos apenas visibles y en aquel embriagante olor de hierba estival.

En este punto, lector mío, este poema despega. Te rogaría que te dejaras transportar sin oponer demasiada resistencia. Comienza, por lo pronto, no riéndote de la alusión al cosmos, realizada con una seriedad quizá algo inoportuna, aunque, me lo concederás, en verdad no excesiva. El hecho es que no quiero ni sonreír ni bromear sobre esta mi materia. Sonreír y bromear, distanciándome de ella, me sería en realidad de gran ayuda, visto lo escabroso de tal materia, o, mejor, su enormidad. Pero el corazón de Carlo era puro, aun con tanta tensión nerviosa; una tensión debida por otra parte a un deseo sexual tan fuerte y exclusivo como para resultar a fin de cuentas trágico, o al menos como para imponerse como tal. Por otro lado, los veinte aquellos, allí perfilados contra el cielo (estúpidamente apelotonados en lo alto de un mogote, que se los podía ver desde la calle), eran pobres.

Me doy cuenta además de que mis anotaciones paisajísticas son formas «aplicadas» casi de una escenografía, antes que de la realidad; pero es la propia moción de mi escritura la que lo requiere.

Pues bien, el primero que salió detrás de Carlo era Sandro. Carlo se volvió a mirarlo, en cuclillas sobre los brotes de manzanilla duros y secos. Lo miró inexpresivo, como quien se prepara al cumplimiento de un deber, si puedo expresarme así, puramente técnico; y por lo demás ya preestablecido y pactado con antelación. Allí no quedaba sino ejecutarlo, por decirlo así. Dentro del pecho, en vano, el corazón advertía ante sí el milagro (como por lo demás «sentía» alrededor aquel prado desdibujado en la soledad cristalina del cielo, y aquella esplendente luna equidistante de su fiel estrella del crepúsculo): un corazón salvajemente lleno —mejor, como se dice en casos como el presente, rebosante— de esta conciencia. Pero las miradas y los actos de Carlo carecían —desde el principio, desde el primer V— de cualquier aparente complicidad. En definitiva, de inmediato pasó a formar parte del comportamiento de Carlo cierta imitación de la apresurada prestación de una puta, que no debe admitir que está haciendo lo que hace por placer, no solo por dinero. Si mostrara algún placer, no podría exigir dinero después. Así que Carlo, sin proponérselo casi, se arrodilló ante Sandro, y esperó inexpresivo y casi displicente el cumplimiento de las operaciones que tanto le importaban al chaval; y pensaba cumplirlas con diligencia, y también con cierta solicitud, con complicidad. Sandro por su parte era algo tímido. Pero en aquellos años la juventud tenía un comportamiento codificado, y común por lo tanto, incluso para sentimientos tan privados y personales como la timidez. Había una sonrisa tímida, un modo de hablar tímido, gestos tímidos. Se trataba naturalmente de una timidez ligera, de fácil disimulación. Sandro —que le sacaba una cabeza a Carlo, y era bastante fuerte— debía ser sin embargo mucho más joven de lo que parecía: quizá tendría apenas dieciséis años. Y en efecto la sonrisa que le brillaba en los ojos no solo tenía la pinta de ser la de un chiquillo, sino la de un chiquillo dispuesto a poner en práctica las buenas maneras que le enseñó su madre: una mujer del pueblo, su madre, para quien como es natural la buena educación es una gentileza instintiva y bien arraigada. La gentileza materna se traslucía en cada gesto, en cada movimiento de Sandro. Se le había impregnado, como un olor. Hasta su ropa, los pantalones y la camiseta tan corrientes, tenía toda la pinta de haber sido comprada por la propia madre en un mercadillo cualquiera, como un gasto más de la casa.

Viendo la inmovilidad de Carlo, que esperaba obediente y dócil como un cordero sin tomar la iniciativa, con los gestos «codificados» de su timidez, Sandro comenzó a desabrocharse los pantalones, ocultando el ligero apuro que le daba tras una especie de brusquedad arisca y un tanto prepotente. En principio se limitó a desabrocharse los pantalones, y, metiendo la mano en la bragueta, quiso sacarse la polla de la evidente estrechez y mortificación de unos calzoncillos azul oscuro; luego, como así no lo conseguía, con un gesto aún más arisco y brusco, se soltó la correa y se bajó los pantalones hasta las ingles. Y así pudo sacarse la polla de los calzoncillos. La razón por la que antes no había podido era muy simple: estaba tiesa. Lo que provocó en Sandro de nuevo una ligera vergüenza, porque de ese modo daba a entender sus ansias inocentes de chiquillo. Pero también para esto tenía la sonrisa y la salida «preparadas»; sonrió alegremente y dijo, al mismo tiempo que acercaba la mano a la nuca de Carlo, tocándola apenas para que se arrimara:

—Ya se me ha empinao.

El corazón a Carlo se le desbocaba viendo aquella polla, grande, clara, de pigmentación casi luminosa, con el pellejo tirante en el glande apenas un poco enrojecido, y con la ligera rozadura causada por una pelusa inodora, señal de que hacía tiempo que Sandro no se corría; por lo demás, la fuerza del semen y de las ganas eran bien visibles en una cierta palpitación del entero miembro, limpio, claro, pero nudoso, con las venas marcadas, que apuntaba hacia fuera y hacia arriba, descubriendo con creciente desesperación el glande rosado, brillante y seco. Frente a aquel espectáculo, repito, el corazón a Carlo se le desbocaba; pero no permitió que su rostro trasluciera nada, mientras mecánicamente se disponía a realizar lo que Sandro mostraba pretender. Se limitó a levantar la cabeza y a mirar un instante a Sandro a la cara, musitándole, congratulándose, un poco cursi:

—Cariño.

En ese instante tuvo tiempo de ver a Sandro y de contemplar qué era para él en ese momento de su vida. La sonrisa de su ancha boca carnosa, de negro casi —mientras que los rasgos de su rostro eran los de un tipo de piel clara, casi rubio—, los ojos redondeados, empequeñecidos en la sonrisa, las orejas algo salientes bajo la densa borra del pelo castaño claro, como un recluta que un vil sargento ha mandado rapar, la nariz algo chata y los pómulos amplios; y todo ello salpicado por las buenas maneras maternas. Además, de las prendas de Sandro emanaba un cierto olor bueno de harina. Sería panadero. Carlo se agachó ante su polla con ternura infinita, con delicadeza casi. Ni osaba tocarla apenas con las manos, y le acercó los labios, rozándola. Quería en definitiva dilatar lo más posible ese momento en que le era dado tocarla, sentirla. Pero Sandro no era del mismo parecer, e intentó encajarla en la boca de Carlo para que este comenzara con el trabajo de sustancia, diciéndole:

—Venga.

Carlo, dócilmente, obedeció. Al «trabajárselo», trataba de que Sandro sintiera su esmero y humillación, casi con un nudo en la garganta; es decir, quería que sintiera que estaba a su servicio. Y en un principio lo hizo mecánicamente, justo porque hacerlo así formaba parte del comportamiento de la «puta», que impone a su cliente que se dé por contento con lo mecánico de una acción remunerada. Pero luego, mientras iba poco menos que enamorándose de aquella polla infantil y ya tan vigorosa, como la de un padre, con su dureza nudosa y también con su ternura, comenzó a engolfarse en la faena. Lo que le provocó la dicha estremecedora de oír que Sandro le decía, agachándose un poco hacia él:

—Mu bien.

Lo que le hizo precipitarse en un abismo de ternura; y los ojos se le arrasaron en lágrimas. Entre otras cosas porque Sandro se la encajaba lo más hondo que podía, hasta casi ahogarlo, provocándole las lágrimas. Estaba escrito que al final la mano de Sandro se apoyaría en la nuca de Carlo, la mano encallecida y poderosa de un muchacho de buena estatura, acostumbrado desde siempre al trabajo. Exagerando un poco, Carlo sintió que tenía en la nuca la garra de un gran animal; pero lo que más le estremecía, con un sentimiento casi vehemente de gratitud, era que aquella manaza comenzara a ejercer sobre su nuca una ligera presión, que se iba haciendo cada vez más fuerte, vigorosa. Al rato, Sandro levantó asimismo la otra mano y fue a ponerla sobre un hombro de Carlo, presionándolo. Sandro tenía pues decididamente prisionero a Carlo, sometido a su voluntad. Medio ahogado y con los ojos cuajados de lágrimas que lo cegaban, ya no era el propio Carlo sino la mano de Sandro quien meneaba la cabeza arriba y abajo, y con una violencia y una rapidez que parecería imposible imaginárselo. Al cabo Sandro se paró de repente, silencioso. Carlo sintió la polla henchirse y desjugarse, casi derretirse. Intentó apartarse, pero las manos de Sandro, silencioso, eran como tenazas sobre su nuca y sobre su hombro. Solo bastante después de expulsar la última gota de semen, Sandro apartó las manos y soltó la cabeza de Carlo. Carlo se apartó, y miró, a pocos centímetros de su nariz, la polla de Sandro: así, un poco floja ya, parecía aún más enorme; y además los reflejos del semen y de la saliva daban a la pigmentación de su piel una especie de lividez bestial un tanto obscena; y no obstante aquel unto tenía algo de sacro. Carlo levantó una vez más los ojos un instante hacia el rostro de Sandro. Fue de nuevo un instante equivalente a un siglo de contemplación. La sonrisa se había apagado un poco en las facciones de Sandro; el juego había terminado. De nuevo el apuro (ligero) de antes, debido ahora al momento de disgusto que sigue al orgasmo. Pero también para esto había determinados códigos: cierto apresuramiento brutal y cierta manera de no saber dónde meter las manos para limpiarse. Carlo le sonrió, y le musitó un nuevo «Cariño» tan cursi como xxx. Y se apresuró a limpiar aquella trompa pringosa de semen, que aún no se decidía a darse por vencida, y colgaba casi tiesa. Al limpiarla, Carlo la vio de perfil —enorme, en efecto— contra el fondo del descampado y del cielo. Pero, mientras se demoraba un instante en tal contemplación, Sandro se la apartó de golpe. Carlo vio que se alejaba corriendo por las motas del descampado, riendo y abrochándose los pantalones, donde los amigos. Enseguida se separó del grupo, corriendo, la sombra de otro muchacho, que se fue directo, cruzándose con Sandro, hacia Carlo. Vestía un buzo de mecánico, de un azul muy oscuro, lleno de manchurrones negros y con un olor fuertemente metálico a aceite de coche. Este segundo muchacho se llamaba Sergio. A diferencia de Sandro, estaba serio; y si una ligera sonrisa le vagaba por los ojos oscuros, parecía hendirle la cara por la mitad, como una herida. Agarró el gancho de la cremallera —una persiana, como la del taller, según él— a la altura del cuello, y con un golpe seco se la abrió hasta el bajo vientre. El buzo dejó al descubierto unos pantalones grises y una camiseta encarnada, negra de grasa. Sergio se soltó enseguida la correa, y con gesto decidido se sacó la polla del calzoncillo, donde anidaba, entre el vello abundante y crespo. No estaba tiesa, pero casi. Y, aun sin estar tiesa, ya era incluso más grande que la de Sandro. Así, todavía algo blanda, colgaba, poderosa y fuerte, como un poco antes la de Sandro. Turbado, con palpitaciones, Carlo acercó la nariz a pocos centímetros de aquella polla sorprendente, y la contempló de cerca —como había hecho poco antes con la de Sandro— contra el fondo del descampado y del cielo sobre las lejanas y temblorosas luces de los bloques, hundidos en la luz azulenca de la luna. De esta manera la polla de Sergio terminó de erigirse ante sus ojos, como si fuera un ser animado. Y se dispuso, erecta y levantada, como la de un impúber, con su piel grasa y delicada tirante sobre el glande, que quedaba a la vista, asimismo rosado y enjuto, rodeado de una cutícula seca y densa, que cubría las venas, conformando una polla poderosamente cilíndrica. También esta vez Carlo miró un instante a Sergio de abajo arriba, contemplándolo. Su sonrisa no era pura, no era esplendorosa; tenía un no sé qué de desmañada, de postiza; la luz se remansaba algo hostil en sus ojos, y su rostro moreno estaba todo velado de una especie de palidez: la que tienen los hombres débiles de carácter, y por lo mismo poco de fiar. Pero era solo una impresión superficial, porque en el fondo también aquella sonrisa era la de un muchacho destinado a llevar una vida normal y a fin de cuentas honesta. Quizá comenzaba a ser un poco infeliz, con esa infelicidad que afecta a todos cuando pasa la primera juventud ingenua y generosa. Tenía el pelo pegado a la cabeza, como una costra densa y negra, negra como la pez. Quizá, si se lo dejaba crecer, sería ondulado. Así, compacto, se le quedaba pegado a su hermosa cabeza como a la cabeza de una estatua, con una nuca espléndida. La belleza de su pelo, sencillo y frondoso como una tenaz planta trepadora, que no es posible separar de la piedra o de la toba a la que se adhiere, corregía la imperfección de su sonrisa un poco agria y a la defensiva.

—Cariño —le dijo Carlo, igual que al otro, congratulándose de aquel arnés maravilloso. Sergio acentuó apenas la sonrisa, con los ojos negros que se le encogían, turbios y casi miopes. Por toda respuesta, igual que el otro, aferró con una mano —pero la suya era pequeña, nerviosa— uno de los hombros de Carlo, y se lo acercó al vientre con ostentosa fuerza, zafio casi. Carlo agachó la cabeza, rendido a su suerte de buen grado, y se dispuso a la primera fase, puramente mecánica, de su trabajo. Abrió la boca y a duras penas le cabía la polla de Sergio; acababa de comenzar a moverse, reservándose para hacerlo con mayor ánimo y goce al cabo de un rato, cuando sintió que la polla se henchía poniéndose casi dolorosamente tiesa, y después de inmediato la sintió moverse rápida en una serie de precipitadas contracciones que le llenaron la boca de una enorme cantidad de líquido denso y dulce; entretanto, Sergio le había cogido la nuca con ambas manos tirando de él con todas sus fuerzas. A diferencia de Sandro, ni siquiera esperó a que saliera la última gota. La sacó de la boca de Carlo y se dio la vuelta para irse, abrochándose los pantalones.

—Espera que te la limpie —le dijo Carlo, con el deseo (vehemente, y de improviso terrible) de tomar aún entre sus manos aquel miembro.

Pero Sergio se encogió de hombros sin echarle cuenta, y echó a correr hacia los compañeros, ahora sí riéndose con ganas. En cuanto empezó a alejarse, hubo otro que también corriendo se apartó del grupo de los que esperaban. Era Claudio, uno de los tres de Nettuno. En verdad ya otro estaba listo para salir corriendo hacia Carlo. Pero Claudio se le adelantó; el otro empezó a protestar, dando voces, y Claudio le respondió de igual manera. Por eso ahora llegaba contento, con la sonrisa de chuleta estampada sin disimulo en su boca grande de muchacho pobre. Era una sonrisa irrefrenable, concerniente a algo que excluía a Carlo. Pero Claudio parecía haber captado esta exclusión, y al llegar saludó a Carlo con su voz pueblerina, jovial y gentil, incluso con eufemística complicidad:

—Hola.

Era un modo de singularizar mínimamente su turno, apenas un poco, lo suficiente para poner un relativo acento sobre su persona, diferenciándolo de los demás. Cosa que quizá, en el fondo de sí mismo, le interesara; pero que tenía el aspecto de la ligereza y la desatención. Sin dejar de reírsele la boca, grande en la pequeña jeta de rubiales medio mangante, se detuvo a pocos pasos de Carlo, al borde del raso; se desabrochó los pantalones y se sacó ágilmente la polla. Pero aún no para refocilarse con Carlo, solo para mear. Se concentró un momento, en silencio, mientras la sonrisa empalidecía en sus ojos que conservaban cierta alegría canallesca; acto seguido, dio comienzo a una larga meada. Se cogía la polla, pequeña y flácida todavía, con dos dedos. Meaba justo en dirección a Carlo, y en su sonrisa había ahora una expresión insolente, desafiante, claramente cargada de cierta equívoca pretensión: parecía que quisiera imponer a Carlo que lo mirara mientras meaba. O incluso podía tratarse de una tácita demanda, la de mearle encima. Aquella meada se la estaba ofreciendo, en todo caso. Durante aquel instante prolongado, Carlo lo contempló. Bien con la cabeza gacha sobre su pequeña polla sostenida orgullosamente entre los dedos, bien alzando los ojos hacia Carlo, fija la mirada sobre él, allí estaba plantado Claudio, esbelto y tierno como un niño. Pero de todo su cuerpo emanaba un aire de decisión viril, mezclada a la disponibilidad ligera y negligente propia de los hijos de las familias pobres en las que no reina el acuerdo, y que por lo tanto campan a sus anchas. Tenía las manos hinchadas y rojas, trabajaba de peón. Pero en cualquier momento podría abandonar su actividad y su casa y dedicarse a robar. Quizá este era uno de esos momentos. El pelo rubio, en su cabeza alargada de orejas de soplillo, formaba sobre la frente un amplio mechón redondeado liso y reluciente como la seda, y parecía el sello de ese su destino: demasiado común y al tiempo demasiado fantasioso como para ser el pelo de un muchacho del montón. Todo lo demás, por el contrario, sí era algo común, y hablaba, por lo que a él respecta, de un destino como cualquier otro: la nariz alargada, el óvalo irregular de un rostro muy terso, los ojos castaños con aquella sonrisa un poco estúpida, de mangante, la boca grande. Cuando terminó de mear dio algunos pasos hacia Carlo, lo cogió sin miramientos de la cabeza y le metió en la boca su pequeña polla, aún flácida y goteante. Esta vez a Carlo se le exigía explícitamente la técnica de una puta eficiente: la obligación de conseguir que una polla se empine, cosa que encaja en una normalidad mayormente prevista por los códigos, al parecer, que la de los dos casos precedentes. Así pues, Carlo intentó demostrar su paciente habilidad. También ahora el corazón se le desbocaba, porque una polla se le seguía presentando en forma de milagro; flácida como tenía que ser la polla de quien recurre, esperando su turno junto a otros veinte, a la faena de una puta. Carlo recurrió por tanto a todas las mañas del arte amatoria aprendidas durante aquellos meses, reconociendo en cada polla sus particularidades. La mamaba con fuerza, lentamente y hasta el fondo, o con rapidez, ocupándose solo de la punta, refregándola al mismo tiempo con la lengua. También recurrió a la mano, alternándola con la boca. Pero Claudio no parecía querer excitarse. Apartándose un momento de él para escupir, Carlo le echó un vistazo rápido. El muchacho estaba apenas agachado, sin sombra de preocupación o desinterés; sus ojos seguían llenos de cómplice ironía pueblerina, cargada de expectativas. Más tranquilo, Carlo continuó la faena, de firme; y en efecto poco después llegaron los primeros resultados: la polla comenzó a ponerse gorda y algo más dura. No obstante, esta fase fue aún algo larga. Hizo falta insistir para que se pusiera, como quien dice, «morcillona». Fue entonces cuando Carlo volvió a recrearse. Había temido, viéndola flácida, que fuera una de esas pequeñas pollas decepcionantes que causan tanta frustración y malestar. Pero no. La polla de Claudio era bien grande; si no como la de Sandro o la de Sergio, casi. Quizá menos gorda, pero en cambio más larga. Hasta que se puso dura del todo y se hizo, inesperadamente, de la dureza de la piedra, como una maza. Y en efecto se hizo evidente de inmediato que Claudio concebía su polla como un arma. La metía en la boca de Carlo con violencia, penetrando hasta el fondo del paladar. Y repetía el gesto sacando cada vez la polla entera, y poseyendo cada vez la boca de Carlo como para contemplar, desde arriba, su atropello. A fuerza de riñones, se la clavaba hasta la campanilla, con crueldad, provocando en Carlo una terrible sensación de ahogo, y causándole arcadas. Por supuesto que Carlo, rendido y dócil, le dejaba hacer. Pero al cabo, un poco porque en efecto era demasiado, un poco, quizá, para incitar a Claudio a que fuera aún más lejos, apoyó ambas manos en los muslos separados de Claudio intentando impedirle que se la metiera tan adentro. Pegando un respingo, Claudio se quitó las manos de encima y las retiró, lejos, casi a las espaldas de Carlo, y allí las mantuvo apretadas un instante como para darle a entender a las claras que la posición tenía que ser esa. Luego le cogió la nuca con el cuenco de su tierna mano de adolescente, la derecha, y volvió a sus calculadas y violentas acometidas. La punta de la polla entraba hasta chocar contra el paladar, con tanta violencia que hasta se doblaba un poco. Dos o tres veces Carlo estuvo a punto de vomitar, los ojos llenos de lágrimas ardientes; y varias veces, contra su voluntad, ∨ de su boca gemidos o resuellos como de náuseas tan fuertes que aquellos veinte de allí debían oírlos; tan es así que se reían. La cantidad de veces que Claudio repitió ese movimiento que tanto lo excitaba, fue de proporción infinita. Luego, de golpe, se echó un paso atrás, con la polla en la mano como si quisiera ocultarla a la vista de Carlo, y con su ronca voz pueblerina le dijo:

—Vuélvete.

Carlo, fulmíneo, comprendió, y dócil, con cierta pesadumbre, se dio la vuelta, fingiendo no comprender qué más tenía que hacer. Notó cómo Claudio, nervioso, casi con rabia, le tiraba de los pantalones caderas abajo con ambas manos. Carlo musitó entonces, con aire de víctima paciente, mientras se ocupaba él mismo de quitarse la correa y bajarse los pantalones:

—Espera.

Claudio se le acopló, y, aunque con cierta dificultad, y sin aceptar la ayuda de Carlo, volvió a metérsela. Le pegó tres o cuatro acometidas, con violencia ciega; pero igual que había hecho ∨ quería sacarla del todo, lo intentó y ya no consiguió metérsela de nuevo. Entonces le ordenó:

—Túmbate.

Carlo obedeció ciegamente. Claudio se le echó encima de inmediato. Y, medio escarbando con las manos, consiguió metérsela, y comenzó así una tanda de envites sin pausa, que parecía que no hubiera de acabar nunca. El olor de la hierba lo aturdía, y al mismo tiempo sus briznas endurecidas se le clavaban a Carlo en el vientre, en el cuello. Visto con los ojos a ras de tierra, el cosmos era aún más absoluto: una extensión plana y uniforme dividida al fondo por la línea casi perfecta de una franja luminosa de cielo. La luna quedaba detrás. Solo en esto podía pensar Carlo, mientras Claudio, encima de él pero como si no existiera, trataba de hacer lo que le placía. Ahora, además de las acometidas, bruscas, penetrantes, había encontrado otro modo de darse gusto: empujar con todas sus fuerzas, agarrándose incluso con los puños a las matas de hierba seca en la cara de Carlo, hasta introducir tan profundamente el sexo en el vientre de la mujer que no era posible llegar más adentro ni aun pretendiendo lo imposible; hasta tal punto que Carlo se restregó un trecho el vientre por el suelo, sobre los rastrojos. La cosa fue más larga de lo que pueda imaginarse. Y cuando por fin, también él en silencio, Claudio se corrió, y ambos, aturdidos y desastrados, se levantaron, la luna aparecía en el cielo mucho más alta; su luz parecía haber cambiado, se había hecho más tersa, más pura. Claudio sonreía. Tenía el aire de quien quiere que le perdonen sus excesos, pero al mismo tiempo parecía recochinearse de su víctima; un recochineo apriorístico e infantil, hasta donde podía serlo en la cara de quien, en diferentes circunstancias, hubiera podido comportarse como un delincuente. Mientras Carlo, siguiendo en su papel de víctima, se ocupaba de limpiarle la polla a Claudio, este le dijo:

—Métetela en la boca.

Carlo obedeció sin proferir palabra. Y volvió a chupar dulcemente aquella polla que solo un momento antes había sido tan violenta con él. Enseguida, todavía no del todo flácida mientras Carlo la limpiaba, volvió a ponerse dura. Cosa que Carlo no se esperaba, visto que antes, aun siendo la primera vez, había tardado tanto. El hecho es que la polla pronto se le puso de nuevo completamente dura, y Claudio se la sacó de la boca a Carlo, como si enseñándosela lo amenazara.

—No, basta —dijo Carlo.

Y eso bastó para que Claudio, agarrándolo esta vez del pelo por encima de la frente y oprimiendo tanto como para hacerle daño, le buscara la boca con la polla, clavándosela dentro con tal fuerza que Carlo emitió un ruido cavernoso, como cuando un alimento va a ser regurgitado. Los veinte compadres aquellos volvieron a reírse, aunque también algunos empezaron a silbar de impaciencia; y se levantó jovial una voz que dijo:

—¡Venga ya!

Pero Claudio no se daba por aludido. Hasta que de golpe dijo:

—Con la mano.

Aliviado casi —aunque Claudio continuara agarrándolo dolorosamente por el pelo encima de la frente—, Carlo empuñó la polla y empezó a masturbarlo. De nuevo, la cosa fue más larga de lo que pueda imaginarse. De nuevo, la luna, con su pequeña compañera de lánguido centelleo, parecía a todas luces desplazarse por la bóveda celeste. Al cabo Claudio dijo, amenazante:

—Con la boca —y sin más le encajó la polla hasta la garganta, tirándole del pelo tan fuerte que por poco Carlo no soltó un gritó.

Cuando descargó el semen que le quedaba en la boca de Carlo hasta el solaje, Claudio se aplacó, lo que no le impidió ordenarle, perentorio:

—Límpiamela.

Carlo se apresuró a hacerlo con sumo cuidado.

—Hasta otra —dijo Claudio al final antes de irse.

Su astuta sonrisa se había vuelto pacífica y gentil, y antes de alejarse de Carlo le hizo una carantoña en la mejilla. En esas llegaba ya, corriendo alegre entre los mogotes, el segundo de los de Nettuno, Gianfranco, un burguesito, como indicaba su nombre. En efecto, era peluquero, peluquero de señoras. Era muy guapo: bien proporcionado, con un rostro quizá redondeado de más, pero con una bonita boca carnosa, la naricilla discreta, grandes ojos negros bajo las grandes cejas, un mechón alto como una cresta, brillante, ondulado y suave, echado para atrás, que asomaba sobre las orejas con largas y caprichosas ondas, y algo rizoso sobre la nuca de colegial. Iba muy pulcro, con su camisa y sus pantalones limpios (Claudio por su parte llevaba puestos un par de pantalones astrosos cubiertos de polvo y una camiseta a rayas rojas y blancas que casi ni le llegaba al ombligo). A pesar de todas sus buenas cualidades, Gianfranco no le gustaba demasiado a Carlo, que quizá justo por eso —y visto que en efecto se lo merecía— lo recibió más amigable que a los demás, llamándolo más claramente «Cariño», y diciéndole:

—Ven aquí, guapo.

Gianfranco se le acercó; y no en vano también él era de Nettuno. Además, probablemente había visto de lejos lo que había hecho su amigo. Por eso, en contraste con la dulzura un poco femínea de su rostro, en cuanto estuvo al lado de Carlo le dijo:

—Venga, túmbate.

Carlo, como siempre, aunque receloso, no dudó en obedecer. Notó cómo Gianfranco trasteaba detrás de él. Sin duda no quería mancharse los pantalones. Cuando por fin se organizó, Carlo se lo sintió encima, sintió su bajo vientre que se le pegaba al sexo, pues estaba, según dirían los veinte aquellos, «como una perra». Pero Gianfranco aún no se encontraba a gusto. Tenía las manos apoyadas en el suelo, cosa que podía resultar adecuada como ejercicio atlético, pero no ciertamente para echar un polvo en paz. Con ademán impaciente, se puso de pie, y, como pudo observar Carlo de reojo, se bajó el pantalón y los calzoncillos hasta los talones; pero Carlo pudo ver también y constatar que en el fondo del vientre blanquísimo de Gianfranco había, sí, un tupido matojo de vello negro, pero la polla apenas si se le veía. En cualquier caso, Carlo, obediente con este nuevo cliente como con los demás, le dejó hacer. Giancarlo se le puso de nuevo encima, recodándose un poco, y empezó a refregarse con movimientos semirrotatorios el vientre contra sus carnes. Se mantenía en silencio, un silencio jadeante, intentando concentrarse.

—Déjame que te la chupe y te empalmas —osó proponerle Carlo.

Pero Gianfranco, por toda respuesta, le dio un toque en los hombros como para ajustárselo mejor debajo y siguió frotándose contra él con mayor ímpetu. Al cabo de unos minutos, aunque a Carlo le pareciera imposible, notó la polla dura que buscaba y empujaba entre sus muslos, buscando el orificio a ciegas, como los perros. Y en efecto Gianfranco lo poseyó como los perros: con acometidas muy rápidas, jadeantes y rítmicas a la vez, todas iguales; al final se dejó caer encima de él, y fue el primero que, al eyacular, dejó escapar una especie de gemido o al menos una respiración más intensa y prolongada. Permaneció así un momento, como reponiéndose; al cabo, se puso derecho, preocupado sobre todo por sus pantalones. Se los subió, miró si estaban arrugados o si habían cogido polvo, se concentró en abrocharse la complicada hebilla de su correa. Entretanto Carlo, como de costumbre, se la limpiaba con el pañuelo, y podía así por fin observar su secreto. Era una polla mediana, derecha y proporcionada; y, teniendo en cuenta que ya estaría medio flácida, parecía como las otras bien grande, fuerte y poderosa. Mirándola, un repentino sentimiento amoroso se apoderó de Carlo, como llovido del cosmos, mezclado con el olor agudo, fermentado de las hierbas silvestres, y el calor de la noche de verano. En aquella polla tan común, que se iba poniendo flácida, pero gorda aún y untada de esperma, vio las que ya había perdido para siempre, las de Sandro, Sergio, Claudio, al tiempo que lo invadía un deseo vehemente de las de quienes todavía estaban por venir. Parecía como si solo en ese momento se hubiera despertado de un sueño o de una forma artificial de hipnosis o de apatía. El deseo se convertía por fin en deseo de bajeza, de obscenidad, de exceso.

—Mea —le dijo a Gianfranco.

—No me sale —respondió el muchacho.

Y enseguida añadió:

—Espera.

Se concentró un momento, y luego, primero en un hilillo, luego como un chorro irresistible, la meada le salió del sexo bien hermoso todavía. Carlo se quedó contemplándolo, rozando después con los labios la piel espesa de la polla de Gianfranco, que, por su parte, se apresuraba a envainársela en sus pantalones tan chulos ceñidos a las caderas y altos de cintura, vuelto ya hacia sus compañeros con la sonrisa en la cara. Salió cortando tras haber dirigido a Carlo apenas una tímida sonrisa, sin el valor —vista su debilidad de carácter que le impedía exponerse— de decirle aquel achulado «Hasta otra» de su compañero el cabecilla, que, al contrario que él, ciertas amigables confianzas podía permitírselas. Gianfranco no se cruzó con el tercero de los de Nettuno, sino con uno de los de la zona, uno moreno.

—Yo y mi amigo nos tenemos que largar, que es tarde —le comunicó a Carlo en cuanto llegó (también él, huelga decirlo, corriendo).

—Y tu amigo ¿quién es? —le preguntó Carlo, en cuyo deseo llevado a un paroxismo febril y, digámoslo así, sucio, no hacía mella esa familiaridad afectuosa y desenvuelta.

—Aquel, el rubio con la crencha al lao —dijo el morenillo, sin precisar más, pero haciéndose entender enseguida.

Allá, en el grupo de los veinte, en el que alguno se había sentado, se distinguía enseguida —echando un simple vistazo, bajo la luz ya casi solemne de una luna llegada a su zénit— una cabeza rubia.

—Si llegamos más tarde las doce la madre nos hostia —añadió el morenillo, que se llamaba Fausto (y su amigo el rubio se llamaba Gustarello, o sea Augusto).

Fausto llevaba puesto un buzo, como aquel otro.

—Espera —dijo, confianzudo, de buen humor.

Se bajó con cuidado la «persiana» y con el mismo cuidado se desabrochó los pantalones, de tela ligera de un suave color celeste, bajo la cual el bulto tremendo, lívido, de su miembro de adolescente ya hombre se destacaba tanto que a Carlo se le salía el corazón por la boca.

—Espera —dijo Carlo—. No te la saques aún.

Quería mirar aquel bulto violento bajo aquellos pantalones ligeros de verano: que amarilleaban apenas, o mejor, lividecían, sobre el bulto aquel. Y Fausto era justo el chaval con el que se podían hacer tales cosas, siendo como era tan dócil, obediente y curioso como fuerte y viril. Era rizoso. Tenía el pelo rizado a más no poder, pero, avergonzándose quizá, lo llevaba cortísimo, peinado con la raya al lado, muy marcada y muy recta. Bajo aquellos poblados rizos, que formaban sobre la frente un mechón bien recortado pero no menos jactancioso, su cara era la cara honesta de un aprendiz: de carácter alegre y serios propósitos.

—¿Qué pasa? —preguntó sonriendo.

Y miraba interrogante a Carlo que a su vez miraba como xxx el bulto aquel por debajo de los pantalones. Era un bulto brutal, del que, como era de esperar, Fausto se avergonzaba un poco, porque revelaba su ingenuidad y la forzada castidad de sus pocos años, así como la deplorable debilidad de excitarse tanto a las primeras de cambio. Quizá desde el principio, desde que entraron en aquel descampado, sus humildes pantalones de tela ligera custodiaran aquella hinchazón. Que tenía algo de bestial y, en efecto, de obsceno. Fausto, además, no era demasiado alto: y aquella garrota apremiante que estaba por desgarrar los pantalones —ahora que, desabrochados, parecían haber aflojado la presa— tenía algo de excesivo y de priápico. Carlo la observaba como xxx; luego, despacio, para no perder siquiera un instante de aquella ocasión extática, empezó a sacársela él mismo a Fausto. No era fácil, porque la garrota era demasiado grande para la pequeña apertura de la bragueta desabrochada.

—¡Ay, no me tires de los pelos! —dijo con gracia Fausto.

Pero por más que el chaval se mostrara inocente, aquella «bestia» que escondía su vientre, monstruosamente grande, maciza y negra, hacía estremecerse a Carlo hasta el espasmo. Por fin la polla de Fausto asomó, pudo expandirse al aire libre, acariciada por la cálida brisa perfumada de la noche estival. Estaba, en expresión de los amigos de Carlo, perfectamente «descapullada»; y parecía que perfumara, como las hierbas silvestres. Carlo la miraba fijo, deseando que aquel momento no acabara nunca.

—¿Qué? ¿Te ha dao un pasmo? —le preguntó alegremente Fausto.

—Sí —respondió Carlo, inmóvil, los ojos fijos en aquella polla adolescente, poderosa y todavía pura.

—¡Que se nos hace de día, joder! —soltó Fausto, sonriendo.

—¡Cariño! —fue la respuesta de Carlo.

Y, como si no pudiera resistirse, presa de infinito ardor, estrechó en su mano la polla de Fausto y se la apretó contra la mejilla y contra los labios. Pero Fausto lo echó para atrás, y con sus manos que olían a taller apartó de su polla las manos de Carlo. Carlo lo miró, interrogante. Pero estaba claro.

—¡Yo quiero chingar! —dijo Fausto.

Esto provocó en Carlo nuevos ímpetus de vehemente gratitud, y le besó de nuevo la polla, y empezó a chupársela.

—¡Déjame chupártela un poco primero! —dijo.

Fausto le dejó, un poco; luego insistió:

—¡Que quiero chingar!

Carlo se tumbó en el suelo. Y lo invadió el perfume a hierba seca del cosmos, más intenso que nunca. Fausto se arrodilló sobre él, luego lo montó, buscando con sus propias manos el eterno orificio, que encontró enseguida. Le fue encajando poco a poco, con delicadeza, su enorme polla, quizá pensando que no podría entrar; y cuando, para su satisfacción, hubo entrado, se tendió dichoso encima de Carlo, buscando la posición más cómoda, y sujetándolo fuerte con los brazos. En un cierto momento le acercó incluso la boca al cuello, y, mientras se lo «chingaba», lo estrechaba cada vez con más fuerza y le pegaba al cuello la boca. Se corrió como arrobado, en éxtasis, deshaciéndose dentro del vientre de Carlo, y fue quizá una de las primeras veces que fecundaba en su vida.

—Qué buen culo gastas —dijo en efecto luego cuando se levantó.

Carlo, sin prisas, se la dejó bien limpia. Y al final, Fausto se volvió hacia el grupo de los amigos con un silbido ensordecedor, a dos dedos. Nada más oírlo, el «rubio» se puso en pie de un salto y se acercó corriendo. Fausto no se movía.

—Páganos ya —dijo—, tenemos que largarnos.

Estaba claro. Carlo se sacó del bolsillo cuatro mil liras; le dio dos mil a Fausto y otras dos mil a Gustarello, que entretanto ya había llegado, fresco como una rosa.

—Gracias, ¿eh? —dijo Fausto al irse, pasándole el turno a su amigo.

No quedaba claro si era más profundo y «natural» por su parte el deseo de compartir algo útil y agradable con este amigo suyo, o si era más profunda y «natural» la estima en que lo tenía, sabiendo que él también cumpliría con la más absoluta xxx con su deber de macho. La cabeza de Gustarello era una auténtica obra maestra de la naturaleza. Su rubio era el del oro, un oro claro y bruñido. Algo más oscuro en la raíz, pero en la superficie de una claridad cegadora. También llevaba la raya al lado, pero el pelo mucho más largo y abundante que su amigo el rizoso, y los dos manojos de cabellos que la raya separaba eran como gavillas de mieses batidas por el viento e iluminadas al sesgo por un sol crepuscular. Su cabeza era alargada, de modo que aquellos manojos, caprichosamente ondulados, se extendían desde la frente, baja, hasta la nuca algo prominente y estrecha —como a menudo la tienen los meridionales, sobre todo los sicilianos—, desplegando así toda su esplendorosa belleza. La brisa cálida de la noche lo había despeinado un poco, y sobre las dos compactas aureolas que, a uno y otro lado de la cuidada raya, iban desde la frente hasta la nuca, se había formado una especie de pelusa lanosa de oro propiamente blanco, que parecía una luz emanada de los remolinos y nudos más densos del peinado, salvaje y primoroso al mismo tiempo. Nada, en verdad, estaba en Gustarello a la altura de su cabeza. El rostro era algo tosco, con los pómulos marcados, la nariz roma, la boca carnosa y los ojos de un indefinible color claro; la frente y las mejillas tostadas por el sol; rubio, y con aquella talla, Gustarello debía ser de piel delicada, y tenía sin duda un trabajo duro: peón de albañil. También su cuerpo era rudo y tosco, como el rostro; pero eso no constituía un defecto a ojos de Carlo, al contrario. Menos alegre que su amigo, con los ojos turbios fijos sobre Carlo, y como un poco alarmados, se dejó desabrochar los pantalones como un autómata. Estaba listo, igual que su amigo: la polla dura como una piedra salió de los pantalones como un resorte y se expandió libre. No era muy grande, medía lo normal. En compensación era de una dureza muy particular, y estaba llena de nudos y de venas, que no alteraban sin embargo su forma perfecta; la piel cubría el glande, fruncida sobre su ∨ rosa, seco pero no agostado. Carlo lo descubrió; y lo contempló, como siempre, con un ansia inapagable, contra el fondo de la campa y del cielo. Gustarello no decía nada, de modo que Carlo pudo permanecer en tal estado de contemplación, moviéndole apenas el miembro con la mano, el tiempo que quiso; que tampoco fue demasiado, porque un ansia sorda, mayor aún que la de la contemplación, lo devoraba. Empezó a besarlo, a chuparlo, sintiendo y calibrando su substancia, su realidad, con su dureza, su peso, su dimensión, que comprendía todo un modo de ser: un don, que pronto sin embargo le sería arrebatado. El silencio y la extrañación de Gustarello facilitaban que Carlo pudiera relacionarse con su sexo como si él no existiera. Pero el ansia lo apremiaba. Se echó en la hierba seca y le dijo:

—Venga, dale.

Gustarello, dispuesto, sin nada que objetar, se le puso encima. Encerrado en sí mismo y decidido a llegar hasta el final, con la voluntad de Carlo o sin ella, era físicamente fuerte como su amigo Fausto, curtido por el trabajo: para él era un juego agacharse, sujetar a Carlo sin ordinariez ni afán alguno como si fuera una pluma, trabarlo entre los brazos, montarlo con la precisión de un semental. Tenía —como dirían los amigos de Carlo— «una buena riñonada», eso seguro. La duración del coito no le provocó el más mínimo jadeo. Pese al calor de aquella noche de verano, el rubio no sudó ni mucho ni poco. Hizo todo lo que tenía que hacer con calma, con la violencia precisa, con regularidad obsesiva: parecía que nada en el mundo habría podido alterarlo. Cuando se corrió, aferró con tal fuerza a Carlo entre sus brazos de peón adolescente que casi casi le cruje los huesos. Permaneció inmóvil un momento, en un silencio más profundo aún que antes. Luego se puso derecho, y con las piernas separadas, en silencio, esperó a que Carlo se la limpiara. Cosa que hizo Carlo con el esmero y el respeto que se le debe a un marido adulto.

—¿De dónde eres? —le preguntó Carlo al acabar, intrigado por aquel pelo tan rubio, y pensando que sería del norte.

—De Roma —contestó el rubiales.

—Y ¿tu familia, tus abuelos?

—De xxx xxx —dijo Gustarello.

Y eso fue todo. Se quedó un rato indeciso, como esperando una despedida, y al cabo, en silencio, se dio la vuelta y se fue. La voz jovial del grupo, la de siempre, gritó:

—¡Que pase el siguiente!

Mientras llegaba el de turno, Carlo miró a ver qué hacían Fausto y Gustarello, que habían dicho que tenían que irse a su casa. Y sin embargo allí seguían, entre los demás, los unos de pie, los otro medio en cuclillas, encima del mogote. ¡Veinte! Eran un pequeño ejército, e incluso vistos de lejos cada uno de ellos tenía su propia masculinidad, su modo inocente de esconder dentro de los pantalones, por lo común vaqueros, su propio secreto animal, que cada quien consideraba simplemente una dote festiva, animal. Así pues, discutían entre ellos, entre bromas, como si estuvieran delante del cafetín del barrio, o en una reunión social. Miraban, riéndose, al que le tocara el «turno», y retomaban luego la discusión, excitados a ratos, fogosos, a ratos tranquilos, bonachones incluso. En aquella su «socialidad» se disolvía —hipócritamente— su realidad sexual, como si fuera algo secundario. Y sin embargo tenían a gala ostentar entre sí la violencia de su entrepierna bajo los vaqueros, rígidos y estrechos, castos casi; o el bulto prepotente y oblicuo bajo los pantalones de tejido ligero, de color claro, blancos incluso, un bulto marcado por la tela descolorida, algo lívido, indecente. Era inútil que entre sí fingieran que aquel punto de sus pantalones no existía, o que era normal, tan normal como para volatilizarse en la atmósfera «especial» de sus relaciones entre iguales, todos chavales pobres, que sabían representar así de bien el papel de chuleta. Bien sabían lo que cada uno se llevaba para allá, tras aquellos matojos al final del fragante descampado donde se les esperaba. Su espíritu burlón acerca del hecho en sí es cierto que formaba parte de su modo de ser —ligero, negligente, sin un destino real—, pero era también una tácita hipocresía, de la que, si la hubieran percibido, se habrían reído con otro tipo de risa —ya predispuesta— más queda y más franca. El que ahora llegaba —el sexto: o sea que aún quedaban otros catorce— era el tercero de los de Nettuno. Sus pueblerinos y poéticos padres le habían puesto por nombre Erminio. Era el primero que se encaminaba hacia allí lentamente. Y es que ya no era un chiquillo. Para empezar, llevaba chaqueta, una chaqueta del mismo color de los pantalones; y camisa, en lugar de la acostumbrada camiseta. Tenía por lo demás un cuerpo pleno, recio, lleno de amenazante dignidad. No tendría más de diecinueve años. Pero era su carácter lo que le hacía resultar adulto. Había tomado una decisión irrevocable, quizá solo uno o dos años antes: la de hacerse mayor, la de ser un hombre y no un chiquillo. Tenía una mata de pelo espeso y rojizo, aunque no se le podría llamar «colorao», si acaso «rubiales», cabellera de león. Y también rojizas eran las «pintas», o efélides, en su cara pueblerina, cuya belleza no se captaba a la primera mirada, como con Fausto o Gustarello. Era la belleza de un hombre, un tanto en penumbra, secreta, irregular. Antes que nada aquella cara expresaba malignidad, amenaza; estaba claro que nadie se permitiría la más mínima arrogancia a su costa. Su fuerza parecía haberse constituido de una vez para siempre, al inicio de la adolescencia; pero quizá ya antes, cuando era un chiquillo. Es más, a decir verdad, su fuerza parecía haberse constituido algunas generaciones atrás, cuando se conformó su raza. De mirada apagada, o sea xxx a la risa, era de ojos castaños, dorados, también algo enrojecidos, como inyectados en sangre. Y la forma del rostro tenía la belleza que saben captar los pintores realistas, ajenos a manierismos y esteticismos: una buena nariz, algo ancha, el mentón acentuado bajo las mejillas por supuesto lozanas; y esos ojos malignos, un tanto feroces. Era albañil. Desde que trabajaba, nadie, ni por asomo, lo había molestado; y tampoco él a nadie. De hecho era serio pero gentil, casi cortés. No dijo nada a Carlo cuando se presentó. Con todo, Carlo se sentía protegido por él, más que amenazado. Se detuvo al borde del pequeño raso, y, volviéndose púdicamente hacia el fondo del descampado, se puso a mear. Mientras, acababa de dar las últimas caladas a un cigarro, poco más que una colilla casi invisible entre sus gruesos dedos. Tiró la colilla con un ademán casi grosero, y sin envainársela en los pantalones, marrones, se encaminó hacia Carlo; la polla se limitaba a zarandearla, con una seguridad en sí mismo rayana en la indiferencia. Su mirada particularmente feroz quería decirle a Carlo, en aquel momento, «Venga, al tajo». Y Carlo entendió y obedeció, derrumbándose casi a sus pies; la emoción lo dejaba sin aliento. Esa polla que él, según iban viniendo a ofrecérsela los primeros chavales, había soñado como algo separado de la realidad hasta constituirse en la única realidad, violenta, carnal, brutal, toda ella comprendida en esa irregular forma cilíndrica y esa bolsa velluda, estaba ante él en toda su integridad de inequívoca aparición. La polla de Erminio colgaba fuera de los pantalones ya gorda, una carnosidad particular; y también era particular su pigmentación parda, particularmente brutal. Carlo la tomó entre sus manos acariciándola un poco, luego se la metió en la boca, para que se excitara. El suyo debía ser un trabajo eficaz, sin sentimentalismos. Tenía que guardarse para sí, en silencio, aquellas palpitaciones que casi le quitaban el sentido. Quizá el silencio de Erminio fuera igualmente xxx. Muy pronto la polla se empalmó, desplegándose. Quizá no fuera más grande que la de Sandro o la de Sergio, pero parecía el doble. Su forma recta, llena de pequeños nudos venosos pero compacta, intensa, hasta el glande a medias descubierto, y oloroso: por fin oloroso, tanto por la orina, cuyo chorro acababa de esparcirse sobre los hierbajos, como por los grumos de semen; aunque tal vez no, Erminio no era de los que se masturban, y debía hacer tiempo que no follaba, tal era la violencia y la hinchazón de su miembro; sería quizá el olor del semen acumulado dentro, al que se mezclaba un olor de sexo, cálido, intenso, casi perfumado, que se acentuaba en los testículos, fuertes y tensos bajo la piel velluda. Era el propio vello lo que perfumaba. Era el perfume del sexo de un hombre muy fuerte y sano, cuya polla es hasta tal punto viril como para que se haya perdido todo recuerdo de su infantil ternura. Así tenía que llegar a ser: enorme, potente, cálida y olorosa. Carlo continuaba su trabajo, aunque su función ya estaba cumplida. Si por él hubiera sido habría continuado así toda la noche, y hasta incluso el día siguiente. Pero la otra ansiedad seguía devorándolo. O sea que por una parte sentía una vehemente gratitud hacia Erminio, que lo dejaba seguir tal cual sin decirle nada, compadeciéndolo casi por su debilidad, y por otra esperaba con inquietud casi histérica que le diera una orden: digamos la única orden posible, la de entregarse a él. Y en efecto, justo en el momento propicio, Erminio le puso las manos bajo los sobacos y, levantándolo apenas, casi con delicadeza, le dio la vuelta, y lo hizo tenderse en la hierba. Luego, tras desabrocharse la correa y dejar bien al descubierto el vientre, se le echó encima. Para empezar lo estrechó fuertemente entre sus brazos, con calma, buscando la posición adecuada para él y para su víctima. Sus brazos eran poderosos, violentos, aunque de momento su presión quería resultar delicada y casi afectuosa. Una presión de la que en manera alguna Carlo habría podido jamás liberarse. Luego Erminio buscó con el suyo el sexo de Carlo. Lo hubiera hallado enseguida, si hubiera querido, apretando con violencia aquella especie de estaca dentro del orificio. Pero antes de llegar a eso, evidentemente Erminio quería que Carlo la notara bien, y se la deslizaba entre los muslos, la clavaba contra la carne tierna de las nalgas. Luego, despacio, lo plantó en el agujero, y empujó. Si hubiera querido, su fuerza habría sometido enseguida la escasa resistencia física que podía oponerle la piel del sexo de Carlo. Pero no quiso hacer uso de aquella fuerza. Por el contrario, abandonó su abrazo que parecía irrevocable y absoluto, estrecho e invencible, y musitó la primera palabra desde que estaba allí con Carlo:

—Échale saliva.

Y se inclinó hacia él, que tenía la cabeza contra el suelo, enarbolando su miembro entre la pelambre del vientre desnudo. Carlo obedeció, volviendo la cabeza como una pobre serpiente aplastada; y sintió de nuevo ese olor fuerte y limpio, de sudor atlético. Ensalivó concienzudamente la polla de Erminio, que, con calma, regresó a su anterior posición. Antes de nada, Erminio volvió a abrazarlo, más fuerte aún, ahogándolo casi y, con las manos cruzadas bajo el pecho, aferró con inopinada violencia los senos; luego buscó el agujero con la polla, y allí la clavó. Carlo gimió de dolor, lo que debió enternecer a Erminio, ya que apretó con más fuerza, entre sus dedos duros como la piedra, los senos de Carlo; y comenzó lentamente las acometidas. Carlo entendió enseguida que Erminio no pensaba solo en sí mismo; en el placer de su propia polla, en su propia y precipitada eyaculación. Erminio —estaba claro— pensaba también en el goce de Carlo. De hecho lo penetraba dulcemente, ahondando de modo que, según sus presuposiciones, los órganos internos de Carlo habrían de recibirlo con placer. Y tras haberla ahondado, la retraía poco a poco, como para que se sintiese su entera longitud; para volver de nuevo a hundirla, con más fuerza incluso, sabiendo bien que la carne femenina es débil, y él debía ser comprensivo con aquella debilidad. Comenzó asimismo a remover la polla dentro del vientre de Carlo; para recomenzar desde el principio con las acometidas, con lentas incursiones de aquel palmo sobrado que medía su estaca cálida e intensa. En un momento dado, poco a poco, con una lentitud casi exasperante, la sacó del todo; sin duda para sentir él mismo, y hacérselo sentir a Carlo, el placer de notar cómo volvía a entrar. Luego se echó hacia adelante, sobre la espalda de Carlo; con la boca le alcanzaba la oreja. Y hasta un poco se la mordió. En esa posición, la polla estaba clavada más perpendicularmente en el sexo de Carlo, y sus acometidas resultaban dolorosas. Carlo gimió de nuevo, pero ahora Erminio no tuvo compasión; es más, quiso insistir una y otra vez, con dulce prepotencia, provocándole así sufrimiento: sabía que también eso formaba parte de su placer. Pero evidentemente había llegado al límite de su capacidad de control; retomó la posición inicial, de modo que su polla penetraba en Carlo regularmente, y las acometidas tenían mayor velocidad y regularidad. Se corrió como en sueños, sin dejar de meter y sacar. Carlo sentía en sus vísceras esa polla que se contraía en precipitadas palpitaciones, cada una de las cuales le derramaba dentro un borbotón ardiente de esperma. Expelida la última gota, Erminio no la sacó enseguida; siguió un rato dentro para que Carlo la notara, y quizá para gozar él ahora de aquella hendidura, tan profundamente herida, de la que evidentemente el ansia del orgasmo, antes, le había impedido gozar con lúcida conciencia hasta el fondo. Ahora se veía el placer que sentía por el hecho de que aquel palmo y medio de carne de su estaca, caliente y ya un poco más tierna, se restregara contra tan suaves y acogedoras paredes. Acabó sacándola al final de golpe, evidentemente decidiendo que se había terminado. Esperó, reconcentrado, a que también Carlo se levantara y se la limpiara. Y Carlo lo hizo, titubeante, porque la vista de esa polla, aun colgante, pero, justo por lo mismo, una vez más, indeciblemente gruesa y poderosa, lo hacía de nuevo desmayarse casi de deseo. Cuando se fue, Erminio venció su leve apuro diciéndole:

—Te mando otro.

Carlo estaba casi sin aliento por el dolor de haber sido admitido de una vez por todas a compartir con Erminio el placer tan natural —y, para él, tan estremecedor— de su polla; natural para Erminio, que si también lo había sido para Carlo era en tanto que se había visto sometido, destinado a ello como un esclavo silencioso, sin que ni por asomo Erminio se planteara el problema. Allá iba, alejándose, tras haber hecho lo que deseaba, sin que obstáculo alguno se opusiera a su voluntad, es decir, tras haber usado a Carlo como una cosa. Se alejaba, de espaldas, con su paso sosegado y seguro de hombre un tanto animalesco.

—¡Que pase el siguiente! —sonó la acostumbrada voz alegre y algo desentonada, que no sabía resistirse, a cada turno, a repetir la frase ritual; y tampoco los demás sabían resistirse a contener una breve carcajada. Arrancado de la intimidad sociable y desenvuelta (a no ser que estuvieran afrontando discursos algo más serios y comprometidos), el «nuevo» se apartó del grupo, tomando el camino que conducía hasta la persona que habría de usar para su propio deseo, que provocaba dolor y ejercía violencia sin que a esta persona se la tomara siquiera mínimamente en consideración, con una negligente pretensión cargada en el fondo de santidad. El nuevo en cuestión respondía al comunísimo nombre de Gianni; y era, en efecto, tan común como su nombre. Pero justo en esta su naturaleza común consistía su extrema belleza. Es más: era, objetivamente, el más hermoso de todos. Ante todo, era con diferencia el más alto; además era estrecho de cintura y ancho de espaldas, y de piernas largas y fuertes como un jugador de fútbol, o cualquier otro atleta. El pelo lo llevaba muy corto: una compacta borra negra, donde sobresalían en la nuca y en la frente algunos mechones derechos, hirsutos. Tenía el rostro bronceado, tanto que el tal Gianni parecía un hombre de color; un bronceado de tonos amarillentos, como un brasileño. Ni que decir tiene que los ojos eran grandes y negros, espléndidos y fulgurantes como mariposas; la nariz recta y delgada, la boca muy ancha, y llena del mismo fulgor de los ojos. Pero, observándolo bien, la cabeza parecía un poco la chola al rape de un recluta, o sea, pelada de un modo un poco humillante, como en los internados o en los campamentos (pero si el corte obedeciera a razones deportivas, entonces le daría un toque burgués). El rostro, sobre todo el mentón, a pesar de su pigmentación oscura y salvaje, parecía más bien débil; y el fulgor, tanto en los ojos como en la dentadura, parecía de pega. Llegó con su alto cuerpo atlético cubierto por un par de pantalones grises a cuadritos y una camiseta blanca, y sonriendo se plantó con las piernas abiertas, un poco inclinado hacia adelante, frente a Carlo. Como con Gianfranco, Carlo, precisamente porque se sentía menos fascinado que con los demás, le dirigió unas gentiles palabras:

—Hola, cariño.

Y añadió:

—¡Qué cuerpo tan bonito! ¿Cuántos años tienes?

—Decinieve —respondió Gianni, con una voz tal, que a Carlo le dio un vuelco el corazón, profunda, viril, completamente dialectal, casi ruda.

Carlo volvió a sentir palpitaciones en el estómago, áridas, obsesivas, febriles, como si se lo agarraran de un puñado para arrancárselo.

—Me toca ya la mili —añadió sencillamente Gianni.

—¿Cuándo? —preguntó Carlo, por ser amable, sin más; porque ya lo que le interesaba era la polla de Gianni, revalorizada, hasta casi aturdir a Carlo, por la voz de su dueño.

—Yo qué sé, llaman dos veces... —intentó explicarse Gianni, a quien la cosa por una parte debía parecerle complicada, y por otra del todo natural. No tenía nada que objetar al hecho de que el Estado lo llamara a filas, como si en aquellos años no hubiera pasado nada y no estuviera pasando nada. Ir a hacer la mili, puesto que formaba parte de la vida, transcendía e invalidaba cualquier argumento político añadido, viejo o nuevo. Estos eran pensamientos de Carlo, ante quien tal simpleza casi «santa» revalorizaba aún más el sexo de Gianni.

—Venga —dijo Carlo como por obligación, identificándose casi con los que esperaban.

Los pantalones de Gianni estaban tersos e inmaculados sobre su vientre, como si todo allí fuera pureza. Carlo los desabrochó un poco temblando. Pero la razón secreta de tal escasez, o exceso, de castidad, se aclaró enseguida. Los calzoncillos que envolvían el vientre de Gianni eran de tipo deportivo, exageradamente ceñidos. No sin esfuerzo, e incluso con la amable ayuda de Gianni, Carlo consiguió sacársela. Tras toda aquella manipulación, llevada a cabo con el obvio objetivo de sacársela, la polla —una más— se había puesto algo «morcillona»; y en pocos instantes se empalmó. De los calzoncillos tan fatigosamente abiertos, entretanto, salía una vaharada de olor, un olor en todo idéntico al de Erminio; aunque más pequeña que la de Erminio, también la polla de Gianni era de las de olor fuerte, pero un buen olor a sudor sano, inconfundiblemente tibio e íntimo, que exhalaba, por decirlo así, de los poros de una piel y una pelambre adulta y fuerte. De hecho Gianni tenía el vientre plano, casi cóncavo, del todo enjuto y firme, y de sus ingles partían los muslos de potentes músculos. En un primer momento, recién emanado fuera de los calzoncillos donde había estado encerrado tanto tiempo, aquel olor era demasiado fuerte, un tufo casi. Pero enseguida devino el perfume de sana exudación que era, mezclada con el semen del que debía estar colmado el sexo aquel.

Casi con delicadeza, o respeto, Gianni posó su mano grande y hábil sobre la cabeza de Carlo, ejerciendo sobre ella una leve e insinuante presión. Carlo lo miró a la cara, de abajo arriba. Como si el suyo fuera un gesto interrogativo, Gianni respondió a Carlo con una mirada de consentimiento, acompañada de un ligero gesto con la cabeza que quería decir: «Sí, sí, adelante». Y con la mano presionó más fuerte en la nuca de Carlo. Por una especie de táctica de feminidad, cuyo victimismo, serio, honesto y enojado, casi lo conmovía —de tan metido como estaba en lo que en todo caso para él era manifiestamente un juego—, Carlo se resistió a la presión de la mano del muchacho. Tenía la impresión de que Gianni era, o podía serlo al menos, tan inocente como para creer en serio en su victimismo, y por lo tanto, en consecuencia, creer en serio en su propia prepotencia un tanto reprobable. Lo que conmovía a Carlo era la incapacidad de Gianni para resistirse a la voz de la conciencia que le imponía desistir de su presión y de su exigencia: es decir, la debilidad de Gianni ante su propia carne. Y en efecto Gianni empujaba, aun sabiendo que se aprovechaba de su fuerza y su derecho juvenil. Empujaba con fuerza la cabeza de Carlo contra su polla desesperadamente tiesa, con la piel del prepucio enrojecida incluso en el borde, de las ganas. Carlo, por supuesto, no podía pretender resistirse demasiado, y su cabeza cedió. Pero solo permitió que la polla de Gianni se le estampara en la mejilla. Gianni, de momento satisfecho con esto, le restregaba la polla en la mejilla, apretando fuerte con la mano. Pero luego, como era previsible, volvió a maniobrar para obtener lo que quería. Empujó hacia atrás la cabeza de Carlo, y luego se la acercó a la polla, intentando metérsela en la boca. Pero Carlo tenía la boca cerrada, como quien se niega, en el último gesto desesperado de protesta de una «muchacha que ha caído muy bajo», pero que no quiere llegar hasta ese punto. Y Gianni, ingenuo, creía que había de luchar contra una resistencia real. Lo hacía con fuerza, pero también con gracia; y más bien desconcertado, aunque estuviera claro que no iba a renunciar por nada del mundo a obligar a Carlo a que hiciera lo que con todas sus fuerzas deseaba. Tras insistir aún dos o tres veces empujando la polla contra los labios sellados de Carlo, hizo uso de la otra mano, hasta ese momento caída sobre la cadera. Con ella aferró a Carlo por la barbilla, apretándosela tan fuerte que le hacía daño, mientras empujaba con violencia, ahora casi con rabia, la polla contra su boca. De golpe Carlo cedió, y abrió la boca. La polla le entró hasta la campanilla. Pero Carlo no se movía: era como si, después de haber obedecido, no supiera, con el atronamiento de una muchacha violada, lo que debía hacer. Entonces fue Gianni quien lentamente la meneó dentro de la boca de Carlo. Carlo permanecía inmóvil, como hipnotizado por la obediencia, aturdido por la novedad; y así era en verdad. Justo estos eran sus sentimientos. En efecto, había tenido que obedecer a Gianni, era un hecho. De otro lado, aquel enorme miembro, mórbido y duro al mismo tiempo, que insaciable le llenaba la boca, era como el primero que jamás Carlo hubiera probado y sentido. Y además nunca habría podido suceder de otro modo, aunque los muchachos en vez de ser veinte hubieran sido mil. Aquella poderosa estaca de carne, cálida, mórbida, endurecida a más no poder, que lo penetraba, era un absoluto milagro; y ver cómo se verificaba resultaba para Carlo, una y otra vez, perdidamente nuevo. Pero Gianni no habría meneado ni siquiera una docena de veces, muy lenta y atentamente, digámoslo así, su polla dentro de la boca de Carlo, cuando Carlo la sintió de repente derretirse; se transformaba, contrayéndose, en un líquido dulce y cálido, de una viscosidad que a ninguna otra asemejaba. En el espasmo que le arrancaba aquel ungüento vital, Gianni había apoyado las manos en los hombros de Carlo, y se le doblaban las rodillas; parecía que no solo su miembro, sino que todo él se derritiera dentro de Carlo. Luego, con un ligero gemido, se apartó de golpe de la boca de Carlo. Y la polla se presentó de nuevo poderosamente hinchada y goteante a la luz de la luna. También Gianni, antes de irse, una vez que Carlo lo limpió, con el dolor de un adiós definitivo que lo angustiaba, se sintió en la obligación de acariciar bruscamente la cabeza de quien le había servido y secundado en sus deseos. Se alejó deprisa con su paso de atleta, donde los demás.

Pietro se apartó del grupo en dirección a Carlo, que lo reconoció por el buzo. Era uno de esos buzos anchísimos de un color azul intenso, más oscuro aún por las manchas de aceite. Pietro estaba como embutido en él, a pesar de llevar la «persiana» abierta hasta el tiro, y de que se le adivinara debajo una camiseta roja, granate de los lamparones de grasa del taller. Se acercaba muy lentamente, fumando un pitillo. Cuando llegó al raso donde Carlo le esperaba arrodillado, dio rápido las últimas caladas y tiró la colilla como cabreado, según la costumbre. Se desabrochó los pantalones debajo del buzo; el gancho de la cremallera brillaba justo entre las piernas de Pietro, allí donde él ahora trasteaba con las manos, para sacársela. El hecho de encontrar alguna dificultad, porque la polla, bien dura ya, estuviera embutida (y era esta la razón principal de tal dificultad) dentro de un par de calzoncillos ajustados, a su vez embutidos en un par de pantalones, y a su vez estos en un buzo, le daba un ligero apuro a Pietro; que él no quería manifestar, ceñudo, con la cara pálida y ausente. Al mismo tiempo, ese gesto que hace un muchacho cuando está solo —para mear entre el matorral, o contra una pared, o en todo caso al reparo, como aconsejaban las reglas xxx xxx xxx xxx— lo ejecutaba con un cuido lleno de naturalidad. En miles de ocasiones ese gesto permanece escondido, a salvo de cualquier curiosidad profana, hurtado a miradas extrañas de hombres o mujeres; y ahora en esta situación tan distinta sucedía exactamente lo mismo. Carlo vio insinuarse un faldón de la elástica contra la piel del vientre tenebrosamente oscura, y ahí estaba la polla por fin fuera, agarrada entre dos dedos. Para sacársela, Pietro se había encogido, metiendo el vientre; ahora estaba erguido, las piernas abiertas y el vientre adelantado. Y el hecho de que el buzo lo revistiera doblemente, hacía aún más desnuda la desnudez de la polla que asomaba. Era una de las más gordas que Carlo había visto en toda la noche. La piel del prepucio no bajaba hasta descubrir el glande entero; sobresalía solo una parte, de un rosado encendido y lívido, de la corona que formaban los frunces de la piel. Pero el capullo aun recubierto de piel despuntaba gordo y nudoso como un pequeño puño. Carlo, una vez más, estaba como hipnotizado. Pero esta vez no iba a tener fuerzas para jugar a las renuencias. Pietro era sin duda menos hermoso, en un sentido, cómo decirlo, social, que Gianni. Tenía la cara pálida y casi verduzca: demasiado tiempo encerrado trabajando un día de verano como aquel, quizá. Era de frente baja y facciones algo irregulares. En los ojos una expresión hostil; la boca parecía incapaz de sonreír. Tenía una mata de pelo espeso, negro, polvoriento, despeinado, hacía mucho que no se lo cortaba. Pero Carlo sabía que esa expresión contrariada, algo envenenada, se debía a la lujuria. El deseo de eyacular, en aquel muchacho pálido y un tanto infeliz, se manifestaba de ese modo. Todas las leves violencias ejercidas por los demás sobre Carlo, hasta ese momento al menos, no eran nada en comparación con aquel deseo silencioso. Era indudable que Pietro no levantaría una mano para obligar a Carlo a hacer lo que deseaba. Pero Carlo sentía su violencia precisamente en esta inmovilidad suya, en este permanecer a la espera, lleno de odio hacia quien lo obligaba a descubrirse de esa manera, y además tardaba. Sofocado por unas ganas de polla idénticas a las que sintiera pocos minutos antes con Gianni —y justo del mismo modo— Carlo no se hizo de rogar; se dobló enseguida sobre el vientre de Pietro, cogiendo con la boca aquel capullo con la densa piel que lo cubría y su corona, en el centro, rosada y lívida, como de otra materia, ligera como la seda, y ya húmeda del ungüento del esperma, que ya había asomado por el pequeño agujero hasta el frenillo tirante. Carlo apenas tuvo tiempo para notar en la boca, con la lengua, esas formas tan cargadas de xxx, y para aspirar, junto al olor del esperma, perfumado, el olor de ferralla y de grasa de taller que impregnaba la polla: Pietro, como poco antes Gianni, se le derritió en la boca. No hizo ningún gesto, ni emitió suspiro alguno; no le dio a Carlo la más mínima satisfacción, como él mismo hubiera dicho. Carlo, sorprendido y decepcionado de la tan rápida conclusión de aquel encuentro, esperó a que la larga eyaculación se produjera por entero, intentando saborearla, nunca mejor dicho, hasta la última gota. Una vez que terminó, Pietro no tuvo la delicadeza de Gianni: para sacar la polla de la boca de Carlo, le dio casi un empujón. Apartado de esa manera, de rodillas ante Pietro que estaba de pie, Carlo, de abajo arriba, echó al muchacho una mirada contrariada y suplicante, pero resignada. Por lo demás, Pietro ni lo miraba; se miraba, concentrado, la polla, untada entera, con una mueca de fastidio en el rostro blancuzco sombreado de roña del taller. Se la iba limpiando despacio con las manos, aguantándola firme con la izquierda y pasándole la áspera palma de la derecha a la corona descubierta del capullo. La polla, por otra parte, ni de lejos se desempalmaba.

—Déjame a mí —dijo Carlo; y Pietro accedió a dejarla en sus manos.

Carlo la limpió despacio, con el pañuelo de rigor. Empleó, como de costumbre, más tiempo del necesario, besándosela de vez en cuando. Extrañamente, Pietro le dejaba hacer, paciente. La polla estaba apenas un poco menos tiesa que cuando Pietro la había sacado, pero, entre las manos de Carlo que la limpiaba, parecía que se iba poniendo dura como antes. Carlo levantó hacia Pietro una mirada tímidamente sonriente, como de admiración, pero también escrutadora. El rostro de Pietro, concentrado y hostil como siempre, la mirada baja, era del todo inexpresivo. Carlo entonces, además de besársela, como por gratitud, volvió a metérsela en la boca, sintiendo de nuevo, con una entrega concentrada y casi religiosa, aquellas formas consistentes y macizas: la nudosidad del glande recubierto de piel espesa, la delicadeza de la parte descubierta con el frenillo tirante, su olorcillo a esperma —el del día anterior, ya seco, y el de ahora todavía fresco— mezclado con el olor de la grasa y la ferralla del taller. Empezó otra vez a meneársela con la boca, como si todo aún estuviera por hacer. Carlo no dejaba de temer que Pietro le diera otro empujón, apartándolo; pero el muchacho bruscamente le puso una mano en la nuca, y luego la otra, entrelazándolas y apretando con fuerza contra sí mismo la cabeza de Carlo. Con tal gesto expresaba su consentimiento, y, más aún que el consentimiento, la exigencia. Como si obedeciera, Carlo se puso concienzudamente a la tarea; exultaba, pero esta vez el que disimulaba era él. Cuanto mayor era la felicidad que, como la angustia, le atenazaba el corazón, tanto más diligente y firme era la tarea que Pietro le exigía.

> S'ils n'ayment fors que pour l'argent,
> On ne les ayme que pour l'heure.[18]

Algo así pensaba Carlo mientras seguía agachado, «contentando» al muchacho: si no aman más que por dinero, se les ama solo durante ese momento. Pero, pensaba con una delectación que no eliminaba la otra delectación que sentía intensamente en aquel acto, intentando no distraerse, quizá no era verdad. Quizá se les ama siempre. Ese lapso es un hueco. Donde se amasa un tiempo no sucesivo. No amaba a Pietro solo por aquel gigantesco trozo de carne que tenía en la boca, liso y duro, con sus formas creadas casi por un molde, aunque fueran conmovedoramente ellas mismas, nuevas, nunca vistas; con esa calidez, ese olor, ese punto de lividez casi abyecto —es decir, no inocentemente animalesco— que rezumaban. Amaba a ese muchacho también por lo que no le daba ni podía darle: por ejemplo, porque no se permitiera gozar por completo, sin otros pensamientos que buscaran las razones del goce. Por permanecer allí solo el tiempo puramente necesario para obtener el placer que tan importante les parece a esos muchachos y al que no pueden resistirse. Por la inminencia de su partida y desaparición para siempre, llevándose de vuelta consigo todo lo que había dado. Apenas ese trozo de carne saliera de la boca de Carlo, y, aún hinchado y goteante, fuera dispuesto oblicuamente dentro de los calzoncillos y encerrado después en los pantalones ceñidos y bien abrochados, se convertiría en la cosa intocable y misteriosa que es por naturaleza, por decisión de la sociedad. El que Pietro regresara, de allí a poco, a su vida, era sellar de nuevo un pacto social. Donde volvía Pietro

---

[18] Villon.

radicaba la pobreza, el mundo del trabajo. Por esto a Carlo le gustaba de él, además de su sexo desnudo, poderosamente revelado, el olor a la ferralla del taller que lo impregnaba, la absoluta, inocente, zafiedad de su vestimenta, la fuerza expresiva de aquel buzo, y sobre todo su apresurada presencia allí, listo para marcharse; porque todo esto, con ser tan obvio y tan irrelevante, tan transparente en sí mismo, era con todo el símbolo de una profunda diversidad social: el mundo de la otra clase, que era prácticamente otro mundo, otra vida. Era esto lo que hacía amable a Pietro, y a todos los demás; y su amor a cambio de dinero, aunque el dinero no era más que un pretexto, derivaba de un entero modo de estar en la vida, de una entera economía. De la que también formaba parte no tener otro modo de desfogarse —en una hora análoga a esa, y en general en toda su vida de pobres— sino ir con una puta, pagando. Esto, más o menos, estaba pensando Carlo, intentando distraerse lo menos posible del profundo placer que le daba estrujar con la mano y con la boca la polla de Pietro, cuando Pietro se corrió; casi de golpe, y con tal abundancia que resultaba difícil creer que se hubiera corrido cinco minutos antes. Pietro sentía esto casi como una debilidad, avergonzándose un poco. De modo que sacaba la polla casi con prisas de la boca de Carlo y se la dejaba limpiar impaciente. Intentaba que su cara no tradujera otro sentimiento que el derivado de la conclusión de algo. No permaneció allí quieto ni siquiera el tiempo necesario para subirse la «persiana» de los pantalones. Lo hizo mientras corría, deprisa, hacia el hatajo de compadres. Corría ágil, con su buzo, arriba y abajo por los desmontes de tierra seca y la pelusa de hierba amarillenta, sobre la inmensa campa embestida casi con violencia por la silenciosa enormidad de la luz de la luna. Pietro había evocado a Carlo sus Penates, sus pequeños Lares hechos de polvo, madera seca, pocos enseres, un camastro o un jergón dispuesto quizá en la cocina o a la entrada. Pero junto a estos Dioses, casi en sacra confabulación durante esa noche, se sentía asimismo la presencia de Dioses subterráneos, de Demonios. Estaba claro: esa noche tan profundamente penetrada por el olor de hierba seca y de hinojo, tan arraigada en una luz lunar que parecía inagotable, allí caída desde el cielo para instaurarse como estival y eterna, era demoníaca; pero en absoluto se trataba de Demonios pertenecientes a un Infierno donde se expían penas, sino sencillamente al inframundo donde acabamos todos. Dioses pobres, en definitiva, pelásgicos o etruscos, o de la Italia «humilde» de Camila,[113] que vagabundeaban dejando tras ellos olor a perro: astutos y rudos, siniestros, compañones, salidos de sus simulacros de toba, o de madera devorada por el sol y la lluvia, que volvían fúnebre el entero mundo nocturno, y el cosmos. Pero sin luto ni dolor; porque la olorosa, silente, blanca, perdidamente serena y feliz forma de la ciudad nocturna, de los prados, del cielo, residía en su naturaleza fúnebre. Por supuesto, los Dioses del inframundo, durante su vagabundeo en la noche carente de humedad, seca y olorosa como en mitad del día, se sentían atraídos sobre todo por el grupo aquel de camaradas suyos parado en la campa en lo alto de un mogote; y estaba claro que habían ido a mezclarse entre ellos, como Espíritus o Genios protectores, divinos, pero al mismo tiempo humildes, sumisos y fieles como perros.

## Apunte 60
## Regreso del segundo viaje a Oriente (del «Proyecto»)

El Oriente árabe parecía en realidad Italia. Era apenas el dieciséis o diecisiete de marzo de 1972, pero parecía ya pleno verano por lo avanzado de la primavera. Las motas del desierto sirio o las repeladas lomas libanesas parecían pálidos horizontes de un paisaje casi nórdico, familiares para los cruzados franceses o alemanes, en relación con la luz alucinada que invadía Italia; y ni siquiera Nápoles o Sicilia, no, la Italia central. Carlo había tomado tierra en Milán, y había llegado a Roma en coche. En Milán, es cierto, el tiempo era gris, aunque hacía calor, se sudaba dentro del coche. Pero allí otras eran las formas del «oriente»; pocos días antes se habían producido encontronazos entre grupos de extraparlamentarios y la policía (mientras que los fascistas habían celebrado tranquilamente sus mítines, creo que con Birindelli y Almirante).[114] Los grupos extraparlamentarios habían organizado el que después sería considerado el primer auténtico enfrentamiento de «guerrilla urbana» en Italia; todo lo que lo precedió no era sino algo casual, de aficionados. Los jóvenes de «Lucha Comunista» estaban técnicamente pertrechados y organizados casi como un pequeño ejército, etc. En Milán quedaban aún a la vista las señales de aquel enfrentamiento; los gases de las bombas lacrimógenas y de los botes de humo parecían no haberse disipado todavía. Además se había difundido la noticia de la muerte de Feltrinelli;[115] la imagen de la torre de alta tensión a cuyos pies había muerto Feltrinelli devoraba cualquier otra imagen real que la prosecución de la vida comenzara de inmediato a ofrecer como alternativa consolatoria (consiguiéndolo, al cabo). Pero el día del regreso de Carlo desde Siria aún no se sabía nada acerca de los detalles de la muerte de Feltrinelli; solo que el muerto era él. Y se sabía de una apresurada nota firmada por un grupo de intelectuales en la que se declaraba que había sido asesinado por fascistas —es más, por una organización quizá no italiana, o sea la CIA— para crear un ambiente favorable a la derecha en las inminentes elecciones. Carlo tuvo para sí de inmediato la impresión de que Feltrinelli, en su papel de guerrillero, se había matado él solo; y que si hubiera sido pobre, o simplemente un pequeñoburgués cualquiera, se habría tirado años en un hospital, o incluso en un manicomio, y que en definitiva era un loco que acababa como un idiota; no había desprecio en esta impresión suya; al contrario, había cierta compasión, pero sin duda ninguna piedad. Era pues la muerte de Feltrinelli la que daba a Italia ese aire oriental, casi palestino, en los hechos, en los cuerpos, en las apariencias de la vida, en el aire, en las cosas; pero al mismo tiempo proyectaba sobre ellas una alucinada luz de novedad: una novedad ante la que Carlo sintió enseguida que no podía resistirse, que lo vencía.

Pero quiero llegar a las flores. Porque era la estación en la que, en el espacio de una noche, las flores se presentan en masa: y son las primeras flores del año, ciertas margaritas grandes, de un blanco casi grisáceo, carentes, con razón, de todo valor comercial, y carentes también de ese valor poético, no comercial, que tienen las cosas anodinas. Esas flores amarillas carecen de cualquier valor, hasta el punto de que nadie conoce su nombre, a pesar de que puntualmente, cada año, aparezcan copiosas y sanas coloreando de amarillo los prados italianos, verdes a su vez con la fealdad de un verdor excesivo, sobre los que el sol proyecta una luz despiadada, cegadora y prosaica, que todo lo ilumina del mismo modo. Añádase el lila casi violeta de ciertos frutales (almendros creo) en hilera en esos prados tan torpemente verdes, junto a grupos de otros árboles aún secos, y las estacas, las cercas, testimonio de un trabajo ya sin esperanza, de un trabajo de viejos, además.

En el corazón de Carlo —ya que estamos en la pura «sensiblerie»—, que debiera haber curtido el orgullo del éxito —consagrado en el último viaje, por lo que hace al pasado, y abierto hacia el futuro, ya definitivamente, como un valor establecido—, ese sol oriental, esos prados, esos campos de la Italia central tan como es debido, tan bien parcelados, tan bien mantenidos en cada rincón, contra las dolientes lomas, bordeados de zanjas, circundados de los cúmulos grises y rojizos de las mimbres, cubiertos por un cielo obtusamente sereno, con alguna que otra vieja nube inmóvil, provocaban un dolor insoportable y sin motivo. Nada podía hacerse contra él sino registrar los momentos más agudos, que daban ganas casi de morirse. Porque, aunque todo fuera tan idéntico, todo era distinto. Se sentía en torno el aire del final de un mundo, por lo menos del mundo agrícola; todos los antiguos pueblos estaban precedidos por una hilera de casas nuevas, horribles, con sus falsos ladrillos rojos y sus desnudos muros amarillos, que los uniformaban. Además, la gente, por la calle, era horrible: los jóvenes, con esos pelos de puta, con colas, con rizos, y estampado para siempre en el rostro un rictus de satisfacción presuntuosa; las muchachas arrebujadas en sus miserables ropones, que les daban un aire mendicante, casi de homosexuales en busca de humillantes ocasiones. Los adultos rondando como fantasmas, arrinconados, silenciosos, encerrados en el dolor de su exclusión.

Ya se sabe que la luz de las tres de la tarde es dolorosa, y que nunca se debería salir a esas horas; y no hay pues que maravillarse si todo hace daño, si cualquier cosa encoge el corazón, si la vida se presenta como un pueblo fronterizo, donde los locos creen ser libres, y viven la jornada como un derecho. Pero ¿el anochecer? ¿Su dulzura? ¿La hora en que las atroces nubecillas demasiado claras de los días despejados comienzan a ponerse de color rosa, y el verde de los prados con ese espantoso blanco o amarillo que lo mancha torpemente comienza a ponerse pardo, a degradarse en la gran V del ocaso que se despliega silencioso en el cielo de un horizonte a otro? ¿Cuando los pueblos en las laderas de las colinas o sobre las cumbres de los collados recuperan sus formas antiguas, amalgamando en la fresca oscuridad las nuevas formas que los desfiguran? ¿Y la gente, al menos vista desde lejos, parece reanimada, parece sentir el ánimo antiguo que de cada lugar hacía un lugar «otro», vivido en su singular profundidad, en su originalidad, que engrandecía a quien no participando de él lo conocía, o quería conocerlo, o simplemente lo intuía?

Aquel dieciocho de marzo de 1972, el crepúsculo, incluso el crepúsculo, no provocaba sino terribles, insoportables punzadas de dolor en el corazón de Carlo. ¿Era posible que a un hombre como Carlo le importara tanto la transformación del mundo? ¿No había contribuido él mismo a tal transformación? O, en el caso de que su contribución a tal transformación hubiera sido casual, no sincera, ¿no había luchado por la posesión de ese mundo, fuera como fuese? Es más, ¿tal transformación no le garantizaba el trabajo y el éxito?

Sin embargo, el hecho de que las cosas ya no fueran ni siquiera como diez años atrás se le presentaba como una tragedia.

No era una ofensa a su buen gusto lo que le procuraba el miserable mundo del progreso, del bienestar, de la libertad sexual, de la lucha contra la opresión, del final del poder de la Iglesia, de la desaparición de los viejos patronos, de las reformas, de la inquietud garantizada por la incansable lucha por la libertad; ni era tampoco solo nostalgia del pasado que con su represión había dado frutos tan maravillosos, hombres tan dulces; era un auténtico sentido de tragedia.

Había decidido dormir de camino, en Florencia, o quizá en Orvieto; pero estaba tan horrorizado ante el mundo, tal como se presentaba aquel atardecer, con aquel crepúsculo, que llegó a Roma corriendo a más no poder con el trasto de coche que alquiló en la Hertz de Malpensa. Ya había anochecido. Aunque cansado, sonreía al menos ante una idea: encontraría a Karl, le encargaría como de costumbre que saliera a la noche en su lugar, a gozar al menos de toda la soledad posible. Y él —dulce y bondadoso como los hombres de antaño, íntegro como ellos y, como ellos, capaz de violar la ley por una necesidad exclusiva, interior, vital— le obedecería. En cuanto a la soledad, la viviría hasta el fondo, sin arrepentimientos ni sentimiento de culpa por la propia ebriedad; porque si hubiera de tener sentimiento de culpa por la propia ebriedad, ello en realidad no serviría a otra cosa más que a volver aún más grande y vehemente esa ebriedad, único bien real de la vida.

## Apunte 61
## **Karl desaparece**

Su bonita y rica casa en aquel barrio de la Cassia que se había puesto de moda entre la gente rica al principio de los años sesenta estaba dulcemente desierta. Nadie sabía de su llegada. Tenía tal ansia por entrar en su madriguera que ni siquiera metió el coche en el garaje. La sala de estar estaba silenciosa y ordenada; con todo, Carlo sintió enseguida que algo no iba bien.

Sin Karl, Carlo fue tirando algunos meses como si nada hubiera sucedido. Cualquier forma, apariencia o figura de la vida, es verdad, seguía provocándole dolor por sí misma. Era extraño que sintiese tal tormento frente a una puerta vidriera que se abría, la jeta de cuatro oficinistas en un ascensor, una fila de coches parados en un semáforo en la luz estival de un domingo. Pero es lo natural en una fase «ideal» de la vida de un intelectual pequeñoburgués. Es la neurosis. Que puede ser vivida junto a todo lo demás que hay en la vida. Y quizá Carlo hubiera podido seguir así indefinidamente si nunca se hubiera topado, o comprado o usado, a Karl, ese pobre perro callejero que ahora se había largado a saber dónde. El pretexto para terminar con esta situación, que por lo demás estaba destinada a terminar, vino de las circunstancias históricas: la posición jerárquica alcanzada por Carlo en el ENI xxx

su poder xxx

en pocos meses acabaron desvaneciéndose: por obra del mismo Carlo, es verdad, que trabajaba en su propia desgracia, por la voluptuosidad del dolor que cualquier cosa mundana le provocaba, pero sobre todo concretamente por la competencia imprevista, y hasta algunos meses antes inconcebible, de un colega fascista (o que, al menos, tal se había revelado de repente), que, quizá propuesto como contrapartida política por el MSI, estaba ahora destinado ineluctablemente a ocuparse de la función que desempeñaba aquel católico de izquierdas, filocomunista, que había sido o parecido ser Carlo hasta entonces. Es verdad que a Carlo se le proponía otro cargo, pero se trataba evidentemente de una maniobra diversiva; aunque el grado de poder (medido en términos prácticos) era casi idéntico al que antes detentaba Carlo, no era el que él había alcanzado «per gradus», no tenía los caracteres sagrados necesarios para el verdadero poder. Todo esto había comenzado a delinearse y a concretarse en la vida de Carlo con la aparición de Karl, aquel pobre perro, y comenzó a malograrse y concluir con la desaparición del propio Karl. Objetivamente hablando. El que por otra parte Carlo, subjetivamente, deseara ya que se malograra y concluyera, es algo por el momento solo potencial, y que se pondrá en acto, tras un largo y tortuoso curso subterráneo, mucho más adelantada su historia.

## Apunte 62
## La imitación del otro Carlo (del «Proyecto»)[116]

Pero volvamos a aquel 18 de marzo del 72, en el que Carlo V.

Desesperado, obligado a vivir él, en vez de vivir a la espera del otro Carlo, pero siempre con la esperanza de que antes o después regresaría, Carlo se dispuso a pasar la noche en ese modo que tenía olvidado. ¿Qué hacer? ¿Lo que hacía cuando delegaba en Karl su existencia real? Pero eso tenía sentido justamente como un pretexto, un modo práctico de colmar el vacío. Y en cualquier caso, siempre, cuando llega lo nuevo, se cree que por un momento puede abolirse, para poder volver atrás y afrontarlo otra vez ya preparado; por eso uno no se abandona enseguida a su sentido real, y se vive un momento de indiferencia, hasta de escepticismo, sonriente casi; entre otras cosas porque lo nuevo —incluso lo más desesperadamente nuevo— supone siempre un inopinado enriquecimiento de la vida, algo que se materializa, que se revela. Carlo sentía que no había razón para tener esperanza alguna en el regreso de Karl, que Karl se había acabado para siempre, y al mismo tiempo que, en cualquier caso, lo que ahora era una tragedia no dejaría de dar algún valor distinto a su vida. Es decir: entendió enseguida todo lo que en esencia tenía que entender.

El dolor que había sentido frente a las puras y simples apariencias de la vida en aquel atardecer de un día de marzo de 1972 era un dolor explicable exclusivamente a través de sí mismo; es decir, estaba ya fuera de la vida; era patológico; se había formado y cristalizado, como casi siempre pasa, justo en un momento de plena salud, de triunfo existencial incluso. Y no era otra cosa sino la previsión de la desaparición de Karl, o mejor: era la desaparición de Karl.

La primera solución que Carlo pudo concebir era la más natural: echarle valor, abrir la puerta de casa, salir, meterse en el coche, arrancarlo, ponerse en marcha.

Quizá a causa de la «novedad» de la cosa se sentía de muy buen ánimo; la rapidez de la decisión tomada también lo animaba. ¡Llevaba a su vida privada la virilidad y la capacidad de acción de su vida pública! A causa de sus éxitos sociales, ya hacía tiempo que no se sentía un provinciano romañolo inmigrante en Roma, destinado a puestos de mando casi por predestinación, pero, con todo, levemente repulsivo a causa de su católica timidez, su ordinariez biempensante, su candor intelectual.

Había llegado la hora en la que podía permitirse hacer lo que hasta entonces había delegado en un siervo dócil. Es más, a fin de cuentas casi casi consideraba un justo designio del destino lo que en un primer momento le había parecido una irremediable desgracia. Pero el lector ya ha comprendido que se engañaba, y que estaba destinado a un inmediato desengaño.

Con la noche, la primavera hallaba su clima propio: un fresco nada riguroso; se mantenía la tibieza del día, eso es lo curioso, justo en la humedad de la hierba en los parterres, en las grandes alamedas.

Carlo conocía al dedillo las andanzas de Karl, que, al menos en cierta medida, eran las obvias. Había una determinada avenida que flanqueaba determinados murallones rojizos sobre los cuales, más que la de la luna, parecía resplandecer la luz, más opaca, de las estrellas. De día recorrían aquella avenida infinidad de coches; pero no de noche; a pesar de no ser ya un desierto, como fuera del mundo —como un tiempo lo había sido, hasta pocos años antes—, era un lugar en el que las putas podían esperar tranquilas a sus clientes. Todo aquello a Karl le era muy familiar; familiar el gran murallón rojo, opacamente iluminado por una noche de dolorosa tibieza, de otra raza humana; familiar el pequeño ribazo herboso, delante del murallón, al otro lado de la breve avenida, que daba a una gran campa torpemente cercada, que se hundía en la oscuridad, hacia una garganta por la cual discurría una vía férrea cualquiera; familiares las fogatas de las putas, los grupos de hombres más o menos jóvenes que las rondaban, casi todos con su coche, porque los adolescentes de un tiempo a esta parte ya no necesitaban a aquellas mujeres; familiares los festones de farolas que se perdían más allá de la campa, contra silenciosos pasos elevados, una selva de bloques de casas. Pero para Carlo todo era nuevo, aunque lo conociera. Y otra vez el dolor terrible que le provocaba la simple presencia de las cosas tal cual eran; no tanto las que la oscuridad hacía semejar idénticas a como habían sido en el pasado, sino las inconfundiblemente nuevas y modernas: los coches, las ropas y los peinados de aquellos hombres; sus gestos, sus palabras; su ir y venir, su existir; la vida misma.

La primera mujer con la que se topó —una de las tres que habían elegido como puesto de trabajo aquel ribazo, al que heroica y tercamente se habían aferrado, aceptando incluso con santa resignación, pobrecitas, la considerable disminución de la clientela— era una muchacha con una falda corta de cuero que apenas le tapaba las ingles y una blusa roja de cuello alto; allí estaba, gritándole a alguien cosas incomprensibles; jovencita y avejentada al mismo tiempo, de gruesos muslos y barriga abultada, sobre la que descansaban las manos enrojecidas que sujetaban el bolso. Tenía todo lo que les gustaba a Karl y a Carlo. Y sin embargo acercarse a la muchacha, hablarle, invitarla a que subiera al coche, como uno de esos guarros inocentes de una cierta edad, la misma de Carlo, que zascandileaban por aquella zona definitivamente abandonada por los más jóvenes, era una empresa que se reveló de inmediato imposible.

La punzada lancinante de dolor que durante todo el día se le había clavado en las entrañas se hizo, si cabe, aún más dolorosa; y acabó transformándose en una sensación de náusea que obligó a Carlo a acelerar hacia un rincón más oscuro a los pies de la muralla, donde, fingiendo mear —algo contra todos sus principios, que, en efecto, hacía por primera vez en su vida—, vomitó; o, mejor dicho, tras varias arcadas no vomitó nada. Ciertamente no estaba hecho para reemplazar a un hombre de otra naturaleza, o cuando menos constreñido a otras experiencias. Para él, la vida privada debía considerarse sin duda concluida. No le quedaba más elección (?) que la de ser solo un hombre «público», y en consecuencia «santo».

## Apunte 63
## **Precisiones y complicaciones (del «Proyecto»)**

La muerte de Feltrinelli, junto con las revueltas de los extraparlamentarios, aislados ya del resto de una población intimidada por los hechos del 68, y por ello dispuesta solo a recordarlos con odio, había dado nuevas fuerzas al fascismo, que, a pesar de todo, a pesar de los desesperados esfuerzos de las pocas fuerzas políticas honestas, e ingenuas, se había reforzado ya bastante con la masacre de Milán[117] y los otros cientos de bombas que, sin provocar masacres, formaban parte del mismo programa. En todos los centros de poder los fascistas comenzaron su contraofensiva, toda una serie de cambios tácticos, etc.; la Iglesia estaba acabada, quedaba solo la Curia, lo que bastaba para el regreso a un clericalismo que pudiera concebir el fascismo como posible aliado; la base de esta posible entente —que en la práctica comenzaba mediante el intercambio de hombres en los centros de poder— era el «poder» por sí mismo, sin más, despojado de cualquier atributo; pues es inconcebible el clericalismo sin una Iglesia que pretenda el poder de la Iglesia, y es inconcebible el fascismo sin una tradición que pretenda el poder tradicional. La gente era la que —en una estampa tremenda— Carlo había visto desplazándose en coche de Milán a Roma, por la Aurelia, aquel día de marzo de 1972. La gente era esa, y carecía de los valores arcaicos de la Iglesia y de los valores pervertidos del conservadurismo: estúpida, brutal, chacotera, vacía, neurótica, ansiosa, superficial, indistinta; los jóvenes querían todos lo mismo, que no era otra cosa sino la eterna repetición de un modelo que uniformaba todo contenido; estaba comenzando una civilización cuyo centro no era el hombre sino los grupos de hombres; el hombre-héroe, como, aun modestamente, era Carlo, era ya una cosa inconcebible salvo para gentes de una cierta edad, que todavía sentían respeto, un respeto quizá incluso a quien no lo mereciera, pero que en sí mismo era en cualquier caso algo noble, que ennoblecía la vida.

Aunque Carlo, como todos los intelectuales pequeñoburgueses, conociera esto —un conocimiento debido al sentido común— y hubiera pronunciado su condena —no banalmente contra «los extremismos opuestos», al modo en que los viejos embrollones de la política italiana intentaban aureolarse con la aureola de la popularidad, sino desesperadamente contra todos—, algo en su interior sin embargo obedecía, como una anguila en un banco de anguilas que sabe hallar en el fondo del océano la vía que le permite regresar al pequeño manantial del torrente alpino, a una profunda llamada que yo no oso siquiera nombrar.

## Apunte 64
## **Los titubeos antes de la santidad (del «Proyecto)**

¿Qué importa si todo esto permaneció oculto no solo a la opinión pública y al círculo de amigos y colegas, sino incluso a la conciencia de Carlo?

En el intervalo de una existencia, el que se da entre el acontecer de una novedad (en nuestro caso la desaparición de Karl) y su real eficacia sobre el desarrollo de la vida de quien es afectado, hay un momento de inercia, en el que las cosas se repiten como si nada hubiera sucedido, y la razón continúa funcionando con normalidad.

Nada hay más inocente que una invitación a ccnar; incluso en el momento en que la invitación comienza a parecer sospechosa, la ficción de la inocencia puede ser fácil e incluso justificadamente dilatada. Sobre todo si en esta cena nada hay que pueda decirse, ninguna propuesta que pueda hacerse, ninguna respuesta que pueda darse, ninguna alusión que pueda hacerse: y la cena puede quedarse en cena y basta.

Yo solo puedo decir que antes de ceder una mínima parte de poder a la gestión de los fascistas (que ya descaradamente se definen como tales), la parte más clerical de la Democracia Cristiana —pongamos Andreotti— se lo habrá pensado dos veces; y no tanto por una cuestión de escrúpulos, o por la natural repugnancia física que puede inspirar un fascista (a quien veinte años ciertamente no han bastado para limpiarle las manos manchadas de sangre), como por la natural inseguridad que incluso el hombre más informado y más hábil puede sentir al prever el futuro; no hay futuro sin historia, y la historia es confusión; aunque sea absurdo pensar en ello, en el futuro inmediato puede haber siempre algo imponderable que puede arrebatar a los fascistas ese éxito que todos prevén y que ellos esperan jactanciosos.

En definitiva, es preferible arrastrar a la derecha a un hombre que ya ha sido probado —y que será útil, ante cualquier eventualidad, a las izquierdas— que incorporar en su lugar a un hombre decididamente de derechas, propuesto (es más, impuesto casi) por Almirante.

En fin, la cena tuvo lugar (muchos meses antes de que Carlo llevara a cabo el «gran rechazo»). Por lo demás, como bien sabemos, Carlo no era ajeno a las tentativas de corrupción. Es más, había sido ya corrompido. Pero no públicamente. Esta cena, sin embargo, no podía dejar de prever una cierta publicidad de la corrupción. Aunque quedara en simple cena.

Quedó en cena, y punto. Nunca cena alguna fue tan ontológica. Comieron polenta y buey estofado, un poco a la alpina, con un óptimo vino trentino, porque el parlamentario que ofrecía la cena era de aquella zona; de los demás invitados, exceptuando a Carlo, dos eran romanos y cuatro meridionales (uno siciliano).

De modo que el viraje a la derecha de Carlo resultó objetivado. Él no lo dijo, no lo admitió, nunca lo supo, en público; lo dijo, lo admitió y lo supo en privado, pero como un hecho puramente momentáneo, diplomático, táctico: maquiavélico.

No obstante, permanecía en el fondo de su alma, un fondo ni siquiera demasiado oscuro, esa innombrable llamada que unía su conciencia al tropel de las conciencias.

## Apunte 64 bis
## **Qué pasó durante aquella cena (del «Proyecto»)**

He realizado una tímida tentativa de «descripción» de una cena entre democristianos de derechas (digamos, mejor, dispuestos a todo) y neofascistas, sugiriendo la presencia como siempre poco enunciable y misteriosamente alusiva de diputados mafiosos sicilianos.

Esta descripción consta de un par de tímidas alusiones (ciertas viandas, cierta marca de vino). Lo mínimo requerido por un relato que no quiera carecer por entero de fundamento. En realidad yo no sé nada de cenas semejantes; y las alusiones no son sino conjeturas. Otros mejor que yo podrían escribir una crónica sobre dicha cena, con listas no solo de viandas y de vinos, sino también del atuendo de los convidados, de los detalles de su presencia física y social (corbatas, anillos, etc.); y además con breves excursos sobre la carrera de cada cual (por otro lado tampoco descarto hacerlo yo, relato adelante). No digo que todas estas particularidades, o mejor «peculiarismos», rayen en lo superfluo o meramente estético. No. Es más, querría estar en condiciones de realizar esta descripción, para ofrecer la ilusión de la verdad además de la verdad conceptual (que se vería enriquecida). No estoy en condiciones de hacerlo porque me repugna no solo vivir la experiencia de una cena semejante, sino también pedirle a alguien información al respecto. Es decir, hacer lo que haría el novelista que pretendo ser. Pero hay algo esencial que me interesa más, y sobre ello querría limitarme a la simple referencia denotativa. Incluso, para ser precisos, por economía artística.

¿Qué fue lo esencial de lo que sucedió durante aquella cena, que tuvo lugar aproximadamente un mes antes de las elecciones del 7 de mayo de 1972?

Antes que nada, y esto ya lo habrá entendido el lector sin necesidad de que yo entre en detalles demasiado precisos (que además, una vez explicitados, clarificados y en definitiva banalizados, acaban resultando falsos), se produjo un hecho de corrupción, por más que privada y no reconocida, o bien reconocida con todas las viejas justificaciones aptas para acallar de manera global la conciencia.

Pero esto no es lo esencial, al menos por lo que hace a los hechos de esta historia. Lo esencial es otra cosa.

Para empezar, se trató de una cena «entre hombres», solo para varones.

Lo que se presenta, creo, como un síntoma sustancial en un ritual de corrupción de origen, estructura y forma meridional (siciliana), trasplantada a una capital burocrática, mediante una operación clientelar.

La ausencia de mujeres era ausencia de matices. No había siquiera una anfitriona, provinciana quizás, o vaporosamente romanizada, que hiciera de caja de resonancia misteriosa, que diera a los pactos no pronunciados esa cierta gracia que atesora la gran hipocresía instituida.

No, ni la fornida provinciana casada con el diputado trentino cuando era un mozarrón, todavía con olor a sacristía y hasta a seminario, pero ya rebosante de esa energía ferina que guía las carreras políticas brillantes; la provinciana, que se ha puesto rechoncha, dispareja ya respecto al marido, pero allí, presente, como una erinia sonriente con la sonrisa de las católicas vénetas, junto a él; y tampoco la esposa de extracción social superior, trincada ya con la carrera en marcha, vagamente intelectual, etc., etc. Nada de mujeres.

Para completar el cuadro, quien servía era un asistente, también él procedente de las cumbres alpinas, quizá un excarabinero, de bigotes aún negros y frente de animal herbívoro.

Tanto trentinos como sicilianos se sentían plenamente a sus anchas en aquella atmósfera de complicidad viril; mientras que Carlo se veía obligado a hacer un esfuerzo bastante angustioso (desde tiempos anteriores al nacimiento de Karl no sentía nada semejante) para mantenerse a la altura de la situación.

La presencia de una o varias mujeres lo habría tranquilizado, no solo porque el sexo todo lo afianza, convierte todo en reconocible y en esencia practicable; no solo, sino que mediante la infinita capacidad que las mujeres tienen de mentir o de no evidenciar la realidad, el pacto (implícito siempre en un hombre de acción) tiene caracteres sacrosantos.

Ante las caras de todos aquellos hombres, entre los treinta y cinco y los cincuenta años, devorados por sus vidas consumidas en iniciativas a fin de cuentas repulsivas, de modo que sus cuerpos —en cuya concreción habitaban esas iniciativas— habían sufrido una especie de degeneración, Carlo estaba como un niño entre los adultos. Tenía que seguirles el juego (que tan bien conocían ellos), fingiendo su mismo buen humor, optimismo y voracidad, y —cosa ignorada por todos— su misma repugnante vulgaridad (que expresaban aquellas narices, aquellas gorduras, aquellas arrugas, aquellos cogotes, aquellas bocas, aquellas livideces, aquellos sudores).

Por mérito de Karl, Carlo había adquirido una profunda, desinteresada, inocente complicidad con su propio sexo.

Estaba en continuo contacto con él, y siempre lo secundaba, como un hilo que a través de la vida lo conducía (quizá) a una dimensión que la vida no contemplaba, etc. Era la gratuidad, la libertad obtenida con violencia, sin consentimientos ni tolerancia, etc. La garantía de un secreto protector, de un «lugar otro» interiorizado, etc. Por eso Carlo era siempre consciente de su propia polla, era un valor físicamente siempre presente y activo.

Mediada la cena (a la altura de la carne estofada con polenta) Carlo dejó de golpe de sentir la polla como carne. La intermediación física entre él y su polla, o sea, los calzoncillos y los pantalones, casi habían perdido de repente su capacidad de intermediarios inanimados. No se ponían ni tensos ni flácidos ante nada; y la gota de placer siempre vagamente enardeciéndose en el glande, bajo la piel —la burbuja de placer que precisa, incluso cuando no es posible hacerlo, de un gesto de compresión, de un apretón liberador, etc.—, parecía haberse volatilizado, perdiéndose como en los primeros frenéticos y culpables placeres de la adolescencia, etc.

Ni durante la cena, ni en la sobremesa, Carlo, entre todos aquellos compadres y peces gordos, tuvo el valor de ir al baño a mirarse. Y recuerde el lector que Carlo no era un intelectual sensible y acomplejado, sino un potente hombre de acción.

## Apunte 65
## **Prólogo al jardín medieval (del «Misterio»)**

Siento una profunda repugnancia al detenerme con la fantasía, para poder describirlo, en el barrio donde vivía Carlo, ya fuera Vigna Clara, la parte nueva de los Parioli o la Olgiata. ¿Por qué? Solo de pensarlo se me encoge el corazón. No es moralismo, no es un sentimiento social ni clasista. De hecho, ya hace muchos años que pertenezco al mundo que vive en semejantes barrios. Los mismos años (o casi) que hace que no frecuento ese mundo, es verdad. Pero no puedo distinguirme de él económicamente. No lo he vivido. Lo he perdido. De muy buena gana, con alegría, con liberadora satisfacción, con indecible alivio, pero lo he perdido. Quizá por eso me angustia. Y añádase una cierta piedad, pero una piedad que se siente por algo que repugna…

Lo que me causa tan insuperable rechazo de ese ambiente es la falta de un halo en el que se difumine o se deforme, o bien de una zona libre desde la que pueda ser contemplado y analizado. Es tal cual se presenta ante los ojos y la conciencia, sin idealismo alguno. Sí, repito, sin idealismo, sin el tristemente célebre idealismo. Es un todo, un todo que pocos abarcan y que sin embargo la mayoría refleja: las fachadas de los edificios, las sedes (algo más pobres) de las embajadas, los jardines en realidad miserables, signo de lujo no obstante en aquel mar de cemento, el silencio de las más que selladas identidades en las casas respetables, con mármoles y vidrieras (a fin de cuentas también bastante miserables), con largas hileras de timbres brillantes de latón, y el silencio aún más profundo y casi salvaje de los garajes; todo ello es una «forma» desprovista de redundancias; su sentido está del todo definido, y consiste sustancialmente en la falta de márgenes y espacios para «algo más». Este algo más podría ser la lucha de clases, o una inquietud autolesiva de la entropía clasista, o bien el misticismo religioso, o incluso la literatura o el amor a la cultura. Pues no: nada de todo esto, nada. Solo la idea de esta realidad me corta la respiración, y mi fantasía escapa de ella aterrorizada. Y sin embargo me impongo permanecer allí, e incluso escribir una especie de poema cuyo ambiente es justo este. Quiere decirse que algo, aun repugnándome, se me escapa; y no solo el hecho de no haber vivido (con toda mi voluntad) ese mundo y por tanto haberlo perdido; quizá la presencia de una forma (acaso aberrante) de idealismo, es decir, de ascesis respecto a ese mundo, y que se me escapa. Sin tal liberación la vida no sería materialmente posible. Y sin embargo allí, en Vigna Clara, en los Nuovi Parioli o en la Olgiata, que yo sepa, hay gente que vive: se cumplen enteras existencias, infinitamente llenas de realidad. Yo supongo que así como es idealista el odio al poder, es asimismo idealista el deseo de poder. Y quizá es superficial condenar, a priori y sin discusión, el deseo de poder. La forma de idealismo que hace vivir esa ciudad idéntica a sí misma y para ricos, o al menos para burgueses acomodados, con sus jerarquías internas, sus esnobs aduladores, sus marginados tolerables, etc., y así sucesivamente hasta los poderosos de verdad, dirigentes de banca, gerentes de grandes empresas, burócratas inamovibles, ministros, es una natural e inocente —tenía que escribirlo— voluntad de poder.

Los que —como es mi caso— odian el poder, quizá en uno u otro momento de su vida, en un momento inaugural, lo han amado, porque eso es lo natural, y porque es eso lo que provoca después un odio justificado, y casi religioso además.

Nuestro héroe, a través de todas las metamorfosis —ambiguas e incomprensibles, y acaso también si se quiere arbitrarias—, era un hombre cuya vida estaba determinada por una «natural e inocente voluntad de poder».[118] El origen de tal voluntad se pierde en los orígenes de la especie, y puede perdurar como un elemento vital —uno de tantos— que, aunque me parezca difícil y estúpido condenar moral o ideológicamente, tiene sin embargo en su psicagogia, en su potencialidad, algo no solo oscuro sino demasiado determinado. Es esto lo que repugna; como resulta inconcebible que ciertos animales, condenados por la naturaleza a ser horrendos, no lo perciban: y de ahí nace contra ellos una especie de desesperada rabia.

De la hierba y de las plantas sí me complace hablar. Hacia las once de la noche se apoderó del aire una extraña tibieza, tras una jornada bastante fría y algo lluviosa, como por lo demás durante todo abril y todo mayo de aquel 1972.

Carlo llega a casa como en una alucinación (¿debida al vino?), y le parece como si detrás de la ciudad hubiera jardines huertos etc. Citar casi textualmente el camino «detrás de la ciudad» de Aliocha en «Los hermanos Karamazov»; en vez de encontrar a su hermano Dmitri encuentra a un Ángel que lo invita a subir al «carro» y lo lleva delante del jardín de su casa. También el jardín ha de desdoblarse; su doble es un patio o una era, cuya descripción se toma en parte de Dostoievski (siempre los Karamazov) en parte de Gógol (Las almas muertas); mientras para la descripción de las divinidades o ídolos recurrir a descripciones de figuras sacras de Longhi en la pintura del XIV (Cimabue, Stefano Fiorentino, Giotto «espacioso»)[119]

(12 de mayo de 1974)

Dmitri = Demetra (confuso por la embriaguez)

La hierba en los jardines estaba ya alta; y también las plantas medio silvestres, como las acacias, que en Roma pueden descollar, rodeadas de inmundicias, entre muretes desconchados o empalizadas podridas, hasta en el corazón de los más ricos barrios residenciales, estaban en su pleno apogeo. La lluvia caída durante el día rebalsaba entre aquella pobre vegetación, que con la repentina tibieza perfumaba.

Pero ¿quién miraba esos hierbajos, o esas hileras de olorosas acacias con enormes flores blancas, mustias, plenas de un olor casi indecente? ¿Quién miraba aquel cielo diseminado de nublos, cálidos y grandiosos como en el año cincuenta, como en el cuarenta? ¿Quién miraba aquellas estrellas, lánguidas y ausentes aun con su luz espesa, casi untuosa?[120]

Delante de la casa de Carlo había un gran jardín; un jardín urbano, claro, con la hierba bien cortada, cuidados parterres de boj, grandes pinos; pero, una vez dentro, casi ni se veían en torno las casas del barrio residencial (pequeños edificios construidos en los últimos diez años), y de repente era como encontrarse en pleno campo.

Un campo que, como es natural, no tenía nada que ver con el campo que había conocido Carlo de niño o de muchacho (y que había devenido EL campo); no obstante, precisamente por esta singularidad, daba una más aguda y casi dolorosa sensación de estar fuera de la ciudad, perdido en un mundo campestre donde la naturaleza reaparecía en todo su misterio.

Al regreso de la cena, de la que he hablado en los apuntes precedentes, volviendo a casa, Carlo (quizá un poco borracho a causa de aquel maldito vino de quién sabe qué malditas colinas de nombre alemán) asistió a un espectáculo prodigioso; o mejor: tuvo una visión, cuyo protagonista era su padre.

## Apunte 65 bis
## Jardín medieval

El padre estaba sentado en medio del jardín, en una silla de mimbre, realista, o sea, de jardín. La luz no era luz eléctrica, moderada y triste por su elegante discreción, casi obligatoria en un mundo regulado por leyes inquebrantables: una luz como es debido en un jardín incrustado en un barrio rico indefenso contra el silencio nocturno de una antigua noche de primavera. Más bien se trataba de una luz universal, que provenía directamente de las estrellas.

El viejo callaba, como si ya estuviera todo dicho, o como si hablar fuera superfluo. Como autor e inventor de esta Visión, he de decir que el Anacronismo puede hacerse real y actual, pero ello no acontece por casualidad. Es la necesidad de perdurar del Pasado en los protervos tiempos modernos, lo que lo dota de elocuencia. Es verdad que se trata de un retorno y de una reorganización efímera, pero en cualquier caso cuando se da, se da. Al lado del padre, sentada sobre la hierba del Jardín retrotraído a tiempos remotos —igualmente efímeros, mas dotados de la cualidad de una estabilización ya imposible e incluso impensable—, estaba la Providencia. Para colmo de desfachatez onírica, ni siquiera estaba vestida como en los últimos años de la Época que está a punto de acabar, o sea los años treinta, o los años veinte, pero osaría decir incluso los años cuarenta, o los cincuenta. No: vestía una túnica románica.

En fila ante ella había cuatro pequeños Dioses, cuya presencia provocaba que, ciertamente no a Carlo —que los vivía en la visión—, sino a mí que la cuento, se me saltaran las lágrimas.

¡Oh Dioses de la Italia humilde, que los campesinos, después de haberlos visto, solían reproducir tallando la madera, agarrotados, toscos e infantiles, mas deliciosamente primorosos, como ningún poeta culto ha sabido hacer nunca!

No había en ellos luz de Inteligencia o de Razón, no, es verdad; y mi conmoción no es conmoción por la Inteligencia o la Razón humanas. Eran solo su misma Realidad, y su modo inocente de arreglárselas para verla y expresarla, con su propia perfección, que ningún lenguaje puede definir salvo nombrando lo que se ha perdido, y lo que permanece ni nombrado ni heredado por los padres, pobres criaturas, que vivieron con tanta alacridad, tanta buena voluntad, tanta inocencia. El primero llevaba una hoz, el segundo un cuévano lleno de uva, el tercero un hacha, el cuarto, que sonreía, una rama de lozanas yemas.

En pie, detrás del padre, estaba la Gracia, con sus tres niñas. A pesar de ser, por naturaleza, graciosas, y de gentil sonrisa, no había nada de afectado en ellas. Creían realmente en la bondad de los demás y en la objetividad del bien; creían realmente en las normas que regulaban la vida; pero era la suya una creencia tarda, ulterior, filial, heredada; pero, precisamente por esto —aunque parezca absurdo—, más perfecta y cautivadora. La buena educación tenía una antigua fuente ideal que la hacía natural en el presente. La reserva, la discreción, la obediencia, el contentamiento, el respeto, la resignación y el heroísmo eran como una segunda naturaleza. Carecían por completo de la agresividad de quien, en un momento de la historia, instituyó la fuente de las normas: las aceptaban y las aplicaban con diligencia en sus vidas, obteniendo justamente la gracia; tanto la madre como las hijas, todas prontas por igual a aceptar los sacrificios impuestos por la naturaleza y por el poder, fundidos entre sí, pero no por un error ideológico, sino por realismo: un realismo no de pensamiento, sino vivido en sus cuerpos, en sus ojos dulces, en su sonrisa de gente pobre, en sus cabellos maravillosos pero humildes, como la vegetación o el pelaje de un animal, en sus facciones apenas bosquejadas, algo achatadas, pero iguales a las de todos aquellos que se parecían a sus padres y sus madres, hermosas y sin defectos.

Al lado de la Gracia estaba su hermana Parsimonia, parecidas como dos gotas de agua. Esta tenía dos hijos varones, que jugaban juntos. Jugaban a las canicas; y las canicas no eran de las que se compran, sino de las que los niños conseguían agenciarse, por ejemplo, tiempo atrás, con las botellas de gaseosa (seguro que alguien lo recuerda); eran dos niños normales y corrientes, inocentes, con su mechón algo polvoriento, la sonrisa ancha y bufa, la nuca bien recortada, el cuerpo gentil.

En redondo, un poco más atrás, todas frontales, estaban la Obediencia, la Paciencia, la Resignación, la Piedad, la Alegría, la Buena Voluntad, la Salud, pero también la Desobediencia, la Arrogancia, la Ruindad, la Crueldad, la Rabia, la Violencia, la Enfermedad; eran todas hermanas, tenían los mismos ojos salvajes y risueños, los mismos gestos plebeyos y gentiles, el mismo sentimiento, ligero y casi jovial, de vergüenza por la propia presencia.

Todas estas eran Divinidades: las Divinidades, evidentemente, del padre. No obstante, su relación con él no era de autoridad; es más, parecían estar allí no para guiar o dominar o patrocinar la vida del padre, sentado y mudo, sino para ponerse a su servicio. Milagrosa sacralidad y humilde realidad eran en ellas una sola naturaleza.

Junto a ellas había un Caballo, también una Divinidad, no sabría decir si semental o caballo de tiro o bien de silla; nervioso, arisco y luminoso, se obstinaba en pastar, sacudiendo a veces la enorme cola, otras las largas crines; a ratos levantaba la cabeza y venteaba. También él, un maravilloso animal de raza incierta, dispuesto a velar por el padre, sirviéndolo.

A su lado estaba abril, que llevaba en la mano una flor de acacia, con el agudo perfume, casi indecente, del semen humano. Vestía calzones de lana y le cubría los mechones un sombrerillo jactancioso; silbaba una canción que suelen cantar en coro los chiquillos.

También estaba el Dios de las Prímulas, de cabellos canos, viejo como un matusalén, los omóplatos marcados en los hombritos de niño; llevaba un vaso en la mano, y decía, con ojillos irónicos (desde luego no de viejo burgués sino de campesino un tanto disparatado), un poema, cuyas palabras no se percibían, solo los acentos.

Había también otros Dioses, pero la lista sería larga y aburrida; Heroísmo y Resignación, eran todos estos Dioses amigables, de aire majestuoso y a la vez subordinado, felices de ser los patronos. Pero al fondo del jardín, en dos rincones enfrentados —por supuesto en una casi perfecta simetría—, había otros dos grupos de Divinidades.

A la izquierda, en la penumbra, desamparados, con la cabeza gacha, alguno incluso con las muñecas atadas, estaban el Diablo, el Adolescente, Tarchies,[121] el Hijo, el Hermafrodita, el Anarquista, Eros: todos desnudos y hermosos, pero sin sexo. Quizá sus servicios fueran inútiles, su protección no requerida; no obstante, ellos también formaban parte de aquel humilde Círculo Celestial.

A la derecha, en cambio, había Divinidades de especie y naturaleza del todo distintas. Eran el Primer Padre, el Estado, el Orden, la Locura; estas divinidades no tenían apariencia alguna de ser serviciales; al contrario, parecían exigir silencio y súplica. Sus dádivas eran imprevisibles. Era preciso que algo —también imprevisible— lograra distraerlos de la actividad que los ocupaba. El Primer Padre estrechaba en una de sus manos, como una manzana, un seno de la Locura, lo que le había provocado una erección: tenía la mirada perdida, los ojos ardientes y los cabellos al viento. No románico sino modernista, a los ojos expertos de Carlo y del autor. El Orden estaba sumido en la lectura de un libro de principios del xx. El Estado consultaba pomposamente textos griegos, pero no clásicos. La Locura, con las uñas de su pie animalesco, le rascaba la cabeza a una Divinidad tan baja de estatura que en un primer momento ni se veía; la cabeza era muy grande y de frente prominente sobre una nariz roma. Era el Poder.

El padre no miraba hacia ese grupo de Dioses, quizá no se atrevía; o si, por casualidad, volvía la mirada hacia ellos, se trataba de una mirada de completa y total subordinación, y, en el fondo, de amor.

Sobre esta Visión —como un acompañamiento musical— flotaba un canto: un canto que estaba entre un himno nacional, una melopea litúrgica y un coro de peregrinos. Quienes cantaban eran, en tres filas uniformes —las más bajas delante, las medianas en medio, las altas detrás—, las Instituciones.

A los pies de las Instituciones, con un arpa en la mano, estaban Cudillo, Occorsio, Falco, De Peppo, que con la uña bien larga del meñique se rascaba una oreja, y D'Ambrosio;[122] no exactamente sus cuerpos, sino sus dobles; símbolos, tomados evidentemente de los ámbitos más retardatarios del mundo moderno, en aquella Visión del Pasado, como para institucionalizar su Anacronismo (así es por lo menos en las intenciones del autor).[123]

He aquí la visión casi del todo descrita. Lo he hecho con una diligencia y una simplicidad de forma rayanas en la afectación, bien me doy cuenta. Pero hay un motivo. Toda esta descripción es puramente marginal y preparatoria; su sola función es la de llevar con la mayor economía de medios posible —justo lo necesario para hacerme entender, incluso con alusiones, con citas o de cualquier manera— hasta lo que posee una importancia real para el desarrollo del relato.

Entre todas estas divinidades, que yo —que no soy ni Pizzuto ni Tostão—[124] he representado someramente, había una que llamaría extralegal o anómala. Y es aquí donde debería, si acaso, poner en juego mi capacidad de estilo, a propósito de esta divinidad que no ocupa un lugar preciso en la simetría del Jardín Medieval, que quizá no es siquiera una Divinidad, sino simplemente un hombre —jovencísimo— elevado a categoría divina. O quizá sea una Divinidad depuesta, apartada de la inmutabilidad del lugar que le fue asignado por la Ananké;

Divinidad errática, errabunda, vagabunda, inestable; quizá más al servicio de los Dioses que de los hombres; o bien colocada por los Dioses al directo servicio de los hombres, y por tanto sierva primero de los unos y después de los otros. Sierva de todos, y por tanto de nadie. Hecha para servir a los Dioses a través de los hombres. Al servicio directo, pues, de los hombres, y al servicio indirecto de los Dioses; autorizada, así, a considerar a los hombres como amos de segundo orden, y a fingir con los Dioses que se está realmente al servicio de los hombres (como en efecto sucede) y no de ellos, los Dioses. Etc., etc.

Este Dios que ronda, las manos en los bolsillos y medio bostezando, entre aquellos Círculos y Semicírculos celestiales en torno al padre, sin hallar un puesto fijo donde ubicarse, por tedio, impaciencia, desprecio por todos o inadaptabilidad —inadaptabilidad debida quizá a su incapacidad— es un joven moreno normal y corriente, no parece muy despierto ni particularmente malintencionado.

El padre no se muestra ante él reverente y cohibido como con los Dioses que están a su derecha (no dejando entrever demasiado, con todo, como un buen profesional, que nada tiene que temer de ellos, porque su obediencia y su lealtad hacia ellos ha sido establecida ab aeterno y sine die), sino confidencial y sin doblez, como con los Dioses-Siervos. Con él, su elocuente silencio presupone y expresa confianza recíproca, solidez del vínculo, certeza de contar con la satisfacción de las propias necesidades, tanto privadas como sobre todo públicas, dirigidas al beneficio público.

Mas hay una fundamental diferencia entre ese joven y los demás Dioses, tanto los Dioses-Siervos como los Dioses-Amos; y tal diferencia es evidentemente social. Los Dioses-Amos pertenecen de hecho, visiblemente, a la raza burguesa, quizá con orígenes nobles, etc., etc.; tienen la nariz recia, la mandíbula insulsa y las ojeras culpables, etc., etc., de los burócratas, de los profesionales liberales, de los comerciantes o de los industriales; su agresividad de rango social (porque físicamente, aunque atléticos, son débiles) se mezcla con el sentimiento de culpa que la origina, etc., etc. E incluso si su debilidad tuviera algo de poético —y su modo inseguro y por lo mismo inicuo de mostrarse naciera de una antigua educación familiar, por lo que sería absurdo e inhumano no mostrar comprensión, y hasta sentir una cierta ternura— una insanable vulgaridad deforma, consume, ofusca esas facciones marcadas por una senilidad repugnante.

Pero también los Dioses-Siervos pertenecen en el fondo a su misma raza; en ellos los orígenes campesinos son más recientes y visibles, es verdad, de modo que su falta de responsabilidad, su educación somera y esforzada, su alacridad de corto alcance, etc., etc., permiten a su fisicidad conservar la inocencia, la salud y la gracia popular. Cuando Lenin decía que los campesinos son todos potenciales pequeñoburgueses, aludía a estos Dioses nuestros que, aun viviendo una vida burguesa, no han perdido del todo la posibilidad de ser apariciones humanas: con el ojo risueño, color en las mejillas, y las facciones, como he dicho, apenas bosquejadas, pero hermosas.

A diferencia tanto de los Dioses-Amos como de los Dioses-Siervos, el joven «anómalo» presente en aquella agradable compañía, cuyo nombre divino es Salvatore Dulcimascolo,[125] no pertenece en absoluto a la raza burguesa.

Su raza es sin duda popular; y —dado que físicamente se presenta, a una mirada no del todo inexperta, como meridional— lumpemproletaria. Esta es la razón por la que se le ve tan aislado allí en medio, sin poderse fundir ni amalgamar con los demás Dioses, «marcado» por una indeleble diversidad, etc.

Lo aceptan, sin más; tanto los Dioses —de los que forma parte— como el padre, humano; y él ha sabido transformar la aceptación en un privilegio. No lo esconde. Es más, lo manifiesta visiblemente, en la mirada entre amenazadora y aburridā, en el porte chulesco, que no pierde sin embargo la gracia recibida como un don (¿quizá por parte de los demás Dioses?) al nacer en una casa pobre, en el corazón de alguna vieja, sucia, desesperada ciudad meridional. Probablemente, añado, Palermo, porque si fuera de cualquier otra gran ciudad no mafiosa quizá el contagio pequeñoburgués lo habría transformado más profundamente, dándole las notas de servilismo que en absoluto manifiesta. No pierde ni por un instante su dignidad. Si ha sido aceptado en ese mundo, ha aceptado a su vez formar parte de él. No es un sicario (como por ejemplo un policía, convencido de su papel de siervo de los ricos por un pequeño sueldo, pasivamente y sin alternativas). No, el Dios Salvatore Dulcimascolo ha recibido pero ha dado; tiene pero da; el suyo es un trueque, es un pacto. Y él es un hombre de palabra, faltaría más. Se valora a sí mismo, por un antiguo instinto, y con gracia; primogénito varón de una madre palermitana orgullosa de él. Frente a los ricos que lo corrompen, él, mafiosillo que de corrupciones entiende, sabe que para ellos representa algo de lo que no pueden prescindir. Así que lo tomas o lo dejas. Vosotros me dais equis y yo os doy equis: estamos en paz. En los círculos Celestiales se comporta con la misma naturalidad que en un barrio donde los chavales van al tajo o se echan a la mala vida, eligiendo su propio destino, o sufriéndolo como si fuera el único, personal y común a un tiempo, y por lo tanto trágico. Además, como corrupto experimentado, conoce a la perfección a sus corruptores; es decir, conoce su principal pecado, consistente en el acto mismo mediante el cual entran en contacto con él: la corrupción (tácita, las más de las veces, pero antigua, y por tanto siempre igual a sí misma, fatal).

En otras palabras: el Dios Salvatore Dulcimascolo está en manos de los Dioses, que lo han incorporado entre ellos, pero como en sordina, pues al mismo tiempo él también tiene en sus manos a los Dioses; y en efecto siempre podría, en cualquier momento y con cualquier motivo, chantajearlos.

Desconoce los altos motivos de los Dioses, sus grandes pecados primordiales, pero sin duda sus pequeños delitos —que el código penal contempla con no pequeña severidad—

le son de sobra conocidos, porque él mismo los ha cometido por encargo suyo.

¿Cómo es posible que el padre de Carlo —un viejo antifascista, un democristiano degasperiano, que había envejecido bastante dignamente, o sea, viviendo de modo solo genérico e inocente la culpa burguesa— pudiera encontrar tan natural la presencia de aquel joven?

Su mirada, cuando caía sobre él, vagando en torno al Centro de la Visión, no traslucía particulares sentimientos maravillados, embarazosos, etc. Parecía que siempre lo hubiera visto, conocido, aceptado en su mundo, como una más de las presencias consuetudinarias y cotidianas.

De las vidas de los padres emana siempre un sentimiento de misterio; y aquel muchacho parecía en ese momento uno de los elementos más enigmáticos de tal misterio. Porque, en cuanto a Carlo, NUNCA había parado mientes en semejante personaje. Quizá era así como se manifestaba su natural racismo burgués. No había experimentado odio, desprecio, repugnancia, dolor, incomprensión, etc., por semejante forma de humanidad; no, simplemente sus ojos no se habían fijado nunca en ella. Y es extraño, porque Carlo era un hombre de cultura; un científico, aunque se había dedicado no tanto a la ciencia en sí como a la ciencia aplicada; hubiera debido experimentar al menos una vez en su vida un poco de curiosidad, siquiera intelectual, o práctica, por personas como Salvatore Dulcimascolo y otras como él: sus padres, sus madres, sus hermanos. Y ocasiones no le habían faltado, precisamente a causa de su trabajo; hacía poco que había estado en Oriente Medio, en Irak, en Irán, donde en realidad toda la gente con la que se relacionaba —excepto una docena de personas, técnicos, administrativos, dos o tres ministros— era de la raza del Dios Salvatore Dulcimascolo, aunque más mansos, o quizá al mismo tiempo más fieros. Pero los ojos de Carlo nunca habían tomado realmente en consideración aquellas presencias humanas. Debe haber alguna razón de peso, algo que haya impedido a los ojos y a la capacidad perceptiva de Carlo dotar de consistencia a los hermanos humanos lumpemproletarios (digo hermanos porque Carlo es católico). Sabía que existían, claro. Y también conocía cuál era el problema, visto además desde la izquierda, dado que durante toda su vida se le había presentado siempre como un problema abstracto, y ni una sola vez el poder del que él formaba parte se había ocupado concretamente de plantear el problema y resolverlo. Era pues un problema de los comunistas y de los gauchistas. En consecuencia, el muy demócrata católico de izquierdas Carlo solo podía formulárselo más que de esa manera: ni una sola vez, repito, había hecho coincidir el conocimiento de tal problema con una persona que lo viviera en su cuerpo. Y era ese cuerpo, en efecto, el que sus ojos rehuían.

## Apunte 66
## **Jardín medieval (continuación)**

Y era ese cuerpo el que ahora atraía sus ojos.

Pero mientras Carlo estaba a punto de dotarlo de consistencia —quiero decir de individualizar el cuerpo, todo el cuerpo, del Dios Salvatore Dulcimascolo, allí, ahora, presente, viviente, carnal, con su olor, quizá con su hedor, con su peso, con su calor, con su posibilidad de agredir, de desear y de ser deseado, como un fruto recién madurado listo para ser asido, o que se niega, intocable, reservado a las acciones que un burgués solo consigue imaginar míticamente— de repente el Heroísmo y la Resignación comenzaron a cantar. Su canto —agudo y dulce, afectadamente popular, un poco ridículo incluso, por la absoluta fidelidad a los cánones musicales que lo determinaban, y al mismo tiempo estremecedor, como cuando (todavía, algunas veces) te embiste de golpe en una calle que bordea el mar, o en un callejón entre viejas casas decrépitas, o en un campo de trigo, o en la espesura entre los árboles en ribazos absortos[126] en la paz del sol— silenció de golpe el pequeño, tedioso, reiterado coro de las Instituciones, que seguían cantando en la nada, impertérritas, según un canon culto, a varias voces, algo como un viejo aire popular reelaborado por un imitador de Hindemith, por encargo de algún ministerio (y quizá candidato a convertirse en himno nacional, añadiré, si la Visión aspirara a la exhaustividad).

Ese canto condujo a otro lugar y a otro tiempo. Reanimó una realidad olvidada tan profundamente como había sido vivida. Ah, nada en concreto: quizá los campos en los alrededores de Turín, o quizá cualquier otro lugar en la campiña de la llanura padana, cuando se esconde el sol y cae la tarde, tal cual es, eterna y sin alternativas; un rito en el que el entero cosmos participa, con sus cien, doscientos, mil hombres y mujeres que habitan ese rincón del mundo, con sus casales, con sus cercas, sus antiguas iglesias bermejas, con la luz desvaída del sol y la de las estrellas que emergen del mar, o tras una hilera lejana de montes azules orlados de un blancor níveo que los separa del azul del cielo. En ese momento suena una campana, y una voz, melancólica o alegre, de una madre o de un amigo, se alza y habla, indistinta, entre las paredes domésticas, o tras los muretes o las cercas de los huertos, porque siempre hay alguien que a la intemperie se demora, en el aire que ya no es amigable y la hierba que comienza tristemente a empaparse.

Mientras a Carlo, fácil presa de aquel canto, se le encogía el corazón —hasta notar, no sin cierto regusto, una mísera lágrima en los ojos— el joven Dios Salvatore Dulcimascolo se durmió. Hacía un rato que bostezaba, se ve que estaba cansado, o aburrido, y ese canto, de tan gran valor para Carlo, para él no fue sino un placentero arrullo, y acabó durmiéndose.

Se había echado en la hierba sagrada, y allí estuvo un rato, con el codo apoyado en la tierra y la nuca sobre la palma de la mano, mascando algo entre los dientes, quizá la caña larga y ligera de una espiga, luego poco a poco terminó tumbándose, con el antebrazo bajo la cabeza, y se abandonó a su sopor juvenil, como hacen los muchachos, que se creen capaces de exagerar con el trabajo, o con el sexo, y luego, a las primeras de cambio, se derrumban miserable e inocentemente.

El canto del Heroísmo y la Resignación —canto monódico y monostrófico, el que dos amigos entonan juntos al unísono, pero en realidad cada uno cantando por su cuenta— cesó igual que había empezado, y con él quedaron en nada disipándose las vagas visiones de un mundo sepultado en la memoria, y tampoco añorado, con su olor a heno, sus callejas de tierra, sus caminos blancos y polvorientos, sus huertos rebosantes de paz, la salida y la puesta del sol, las voces, los gritos, las risas y llantos de sus gentes.

Y allí quedó solamente aquel cuerpo dormido.

En el sueño era, por decirlo así, aún más corporal. Habían declinado las defensas de la vigilia —llamémoslas culturales— y solo la carne restaba.

Para el ojo de Carlo era ahora por tanto más fácil posarse sobre él. Tenía solo que vencer su propio pudor, lo que no era sencillo; con todo, aun sintiéndose culpable, aprovechó la circunstancia de que nadie lo veía y, por primera vez, no solo posó la mirada sobre un ser humano como Salvatore Dulcimascolo, sino que incluso lo observó con detenimiento, lo examinó incluso. Lo hacía, sin saber a qué obedeciera, de manera natural, aunque sintiese un profundo dolor, que se manifestaba como una opresión en el pecho y una sensación de vacío en el vientre, como cuando uno se marea.

Era la fuerza onírica de la visión la que daba a las cosas valores anómalos, significaciones aterradoras a particularidades insignificantes y comunes. No era un interés político ni ideológico el que Carlo sentía, por primera vez, in corpore vili, en el cuerpo de aquel lumpemproletario. No pensaba, por supuesto, en la resolución de la cuestión meridional, ni en la reforma de la relación entre las instalaciones del ENI y la administración regional siciliana, por ejemplo, o cosas así; o bien, si es que lo hacía, la materia quedaba, digamos, en un segundo plano, que zumbaba y vibraba en su pecho ansioso y extrañamente cargado.

El Salvatore Dulcimascolo durmiente tenía la prerrogativa de atraer sobre sí la atención de Carlo justo en cuanto cuerpo, y en cuanto cuerpo personal.

Carlo observaba su pelo negro, de raíces tan tupidas que recordaban la hierba desbordante y vigorosa que en aquel mes de mayo renacía por todas partes, como si fuera la primera vez en la historia del mundo; la frente baja, las facciones regulares, un poco animalescas, desagradables casi y al mismo tiempo llenas de la belleza de la salud y de la sexualidad como un bien heredado; la nariz algo ganchuda, la boca demasiado carnosa, las mejillas tersas sobre los pómulos; de cuerpo bastante alargado para un meridional, pero no longilíneo, era la suya la recia fuerza felina del muchacho moreno que será devorado de viejo por la escualidez, o, lo más seguro, desfigurado por la obesidad de los pobres; y el vientre, las ingles, ese lugar del cuerpo donde ciertamente los ojos de Carlo más se resistían a posarse, ignorándolo incluso, y donde ahora, sintiéndose aún más culpable por actuar a escondidas, se posaban. En ese vientre estaba la pureza y la inviolabilidad que sellan los pantalones de los muchachos pobres, como si sus sexos estuvieran más cerca de la gracia creadora que cualesquiera otros, o de algún modo fueran más parejos y próximos al modelo inaugural; la repetición perfecta, por derecho propio, de un don tan arduamente concedido a los burgueses (y, en su caso, de inmediato atormentado, mustio, considerado como algo inmerecido, corrompido, degradado). La repetición perfecta de un mecanismo sin posibilidad de error, del todo digno[127] de la naturaleza que así lo designa y lo desea. Entre la sexualidad cultural de los pantalones —precintados por una simple cremallera como si fuera un sello— y la sexualidad natural del cuerpo, cuya forma convencional se entreveía justamente en el uso de los pantalones, se daba una relación armoniosa y perfecta, en la que nada existía contra el pudor o por el pudor: la impudicia era casta y la castidad impúdica, el milagro era trivial y grosero, y la trivialidad y la grosería eran milagrosas. Ahora, mientras dormía, en la dura tierra cubierta por la hierba sagrada, quizá debido a algún sueño, o por la irrefrenable sexualidad juvenil, el miembro estaba erecto; los ojos de Carlo, en teoría inexpertos, expertos en la práctica como los de una puta, se percataron enseguida, y formuló la percepción de la imagen sin palabras e inconscientemente, como de costumbre; así como la consideración de que se trataba de un miembro más fuerte y grande de lo que Carlo imaginaba que sería la media, fiel por tanto a la imagen mítica que el burgués normal tiene, sin verbalizarlo, del sexo proletario. Los pantalones, apenas raídos en ese punto, a la altura de la cremallera que los sellaba —un desgaste un poco obsceno, un poco lívido, aunque casi imperceptible—, siendo la posición del cuerpo al mismo tiempo tensa al descansar sobre la espalda y relajada por el sueño, no presentaban ese abultamiento indefinible como cuando el cuerpo está enderezado, en pie, un abultamiento que cambia de continuo, se mueve, dejando entrever la potencia del sexo ambiguamente, manteniendo velada la verdadera forma y la verdadera dimensión; ni tampoco el abultamiento casi geométrico que presentan cuando el cuerpo está sentado, o agachado, en forma de triángulo en el primer caso, de cilindro extendido horizontalmente en el segundo, y en ambos severamente ininteligible; el de ahora era un abultamiento informe y por lo tanto indefenso: la forma que escondía era legible casi a la perfección en su desarmante inocencia. Carlo analizó y captó todo esto en un instante y, repito, sin verbalizarlo. Sintió solo más agudo e insoportable el peso que le oprimía el pecho y la sensación de hueco, de contracción en el vacío que sentía en el fondo del vientre. Ajeno a todo esto, el Dios Salvatore Dulcimascolo, sicario de los Dioses-Amos, dormía como un tronco, la cabeza abandonada sobre la hierba y la cara algo pálida, cuya piel oscura parecía transparente,[128] enmarcada por el cuello ancho de su camiseta negra.

Apunte 67
## La fascinación del fascismo

Un demonio me empuja a ser claro, a reprimir la voluntad «manierista» que forma parte de mi estilo. Es el demonio de la vejez, lo sé.

Pero no puedo dejar de ilustrar los apuntes precedentes sobre el «Jardín medieval» con algunas observaciones[129] —metanarrativas, como diría un joven especialista, para mi mortificación— que pongan de manifiesto los motivos que yo atribuyo al texto.[130]

He dicho en el apunte precedente que en la vida de los padres hay un misterio. No es una gran observación. Pero precisamente por esto quisiera añadir alguna consideración.[131] El misterio de la vida de los padres reside en su existencia. Hay cosas —incluso las más abstractas o espirituales— que se viven solo a través del cuerpo. Vividas a través de otro cuerpo ya no son las mismas.

Lo que ha sido vivido por el cuerpo de los padres ya no puede ser vivido por el nuestro. Tratamos de reconstruirlo, de imaginarlo y de interpretarlo: es decir, escribimos su historia. Pero si tanto nos apasiona la historia (sin duda más que cualquier otra ciencia) es porque lo más importante de ella se nos escapa sin remedio.

Por las mismas razones[132] no podemos vivir corporalmente los problemas de los jóvenes; nuestro cuerpo es distinto del suyo, y la realidad que viven sus cuerpos se nos niega. La reconstruimos, la imaginamos, la interpretamos, pero no la vivimos. Hay pues también un misterio en la vida de los hijos; y en consecuencia hay una continuidad del misterio (un cuerpo que vive la realidad); una continuidad que con nosotros se interrumpe.

Sabemos cómo acontece el fenómeno, visto que también nosotros vivimos, en nuestro cuerpo, la realidad, en toda la infinitud de sus formas; pero en nosotros la conciencia de la caducidad de tal experiencia es tan fuerte que la deforma y la degrada. Se nos presenta solo, pues, como una experiencia útil para comprender las experiencias análogas de los demás, dotadas, esas sí, de la cualidad que a nosotros se nos niega, el valor absoluto.

Bien sabemos, claro, que también las experiencias existenciales de los demás son caducas, míseras, confusas: no han comenzado del todo y ya concluyen. Pero este sentido de caducidad se convierte en un elemento, uno de los tantos elementos permanentes y absolutos del valor de las experiencias corporales de padres y de hijos.

La continuidad del elemento de la caducidad se identifica con la continuidad del Pasado, y de su misterio corporal.

Tal continuidad invade toda la vida, es su registro continuo.

La estabilización del Presente, las Instituciones y el Poder que las defiende, se fundan sobre este sentimiento del Pasado como un misterio por revivir; si no nos engañáramos creyendo vivir las mismas experiencias existenciales de los padres seríamos presa de una angustia intolerable, perderíamos el sentido de nosotros mismos, la idea de nosotros mismos; y la desorientación sería absoluta. Tanto más cuanto que el misterio de la historia de los padres se identifica con el misterio de la historia de los hijos.

El Fascismo expresa de modo primitivo y elemental todo esto; por ello coloca en primer lugar la filosofía irracional y la acción, que son las formas actuales y lógicas del Misterio corporal. Ninguno de nosotros está libre de ello, ni exento, ni indemne. Aun cuando no lo queramos, el Pasado determina las formas de vida que imaginamos o proyectamos en el futuro.

El Fascismo es la ideología de los poderosos, la revolución comunista es la ideología de los débiles. Poderosos y débiles provisionalmente, se entiende. En el momento histórico en que se verifica. Los poderosos son además los verdugos, los débiles son además las víctimas.

Hay algo de absoluto en el pensamiento de un poderoso que pretende estabilizar el Pasado, mientras que hay algo de precario en el pensamiento de la víctima que pretende destruir el Pasado.

En el poderoso no hay ambigüedad, ni tampoco en quienes deciden obedecer al poderoso y por tanto, en compensación, beneficiarse del poder. Las víctimas son en cambio profundamente ambiguas; su decisión de rechazar un poder que tienen al alcance de la mano, para crear otro en un mañana incierto, improbable, a menudo idealizado y utópico, no puede no despertar sospechas.

Se puede condenar al poderoso (por su abuso de poder, su violencia, su agresividad, su vulgaridad) y se puede condenar a los jóvenes que, llegado el momento de elegir, deciden estar de parte de los poderosos, servirles, con el objetivo de participar del poder y, gradualmente, quizá convertirse ellos mismos en poderosos de verdad; pero en todo esto no hay nada que despierte sospechas: yo diría que es natural. Resulta más bien difícil concebir que a alguien se le pase por la cabeza hacer lo contrario; es decir, renunciar a seguir el curso de la vida, que, poniéndolo al servicio del poder, con su juvenil osadía, le asegura potencia y prestigio en la edad avanzada y la vejez; y que elija en cambio una vida de víctima, excluida del gran banquete paterno del poder, de la repetición gloriosa de la vida como Pasado que se perpetúa.

## Apunte 58
## Segundo momento fundamental del poema

Veamos en pocas palabras cómo acabó la cosa.

Carlo entró en su habitación y se desnudó, medio borracho (la ebriedad admitida por las personas serias). La Visión ya había quedado atrás, en el Jardín sumido en la humedad, que parecía ahora helada casi, de aquella noche de mayo. Los Dioses y el resto de los Celícolas, mirando hacia la calle y la verja —inmóviles y de frente—, daban ahora la espalda a la casa, en cuyo interior Carlo estaba desnudándose, con las manos que le temblaban. Tenía el corazón, que la ebriedad había precipitado[133] hacia un oscuro fondo cenagoso, alterado por un sentimiento desconocido, y, aunque abyecto —pero quizá precisamente por ello—, exultante, maravilloso. En el Fascismo hay una fascinación que nadie ha tenido nunca el coraje de explicar.

En cuanto estuvo desnudo sus ojos cayeron sobre el espejo que lo reflejaba: ahí estaba de repente, a las claras, la razón del peso que le oprimía el pecho y del vacío que le aliviaba desagradablemente el bajo vientre, al abrigo de los pantalones.

En su pecho sobresalían dos enormes senos; y entre las piernas, en lugar del pene, había un vacío cubierto por una mancha de vello, una vulva. Pero fueron otras las palabras —las palabras que usa el pueblo, y que la burguesía nunca ha sabido sustituir sino a costa de tornarlas vulgares— con las que Carlo se dio cuenta de su propio cambio de sexo.

## Apunte 59
**Lapso de tiempo**

Desde mayo del 72 a octubre de ese mismo año no sucedió nada de lo que estaba previsto que sucediera con carácter de Acontecimiento. El MSI obtuvo muchos votos en las elecciones, incluso lo que se dice un gran éxito, como el lector sabe mejor que yo. Los socialistas salieron del Gobierno, que giró a la derecha, con los liberales, y Andreotti fue presidente. Los viejos clero-fascistas levantaron cabeza, y un aire de restauración sopló sobre Italia como un siroco. Pero todo, al menos por ahora, se limitó a eso. Lo cual era una cosa vieja. La realidad, avanzando por su cuenta, como querían sus reales leyes, transformaba a los italianos mediante nuevos fenómenos de permisividad; ciertas adquisiciones que, con los socialistas en el Gobierno, se llamaban Reformas, habían devenido ya en irreversibles. Italia estaba encaminada hacia el Hedonismo del Consumo —si el lector me permite esta apresurada definición—, cuyo templo no era por cierto la Iglesia. Un fascista hedonista era una contradictio in terminis. El Poder estaba preso en el impasse de esta contradicción. ¿Qué dirección impondría su Mente, personificada, en este caso, en el presidente Andreotti? ¿Un más decidido giro a la derecha, como en apariencia demostraba el revival moralista de los viejos clerofascistas agonizantes en la magistratura, en la policía, etc.? ¿O bien un mucho más real giro a la derecha, por los largos caminos de la democracia tolerante?

El Poder es eternamente joven, dúctil, a menudo dubitativo y en crisis, como todo lo humano. Ahora sus consignas estaban en discusión.

La oposición se había reorganizado, y había reencontrado una cierta tradicional unidad fundada sobre la idea retórica del Poder entendido tradicionalmente como «viejo, idiota, obtuso, sin disyuntivas». El gauchismo había perdido a sus masas, porque subcultura de protesta contra subcultura de poder es una antítesis que no puede no acabar en la derrota de la primera. Las masas juveniles habían regresado enigmáticamente al orden, aun conservando bien a la vista las señales traumáticas de su revuelta de unos años atrás. La situación se había vuelto en su contra. La condena total e intransigente que pronunciaron sin discriminación contra todos los padres les impidió tener con esos padres una relación dialéctica, mediante la cual superarlos, avanzar. El rechazo puro es árido y perverso. Así pues, a través del rechazo, los jóvenes quedaron paralizados en la historia. Lo que implicó, fatalmente, un retroceso. Reaparecieron en ellos los caracteres psicológicos y corporales de una vieja burguesía infeliz; señales que, al menos en una mínima parte, en sus padres habían desaparecido. Volvieron a verse caras de cura viejo, de picapleitos culpable, de juez insustancial, de sargento corrupto, etc., etc. Esto en los más indefensos entre aquellos jóvenes, como es natural; en la «masa» no había otra cosa que descontento, neurosis, ignorancia, agresividad: integrarse no compensa la traición.

El acercamiento entre el centro y la periferia, entre las provincias y las grandes capitales, había destruido entretanto las variadas y particulares culturas populares. La periferia de Roma y las tierras pobres del sur, las pequeñas ciudades tradicionales y las regiones campesinas del norte, ya no producían modelos humanos propios, nacidos en el seno de su vieja cultura; modelos humanos que oponer a los ofrecidos por el centro, como formas de resistencia y de libertad, aunque viejas y pobres. El modelo era ya único: el que el centro, a través de la prensa y la televisión, imponía blandamente. Y puesto que era un modelo pequeñoburgués, la inmensa cantidad de jóvenes pobres que trataban de conformarse a él se sentían humillados.[134] Ya no había un orgullo popular alternativo. Se diría que las mil liras de más que el desarrollismo había metido en los bolsillos de los jóvenes proletarios convirtieron a tales jóvenes proletarios en estúpidos, presuntuosos, vanidosos, malvados. Solo en la pobreza se manifiesta, aunque sea ilusoriamente, la bondad del ser humano. No había un joven del pueblo que no llevara grabada en el rostro una mueca de autosuficiencia; no había ya quien no mirara fijo a los ojos a nadie, y caminara con los ojos bajos, cual colegiala, como muestra de dignidad, discreción, moralidad. Ya no había curiosidad por nada. Todo ya se conocía, por obligación. Solo había un ansia nerviosa —pálida y embrutecedora— por consumir la propia porción de la tarta. A esto se añadían los pelos largos, o mejor, los pelos peinados cual los de máscaras soeces, alisados, colas, flequillos, tupés; una deformación incontenible, que se presentaba como el resultado obtenido mediante inefables esfuerzos, y que hasta sustituía a las palabras. Viejas fulanas, putillas de los años veinte, o hechiceros de cabeza hueca, la juventud popular imitaba a la estudiantil en esta mascarada en la que dejaban pasar los más hermosos años de su vida como bufones, avergonzados del esplendor imberbe de la piel, v desbrozada de sus viejos mechones altivos e inocentes, de sus viriles y humildes nucas recortadas de los tiempos de la Pobreza.

Entre los hombres cultos no hubo ni uno con el coraje de alzar la voz para protestar contra todo esto. El riesgo de la impopularidad daba más miedo que el viejo riesgo de la verdad. Por lo demás, también la cultura especializada era digna de su tiempo; su organización interna era ya definitivamente pragmática; los productos intelectuales eran productos como cualesquiera otros: se definían en virtud del éxito o el fracaso, y su heurística consistía en existir, como cosas o hechos, apuestas que se ganaban o se perdían. La mala fe se teorizaba como elemento propio del individuo culto, incluso del poeta. Determinados «Grupos» —asimismo psicológica y fisiológicamente semejantes a una burguesía que parecía acabada para siempre— hacían del «poder literario» su finalidad directa y declarada, no solo sin pudor alguno, sino incluso arrogándose al mismo tiempo una función moralista, intimidatoria y chantajista, deducida, con inaudita desfachatez, del gauchismo patéticamente derrotado.

La única realidad que latía con el ritmo y el afán de la verdad era la implacable de la producción, de la defensa de la moneda, del mantenimiento de las viejas instituciones todavía esenciales para el nuevo poder, que no eran por cierto las escuelas, ni los hospitales, ni las iglesias.

## Apunte 60
## **La encarnación de Salvatore Dulcimascolo**

Carlo, en cuanto hombre de poder se entiende, en cuanto hombre público, vivió durante todos aquellos meses tan enigmáticamente como el Gobierno al que había dado su apoyo en calidad de técnico, en un intercambio tácito, y por supuesto no escrito. Estaba en suspenso. A la violencia fascista —la Gran Novedad— le sucedió la prudencia, que aconsejaba esperar; no tanto para hacer algo como para no hacer nada, por ejemplo no cometer el error de sobrevalorar el fascismo y readmitirlo en la zona de las decisiones del poder. Por lo demás, Carlo mantenía sus senos y sus órganos genitales femeninos bien custodiados en sus antiguos trajes grises de paño o de tweed; tras alguna que otra descompostura en años precedentes, los trajes tendían a retomar la línea clásica, a pesar de que el cabello todavía no se cortara exactamente con el degradado… Después de la tentativa de cambio o de aumento de poder que tuvo lugar aquel mayo angustioso, como «pura propuesta» pero ya, como dato de hecho, irreversible, Carlo permanecía tal cual en su rango, el que había logrado con su viaje a Siria y demás países árabes, en los que desde siempre el ENI precedía al Estado. En realidad nada había sucedido, excepto precisamente el hecho irreversible de aquella tácita propuesta.

Justo como consecuencia de esa suspensión (que no quería decir renuncia) y del posibilismo (siempre abierto) de aquel hecho Primero, aconteció —como por pura casualidad, con el aire cordial, de camaradería, ligero, despreocupado, de los usos parlamentarios— un hecho Segundo. Una segunda cenita. Esta vez al diputado trentino se había unido un diputado meridional (napolitano) que se llamaba inocentemente Tortora.[135] Mientras que el resto de la «pequeña compañía»[136] no se modificó. La cosa nació jovial y casualmente, en una reunión. Una vez dejada caer, la propuesta, sin importancia, se concretó, por concorde, obstinada voluntad de todos. Quién sabe qué pasaba por la cabeza de los cuatro sicilianos, los dos diputados y los otros dos hombres poderosos no mejor identificados. El hecho es que Tortora los invitó al Toulà, una noche de octubre, tibia, con tibias estrellas alerta, aunque resignadas a lo peor.

Tortora tenía prácticamente siempre una mesa reservada en el Toulà, de modo que la compañía se sentó en torno al blanco mantel posando sus pesados culos enfundados en telas oscuras en las sillas reservadas a los grandes de la tierra, aptas con todo para modestísimas cenas terrenales. Se habló de muchas cosas; pero no por cierto de Restivo, por ejemplo. Al final todos estaban contentos, y empezaron las zalamerías de los sicilianos con el resto de comensales, haciéndoles carantoñas afectuosas en las mejillas. A Tortora, al recibir las carantoñas, se le acentuaba la expresión de sacristán en su cara redonda de astutos anteojos. Al parlamentario trentino no se atrevían a hacerle carantoñas, ni zalamería alguna, ni siquiera como los siervos al amo; y tampoco, a decir verdad, a Carlo, con sus gélidos cabellos septentrionales, pajizos, que le enmarcaban la lóbrega frente, con sus profundas ojeras, no menos lóbregas, y la boca de grandes y prominentes dientes de la que surgía una seca conversación condicionada por el uso habitual de terminología técnica. Ni Buscetta ni Vassallo ni Buttitta ni Gallina[137] hubieran podido nunca imaginar que, tras aquella jeta de septentrional áridamente blanca, y bajo aquellas ropas virilmente impecables, se escondía el cuerpo de una mujer, ¡de una hembra!

Este Toulà, tan pomposamente oficial y consagrado en exclusiva al poder político, no es que fuera un local tan divino; su aire rancio era bastante triste, y todo estaba como apretujado; los camareros esmeradamente vestidos de negro con pajarita, la barra en un pequeño hueco estrecho a la derecha de la entrada, las mesas montadas con esmero, daban como es natural una sensación de lujo y de alto privilegio; pero, cómo lo diría, en aquel local de poca altura, con varios pequeños reservados más altos a los lados, al que se accedía por una puerta como de edificio burocrático bajando dos o tres escalones, se prolongaba, sin solución de continuidad, la sordidez de todo lo estatal, de todo lo que alberga el poder por excelencia. Hasta el guardarropa era estrecho y poco capaz: colgaban los abrigos en un armario empotrado que se abría justo encima de un mínimo escritorio, en un pasillo donde apenas cabrían dos o tres personas. Al salir, Carlo hizo la cola con los demás frente a aquel pequeño guardarropa, donde pomposamente los empleados los trataban con obsequioso y sobrio silencio, casi con recogimiento (mientras que un aire bufo, de irónica complicidad, rondaba por sus pupilas harto expresivas). Cuando a Carlo le llegó el turno de ponerse el abrigo —entre la exuberante cháchara de los mafiosos, ya embutidos en los suyos, enormes, ostentosos de pieles y cueros— reparó en el joven dependiente encargado de aquel cometido.

Para empezar, su mirada ya estaba fija en Carlo cuando este reparó en él; era la mirada de quien «ya sabía», no exactamente cómplice pero dispuesto de inmediato, o desde siempre, a llegar a serlo. Era una declaración de disponibilidad a la complicidad. Pero no era servil. Era simplemente la mirada de quien —aun conociendo bien su propia inferioridad social— se ofrece para un pacto de igual a igual, en el que por supuesto no vulneraría su condición subordinada, consistente por ejemplo en atender a la persona del superior, que de esa forma se convertiría en cierto modo en su protegido. Como un hijo protegido por su madre; quizá por una madre que, aun rondándole la cabeza otros pensamientos equívocos, ambiguos, está dispuesta no obstante a sacrificar ∨ por amor a su criatura, atendiéndola incluso en sus más humildes necesidades, la caca, los calzoncillos… Sí, la mirada de aquel mozo —de quien, gracias a la relación de camaradería y familiaridad entre compañeros, vino a saber que se llamaba Carmelo— era una mirada materna; igual que sus gestos; en el momento en que le puso el abrigo a Carlo, pareció como si lo envolviera en un abrazo, un abrazo ligero pero vigorosamente posesivo; la ternura protectora era asimismo la que un verdugo puede a menudo sentir por su víctima. Ya no era un muchachito, sin duda había hecho la mili varios años atrás; su cuerpo, que un día sería grueso, tenía aún la lozanía de la primera juventud, en la que todo es suavidad y potencia; su rostro, algo ajado ya, era el de un hombre joven, sencillamente, sin más; y su juventud, que se presentaba como una fuerza, tenía la misma función que su actitud maternal: la de imponer, con silenciosa violencia, su propia afectuosidad protectora. Así, la juventud parecía querer ponerse a las órdenes de quien la necesitara, casi con prepotencia; pero tácita, claro está. El único defecto físico de este joven maternal consistía en el hecho de que había empezado a perder el pelo en la frente, que se mostraba ya casi del todo despejada hasta medio cráneo; pero el que conservaba seguía siendo tupido y ondulado, un bonito pelo, viril, como ha de serlo en la flor de los hijos que provienen del pueblo más enteramente pueblo, de la profundidad de la miseria lumpemproletaria, que aúna, en un involuntario y estremecedor sentimiento trágico, el destino sexual y la muerte, el servicio militar y la delincuencia. Con una sonrisa casi empalagosa, Carmelo ayudó a Carlo a ponerse el abrigo, mirándolo como si lo conociera, o como si conociera algo de él: como si entre los dos, en fin, debiera haber —si es que no la había ya— una cierta y dulce complicidad amistosa.

Carlo perdió completamente la cabeza en esos instantes. Su pajiza fisonomía septentrional se hizo, si cabe, aún más dura y lóbrega, y, casi con malhumor y rabia mal contenida (debida a razones de otro tipo, y superiores), dejó caer una generosa propina en la mano de Carmelo; que notó grande, carnosa, caliente, dura y servicial.

## Apunte 61
**Frecuentación del Toulà**

Aunque hasta ese momento Carlo no había sido cliente del Toulà, comenzó a ir asiduamente, y su situación acabó por ser embarazosa. Al Toulà uno no va solo, ni solo para comer. Es dificilísimo encontrar mesa. El diputado Tortora es de la casa, y coincidir con él —sin tenerlo previsto— es embarazoso. ¿Cómo revelarle que uno está solo —que puede estarlo—, despistado en la gran ciudad, fuera del férreo círculo de las maniobras políticas, que requieren desenvoltura, buen humor, agresividad, y sobre todo compañía, ante un plato internacional cualquiera, pollo o un estofado de buey? Ahí lo tienes al diputado Tortora, con su bulliciosa compañía de políticos democristianos venidos de provincias que, a la mesa, exhiben una bulliciosa sensación de seguridad, que es la otra cara de prudentes probaturas, relaciones de fuerza, etc., en ámbitos oficiales; y que si se resuelven en fracaso, en torno a la mesa puesta del Toulà resultarán gloriosamente minimizadas y tomadas a chacota; si en cambio salen victoriosos, lo festejarán envalentonados, y aunque la frase «les hemos dao por culo» no siempre resulte efectivamente pronunciada, ese es el resumen del asunto. El diputado Tortora podrá incluso, perdido todo recato, por exceso de seguridad, sacar el sobre amarillo que viene del Vaticano, quizá directamente de una persona cercana al Papa, que actúa en su nombre (pero nunca lo dirá), con felicitaciones a los altos dirigentes democristianos por su valerosa lucha en defensa, digamos, de la moralidad, y por la represión de la creciente libertad sexual, etc.

Estar solo allí era como decir: «Destruidme». Pero naturalmente el diputado Tortora y compañía filtraban todo a través de la agresividad de su buen humor triunfalista, y no acusaban nada, presa de una embriagadora ceguera.

Naturalmente, la complicidad entre Carlo y Carmelo había ido en aumento y, sobre todo, estaba cada vez más justificada; era ya un rito el gesto con el que Carmelo le ponía el abrigo a Carlo, y el «Gracias» con que su gran mano recibía la sustanciosa propina era, más que un «Amén», un «Introito»; pero nada comprometía la servicial virilidad del joven honorable, que, si se inclinaba y se arrastraba ante el poderoso, lo hacía porque —lo repito una vez más— tenía una dignidad pareja que poner en la balanza, que antes o después habría de sopesar el debe y el haber.

## Apunte 62
## **Carmelo: su disponibilidad y su disolución**

Una noche, Carmelo, tras extender una mano para recoger en silencio la propina, extendió, con un rápido movimiento furtivo inusual para Carlo, también la otra mano. Mecánicamente Carlo cogió lo que Carmelo le daba. Era un trozo de papel. No entendió; se lo metió en el bolsillo; también él con el gesto rápido y furtivo que en ese preciso momento acababa de aprender, como una lección que puede de inmediato ser aplicada. Sus ojos, aun esquivos, como los de un hombre de negocios que no puede sino ponerse rápidamente el abrigo, para irse de prisa —por supuesto ignorando al mozo del guardarropa—, alcanzaron a percibir en el rostro de Carmelo algo inesperado: un ligero rubor. Pero, quizá por habilidad de Carmelo, inocentemente debida a la antiquísima filosofía de la pobreza, aquel rubor, que quizá fuera de vergüenza, se presentaba como un rubor satisfecho, o, mejor, dichoso.

Al irse, aún acomodándose el abrigo, no pudo por menos de echar una mirada atrás. Carmelo ya se ocupaba de otra cosa, una distracción que revelaba de golpe todo su sustancial misterio, el misterio de una persona profundamente ajena; pero en cuanto percibió aquella mirada del Señor, enseguida recuperó de nuevo su luminosa sonrisa de niño lumpemproletario que había hecho enrojecer ligeramente el moreno de su piel de siciliano, desprendiéndose de inmediato, a las primeras de cambio, de la lobreguez del sicario o de la alegría desbordante del mozuelo,[138] que se ríe sin saber por qué; y se había revestido de nuevo de gentileza viril en relación al rico, como si la riqueza no pudiera por su propia índole sino feminizar; una gentileza, es evidente, cortésmente hipócrita, evocadora de una ternura maternal que, apenas demandada, sería concedida.

En cuanto salió, Carlo echó un vistazo, rápido y airado, a la nota. Había un número escrito, un número de teléfono.

No fue fácil, para un hombre que lo ha sido durante cuarenta años, comportarse de pronto como una mujer. Los días siguientes fueron, pues, tremendos para Carlo. El teléfono se convirtió en un mecanismo monstruoso, un ventanuco sobre una oscuridad infernal, cósmica. Mil veces estuvo a punto de telefonear, y mil veces renunció, justo como en las historias de amor. Mientras que el amor —esto debe quedar absolutamente claro— no tiene nada que ver en este asunto. No es verdad que el sexo y el amor sean una sola cosa; es más, casi siempre son dos cosas del todo disociadas. Aunque es verdad que una pizca de amor la hay siempre. Incluso en los dos minutos que se emplean en follarse a una puta de pie en un descampado lleno de mierda y papelajos. Carlo no telefoneaba, pero no era el amor lo que lo frenaba, con sus cábalas y su congoja. Era, simplemente, la vergüenza sexual, el terror de admitir que en su bajo vientre sentía una contracción terrible, que le quitaba el aire, un ansia de correr cualquier riesgo —incluso la muerte— con tal de hallar la paz, por un instante solo, de recibir en el vacío transido de angustia la plenitud sanadora, la ‹?›, el carisma: la polla de Carmelo, sin duda henchida de virilidad, obtusamente[139] proclive a la fecundación (aun ignorando tal finalidad[140] por la desatención y el egoísmo de la juventud).

Es increíble que contra un deseo semejante, tan vehemente como para desear incluso la muerte, pudiera hacerse fuerte un razonamiento frío como la salvaguarda de la propia dignidad, que quiere a toda costa dar a entender a los demás que por ciertas cosas no se sufre, que sufrir por ellas es inimaginable.

Son cosas que parecerían haber sucedido en los tiempos en los que Forster escribía «Maurice», en la Inglaterra de 1914 en lugar de la Italia de finales del 72. Pero es que todo estaba empezando de cero para Carlo (si es que el lector precisa de estas justificaciones), y sobre este tipo de relaciones no sabía nada, nada de nada; como cuando, muchacho gordezuelo y vagamente eunuco, partiera de su Alessandria natal para irse a Turín, donde no iba a aprender nada nuevo. Llamar a Carmelo quería decir no solo revelarse a sí mismo su propio deseo indecoroso, sino además ponerse en manos de un extraño: quizá de un asesino, quizá de un chantajista, y en todo caso de alguien racialmente dispar como depositario de su secreto, que era una tragedia burguesa.

Basta. Naturalmente Carlo acabó llamando a Carmelo, a una hora en la que suponía que estaría en casa, la hora del desayuno. La voz de Carmelo sonó por vez primera en los oídos de Carlo; era una voz mucho más siciliana de lo que había imaginado, y también mucho más popular. Para expresarse en italiano no alcanzaba a hacer otra cosa que pronunciar más clara y lentamente el siciliano, con sus ásperos sonidos característicos pronunciados casi de modo galante, y conservando los acentos en su sitio, en su sitio dialectal, diciendo algunas palabras más deprisa para que se notara menos. Carlo —como en las novelas naturalistas— tenía una especie de mareo, «sentía que la tierra se abría bajo sus pies»; mientras, el otro, calmo, seguía hablando, y establecía con precisión las circunstancias de la cita, sin bajeza ni vulgaridad alguna.

Se encontraron en un «rincón», para Carmelo el lugar más abierto, natural e inocente del mundo: un muro que hacía esquina en lo que fuera una arteria periférica que, según las indicaciones de Carmelo, conducía a un lugar llamado Casal Bertone. No estaba claro lo que había tras ese muro, un almacén, una fábrica abandonada, quién sabe. Reinaba la noche. En la esquina había un semáforo; y la arteria aquella se cruzaba allí con otra llamada Via Prenestina, donde el tráfico, en aquel momento, era indescriptible. Una fila sin fin de coches estaba parada ante aquel semáforo, como un desaguadero que partiera del centro de la ciudad (un centro que a Carlo le parecía a una distancia cósmica). Más allá del semáforo, a una parte se veían unos descampados negruzcos, con los restos de algunas chabolas, y, detrás, muros alquitranados de bloques que se perdían en el cielo cuajado de un terso vapor frío y azulenco. En medio de una explanada frente a aquellos edificios, en un área indefinida en la que se alzaba la carpa de un Circo (sí, un Circo), había una pequeña construcción rosa, aislada: era un bar, fulgurante de luz, que, al estar a la altura de una parada del tranvía, estaba repleto de una multitud de paso, gente ya de edad, viejos, y además una pequeña congregación de parroquianos, jóvenes de soeces pelos largos sobre sus hombros, pequeños y raquíticos o gordos y atocinados. Un poco más allá, la terminal repleta de los autobuses, un cine, el «Diamante»: el infierno, en resumidas cuentas.

Carlo había detenido el coche al lado de la acera, donde evidentemente estaba prohibido aparcar, dada la cercanía del semáforo. Pero ¿qué le iba a hacer? Al lado había un urinario, un florista y un quiosco de prensa, por no hablar de otra parada de un autobús menos importante bajo un viejo árbol, superviviente de otros tiempos; o sea, que alrededor del coche de Carlo era todo un ir y venir de gentes. Justo el sitio adecuado para quien quisiese estar solo y hundirse en el centro de la tierra. El deseo de ser poseído por Carmelo era en Carlo una cuestión de vida y de muerte; y aunque la probabilidad de que esto pronto se verificara fuera grande, Carlo estaba como agarrotado, yerto; las maniobras de esa posesión que proyectaba su fantasía eran pobres en extremo. Y sin embargo cuando Carmelo apareció, o mejor, se manifestó mediante su cuerpo que aparecía en la esquina, todo volvió a hacerse tan misterioso y complejo, tan desmesuradamente rico, que Carlo estuvo a punto de desmayarse. Carmelo, en cambio, parecía tomarse la cosa con gran naturalidad. Quién sabe cuántas veces se habría metido en coches que lo esperaban en cualquier esquina. Quién sabe cuántas veces habría realizado aquellas maniobras eróticas, desabrocharse los pantalones, sacársela, etc., que a Carlo le parecían sublimes.

—Hola —le dijo al subir al coche.

Ninguna formalidad, pues.

Luego preguntó que dónde iban, en su patético siciliano vocalizado, que, corregido por su presencia física y su sonrisa vagamente untuosa, perdía algo de su pureza. ¿Cómo que dónde vamos? Carlo pensaba que ya lo sabría Carmelo. Que Carmelo estuviera dispuesto a ir a cualquier lugar de la tierra, a cualquier casa que al Señor se le ocurriera, fue otro motivo de maravilla para Carlo, que no conocía, y nunca la hubiera sospechado, la existencia de una disponibilidad semejante. Por más que el «picciotto», presumiblemente, gracias a sus protectores tuviese resuelta la papeleta, era increíble que hubiera conservado intacta la frescura de quien es pobre y está dispuesto a todo. Que no opusiera ninguna resistencia psicológica, ninguna objeción organizativa. Iba con Carlo como un animal, una res joven tan desentendida del mundo humano que incluso el que la llevaran al matadero era algo que parecía no afectarle; y que todo cayera sobre la conciencia de los hombres. Es hablar por hablar. Carlo, como mujer, imaginaba que Carmelo tomaría la iniciativa. Que sabría muy bien dónde llevarlo; quizá para asesinarlo, o chantajearlo, o hacerle quién sabe qué.

En cambio, así, Carmelo se ponía en sus manos. Pero el hecho es que Carlo no tenía la más mínima idea de dónde ir (y el lector me perdone por esta nueva inserción de discurso vivencial). ¿A un hotel? Se le erizaban los cabellos solo de pensarlo. Pasar ante los ojos del portero, del recepcionista, del botones… ¡El carné de identidad! ¿A un hotelucho equívoco? Carlo no conocía ninguno, pero además les tenía terror, un terror tal que le impedía siquiera tomar en consideración esa eventualidad. Ir a su casa, para él, quería decir convertir automáticamente a Carmelo, además sin posibilidad de consolación alguna, en un asesino o un chantajista (esto sin tener en cuenta a los vecinos). Intentó decirle estas cosas a Carmelo, con una voz chillona y un deje de repente mucho más septentrional de lo que él mismo recordara tener; algunas palabras las pronunciaba como las caricaturas piamontesas, según el mito cómico de la región.

Carmelo se adaptó enseguida a estas dificultades. Era de una inocencia verdaderamente tremenda. Dijo que él conocía un sitio, un sitio bueno. Y para allá que fueron.

Pesaba en el aire como una calígine. Se coagulaba en torno a las luces de los semáforos, en el centro, y en la fila infinita de las farolas de las arterias que se cruzaban por los contornos. Pero hasta cada una de las luces rojas o blancas de las filas apiñadas de coches tenía alrededor, como una aureola, un borrón de bruma. Las luces de las ventanas en las casas, alineadas contra el cielo, sin perspectiva, amasadas fila tras fila, altísimas a veces, a veces bajísimas, en esquinas aún oscuras y cenagosas, estaban todas veladas de negro. Nadie lo notaba.[141] Era una noche de noviembre en el Acqua Bullicante; y cada cual era consciente de lo que portaba consigo, oculto en su cabeza como un tesoro desconocido en un cofre enterrado, sin cerradura. Cabezas perfiladas tras los cristales empañados de sus sagrados vehículos, cabezas que llevaban como en la punta de un asta o una estaca, por las aceras, contra los muros desconchados, o las luces fulgurantes —sobre el barro o las costras de cemento— de las tiendas. La bruma los unía, los sumergía en un único mundo, donde insolentes y seguros braceaban. La virgen Carlo estaba como aterrorizada. Pero las «naturalistas» palpitaciones, que le martilleaban en el cerebro, inundándolo de sangre, eran más fuertes aún que ese terror que se le alzaba en torno como una muralla de calígine. Su mirada cayó sobre el cuerpo de Carmelo. Carmelo, al sacarse del bolsillo un cigarro, había descompuesto un tanto el orden de su vestimenta, un espléndido impermeable nuevo, blanco y rígido, corto, por encima de la rodilla, y con grandes solapas de sport que le enmarcaban su cuello de siciliano; se le había arrugado un faldón, elegantemente, dejando a la vista un muslo (enfundado en un par de pantalones de cuadros escoceses), mientras el otro faldón seguía terso, cubriendo la pierna hasta la rodilla.

Se entreveía, pues, bajo el rígido impermeable abierto de ese modo, el punto en que los muslos se encontraban; pero todo estaba inmerso en una profunda, impenetrable oscuridad. El impermeable blanqueaba sobre los muslos enfundados en una tela viril a decir verdad demasiado colorida para ser auténtica escocesa; pero la luz llegaba solo a rozar débilmente uno de los muslos, el más descubierto, y dejaba el vientre en sombra, protegido por una oscuridad infernal de la que Carmelo, inocente, no tenía la más mínima consciencia. Pero, apenas el coche echó a andar, separándose de la acera con su triste urinario, la luz penetró impalpable aquella oscuridad, y un cierto abultamiento en la botonadura remachada de sus pantalones —del que tampoco Carmelo tenía, inocente, la más mínima consciencia— fue durante unos instantes iluminado por una franja de luz, quién sabe cómo penetrada hasta aquel antro, donde Carmelo custodiaba la inocente naturaleza de su virilidad, con las piernas abiertas y posando de tanto en tanto allí en medio su mano grande, dura, poderosa, con el cigarro entre los dedos.

Tomaron por una calle larga, ni vieja ni nueva, cubierta de una infinita serie de festones de pequeñas luces de colores,[142] en forma de frontispicio, con los contornos de cruces y otros símbolos religiosos perfilados en medio. Llegaron hasta otro semáforo similar al anterior, pero la calle, que venía del centro, era más estrecha, y en bajada, y, si cabe, aún con más coches apiñados. Recorrieron esta calle en dirección opuesta al centro, entre casas viejas, mezcladas con algunas nuevas construcciones, como precipicios, con sus luces encendidas en interiores vacíos; y travesías, a derecha e izquierda, que se perdían en la oscuridad, como entre los restos de viejos campos reducidos a una plasta de fango. Más abajo la calle se ensanchaba, y las travesías que se perdían, perpendiculares, en la oscuridad, eran también más anchas, con muretes y telas metálicas. Los revoques de las casas eran de los antiguos, marrones o celestes. Y sobre todo ello negreaba la calígine.

—Tira, tira —decía Carmelo, tranquilo, haciendo con las manos un gesto que ningún burgués habría podido nunca hacer; y que era imposible no obedecer.

La calle, bajo la bruma, se ensanchaba y se ensanchaba; a la izquierda, ralos en la oscuridad, grandes bloques, internados, viveros; a la derecha se abría el vacío inmenso de un herbazal oscuro, sobre el cual la bruma algo se disipaba, dejando entrever al fondo una perspectiva densa de edificios, al otro lado de la ciudad. Y allí, sobre aquel escenario como una muralla de claro cemento y ventanas rojizas en el horizonte, nacía la luna, en un desgarro oblongo de la bruma. Los bordes del desgarro estaban como blanqueados; y la luz de la luna naciente tendía a un violeta térreo, a un blancor cadavérico. Al fondo de la avenida desierta que flanqueaba el herbazal se alzaban oscuras, atestadas de agujeros débilmente iluminados de ventanas, las formas de otra barriada, más vieja, desde la que se acercaba traqueteando un tranvía que, en un contraste poco alentador, estaba nuevo a estrenar. Ante la marquesina de cemento del tranvía, también nueva, como suspendida en el vacío, entre la vieja calle en desuso, cubierta de costras ∨, y la nueva avenida recién construida, Carmelo hizo una señal para detener el coche, pero con ojos contrariados.

En el terraplén, delante del enorme descampado oscuro y embebido de neblina infernal, había una larga hilera de pequeños plantones de pino; y también a ras de tierra, en el asfalto de la avenida, habría una docena. Entre estos arbolillos desamparados, colmos de la tristeza de sus montañas, y también de la tristeza, aún más deprimente,[143] de los pisitos pobres de aquellos barrios —donde los habrían recubierto de festones y bolas de colores—, habían encendido una fogata; llameaba débil, como las de las putas a la orilla de caminos parecidos. Alrededor del fuego había unos niños, sucios, harapientos y renegridos como carboneros. Allí estaban, quietos, mirando la calle. Uno era ya casi adolescente, y, quizá justo por eso, porque ya conocía la vida con sus humillaciones, y el lugar que ha de ocupar cada cual, se mantenía apartado, con el aire extraño de quien va a lo suyo. Los otros dos en cambio eran más pequeños, niños aún. Y por eso volvían sus ojos a la calle, luminosos de curiosidad mal disimulada, de espera. Estaban cubiertos de andrajos, pantalones gastados, fresquísimos, veraniegos, camisetas de lana por cuyos cuellos altos y desbocados asomaban sus pescuezos sucios, tiernos como los de los animales más débiles. Eran de rostro transparente, por la debilidad congénita, y mientras que uno tenía en los ojos el fulgor viril y chulesco que haría de él un ladrón o un delincuente, el otro tenía la mirada perdida, como la de un hijo de burgueses que intenta salvar la dignidad. Miraban fijamente hacia el coche de Carlo, inmóviles en la posición en que estaban antes de volverse a mirarlo. El fuego iluminaba al llamear sus caras renegridas de humo, en las que brillaban los ojos, rasgados, inmóviles, inexpresivos. Había también un cuarto, no notado en un primer momento, porque estaba echado sobre unos sacos amontonados cerca del fuego, en los hierbajos húmedos, envuelto en una manta. Del jergón aquel asomaba solo su rostro, amarillo de tan pálido, redondo. Sus ojos miraban también hacia el coche de Carlo; pero le podía el sueño, se le cerraban los párpados sobre las pupilas vidriosas, como cegadas.

—Da la vuelta —dijo Carmelo, sin pensárselo, con la seguridad de un guía que, tras una observación atenta, se da cuenta de que el rumbo no es el adecuado y hay que tomar otro camino. Carlo, obediente como un turista, le obedeció. Puso el coche en marcha y, con ciega obediencia, trazó una curva en U en la misma avenida y la recorrió en sentido contrario. Unos cientos de metros más adelante, nueva orden de Carmelo:

—Métete a la izquierda.

Y Carlo, como ahogándose del placer de obedecerle ciegamente sumiso, tomó por una calle que, detrás de un grupo de pequeños edificios idénticos, giraba hacia una zona oscura, quizá flanqueando el lado opuesto del inmenso descampado que bordeaba la avenida. Y así era en efecto: después de dos o tres recodos la calle superaba un puente, junto a un puñado de chabolas, y luego se enfilaba derecha hacia el barrio denticulado, con su gran cúpula, y la larga herida del nublo sobre el horizonte, que, antes, aparecía a la derecha, al fondo de aquel herbazal grande como un campo de aviación.

También aquí, en el ribazo del descampado, ardían algunos fuegos, por los mogotes erizados de hierba invernal, de montones de basura, de terreros. Alejados los unos de los otros, como señales de centinelas. Al lado del primero se distinguía, en una aureola de luz incolora y negra humareda —eran ruedas lo que se quemaba—, a la puta, con su falda roja corta por encima de los muslos y el bolso negro. A su lado había un cliente, de espaldas, con pobres ropas de viejo que le caían anchísimas sobre el cuerpo encorvado. También junto a los fuegos más alejados, fijándose bien, se veía alguna que otra oscura figura.

—Párate aquí —dijo tranquilo Carmelo.

Estaban en el espacio entre los dos primeros fuegos, en un tramo oscuro y alto del ribazo, detrás del cual se extendían los mogotes infectos del descampado. Carlo detuvo el coche, cerca de la verja semiabierta de una larga empalizada. Detrás había un campo deportivo, vacío. Detrás de él, un seto informe, devorado por el invierno, pero lleno aún de hojas; y, más atrás aún, otra barriada. Esta de construcciones bajas, chabolas, alguna que otra casa de tres o cuatro plantas levantada por un maestro albañil, desnuda, gris, sin revoque. Pero era también inmenso, aquel barrio, y con sus ventanas melancólicamente encendidas se alzaba contra una parte del cielo donde el sol, oculto desde hacía ya muchas horas, había dejado una misteriosa e inmedicable traza de luz.

Carmelo se apeó, acomodándose con aire de macho displicente su elegante trinchera blanca, con el cuello subido. Casi casi se le reían los ojos. Carlo lo siguió, sintiéndose como desnudo en el aire —extrañamente tibio— de aquella barriada que le recordaba las ciudades de Oriente Medio, Damasco o la periferia de El Cairo, donde, como extranjero, se había visto constreñido a percibir todo lo que le rodeaba como algo exótico, ajeno a la historia. Siguió a Carmelo, más allá del breve ribazo, dentro del descampado, que se extendía hasta perderse de vista en dirección a otras luces lejanas. El ciego placer de obedecer le quitaba la inquietud del burgués que de todo ese mundo sabe solo que existe, pero bien que se guarda de profundizar, en modo alguno, en su conocimiento. Por otro lado, el misterio de una mayor virilidad y plenitud vital que él —racista— atribuía a la índole de la vida de aquellos barrios pobres, era el mismo que atribuía a Carmelo; y frente a todo ello, por tanto, se sentía inferior (y, en aquel momento, feliz de serlo). Carmelo se volvió hacia él, y le tendió galantemente la mano, para ayudarlo a subir y bajar por aquellos mogotes fangosos, plagados de piedras y matojos de hierba roñosa. Ante aquel imprevisto gesto galante —y un punto ostensible— de ayuda y de protección, Carlo entró como en trance; no dijo nada, no mostró nada: la obediencia debía ser ciega, total. La gentileza de Carmelo no era sino la prueba de su fuerza. Su voluntad de posesión se servía de aquel gesto caballeroso, ceremonioso —que escondía una auténtica gracia popular— para subyugar aún más a la víctima que consiente; que de ese modo protegía para tranquilizarla, amansarla. Todo ello provocaba en Carlo una emoción tan fuerte que empezó a temblar, a llorar casi, por una especie como de extraña gratitud exaltante. Seguía solícito a su guía, que dulcemente lo conducía —con su mano grande que sin darse cuenta lo agarraba con fuerza— por aquel accidentado espacio que le era familiar, pero que Carlo experimentaba por vez primera.

Más allá de la línea de hogueras de las putas, que esparcidas se perdían en dirección de la lejana barriada nueva, luminosa entre la bruma, como la muralla almenada de una antigua ciudad, escaseaban los mogotes en el descampado, y el terreno se aplanaba. Carmelo abandonó la mano de Carlo, y abrió camino con paso ligero. Unos cientos de metros después llegaron ante una gran tela metálica, desgarrada aquí y allá. En el terreno se abrían hondos de hierba más tupida y limpia. Era más o menos el centro de aquella gran extensión de tierra, y alrededor, lejanas, contra sus propios celajes, brillaban las luces de las distintas barriadas. (Aparecieron también las montañas de los Castelli, sombras apenas más densas en el negro-azul del cielo, porque la luna, a lo largo del larguísimo y sutil desgarro de las nubes, brillaba ahora más luminosa, victoriosa casi sobre la calígine que recubría la tierra.)

—Aquí —dijo Carmelo, y se tendió de lado en la hierba, apoyándose en el codo. Miraba a Carlo con una especie de ironía, que era no obstante afectuosa, y dirigida en parte a sí mismo.

Carlo, solícito y silencioso, se tendió junto a él, con la cabeza gacha. En su interior, sus palpitaciones tenían el fragor de una cascada; y el vacío en el fondo del vientre era una contracción casi espasmódica, que no obstante habría querido que durara una eternidad. Pero Carmelo no era del mismo parecer. Y a Carlo, de tanta dicha, le dio un vuelco el corazón. La dicha era casi insoportable; y no debía manifestarse. El silencio había de ser rigurosamente observado. Carmelo pretendía pues otra cosa, no dejar a Carlo allí, concomiéndose en la espera. Y en efecto, acentuando su sonrisa irónica —que acaso esta vez escondiera algo de apuro— tomó la mano a Carlo, temiendo casi faltarle al respeto, con la delicadeza que se tiene con la víctima, y trayéndola a sí despacio, para que no fuera evidente la fuerza o la prepotencia con que lo hacía, la llevó bajo el faldón blanco y terso de la trinchera que aún cubría su vientre, entre las piernas abiertas como cuando nos tumbamos en la hierba. Primero la posó allí lentamente, mientras seguía aferrándola con la suya, siempre como si temiera hacer alguna inconveniencia, él mismo débil ante su exigencia. Luego dejó de atenazar el puño, pero siguió apretando el dorso de la mano de Carlo con la callosa palma de la suya. En principio la presión fue muy ligera, como incierta, por más que insistente. Todo el cuerpo de Carlo se contagió de aquel contacto que no tenía intención alguna de cesar, al contrario, poco a poco se hacía más fuerte, constriñendo al cabo brutalmente, casi de golpe, la mano de Carlo a estrujar aquel bulto de carne que unos ceñidos pantalones comprimían contra el vientre. La presión tan fuerte que Carlo sentía ahora sobre el dorso de su mano, y que se expandía por todo su cuerpo, había llevado su ansia insoportable al límite de la soportabilidad; un rapto de felicidad y de gratitud lo sacudía por entero (en su postrado silencio) casi como el síntoma de un ataque epiléptico. Los ojos se le velaban, casi cegados; y no osaba alzarlos a Carmelo, que sin duda, con su sonrisa irónica —ahora algo menos sereno y menos capaz de enmascarar su propia emoción de macho—, lo estaba mirando. La presión sobre el dorso de su mano era casi más exaltante que la presión que su mano debía ejercer a su vez sobre el vientre de Carmelo. Era la primera vez que su mano estrechaba un sexo viril, pero la violencia que lo empujaba a hacerlo era aún más exaltante que aquel descubrimiento; una vez más, Carlo habría deseado que ese instante no acabara nunca. Pero una vez más —según una especie de cálculo que a Carmelo debía serle bien familiar— el joven manifestó una nueva exigencia. Obligó a Carlo a extender la mano, que tenía aplastada contra su vientre, encogida; y le separó los dedos, para hacerle empuñar esa carne que los pantalones ceñían. No era identificable aún, con aquel apretujón inopinado, su pura forma; quizá la mano de Carlo aferraba la base del miembro, entre los testículos. Carmelo entonces, paciente, ya seguro de sí, lo ayudó, conduciendo la mano de Carlo hacia aquel secreto que solo él conocía bien. Primero empujó hacia abajo la mano de su presa, hacia el fondo, encima de los testículos, flácidos aunque ya ligeramente endurecidos por la ceñida envoltura de los pantalones, luego, poco a poco, la fue subiendo, haciéndole apretar con los dedos la parte dura. A Carlo pareció abrírsele la tierra bajo los pies, del estupor: lo que sus dedos apretaban no era lo que se esperaba. Se esperaba un miembro como el suyo, o como el de cualquier compañero de colegio, apenas entrevisto, en los baños, o en los vestuarios de los campos de deporte. Este era en cambio mucho más grande, y como de otra materia; era otro sexo, justo el que el mito popular creaba —pero abstractamente, no en concreto— en la imaginación de Carlo.

Y, además, de aquella trompa maciza, tierna y dura como la piedra al mismo tiempo, emanaba una tibieza profunda, que, a través de los dedos de Carlo que la estrechaban, invadía, una vez más, todo su cuerpo, inundándolo de una dicha sedienta de muerte. Y no quedaba aquí la cosa. Carmelo, siempre conduciendo victorioso la mano de Carlo, la empujaba ahora más arriba, para que calibrara su miembro en toda su longitud; una exigencia viril que se sumaba al placer carnal provocado por aquella mano obediente que lo aferraba. Fue preciso apenas un instante, evidentemente, para recorrer toda su longitud; pero a Carlo le pareció una eternidad, porque de nuevo aquellas medidas superaban su imaginación. Si los muchachos del pueblo debían tener un miembro más grande y potente que el de sus señores alejados de la naturaleza, ahí estaba ahora ese miembro, confirmando una opinión normal y corriente; pero tal confirmación era aún más asombrosa de lo que lo hubiera sido un descubrimiento inesperado: porque la realidad, ya se sabe, supera a nuestras mentes. El faldón de la trinchera, entretanto, había caído por debajo de la rodilla de la pierna izquierda de Carmelo, plegada; y el vientre salió de la densa tiniebla en la que estaba envuelto hasta entonces. La luz lunar que inundaba el descampado llegaba hasta allí: ambas piernas, de largos muslos, se separaban elegantes, y, en su juntura, Carlo podía ver su propia mano, empujada por la de Carmelo, que tocaba lo intocable, dejándolo no obstante como extrañamente inviolado e inmaculado. De repente —ya del todo dueño de sí— Carmelo apartó su mano de la de Carlo, dejándola sola sobre su vientre. La apoyó en la hierba, y se puso más cómodo, separando aún más las piernas. Todo apuro había desaparecido de la afectuosa y cómplice sonrisa irónica con la que miraba a Carlo; y su voluntad era al fin brutalmente evidente. Carlo tenía que arreglárselas solo. Sumiso una vez más, obediente, carente a todas luces de voluntad propia, emocionado casi hasta las lágrimas, con la cabeza gacha, Carlo lo contentó. Empezó a mover arriba y abajo su mano a todo lo largo de aquel tibio miembro ceñido por los pantalones. Seguía haciendo mecánicamente lo que Carmelo le había alentado a hacer la primera vez, es decir, lo calibraba de punta a cabo. Y cada vez que lo recorría sentía la emoción del principio, una sensación de desmesura. Es más, al repetir el gesto —consciente de lo que hacía con ese gesto, es decir, de medir algo que le iba a parecer desmesurado—, su placer iba en aumento: tenía ya corroídas las entrañas, presa del doloroso torbellino.

Pero un respingo de Carmelo lo asustó; el joven se echó de repente hacia atrás, casi con rabia. A Carlo lo invadió el terror de que estuviera llegando alguien que los había visto; o que Carmelo, quién sabe por qué misteriosa razón, hubiera decidido de repente que se acababa el juego; o incluso que quisiera hacerle daño, tirarlo al suelo, robarle el dinero, matarlo. Pero Carmelo se había echado hacia atrás tan vivamente, con tanta impaciencia, solo para desabrocharse los pantalones. Se desabrochó todos los botones, con sumo cuidado, luego se soltó la correa y se bajó no sin dificultad los calzoncillos blancos, descubriendo por completo el vientre. A Carlo le dio tiempo apenas de asistir a la aparición: el miembro que se erguía altanero, furiosamente dispuesto a alcanzar quién sabe qué, asomando desde el renegrido matojo de pelo que se perdía dentro de los pantalones. Quizá era un poco menos desmesurado de lo que parecía al tacto, bajo la tela; pero era en todo caso enorme, y sobre todo perfecto, como trabajado por un maravilloso artífice: blanco, en la luz de la luna, y al tiempo dorado por su lívida pigmentación parda, el glande descubierto por completo, casi del mismo color que el resto, solo un poco más rosa, de un rosa oscuro, y la piel —que lo recubre cuando el miembro no está en erección— tirante, revelando a la perfección su forma; parecía no solo recién lavado —lo que habría sido humillante y prosaico— sino como limpio e inmaculado desde siempre. Apenas Carlo, repito, hubo asistido a la aparición, Carmelo le posó la mano en la nuca.

Se trataba, una vez más, de una presión. O sea, de la presencia de la fuerza de otro cuerpo sobre una parte del cuerpo de Carlo. Esta presión significaba mando y posesión. Significaba voluntad: la de Carmelo, sin intención alguna de dejar que escapara su presa, ahora que la tenía en sus manos, y que no admitiría una negativa, aun con respeto y delicadeza, casi con galantería.

Si la presión sobre su mano le había resultado a Carlo estremecedora, casi paralizante —como la del amo sobre el animal amansado—, la presión sobre la nuca le hizo casi desmayarse. ¿Qué quería aquella mano, ancha y maciza, posada sobre su delicada nuca de burgués, siempre débil y ridículo ante sí mismo por sus complejos y sus obligaciones? Toda su historia parecía haberse desvanecido; la fuerza de un cuerpo ejercida con tal prepotente delicadeza sobre él a través de la palma de una mano callosa, lo reducía a cuerpo también a él: un cuerpo rehabilitado por el hecho de que podía ser fuente, aun mísera, de placer. La nuca, además, se revelaba como un punto infinitamente más sensible que la mano, y reaccionaba a la presión provocando en Carlo una especie de postración tan estremecedora, que empezaba a sentir desesperación ante la idea de que se acabaría pronto, y la añoraba ya como cosa perdida para siempre…

Es de notar que Carlo no dejaba de resistirse a los conmovedores sentimientos naturalistas de los que, inevitable y objetivamente, era presa. Más que un personaje tardorromántico, descrito en «escrituras a lo 1880», era un personaje sadiano, de un presunto Sade, en el que una sutil pero persistente vena de fatuidad irónica desacraliza el acto sexual más atroz, no siendo este otra cosa que la realización, racionalmente previsible, de un plan; una realización tan previsible que suscita, en el propio acto, casi cierto tedio, que provoca cierta irónica tentación de bostezar, de disociarse, en otras palabras, de lo prosaico y banal de la realización respecto de la razón que la planifica.

Ahora bien, en realidad, nada de lo que estaba sucediendo aquella noche —en aquel hondo del terreno, sobre la hierba y los terreros, junto a aquella tela metálica deshilachada, bajo aquella luna que relucía tanto más intensa cuanto más cadavérica era su palidez— era previsible para Carlo, es más, superaba infinitamente todo lo que hubiera podido imaginar.

No obstante, una brizna de ironía, un sentimiento casi de comicidad, no dejaba nunca a Carlo completamente al albur de las cosas supremas y dramáticas que estaba viviendo.

Una especie de cómica satisfacción coexistía en él con el maravilloso vértigo y la estremecedora compunción de esclavo obediente a que lo constreñía aquella presión de Carmelo sobre su nuca.(19)

Así pues, la mano de Carmelo oprimía la nuca de Carlo, abocándolo a un estado de confusión que, de prolongarse, podría rozar la hipnosis o el delirio. Carlo creyó que debía interpretar aquella señal como el deseo de Carmelo de que le tocara el sexo, vivo ahora y desnudo. Extendió la mano y lo agarró. Con torpeza, es decir, mistificando con inconsciente astucia la inhabilidad de la mujer que, al no poseerlo, no conoce la sensibilidad del miembro masculino; además, sin duda inconscientemente, Carlo remedaba la voluntad de la mujer de hacer lo que el hombre le pide, no para gozar ella misma, sino para hacerle gozar a él.

No obstante, al apretar en el puño por pura obediencia, o sea, convencionalmente, el miembro de Carmelo, no pudo por menos de sentir su realidad. Y, de nuevo, se sumió en el maravilloso martirio. Ahora tenía en la mano el sexo desnudo: el milagro, pues, se había realizado por completo. Nada había

(19) Y me excuso con el lector por el runrún ensayístico —acaso vagamente proustiano— de estas descripciones mías: es la indiferencia «cómica» la que me lo impone. Carlo no es un personaje que vive totalmente la existencia; y su encuentro sexual con Carmelo no puede consistir sino en una sucesión de datos, con un ritmo ciertamente no realista. Pero el lector ya lo habrá entendido.

ya que separara a Carlo de su deseo, hasta entonces siempre considerado irrealizable. Los sagrados pantalones de Carmelo estaban desabrochados, los calzoncillos —no sin dificultad— por debajo de los testículos, la polla fuera, al descubierto, al aire, al aire frío y al tiempo extrañamente tibio de la noche, bajo la luz torva de la luna: desnudo más que la misma desnudez. La tibieza de aquella carne se reveló aún más intensa: era casi ardiente. También su terneza se reveló aún más tierna; y su dureza más dura. Pero lo exaltante hasta la trepidación era sobre todo su absoluta desnudez.

Carlo repetía sobre aquel miembro desnudo los gestos que hiciera antes, cuando lo cubrían los pantalones; es decir, lo acariciaba de abajo arriba, calibrando cada vez su longitud, como si fuera un hecho del que no pudiera persuadirse.[144] La insaciabilidad se exacerbaba aún más por la presión sobre la nuca con la que Carmelo lo atraía a sí.

La mano de Carmelo insistía en aquella presión que obligaba a Carlo a estar con la cabeza gacha, como si siguiera expresando una voluntad que dudaba en manifestar abiertamente.

La cabeza de Carlo se resistía a aquella presión que la empujaba hacia el vientre de Carmelo; pero la empujaba con delicadeza, como si no fuera otra cosa que fuerza ejercida con inconsciente obstinación, señal de posesión que no admite resistencia. Había incluso algo de mecánico en la presión de aquella mano caliente, pesada e inerte sobre la nuca de Carlo. Y quizá fue también mecánicamente —y casi en lugar de alguna otra cosa que cierta asombrosa consideración le impedía hacer— como Carmelo empezó a mover arriba y abajo la mano por la nuca de Carlo, acariciándola. Primero, una caricia normal, casi instintiva, que atenuaba o acentuaba la presión, como si fueran gentiles variantes de la propia presión. Pero después vino una intensa sucesión de auténticas caricias, que transitaban idénticas y poderosas por la pobre nuca de Carlo. Eran mecánicas, inertes, iterativas, apresuradas: sin duda, no dejaban de ser la sustitución de otra cosa distinta.

Carlo estaba atónito, esta vez de verdad a punto de desmayarse y rodar por tierra como los amantes de las «Mil y una noches»; pero lo más exaltante, lo más intolerablemente milagroso, estaba todavía por llegar. Carlo, aun en medio de una turbación que parecía destruir las raíces de su ser, seguía analizando, casi con una profunda sonrisa interior, la situación. Y se preguntaba cuál era el carácter real de aquellas caricias, lo que de momento se le escapaba, como un nombre bien conocido que no se consigue recordar aun teniéndolo en la punta de la lengua. La revelación —como sucede en tales casos— fue repentina, fulgurante.

Eso era: Carmelo acariciaba la cabeza de Carlo como se acaricia la cabeza de un perro; mejor dicho, de una perra.

Durante unos instantes Carlo contempló, por decirlo así, la situación: Carmelo que lo acariciaba como se acaricia a una perra. Luego de repente no aguantó más, dejó que sus sentimientos se desbordaran, como arrastrado en la vorágine de una corriente repentina; dos lágrimas como gruesas gotas de lluvia asomaron a sus ojos, surcaron sus mejillas, y rompió enseguida en un copioso llanto que fluyó por su rostro, incontenible, generoso, humedeciéndolo malhadadamente, lavándolo incluso. Pero lloraba en silencio, con la cabeza gacha. Era como cera cuajada de siglos que se derritiera. Esperaba que Carmelo no se diera cuenta; pero en un momento dado tuvo que sorber por la nariz (remedando de nuevo, esta vez sin querer, a una mujer) y Carmelo, comprensivo y paternal, lo notó. Aunque en absoluto lo consoló; es más, justo en ese momento encontró la energía necesaria para hacer lo que hasta entonces había pretendido sin manifestarlo. De un violento tirón acercó a Carlo brutalmente, y, con la mano en la nuca, le aplastó la cara contra su sexo, empujándolo contra él, con tanta fuerza que Carlo no podía respirar, se ahogaba. Pero el joven no parecía en absoluto darse cuenta: debía parecerle, sin duda, que nada era imposible si se trataba de que le hicieran lo que tenía derecho a que le hicieran, con tal de gozar.

Y mientras Carlo se medio ahogaba, completamente empapado en sus lágrimas, que se iban secando, Carmelo le ordenó, imperativo:

—Me la chupe —pero susurrándoselo apenas, dándole ahora un tratamiento toscamente reverencial, por su acostumbrado temor respetuoso.

Carlo se apresuró a obedecer, con la premura tan femenina de quien piensa que si no obedece va a ser peor. Abrió la boca y se metió en ella el enorme glande; tenía un sabor infantil que perfumaba, y no solo el glande, sino la piel, más abajo, lívidamente parda, parecía de seda.

Con su acostumbrada torpeza —sin duda natural, pero que era siempre, al mismo tiempo, una calculada mistificación de feminidad inexperta—, Carlo se quedó quieto, con la boca abierta, que aquel sexo llenaba. Pero Carmelo no se contentaba solo con esto. Con un empujón, obligó a Carlo a embocarse cuanto le fuera posible aquel sexo ardiente y como enloquecido en su dureza, que hasta tal punto penetró en su garganta que Carlo se echó para atrás ahogándose, con arcadas. Pero Carmelo insistió, y, con un nuevo empujón, lo obligó a embocárselo otra vez casi hasta el fondo. Nuevas lágrimas, de ahogo ahora, asomaron a los ojos desorbitados de Carlo, empapándolo todo. No contento aún, Carmelo aferró ahora la cabeza de Carlo con ambas manos, y empezó a moverla arriba y abajo con una violencia tal que Carlo se asustó, sacudido por continuas bascas. Era como broza presa del huracán, pero estaba decidido a no contravenir la regla de la obediencia. Tampoco bastaba con eso: siempre con las dos manos, Carmelo apartó la cabeza de Carlo de su sexo y lo empujó al suelo, bocarriba, luego se arrodilló encima de él a la altura del pecho, apoyó las manos en el suelo, y encajó su sexo de nuevo en la boca de Carlo; comenzaron los envites a fuerza de riñones, adelante y atrás, estampándole el sexo en el fondo de la garganta; Carlo se retorcía, ahogándose. Una nueva tempestad lo arrastraba. Carmelo que lo poseía de aquel modo, furiosamente, ¿dónde quería llegar? Había ido más allá de cualquier límite, pero sin duda no se daba cuenta, debía considerar aquella satisfacción de su goce como una absoluta posibilidad natural. De improviso, con una rabia grosera casi, le ordenó:

—¡Cuidao con los dientes!

Sorprendido, Carlo obedeció de inmediato, y, como pudo, abrió aún más la boca, dejando que aquella furia que entraba y salía penetrara aún más adentro en su garganta, aunque no fuera humanamente posible soportarlo; y sin duda se habría ahogado, o habría contravenido la regla de la más absoluta pasividad, si Carmelo, aún más irritado y grosero, no le hubiera repetido la advertencia, y agarrándolo luego por los hombros, levantándolo del suelo y arrastrándolo consigo, no hubiera ido a apoyarse de espaldas contra la tela metálica.

Carlo apenas si tuvo tiempo para entreverlo, así de pie, en la luz lunar que le iluminaba el vientre por debajo de la elástica blanquísima, en contraste tenebroso con el matojo de pelo, y, en medio, fuera de los pantalones desabrochados, el miembro, aún más enorme y perfecto, como un pequeño monumento; porque Carmelo lo había agarrado otra vez por la cabeza y se lo había encajado en la boca, ahogándolo de nuevo al pretender metérselo todo entero dentro, como en un sexo femenino o en un ano, dale que dale furiosamente, más que antes si cabe. Pero de repente cogió a Carlo por debajo de los sobacos y lo atrajo a sí, como si fuera un niño, mirándolo un instante, con una velada sonrisa en los ojos. Un instante. Luego lo estrechó contra su pecho, abrazándolo con las manos abiertas; se sentían las palmas tirantes de aquellas grandes manos, que abarcaban cuanto espacio podían de la espalda de Carlo, estrechándolo casi hasta —una vez más— ahogarlo, con fuerza, pero al tiempo con inmensa y estudiada delicadeza: una delicadeza protectora y afectuosa, como el abrazo de una madre.

En este punto debería interrumpir mi descripción del comportamiento sexual de Carmelo y de su efecto sobre Carlo. El arte exigiría detenerse aquí.[145]

Abandonar a esos dos abrazados en medio de aquel prado nítido e inmenso (ahora que los labios de la herida de las nubes a lo largo del entero horizonte se habían separado, dejando al descubierto una ancha franja de cielo terso, azul como el mar) donde las cosas se distinguían con la nitidez de una alucinación, sería ciertamente la solución más poética.

Pero la función de mi relato es otra, y exige seguir en materia.

Tras haberlo tenido un rato estrechado contra su pecho, con las palmas de ambas manos ciñendo toda su espalda, como para medir delicadamente —tal cual se hace con algo sagrado cuya protección se nos confía— la entera extensión de carne que suscita nuestra ternura,[146] tras aquel largo abrazo maternal, Carmelo le puso a Carlo una mano en el hombro, y, en la manera acostumbrada, prepotente pero como contenido por delicadeza, empezó a empujarlo hacia atrás. Y, puesto que Carlo no entendía nada todavía —como un niño que necesita que lo guíen—, le dio unos cuantos golpecitos rápidos e insistentes, para hacerle entender que estaba por comenzar algo nuevo, que tenía que adoptar otra postura, hacer otras cosas. Se trataba del mismo tipo de seña que usan los masajistas en los baños turcos de Damasco o El Cairo (que en una ocasión Carlo quiso visitar con sus amigos) cuando, terminado el masaje de los músculos del pecho, advierten al cliente, con ese toque rápido y mecánico, que ha llegado el momento de masajearle la espalda y que debe darse la vuelta. Había en aquel golpecito rápido y considerado de Carmelo una especie de paroxismo, una ansiedad manifiesta que no estaba en condiciones de contener; obedecer era urgente, era definitivamente urgente. Y, puesto que Carlo no entendía (o, siguiendo con su mímesis inconsciente de una mujer, fingía no entender), Carmelo se agachó y, trasteando ansioso, le soltó la correa de los pantalones, se los desabrochó y se los bajó cuidadosamente hasta las rodillas. Luego, con un gesto que pretendía ser gentil, pero que en realidad era violento, como el de un animal que ignora su propia fuerza, empujó a Carlo al suelo, bocarriba, se le montó encima y con furia ciega buscó con su miembro la vulva. Mientras hacía esto cayó en la cuenta de los senos, y empezó desesperadamente a morderlos.

La posesión fue rápida. Carlo apenas tuvo tiempo siquiera para notar el terrible dolor de aquel miembro que entraba en sus carnes frenéticamente, ni para pensar que nunca hubiera podido resistirlo; porque enseguida Carmelo se derrumbó inmóvil encima de él, casi sin acometida alguna, como si la sola presión de la vulva hubiera bastado para derretir en semen su miembro, como un palo de cera. Lo sacó que todavía goteaba —más enorme aún precisamente porque estaba un poco colgante y no del todo erecto—, se olvidó de Carlo y empezó a limpiarse.

Así que todo había terminado. Los hechos consumados, de algún modo trágicos, pillaron a Carlo completamente desprevenido. Por fortuna la regla del silencio y de la obediencia contrita parecía aún válida. De modo que, como una pobre mujer que hubiera cedido a la culpa, incapaz de contradecir al macho prepotente, se abrochó los pantalones y se recompuso.

Distante ahora, ajeno casi, de vuelta en el encierro de su enigma, Carmelo se encendió un cigarrillo con un gesto y una mueca cargados de elegancia, tiró con similar elegancia la cerilla, y aspirando la primera bocanada, envuelto en su inmaculada trinchera blanca se dispuso a cruzar el descampado en dirección a la calle. Y Carlo detrás, como un perro. Mejor dicho, como una perra.

Los fuegos de las putas seguían ardiendo vivamente melancólicos; tanto más, ya que la luz de la luna se había velado de nuevo, y vapores negros se condensaban sobre el terreno. Se perdían de vista, aquellos fuegos, uno detrás de otro, a intervalos casi regulares, con sus negras humaredas, a lo largo de la curva de la calle, en dirección a la barriada que destacaba a lo lejos con su cúpula que parecía metálica. Parecían fuegos prendidos por centinelas, firmes señales antiguas que anunciaban hechos cotidianos y habituales avanzada la noche, ignaras de su tragicidad:

(versos del inicio de la Orestíada)

Carlo, abatido, con un nudo en la garganta, se preguntaba si, ahora, Carmelo se volvería a tenderle como antes galantemente la mano para superar aquellos mogotes fangosos y los montones de basura que los separaban de la calle. Y sin embargo —contra su amarga previsión— Carmelo se volvió y le ofreció la mano para ayudarlo, con la misma gentileza, auténtica aunque un punto ostensible, de antes. Solo que esta vez el gesto era algo menos delicado y trémulo, había adquirido los rasgos de la normalidad: como si Carmelo, ya su dueño —novio, o marido, o amante oficial—, quisiera instaurar el rito de la galantería debida.

Subieron al coche. Carlo, silencioso y mohíno, recorrió la conocida curva en U en sentido contrario al de poco antes.[147] Allí, a la derecha, la puta en la vorágine de su hoguera en espiral, rojo franjeado de negro bituminoso; allá los tugurios ruinosos, la arteria dividida por la mediana nueva, que llevaba al centro de aquellos arrabales borboteantes de vidas humanas, sepultadas en negros vapores. Era preciso hablar, decir algo. Con la voz apagada por el largo silencio,[148] y a la par chillona, y además con su caricaturesco deje piamontés, Carlo le hizo a Carmelo alguna que otra pregunta superficial sobre su vida. Desde cuándo vivía en Roma, dónde y con quién vivía, etc. A Carmelo pareció venirle como anillo al dedo. En aquel siciliano suyo que, diligentemente silabeado, pretendía que pasara por italiano, contó su vida como una historieta de un realismo alucinante, con colores y perfiles de viñeta.

Aparecía el valle donde nació, con sus montes sin un árbol, delante de un peñón en forma de pan de azúcar contra el que se amasaba el pueblo enorme, descendiendo en hileras regulares. Hasta los trece años Carmelo creía que el mundo acababa donde lo hacía el valle. Luego la familia lo había confiado a un ciego, que vivía de limosna de pueblo en pueblo.[20] Así empezó a recorrer Carmelo los largos caminos de la tierra, desde el valle del Belice a las Madonías, desde Érice a Baghería, hasta que llegó a Palermo. Servía de guía al ciego, que a cambio no le daba casi de comer. Lo mataba de hambre. Pero era más listo que el diablo, y Carmelo no conseguía robarle a escondidas ni un cacho pan. Solo cuando se espabiló un poco consiguió, una noche, sorber con una caña un poco vino del jarro. Pero el ciego lo notó porque le olía el aliento, y le partió el jarro en la crisma. Todavía se le veía la cicatriz. Entonces, harto, una noche que el ciego se había agenciao cuatro cuartos,[21] lo llevó a un punto por donde discurría un colector, en medio el cual había resistido en pie una casa abandonada, que los transeúntes usaban como retrete, y que en medio la peste del colector apestaba más todavía. El ciego era suspicaz, pero Carmelo a estas alturas era un chaval bien despierto, y supo metérsela doblada. Le dijo que había que saltar un metro más o menos, para superar un arroyo, y lo llevó justo frente a un xxx de la casa en ruinas. El ciego tomó carrerilla y se estampó con todo el peso de su cuerpo contra el muro de piedra. Y allí se quedó, con las piernas en las aguas negras del colector y la cara entre la mierda y los hierbajos del derribo. Carmelo se quedó solo, y tenía que buscarse la vida para comer. Empieza la larga historia de la lucha por el condumio de Carmelo. Se las arreglaba pidiendo limosna, robando, a veces incluso trabajando. Hasta que encontró un nuevo amo. Esta vez un cura. Un cura joven que no pensaba más que en comer; a Carmelo le daba las sobras, que eran tan escasas que por la noche no pegaba ojo por los retortijones del estómago vacío. El cura guardaba la comida en una alacena, en la cocina, y las llaves las llevaba colgando de un cinto en la panza, por bajo la sotana. La alacena estaba siempre repleta de pan y queso, y Carmelo se

---

[20] Cfr. «Lazarillo de Tormes».

[21] Considérese este un caso anómalo de indirecto libre.

privaba en cuanto sentía el olor desde la sacristía. Hasta que un día, observando la alacena, vio que tenía un agujerillo, y que la madera estaba vieja y carcomida; abrió un poco más el agujero y con un alambre y una navaja iba sacando cachos de pan o de queso. ¡Menuda fiesta se montó ese día! La bicoca duró algunos más, hasta que el cura se percató de que el pan y el queso mermaban inexplicablemente. Pensó que sería cosa de los ratones; y tapó los agujeros con listones. Pero Carmelo no se desanimó: desclavaba los listones, con el alambre y la navaja se hacía con sus migajas de pan y queso, clavaba otra vez los listones y se iba a dormir reconfortado. Entonces el cura con gran dolor de corazón, visto que los ratones eran tan listos, sustituyó la alacena vieja por otra nueva más grande. Carmelo consiguió que el aprendiz del herrero, amigo suyo, le hiciera una llave. Así que por la noche abría la alacena nueva, se hacía con sus migajas de pan y queso, y a dormir tan ricamente. Y por si acaso el cura sospechaba algo y entraba en su cuartucho a rebuscar mientras dormía, Carmelo se metía el llavín en la boca. Una noche que el cura daba vueltas inquieto por la casa para desvelar el misterio de la desaparición del pan y el queso, sintió un silbido, ligero ligero, como el de los grillos en el campo. Era como un concierto, con notas ora largas ora cortas, con pausas y vivas aceleraciones, que parecía una tarantela. Siguió el sonido aguzando las orejas como un perro, y llegó al cuartucho de Carmelo, que dormía tan ricamente. El silbido salía de su boca; el cura miró con atención y vio allí dentro la llave, que al respirar Carmelo sonaba como una ocarina. Al lado en un rincón había un crucifijo; el cura lo cogió y se lo partió en la crisma a Carmelo. Todavía se le veía la cicatriz. El tercer amo de ese periodo de su vida lo encontró en Palermo. Estaba sentado en un banco de Piazza xxx. Era un hombre delgado, alto, negro como la pez, de buen porte, tocado con una gorra de viejo. Carmelo estaba echado en un parterre y suspiraba de hambre. Aquel caballero trabó conversación con él y, en resumidas cuentas, lo tomó a su servicio. No era palermitano, se encontraba allí por un asunto importante, al que aludía con aire reservado. Era hombre de pocas palabras, infundía respeto. Vivía en una casita en la carretera de Monreale, donde habían construido una hilera de bloques nuevos, pero entre ellos había quedado un manojo de casitas viejas, con su pozo y su higuera y su barda desmoronada. También por allí la gente aprovechaba para hacer sus necesidades. En una parte, un cúmulo de papelajos, botes, zarzas llenas de basura. Pero la casa donde vivía el amo de Carmelo estaba cuidada, a pesar de que en su interior había solo una mesa, dos sillas, y dos camastros. De comida ni la sombra. El amo preguntó a Carmelo si había comido, Carmelo le respondió que no, el amo le dijo que de momento no tenía suelto pero que al día siguiente concluiría el negocio. Así que se fueron a dormir. Al día siguiente el honorable caballero, recién afeitado, elegante, con su gorra y su porte que infundía respeto y reverencia, se fue. Volvió al anochecer. Y de comida ni hablar. De modo que al otro día, más muerto que vivo, de pura hambre, después de haber barrido la casa y limpiado los cristales, Carmelo salió para procurarse algo que comer, anduvo por iglesias, como hacía con el ciego, y se hizo con algunos mendrugos de pan duro, de queso poco más que unas cortezas y un trozo de pescado seco que hedía como una letrina. Volvió a la casa y se sentó a la mesa con buen apetito. En ese momento entró el amo, lo vio que comía y no dijo nada. Fue a sentarse en la otra silla, y de vez en cuando echaba una mirada distraída y desinteresada a Carmelo mientras comía. Luego, para hablar de algo, le preguntó a Carmelo qué queso estaba comiendo, y si esas cortezas eran de pan casero o xxx. Hablaba con un tono amargo, como con un ligero disgusto, muy gentilmente. Entonces Carmelo lo invitó a probar algo, y el otro, tras un breve titubeo, aceptó. En conclusión, que en un dos por tres se lo comió todo él.

Mientras Carmelo relataba, difuminando cada vez más su siciliano italianizado en el viejo dialecto de los lugares de que hablaba, y alegremente recurriendo cada vez más a menudo al «minchia»,[149] aparecieron de repente las luminarias navideñas, colgadas a intervalos regulares sobre la calle que se adentraba recta en la barriada de viejas casas y miserables edificios nuevos, todo perdido en el secarral, en el fango. La inmovilidad era la propia tras un bombardeo o un terremoto. El desorden se había fijado para siempre, en capas: aceras cuarteadas, asfalto resquebrajado, cunetas fangosas, coches desguazados, cornisas desprendidas, tabiques con los quicios incrustados del polvo viejo de toda una vida, techumbres de chabolas, chapas, verjas desgoznadas y oxidadas, brillosas tiendas en hilera, fachadas como precipicios, nuevas a estrenar, con ristras de ropa vieja tendida en las galerías. Y en aquel escenario de la devastación fosilizada y cotidiana, miles y miles de seres humanos de cualquier edad caminaban, corrían, se cruzaban, se saludaban, solos o en tropel, se paraban, cruzaban la calle, se reunían, se despedían, vestidos como pobres fantoches, frenéticos y bulliciosos.

Las luminarias de las fiestas parroquiales relucían encima de ellos, con sus hileras de pequeñas bombillas, de pálidos colores, verdes, rosas y amarillas, y sus arabescos geométricos, que encerraban en su centro los símbolos de la Iglesia, uno detrás de otro, en una perspectiva infinita, hasta el final de la larguísima calle.

Carmelo había cambiado de tema. Algo titubeante, a pesar del tono confidencial y afable, preguntó a Carlo si alguna vez podría llevar consigo una chica, y que él se encargaría de satisfacer primero a una y luego al otro. Pero, ante la escandalizada reacción de Carlo a la propuesta, Carmelo dio inmediatamente marcha atrás, como si no hubiera dicho nada. Y le preguntó después si no conocería por casualidad alguna loción o un tratamiento contra la calvicie.[150]

Entretanto habían llegado al lugar de la cita, pero a la esquina opuesta del cruce. Carmelo le pidió a Carlo que parara, y le dijo que para ir al centro tenía que proseguir siempre recto, Prenestina abajo, hasta Porta Maggiore. Él se apeaba, y en dos patadas se plantaba en «Casal Bertone», donde vivía. Le tendió la mano impetuoso, como para despedirse, pero también como si entre ellos hubiera quedado algo sin decir, sin completar: a Carmelo le brillaba en los ojos una sonrisa un poco estereotipada y demasiado complacida, de sentido vagamente interrogativo, la conciencia de algo en suspenso, de una complicidad entre él y Carlo a propósito de algo fácilmente comprensible, alegre. Carlo no entendía. Carmelo hizo entonces un gesto decidido para apearse, pero, apenas posó la mano en el tirador para abrir la portezuela, volvió a arrellanarse en el asiento, mirando a Carlo con ojos risueños.

—¿No me das nada? —le preguntó.

Carlo sabía que quedaba por resolver esta cuestión, se lo esperaba, incluso cosas peores, pero no sabía cómo debía actuar. O sea, que le estaba agradecido; y, presa de la confusión y casi de un ansia de arrepentimiento o de miedo, echó mano precipitadamente a la cartera y le dio a Carmelo todo lo que llevaba, quizá unas cien mil liras, más o menos. Carmelo miró aquella cantidad, para él fabulosa, y la cogió, estupefacto; pero después su sonrisa se volvió paternal.

—No, es demasiao —dijo—, me arreglo con una poca guita pa pagar el alquiler, que estoy tieso.

Cogió, indeciso, veinte mil liras, y, con una sonrisa más dulce ahora y amigable, se apeó, luego de estrechar, con el calor de un amigo, la mano de Carlo.

Carlo lo vio alejarse de espaldas avenida adelante, a su derecha un manojo de chabolas en un descampado sembrado de basuras, a la izquierda un largo muro contra la noche silenciosa, al fondo un paso elevado con unas cuantas luces en hilera. Se fue alejando rápidamente, al fondo de aquella calle que a saber dónde lo llevaba, con el paso decidido de sus piernas combas y el impermeable blanco que quizá había estrenado esa noche, para la cita.

Carmelo llegó pronto bajo el puente, al final de la ancha avenida. Si alguien lo hubiera seguido lo habría visto encenderse un cigarro, pararse un instante —en las sombras del puente— ahuecando las manos delante de la cara, y tirar después la cerilla por encima del hombro, con su gesto de elegante impaciencia. En sus ojos, una expresión absorta: caída toda máscara, su rostro era el de siempre, el de verdad, el suyo propio. Y, como si la broma hubiera acabado, o supiera, por una sabiduría antigua, qué se hace al estar solo, se había sumergido en algo que llegaba de lejos, un fluir de pensamientos[151] que venía del origen, y que ahora constituía la fuente de su vida.

Se alejaba de espaldas hacia su inmediato destino; y si alguien lo hubiera seguido lo habría visto caminar adelante por la larga avenida con una hilera de pinos raquíticos en medio, las grandes tapias de los almacenes y la masa denticulada de Casal Bertone, opaca y diseminada de luces mortecinas contra la vidriera del cielo; algo más allá, a la izquierda, una travesía flanqueaba los altos terraplenes del ferrocarril, repleta de montañas de basura y chatarra de desguace, amontonadas en pequeños patios de talleres cochambrosos. Habría tenido que doblar por allí hacia la casa donde ocupaba una habitación. Mientras paso a paso volvía, la bruma se adensaba, iluminada, a su espalda, por la luna ya alta y rotunda en el cielo. Casal Bertone se perdió de vista, así como las altas tapias de piedra cruda de los almacenes y los descampados vacíos. En la sombra de un alto edificio de cemento que cortaba en dos la calleja paralela a las vías, se oyeron unas risas y una voz que decía su nombre a la siciliana:

—¡Eh, Cammelo!

Eran dos hongos de calígine suspendidos en la sombra. La luna, objetiva, los delineaba al igual que los demás escasos objetos que emergían de la tiniebla lechosa. Se encontraban, aquellos dos Espíritus, justo en el punto en el que Carmelo habría tenido que doblar para desaparecer por los lugares que solo él conocía, donde su suerte había dispuesto las escaleras que debía subir, el cuartucho donde vivía, su cama, su maleta, sus cosas corporales; donde se desarrollaba su existencia, en definitiva.

Si alguien lo hubiera seguido —violando el secreto que se revelaba, en toda su humilde miseria, tras aquella esquina—

lo habría visto detenerse, mirar a esas dos Sombras, y, atendiendo al gesto de viejos camaradas que le hacían, seguirlas, claro, por la calleja fangosa, junto a las tapias de los talleres y de los desguaces. Él en medio con su blanco impermeable inmaculado, y a ambos lados, como dos guardias o viejos parientes, sus dos acompañantes, confusos en la calígine humeante y negra: espalda oscura y cuello blanco, y, encima, la nuca, con la cerviz y la oreja estrecha del animal que embiste, búfalo, toro; porque no eran adolescentes, como Carmelo, inmaculado aun en el fango, sino dos viejos Espíritus, encallecidos por la vida;[152] o sea, por la noción de a quién se debe obedecer y a quién se debe dar órdenes. Carmelo era joven, por lo tanto debía ejecutar lo que, en virtud de algún plan, ellos querían que hiciera. El «picciotto» conoce las reglas, pero sobre todo el silencio del Hado.

Avanzaban como empujados por una voluntad común que los aunaba en la vida y en la muerte.

Tal habría sido —para los ojos de quienes la violaran— la desaparición de Carmelo. La sencilla desaparición de quien dobla en una esquina y se encamina al barrio donde está su casa, perdida entre otros miles de casas, para abandonarse, como cada noche, al sopor de su cuerpo.

Vistos así, de espaldas, era imposible comprender si entre ellos había un pacto, un acuerdo, o si Carmelo aceptaba la situación como una situación nueva, inesperada, pero ciertamente no imprevista. Callaban: justo lo que sucede cuando se está de acuerdo, en una cita entre cómplices, o cuando hay una relación, por su propia naturaleza preestablecida, entre víctima y perseguidores pertenecientes al mismo mundo, y por tanto intercambiables entre sí, consciente cada uno de las razones de los otros. Quizá aquellos dos, de macizas espaldas plebeyas, eran dos colegas del Toulà, porteros, pinches, gorilas; o quizá venían directos de Sicilia. No podía haber más alternativas. Subieron a un coche melancólicamente detenido entre dos hileras infinitas en la esquina de una calle que se llamaba xxx xxx.

Poco después el coche, rugiendo siniestro en el silencio de aquel lugar perdido como un islote en el cosmos, arrancó, sin prisa; llegó al final de la calle y tomó por otra cuyo nombre sonaba, mudo en el silencio, xxx xxx; y acabó en una amplia avenida (la misma que Carmelo había abandonado inmediatamente después del paso elevado para adentrarse en su barriada). Había aquí y allá grandes almacenes de madera, yermos desmontes desiertos tras setos reventados, casuchas con el techo de chapa, vacíos barracones condenados, huertos rebosantes de tierra removida y fragante, con hileras desordenadas de hermosos brécoles, o de habas, e higueras asilvestradas; y, detrás, una barrera inmensa de altos bloques lejanos, con sus luces encendidas sobre la nada. Dando un buen rodeo, aquella avenida, ya casi más carretera entre campos o ronda suburbana, llevaba hasta la Tiburtina, otra vez de lleno en la ciudad, con los semáforos en que se encendían y apagaban desmayadas luces ámbar; y pasaban histéricos vehículos de regreso del cine; y hasta un grupo de reclutas bersajeros, de vuelta de permiso, que se apresuraban con sus paquetes hacia los cuarteles del Forte de Pietralata.

Poco antes de la Tiburtina, la bruma se disipó de golpe: y el mundo emergió límpido como de una ablución. Los bloques se elevaban nítidos en el asfalto cuarteado. Los quioscos cerrados, las persianas echadas, los caballetes y los montones de tableros de las obras, todo tenía la evidencia excesiva de las apariciones. El coche embocó la Tiburtina y siguió derecho, dejando atrás la ciudad.

Se veía, por la ventanilla trasera, la figura de Carmelo, sentado muy tieso en el asiento, con su impermeable blanco; las siluetas de los otros dos se entreveían en el asiento delantero; callaban; sus espaldas inmóviles estaban cargadas de un sentido impenetrable.

A la altura de una especie de cerro repelado, en cuyas laderas habían sido excavados una especie de cubiles para pequeños talleres, y más allá de cuyo perfil se entreveían otras barreras de bloques relucientes y lóbregos, el coche dejó la

Tiburtina y se adentró por una carretera a cuyos lados se extendían grandes solares, con restos de casas recién derruidas, cuyas idénticas formas se adivinaban. Quedaba algún que otro murete en pie; y entre los escombros blanqueaban tabiques encalados y algunas tazas de váter. Poco después volvían las casas, también todas idénticas, aún en pie; la carretera tenía una pequeña subida y una pequeña bajada, giraba a la izquierda entre aquellas miserables casas de la barriada demolida, y desembocaba en otra carretera entre inmensos campos de alfalfa, con viejos árboles abandonados a su destino; se levantaba, deslumbrante por exceso de limpieza, un depósito de gas, rodeado de grandes torres de alta tensión. Lejanas (con sus menudas luces trémulas sobre otros silencios) se alzaban, límpidamente oscuras en la límpida oscuridad del cielo, las primeras estribaciones de los Apeninos. El coche tomó a la derecha por aquella carretera, luego, después de un estrecho puente sobre unas vías encajadas entre ribazos rebosantes de una intensa y fragante vegetación silvestre, de nuevo a la izquierda (en dirección a aquellas lomas lejanas). Y otra vez la ciudad: una barriada completamente desierta, con sus pobres edificios bajos pegados los unos a los otros, con calles que acababan en el desorden de las obras desperdigadas en la oscuridad de los campos.

Fuera ya de la barriada —en lo que fuera una pequeña calzada consular hacia las colinas— arremetió un perro contra el coche, un perro pequeño que andaba solo por allí, quizá simbolizando la vida. Creyó identificar en aquel coche una presencia hostil, y acometió contra él con graves ladridos. Incluso lejos ya el coche siguió ladrando un rato, con el escaso resuello de sus pulmones, quejumbroso por el ayuno; lanzadas las últimas recriminaciones, se calmó, y pronto se resignó. La noche serena ofrecía tantas otras cosas para V su vagabundeo nocherniego; perdido el ritmo regular de la vida, reconocía en ella su antigua tibieza etérea.

Con un pequeño rodeo, la vía consular que se dirigía hacia las desafortunadas colinas de la Ciociaría desembocaba en una amplia carretera, encastrada entre profundos ribazos, de doble carril, nueva. El coche prosiguió por ella a mayor velocidad. Tras una breve cuesta, aquel ramal encastrado de la autopista llegaba a la altura de la gran llanura ascendente hacia las colinas, con sus cúmulos de luces rojizas aquí y allá, bajo la luna —reaparecida de improviso— que estaba poniéndose. Con la luna, apareció, a la derecha, a los pies del ribazo, iluminado por una luz blanca y cegadora de verbena de pueblo, un gran depósito de coches usados; en medio había un barracón que irradiaba una luz aún más blanca y más fuerte (en el vacío silencioso), y todo en derredor en la explanada asfaltada y cercada por altas telas metálicas se extendían los Fiat, los Alfa Romeo, los Volkswagen, los Citroën, los BMW, en largas y relucientes filas. Era difícil localizarlo, en medio de todas aquellas luces y aquel caos ordenado de los coches, pero justo allí al lado había una pequeña gasolinera de la Shell, que contribuía con sus luces amarillas a toda aquella luminaria, entre la autopista perdida en la llanura somontana y un arrabal inmenso de pequeñas casas apiñadas, grises, sin enlucir, arracimado en la parte del cielo sin luna.

El coche ralentizó, dio marcha atrás donde no se podía, faltaría más, y bajó hasta otra estrecha vía consular, quizá la Casilina, por una rampa en dirección prohibida, que servía para salir de la autopista, no para entrar.

Pero a los tres del coche, encerrados en el inexpresivo y duro caparazón de sus espaldas y pescuezos, se les antojaba hacerlo así, cosa presumible dada su naturaleza. El coche acabó deteniéndose en la gasolinera. El mozo estaba en la garita acristalada. Salió. Su cara no traslucía impresión alguna. Le había parecido normal, claro está, la maniobra irregular de los clientes nocturnos, los únicos seres vivos y despiertos como él por aquellos parajes. Se dirigió al surtidor, sin decir palabra, y les echó la gasolina, con sus ojos claros de ciego dirigidos a las cifras que iban saltando; las escrutaba concentrado con la mirada de un mendigo. Luego se acercó manso a la ventanilla y agarró el dinero que le tendía una impaciente y prepotente mano grande y peluda. Saludó, llevándose la mano a la gorra, y se quedó mirando cómo el coche arrancaba, sin moverse, con su cuerpo flaco de campesino entre todas aquellas luces en medio del frío y la humedad de la noche. Pero la hora para él no contaba; y la indescifrable intensidad con la que miraba fijamente el coche que volvía a la circunvalación, mientras introducía meticuloso los tres gastados billetes de mil en su mugrienta cartera, parecía emitir un juicio ni negativo ni positivo sobre el sentido de aquel turno de noche. Sus apagados ojos azules y su barba rubia de días mostraban que la jornada había sido fatigosa.

Carmelo seguía tieso con sus blancas espaldas en el asiento de atrás; se dejaba llevar por aquel coche camino de una meta que nada hacía barruntar si conocía o no conocía; si era un viaje nocturno previsto, algo normal y corriente en la vida de un «picciotto», o bien si se trataba de la consumación, casi solemne, aunque desconocida por todos, de su destino. Por ciertos gestos lentos, y parpadeantes a causa de la blancura de su impermeable, podía inferirse que ahora estaba fumando, sin pensar en nada, con el cigarro que parecía más pequeño y liviano visto el tamaño de sus dedos.

Al fondo de aquella larga autopista en la meseta que bordeaba las colinas encontraron otro desvío, esta vez con curvas bastante aparatosas (bajo la luna a punto de morir). Había en los campos —tupidos de hierba, de grandes espesuras de acacia blanca y saúco, y de grandes robles, casi petrificados en la luz demasiado inmóvil, con las hojas que se distinguían una a una, como esculpidas— vastas ruinas de torreones y acueductos. La nueva vía consular que el coche embocó descendiendo por aquel desvío era más importante y más ancha que las precedentes. Se notaba en torno la majestad de una larga decadencia, en la que sobrevivían, con descarada frescura, sexuales casi, las plantas, con su olor: por ejemplo, el casi obsceno de los tilos (aunque fuera invierno). Una tibieza custodiaba amenazante aquellos campos, ni abandonados ya ni proletarios, y hacía sentir que incluso allí —donde parecía dominar la mente del hombre y su civilización antigua, en la lenta tarea de devorarse a sí misma— esa era la verdadera realidad: una navidad primaveral, un mayo absurdamente precoz. Y el sopor de los hombres, de los obreros, en aquellos pueblos, en aquellos caseríos.

Al cabo de diez o doce kilómetros una carretera secundaria giraba a la derecha, y se perdía entre bardas aún cargadas de hojarasca. Tras largas y continuas revueltas aquella carretera desembocó en otra, similar, pero algo más ancha y más derecha, hasta volverse completamente recta. Apareció al fondo un cúmulo dispuesto horizontalmente de casitas bajas, blancas, con algunos edificios más altos casi todos en construcción. El aire era, si cabe, más sereno, y el silencio más profundo. También era más intensa la tibieza: parecía una noche de pleno verano.

El pueblo aquel, de cerca, semejaba todo él en construcción; hasta las casas ya terminadas estaban casi todas sin revoque, alineadas de cualquier manera unas junto a otras, con miserables muretes delante o verjas pretenciosa e igualmente miserables. Chapuzas a medio hacer por todas partes. Los jardinillos de las casas sin plantar, o con algún que otro pino raquítico, miles de terrazas y balcones en hilera que dejaban ver sus persianas ciegas. No había ropa tendida a secar. Pocos coches delante de las casas, y como abandonados. Todos herméticamente cerrados, se sucedían bares y restaurantes, y de vez en cuando algún destartalado cobertizo de cañas. Las aceras eran de tierra apisonada, o apenas trazadas y ya hechas añicos. Desde las casas no se filtraba luz alguna. Solo el alumbrado público, muy fuerte, mostraba la mediocridad de aquel asentamiento, que no era una especie de campamento abandonado de gente pobre, vistos los cerramientos de madera barnizada y las paredes enlucidas.

Al rato, después de una rotonda, apareció el mar, fosco, gris, cenagoso e inmóvil como un lago. Pero se desplegaba sobre él un cielo infinito en su oscuridad. La extraordinaria limpidez del aire se había esfumado de nuevo; y no la calígine, pero sí una tibia neblina lo cubría todo.

Por la rotonda, donde el coche se había detenido sin que ninguno se apeara —se los veía a los tres inmóviles cada uno en su sitio—, pasó un vigilante nocturno con su lambretta. Se paró en una esquina, delante de un bar, dejando la moto en marcha al lado de la acera, y anduvo trasteando en la persiana; en silencio, de espaldas al mundo. Se estuvo un rato; luego se encaminó hacia otra persiana (había amplios soportales delante de los negocios, a ambos lados de la rotonda). Sus pasos resonaron en la tibieza serena, velada y desmedida de la noche. Luego tornó el silencio. Trasteó igualmente, agachado y sin prisa, en la otra persiana, y luego, como por una repentina decisión, pero asimismo con mucha pausa, se volvió hacia la lambretta que lo esperaba fiel, y, saliendo de la penumbra de los soportales, mostró su cara grande, la de un padre de familia, el pelo con el degradado alto como en otros tiempos y una barba de días, sin sombra de canas. No miró a su alrededor, no vio el coche. Cogió por el manillar la lambretta, se montó levantando su pierna fuerte y paternal, se dispuso como en una butaca, y, ausente, sin interés alguno por nada, siguió su camino; dejó de oírse enseguida el escape de la moto.

El coche retomó el camino en dirección opuesta al guardián. Las casas iban raleando, más destartaladas y mezquinas si cabe. Eran cada vez más frecuentes las empalizadas y los sombrajos de cañizo para aparcar los coches. Cada vez más a menudo, en los claros entre uno y otro grupo de casas, se veía el mar; hasta que, superada una pasarela sobre un canal infecto, cesaron las casas y quedó solo la playa, como un enorme vertedero de basura reseca.

El coche fue a pararse ente unos arbustos; y los tres, como si tuvieran que aliviarse, se apearon, cerrando perezosamente las portezuelas. Y desaparecieron tras los arbustos, Carmelo en medio de los otros dos.

El mar estaba solo aparentemente inmóvil. En realidad, en la playa, entre la basura ennegrecida, se movía, como siempre, deslizándose con obstinación incesante, ola tras ola: lánguidas, inertes olas, cuyo borde de espuma, de una elegancia suprema, era una aparición, siempre demasiado breve, entre aquella suciedad humana, sobre aquella tristeza del mundo. El batir continuo del mar había terminado levantando sobre la rompiente una especie de columna blanca de leve humedad, suspendida como la sombra de un fantasma en la neblina que cubría la playa cuan larga era.

Quizá no fuera ya de noche, quizá comenzaba a amanecer: de ahí ese blancor innatural.

## Apunte 63a

Ahora, mar adentro, como en una isla, o en una península unida por un estrecho e invisible istmo a la tierra (¿era Ostia, Fiumicino, Anzio o, más lejos, alguno de los primeros pueblos costeros de la Campania o de la Toscana?), se entreveían hileras de luces. Pero era tal la lejanía que parecían una sola luz, un titilar infinito en la raya del mar o en lo hondo del cielo. Y extrañamente, a pesar de que el aire estuviera blancuzco de humedad, aquel pequeño grumo de luz era de color rojizo, o rosado. Como filtrado por una atmósfera crepuscular. Y a pesar del lejanísimo, quizá solo soñado, presagio del alba, era aún noche oscura, plena noche, perdida en sí misma y en su silencio. Aquel remoto rielar, aquellas luces, eran las únicas señales de vida en todo el mundo: había vida allí, casas, calles, silencios dormidos y tránsito de coches, quizá músicas, amores; todo irrelevante, todo gris, todo melancólico, todo acontecido ya, sin duda. Y sin embargo el grumo de luces rojizas en la oscuridad daba testimonio de que, fuera lo que fuere, aquello existía. Y ¿por qué entonces, si así era, no tenían nada de reconfortante, nada que diera un mínimo de consuelo, nada que atrajera hacia ellas, siquiera con la punzante fruición de los hechos ya melancólicamente consumados, como las mariposas de los cementerios? No; si acaso parecía que quisieran decir: «No vengáis aquí».

Cumplido su encargo, ejecutada su tarea, los dos que habían acompañado hasta allí el cuerpo de Carmelo se volatilizaron. Y fue justo allá lejos, en el pequeño y desconsolado brasero que era el pueblo aquel en la raya del mar, donde se recogieron. Ambos espíritus palpitaban apenas perceptibles, como sus otros hermanos, en aquellas pequeñas luces que hablaban con su rielar una lengua de sentido monótono y tremendo, aun solo susurrándola desde tan extremas lontananzas.

– lancha motora — embarque
– Caronte
– desaparición en el horizonte detrás de las luces

Parágrafo siguiente (o el mismo)

embarque en una pequeña motonave
Los Tres Viejos
la tripulación — apodos sicilianos
viaje un día y una noche — embarcación muy marinera

Arribada a puerto, al anochecer — (Palermo)
itinerario por una ciudad — cementerio (cementerio de Palermo)

[cita de Dante — la barca de Caronte]

*

Precedentemente:
ante las divinidades ctónicas (Andrí y o Las Madres)[153] a los personajes —el mozo de la gasolinera, el vigilante nocturno— les recorre la espalda un estremecimiento, se les hiela la sangre, etc. (mayor suspense mortuorio y «de novela negra» en el viaje)

(agosto de 1974)

## Apunte 63b
## **Embarque, viaje, nuevas luminarias en la noche**

Más allá de los matorrales de xxx aplastados contra la arena, dentro de la alta columna de espuma suspendida sobre la rompiente, había un embarcadero que desde el camino no se veía. Antes se levantaban dos o tres barracas, quizá también una hilera de cabinas a medio caerse; y además una construcción de cemento que debía albergar los baños. En medio discurría un canal, de aguas muy oscuras, como las de los desagües o las cloacas, bajo dos altos muelles de cemento, consumidos y cuarteados como es de rigor. En el canal había algunas embarcaciones, bajo los xxx y largos tornos para las cañas de pescar. Eran embarcaciones muy pequeñas, barcas desfondadas, barcazas, alguna lancha motora probablemente en desuso desde el verano precedente; pero al final del canal, ya casi fuera del embarcadero, había una motonave grande, blanca, que parecía vacía. Se balanceaba apenas. Hasta ella habían acompañado a Carmelo, bajando por el camino, Andrí y xxx. Allí lo esperaban unos cuantos más, siempre de confianza: cuatro o cinco jóvenes de la edad de Carmelo, y tres Viejos. Carmelo subió a la embarcación, saltando directamente desde el muelle donde estaba atracada, y desapareció con los demás entre las amuradas. Muy lentamente, sin ruido ni prisa alguna, los marineros empezaron a soltar amarras; se dirigían los unos a los otros en voz baja, y esas breves palabras en dialecto eran el único testimonio de su presencia. No se les veía el cuerpo; uno de ellos subió un momento al pequeño castillo de proa, pero desapareció enseguida. Como siempre, las maniobras para zarpar eran largas y complicadas, y había que llevarlas a cabo tranquila y meticulosamente. Alguien se puso a silbar; y otro se lo recriminó severamente, quizá uno de los tres Viejos. Parecía que allí, dentro de la motonave, anduvieran enredando como para perder tiempo, quién sabe a cuenta de qué. Resultó milagroso que en un cierto momento arrancaran los motores, y su rumor sordo se mezclara al de la resaca. Con todo, hubo aún que esperar lo suyo antes de que la embarcación se apartase por fin del pequeño muelle de cemento, y, deslizándose lentamente, con extrema prudencia, comenzara a dirigirse a mar abierto. Su pequeño fanal en lo alto del mástil se balanceó un buen rato, en aquella xxx xxx, antes de desaparecer tras la barrera de vapor blanco suspendida a lo largo de toda la costa.

Pero solo a unos centenares de metros de tierra el aire era nítido, limpio. No había luna, pero a la luz de las estrellas se distinguía netamente la oscuridad del cielo de la del mar. El mar estaba en calma, y sobre la superficie se dilataban misteriosas manchas claras, oleosas, que parecían reflejar la luminosidad del firmamento. La embarcación avanzaba lenta, es cierto; y quien atendiera a su fanal en lo alto del mástil curioso por verla alejarse, tendría la exasperante impresión de que estaba prácticamente parada. Sin embargo, al cabo de unos minutos la embarcación se había alejado hasta alcanzar mar abierto, ya se perdía hacia el punto en el horizonte al que su ruta la destinaba.

Ya hacía un rato que se sentía que la noche estaba terminando, justo cuando aún era noche cerrada. Ahora, sobre la tierra firme —a levante, es decir, a la espalda de la motonave que avanzaba— el cielo cambiaba de color. Un gris terrible que alcanzaba la altura de las estrellas sustituía el azul o el añil profundos de la noche. Con la misma lentitud, pero también con la misma rapidez, con que la barca se perdía alejándose cada vez más en mar abierto, ese gris comenzó a teñirse de rosa.

En la embarcación parecían dormir todos. Solo uno de los tres Viejos, al timón, daba, como es natural, señales de vida. Pero incluso él parecía presa de una ensoñación, apenas si tocaba la caña con su mano negra y nudosa. Quién sabe lo que pensaba. Hundidos entre los huesos del rostro, entre los pelos blancos de la barba, solo los ojos ardían negros como el carbón, mirando al lejano horizonte que empezaba a clarear.

Llegó enseguida el alba, y luego salió el sol.

Era una jornada serena, casi tibia. Hacia mediodía el cielo y el mar estaban tan azules que parecía un día de pleno verano, o por lo menos de primavera. Y si el azul se veía apenas un poco blanquecino o desvaído, parecía deberse más a la calina que a la débil fuerza del sol invernal.

En la inmensa extensión desierta del mar se oía solo el motor, fuerte, seguro, redondo, lo que aumentaba la paz y el silencio. A bordo, cada cual iba a lo suyo, hallando el modo, a pesar de lo reducido del espacio, de encerrarse en su propia soledad. Quizá alguno durmiera. Dos de ellos jugaban a las cartas, y si discutían a veces, en voz baja, se llamaban curiosamente por el apellido: uno se llamaba Aneli, el otro Scafili. El más joven de todos, que no debía tener más de dieciocho años, un muchacho más negro que la pez, permanecía solo sentado en cubierta, agachado, contemplando algo; lo que observaba tan atento era su carné de identidad, más exactamente su fotografía, junto a la cual estaba escrito su nombre: Sapienza Saro. El nombre de otro de la colla lo gritó, con la autoritaria irritación acostumbrada, uno de los tres Viejos:

—¡Agatino!

La voz era tan ronca y dialectal, que «Agatino» no parecía tanto un nombre de persona como una exclamación o una amenaza. Y, en efecto, siguieron a su nombre otras exclamaciones irritadas y sentenciosas:

—«¡Minchia!» xxx xxx xxx.

Hacia la una almorzaron, y con este motivo se dispusieron todos juntos, en cubierta (menos los tres Viejos, que almorzaron por su cuenta en la cabina, servidos por aquel Saro Sapienza, que era el más joven de la colla). Mientras comían de buena gana su pan con un relleno de verduras aceitosas, que les untaba entera la boca, se les alegró un poco el día, y discutían entre ellos en aquella lengua suya ingenua, siniestra e incomprensible.

—«¡Minchia!» xxx xxx xxx.

La tarde y las primeras sombras cayeron con la misma ilusoria lentitud con la que había salido el sol y se había propagado la luz. Con las primeras sombras —que volcaron su helor sobre el mar— se vio tierra. Era un perfil velado de montañas en forma de pan de azúcar, sobre el que se perfilaban más oscuros algunos islotes y la costa con sus irregulares llanos y sus colinas tronchadas. Luego pudo distinguirse la ciudad, inmensa, en semicírculo, pero con largas ramificaciones en calles que se alejaban a lo largo de la costa o hacia el interior. Era un cúmulo inextricable de casas blancas indistintas en el vaho del anochecer. Solo acercándose un poco más pudo distinguirse alguna forma en aquel xxx xxx. Las luces del crepúsculo teñían de rojo el aire a la derecha de la embarcación; pero justo en el último momento, poco antes de desaparecer detrás del mar, el sol salió de sus vapores, embistiendo con su luz rasante la ciudad. Aparecieron entonces formas de palacios cenicientos, de bárbaras xxx, con las ventanas ojivales, pero redondeadas, como en un mundo exótico, oriental y decrépito; se veían también grandes cúpulas y logias colgantes, pesadamente seiscentistas, entre palmeras; y en el verdor de un jardín, que debía ser de naranjos, el sol iluminaba una pequeña iglesia románica, cuyas cupulillas eran de un rojo encendido. Bien pronto sin embargo el sol fue cubierto por las graves neblinas invernales, y en vez de sus rayos rasantes, sobre la ciudad, y sobre el mar frontero, cayó una gélida penumbra.

Cuando la embarcación llegó a puerto todas las luces estaban ya encendidas. También la que colgaba en lo alto del mástil. De cerca, las casas que se apiñaban en torno al pequeño puerto redondo revelaban toda su decrépita miseria, tanto las nuevas como las antiguas, ruinosas por lo demás, reducidas a inmundicia y con los retretes a la vista, donde en el tibio anochecer, en medio del hedor, jugaban unos niños. Además de a mierda, el viejo puerto olía a pescado pasado y a verdura podrida; pero también a azahar, y a jazmines quizá. La maniobra de la embarcación para entrar en el puerto fue, como siempre, interminable. Cuando atracó era ya plena noche; lo que, en aquella ciudad, significaba noche cerrada.

Los tres Viejos, seguidos por la colla y por Carmelo, desembarcaron y se encaminaron al centro, por callejuelas que pasaban entre viejas casas vacías, reducidas a muladares y cagaderos. Pero inmediatamente detrás había una calle amplia, pavimentada con grandes losas, a cuyos lados, junto a las casas viejas, surgían de cuando en cuando iglesias o casas señoriales de admirables fachadas; y, más adelante, una replaceta, probablemente la plaza del pescado; en aquel momento todo estaba limpio y ordenado: habían baldeado los adoquines, que relucían, aún mojados, cada uno en su irregular unicidad. Al fondo de la replaceta, la callejuela que embocaron los tres Viejos y la compaña no era sino una estrecha escalinata, igualmente limpia, bajo un Tabernáculo barroco privado de estatua, que salvaba un desnivel entre las calles de la ciudad.

## Apunte 63
## **¿Se trataba de un cambio de rumbo?**

Al día siguiente Carlo se despertó temprano. La luz en las rendijas de la persiana aún era gris. Como un héroe de Flaubert, pensó en la noche anterior, en lo que le había pasado. Era ciertamente un milagro. Un sentimiento como de bienaventuranza lo inundaba por completo. Estaba por alzar el rostro y los ojos al cielo, pero no para dar gracias a Dios; la dicha que creía haber alcanzado era más fuerte que quien se la hubiera concedido. Existía por sí misma, como para los ateos, que no tienen otro horizonte que su propia vida.

Temblaba de impaciencia por ver de nuevo a Carmelo, esa noche en el Toulà. Había comenzado un nuevo capítulo en su vida. Había que vivirlo día a día. Y para hacerlo no necesitaba otra cosa más que aquel número de teléfono (apuntado todavía en la hoja arrugada), nada más que una llamada ahora ya casi normal y corriente, nada más que una cita en ese lugar infernal, convertido en símbolo de una extraña benignidad del destino.

Todo lo que le[154] separaba del momento en que volvería a ver a Carmelo —joven, casi un muchacho, a pesar de aquella frente con entradas, debido a las cuales alguien o algo había decidido misteriosamente convertirlo en vulnerable, herirlo con una precoz revelación de su inevitable futuro, quizá como un castigo a su inocencia, porque en ese futuro no le esperaba ciertamente más que miseria, pues lo único que poseía era su juventud, y ninguna otra cosa podría nunca poseer en el mundo—, todo lo que le separaba del momento de ver de nuevo a Carmelo era para Carlo el vacío. Los gestos y las palabras con las que tendría que llenar ese vacío le repugnaban. Le repugnaban hasta el punto de no poderlos afrontar. ¿Quizá había entrado en ese taedium vitae[155] que conduce poco a poco, o a veces de golpe, a una transformación vital? La carrera, las ambiciones, el poder (el lector lo conoce todo), cualquier cosa le parecía perfectamente estúpida y carente de cualquier valor.

La epojé, quizá, la epojé se estaba verificando.

Y tampoco se trataba de una propensión a poner en tela de juicio e invalidar de golpe todo lo que en su vida, hasta ese momento, como para el Innominado,[156] había tenido valor, consistencia real. O quizá sí que hubiera un destello de afecto (hacia la poesía —que por lo demás el burgués Carlo no entendía— de Carmelo); pero en sustancia se trataba de puro sexo. Aunque el sexo podía colmar por sí solo la vida y darle sentido; las palabras y los actos propiciados por el sexo podían ser infinitos, siempre nuevos, llenos siempre de ansia y de terror. El miembro de Carmelo podía ponerse duro (él habría dicho que ya tenía la «minchia» lista, como quien le dice a su amo que llueve o que hace calor), y sería todas y cada una de las veces un milagro estremecedor, que había de vivirse —pensándolo primero, recordándolo después— con el corazón en la boca. Porque la herida que aquel miembro erecto —con toda naturalidad por su parte— debía provocar en las carnes de Carlo era todas y cada una de las veces definitiva; y mientras que para Carmelo se trataría de un momentáneo deseo de matar, calmado de inmediato con la eyaculación del blanco y perfumado semen siciliano de cada día, para Carlo significaría la verificación de lo contrario, la puesta en escena de su deseo de morir. Se acordaba bien de cuando era un hombre, de cuando también él poseía un miembro como el de Carmelo. Se acordaba bien de ese rápido mecanismo, precedido por una inmensa y mistificadora fabulación sobre el sexo femenino. Pero todo eso no era nada comparado a la enormidad de su espera de hembra, porque poseer no es nada comparado con ser poseído, ejercer una violencia no es nada comparado con sufrir una violencia. De modo que, así concebido y organizado, el sexo bien podía colmar una vida. Pero, para ello, era precisa la soledad, la más absoluta soledad. Una soledad en virtud de la cual incluso Carmelo, de alguna manera, era algo superfluo y molesto, al menos en el momento en que su cuerpo dejaba de ser simplemente un instrumento. Una soledad en la que Carlo, ya experto en la práctica de aprendiz pasivo recién comenzada, diera libre curso a su euforia.

Pero dentro de poco tendría que levantarse, dirigirse a la sede del ENI en el EUR.[157] Era un mundo lejano, blanco, frío, inmóvil como el Polo; le entraba la risa de pensarlo. Y sin embargo, de nuevo, lo haría. Es más, se levantó enseguida. Estremeciéndose, se miró en el espejo los senos y el coño, derritiéndose de deseo ante la idea de que todo ello pronto sería de nuevo pasto de Carmelo, ciegamente ansioso por fecundar, creyendo —¡el inocente!— que consumaba sin más el afán de su miembro erecto. Se bañó, se vistió, y se halló ante la estatua de Salvatore Dulcimascolo. «Pero Carmelo —se preguntó—, ¿era en verdad la encarnación de Salvatore Dulcimascolo?»

## Apunte 64
## Causas que concurren en el cuadro clínico

Un burgués realmente no sabe apreciar inocencia alguna que no sea la que enseñan los libros de texto y el código social no escrito. O mejor: siente, ante la inocencia, una cierta repugnancia, de carácter racista. Ha inventado las obligaciones para poder condenar la inocencia que no las conoce. Más aún cuando a menudo la inocencia está unida a la delincuencia; por tanto, si está al margen de la cultura, está igualmente al margen de la ley. El burgués siente siempre ante la inocencia una sensación de espanto, y, en el mejor de los casos, la juzga como un producto inferior de su propio modo de vivir, desconociendo o negándose a imaginar los términos del otro modo de vivir del que es propia la inocencia. Así, incorporándola a su propia historia, puede liberarse de ella, lavarse las manos, evitarla, ahuecar de los sitios donde queda relegada.

Pues bien, ya que en una vida, aun cuando no sea simbólica, todo está organizado según los designios de nuestra oscura voluntad, todo esto debía ser revelado a Carlo.

Por ejemplo, formaba parte evidentemente de los designios de la oscura voluntad de Carlo el que cerca de su casa —en los Parioli, en Vigna Clara o en la Olgiata, eso queda ad libitum del lector— hubiera una escuela, un instituto.

Esta escuela, este instituto, era desde hacía años teatro de una serie de asaltos, de ocupaciones, de trifulcas, etc. Justo en aquellos días se produjo una acción de castigo de unos fascistas contra los estudiantes demócratas que se manifestaban no sé a cuenta de qué, sin duda por alguna buena causa.

Al salir de casa, Carlo, mientras abría la portezuela del coche, vio precisamente a un grupo de estos fascistas. O, mejor, los entrevió. Aparecieron al fondo de una calle, y enseguida se dieron la vuelta, tomando por una calle paralela a la anterior, casi a la carrera, presa de una agitación que, por más que pueda enmagrecer, se presenta siempre ante el excluido espectador como exultante, bendita.

Observó un momento aquellos rostros. Quiso la casualidad que los peor encarados —vulgares melenudos, vestidos y adornados igual que sus enemigos de izquierdas, de italiano rostro redondo u ovalado en el que el hambre y la conciencia de la infelicidad se mezclan soezmente— pasaran más deprisa que los otros, o permanecieran en la sombra, porque aquel día de noviembre lucía el sol como en el trópico. Se quedaron, por un momento, casi aislados, solo los más hermosos (la rapidez de la acción consiente esta fulmínea esquematización, que además corresponde a la verdad). De aspecto italiano también ellos: jóvenes de diecisiete, dieciocho, diecinueve años, casi exageradamente italianos, como hechos aposta en un laboratorio. No muy altos, por supuesto, pero tampoco piernicortos ni culibajos; su estatura sobrepasaba por poco la media, superándola lo indispensable para que parecieran jóvenes atletas. Tenían hombros marcados, estatuarios. Y los pantalones que llevaban, ceñidísimos a la altura de la pelvis, pero holgados de camal, sobre todo abajo, con un ancho y compacto dobladillo por encima del zapato, acentuaban su marcado aire de jóvenes esbeltos. Tenían el pelo más bien largo, como los demás, pero una especie de antiguo recato impedía que les llegara soezmente hasta los hombros, como a las putas, y, ahora ya, a los jóvenes lumpemproletarios de los arrabales; no les bajaba del cuello el pelo negro, ondulado, abundante, como hierba exuberante en primavera, de tupidas y recias raíces,[158] inextirpables; con jerséis de fantasía, de buen gusto, la mayoría eran jóvenes pertenecientes a la alta burguesía, y sus jerséis, de gusto aquilatado aun en sus vivos colores, enmarcaban rostros crueles, de pómulos tensos, o con el labio superior ligeramente carnoso, o de delgadas mejillas, pero sobre todo con los ojos ardientes de una negrura infernal e inocente, aunque el fuego de su rabia y de su miedo en aquel momento era, sin duda, el de la maldad y el error histórico.

Corrían, apretando barras en los puños, o estacas, envueltas en telas negras; no se entendía bien si eran estandartes o armas, eso quedaba en el misterio, por más que elemental, de la guerrilla urbana. En la carrera su virilidad, ajena al sexo, exaltada en su indudablemente monstruosa pasión civil, se revelaba casi impúdica. Llevaban los pantalones tan ajustados a la altura de la pelvis, que el sexo se dibujaba por entero, el miembro y los testículos, todo aplastado en un solo bloque mórbido, de forma misteriosa, que se henchía a uno y otro lado de la bragueta, como si el sexo aquel no hubiera de presentarse en su forma animal, sino que fuera un puro peso, una cualidad, un atributo, infinitamente más funcional que su función, tan humilde en definitiva. Ellos ignoraban todo esto. No solo estaban lejos, en ese momento, de pensar algo semejante; quizá lo habían estado siempre, y siempre lo estarían. Llevaban aquel macizo peso de su propia virilidad, aplastado en la estrechez de los pantalones, como una oscura amenaza, como algo que en ese momento estaba de más, pero que lo era todo, que ocupaba el centro de sus cuerpos, y por tanto del mundo del que pretendían ser los amos.

Los senos de Carlo se pusieron turgentes un instante, como los de una vaca que no ordeñaban hacía días: tenía necesidad de nutrir, una necesidad ansiosa, apremiante, incontenible, una necesidad de nutrir hasta deshacerse de sí mismo y morir desnutrido, allí en el suelo, sobre aquel asfalto abyecto. Ellos, aquellos amos jóvenes —descendidos quién sabe de dónde sobre la tierra, y ya tan determinados a habitarla, tan expertos ya— habían de mamar de él, pues tenían derecho, hasta quitarle la vida. Pero el ansia delirante de sus senos no era nada en comparación con la del bajo vientre, idéntica y contraria. Era otra necesidad, la de aquellos jóvenes amos, la que aquí debía satisfacerse: la que ellos a su vez tenían de dar y de morir, aunque ni cayeran en la cuenta, y lo que desearan hacer no fuera otra cosa que hallar un cierto placer solo por ellos conocido. Aunque luego el querer materializar este placer fuera de una prepotencia tan pasajera como feroz, y aunque la conciencia de todo ello fuera tan inconsistente como un soplo de viento, no disminuía, sino que se acrecentaba, la necesidad de ponerse a su servicio, de contentarlos, de dejarles hacer, con toda la brutalidad carente de afecto que quisieran. Era su negligente naturaleza, su precipitación, lo más fascinante, a pesar de que fueran unos niñatos burgueses. Por lo demás, también su opción política era negligente, precipitada, natural y prepotente.

Carlo los miraba como a Hierofanías. ¿De dónde venían? ¿Qué había llevado a esos jóvenes italianos a convertirse en fascistas? ¿Qué serie de circunstancias —y concatenadas con qué lugares— los había puntualmente conducido a aparecer en aquella calle (y en infinitas otras)?

¿De qué Eucaristía nacían sus actos, que parecían tan perfectamente organizados?

En cualquier caso, una cosa era cierta: se presentaban como amos, y habían hecho suyos los derechos de los amos. Poseerían y fecundarían solo si quisieran. Pero su voluntad era irrefrenable, como la carrera a que se habían lanzado; no tenía compensación posible.

## Apunte 64
## **Última velada en el Toulà**

Carlo entra al Toulà como de costumbre, muy temprano, cuando aún no hay nadie, y la sordidez funcionarial del restaurante se muestra en toda su evidencia. No ve, en el mostrador del guardarropa, el rostro de breve frente despejada de Carmelo, ni sus labios carnosos, ni sus ojos grises que siempre lo han sabido todo, ni su sonrisa cómplice no subordinada. Estará dentro, ocupándose de los abrigos de los dos únicos clientes, extranjeros, sentados a una mesa. Se sienta a cenar, atendido por una cohorte de camareros septentrionales, que lo tratan con el irónico recelo con que se trata a quien está solo e indefenso, al margen de la norma, pero al mismo tiempo con una cierta gentileza debida a la común proveniencia regional. Poco a poco el local se va llenando, y, claro, inevitable, fatal como una Erinia, comparece el diputado Tortora, con una de sus cuadrillas habituales, en pleno fair play parlamentario. Carlo ya ha terminado de cenar, paga, se levanta, se dirige al tabuco del guardarropa. Carmelo no está. En su lugar, una empleada nueva, inexpresiva, paliducha, con acento véneto. Carlo se siente desfallecer. En ese momento, mecánicamente, se vuelve hacia el interior del Toulà, para esconder su contrariedad, su tragedia; y sus ojos se cruzan por un instante con los ojos de Tortora. Es cierto que Tortora está hablando con un comensal alejado, en la otra punta de la mesa, y que su chascarrillo de picapleitos lo grita casi, y que su atención se dirige a los concurrentes; no obstante, como separados de su rostro y de la realidad en que se encuentra en ese momento, sus ojos, que deberían mostrar hilaridad o al menos excitación, se posan como si fueran otros ojos, aparte, opacos y sin expresión alguna, sobre Carlo y sobre la apertura del guardarropa. Por supuesto, no es más que un instante; y el diputado Tortora sigue con la cháchara junto a sus compadres que han bajado del norte o subido del sur. Exactamente como ciertas muchachas, que mientras pasean y hablan sin parar con una amiga son capaces de mirar a la cara a uno cualquiera de los circunstantes, el que les interese, sin dejar de hablar, con la más absoluta y total indiferencia hacia la persona a quien han mirado distraídamente, como si fuera de aire. Carlo se da cuenta, y encaja esa mirada. Pero, en ese mismo instante, se da cuenta de que la ausencia de Carmelo no le causa dolor: no, es una liberación. La soledad en que de golpe se encuentra es el nuevo estado necesario para hacer suyo el mundo.

## Apunte 65
## **Confidencias al lector**

¿Qué era lo que impedía que Carlo sintiera el profundo dolor lógicamente previsible por la pérdida de Carmelo? ¿Qué era lo que lo disuadía de la desesperación y del llanto por tan «cósmica» privación?

El análisis de su interioridad excede el cometido que me he marcado (que, a decir verdad, ni siquiera prevé la existencia objetiva de tal interioridad). Todo lo que puedo hacer es recurrir a un cambio de registro. Promover, yo, omnisciente gestor de esta historia, un análisis moralista en vez de psicológico. Nunca, nadie, puede decirlo todo, o sea, ser totalmente puro;[159] estamos además ante una mistificación[160] de la estructura, aceptada universalmente por tácito consenso. Lo que se dice está regulado por lo que no se dice; el testimonio por la reticencia; el sentimiento cívico por la ley del silencio. La forma es tal solo si se fundamenta sobre lo que no es forma. Y la exclusión de la forma es siempre un proyecto, una conjetura. Lamentablemente, al «tácito consenso» yo opongo el verbalismo de mi culpabilidad; no sé fingir que creo un objeto, un misterio. Que, sin embargo, se recreará, espero, en la mente del lector, al que ahora ruego que acepte las siguientes confidencias.

Carlo había mamado el sentido de la posesión: sus abuelos piamonteses, originariamente terratenientes, habían fundado hacia 1850 una industria textil, contratando mano de obra infantil, por debajo de los doce años, quizá huérfanos e incluso enfermos, para que como es natural el bajo salario no sufriera alteración alguna. Pero esta «infamia» del bisabuelo de Carlo (católico biempensante) es una nadería[161] si se piensa que precedentemente, antes de la invasión napoleónica, antes de la revolución francesa, en la noche burguesa de los tiempos, una larga lista de ascendientes, tanto los ya ricos como los aún pobres, había fundado siempre el sentido de su existencia nada más que en la propiedad. Tal sentido de la propiedad (ya fuera un huerto, un latifundio, una industria textil) estaba materialmente retratado en el aspecto físico de Carlo. Su rostro redondo y aniñado, bajo el ya escaso pelo pajizo, tardo casi en su astuta decisión de no hacer nada imprudente, de atenerse formalmente a la educación que se le había proporcionado en la infancia; el aire tosco de su cuerpo, como el de quien aún se mea encima como un niño disminuido, rectificado sin embargo por la habilidad y la información de un boy scout que en condiciones difíciles sabe arreglárselas mejor que un viril e inocente proletario; su aspecto físico, en definitiva, que hacía de Carlo un mentecato, un vulgar memo vestido con un traje gris demasiado amplio y una camisa de marca pero del todo anónima; todo esto no era otra cosa que una barrera de ingenuidad, de honestidad y estupidez que Carlo levantaba en torno a sí para defender y enmascarar su realidad de amo. Un amo que posee y dirige en virtud de un privilegio inconsciente de tan consubstancial. Esta necesidad de defenderse y de acallar el sentimiento de culpa había, cómo decirlo, podado todos los sentimientos de Carlo. Su mundo sentimental era focomelo, manco.

El otro Carlo, su hermano apacible, era su antítesis. Nunca habría precisado de la gradualidad, de la situación de paso representada por Carmelo, para alcanzar los extremos. Los extremos: esa zona prohibida a quienes siendo de sentimientos menguados, atrofiados, se convierten primero en teóricos y luego practican el chantaje de los «sentimientos comunes», de la filosofía del «término medio» y, en consecuencia, de la «gradualidad».

Bien sé que en un «Misterio», en un «Auto sacramental»,[162] la gradualidad es inconcebible, como elemento crepuscular y pequeñoburgués; que no pueden darse experiencias derivadas, que habrían de quedar en suspenso. En tal contexto, a una causa le corresponde un efecto, el efecto lógico y consiguiente. En esto consiste lo sublime del asunto. Los errores debidos a un alma entumecida no son trágicos. Y tampoco sus titubeos y su incapacidad para interpretar el carácter fatal, matemáticamente trágico, de la acumulación de casos que se le presentan.

Carlo había encontrado un cuerpo, y había experimentado su corporeidad. Bien. Pero el hecho es que ese cuerpo —el cuerpo de Carmelo— vivía otra «condición vital»,[163] en un universo social distinto. Y, por lo tanto, conociendo ese cuerpo, era obvio que tenía que conocerse —en su concreción histórica— asimismo su vida. Amando ese cuerpo, era obvio que tenía que amarse asimismo su mundo.

Esto es lo que en efecto le habría sucedido (o sea, lo que le había sucedido) al otro Carlo, que ni siquiera se planteaba el problema de las consecuencias extremas, y no dudaba en extraer de una causa la conciencia de su inevitable efecto.

En cambio, para Carlo el burgués —sin ser el más despreciable de los burgueses—, siendo, como sabemos, un católico progresista, de formación sustancialmente laica, abierto ∨ por la experiencia empírica de un trabajo avanzado y expeditivo, no totalmente ajeno, como sus colegas, a intereses culturales o, al menos, al aspecto sociológico de su trabajo, se planteaba este problema: ¿era la incapacidad de amar a Carmelo lo que le negaba la posibilidad de amar su mundo, o, por el contrario, era la imposibilidad de amar el mundo popular lo que le hacía imposible amar a Carmelo?

Si, por ejemplo, Carmelo hubiera sido uno de esos fascistas que Carlo, como en una visión, había visto correr ante su casa formando aquella pequeña horda armada, emergida del fondo oscuro de un país que de improviso parecía preverla, históricamente, tal cual era, madura y completa en su actualidad renovada, ¿habría tenido mayores probabilidades de ser amado por Carlo? La naturaleza de su mundo social, siendo la misma que la de Carlo, ¿no habría sido un impedimento para la exteriorización de la violencia del joven macho respecto del hombre convertido en mujer?

A este propósito hubiera sido perfectamente inútil indagar en el cuerpo obtuso, negativo, hostil, del ingeniero Carlo, con aquella frente de fantoche burgués sin fuerza física, aquel ojo cobarde iluminado por el miedo, la hipocresía y la decisión de no perder ni uno de sus privilegios de amo, aquel pelo pegajoso, de un rubio miserable, insano, peinado siempre de la misma manera informal de cuando iba al instituto en el Piamonte, aquel cuerpo suyo tedioso pero inconsciente de serlo, dado que todo lo importante funcionaba, y lo demás eran sueños, idealismos, cosa de narcisos proletarios o de burgueses ineficientes. Ya que la inteligencia de Carlo para la comprensión de la psicología ajena, aun regulada por insuperables prejuicios racistas y clasistas, era bastante aguda y alcanzaba rápida y empíricamente lo mollar, era presumible que nada se le escapara a propósito de Carmelo; pero ello no significa que tal comprensión se hubiera racionalizado ni verbalizado. La de Carlo más que inteligencia era astucia, y con ella la censura tenía las de ganar.

Es preciso considerar además otra cuestión. Carlo recordaba muy bien —aunque ya solo conceptualmente— el tiempo en que tenía pene. El sentido de su posesión era lo que suele llamarse un «basso continuo», o, mejor, un «ostinato»: no tenía solución de continuidad. Y era justo tal continuidad la que le consentía interrupciones y alejamientos, largos incluso; era esta certeza la que le daba la posibilidad de ocuparse de otra cosa. Su vida era por lo tanto normal. El acto sexual era una forma de rápida posesión, a veces artificialmente prolongado. Era en todo caso un episodio, con un principio y un final. Un final que, es cierto, en cuanto semejante a la muerte, «abría» el episodio hacia la totalidad, digamos hacia una dimensión cósmica. Pero no era esto lo que caracterizaba el acto, era solo su trasfondo. El acto seguía siendo, queda dicho, episódico; era una experiencia violenta, inexpresablemente necesaria y por lo tanto inmensa, pero parcial.

Poseer un cuerpo implica que ese cuerpo sea limitado. E implica también una valoración cuasi económica: cada cuerpo se presenta como «un tanto» (maravilloso, sin duda, aunque se trate de una mujer cualquiera, de poco valor, de poca calidad). Es cierto que el amor, como necesidad de protección enmascarada por la voluntad de proteger, tiende a ensanchar el sentido «limitado» del acto sexual como penetración del pene en el cuerpo poseído durante el breve tiempo que la eyaculación requiere. Pero el límite, en sustancia, no puede superarse. El cuerpo poseído es una entidad que se tiene entre los brazos y se mide con la mirada: es un instrumento que una vez usado se arrumba hasta la próxima vez.

Es cierto que junto al «basso ostinato» de la presencia del pene, en la vida de hombre normal de Carlo había además otro «basso ostinato»: la obsesión por la mujer. Pero esto era algo distinto del coito propiamente dicho. Por lo demás, también un varón tiene derecho a su cuota de fuerza centrífuga que lo proyecte al infinito. Y esa era la cuota: la obsesión por los órganos genitales femeninos, entendidos como lugar donde perderse y morir, y por el que vivir.

Pero, repito, el coito propiamente dicho —es decir, el momento a parte subiecti más significativo del amor—, en cuanto posesión, era la posesión de algo fatídicamente limitado. En efecto, y por definición, el todo no puede poseerse.

En cambio, ser poseído es una experiencia cósmicamente opuesta a la de poseer.

No hay relación entre ambas cosas. No son simplemente el contrario la una de la otra. Quien posee no se comunica sino ilusoriamente con quien es poseído, porque quien es poseído vive una experiencia incomparable a la suya, de especie diferente, cósmicamente lejana, repito.

Por otro lado, tampoco quien es poseído se comunica con quien lo posee, porque este último no se le presenta como una entidad limitada, como un individuo. ¡Y es imposible comunicarse con el todo! Porque es precisamente ese todo quien posee, a través del pene y su violencia. Quien es poseído pierde conciencia de la forma del pene, de su limitada perfección, y lo siente como un medio infinito e informe, mediante el cual Algo o Alguien se apodera de él, lo convierte en poseso, lo reduce a una nulidad sin más voluntad que la de perderse en aquella Voluntad otra que lo anula.

Por parte de quien es poseído el que posee es percibido por lo tanto como un Bien, aunque comporte sacrificio, dolor, humillación, muerte. El embate que violenta la carne se extiende sobre todo el infinito frente de la carne, no solo sobre un punto. El entero cuerpo, cuya conciencia de la interioridad es ilimitada porque coincide con la del universo, participa de la violencia con la que el poseedor se manifiesta, que no conoce piedad, mesura, respeto ni dilación; su ansia de poseer no concede límites a quien es poseído, que debe ser ciegamente pasivo, obediente, y al que como mucho, incluso en el sufrimiento y la degradación, solo puede concedérsele que manifieste su gratitud.

Por otro lado, está fuera de toda discusión que la Posesión es un Mal, o, más aún, que es EL Mal; por tanto, el ser poseído es lo más alejado del Mal, o mejor, es la única experiencia posible del Bien, como una Gracia, vida en estado puro, cósmico. Mas llega cuando quiere y se va cuando quiere. Pero incluso esta arbitrariedad es maravillosa, inocente, y deja a quien es poseído en un estado de espera que, una vez más, lo colma de gratitud, lo mueve a un llanto purificador.

## Apunte 70
## **Charlas nocturnas en el Coliseo**

Carlo llega al Coliseo a pie. Lo ha dejado cerca de allí un tranvía que viene del Prenestino. La noche invernal (del 73 o del 74) ha cedido las calles al helor de la tramontana.

Las grandes avenidas periféricas de grandes edificios desordenados parecen pasillos vacíos; solo aquí y allá se mueve en ellas algún papelajo arrastrado por el viento.

El viento ya ha barrido las pequeñas calles viejas entre San Giovanni y el Coliseo; y ya no hay papeles que arrastrar.

Si por casualidad un ser humano, arrebujado en un viejo abrigo, se mueve, parece hacerlo a escondidas, obedeciendo a un sino oscuro.

En torno al Coliseo desfilan coches incesantemente, pero casi sin hacer ruido, con destinos lejanos que alcanzar deprisa.

Sobre las amplias extensiones de asfalto rachas de viento lateral mecen apenas los andamios bajo los viejos arcos.

Desde las laderas del Oppio y del Celio desciende la sombra, y cae sobres esas extensiones iluminadas de asfalto. En un mogote, en el Celio, luce una fogata prendida por una puta que está inmóvil junto a ella, pensando quién sabe qué, y ni siquiera mira a dos clientes, quizá dos reclutas, que a su vez siguen su camino y desaparecen por la breve avenida hacia Caracalla, como las sombras de dos desertores.

Mientras, la fogata de la puta se retuerce contrahecha, como en remolino, porque la tramontana sopla de todas partes sin dar tregua.

El Coliseo está rodeado de andamios de hierro y mallas insalvables. A pesar de ello, un pequeño grupo de parroquianos anda por allí, bajo una especie de jaula metálica, junto al muro de Via xxx que gira cuesta arriba como una pista circular.

Uno o dos de esos parroquianos se mantienen apartados. Uno está completamente calvo, y ostenta orgulloso contra la tramontana su rostro de perfil aguileño.

El frío lo ha dejado casi blanco, lo que resalta la dura barba negra aun recientemente rasurada quizá. Lleva el abrigo desabrochado y cruza los brazos; un hombro algo levantado, en guardia; y tras ese hombro se perfila su semblante impasible, que lanza en derredor miradas orgullosas, frías, protervas.

El otro, rechoncho, es más bajo de estatura y mucho más joven; no ha perdido el pelo, de ondas que le llegan a los hombros, y del que está visiblemente orgulloso.

Allí está, de pie, compuesto y diligente, también él con los brazos cruzados, que le prestan un aire aterecido, de pobre mujer fuera de su casa, que mira con hostilidad el mundo en torno a ella, en el que se ve obligada a aventurarse por algún recado, batido por la tramontana, desierto.

Y si alguien pasa, sus ojos hundidos, como torpemente sombreados, lo miran con animadversión, cual si pensara: «¿Quién es este extranjero?»[164]

Los demás parroquianos, por su parte, formaban un grupo, cinco o seis, y reían. Sí, reían, la boca abierta, granate de frío bajo los papos negros de barba, los grandes pómulos, la frente despejada.

Eran las carcajadas largas, estúpidas o demasiado ruidosas, de quien se siente tranquilo y autosuficiente. Tan es así que si por casualidad pasaba a lo lejos alguna sombra o algún automóvil ralentizaba algo la marcha, ellos no paraban de reírse ni de hablar, limitándose a dirigir a esos intrusos una mirada vacía, casualmente pegajosa, mientras la cara se les llenaba de una alegría que exhibía un desprecio bonachón pero absoluto hacia la vida, ya demasiado saboreada, gozada, desentrañada, como para significar aún algo relevante.

Ya de todo se habían cerciorado, el juicio negativo del hombre normal ya estaba formulado, y no quedaba sino reunirse en un fausto corrillo para echarse unas buenas risas de complicidad.[165]

Entre los impúdicamente risueños, sin embargo, había uno algo perplejo, aunque, como en una velada mundana, intentara mantenerse a la altura de la común ligereza.

Cubría su rostro la máscara de quien de una vez por todas se ha decidido a ceder al chantaje: «Si no te va la broma no eres de los nuestros». Y una mueca retorcía sus insignificantes facciones. Una radiante felicidad yacía al fondo en el brillo de sus desesperados ojos.

## Apunte 70
## **De cháchara en el Coliseo (continuación)**

Vete a saber de dónde habían salido aquellos papelajos, y hasta coloños de paja que la tramontana arrastraba histérica lamiendo el asfalto crudamente iluminado por festones de luces inútiles.

Siguiendo el vuelo imprevisible, entre largas pausas, de aquella inmundicia, Carlo llegó tímidamente junto al corrillo aquel —donde lo conocían de vista— y se quedó con ellos allí aparte.

Pronto se sumó a las risas. En su cara grande de campesino padano —nieto enfermizo parecido al abuelo saludable o al padre que murió del corazón— las pupilas castaño claro, encajadas entre las marcadas arrugas de la madurez, tenían un brillo que era casi de llanto; pero era una sonrisa, una sonrisa astuta, que aparentaba la seguridad absoluta, el optimismo invencible de quien sabe ver siempre lo bueno. El ala del sombrero beis, algo boleada, lo protegía, a pesar de llevarla un poco alta sobre la frente como los tratantes en el mercado; y los pómulos, a ambos lados de una nariz algo ganchuda, eran rojos, de un rojo casi artificial, como violáceo. Era en ellos sobre todo donde se manifestaba, en su máximo esplendor, la gratitud eternamente renovada por ese poco —por muy poco que sea— que la vida siempre sabe ofrecer, incluso en momentos de penuria, de vacío.

Aquellos conocidos suyos se contaban entre ellos historias acontecidas, como si en la ciudad se hubiera declarado la peste, y solo en aquel corro circense en los alrededores del Coliseo, en la noche desierta batida por la tramontana, restara alguna esperanza de supervivencia, acaso reducida solo a saber y recordar.

Escuchando las palabras de aquellas pobres criaturas, Carlo tuvo una Visión.

## Apunte 71
## El Merda (Visión: parágrafo primero)

> Querría conquistarlo todo,
> todos los favores de los Dioses
>
> Marx, Versos juveniles (1836)

He usado antes la expresión «el material del que está hecha la escena»; habría sido mejor decir «rehecha». En realidad la escena reproduce, estilizándola —mediante el material y la luz que digo—, una escena real: exactamente el cruce entre la Via Casilina y la Via Torpignattara, y la propia Via Torpignattara con sus primeras veinte travesías, a derecha e izquierda, partiendo del cruce y retrocediendo en dirección a la Via Tuscolana.

En este primer parágrafo de la Visión se ve la totalidad de la escena. Que es toda ella de metal ligero y de otros materiales transparentes e irrompibles; aunque no faltan otras materias, presumiblemente cristal, alabastro y xxx xxx xxx, quizá también plástico. Pero, bien que duras y rígidas, todas estas materias son transparentes. De hecho, en la Escena de la Visión no hay luz. La luz está detrás, y se filtra a través del material del que está hecha la escena, asumiendo así distintos colores según las tonalidades de tal material. La escena por consiguiente es luminosa, de una luminosidad regular, difusa, sin sombras ni penumbras, más bien con gradaciones, debidas a las tonalidades más o menos intensas de los materiales a través de los cuales se filtra; y es, por supuesto, polícroma. Para ser exactos, la Escena de la Visión está dividida regularmente en una serie ordenada de cuadros o Recintos,[166] cada uno de los cuales presenta una tonalidad distinta.

## Apunte 71a
## El Merda (Visión: parágrafo segundo)

En este segundo parágrafo de la Visión se ve a los personajes cuyo movimiento hace de hilo conductor en la propia Visión. Se trata de un joven, el Merda, y de su novia, de nombre, al parecer, Cinzia. Estos dos jóvenes al inicio de la Visión están cruzando el semáforo, el de la confluencia de la Via Casilina con la Via di Torpignattara, en dirección a Torpignattara. Carlo, el que observa, los contempla avanzar hacia él, que se encuentra en medio de la Via di Torpignattara, en un carro con ruedas de corcho, exactamente como un director que se dispone a rodar. Y como los dos protagonistas de la Visión, como he dicho, vienen hacia él, para que la distancia del punto de vista sea siempre la misma, el carro es arrastrado hacia atrás a lo largo de la Via di Torpignattara, al mismo ritmo —que es muy lento— en que los dos avanzan. Recurriendo de nuevo al símil cinematográfico, estamos pues ante un largo y lento trávelin de retroceso. Carlo está sentado en el canto trasero del carro —asimismo de metal ligero y luminoso—, de espaldas al timón; quienes lo arrastran son tres Dioses, pero Carlo no los ve.

El Merda ya no es un chiquillo, tendrá unos veinticinco años; es pequeño de estatura y muy ancho de caderas; y estrecho de hombros, para compensar. No está gordo, pero tiene, como se dice por esos barrios, algo de estómago; la cara cuajada de pecas, o, al decir de sus compadres, de pintas o lentejas; y tira al rojo en la tez y en el pelo: rosado el fondo del rostro, más bien castaño en cambio el color de las pintas y del pelo. El pelo más bien le clarea, largo pero escaso, y como pringoso. Por detrás, le llega a los hombros; los pelánganos le asoman por detrás de las orejas, cubiertas asimismo de otros pelánganos no menos pringosos que las greñas que le caen por los hombros; y por delante de las orejas forman dos patillas, o algo así. La cabeza del Merda es de forma triangular: ancha arriba (tiempo atrás sus amigos le habrían dicho que pa rodearla un piojo habría tardao un año, pero ahora ya nadie se expresa así) y muy estrecha abajo, en la mandíbula, que para compensar la tiene de punta, bajo una boca bien grande. En la boca tiene «clavada» una sonrisa, que deja ver unos dientecillos amarillentos; una sonrisa que expresa seguridad y hartazgo, o sea, un cierto desprecio por todo. Pero que al mismo tiempo alude a ciertos hechos, alentadores y respetables, de su vida, que por supuesto allí, de paseo, no se dan a entender, y que, está claro, nada tienen que ver con su apodo, el Merda. También sus ojos están amarillentos, pero más en sentido metafórico que real: amarillos de hartazgo y de desprecio; y la sonrisa que los anega, acuosa y forzada, los tiñe de un matiz irremediable de envidia, acritud, dolor y mendicidad. Cosas todas ellas que el Merda no admite; y por eso de vez en cuando se le pone en la boca, frunciéndole los ojos, un ligero bostezo, seguido de una especie de chasqueo de la lengua contra el paladar. Se trata de un fósil expresivo de tiempos pasados, que sin embargo ahora posee otros valores y otras referencias.

Su novia, Cinzia, es una chica del montón, con sus vaqueros, su culo gordo y su camiseta de grandes almacenes.

En toda esta Aparición el hecho más importante y significativo es que caminan abrazados. O sea que el Merda ha pasado un brazo por el costado de Cinzia para asirle el hombro opuesto con la mano. Pero como el Merda es un poco más bajo que Cinzia, se ve obligado a doblarla sobre él, dando la idea, a quien lo mire, de que camina sujetándola, como si estuviera enferma o impedida.

Avanzan ambos en silencio, escondiendo con desenfado y xxx la incomodidad de esa postura; en silencio, porque entre ellos —en su vida precedente, en el presente solo insinuada— ya se lo han dicho todo, y por lo que afecta a los demás su presencia habla por sí misma.

## Apunte 71b
## El Merda (Visión: parágrafo tercero)

En este tercer parágrafo, la atención se dirige a la Escena Real reproducida por la Escena de la Visión; la primera permanece dentro de la segunda, como un «doble», cubierto por completo por su reproducción, cierto, pero no sin un ligero desfase, que permite poder reconocerlo y tenerlo siempre presente. Este «doble», o Escena Real, no es contemporáneo, cronológicamente, a la apariencia presente, o Escena de la Visión.

En otras palabras, el cruce entre la Via Casilina y la Via di Torpignattara de la Realidad —que está «detrás» del cruce entre la Via Casilina y la Via di Torpignattara de la Visión— es el de «antes», el de hace seis o siete años, vamos.

Lo cual «instituye» la posibilidad de un continuo cotejo. Sin este cotejo sería imposible interpretar todo lo que se despliega en la Escena de la Visión: gestos, miradas, actitudes, hechos, lugares y personas.

La escena del cruce en la Visión está toda constituida por grandes bloques de metal transparente y alabastro a través de los cuales se expande violenta y regular una luz rojo granate, que es clara, casi blanca como por incandescencia, en el centro de los objetos (los muros de las casas, las aceras, las persianas de las tiendas, los árboles, los postes de la luz), mientras que se oscurece, hasta llegar a ser casi sanguina, en los bordes. Esta luz monocroma hace posible que resalten de modo ópticamente anómalo las cosas y las luces de colores diferentes: por ejemplo la luz verde o ámbar del semáforo, o la ropa de la gente, siempre de vivos colores, camisetas, gorros, chaquetas, chalecos de tejido vaquero, zapatillas deportivas, etc.

En cambio, la escena del cruce en la Realidad —que se trasluce mediante un ligero desfase al fondo del cruce de la Visión, aun en modo incierto, casi como si sobre él se concentrara casual y alucinatoria la mirada— se muestra en todo su remoto, descolorido, antiguo desorden: casas blanquecinas y desconchadas, o bien amarillentas (solo algún que otro grupo de bloques nuevos al fondo), portones desvencijados que dan acceso a pequeños zaguanes oscuros y polvorientos, aceras cuarteadas, raquíticos arbolillos inmundos mezclados con postes de la luz. La gente que camina sin orden ni concierto, vestida de gris, de harapos casi; solo los jovenzuelos llevan camisetas fardonas, blancas o a rayas de vivos colores. Hay una ligera brisa cálida que levanta remolinos de polvo denso y sucio (inherente no obstante a esas leyes, antiguas y olvidadas, que han animado siempre, desde que el mundo es mundo, la historia y el cosmos).

## Apunte 71c
## **El Merda (Visión: parágrafo cuarto)**

En este cuarto parágrafo de la Visión se ve al Merda y a Cinzia —siempre estrechamente entrelazados, ella sostenida por su hombre, como si estuviera «enferma o impedida», o sea, prácticamente como un saco de patatas— que llegan a la altura de Via xxx xxx, que es la primera perpendicular a la derecha de Via di Torpignattara.

La tonalidad que como desde las profundidades de la Heuresis —que allí se denomina, claro, Periferia, y forma parte del Teatro de la Ciudad— estalla nítida y violentamente monocroma —aunque siempre clara e incandescente más en el centro que en los bordes y junturas de los grandes bloques de material transparente— es, esta vez, rojo bermellón. Pero hacia el final de la pequeña y estrecha Via xxx xxx, toda de míseras casas populares de hace cincuenta o sesenta años, el rojo bermellón se destiñe, se hace más desvaído y uniforme: es casi povisa rosa amaranto que se desvanece en el cielo. Lejos, en aquel rosa, se alinean los mastodónticos edificios nuevos, aparentemente vacíos.

El «doble» tiene el color habitual de la vieja vida, apagado, gris, mísero, indefinido: un estrecho callejón en perspectiva con postigos desgoznados, puertas descoloridas, persianas oxidadas, rótulos de viejas tabernas, de tienduchas de chacinas, de carnicerías, alguna tahona; y allá lejos, en la bruma de la calina, los edificios nuevos.

En esta mísera perspectiva, sin embargo —por las aceras cuarteadas, o apenas un resalte de tierra apisonada con un largo y medio suelto borde de piedra—, hay gente hermosa caminando: mujeres gruesas, desgreñadas, vestidas de negro, con sus capazos; viejos de rostro endiablado, a causa de su brutalidad de viejos borrachos delincuentes o, da lo mismo, a causa de su mansedumbre, propia de las personas que nunca han hecho mal a nadie; y luego la caterva de chavalillos medio desnudos, con la barriga al aire, pero así y todo rebosantes de un extraño sex appeal, como se decía entonces, recién hechos y tiernos como molletes, y ya chuletas; y, sobre todo, bandadas de jovenzuelos, que ríen, bromean, se tiran pullas, uno corriendo en una bicicleta descuajeringada con el mandilón, otro sentado como un pordiosero en el escalón del portal de su casa, con los pantalones sucios de polvo y la camiseta a franjas que, según cómo le caiga, deja a la vista la espina o la ombligada, otro repantingado en una silla del bar de la calle, que llaman el de la Cuchillada o el de los xxx, las manos en los huevos y los ojos de sueño, dispuestos a fulgir como cuchillos al sol.

Lo más hermoso de esos cuerpos son las cabezas. El que corre con la bicicleta tiene la cabeza negra como la pez, con el pelo recortado que deja libre la nuca, alargada y de largo frunce, pero abundante en la frente, un mechón lleno de ondas o rizos irregulares y caprichosos, como la hierba que brota desordenada en un muro en primavera; un mechón que, amplio y solemne como el ala de una rapaz, recorrida la frente, se desdibuja detrás de las orejas en un desorden perfecto, regulado por una caprichosa gracia.

Los que están sentados en los escalones de los portales llevan en cambio las greñas cortas, rubias, con las raíces oscuras y las puntas claras, formando una especie de aureola, lisa y ordenada a la altura de la nuca, alargada también, bien dibujada sobre el arco de los hombros.

Los que están repantingados en las sillas del bar presentan una serie de testas que son todo un muestrario de elegancia antigua, casi napolitana: don y blasón de los hijos varones, los reyes de la casa. Uno es de ondas tupidas y negras pegadas al cráneo como las de una estatua, que dejan al descubierto una hermosa nuca de recluta; otro en cambio es de cabellos abundantes, lisos y rubios, que apenas se mueve se le desperdigan por todos lados, pero siempre con elegancia y ligereza, deslizándose como si fueran de seda (y siempre bien recortados detrás de las orejas, en la nuca al aire, donde esplende la virilidad); y otro lleva el pelo corto corto, a navaja, recién lavado, negro como la pez pero, por encima, casi claro de tan vaporoso y brillante: en la nuca la navaja ha hecho un trabajo perfecto, sin degradado alguno, de modo que el cabello gira compacto detrás de las orejas y en el cuello, con una perfección casi cruel y xxx.

Pero en la Escena de la Visión las cosas no son exactamente así. Mientras sigue, en el largo trávelin de retroceso, el recorrido del Merda y de su novia, Carlo lanza una larga mirada contemplativa a Via xxx xxx, en la llamarada de su luz rojiza; y ve ante sí, prácticamente, un museo de los horrores.

Todos están parados, y vueltos hacia él, como estatuas de cera: los gestos, los actos, las sonrisas, los ademanes, las palabras, son insignificantes, irrelevantes. Lo que se manifiesta, en este Recinto, es la pura y simple presencia física.

Las mujeres —siempre recias, desgreñadas, aunque algunos delantales negros han sido sustituidos por vestidos estampados de flores— se pierden en una especie de neblina, indistintas; y también los viejos, tanto los malvados borrachos como los pensionistas medio muertos; los hombres maduros están asimismo inmersos en esa especie de niebla rojiza, que hace de ellos meras siluetas sin relieve que tratan penosamente de dejarse ver, de estar a la altura de las circunstancias. Alguno lo consigue: por ejemplo, un barrigón de piel cetrina, grandes bigotes colgantes como un tártaro, la camisa de flores por fuera de los pantalones. O bien uno alto, con los ojos acuosos y la jeta de viejo macarra que se hace pasar por oficinista; tiene el pelo como un santo, ondeándole en la espalda, ya medio gris, y por delante grandes entradas; y va limpio como el ojo del pandero. Los muchachos y los hombres jóvenes, en cambio, están todos perfectamente iluminados por la metálica luz rojo bermellón del Recinto.

## Apunte 71d
## **El Merda (Visión: parágrafo cuarto, II)**

Parecen todos hermanos o primos carnales del Merda, que pasa por aquella bocacalle lanzándoles una mirada cómplice y soñolienta (cuando en realidad lo que ha de mostrar —con distracción no menos soñolienta, mezclada a una sonrisa ligera y fija de hartazgo— es una mirada atraída por algo que tiene por delante, lejos, en otros horizontes... el Tuscolano). Pero por más feo y repugnante que sea el Merda —con esos pelánganos en el cuello y las patillas, esos dientecillos amarillentos de rata, esa cara llena de lentejas que parecen cagadas de mosca, esa expresión cuya suficiencia está cargada de odio contra todo y contra todos aunque sin ser ajena a un ansia (bien escondida) que implora atención—, sus «pares», sus «coetáneos» que están «expuestos» en la luz rojiza de Via xxx xxx, son aún más feos y repugnantes.

Porque no sonríen, ni estrechan el hombro de una muchacha, ni se muestran desenvueltos, ni miran hacia adelante, ni mantienen la mirada baja como colegialas, ni hablan entre sí, ni se mueven, ni les ocupa acción alguna: están allí solo para exhibir su fealdad y su repugnancia.

## Apunte 71e
## El Merda (Visión: parágrafo cuarto, III)

Ya que en este punto comienza la contemplación propiamente dicha —y es una contemplación intelectual—, los tres Dioses que arrastran el carro de Carlo comienzan, detrás de él, con sus explicaciones; pero son sugerencias interiores, que pasan de unas mentes a otras, como en un sueño. Los que hablan en realidad son dos de los Dioses. El tercero permanece callado. Pero Carlo no puede verlos. Solo «viene a saber» mediante ellos —saturado de comunicación interior como si fuera una luz— lo necesario para entender lo que sus ojos ven.

Lo primero que «sabe» es que cada Recinto representa una Categoría, y que por tanto cada una de aquellas Apariciones es parcial, privilegia un Elemento aislado de la nueva Heuresis de Via xxx xxx. La segunda cosa que «sabe» es que todos los Elementos que, cada uno en su momento, resulten privilegiados en la Representación —como inmóviles y casi cristalizados— viven y se articulan cuando se mezclan con todos los demás, o con buena parte de ellos. Y que en cualquier caso (esta es la tercera comunicación que recibe Carlo) todos esos Elementos Representativos aislados coexisten en realidad en las personas que, cada una en su momento, los revelan sobre sí, sobre su propio cuerpo. No obstante, al cabo —y se trata de la cuarta gran noción preliminar—, hay alguno de esos Representantes en quien el Elemento privilegiado y aislado se halla en estado puro. En el presente caso de Via xxx xxx, en concreto, es el Elemento de la fealdad y de la repugnancia.

El individuo en el que no se da otro Elemento de vida más que la fealdad y la repugnancia es un Modelo.

Pero tal Modelo es invisible, porque nadie podría soportar su vista.

Está sepultado en el corazón del Recinto, dentro de una pequeña tumba de mármol que es su Tabernáculo, sobre el que hay colocada una estatuilla (de distintos colores según el Recinto, en este caso bermellón) que reproduce sus facciones; pero la recubre un paño, porque su vista sería, como es lógico, igualmente insoportable.

Esta «Tumba» o «Tabernáculo» del Modelo se encuentra al fondo de la calle, allá donde el bermellón se desvanece en povisa rosa amaranto, pero desteñida, blanquecina casi por la lejanía.

Que la vista tanto del Modelo como de la Estatuilla sea intolerable, queda sobradamente demostrado por quienes, desperdigados por la calle y mirando a Carlo que a su vez los contempla, tratan de imitarlos. La imitación (como dicen los Dioses) es el fundamento «formal» del código vital de quienes, en el Recinto de la fealdad y de la repugnancia, imitan el Modelo de la fealdad y de la repugnancia; que no es sino uno —téngase bien presente— de los tantos Modelos que imitan, como en un Culto. Y los imitan todos al mismo tiempo. El Modelo de los Modelos se halla en un Tabernáculo colocado en un lugar aún por todos ignorado. Mucho más precisa es la información de los dos Dioses por lo que respecta al sentido específico y actualista del Modelo representado en el Recinto de Via xxx xxx. La información es la siguiente: si el Modelo primero, al menos en el sentido físico del criterio, es el de la fealdad y la repugnancia, se deriva que los dotados por naturaleza de algún grado de fealdad o repugnancia ocupan el lugar en la vida que antaño ocupaban los «bellos», los «dotados de gracia»; se convierten así en «modelos» con fe de vida registral, que de algún modo se aproximan al Modelo Primero e Invisible, objeto de deseo cultural. Si alguien es un tanto raquítico, o bien obeso, si tiene un hombro un poco más bajo que el otro, las piernas esqueléticas o torcidas, si es bajo de estatura, o larguirucho, si tiene la nariz superlativa y huesuda, o chata y deforme, si tiene ojos inexpresivos, o de expresión completamente idiota, asustadiza, maligna, sin personalidad, o sea anulada por la ansiedad o por la afirmación de sí mismo, si tiene una boca deforme, de sonrisa torva, sebosa, resentida, o bien una boca grande con los dientes fuera de alegría injustificada e indiscreta, etc., etc., héteme aquí que se alza, en su círculo, en su calle, en el bar de su barrio, como un posible modelo, próximo al Modelo Primero custodiado en su Tabernáculo.

Para subrayar, corregir, acrecentar, revalorizar y, sobre todo, convertir en «significantes» todos estos defectos físicos de los afortunados que han recibido como dote natural una cierta dosis de fealdad y repugnancia, es de enorme importancia el Pelo, en forma de bigotes, barbas, patillas, flequillos, tirabuzones, colas, y otras formas a las que las civilizaciones pasadas no han dado nombre. Uno tiene una cabeza rebosante, inflada, con cabellos de densas raíces en la frente y en las sienes y que acaban detrás en el cuello con un largo xxx que da el último toque a la densa ondulación que los agita enteros como en un perfecto marcado o en una «permanente» cual las de las señoras de los años cuarenta; por lo general bajo un peinado semejante la cara no es particularmente fea y repugnante sino bastante normal; pero gris, anónima, hasta tal punto humillada por ese peinado que es «cita» de un periodo desconocido para el sujeto, que acaba por ser monstruosa, de las que encogen el corazón. Otro, por su parte, cita involuntariamente épocas más lejanas aún, los años veinte o los primeros treinta; es por lo general muy moreno, los cabellos le caen lisos a ambos lados de la frente, que un cuidado flequillo recorre cuan larga es. En tal caso se trata por lo general de un morenillo, de rasgos meridionales quizá, tampoco él feo, pero que se convierte asimismo en monstruoso a causa de aquella cita cargada de coquetería «fanée», que él, como un bruto, ignora. En algún caso los bucles sustituyen al flequillo. Hay quien, con un pelo carente de recursos, se lo deja crecer salvajemente en mechones negrísimos y desgreñados: la cabeza perfecta para una puta neorrealista de los años cincuenta. Y más cuando un tipo semejante por lo general es gordo, incluso obeso, de mofletes pálidos y nariz ganchuda; por lo demás, tiene el culo como un violón, y los pantalones ceñidos lo marcan vistosamente. También en tal caso la cita es del todo inconsciente, y la fealdad y la repugnancia se alcanzan con tal inocencia que resultan aún más feas y repugnantes. Los hay que citan a hombres, en lugar de a mujeres; citan a los Grandes del Pasado, para ellos completamente desconocidos: uno a Cristo, otro a Cavour,[167] o a un intelectual reaccionario del XVIII, o a un juez retratado por un anónimo pintor neoclásico, etc., etc. Quienes llevan a cabo semejantes citas son por lo general jóvenes ya algo mayores, de veinticinco o veintiséis años. La barba, de cualquier tipo, también parece ser una predilección de estos últimos: barbas cortas y tupidas que cubren toda la mejilla hasta los ojos, o largas barbas crecidas, pero de pelos duros que las mantienen rígidas; alguno, rubio, de pelo fino, deja que la barba le fluya en ondas, como a un apóstol «liberty» (ya que por supuesto las citas inconscientes siguen encogiéndonos terriblemente el corazón). Quien lleva tanto la barba como el pelo largos, alcanzando así una especie de «extremismo» cultural, recuerda a los santones de una religión que desconoce, como el hinduismo, cuando no a los viejos comefuego; y más cuando por lo general estos extremistas son de cuerpo enclenque, visten un par de pantalones vaqueros y una camiseta de chavea napolitano; vamos que, como suele decirse, están con el culo al aire. Los hay también de pelambrera «estudiada»; se da por lo general en quienes, teniendo el pelo crespo o demasiado ondulado, tratan de remediar esta desgracia dejándolo crecer y luego cortándolo por igual a la altura del cuello, o en punta como una cresta, o caídos sobre la frente, casi al rape en el centro y con dos enormes prominencias en torno a las orejas; de modo que recuerdan —también ahora inconscientemente, hiriendo el corazón hasta desgarrarlo— los peinados de ciertos iniciados primitivos, que desfiguran el rostro convirtiéndolo en una máscara irreconocible. En este terreno los mejores resultados parecen ser los alcanzados por quienes habiendo tenido la suprema desventura de nacer con el pelo rizoso (y que tiempo atrás habrían sido los «Riccetti»)[168] se lo han alisado; y por lo tanto, con semejante cabellera artificial, han hecho lo que han querido con su cabeza, deformando por completo su naturaleza y en consecuencia aproximándose al parecer de la manera más satisfactoria al Modelo Primero de su Recinto: el Modelo, claro, de la Fealdad y de la Repugnancia. De la mayor o menor aproximación a tal Modelo se derivan dos actitudes en diversa medida satisfechas (pero la satisfacción plena es la mayoritaria). La primera actitud es una actitud dichosa, que se manifiesta en la apacible luz de los ojos y en la mesura de los gestos, propias de quien ha cumplido plenamente su sueño, y, al respecto, no tiene nada que reprocharse, o que preguntarse o que esperar del destino. Se siente cumplidamente realizado; está en paz con la sociedad ante la que exhibe su propia aproximación al Modelo (un Modelo social), que él considera casi perfecta. Tal perfección en la imitación del Modelo sufre en él, incluso, la típica «inversión» que caracteriza cualquier posición estrictamente conformista: se vuelve agresivo y violento. La total adhesión a la Autoridad, en definitiva, se convierte en demostración de violencia hacia las minorías que no materialicen o no acepten una adhesión tal. De suerte que, con la dichosa, mansa luz de satisfacción de quien se ha prestado con todo su ser a realizar en su propio Cuerpo los Dictados de la Autoridad, coexiste una torva luz de rencor, rabia, furia, que transforma casi en Anarquía el exceso de Obediencia; y en escándalo la perfecta normalidad.

La segunda actitud derivada de la aproximación al Modelo es el silencio. La palabra se vuelve pura presencia física y mímica; la expresión se transfiere al modo de presentarse del cuerpo, y, en particular, al peinado; un modo de presentarse derivado de un Modelo indiscutible, cuya imitación habla por sí misma.

De tales cosas al menos Carlo tomaba conciencia gracias a los dos Dioses.

## Apunte 71f
## El Merda (Visión:[169] parágrafo quinto)

En este quinto parágrafo de la Visión se ve al Merda y a su novia, siempre entrelazados de ese modo particular que no parecen tener intención de abandonar por nada del mundo, llegar a la altura de Via xxx xxx, la segunda travesía de Via Torpignattara. Esta vez la Escena de la Visión queda a la derecha de Carlo, que, reculando en el carro, la contempla. La luz es rojo rubí. Siempre muy encendida en el centro de las superficies y más oscura en los bordes. Y siempre, al fondo de la perspectiva de la mísera calle periférica, evanescente en una bruma que es solo un recuerdo desvaído del rubí. Pero, en su claridad casi sin color, no destacaban enormes los edificios nuevos quizá deshabitados, sino tugurios, obras, y los murallones de un Acueducto. «He ahí la que un tiempo fue una gran metrópolis plebeya», es la idea que instilan en Carlo los dos Dioses. Y él observa diligente. Ve, en el doble —en la alucinación del desfase, casi como un error de impresión—, bullir a la antigua plebe: harapos, pantalones cenicientos, camisas blancas, camisetas de colores, y algún que otro accesorio anómalo, un pañuelo rojo, una gorra de «marine» calada hasta las cejas, la nuca al aire.

Ahora, no como en la luz color rubí de la Visión, todos parecen salidos de una tienda de ropa. No hay nada objetivamente vergonzoso ni desgarrador. Pero basta observar un poco el lenguaje de esas prendas que parecen llevar aún el precio puesto, y que no tienen nada que envidiar a las de los burgueses, estando como están perfectamente a la altura de su absoluta modernidad y hasta de su buen gusto, en la ficción del «pobre» y «lleno de remiendos», en la gama de colores celeste polvoriento, turquesa, azulenco, gris, con imprevistas llamaradas de amarillo o de rojo, en el impecable ajuste de los pantalones a la cintura o al vientre y en su asimismo impecable holgura de rodillas para abajo, etc., etc.; el lenguaje de esas prendas no es menos significativo que el de los cuerpos y el del pelo. Proporciona igualmente a los ojos y a los gestos la apacible luz dichosa de saciedad de quien se siente realizado, junto a la luz furiosa de quien confunde la mala conciencia derivada de tal sometimiento al Modelo con una inquietud herética y revolucionaria en nombre de la cual se ve impelido a vestirse según un gusto que considera al menos tan anárquico y escandaloso como legalista y codificado. Y por supuesto, a causa de la inocencia asilvestrada en virtud de la cual todo esto se verifica, la fealdad y la repugnancia se acrecientan cada vez más. Pero el Elemento que en este Recinto resulta aislado y representado ya no es la fealdad o la repugnancia, sino el modo de vestir y su conformismo. Al describir los distintos Elementos aislados y representados en los distintos Recintos no puedo atenerme estrictamente al tema y acabo por lo tanto obedeciendo de modo instintivo, al expresarme, a su simultaneidad efectiva. No puedo, hablando de peinados, no hablar de culos, y, hablando de culos, no hablar de peinados. A propósito del conformismo en la indumentaria el pensamiento que los dos Dioses comunican a Carlo es más o menos el siguiente. Es verdad que —dejando aparte las mariconeras entre índice y pulgar, o encajadas en el sobaco, esos ridículos bolsitos de peripatética, que tienen el poder de humillar y volver penosamente ridículo al mozo más dotado— la indumentaria en su conjunto no alcanza, objetivamente, el grado de horror que sí alcanza, por ejemplo, el uso de barbas y peinados; no obstante en la indumentaria se expresa con un nivel mayor y xxx claridad un hecho que el uso de barbas y peinados expresa de modo demasiado dramático y repelente como para ser notado: se trata del interclasismo. Esas ropas ya no son las ropas de los pobres —esta es la clave interpretativa de la Visión que los dos Dioses infunden en Carlo—

pero no porque los pobres hayan luchado para alcanzar (en las ropas) la igualdad social, sino porque se les ha hecho una concesión. En fin, para qué repetirnos, se trata de un humillante y deplorable fenómeno de interclasismo, y con eso está todo dicho. Esto es por tanto lo que —mirando a aquella gente, especialmente joven, en el segundo cuadro de la Visión— encoge el corazón y provoca una profunda e irremediable consternación. Y allá, en la luz difuminada de la lontananza y del crepúsculo, en la luz color rubí disipada en blancor de ensoñación, donde la vida se repite y multiplica infinita, como fuera del tiempo (una primavera tardía o un invierno cálido), todo esto acaba siendo fatal: lejano ante la mirada y ante la conciencia, irremediable.

## Apunte 71g
**El Merda (Visión: parágrafo sexto)**

En este sexto parágrafo de la Visión el Merda y su novia pasan, tenazmente abrazados, ante Via xxx xxx, a la izquierda de Carlo que contemplándola continúa reculando regularmente. Esta Via xxx xxx apunta hacia el cinturón de edificios que surgen en la neblina desteñida de la calina o del crepúsculo. La hora de la ensoñación no permite distinguirlo. Las placas de material metálico o alabastro, que aquí reproducen las casas bajas y los tenduchos apiñados en larga perspectiva hacia la cadena de pisos populares, son rojo guinda, reluciente en medio de las placas, opaco, casi violáceo en los bordes. Este tono violáceo tiene algo de siniestro. El Recinto de Via xxx xxx tiene algo distinto de los demás, y su aire funesto da que pensar enseguida. Los Dioses se lo aclaran a Carlo. El Recinto carece de Tabernáculo, el acostumbrado Tabernáculo erigido en la cripta subterránea donde se oculta el Ídolo. Faltando el Tabernáculo, falta naturalmente también la estatuilla que reproduce el Ídolo. Así que el modo de ser aislado y revelado por este Recinto no tiene un Modelo que lo dote de contenido histórico, actual, concreto, un Modelo que se proponga en concreto como objeto de Imitación, sustituyendo al antiguo, que lo había precedido durante los siglos anteriores, válido hasta pocos años atrás. Una mirada sobre el «doble», la profunda escena original de la realidad que permanece en el ∨ de la Visión —amarillenta ya como una vieja fotografía—, no deja dudas acerca de la índole de la Imitación y el Valor antecedentes, al parecer ahora superados por la historia. Hay un aire de fiesta, de felicidad: sol y miseria. El tiempo del trabajo es el de la ensoñación. Una primavera tardía, repito, o un invierno cálido. No hay referencia alguna. Todo en suspenso, como si fuera eterno. Las mujeres, jóvenes o ya no tanto, hablan; las muchachas pasan a hurtadillas, llenas de esperanza en lo que sin duda la vida les reserva. Tienen muy buen color, y sus ropas humildes rebosan dignidad. La certeza que la vida les reservaba, los viejos la han perdido, pero, sentados a una mesa en la taberna, o en los bancos de los jardincillos que se ven al fondo, saben bien que han vivido una vida única e insustituible. Sus rostros tienen la impenetrabilidad de las estatuas. No hay en ellos mella ni profanación alguna. Se dirigen hacia el final y hacia la muerte, pero no desvelan el secreto de lo que sienten. Parece que siempre han sabido cómo se llega a la vejez y qué es ser viejo. Los muchachos, los jóvenes, rebosan asimismo dignidad. Pasan negligentes sus tardes soleadas, unos trabajando, otros ociosos; y en el alma les brilla la certeza de lo que portan consigo y de que es justo legarlo, eterno en su fantasía y eterno en la realidad que los abarca. Esta paz se trasluce con el tiempo en sus ojos llenos de un sentimiento fuerte, alegre. Quizá en esos ojos se ven también otras expresiones: chulescas, malvadas, temibles, o bien sencillas, inocentes, alegres. Pero lo común en todos es la conciencia de estar encarnando un Modelo único: el de su calle, su barrio, su universo. Un Modelo único que, por más que comporte pobreza, es el mejor y más jovial Modelo del mundo. Lo que les asegura, repito, la fuerza interior, la cohesión y por tanto la salud.

En la Escena de la Visión, en cambio, sucede todo lo contrario: los personajes, ancianos y jóvenes —que han comenzado a presentarse en su actualidad física y social en los Recintos precedentes—, dan testimonio de la ausencia de Modelo, y por lo tanto de desorientación y de enfermedad. Pase para los hombres maduros y para los viejos; lo han perdido, pero, al menos, lo tuvieron. Muchos de ellos, además, ni siquiera se han dado cuenta de haberlo perdido. Pero los jóvenes sufren atrozmente esta ausencia; no saben a quién parecerse, o sea, qué Modelo encarnar. Tienen otros, como hemos visto en los Recintos precedentes y como veremos en los Recintos sucesivos; pero este, el Modelo de la salud y la certeza de los valores eternos de la existencia, no. El color de sus rostros es pues el color de la enfermedad. Una insana palidez los vela por igual, lívida a veces e incluso cadavérica. Sus ojos carecen de luz, o rebosan de luz exaltada, o de una luz puramente física, insensata, como la de ciertos animales que dan vueltas y más vueltas sobre sí mismos como enloquecidos porque conservan todavía una avidez cuyos motivos han desaparecido. Esta palidez en la piel y esta desesperación o apatía en los ∨ son claros síntomas de una enfermedad que tiene por nombre genérico Neurosis. Que va desde casos ligeros, los más comunes, a casos, que casi dan miedo, de locura: palidez espectral, ojos insondables, y, en la comisura de los labios, retorcidos y lívidos, baba.

## Apunte 71h
## El Merda (Visión: parágrafo séptimo)

En este séptimo parágrafo de la Visión llegamos a la cuarta calle perpendicular a Via di Torpignattara, donde hay un pequeño semáforo. La Escena de la Visión queda a la izquierda de Carlo. La luz es de color rojo cereza. Los bloques de los que emana reproducen una callejuela tortuosa, que va hacia las chabolas lejanas, adosadas como gallineros a los murallones del Acueducto. Nada más pasar la esquina hay un supermercado, y un bar con sillas fuera. El semáforo está en rojo. El Merda y su parienta se paran en el borde de la acera. Todo hace suponer que aquí, al menos por un instante, el Merda dejará de apretujar contra sí mismo, retorcido, el fardo de la novia, para descansar un poco, para soltar un poco los músculos del brazo que debe tener entumecidos, o medio dormidos cuando menos. Y en cambio nada de eso; el Merda mantiene esa posición que evidentemente le resulta insustituible. Es más, con una sonrisa paciente, casi socarrona, para esconder la ternura que en esos casos es de rigor, atenaza a la novia con más fuerza, y esta le responde, para seguir a la altura de su papel, con una sonrisa de enferma (mientras que se ve perfectamente que está sana, fuerte, con esa cara agitanada que si le suelta una galleta al Merda lo vuela hasta la otra acera).

Aquí, en el rojo cereza de la luz de la Escenografía, sí que hay un Tabernáculo, y tanto que lo hay. Pero con una anomalía. El Modelo está <u>fuera</u> de su tumba, cuya lápida yace en la calle del revés. Está sentado al lado de la piedra con las piernas cruzadas, y, ostentando por lo demás su propia Estatuilla, aconseja de palabra, como un oráculo, a los iniciados en el Culto de su Imitación. El Modelo es una especie de Santo, pues, que predica apostólicamente el nuevo Verbo. En este momento, helo ahí —junto a su sepultura abierta, bajo su Tabernáculo rojo cereza, con la cara antipática de todos los curas, aunque vestido con rígido gusto laico, como se ha visto en el Recinto II— hablando con un grupo de acólitos, con idéntica cara antipática y con las mismas ropas que él. La frase que está pronunciando es la siguiente:

—¿Qué, aún hay alguno que se lo monta con sarasas?

El tono es sarcástico, triunfalista, lleno de odio, seguro de tener el futuro de su parte. El Verbo que predica el Modelo del Recinto IV es (dicen los Dioses) el Verbo de la Abjuración.

## Apunte 71i
## El Merda (Visión: parágrafo octavo)

En este octavo parágrafo de la Visión se contempla el Recinto V: Via xxx xxx. Tono de luz rojo frambuesa. La barrera de edificios, al fondo, ha desaparecido, y se ven las antenas de una central eléctrica. En cuanto al Tabernáculo, esta vez lo hay: allá, delante de una lechería. La tumba sobre la que surge está como es normal sellada, y sobre la piedra sepulcral está la estatuilla cubierta por el paño.

El Merda pasa ante la bocacalle de la Via xxx xxx, manteniendo imperturbable su atenazamiento, que parece comportar tan gran confianza y serena complicidad con un mundo a la antigua, bien dispuesto a admitir y aprobar. Pero una pátina de sudor comienza a cubrir su rostro amable y sonriente en medio de las pintas.

El Elemento encarnado por el Modelo sepulto representado en este Recinto —cuya vista sería, esta vez no hay duda, particularmente intolerable— es el Convencionalismo, tal como expresan los Dioses. Así pues, resumiendo: prototipos de fealdad y repugnancia, interclasistas en su atuendo, demudados de palidez neurótica, aplicados con odiosa inconsciencia a la abjuración de todo lo que han sido, los muchachos, los jóvenes de este Recinto muestran triunfales, con cierta suficiencia displicente, una nueva apariencia: la del convencionalismo burgués. Hablan entre sí de cosas serias, guardan las distancias con los eventuales circunstantes, no dirigen la palabra a quien no conocen, manifiestan a las claras que su tenor de vida rebosa dignidad, lucen prendas decentes e impolutas, no dejan lugar a dudas acerca del hecho de que ignoran a quien no siga las reglas de las personas serias, ofrecen serias y ponderadas garantías sobre su futuro, aluden sin tapujos a la más completa autosuficiencia de sus vidas, que los ilumina desde dentro con una luz reveladora. Su mirada no roza siquiera un instante a quien los mira.

## Apunte 71l
## El Merda (Visión: parágrafo noveno)

En este noveno parágrafo de la Visión el Elemento encarnado en el Modelo y ofrecido a la Imitación de los Iniciados —todos jóvenes— es la Dignidad; pero no la Dignidad humana sino la dignidad burguesa. Es lo que dicen, tal cual, los Dioses o Guías[170] a Carlo que recula en su carro. El Merda avanza, con su hembra; y ambos saben bien lo que es la dignidad en cuestión, aunque, como Imitadores, están sin duda entre los menos hábiles, incluso entre los xxx. Los que están a la vista en el Recinto de Via xxx xxx —esculpida en su forma visionaria, teñida de una potente luz color escarlata— son en cambio Imitadores perfectos del Modelo custodiado bajo el Tabernáculo recién construido. La Dignidad esta sería una nimia variante del Elemento precedente, el Convencionalismo, si no fuera porque se ha encarnado en los cuerpos, en vez de quedar reducida al talante un tanto ostentoso de un rencoroso y macerado sentimiento de superioridad. No. Por desgracia la Dignidad burguesa se ha convertido, en los cuerpos, de algún modo, en una especie de nueva dignidad viril. La abjuración, en esta su particular declinación, se ha convertido en olvido. El Modelo abjurado —que representa el valor de la Dignidad humana, y la Dignidad viril como forma bien codificada estrictamente popular— ha sido sustituido por un Modelo que ni siquiera se digna conocerlo: lo ignora. Una profunda distracción extravía a estos varones mejor alimentados y vestidos, que ni siquiera conciben que se les pueda tratar como inocentes o inferiores; y que ni se imaginan que su virilidad haya de manifestarse mediante la arrogancia chulesca de quien está orgulloso de su polla, de su castidad, de su pobreza, de la inocencia de su aspecto, de la prepotencia de la Mala Vida con sus Siete Ciudades.[171] No. Según ellos, por el contrario, la virilidad se ostenta, sin haberlo planificado, con una cierta actitud casi intelectual, con un cierto modo de vestir de hijo de papá, con una cierta delicadeza de costumbres, con una cierta xxx de las xxx deportivas, incluso con una cierta timidez y reserva extrañamente vinculadas a una mayor fuerza muscular y a un mayor prestigio físico. Como resultará más claro al final de la Visión —y como los Dioses anticipan ya a Carlo— el de la Dignidad así constituida es el mejor de los caminos para alcanzar una nueva forma de orgullo militar. En la Escena de la Realidad —mísera y blancuzca—, bajo el poderoso aparato escenográfico de la Escena de la Visión con su luz escarlata, se ve la «carne de cañón». A los pobres se les pedía que fueran soldados. Ahora ya no se le pide a nadie que sea soldado. (Allá, al final de la Via xxx xxx, donde el escarlata se destiñe y emblanquece, se ve a dos reclutas de permiso: el mechón que sobresale de la gorra de ordenanza calada sobre la nuca, como dos pilluelos, el uniforme como si fuera un pijama, sin abrochar, todo desastrado.) Pero si ha de haber nuevos soldados deben ser como los americanos. O mejor: el nuevo militarismo adoptado ya de modo inconsciente —como el Modelo sepulto en el Tabernáculo evidentemente sugiere a sus Adeptos— es el de las SS. En efecto, ¿quién formaba parte de la «tropa» en las SS? Jóvenes del pueblo, por supuesto, a los que la industrialización acababa de aburguesar, como a estos.

## Apunte 71m
## **El Merda (Visión: parágrafo décimo)**

En este décimo parágrafo de la Visión se contempla el paso del Merda y de su hembra por delante de Via xxx xxx. El Merda, disimulando, se seca con la mano libre el sudor que humedece su pequeña frente llena de arrugas. Dicen los Dioses a Carlo que este es el Recinto de la Cobardía (también de la Debilidad, o mejor aún de la Renuncia, la Indisponibilidad). Sí, porque el mundo que bulle por detrás es un mundo donde el joven decide —quizá sin saberlo—, porque así se lo dice su Modelo, ser fuerte y estar dispuesto a todo. Si alguien le hubiera dicho que lo siguiera él lo habría seguido, despidiéndose de su barriada, hasta el fin del mundo. Al menos hasta que no se hartara. Cualquier cambio, cualquier acontecimiento era bienvenido. Su vida era pura, absoluta, pero no autosuficiente, porque era pobre. Así, todos y cada uno de los que bullían en aquella calle pobre, estaban listos y preparados para otros destinos, aun teniendo uno tan perfecto.

Ahora en cambio el Modelo —sepultado, de tan repugnante, en una cripta debajo de la cripta, y cuya Estatuilla ritual envuelve un doble paño— dice a sus Cultores que es preciso temer todo y a todos, no fiarse de nadie, con todas las cosas que pasan, barrer para adentro; pero no como tiempo atrás, cuando esta frase tenía su punto insolente, sino en sentido literal: es decir, no salir del caparazón, de la familia de uno, de la casa reformada, del grupo de amigos, del propio empleo (quien lo tenga, pero lo mismo vale para el ratero), y por la noche a la cama temprano (a excepción de los rateros, en este caso). No hablar con extraños, y, si alguien te mira, sigue derecho tu camino, mirando siempre hacia adelante, o mejor aún baja los ojos, como una digna colegiala, ya que tienes cabellos angelicales y piel blanca.

La luz de la Escena de este recinto es de tonos rojo púrpura. Al fondo, donde las casas bajas de la calle en medio de edificios nuevos se dibujan contra las torres de la central, el color púrpura se vuelve una intensa povisa rosa, que se diría obra de un heladero.

## Apunte 71n
**El Merda (Visión: parágrafo undécimo)**

En este undécimo parágrafo de la Visión, como resultará al lector que haya hecho bien la cuenta, se llega al Recinto VIII. El Merda avanza. Seguramente el esfuerzo que se ve obligado a hacer para que no se le despegue la parienta sin cambiar de postura le pone de los nervios. Seguramente el brazo ya ni se lo nota.

La luz es anaranjada; y mientras que estalla con cegadora violencia en el centro de las placas o bloques de cristal —donde evidentemente el cristal es menos espeso—, al aclararse, el naranja se matiza de un extraño amarillo limón teñido de fuego. Tonalidad esta que, difuminándose, como siempre, el naranja alcanza también en el fondo, un puro y simple vacío de cielo del que han desaparecido la barrera de los edificios nuevos y las torres de la central. La tierra parece abismarse, quizá en un barranco surcado por desaguaderos.

La Via xxx xxx, o sea el Recinto VIII, se ensancha en el centro en una plazoleta redonda, como de pueblo. En el centro de la plazoleta está el Tabernáculo: anaranjado, color sacro. Pero también aquí hay una novedad, aunque no del todo inédita. El Modelo está fuera de su tumba, delante de su Tabernáculo con las piernas cruzadas; pero, a diferencia del Modelo de la Abjuración, este —que es el Modelo de la Tolerancia— no tiene rostro. En su lugar, un gran huevo. Un huevo parlante, porque también él es apostólico, predica su Verbo. Aunque fuertes, abiertos al futuro, seguros de sí mismos, de sus modernas palabras, de su libertad, quienes lo escuchan están ansiosos, como si sus cuerpecillos débiles y femíneos fueran presa de un temblor nervioso, incapaces de prestar atención, con cara de señoritingos aburridos. No quieren saber, quieren ser. Las palabras del Modelo son ya un Código, y ellos, nacidos bajo esta buena estrella, están impacientes por realizar lo que ya consideran normalidad, esa tarde, esa noche, esa madrugada y todos los días por venir.

## Apunte 710
## El Merda (Visión: parágrafo duodécimo)

En este duodécimo parágrafo de la Visión el Merda pasa por delante de Via xxx xxx, el Recinto IX. Con Cinzia atenazada, no se le vaya a escapar, el Merda camina cansino —blanco como las sábanas de agotamiento— y dirige una mirada alusiva a la panda de compadres apiñados en la calle.

En la luz amarillo canario que la Escena de la Visión emana a través de sus macizas paredes transparentes, esos «compadres» resaltan con particular evidencia, dado el dominio del azul en los colores de sus ropas. Amarillo canario es asimismo la Capilla, al fondo, del Modelo del Recinto: que encarna el Elemento del Amor Libre. Un Amor Libre, al parecer, de carácter bastante narcisista. Tampoco sus antecedentes, que aparecen, como sombras, en la Realidad sepultada tras aquella Visión, van mal servidos en cuanto a narcisismo, lo que no contradice su naturaleza de hijos varones que en seguida se han de sentir orgullosos —por obra de sus propias madres— de sus atributos. Se vestían y se arreglaban, en el fondo, para la mutua exhibición, acicalándose como podían acicalarse unos años atrás, en los tiempos no concluidos aún de la secular miseria lumpemproletaria. Pantalones de pitillo, camisetas fardonas, o «el traje» por excelencia —oscuro y con una camisa blanca—, no tenían otra razón de ser que la de poner a la vista su belleza (sin par) y sus dotes ante los otros machitos. El callejón, y todo el universo del arrabal, era un solo y gran V. Donde los chavales se educaban los unos con los otros, compitiendo en la realización de la manera más xxx del viejo Modelo.

Pues bien: estos, los de la Visión —Recinto IX—, tienen efectivamente a gala exhibir su masculinidad delante de las mujeres. Y esta es la razón por la que su narcisismo constituye un elemento anómalo: V de piedad.

Se plantan en pie o apoyados en un muro, o repantingados en las sillas del bar; y todos, indistintamente, exhiben su sexo, y no metafóricamente, no, en concreto: se trata de la polla y de los huevos. Llevan pantalones, claro, muy estrechos de cintura y ceñidos de tiro, y, sea lo que sea, lo que tienen debajo cobra un relieve objetivamente indecente, pero que la consabida inocencia «asilvestrada» desdramatiza y convierte en algo asquerosamente penoso. Allí donde la hinchazón sin misterio alguno xxx sus protuberancias, los pantalones están tirantes, raídos, casi descolorido su color gastado y lívido. Cosa que acentúa la exhibición. A más de uno se le clarea, chafada contra el muslo, la pirula toda, como la que los niños dibujan en los váteres. En otros en cambio la forma es un poco más confusa; a un lado de la bragueta deben estar los huevos, como dos pataticas, y al otro la polla, como pepino o tierno calabacín. Los hay también, en fin, que de una u otra manera consiguen salvaguardar algo mejor su propio misterio, mostrando una hinchazón oblicua y lívida; siempre, en todo caso, con una inocencia demasiado empalagosa. Los Dioses se lo hacen notar a Carlo; y le revelan que, de algún modo preanunciada por la exhibición de todo aquel priapismo, en la Visión hay una Novedad.

## Apunte 71p
**El Merda (Visión: parágrafo decimotercero)**

En este decimotercer parágrafo de la Visión el recorrido a lo largo de Via di Torpignattara del Merda y de su hembra los conduce hasta la altura de Via xxx xxx, o sea al Recinto X. Aquí Carlo entorna los ojos un segundo por el brusco cambio de luz. Que ahora es verde, como los pepinos, mira por dónde. En esta nueva luz que emana de las profundidades de la Visión, el Espectáculo también es nuevo. Las mujeres sustituyen a los hombres; cosa, esta, que por un instante permanece incierta, a causa, es probable, del brusco cambio de luz, pero al rato resulta evidente, cuando menos porque tienen pecho.

Aquí, al decir de los Dioses, cesa uno de los Elementos continuos, en concreto el Elemento de la Fealdad y la Repugnancia, mientras que todos los demás Elementos siguen sirviendo más o menos. Incluso, por ejemplo, el Elemento del Amor Libre sigue coexistiendo con el resto; de hecho, casi todas las mujeres jóvenes y las muchachas llevan vaqueros no menos ceñidos que los de los varones; tan ceñidos que en el bajo vientre se les ve la raja de la vulva. Fenómeno, este, que presenta una menor variedad respecto al análogo fenómeno masculino; de hecho, las rajas son todas iguales. Un mínimo de variedad lo proporciona la tela de los pantalones; algunas telas más ligeras forman en torno al corte vertical de la vulva una serie de plieguecillos horizontales. Las que no van en vaqueros llevan una falda tan corta (los dos Dioses tienen el pudor lingüístico de no nombrarla con su nombre corriente) que prácticamente se les ven las bragas, y por debajo de las bragas la conocida protuberancia. Los Elementos representados en los Recintos de las Mujeres y encarnados en sus Modelos valen asimismo para los varones, y coexisten con los demás Elementos de la Visión. Bajo su Tabernáculo, bien custodiado en su cripta, yace, en este Recinto X, el Modelo de la Mentalidad moderna. Que es hermano gemelo de los dos precedentes, el Modelo de la Tolerancia y el Modelo llamado del Amor Libre. Es inútil pues insistir. El lenguaje de los cuerpos de todas estas mujeres dice claramente que son modernas.

## Apunte 71q
## **El Merda (Visión: parágrafo decimocuarto)**

En este decimocuarto parágrafo de la Visión se ve al Merda pasar por delante de Via xxx xxx. El color es verde esmeralda. El Tabernáculo está dedicado al Modelo de la Imitación del tenor de vida burgués. También sobre este punto hablan con claridad las ropas de las muchachas, sus cuerpos, su comportamiento, su expresión. Los Dioses se lo confirman a Carlo. El Modelo no es imitado solo por las muchachas —que se consagran a su culto con particular devoción, es cierto— sino que los varones también lo imitan. A la verdad, las muchachas se entregan a la Imitación con algo más de fanatismo, y se convierten en sus apóstolas (y con buenos argumentos para convencer) en sus relaciones masculinas. Repito: si el age grouping funciona, el sex grouping de ninguna manera.

## Apunte 71r
## El Merda (Visión: parágrafo decimoquinto)

En este decimoquinto parágrafo de la Visión el Merda pasa —ostentando una cierta desenvoltura— por delante del Recinto XII, Via xxx xxx. Debe estar a punto de gemir de dolor, por el brazo; pero en cambio sigue sonriendo, cordial, tranquilo, bien dispuesto, recatado, casi protector, de tan en paz que se siente con todo y con todos; solo en la boca, la sonrisa irónica con la que, como es natural, esconde todo esto, tiene algo de mueca. La luz del Recinto es verde veronés; al final de la calle, inmediatamente después de la Via Casilina, donde el verde se vuelve glauco, de nuevo se levanta un grupo de edificios, mucho más altos que los precedentes, auténticos rascacielos con mucho hierro y mucho cristal. Aquí el Tabernáculo está dedicado al Modelo del Espíritu Laico. Por lo demás se ve muy claramente que las muchachas no son mucho de ir a la iglesia, y que suelen convencer a los muchachos de cualquier cosa que no sea llevarlas a Misa los Domingos. La ignorancia del Vaticano ha sido durante siglos el modelo de la ignorancia del pueblo. Una ignorancia cimentada en la practicidad, como sugieren los Dioses a Carlo; una practicidad a la que el pragmatismo norteamericano e incluso el más fanático y provinciano behaviorismo «se la traen floja». Pues bien, finiquitado el Vaticano, queda su ignorancia; así, a causa de su practicismo totalmente irreligioso, es fácil para el Modelo del Espíritu Laico, desde su Tabernáculo, deslizar el Verbo del hedonismo y del materialismo de tipo americano, de uno u otro modo característicos de la nueva civilización en su conjunto. También en este caso la Predicación muda del

Modelo del presente Recinto XII vale tanto para las mujeres como para los hombres. Solo que las mujeres son por naturaleza más impermeables a sus argumentos, en cuanto menos comprometidas, sustancialmente, con los viejos Modelos del Pasado, hasta pocos años antes omnipotentes en Torpignattara, arrumbados ahora a saber dónde.

## Apunte 71s
## **El Merda (Visión: parágrafo decimosexto)**

En este decimosexto parágrafo de la Visión el Merda pasa por delante de Via xxx xxx, y aquí su sonrisa irónica se vuelve astuta y satisfecha, a pesar de que desde el brazo deben partirle punzadas de dolor tales como para marearse. Se trata del Recinto XIII; donde se practica el culto del Modelo de la Nueva Familia (siempre válido, este también, para los varones). La luz es verde oliva, vagamente siniestra. Al fondo, en el verde decolorado vagamente sepia, descuellan los rascacielos del Barrio Nuevo. Está claro que la Nueva Familia, cuyo espíritu está xxx por el Culto y por la Imitación del Modelo del Recinto XIII, nada tiene que ver con la familia cristiana, o sea, con la familia pequeñoburguesa formada sobre el esquema de la precedente familia campesina: la familia como clan, guarida, refugio contra el horror de la economía de la miseria (dicen los Dioses). Todas estas muchachas tienen pinta de saber perfectamente que no hay que unirse en matrimonio para luchar contra la miseria, sino para alcanzar el bienestar y mostrarlo socialmente. Mientras que la familia de la miseria era bendecida por la Iglesia Católica, que había depositado en ella la criminal ignorancia acostumbrada, la nueva familia del bienestar, como hemos visto, se emancipa de la Iglesia Católica, que le deja históricamente en herencia nada menos que la susodicha ignorancia (siempre por referir las palabras de los Dioses).

Al final de Via xxx xxx, la calle del Recinto XIII, hay una pequeña Glorieta, semicircular. Las casas bajas, construidas unas décadas atrás por sus dueños, con sus propias manos, y enlucidas con vivos colores, tienen detrás un huertecillo; dos o tres de ellas son muy viejas, y no están enlucidas. Son casales del XIX, o más antiguos quizá, de toba, con la escalera exterior, puerta con arquitrabe y ventanas arqueadas. La Glorieta no está asfaltada, su firme es un viejo adoquinado en el que crece algo de hierba. Ante las puertas de las casas nuevas cuelgan cortinas de humildes telas floreadas. Mientras, los viejos casales, como pequeñas fortalezas agrestes, con sus viejos bloques de toba de contorno incierto esparcidos de manchas de musgo del color de la herrumbre, han perdido sus viejos y recios portones. Empalizadas, igualmente decrépitas, cubren los huecos de las puertas, contra cristales polvorientos e interiores oscuros. En una de estas empalizadas, sin duda en desuso desde hace muchos años, ha brotado, de un pequeño terrero, un rosal, que ahora está en flor. Viejas moscas, algún moscardón y una que otra avispa revolotean en aquel rincón inundado de sol. Y una vieja, vestida entera de negro, se agacha sobre unas latas, seguramente apestosas, de pescado o de aceite de coche.

## Apunte 71t
## **El Merda (Visión: parágrafo decimoséptimo)**

En este decimoséptimo parágrafo de la Visión el Merda pasa por delante de Via xxx xxx, y si al pasar por delante de Via xxx xxx su sonrisa irónica se había vuelto astuta y satisfecha, aquí se vuelve franca, feliz, extasiada, descubriéndole todos sus dientecillos amarillentos y cariados; pero pone remedio enseguida a semejante ingenuidad esbozando un bostezo de aburrimiento y dirigiendo la mirada arriba a la izquierda (o sea, al otro lado de Via xxx xxx); y tampoco se olvida de darle un apretujón a Cinzia, otro más, como para tranquilizarla y confirmarle su protección. Lo que debe provocarle un dolor atroz, si es que aún siente el brazo. Via xxx xxx es el Recinto XIV. Y es el tercero en el que el Modelo está fuera de su tumba, sentado delante de su Tabernáculo, complementando su acción de xxx mediante la predicación y la promulgación de normas. Se trata —según la prosaica definición de los Dioses— del Modelo del Conformismo. Las mujeres jóvenes y las muchachas, diligentes y aguerridas, con aire de saber muy bien lo que quieren, aunque a veces se comporten como capullas o como lamepollas, siguen muy atentas la predicación de este Modelo. ¿En qué consiste la predicación? En codificar, reglamentar, normalizar, habitualizar y fanatizar todo lo que de nuevo y de revolucionario —respecto al Pasado reciente— puedan haber propiciado o impuesto silenciosamente (o, en algunos casos, como hemos visto, a través de una explícita intervención normativa) los precedentes Modelos de Vida. Los Dioses no se cansan de repetírselo a Carlo: a pesar de que este Modelo del Conformismo esté inserto en un contexto visionario formado solo por mujeres, el espíritu que emana e impone es válido también para los hombres. El Elemento del Conformismo es un Elemento que en cada quien —hombre o mujer— coexiste con todos los demás. Pero son las mujeres las especialmente facultadas para asimilar y difundir el espíritu de este Modelo; sin las mujeres, los hombres lo vivirían desordenadamente, y quizá dejara en ellos algo de ilusión por lo nuevo y revolucionario. Cosa imperdonable, además de inconcebible.

## Apunte 71u
## El Merda (Visión: parágrafo decimoctavo)

En este decimoctavo parágrafo de la Visión llegamos con el Merda a la altura de Via xxx xxx. Hay otro semáforo, en rojo. El Merda por tanto, protegiendo y sosteniendo a su enamorada, se detiene. Y también se detiene el carro en el que va Carlo. Los Dioses que lo remolcan aprovechan para recapitular lo que Carlo ha ido viendo y hacer balance de la situación. Feos y repugnantes; devorados por una degradante ansia interclasista (con esos bolsitos de puta); demacrados y babeantes por una neurosis que les retuerce las lívidas bocas; brutalmente dispuestos a renegar de todo lo que han sido ellos y sus hermanos; desdeñosos y reconcentrados a fin de parecer jóvenes respetables, en complicidad con las clases ricas; incapaces por desmemoriados de la sencilla sonrisa de un subalterno, a causa de una dignidad que se ha encarnado en ellos, pero que no es la dignidad humana sino la esquiva dignidad burguesa; completamente presos en las cuatro esquinas de su propia vida, más allá de la cual todo resulta peligroso, todo es de temer; libres, con penosa indecencia, de gozar de una xxx sexual que en realidad no hace sino exhibir la pobreza de su vulgar carnalidad. Además de todo esto, los Nuevos Jóvenes son cumplidos milicianos del mismo Conformismo —contrario pero idéntico al Conformismo que durante siglos había emanado leyes escritas y no escritas en defensa de los antiguos Valores— que ya ha dado lugar a las tropas de las SS; que es confiado a las particulares atenciones de las mujeres jóvenes, facultadas, pues, para reconducir a la más rígida y fanática normalidad todo lo que de nuevo y «escandaloso» puedan haber aportado a los comportamientos habituales la nueva mentalidad moderna, la imitación de las clases superiores, la concepción laica y materialista de la familia, etc.

Pero esto no es todo; hay algo aún peor.

## Apunte 71v
## El Merda (Visión: parágrafo decimonoveno)

El semáforo se pone en verde. Los Dioses siguen remolcando el carro, y el Merda, salvando hábilmente el bordillo de la acera, cruza la calle, sosteniendo con cuidado a su pobre paralítica.

La gran reconstrucción escenográfica de Via xxx xxx, o sea, del Recinto XV, consta de las habituales placas de material transparente que, en el caso presente, traslucen tristemente una violenta luz de un color entre sepia y ocre. Los Dioses no saben encontrarle nombre al Modelo que yace en su Tabernáculo, honrado esta vez, además, con guirnaldas de flores (de plástico: esmero cultual debido casi con certeza a mano femenina). Si es cierto que no saben encontrarle nombre al Modelo, los Dioses se apresuran sin embargo a proporcionar a Carlo la premisa necesaria para comprender el sentido de este Recinto XV. El Elemento de la Fealdad y de la Repugnancia ha quedado en suspenso, invalidado (como hemos visto) en los cuatro Recintos precedentes, poblados exclusivamente por mujeres; pero aquí, en el Recinto XV, es reactivado, y resulta particularmente vivo y operante, a pesar de la presencia femenina.

Via xxx xxx es frecuentada solo por parejas. Parejas jóvenes, se entiende; a las más mayores, como de costumbre medio invisibles, ni se las nota en el triste color mezcla de sepia y ocre; o, en caso contrario, su función se reduce a la pura y simple función de espectadores, o mejor dicho de admiradores. Hay parejas de todo tipo, pero todas se comportan exactamente de la misma manera, observando las siguientes reglas: 1) Pretenden la admiración de los circunstantes, al tiempo que serenos, y por más señas sonriendo, consiguen no posar ni un instante la mirada sobre nadie; 2) Manifiestan de manera inequívoca su absoluta autosuficiencia y su total falta de interés por cualquier cosa ajena a su propia relación; 3) Se mantienen por sistema —sin transgredir ni un instante la regla— estrechamente abrazados: él la atenaza por la cintura o el hombro (como el Merda), o ella a él (por la cintura), o bien se cogen de la mano de común acuerdo, pero es él quien se la toma a ella, con su tácito consenso; 4) No hablan, a causa de la inefabilidad probatoria de su relación, que, aunque taxativamente aprobada,[172] ostentan como provocadora (en medio de cientos de parejas que hacen exactamente lo mismo); 5) Hablan, cuando hablan, aprisa y a escucho, como si hablaran una jerga de iniciados, apenas perceptible, total ellos se entienden al vuelo; 6) No pierden ocasión de besuquearse, sin xxx ni una sola vez de observar qué efecto provocan (estrepitoso, seguro) en los transeúntes.

Todas estas reglas —y otras pocas, menores— son, repito, rigurosamente observadas, mientras la pareja camina por la calle. Si por el contrario se detienen, apoyados en un murete, o se sientan en un banco del parque, la regla es solo una, la primera.

Se da otro caso además, muy común, del que en Via xxx xxx tenemos un típico ejemplo. Un nutrido grupo de parientes sentados en una pizzería (esta vez los adultos están a la luz): tres o cuatro tripudos con sus correspondientes prójimas, la abuela con un vestido de flores, un jovenzuelo casadero, gordo, pálido, con las gafitas brillantes en la nariz mocha, el pelo «estudiado», de punta enhiesta como una enorme piña piñonera, y en el sobaco la mariconera de marras. En medio de los comensales, en un lugar de honor, la pareja. Tanto ella como él están callados, como ajenos, aparte; pero el suyo es el silencio oficial de quien tiene éxito y sabe que le corresponden honores y atenciones. La muchacha, con sus vaqueros tan tan ceñidos que como es normal se le ve la raja del coño, no abre la boca, mohína, según un antiguo modelo todavía no del todo superado. Él sin embargo es típicamente moderno, especialista consumado en el arte de provocar admiración. Delgado, alto, enfundado en una camisola de seda turquesa oscuro, muy sencilla; la mariconera la lleva en la mano, indolente; el pelo, largo y un tanto asilvestrado, armoniza sin embargo refinadamente con un rostro que, por el contrario, de silvestre nada tiene: delgado, macilento, terso, con la boca roja bajo los pómulos acentuados, pero elegantes, igual que el mentón. Tiene los ojos hundidos. Su silencio se debe a una tristeza que lo mantiene esquivo y distante. Quizá sea una neurosis que provoca repugnancia y piedad lo que tanto lo abate; pero lo enmascara todo con el silencio vagamente remilgado de quien es hermoso, afortunado, objeto de envidia, y tiene el futuro a su disposición, en una sociedad que procura su estima y en la que cuenta manifiestamente con ser aceptado como esposo y padre, por supuesto modernísimo. Apoya en la mesa de la pizzería un codo blanco y delgado, con delicadeza intelectual, femenina. No es ni un burgués ni un estudiante, es uno que vive por allí, donde se cruzan Via xxx xxx y Via di Torpignattara.

La ostentación de todo este amor que une a las parejas —amor fatal y manifiestamente carnal, como la permisividad consiente, es más, impone— revela a las claras que se trata de relaciones profundamente insinceras. Y por esta razón también en este Recinto, en el que hay asimismo mujeres, cuenta el espíritu de la Fealdad y de la Repugnancia.

Además de parejas, ocupan Via xxx xxx grupos mixtos de chicos y chicas, aunque estas últimas son menos numerosas. Están a lo suyo, instaurando incluso en su pluralidad la reserva y la autosuficiencia venerable de la pareja. Ríen, bromean. A ratos se ve a las muchachas un poco cortadas, mientras intentan estar a la altura de una situación a la que no se acostumbran aún del todo, y disimulan contoneándose y haciendo el tonto entre chillidos y visajes; otras veces en cambio parecen más apurados los muchachos, que se ríen con sonrisa acuosa o helada, o se mantienen aparte con el rabo entre las piernas como los perros, contra las cuerdas ante la prepotente impertinencia de las chicas que se han adueñado de la situación y les hacen frente. Pero estos son casos extremos. Por lo común, los grupos mixtos de chicos y chicas, como aquel al fondo de Via xxx xxx en las vallas de un parque desmedrado y polvoriento, se comportan como si la camaradería entre varones y hembras fuera cosa que viene de antiguo, una tradición inmemorial allí por Torpignattara, y están todos más contentos que unas pascuas. En realidad, la presencia femenina en las cuadrillas de machitos ∨ los frena, no solo físicamente —en las carreras, en las bromas, en la violencia— sino también, por ejemplo, en lo que dicen, y sobre todo en lo que piensan. La educación es un proceso común; y ya que en estas cuestiones la más fuerte es la mujer —porque el conformismo es más fuerte que cualquier otro sentimiento— la educación en realidad es cosa de mujeres. Y consiguen que los varones se asimilen a ellas. En eso quedan los viejos chuletas, los perdonavidas de Torpignattara, que consideran un orgullo su delgadez, su sutileza, sus maneras delicadas, llevar un hombro más alto que otro y marcar cadera, gesticular con las manos desmayadamente... Sus hermanos mayores —cuyos cuerpos pasaron por allí, fuertes, pobres y violentos, solo unos años antes— se los habrían cepillado a todos uno por uno, les habrían metido fuego. Pero probablemente no darían crédito a lo que veían, lo creerían una alucinación.

## Apunte 71z
**El Merda (Visión: parágrafo vigésimo)**

En este vigésimo parágrafo de la Visión el Merda llega hasta Via xxx xxx: que ya no es un Recinto sino un Foso.[173]

Comienza pues una segunda parte del Infierno.[(22)]

Los Fosos, que son cinco, se caracterizan, respecto a los quince Recintos, por una distinta constitución del Modelo. Que es «doble» o «bifronte». Está constituido por una dúplice fisicidad y en consecuencia por un dúplice sentido. Es ambiguo; y las dos naturalezas que constituyen tal ambigüedad son como el agua y el aceite: cada una, desarrollándose autónomamente, mantiene y confirma su propia autonomía. Y se dan la espalda entre sí.

Los Modelos de los Fosos, pues, son en definitiva una Contradicción que no quiere resolverse; pero que tampoco quiere ser una Oposición. Son una sola Cosa con dos Caras, pegadas como es de rigor por la nuca, y por lo tanto eternamente condenadas a no conocerse, o, más llanamente, a no poder mirarse.

Con todo, estos hermanos siameses bajo forma de herma de Jano presentan otras dos características.

Primera: están en la agonía, a punto de morir, de disolverse, de no ser. La Historia los ha querido así porque, de momento, no podía hacer otra cosa, y debía contentarse con la coexistencia de dos Formas quizá concurrentes, pero, queda dicho, no contradictorias.

A los pies de los Númenes de los cinco Fosos, además de la acostumbrada estatuilla sacra que, por decirlo así, «cristaliza» su figura, hay además un hacha. Es el hacha con la que dentro

---

(22) italiano: no es casualidad que los topónimos sean fáciles y adocenadas referencias dantescas.

de no mucho —unos pocos años— los Modelos Bifrontes serán partidos en dos; y se verá cuál de las dos Mitades supervivientes prevalecerá, eliminando a la rival.

Segunda: los Númenes de los Cinco Fosos carecen de nombre y definición, por las mismas razones por las que son provisionales y moribundos. La Historia los ha producido, los ha colocado como Modelos en las calles de la gente del Pueblo, pero, cómo lo diría, no le quedaba otra. Son lo Imprevisto y, en consecuencia, por ahora, lo Inconexo. Se los puede atribuir mil cualificaciones y mil probables sentidos; o se les puede definir con circunlocuciones y referencias genéricas; pero una cosa es segura: su cohesión y perfecta solidaridad con los Modelos de los Recintos precedentes. Solo que estos últimos de alguna manera se han consolidado, y por lo tanto son diáfanos; mientras que los actuales están en vías de consolidación, y por lo tanto son aún enigmáticos. La que sí se ha consolidado es la transformación, aun doble y coexistente, que tales Númenes han causado en el modo de ser, en la condición vital, en el cuerpo de sus Imitadores.

Pasemos al Primer Foso.

Aquí el Numen Bifronte podría ser un Numen que se encargue de los olores; aunque decir olores, evidentemente, es como no decir nada; se trata de una simple sugerencia metafórica, una falsilla poética. Pero, a falta de algo mejor, podemos seguir esta pista.

De la Escena de la Realidad (la Via xxx xxx de pocos años antes) que, como de costumbre, parpadea bajo la Escena de la Visión, se irradian olores, en concreto los olores corporales de los hombres jóvenes y de los muchachos que atestan las calles y los bares (como de costumbre, los más mayores no cuentan). Son olores de sudor y de polvo, o sea de pobreza y de inocencia. Impregnan los pantalones (llevados con elegancia por miserables que sean, o raídos, o comprados de segunda mano en el mercadillo de Via Sannio) y las camisetas de algodón de cuatro liras; impregnan los mechones de pelo y las hermosas nucas al descubierto, bien recortadas.

Cierta peste sube del calzado, es verdad, sobre todo si es de goma. Pero se trata de una peste perdonable y bufa, vieja como el mundo. Además, huele a taller, a grasa de coche, que un poco repele pero tiene trazas de hierros oxidados. Y también huele a pan recién horneado, incluso a masa de pan. Un olor que naturalmente proviene de alguno que es panadero.

Por no hablar del olor de los verduleros. O de los pescateros, que, aun impregnados de la penosa peste del pescado, no resultan repugnantes sino, al contrario, simpáticos.

Los mandilones de los carniceros huelen a sangre, que, a decir verdad, también repele un poco, pero no deja de provocar simpatía. Es olor de trabajo.

Casi un aroma es el olor que impregna a los dependientes de las charcuterías, olor a papel de estraza y a pimienta. Y así sucesivamente. Podría rellenar páginas enteras.

Tampoco el olor del sexo, incluso no demasiado limpio, o en algún caso decididamente xxx —ya se trate de orina o de lo que, entonces, algunos llamaban entre risas «manteca de la ingle»—, es repelente: es un olor natural, de gente del pueblo.

Veamos ahora lo que sucede en la superpuesta Escena de la Visión. Para empezar, allí está su Modelo, de pie sobre su pequeño pedestal, con sus dos jetas sosas, que no dicen nada.

Pero su duplicidad se refleja y se xxx en toda la Via xxx xxx, netamente. A un lado están los hombres jóvenes y los muchachos que imitan una de las dos Formas del Numen, al otro los que imitan la otra. Son Imitadores, no Adeptos, ni Iniciados. El espíritu doble del Numen desciende sobre ellos, subdividiéndolos en dos formaciones diferentes, sin que ellos ni lo quieran ni lo sepan. No la inocencia «asilvestrada» sino la total pasividad, casi de autómatas, de absolutos juguetes del destino, es la razón que hace aquí particularmente operante[174] el Modelo del Primer Recinto, el de la Fealdad y la Repugnancia.

Todos cuantos aparecen en este Foso tienen pues la común característica de ser particularmente feos y repugnantes, tanto los que están en el lado derecho de la calle como los que están en el lado izquierdo, diferenciados por la semejanza con una u otra de las caras del Patrón.

Observemos en primer lugar a los que están a la derecha.

Forman pintorescos, pero sobre todo fotogénicos, corros y corrillos a lo largo de toda la calle. No miran a nadie a la cara. Hablan entre sí quizá de asuntos graves; o charlan afablemente, con chacotera ironía. Cada uno de ellos exhibe un atuendo ejemplar: pantalones con espléndidos parches en forma de estrella; camisolas en forma de chaleco reversible, por dentro azul, por fuera gris ceniza vagamente turquesa; pantalones hasta el suelo ceñidísimos en la cintura y acampanados; por supuesto, gran muestrario de «paquetes» (la hinchazón en forma de tubérculo del sexo).

Todo lo que no vaya con ellos es fuente de remilgado tedio, casi de náusea,[175] en sus pálidos rostros ojerosos. O por el contrario bronceados y tersos por obra de alguna intensa actividad deportiva. En cualquiera de los casos todos parecen tener en el pecho algo como un centelleo de medallas: la admiración de todas las muchachas que han tomado de la mano o del hombro, en el barrio y fuera de él. Están allí para ser admirados; y la presunción deforma sus rostros no menos que sus peinados aparatosos, «estudiados», compitiendo en deformidad. Completa el cuadro el remilgo de la mariconera en la mano, con el aire de quienes están acostumbrados a un tenor de vida lleno de delicadezas y de mimos que, curiosamente, los ha vuelto tristes y reconcentrados.

Pues bien, todos estos —que, no lo olvidemos, son feos y repugnantes, aunque acaso habrían podido ser, en otras circunstancias históricas, agraciados y hasta guapos— emanan un olor, siempre el mismo, de barbería y de cuerpo mal lavado.

Es un olor que flota en torno a ellos, solo perceptible por olfatos particularmente sensibles; es el espectro de un olor; pero si por casualidad es percibido, se convierte en juicio moral sin remisión y sin piedad. Es el olor del burócrata fascista o del abogado clerical; del tendero que sale afeitado, fresco, bronceado del baño; del director de empresa joven y eficiente que usa agua de colonia francesa.

Tal es también el olor de los sexos; que, o están mal lavados, y por tanto el jabón, mezclado con la orina, convierte el olor de la orina en un tufo, o bien el talco, mezclado a la «manteca», convierte el olor de la manteca, por poco que xxx, en asfixiante. Si por el contrario están bien lavados, su aséptico olor a nada convierte los sexos, asquerosamente, en pobres carnes, débiles y colgantes órganos anatómicos.

Y vengamos ahora a los que están a la izquierda.

La luz que emana del interior de los grandes bloques probablemente de xxx que reconstruyen, en el Formalismo de la Visión,[176] la Via xxx xxx, es azulenca: un sucio azul nocturno de escenografía de opereta, o si se quiere un añil de ilustración primitiva. O sea que es de noche. Pero la hipotética luna o la iluminación eléctrica hiende como suele netamente en dos la calle. La parte derecha iluminada, la izquierda en la sombra. La sombra de los tugurios en aquellas viejas barriadas cochambrosas que, en el corazón de la noche, tiempo atrás, quedaban aisladas del mundo, en las que entraban solo quienes las conocían como a sí mismos, muy pocas personas que xxx xxx. En la sombra, a este lado izquierdo, por tanto, en los estrechos escalones de las tiendas ya con la persiana echada, o en torno a las farolas, hay grupos de muchachos simétricos a los que están al otro lado de la calle, a la luz.

Aguzando la vista, sin embargo, en aquella malhadada penumbra, y observando mejor a estos muchachos, se acaba descubriendo algo estremecedor: <u>estos muchachos y los que están en la otra parte son los mismos</u>. Son sus sosias, o, mejor aún, sus «dobles». Su repetición, en definitiva, la encarnación de otra posibilidad de existir que les es propia.

Este fenómeno se repetirá —como previenen los Dioses— en los demás Fosos. La Duplicidad del Modelo no es una simple curiosidad, sino un drama, aun siendo un drama que no se desarrolla, que es muerta Representación.

Estos muchachos sentados en los escalones de las tiendas cerradas, o en pie en torno a las farolas —como en una ilustración del XIX—, esperan algo, están listos para algo; lo que escapa al observador burgués, porque este «algo» no tiene nada que ver con su vida. Es alteridad. Como en virtud de un plan para la noche o para la madrugada que circule a través de imperceptibles consignas e indicaciones secretas, permanecen extrañamente serenos y comedidos. Las únicas señales de vida de algún modo demasiado vivaces y comprometedoras son las llamas de una pequeña fogata encendida en la acera, en la esquina de una estrecha travesía, delante de un bar cerrado. Las llamas oscilan y centellean sin chisporrotear y sin echar humo, como si también observaran las reglas de la reserva y del silencio.

Los muchachos de esta parte izquierda en la sombra —o sea, los mismos muchachos, «duplicados», que están, todos tan respetables, en la parte derecha— son horribles: presa de una degradación que los bestializa casi, aparte los horripilantes peinados, tienen el rostro demudado de palidez cadavérica. Gotean baba, los ojos hundidos, como los viejos, y la mirada perdida, sin duda drogados.

El olor que emana de ellos es el de la suciedad más rancia y repelente. Se visten con la elegancia de la última moda, como los otros, pero en su caso son esas las únicas prendas que poseen, y no se las quitan desde hace semanas, así que están impregnadas de sudor y de polvo mezclados con la peste que emana de quien por las noches no se desnuda para dormir, y ciertamente no se lava al despertarse. Un olor que por supuesto es más fuerte en la boca y en los pies.

Y se acentúa en el sexo, se reconcentra; ya no es un olor de orina rancia o de xxx, ahogado dentro de unos calzoncillos harapientos; es un olor indefinible: mezcla de olor a gas, a cebollas, a esputos de tabaco, a vómito.

## Apunte 72a
## El Merda (Visión: parágrafo vigesimoprimero)

En el Segundo Foso (Via xxx xxx) es noche cerrada. Aunque la calle siga estando como cortada en dos por el tajo de la luz. Un siniestro violeta oscuro en la parte en la sombra, un asimismo siniestro violeta claro en la parte iluminada.

El Modelo Bifronte está allá, en el tajo entre la luz y la sombra, sobre su pedestal, como una baliza medianera en el corazón de la noche. Sus dos caras miran cada una a un lado, en el vacío.

Aquí el Elemento ambiguo que tal Modelo representa es algo así como la «nueva criminalidad», con sus leyes y características nuevas, al parecer en vía de formación, confiadas por ahora al azar y a la necesidad que preceden a la conciencia (que es siempre la última en llegar, siempre inevitablemente tarde).[23]

Detengámonos un momento en la imagen de la antigua Via xxx xxx, como era antes de aparecer bajo la forma del presente Segundo Foso. Imagen que aparece y desaparece, como una luz que parpadea desordenadamente antes de apagarse para siempre. Imagen, por lo tanto, ya difícilmente discernible. Por allí se mueven, en el silencio de la noche, los viejos delincuentes.

En pocas palabras: ellos encarnan mejor que nadie el ideal del hombre pobre de una gran metrópolis plebeya. Aplican las jergas y los códigos, con una perfección pareja a la inconsciencia, sobre sí mismos, sobre sus propios cuerpos. Viven en el corazón

---

(23) «No es la conciencia la que determina la vida, sino la vida la que determina la conciencia», Marx y Engels, «Die deutsche Ideologie (1845-46)». «No es la conciencia de los hombres la que determina su naturaleza social, sino su naturaleza social la que determina su conciencia», Marx, «Vorwort».

de su barriada la tradición de las Siete Ciudades de la Mala Vida; y su moral, sin ser ciertamente la del amor, es la del honor. La humanidad y el respeto los han aprendido de sus madres. Y aunque la suya sea una educación completamente urbana, pertenecen al ancho mundo de las mieses y los tabernáculos, las florestas sacras y la esclavitud, el ritmo de las estaciones y la miseria. Su rústica inocencia es laica (en los hombres, no en las mujeres); pero incluso ese racionalismo que niega a los Dioses es campesino, como el de la Estoa o el de Epicuro. Afrontan con una fortaleza solo inferior a la alegría las dificultades de una vida injusta. Desvalijan a la clase dominante, y, solo si no hay más remedio, matan a alguno de sus miembros. Para todo lo demás la ignoran, cuando no la consideran literalmente inexistente: pues vive en un espacio tan remoto e insignificante, obedece a tan ajenas reglas de vida (tramposas) y hasta tal punto ha perdido el crédito, que carece de realidad y de sentido.

Los delincuentes de la Visión son otra cosa completamente distinta. Allí el Modelo nada dice. Pero está claro —y ya es hora de decirlo— que ha sido dispuesto para matar y para destruir. Alguien lo ha llevado allí. Quienquiera que sea puede declararse satisfecho. El Genocidio se ha cumplido. Todos los predecesores no solo ∨ no están. ∨

Los que ocupan su lugar no conocen ni las reglas de la Mala Vida, ni el honor ni la humanidad. Hasta sus tatuajes no son más que citas.

Observemos primero a los que están a la izquierda.

El extrañamiento respecto a las clases ricas ha desaparecido por completo de sus cuerpos. La materia de esos cuerpos, a los que daba forma precisamente el extrañamiento respecto a la historia oficial, es cierto que sigue siendo una materia pobre, que exhala escasez y otredad. Un nuevo destino, sin embargo, junto al antiguo —ya exhausto—, se ocupa de dar forma a aquella carne. En lugar de masacrarla y borrarla de la faz de la tierra mediante un cruento genocidio, ha encontrado una solución (final) mucho más fácil: darle una forma nueva. Y ahí está. Pálida, resentida, la mirada apagada, vacía. La astucia como un llanto contenido; la mueca como un ruego, tronchado al nacer, de piedad. Expresiones, estas, que afloran sobre la piel amarillenta y el ojo feble como último destello de una vida del todo coartada, hasta tal punto esquiva a los demás que es esquiva hasta a sí misma. El que sustraerse así de todo corresponda a la necesidad de esconder la propia actividad criminal, no basta para explicar la absoluta naturalidad con la que estos delincuentes consiguen comportarse como auténticos profesionales, como burócratas gafosos y altivos, cuando no goliardescos. El aire de desprecio y de superioridad que desfigura sus rostros, con largas pelambreras que les caen sobre los hombros o guedejas enmarcándoles la fulva frente, es su conciencia de una consideración social superior al resto, del que por lo demás nada los distingue. Su ideal de vida lo representan los profesionales liberales o los burócratas que trincan o que roban. El vacío dejado por la vida que se ha retirado de sus cuerpos como agua que al desecarse deja la orilla llena de inmundicias hediondas, ha sido colmado de dignidad burguesa, profesional, técnica, organizativa, cuya Vulgaridad, unida a la Miseria que aún en todo caso persiste en esos Cuerpos, exhala el sacro horror de un cuerpo torturado o asesinado.

Sus sosias o dobles del lado derecho del Foso también han perdido las apariencias del «bien del intelecto»[177] por más que tendente a xxx, y son pura y simplemente formas de la Loca Bestialidad[178] (si me es lícito referirme con toda modestia a una marca negativa de un Pasado y de una Cultura que carecen ya de referencias reales). Se trata de una Loca Bestialidad también nueva, como todo. Porque las víctimas del genocidio se lo han llevado todo con ellos. La organización de la mala vida se vuelve, en estas Bestias malcaradas, de narigón chorreante, pómulos escachados, ojos hundidos, boca soez que se contrae al borde de una mueca de odio (aunque por lo común son del todo inexpresivas); la organización, digo, se vuelve disociación. Los delincuentes resultan confirmados por la organización en la absolutez de su función y en la invariabilidad de su especialización. Una vez establecido el robo o el asesinato, todo se dispone en torno a esta decisión con perfecta congruencia. Exterminadores y sanguinarios, llevan a cabo sus acciones sin titubeos y como drogados. Regresan a sus casas en la noche con una piltrafa de carne humana a la vista entre los dientes, la escupen, se secan la boca con el brazo; pero sigue habiendo en los labios manchas de sangre, y en los ojos una luz exaltada vagamente cómica.

## Apunte 72b
## **El Merda (Visión: parágrafo vigesimosegundo)**

El Merda llega a Via xxx xxx, el Tercer Foso. La luz es de un negruzco lívido. Reviviendo, simplificándolo al máximo, el discurso de los Dioses, tendríamos, como de costumbre, al final de la calle, al Modelo Bifronte, emplazado allí por los Exterminadores, para provocar mediante la transformación la muerte.

De sus dos caras se originan la parte iluminada y la parte en sombra de la calle, con las dos formaciones amontonadas una a cada lado, los Sosias y su Doble Representación. A la izquierda están los jóvenes vulnerables y sensibles, que, mezclada a la consabida Repugnancia a la que han sido condenados, dan también sinceramente algo de pena. Se trata de la poeticidad de la desdicha y de la neurosis en la que se debaten, intentando emprender la búsqueda de un «algo» culto y revolucionario de lo que puedan disponer. Los resultados de tal búsqueda son desastrosos. Gravitan sobre sus mentes los lugares comunes, las certezas, los fanatismos, los chantajes morales, las presunciones de una ignorancia enormemente acrecentada por esa pizca de mísero saber adquirido. Reaparecen en este contexto las muecas, las miradas no correspondidas, el desprecio, la suficiencia, la autosuficiencia, etc.; y ese punto de pena sincera en quien los contempla, y de confusa y algo repelente poeticidad en ellos, queda reducido apenas a una sombra.

En la otra parte de la calle oscura, sus cuerpos especulares parecen haber renunciado a cualquier búsqueda, tienen más bien el aire de haberse apoderado de un tanto de cultura revolucionaria puesta a su disposición, junto a un mucho de falsa cultura desafiantemente conformista mediante la cual el Modelo Asesino les sugiere el modo de ponerse al nivel de los hijos de los burgueses y de los ricos. El hecho ya se ha naturalizado en ellos, ha hecho callo en sus cuerpos. Su relación con los demás es de igual a igual; por supuesto no alcanzan a ver en los demás misterio alguno, ni lo tienen ellos mismos, dado que han perdido la ingenuidad del subalterno y la dignidad humana.[24] Alcanzada semejante paridad (que ellos ignoran que es puramente ilusoria) y habiendo abjurado de la dignidad humana a favor de una normalidad que habla perfectamente la «prosa» burguesa, han acabado perdiendo total e ineluctablemente su poeticidad.

---

[24] «… [la burguesía] ha hecho de la dignidad personal un simple valor de cambio», K. Marx, «Manifest, etc.» (1848).

## Apunte 72c
## El Merda (Visión: parágrafo vigesimotercero)

En este vigesimotercer Parágrafo contemplamos al Merda que llega a la altura de la Via xxx xxx, el Tercer Foso.

El Merda debe estar a punto de no aguantar más. Está blanco como un muerto. Pero su brazo sigue atenazando a la recia Cinzia, como si estuviera pegado. Nadie debe perderse el paso de esa parejita fatal enlazada exactamente de esa manera.

Esto reiterado, veamos cómo se presenta este importante Tercer Foso.

La luz es de un rojo sanguino muy oscuro. En el centro de las placas parece sangre coagulada; en los bordes, sangre lavada apenas con agua.

El Modelo Bifronte sonríe con sus dos caras. Y bien puede sonreír, y doblemente, y hasta frotarse las manos, nuestro Sicario, enviado allí por los Patrones para perpetrar una masacre; que no hubiera podido ser más completa. (Y perdóneme el lector si me «abandono» a registros no precisamente controlados, al revivir, como revivo, el «monólogo interior» de los dos Dioses, que resuena en un Carlo ausente por un trauma.)

A la izquierda de la calle, donde el color es de sangre desteñida, hombres jóvenes y muchachos hablan animadamente (pero, en el siguiente Foso, veremos la catadura de su lenguaje). Si bien «animadamente» no es el adverbio apropiado, un adverbio por otra parte inexistente. La conversación se mueve entre lo afable y lo mundano, con un rictus de desprecio estampado, estereotipado en los rostros prosaicos; como si el objeto de la conversación y sus argumentos fueran fijos e incontestables, según un acuerdo profundo que liga a los que hablan de tal modo con quienes quieren que se hable de tal modo. Hay un aire de pacto, en definitiva, un aire de rencoroso y macerado desprecio para quien pueda no aceptar ese pacto, o bien tenga la desgracia de no estar a la altura social e intelectual para aceptarlo y quede excluido. Pero, al mismo tiempo, la conversación es «ardorosa» (no «animada», lo que supondría cierta ingenuidad intolerable). El «ardor» —no hay duda— no se debe a ingenuidad sino a convicción. Quien lo manifiesta parece investido de un deber, libremente asumido; y al exteriorizarlo se reviste de toda la vulgaridad de que se revestiría, por ejemplo, si hiciera declaraciones fascistas. El hecho de que sus manifestaciones estén en las antípodas del fascismo no hace sino aumentar su convicción, o sea su vulgaridad.

Con todo, en su conjunto, la conversación que se desarrolla en la acera aquella es impecablemente «comme il faut»: las ideas son las que hay que tener para ser modernos y avanzados; no está de más un punto de hastío y hasta de tedio en el rostro, para disimular la complacencia con tanto progresismo y tanta modernidad. Se han aprendido bien la lección, ni que decir tiene. Este es el motivo de la sonrisa de una de las dos caras del Ídolo Bifronte emplazado allí por el Poder lejano.

Vengamos a la otra acera, inmersa en la oscuridad de color de sangre coagulada. Los dobles que replican aquí, en esta acera, a los «señoritos de los cojones» (según la deplorable expresión de los Dioses) no hablan en absoluto de problemas sociales o políticos; es más, sus rostros expresan un insuperable fastidio al respecto. Incluso cierran los ojos con un rictus de dolor en la boca, como si durmiendo les diera un retortijón. Sordos y mudos. Y estos son los mejores. Los demás, la mayoría, ni siquiera se plantean la cuestión de hablar o no, de saber algo o no de problemas políticos. Muy otra cosa es lo que tiñe de interés sus caras desencajadas por la excitación nerviosa, o por descargas de «expresiones no verbales», como carcajadas o cuescos. De esto es de lo que se ríe la otra cara del Ídolo Bifronte.

## Apunte 72d
## El Merda (Visión: parágrafo vigesimocuarto)

Pero antes de dejar el Tercer Foso es preciso echar un vistazo a la escena de la Realidad que sobrevive en él, parpadeando, antes de desaparecer para siempre.

En la calle dedicada a xxx xxx, ya casi en los márgenes de Torpignattara, hacia el Mandrione, con sus murallones —que, cruzando aquellas pobres barriadas, las parten en dos, abriendo grandes espacios, donde se abisma el cielo (detrás de casucas con las paredes como papel de fumar, edificios de dos o tres pisos, chabolas, tugurios)—, el enjambre de gente de costumbre: mujeres jóvenes y viejas; varones viejos y maduros, y jovenzuelos, chavales, críos; y hombres jóvenes.

Estos últimos llevan un pañuelo rojo al cuello, que contrasta con sus pobres pantalones y sus camisetas de mala muerte, y, a veces, con viseras o gorras tan caladas sobre la frente que quienes las llevan han de levantar la nariz para poder ver. Las nucas, rasuradas o rizosas, se dibujan insolentes sobre hombros huesudos, o tiernas sobre hombros cuadrados y robustos.

Son comunistas, regresan a esa hora, quizá, de una manifestación en el Centro. Están contentos. Sus ojos rebosan de luz. Una luz negra, meridional. La pobreza y la injusticia contra las que luchan no los desalienta. Gozan de la vida, en su fuero interno, tal cual es; porque saben que un día vencerán, y el mundo, el mundo entero, será suyo.

Ondean banderas rojas. El Partido Comunista no es un gran partido limpio; es un gran partido sucio; pero sucio de grasa de talleres, de hierro, de óxido, de harina, de salazón, de sangre, de hierbas, de sudor y de polvo. Lo que otorga es tan grande y tan humano como quien lo recibe. El que ofrece la bandera y el que la enarbola son de verdad camaradas, aunque sean quizá tan distintos el uno del otro como puedan serlo un intelectual de un obrero o un obrero de un muerto de hambre.

## Apunte 72e
## **El Merda (Visión: parágrafo vigesimoquinto)**

En el Cuarto Foso —que es la Via xxx xxx, a la que el Merda llega agotado en un esfuerzo supremo— tampoco puede ignorarse lo que queda de la Escena de la Realidad.

Las sombras de los vivos que comparecen intermitentes en la maravillosa plenitud de uno de sus días perdidos —a punto de sumergirse en un olvido, no del ayer sino de milenios— están aquí dotadas de la sublime capacidad de hablar. Sus invenciones, es cierto, no son innovadoras. Son invenciones que quebrantan el código según ciertas reglas que el código sugiere para ser quebrantado. Pero la exaltación lingüística es continua: del frenesí de las comadres que abren y cierran la boca en un concierto de puros sonidos interrumpidos por uno que otro largo chillido (un «¡Nadiaaaaa!», nasal en el «Na», irritado y quejumbroso en el «iaaaaa»), de las parsimoniosas disputas de los vejestorios que con tubos y cuartillos por delante readaptan las antiguas expresiones[179] que tanta gloria les procuraron miles de veces al día durante miles de días, a los secos y fulminantes «prontos» de los jóvenes —haikus inspirados por algún Espíritu antiguo que ha sobrevivido a la lenta italianización— en los que el «tus muertos» y el «que te den» se añaden como cláusulas cantadas. Cualquier combinación de palabras es un poema, y cada alusión a los hechos una novela. La jerga sigue siendo de la incumbencia de Hermes Trismegisto, sobre esto no hay duda, visto que la mano, cuando roba, roba del mismo modo que dos mil años atrás. Y que el lector me perdone si el discurso de los Dioses revivido por mí roza en este punto el madrigal o la prosa lírica; pero «je ne fais pas d'ouvrage, je fais seulement des essais en comptant toujours préluder…»[(25), 180]

[(25)] Parafraseando a Leopardi (carta a un admirador, Charles Lebreton, del 6 de abril de 1836).

## Apunte 72f
## El Merda (Visión: parágrafo vigesimosexto)

Nos acercamos al final de la Visión. No quiero decirle al lector cuánta fatiga y angustia me ha costado describirla; me bastará con recordarle que es atroz vivir y conocer un mundo al que los ojos son incapaces ya de dirigir una mirada, no digo de afecto, ni siquiera de curiosidad o de simpatía. Yo, al fin y al cabo «contento del desierto»,[181] al pensar en esto siento uno de esos espasmos que por lo común impiden expresarse o hablar con decoro; solo quien ama sufre al ver cómo cambian las personas amadas. Quien no ama no se da ni cuenta. A los políticos no les importan un bledo los pobres; a los intelectuales no les importan un bledo los jóvenes. Por tanto, no solo no sufren si cambian, sino que ni siquiera se dan cuenta. Y eso que no se trata de un simple cambio, por más que doloroso, en tanto que degradante, sino que se trata, como he dicho, de un auténtico genocidio.[(26)]

El Merda llega allá donde la Pauta impuesta a los jóvenes pobres, que aparentemente han dejado de serlo, se encarga de la destrucción de la Lengua. Porque la lógica de esta modesta Visión mía presupone que los Elementos que constituyen la Vida, es decir los Vivos, resulten xxxente destruidos uno por uno.[182]

A lo largo de la acera bañada por la luz lívida del último crepúsculo o de la noche, quienes «sustituyen a los que deberían estar», en verdad, hablan. Poseen pues facultades lingüísticas. Es más, su habla es ágil, fluida, se diría que no conoce obstáculos y

---

[(26)] «Con la valorización del universo de los objetos crece en relación directa la desvalorización del universo humano». K. Marx, «Ökonomisch-philosophische Manuskripte» (1844).

considera que nada hay indecible. Pero muy pronto queda claro que repiten automatismos que les vienen dados desde «fuera». Su afasia se manifiesta en la aplicación mecánica de un verbalismo cuyo léxico se ha ampliado solo para permanecer estable por siempre en tal ampliación; una estabilidad que vale asimismo para la ampliación cognoscitiva requerida por tal ampliación léxica. El espejismo consiste en conocer, y por lo tanto verbalizar, todo el mundo. De ello deriva una inconsciente incertidumbre, consabida fuente de fealdad y repugnancia, y una certidumbre presuntuosa, fuente no menos fecunda de fealdad y repugnancia. Una de las dos caras del Modelo ríe satisfecha por haber difundido esta lengua nacional que, mediante el crecimiento de la xxx necesidad, se ha ido proporcionalmente restringiendo hasta dejar en nada la capacidad expresiva de cada cual. El hablante excluye los sentimientos (sobre todo la ingenuidad, el asombro, el respeto, el interés), ateniéndose rigurosamente a la grisura del que sin margen de error se conoce a sí mismo, al interlocutor, y sus relaciones recíprocas.[27] A lo largo de la acera derecha, donde se vuelve tiniebla la luz lívida del crepúsculo o de la noche, se habla todavía —lo hablan quienes saben hablar— en dialecto. Pero se trata también de un dialecto gris y puramente informativo, remodelado por la lengua común. Es poco más que pronunciación. Ha perdido toda expresividad, y de sus ramas resecas se ha desprendido, como una hoja mustia, la jerga. Si alguno de esos viejos hermanos que vivían allí hasta poco tiempo atrás, cuyo lugar ha sido usurpado por los nuevos hablantes, pudiera, por un capricho de la historia, reaparecer allí en medio y usar su lenguaje, podrían entenderlo solo con la ayuda de un diccionario dotado de un glosario específico sobre expresiones jergales. Pero la mayor parte de los que están en esta acera tenebrosa, sic et simpliciter, no saben hablar siquiera.

---

[27] «... todo lo sacro es desacralizado [por la burguesía] y los seres humanos se ven impelidos por fin a considerar con ojos libres de ilusión alguna su posición en la vida, sus relaciones recíprocas», K. Marx, «Manifest, etc.» (1848).

Rezongan, se empujan, articulan algún que otro sonido gutural; si han de expresar estupor, lanzan un grito exageradamente fuerte, o exhiben sus habilidades (imitando a algún animal de su especialidad);[183] si han de expresar alegría, largan estridentes y ofensivas risotadas que acaban en un gruñido o en un estertor epiléptico, que no provoca pena sino horror.

## Apunte 72g
## El Merda (Fin de la Visión)

Los Dioses, con el cuido del buen Virgilio, ya están explicando a Carlo el significado del Foso de turno (desde el que llega un ruido —nunca mejor dicho— infernal), anticipándole además cómo ha de continuar el presente Infierno después del Quinto Foso, pasada una zanja hedionda de mierda que parte en dos Torpignattara, cuando el Merda de repente se detiene.

Está en la esquina de la calle que debería ser precisamente el Foso V, de la que aún no se ve el letrero con el nombre; lo que sí se entrevé es una porción de motos, coches, ciclomotores, todos en marcha, con el escape xxx, e inseparables de ellos sus condenados centauros con casco. Pero el Merda ciertamente no puede ver ya nada de eso. Se le ha nublado la mirada, tiene los ojos desorbitados, todo el blanco fuera; la palidez de la muerte le cubre la cara de una pátina que habrá de ser de gélido sudor. El dolor del brazo que atenaza y sostiene contra sí como un saco a su hembra debe ser ya insoportable. Esboza una sonrisa con aire paciente e indiferente; pero luego, de súbito, cede. Se le garabatea en la cara una mueca de dolor inhumano, el brazo se separa del hombro de la parienta, pero se le queda yerto, y, desfallecido, el Merda «cae como un cuerpo muerto cae».[(28), 184]

---

(28) En la época en que se desarrollan los hechos de esta novela, la «pareja» está maldita, ciertamente no bendecida. Y tanto más cuanto más se la halaga, promociona, impone mediante la llamada permisividad sexual. Pero su evidente insinceridad revela sin sombra de duda su carácter criminal. Hubo un tiempo en que cada hijo nacido de una de esas parejas contribuía a la prevalencia de los nacimientos sobre las muertes, es decir, era un bien necesario; hoy, ese hijo es un auténtico delito contra la humanidad, amenazada por el excesivo crecimiento, y en consecuencia por el hambre y la pérdida de valor de cada ser humano.

## Apunte 73
## **Gran final de la Visión**

En cuanto el Merda cayó al suelo, el Carro se elevó. La tierra parecía hundirse bajo los pies de Carlo; Via di Torpignattara se extendió vertiginosa, infinita; apareció de frente, al fondo, la Via Casilina, y, tras ella, vastos cúmulos de altos bloques y solares ocupados por humildes casuchas, entreverados de campas y ramblizos con la cuchilla fulgurante de una zubia; todo blanqueaba informe bajo un sol de yeso, en la sucia neblina.

Al timón del carro, los Dioses se mordían los labios, y no dejaron de reírse por lo bajo hasta el fin de la Visión.

Aspirado hacia lo alto por el vórtice de la ascensión, Carlo se quedó sin aliento, aterrorizado. Y fue, con todo, en esos instantes cuando se insinuaron en su mente —y allí quedaron para siempre grabadas— ciertas ideas sobre lo que acababa de ver a lo largo de la calle de la Visión. En primer lugar pensó que entre todos aquellos hombres jóvenes y aquellos muchachos cuya multitud poblaba los Recintos y los Fosos de Torpignattara, NO HABÍA NI SIQUIERA UNO que hubiera mirado algo o a alguien, no digo con afecto o simpatía, sino simplemente con curiosidad. En segundo lugar cayó en la cuenta de que, si aquellos individuos habían llegado a ser lo que eran, quería decirse que tenían la posibilidad de llegar a serlo; su degradación, así, degradaba también su pasado, que por lo tanto había sido un engaño. En tercer lugar intuyó que todos ellos habrían de pagar con sangre su degradación: en una hecatombe que volvería ferozmente ridícula su presuntuosa ilusión de bienestar.

Siempre acompañado por las risillas de los Dioses, llegado a su ápice, el carro, tras un instante inmóvil, comenzó a volar horizontalmente: estaba claro que se dirigía hacia el Centro de la

Ciudad. Medio ahogándose por el vertiginoso vuelo, Carlo comenzó a observar cómo, a sus pies, en el informe cúmulo de rascacielos y edificios antiguos, a medida que se acercaban al Centro, comenzaban a emerger formas cabales, bien definidas. Con los ojos arrasados en lágrimas, Carlo observó cómo todas las cúpulas, revestidas de materiales nuevos, habían tomado la inequívoca apariencia de unos senos, con sus pezones anatómicamente perfectos, «à trompe l'oeil». Todas las plazas, además, habían sido modificadas —tanto las grandes como las pequeñas—, de manera que ahora habían adquirido la forma, siempre impecable, de unos enormes coños. Por último, todos los campanarios, que en Roma no son muchos ni muy grandes, según idéntico expediente, habían sido transformados en una serie de pollas de varias dimensiones. Cuando el Carro alcanzó su zénit, justo en el Centro, y se detuvo, todo el conjunto de la Ciudad podía abarcarse con una sola mirada: su forma era —también inequívocamente— la de una inmensa Cruz Gamada.

↑

Los pensamientos de Carlo (los tres puntos en las visiones) se elaboran en primer lugar durante el traslado en el carro hacia el límite de la Zona infernal. Aquí está el pequeño monumento descrito en los apuntes 74-74a, con el letrero «para reír».

Junto a este monumento, que es una especie de cipo o Tabernáculo <u>fronterizo</u> (o sea, señala el límite del Infierno), es donde el Merda se desmaya y cae.

## Apunte 74
## **Último resplandor de la Visión**

A pesar de un final tan chispeante, la Visión no debía acabar así. Quedaba en ella evidentemente algo residual aún por expresar, aunque, como veremos, de modo bastante ambiguo.

Mi habitual honestidad me obliga a advertir al lector —eludiendo las reglas de la ambigüedad, a las que debería en rigor atenerme— de que tal residuo de la Visión tiene además un valor metalingüístico; su significado es válido para el «Mysterion», en el preciso momento en que es representado, pero también lo es en el plano general de las intenciones del autor (y por otro lado no sin menor ambigüedad que en el relato).

Cuando Carlo se despidió tímidamente de aquellos que charlaban bajo los arcos del Coliseo (que ni lo habían notado, y tampoco el tímido saludo que aventuró al despedirse) era ya noche cerrada. Parecía que estuviéramos en pleno invierno, aunque el viento que soplaba no fuera la tramontana, sino un húmedo siroco. Todo estaba desierto. El viento parecía haber barrido no solo los papelajos o las inimaginables inmundicias reunidas sobre el asfalto —había incluso paja— sino incluso a los hombres y a sus propios fantasmas.

Pero aún pasaba un tranvía, estridente, luminoso y completamente vacío. Carlo lo alcanzó a la carrera en la parada, delante de las persianas echadas de dos o tres bares y de un quiosco. Apenas le dio tiempo a notar que al otro lado del Coliseo, en la empalizada que demarcaba el acceso prohibido bajo los arcos, había dos o tres muchachos sentados. Pero eran sombras lejanas, y bien pronto quedaron atrás con sus secretas intenciones. El tranvía llevó a Carlo hasta la estación, donde esperó un buen rato otro tranvía que había de llevarlo al barrio donde vivía, hacia el Tuscolano por la zona de Cinecittà; concretamente el Quadraro. Su casa estaba lejos de la parada del tranvía; así que tuvo que hacer un tramo a pie, por las calles desiertas barridas por el viento.

El Quadraro era un viejo barrio pobre, de plantas bajas construidas por sus dueños con sus propias manos, y de míseros edificios de dos o tres pisos. El enlucido, si lo había, estaba viejo, decrépito. Y las aceras eran poco más que franjas de tierra pegadas a las casas, separadas del asfalto cuarteado de las callejas por un bordillo de piedra medio suelto.

Había huecos entre las casas, desordenadamente ocupados por huertos o trasteros al aire libre, con empalizadas, cobertizos de chapa y una cantidad de enseres abandonados sobre el terregal duro y maloliente. Los viejos postigos de las ventanas estaban cerrados a cal y canto, igual que las puertas en los míseros zaguanes o las persianas de los tenduchos. Solo el alumbrado público difundía su luz amarillenta y fúnebre.

La casa alquilada por Carlo, como hemos visto, era una de esas construcciones medio ilegales, en una paralela a la calle principal del Quadraro, que flanqueaba una vía férrea, más allá de la cual se alzaba la barrera de los viejos murallones seiscentistas del Mandrione. Para llegar a su calle, Carlo tenía que tomar por un callejón, entre huertos y pequeñas naves, que, en un determinado momento, se ensanchaba convirtiéndose en una pequeña glorieta como de pueblo (a lo lejos, punteados de luces mortecinas, destacaban los nuevos bloques de Cinecittà). Fue precisamente al cruzar esa especie de glorieta, poco antes de su casa —donde le esperaban un camastro con el colchón de borra y los pobres enseres de un habitáculo mísero, pero donde había sido maravilloso hacer el amor—, cuando a Carlo se le apareció, por separado, la última Escena de su Visión.

El viento cesó de golpe. Gimió a lo lejos, con un estertor desconsolado, el silbido de un tren, y durante un instante se oyó el llanto de un recién nacido.

Las casitas, en torno, parecieron de repente como cuartearse y enmohecer; y arriba, el cielo cuajado de estrellas pero sin luna pareció hacerse más presente, fuerte, luminoso: como en el desierto.

En el lugar de las casas apareció un enorme Tabernáculo. El pedestal era de ladrillos desgastados por el tiempo, como en los sueños: pequeños ladrillos rojos de construcciones rústicas; pero el Tabernáculo era de madera: cuatro altas columnas, muy esbeltas, de madera carcomida y podrida casi, sostenían un cobertizo, asimismo rústico pero al mismo tiempo primoroso, como podría serlo la puerta de un patio en un palacio oriental. Las tejas —que se adivinaban sobre el elegante arquitrabe tallado con pequeñas figuras y el canalón de plomo— eran negras, y también muy xxx por el tiempo.

En este Tabernáculo —cuyas formas por lo demás eran harto imprecisas y se deshacían en el cielo resplandeciente— se custodiaba un gran simulacro, de material distinto, nocra o mica (?).[185] Las medidas del simulacro no podían decirse gigantescas; con todo, era grandioso: al menos tres veces más alto que un hombre de estatura normal. Sería una insensatez decir que representaba a una mujer, aunque esta era la primera impresión. Se trataba en efecto de un monstruo más bien femíneo, formado por dos piernas algo toscas entre las que estaba encastrada, a la altura de la ingle —hasta el punto de que la hendidura en la barbilla coincidía con la de la vulva—, una gran cabeza de mujer. Llevaba el pelo con el arreglo campesino de los días festivos; dos diademas (de metal o de tela, no se podía distinguir) se lo ceñían: así, una parte le coronaba la frente, y otra formaba una especie de moño en medio de la cabeza. Este monstruo femíneo, en cualquier caso, sostenía con la mano derecha un largo bastón, de su misma altura; y este bastón era, sin lugar a dudas, un largo y nudoso miembro viril.

Ante aquel enorme simulacro poroso de mica oscura, que se confundía con el celaje cuajado de estrellas, había una exigua asamblea de gente distraída y apática, pero seria y un punto abatida. En todo caso (¿cómo podría decirlo?), se trataba de una asamblea de difuntos, ciertamente ya sin interés ni curiosidad alguna por nada que pudiera mostrarse o acontecer en aquel rincón nocturno y abandonado del mundo actual.

El simulacro apoyaba sus pies en una especie de alta peana de nocra (?); y, en el frontal de la peana, había una inscripción.

Carlo se acercó y leyó las siguientes palabras: «He erigido esta estatua para reírme».

## Apunte 74a
## **Glosa**

Lo repito: esta inscripción no es solo la que se lee en un monumento que en este momento del «Mysterion» tiene importancia e interés. Además de eso, la inscripción: A) prevé o prefigura un acto «místico»; y se tratará de un acto resolutorio, vital, plenamente positivo y orgiástico, que restablecerá la serenidad de la vida y la reanudación del curso de la historia; B) se constituye incluso en epígrafe de esta obra («monumentum» por excelencia) en su conjunto; pero su sentido es en este caso diametralmente opuesto al indicado más arriba: es sarcástico, corrosivo, decepcionante (no por esto sin embargo menos sacro).

«HE ERIGIDO ESTA ESTATUA PARA REÍRME»

Quiero añadir que la «risa» a la que aquí se alude —mediante esta cita arqueológica— encuentra su razón de ser en una dilatada tradición, mistérica por más señas, que la une a los «apórreta symbola», reales o artificiales, como el «ólisbos» (el rulo usado en el onanismo femenino); o incluso mixtos, como los de Yaco: «eleleu kore dímorfe», a despecho del moralismo de Aristóteles (muy tardío por lo demás).(29) Por otra parte, es sabido que la «risa» posee una función resolutoria de crisis cósmicas, cuando está causada por exhibición de «miembro» o «vulva».(30)

---

(29) Aristóteles hizo una recomendación a los magistrados, aconsejándoles que promulgaran leyes contra el lenguaje soez («aiskrologuian... hosper allo ti»), contra esculturas, pinturas, mímesis obscenas.

(30) Quiero decir que cuando cambia el sentido de la vida, ello implica naturalmente el esquema de una crisis cósmica. Huelga decir que los personajes que

En fin, resumiendo:[186] «Además, también alguna vez hago reír, y lo tengo muy a gala».[187]

---

Carlo ha visto en su Visión ignoran que la crisis que viven es una crisis cósmica, consistente en el paso desde el «Ciclo» natural de las estaciones al «Ciclo» industrial de la producción y del consumo. El primero era lento y común a todos los hombres de una colectividad: el trigo se sembraba, el trigo se cosechaba, el trigo se manipulaba, el trigo se consumía. El segundo es puramente abstracto y diacrónico. Carece de fechas, de solemnidades, de retornos. Cada producto distinto tiene un ciclo distinto, por lo demás rapidísimo. Para cada producto sería preciso pues un ceremonial propio y recurrente, según ritmos tan dispersos y plurales que resultan inconcebibles. Lo que asimismo provoca que hayan desaparecido las «iniciaciones». A los niños se les educa inmediatamente en la imitación general de las pautas, ingresan en la sociedad ya iniciados. Por lo tanto la risa, entre otras cosas, ha perdido toda sacralidad revitalizadora. Y no sorprende que los personajes de la Visión de Carlo antes que nada hayan desaprendido a reír.

- introducir en los grupos de los distintos Recintos y Fosos de la Visión a alguno de los veinte muchachos de la Campa de la Casilina, transformados y degradados por completo (naturalmente, con unos cuantos años más)

- organizar las distintas visiones de los Recintos y de los Fosos de modo más narrativo con episodios y situaciones concretas

(16 oct. 1974)

## Apunte 81
**Poner el c…**

La burguesía italiana se divide en dos categorías: una es mayoritaria, inmensamente mayoritaria, la otra una ínfima minoría. El 0,06 por ciento (dicen las estadísticas) lee de vez en cuando un libro; quienes leen regularmente, o sea, quienes pueden ser definidas como personas cultas, serán pues alrededor del 0,02 por ciento; pero entre ellos se encuentran los tradicionalistas, los universitarios formales, etc.; en conclusión, solo el 0,01 por ciento acabará constituyendo la auténtica intelligentsia de la burguesía italiana.

Que debería, en teoría, disociarse netamente de la sociedad en la que opera. En realidad, no es así.

Muchos de quienes pertenecen a esta intelligentsia son, de hecho, conservadores, o moderados, que asumen, es cierto, el papel de la contradicción —mejor, de la simple oposición clásica— respecto al mundo tal cual es. La cultura es sobre todo espíritu crítico y racionalidad. Y también la burguesía es crítica y racional. Y ya que el mundo de la práctica (la aplicación de la ciencia, la organización social, la producción, el consumo) es cultura, no puede decirse que tal cultura de la burguesía, en su praxis, no sea crítica y racional.

La auténtica intelligentsia, la que verdaderamente contradice a la burguesía y se opone a ella, es pues aún más restringida: unos miles de personas repartidas en un centenar de pequeños guetos (muy abiertos) aquí y allá por el país, en Milán, en Turín, en Roma, y en distinta medida en las demás capitales de provincia. Si una oposición conservadora y moderada, de carácter necesariamente crítico y racional, en realidad no se distingue —aparte una teórica mayor voluntad benefactora— de la sociedad burguesa, ¿en qué se distingue de ella una oposición progresista y revolucionaria? Yo, sin rodeos, respondería: la intelligentsia revolucionaria se distingue de la intelligentsia ilustrada por su voluntad de situarse fuera del universo burgués (cuyos valores presentan mutaciones autónomas), por introducirse en un universo no creado, solo proyectado, que prefigure una sociedad obrera democrática. Lo que la sitúa en un estado de perenne, biológica, ambigüedad. Vive ubicuamente: en el mundo real —este, el burgués— y en el mundo ideal, todavía por construir, opuesto al mundo real y que presupone su destrucción.

En pocas palabras, lo que quería decir es esto: la intelligentsia más avanzada se complace en su espíritu clandestino y desestabilizador, que le consiente disociarse tanto de la residual intelligentsia moderada (¡o sea, fascista!) como del cuerpo enorme y repelente de la burguesía fascista en sentido estricto. La primera sensación de tal intelligentsia es la de actuar en justicia. Y en efecto así es, no hay duda. Pero esta sensación conlleva actitudes adquiridas por el hecho de haber nacido en el seno del mismo mundo burgués del que se ha disociado.

Antes que nada, por ejemplo, el moralismo, tanto en sus expresiones más altas como en las más banales (no es casualidad que la planificación del «amor libre» de las sociedades comunistas haya sido descartada por completo).

El moralismo genera decisiones, cánones: o sea, un conformismo desgraciadamente sin preceptos (porque en teoría los niega) mas no por ello menos rígido.

Sus preceptos en realidad podrían ponerse por escrito; y sus ritos describirse. Basta participar en una reunión cultural de gente de izquierdas, en uno de los grupos de la susodicha intelligentsia: la decisión sobre los nombres, los libros, las simpatías, los apoyos, las condenas, es perfectamente previsible, de principio a fin.

Una obra de cultura —llamada a representar el espíritu de tal minoría y a beneficiarse de una «fruición» curiosamente acrítica— resulta respaldada con la misma pasión formularia y el mismo ardiente convencionalismo con que se respalda una obra mediocre del nivel más bajo o incluso ínfimo de la cultura oficial.

Nuestro protagonista es un hombre que ha vivido todos los grados de lo burgués, ya que potencialmente tendía siempre a pertenecer al grado superior. Y no formal sino realmente. La buena familia burguesa de Turín en la que había nacido y se había formado pertenecía a la inmensa mayoría burguesa: el abuelo empresario —como hemos visto—, el padre profesional liberal, etc.; propiedades agrícolas, empresas y profesiones liberales también en la rama materna, etc. Tal mundo burgués contenía pues en potencia —pese a su profunda y perfecta naturalidad— su propia crítica realizada en nombre de su propio espíritu crítico y racional puramente práctico.

Carlo, al crecer, se incorporó automáticamente a esa intelligentsia que he llamado ilustrada: entró triunfal en la minoría guía, en la élite, que tiene una conciencia ética además de pragmática del poder; y que, justo mediante su actitud crítica hacia él, lo preserva, enmascarando su violencia.

En última instancia, esa élite no podía sino contener potencialmente a su vez, como hemos visto, una élite ulterior más avanzada e incluso revolucionaria, porque el espíritu crítico, una vez en marcha, ya no puede pararse (más que por un acto artificial de la voluntad).

De modo que Carlo potencialmente formaba también parte de la segunda élite de grado superior, la progresista y revolucionaria. Y si no formaba parte de hecho (porque había intervenido sin duda de modo inconsciente aquel acto artificial de la voluntad) sin duda la conocía.

Todo ello hacía de Carlo un burgués profundamente ligado a la burguesía, es más, destinado al poder; pero también hacía de él, al mismo tiempo, un hombre que aportaba a la burguesía y a su poder la contribución de una crítica radical (con su anejo conocimiento); y, además, le garantizaba una suerte de apertura hacia la extrema izquierda, sin la cual un poder moderno no es siquiera concebible. Esta «perfección» de Carlo, que se reflejaba incluso en su aspecto físico (su magnífico pelo blanco, corto pero no demasiado, enmarcaba con su purísimo candor un rostro sano, terso, bronceado, de una mansedumbre vagamente implorante y un tanto ebria en sus ojos zarcos, que el hábito de poder rebalsa a veces en un cinéreo metálico), esta «perfección» de Carlo —hombre de poder sin ilusiones, es decir, sin la ingenuidad del hombre práctico, que tiene una idea antigua e infantil del poder— habría debido preservarlo hasta de la más mínima impureza del ser, garantizarle la intachabilidad absoluta del hombre tolerante.

## Apunte 82
## **Dejar de ponerlo**

Entretanto el otro Carlo, Carlo di Tetis, sintió con claridad, una mañana de esa misma primavera de 1973, que había llegado el final de su experiencia. Fue al despertar, bien entrado el día. Carlo el Pobre no llevaba una vida de pobre, y dormía hasta tarde, porque, para estar con los pobres, se retiraba muy tarde por la noche. Cuando regresaba a su habitáculo aún no estaba cansado, y en consecuencia tampoco contento; ya no había nadie por la calle, en ese momento de la noche que precede a la reaparición de la gente que se dirige a su trabajo. La oscuridad se vuelve melancólica, a esa hora, de una melancolía ecuménica, y más aún si el aire es límpido, si se distinguen los contornos lejanos de otros barrios de la ciudad, con sus luces inútiles, o el perfil de las colinas; o si, acaso, al cesar el viento, queda un olor de tilos o glicinias, estancado sobre las aceras resecas, sobre la tierra apisonada; y (desde unos arbustos en el terraplén de las vías, o en medio de un desmonte en el que nunca terminó de edificarse nada) canta como desenterrado pero extrañamente intacto un ruiseñor.[188]

Estaba diciendo que Carlo se dio cuenta de que el tiempo de su fuga, de su evasión, de su soledad había acabado. Había creído que su elección estaba fuera de la historia y de la pequeña sociedad que lo circundaba como una selva horrenda e inextricable, convencido de que rechazarlo todo para pensar solo en una cosa —cuya repetición era siempre una revelación— era una acción sin posible final, nutrida de sí misma, no de las circunstancias sociales e históricas. Levantarse por la mañana, y buscar un muchacho, o varios, para hacer el amor, de inmediato, bajo un sol húmedo aún del relente de la noche y su santo silencio

—buscando refugio entre matojos y vertederos, por los terraplenes de las vías o los desmontes abandonados, en chabolas habitadas por mendigos desperdigados ahora por la ciudad, en los váteres de las obras, en almacenes vacíos o en casas en ruinas plagadas de excrementos—, y continuar así durante toda la tarde —cuando los encuentros son más difíciles, raros, porque los jóvenes a esas horas trabajan, presa ya, también ellos, tan arbitrarios y ligeros, de las servidumbres de la vida—, hasta que llega la noche, la gran protectora de sus amores, cuyo límite es solo ese momento que precede al alba y al nuevo inicio de la vida cotidiana, la única que Dios bendice. A Carlo le parecía que esto lo era todo, y que como tal nacía y terminaba en sí mismo.

Pero no era así, la historia había cambiado y dotaba de nuevas apariencias a la vida, incluso a la que estaba fuera de la historia, la bendecida por Dios. Estas nuevas apariencias eran horribles. La burguesía las había determinado a semejanza de las suyas propias. La historia era eso. O mejor: la historia consistía en un burguesismo universal. Los encuentros mañaneros —desde siempre escasos— habían perdido su milagroso encanto. Se habían hecho tan infrecuentes que cuando se producían la angustia de su espera ya los deslucía. Y además los muchachos parecían haberse afeado de fealdad burguesa: habían perdido su prepotente ligereza, su falta de resistencia frente a la realidad, cuyos hechos parecían existir para alimentar su alegría, y en cambio habían adquirido una especie de timidez hostil. Sonreían mal, si es que sonreían; solo sabían chancearse. Los más se mostraban serios, como los muchachos del norte. Habían perdido la relación con su propio sexo aprendida de sus madres: una relación de glorioso narcisismo plebeyo. La relación que se tiene con un oscuro bien. El modelo al que adaptarse con dicha y humildad ya no se lo proporcionaban los barrios pobres. Intentaban imitar un horrible modelo estudiantil y burgués. Ya no se les veía ufanos de su pobreza, un estado que los hacía fuertes y viriles, mucho mejor que la riqueza, que los volvía gilipollas. Intentaban exhibir la delicadeza y la sofisticación de las costumbres pequeñoburguesas. A fuerza de oír respuestas exactas tipo test, habían empezado a dudar de la maravillosamente arrogante validez de su ignorancia; e incluso a avergonzarse de ella y a sentirla como una culpa. Su inocente piel oscura se había vuelto rosada por una estúpida blandura afeminada. Habían perdido la moral, llena de honor, del honor. El honor viril ya no contaba sino como puro conformismo, aprendido gracias a la nueva educación sentimental televisiva, que ensalzaba a la pareja como culmen absoluto de una vida feliz. No tener al lado a esa mujer que durante tantos años se les había negado, proporcionándoles la maravillosa gracia de la castidad y de la violencia sexual, se había convertido en una frustración social. La buscaban ansiosamente. Comenzaban con ella, por lo general aún más embebida que ellos del nuevo espíritu burgués, su iniciación a la vida, traicionando la iniciación entre amigos, que los volvía hombres. Ahora, la frecuentación precoz de la mujer, entendida así, como deber social, les hurtaba la espera del milagro sexual, que muy pronto se convertía en una costumbre obsesiva, una pequeña manía sucia; y al mismo tiempo los despojaba de su actitud viril ante el mundo. Tiempo atrás la inocencia volvía gentiles y atrayentes hasta a los poco agraciados, por las palabras ingenuas con que se expresaban, por el fervor con que contaban sus historias de pícaros ladronzuelos; ahora, por el contrario, hasta los más apuestos resultaban repulsivos, soeces casi, con aquellos pelos largos que les colgaban delante de la cara y se les desparramaban por los hombros, con aquella palidez insana que la neurosis expandía por sus rostros, con aquellas ropas que ponían al descubierto la mezquindad y la precoz flacidez de sus cuerpos. Entre ellos y su sexualidad se había levantado el muro de la juventud burguesa. A quien les daba la posibilidad de un desahogo fuera de la norma —pero natural para ellos, pues es puramente carnal— tiempo atrás le concedían su complicidad (viril) y su gratitud un poco brusca pero siempre ingenuamente franca. No podían dejar de hacer una caricia a quien adoraba su sexo, no estrecharle los hombros, no posar la mano en su nuca, revelándose incuestionablemente partícipes, algo por lo demás que ya revelaba la estupenda rigidez y la riqueza de semen de sus miembros. Ahora en cambio se mantenían encerrados en sí mismos, como estatuas. No atribuían a su sexo la belleza y perfección que sí le atribuía quien se lo requería. Tenían el sentimiento de culpa de un pequeñoburgués. El mundo los quería normales (¡normales!, una palabra que antes ni siquiera conocían) y ellos habían de secundar esta voluntad. Ocultaban pues su inevitable complicidad, con una expresión en la cara de espanto casi.

Si la situación era esta, ¿qué sentido tenía seguir viviendo en el Quadraro?

Se levantó y se vistió. Un grito en medio del vocerío del Quadraro, un grito de otros tiempos, una mujer implorando. Carlo consiguió vencer la conmoción que pujaba por convertirse a toda costa en un llanto de dolor, de dicha, de nostalgia, de rabia. Venció como vencen los santos.[189]

Aquel 21 de mayo era por otra parte una jornada singular; la luz era fortísima, pero el cielo estaba completamente nublado, compacto, blanco. El sol se entreveía a través de aquel nublo como un cerco más blanco. Hacía un montón de años que no se veía polvo por las calles. Ahora sí. Agitado por un viento irregular, velaba el pavimento de las calles, las glorietas, los solares en construcción; parecían los arrabales de una ciudad árabe cercana al desierto, allí donde la arena se transforma en un polvo sucio y agobiante.

También en los alrededores de la estación Termini, donde Carlo llegó tras una hora de viaje en tranvía desde los arrabales, se veía aquella absurda barrera de polvo en suspensión. Era una hora insulsa, no había vida apenas. Tráfico sí, espectral, pero las calles en torno a la estación estaban casi vacías. Fue allí, en aquellas calles, donde comenzó todo, un atardecer lluvioso de 1969. Carlo lo recordó con la precisión de quien tiene la memoria de un poeta. ¿Fue justo? Sí, lo fue. No hay nada a lo que un hombre tenga más derecho que a la vacancia, la evasión, la desaparición, la soledad. La matriz que había dado los últimos frutos de la belleza estaba marchita. Helos ahí, dos idiotas, con el pelo hasta los hombros, uno, el otro con una cola atada con un cordel en la nuca. Ya eran mayores, no interesaban a nadie, vagaban como supervivientes. Pero su historia acabaría lentamente, y otra nueva comenzaría también lentamente, con contaminaciones, mezcolanzas, retrocesos y anticipaciones. El hecho es que para Carlo el final de una época y el principio de otra coincidían, pura casualidad, con aquel 21 de mayo de 1973. Carlo llegó a su casa, en esa calle de los Parioli que repugna al autor describir y hasta solo nombrar, «guiado» por un nuevo espíritu en el que curiosamente coincidían una absoluta novedad, una mirada de total ligereza sobre el mundo, y un sentimiento muy viejo de regreso y de rendición. Quizá el saber es inevitable, e inevitablemente lleva a la comprensión y al perdón. Pero la ligereza de este saber lo deforma y lo invalida; y la comprensión y el perdón acaban volviéndose un juego.

La casa de los Parioli estaba vacía, el Carlo que la habitara se había ido; pero todo estaba en orden. Parecía que el cambio de turno estuviera previsto: uno regresa y el otro se va. Las mismas razones que convocan a uno repelen al otro. Pero si regresar significa aceptar una situación negativa y degradante, irse no significa rechazarla; al contrario. Vea el lector en esta simetría una falsa simetría, y acertará. Quien retornaba, regresaba de una ilusión y aceptaba una realidad que era a su vez ilusión para quien se iba. En términos objetivos, la primera ilusión era altamente positiva; la segunda era fascinante, pero culpable. Y ese punto horrendo que había en aceptarla, se convertía casi en inocente al sufrirla. Un santo la aceptaba, un réprobo la sufría. Pero evidentemente no podía darse un cambio de atribuciones: el santo (es un decir) se quedaba en santo, y el réprobo en réprobo. Una vez que los ha determinado, la historia puede quizá contradecir sus datos, pero no cambiarlos; es impotente ante sus leyes y sus decisiones primeras, como Alá.

## Apunte 82
## **Tercer momento fundamental del poema**

Una vez atravesado el jardín de la Visión, Carlo entra en su piso vacío y abandonado. Siente en el pecho una ligereza sin sentido alguno, y en el vientre un peso asimismo sin sentido. Se dirige a su habitación y se desnuda ante el espejo. Ahora sí: no tiene senos en el pecho, y el miembro viril pende del bajo vientre.

Se viste y telefonea a una clínica cercana a su casa, por Piazzale delle Muse; hace las gestiones oportunas para ingresar esa misma noche. No iba a ser precisa la intervención del cirujano titular; cualquier médico primerizo bastaría. La operación a la que Carlo ha decidido someterse se cuenta entre las más antiguas y fáciles: una castración. La libertad bien vale un par de huevos:

Es mi vida süave
hoy, sin ningún porqué;
de mí mismo aparté
no sé qué cosa grave...[190]

## Apunte 84
## **El juego**

Hay personas que no creen en nada desde que nacen. Lo que no quita para que esas personas actúen, hagan algo con su vida, se ocupen de algo, produzcan algo. Otras personas en cambio tienen el vicio de creer; las obligaciones se concretan ante sus ojos como ideales que hay que realizar.

Si un buen día dejan de creer —poco a poco quizá, a través de una serie sucesiva, no importa si lógica o ilógica, de desilusiones— descubren entonces esa «nada» que para otros, en cambio, ha sido siempre lo más natural.

Ese descubrimiento de la «nada» es una novedad que implica otras cosas: implica en concreto no solo la prosecución de la acción, de la participación, de la diligencia (entendidas ahora ya no como Obligaciones sino como actos gratuitos), sino también la hilarante sensación de que todo es puro juego.[31]

Está claro que no hablo de quienes descubren la «nada» filosófica, cósmica. En tal caso se trataría de una conversión, muy coherente con ilusiones y creencias precedentes, y causaría el bloqueo de todo: el retiro del mundo, la ascesis. No. Hablo de quienes un buen día, al hacer balance, llegan a la conclusión de haber descubierto la «nada» social. No es cuestión de retirarse del mundo, por tanto; al contrario, ha de intensificarse la participación, más desleal cuanto más intensa, requerida por

---

[31] «Oh, Menipo, Diógenes te exhorta, si has reído suficientemente de las cosas de la tierra, a venir aquí, donde reirás aún más. Ahí la risa celaba siempre una cierta duda, esa tal duda: ¿quién sabe bien lo que habrá más allá de la vida? Pero aquí no dejarás de reír con toda tu alma...» (Luciano, «Diálogos de los muertos»).

la falta de alternativas y entendida como parodia. Ninguna ascesis, sino interés por los asuntos sociales cancelados y refundados sobre el pragmatismo, sobre el valor autónomo de la virtud; es decir, sobre cosas de lo más hilarante.[32]

Identificar el mundo social con la nada, y resultar reactivado y vitalizado por ello; dejar de creer en los valores del mundo anulado por un espíritu crítico y humorístico ante el que no hay hecho o argumento que se resista, y, acto seguido, aplicarse con mayor claridad y destreza a la realización práctica de tales valores; todo esto implica fatalmente un retroceso, una nueva aceptación conservadora y moderada de la sociedad, siempre en el caso de que antes el protagonista de tal experiencia fuera de algún modo revolucionario o rebelde (justo como Carlo el Apacible). Pero ¿qué sentido tiene este regreso al orden? ¿Puede ser redefinido según los términos clásicos al uso? El estado de ánimo de quien vive esta experiencia, la del mundo entendido al cabo como la nada, y aceptado de nuevo en la práctica con docta paciencia, es el del escarnio.

Quien escarnece a una parte del mundo social, pongamos a la burguesía conformista que sin entender nada pasa de una fase a la otra, de la paz a la guerra, del bienestar a la masacre, de lo acostumbrado a la total anulación, no puede dejar de escarnecer al mismo tiempo a quien sí entiende todo esto. El escarnio no puede sino afectar a la entera realidad.

Es así como esa entera realidad —en el momento en que es escarnecida— resulta aceptada de nuevo. La realidad no se divide en dos, por una parte la sociedad conformista que sigue la evolución del capitalismo, y por otra quienes se le oponen mediante la lucha de clases, sino que comprende e integra ambas partes; porque la realidad, sí, la realidad, no es maniquea, no conoce soluciones de continuidad. La mirada escarnecedora sobre ella consigue conciliar la inevitable integración en su

---

[32] De una experiencia semejante le ha venido al autor la inspiración para esta novela.

orden con la crítica más radical y revolucionaria de ese mismo orden. En el fondo es similar al gesto mecánico de un obrero, que es al mismo tiempo un gesto de la producción en la que colabora como un engranaje ordenado, y un gesto cargado de amenazas revolucionarias; una ambivalencia que abraza por lo tanto la entera realidad. Un burgués nunca podrá comprender un gesto semejante. Pero el burgués sí puede llegar a la percepción de la realidad social como «nada», y a la identificación entre vivir y escarnecer tal realidad. El escarnecimiento es el equivalente del gesto mecánico del obrero: contiene la integración, pero devaluando por completo su sentido.

Pero con el escarnio cesa toda idea preconcebida de futuro; es más, si algo hace sonreír con el mayor de los placeres íntimos es justamente el futuro. La idea de la esperanza en el futuro se convierte en una idea de una comicidad irresistible. La lucidez resultante despoja de atractivo al mundo. Pero regresar a él es una forma de nacer de nuevo; los ojos brillan de ironía a la vista de las cosas, de las gentes, de los viejos imbéciles en el poder, de los jóvenes confiados en que algo empieza, a saber qué.[33] La terrible herida que ellos provocaron está curada, cicatrizada; ahora tienen a su lado a un nuevo colaborador y a un amigo que se interesa a fondo, con extraña lucidez, por sus problemas y los ayuda a resolverlos dejándose de historias; lo que no saben es que en la mirada divertida de ese amigo ellos se desvanecen como fantasmas errantes.

(Todo esto referido, al menos, a Carlo el Apacible, en aquel mayo de 1973.)

---

[33] «Dile esto, y que traiga las alforjas llenas de altramuces, y un huevo expiatorio, y otras viandas recogidas en cualquier encrucijada o en los altares consagrados a Hécate» (Luciano, «Diálogos de los muertos»).

## Aps. 90 y ss.

90 Carlo Primero en Pisa.

90-94 Carlo Primero en Turín.[191] Los veinte, etc., espíritus fascistas (¿pensión Sicilia?) guían a la masacre: explosión en la estación de Turín. Vista como una VISIÓN: las víctimas vistas y analizadas como si se tratara de personas vivas, con toda su mezquindad, estupidez, vulgaridad.

95 Al final de la Visión, la estación de Turín aparece como aislada en medio del mundo. Desde los agujeros y las grietas de la explosión se ve el vacío alrededor (como el mar o el desierto). El desierto es la llanura padana salvaje — retorna a los orígenes, al morir — Carlo sale de allí y se echa a caminar por el desierto. Hasta que llega a la Turín actual (poema de Auden).

96 Aquí una manifestación misina. Página de poesía civil. Los misinos aparecen tal cual son: superados por la historia del poder. Y superado también quien está ligado a ellos por una relación de amor odio (la «fascinación» nunca expresada por nadie y la tradición de la Resistencia).
Ante la consciencia de la pérdida de los fascistas, y de la nueva forma del poder que organiza de un modo nuevo no solo la sociedad sino la existencia, Carlo se siente excluido del juego, dentro de otro juego.

97 Regresa a su casa; es de nuevo varón.

La Iluminación (zen)

98-99 Opción por la santidad. Santidad ascético-pragmática. Ligereza y diligencia. Apatía irónica e impaciencia dolorosa. Ayuda a los demás como en sueños, y retiro en la iluminación que genera y regenera la idea de la nada, etc.

Viaje a Edo

agosto de 1973

## Apunte 100
## **La Epojé**[192]

El marco de estos relatos es una Recepción en el Quirinal con motivo del 2 de junio[193] — Mediocridad oficial y social — Bullir de personajes «identificados», en sus actividades de ese momento, por el «Sid»: unas cuantas docenas de casos (para dar una idea del hervidero infinito, magmático, irremediable)

## Apunte 97
## **Los narradores**[194]

Carlo entró en la Sala de los xxx hacia las cuatro de la tarde. No era el único personaje «poderoso» que se adaptaba a esa especie de verbena oficial, meta de arribistas, de esnobs, de figuras de segundo nivel, de funcionarios y de burócratas (con sus señoras). Y no era el único en poner a mal tiempo buena cara. Reconcentrado como una bestia salvaje, pero distendido y sonriente, como un cura que reparte bendiciones —y haciendo al mismo tiempo del silencio su arma de defensa y el estandarte inmóvil de su poder—, se abría paso entre aquella multitud de conciudadanos que celebraban la fiesta de la República, sin prisa, como si todos pudieran ser, ¿por qué no?, sus ocasionales interlocutores en aquella circunstancia. En realidad buscaba a sus iguales. Ahí estaba, motor inmóvil, Saragat. Y Carlo hubiera podido, y debido, ocupar su lugar en el círculo más próximo de la Rosa

xxxxxxxxx
xxxxxx
xxxxxxxxx

Entretanto, en torno a él, nada más entrar, el puro caos. El bullir frenético de los «don nadie», los que viven una vida al descubierto, la consabida. Los Chíchikov, los Peredonov, los consejeros titulares (que es el tercero, por abajo, de los catorce grados de la jerarquía zarista) como Yákov Petróvich Goliadkin, o incluso los criados como Smerdiakov, tal como mi escritura «literal» me consiente decir. Y también algún literato. Aquí Carlo Valletti tenía que sufrir las consecuencias de la democracia. En los ojos de los circunstantes brillaba, insaciada, la complacencia. Y tampoco Carlo podía sustraerse a ella. Mas «fata trahunt». La esencia de un sistema representativo es «encarnar la persona de todos ellos» (Hobbes, me parece). Por otra parte, «la democracia no tiene monumentos, no acuña medallas. No graba la cabeza de nadie en las monedas. Su verdadera esencia es iconoclasta» (siempre Hobbes, «Leviatán», o quizá Locke, «Tratado sobre el gobierno civil»). Por lo demás, también en democracia persiste el «santo juego de los reyes», y la vida ceremonial de la realeza se difunde a través de la etiqueta burguesa...

Llegados al Empíreo, el hervidero era de otro tipo. Allí estaban los actores, no los espectadores. Allí, «nadie se arrancaba el alma de su propio cuerpo para ponerla a salvo en un lugar seguro» (como afirma Frazer a propósito de los súbditos primitivos, añadiendo: «Si descubrieran un lugar totalmente seguro, serían felices por dejar allí su alma para siempre»). Allí estaban —más vale ser pesado y repetirlo— los actores; con quienes los espectadores,[34] pobrecillos, se identifican corporalmente: es «methexis» la suya, no «mimesis». En cuanto a los actores, todos exhibían su propia persona como si fuera un pene; pero la exhibición, ya se sabe, revela la castración. Eran pues cabezas «rebanadas» de Medusa. Y, por lo mismo, petrificaban. Carlo se introdujo entre los petrificadores para asumir su papel de exhibicionista: mostrar los genitales (en un teatro viviente de pelagatos). Con una anotación no menos escabrosa que todas las precedentes, y en absoluto desalentado frente a la inautenticidad de la interpretación literal, añado que si los genitales de estos «poderosos» (castrados) se exhibían, otras cosas quedaban bien escondidas; y si cada uno de ellos tenía su secreto, el secreto era tal para los demás, pero no para el Sid; ya sé que el lector sentirá cómo se le eriza la piel ante la pobreza metafórica de la noticia, cosa que admito dada su exigua mezquindad. En círculos

[34] Al menos según Lévy-Bruhl, Durkheim y otros.

concéntricos alrededor del jefe del Estado, el hormiguero era un bullir de coronillas ora calvas ora canosas, ora con más ora con menos pelo: pero todas absolutamente dignas. Sus poseedores están destinados a elevarse, en la Alegoría, a la dignidad real de narradores. Pero por ahora son, «realistamente», almas selectas danzando en el Quirinal una carola[195] tal que a mi lector le dará vueltas la cabeza, mas no por ello me eximiré de describirla; por lo demás, todo poeta épico siente en algún momento el deber de describir, desglosada, una parada militar. Es un topos al parecer inevitable. El primero con el que se cruzó casualmente Carlo fue Mancini; su cara maciza y elocuente era una estela funeraria levantada sobre lo que en ese momento le inquietaba; estaba muy interesado en la «reestructuración del ENI» y en la próxima creación de tres sociedades financieras del grupo, que habrían de asumir el control de sus distintos sectores productivos. Además, querría que al menos una de las presidencias correspondiera a un exponente del PSI, pero no tendría inconveniente en apoyar si fuera el caso al Prof. Valletti —o sea, a nuestro héroe— siempre que su cargo actual, si fuera el caso, lo ocupara un socialista.

Motivo por el cual el Prof. Valletti se detuvo allí, en aquel corrillo, que obviamente centraba su atención.

Allí al lado estaba De Martino, junto a Raffaele Girotti y algunos de sus amigos napolitanos. De Martino hablaba con los amigos napolitanos, muy quedo, confidencialmente. Pero no era difícil, para el Prof. Valletti, adivinar el tema de aquel coloquio. De Martino con toda seguridad se lamentaba de que el ENI, en aquel momento, no solo no lo ayudaba, sino que hacía lo imposible para obstaculizar su victoria en el congreso del PSI. Afirmaba que algunos periodistas, ligados al ENI, habían sido alentados a atacarlo. Pero se servía de cierta prudencia en sus afirmaciones, porque (como bien sabía el Prof. Valletti) ignoraba si tales directivas provenían del propio Girotti o de algún otro «capo del grupo».

Otro socialista: Enrico Manca. No abría la boca, duro y resentido. Pocos días antes, en una reunión del partido, había acusado al ENI de no haber cumplido las promesas realizadas durante la campaña electoral en Umbría, cuando tales promesas servían a la Democracia Cristiana para ganar votos. Manca había afirmado que el Ing. Girotti había faltado a su compromiso de construir una nueva factoría de «Confecciones Lebole», que habría debido compensar el cierre de la yutera, y una nueva fábrica para la producción de tubos de plástico. El Ing. Girotti no solo había clausurado la yutera de Terni, sino que además había decidido cerrar la fábrica de Papigno, que daba trabajo a 540 obreros. Nada se sabía, según Manca, de los programas de la Terni Química, que había pasado al grupo ENI. En contraste con el aire «derrotado y vengativo» de Manca, el diputado Danilo De Cocci tenía una expresión de júbilo, aunque contenido, en sus ojos grises de meridional. Estaba recogiendo, en los ambientes romanos, informaciones reservadas sobre los contactos entre el ENI y exponentes de las varias corrientes de la DC. Según De Cocci, no una sino todas las corrientes democristianas recibían fondos del ENI, del IRI,[196] etc. No se conocía la finalidad para la que el parlamentario «estaba llevando a cabo sus pesquisas». De ahí su aire satisfecho.

Junto a De Cocci tenemos a Ricucci. También Vincenzo Ricucci se mantenía en silencio. Era director general de la Sociedad de Oleoductos Italianos, SOI (del grupo ENI); y a la sazón había decidido financiar en Civitavecchia (en vista de la futura refinería del ENI) la campaña precongresual de la corriente del PSI encabezada por Nenni. Mancini de vez en cuando lo miraba. No podía evitar hacerlo. Estaba intentando averiguar si la financiación impulsada por Ricucci era una iniciativa personal o respondía a un «interés directo» y más amplio del ENI.

Llegados a este punto, por honestidad,[(35)] debo dirigirme al lector medio para avisarle de que si lo desea puede saltarse, como suele decirse, de un plumazo todas estas páginas y pasar al apunte

---

[(35)] Desconfíese de esta honestidad, y precisamente porque es sincera.

siguiente. Este informe, por otra parte muy sumario, sobre uno de los tantos mentideros de la Italia humilde, no es esencial en nuestra Alegoría; puede revestir cierto interés solo para un lector dotado de un profundo sentimiento cívico, o particularmente malicioso.

Visto que se trataba de la Fiesta de la República, los comunistas no podían estar ausentes. Con el aire de quien va a lo suyo y marca distancias con decisión y afabilidad respecto del ambiente circunstante, quieras que no, habían presentado una delegación. De alto nivel, además. Tan es así que estaba el propio Berlinguer, con su «cara de hombre honrado» y una expresión bastante distendida, incluso un poco irónica, en ese momento. Esa misma mañana —con las buenas perspectivas de resultados satisfactorios inminentes— había encargado al gabinete de prensa del Partido la revisión de todos los números del semanario «Il Borghese» publicados desde el 1 de enero de 1970, para registrar notas y escritos publicados a favor del ENI, así como toda la publicidad de las empresas del ENI y de la Montedison aparecida en las páginas de la revista. De porte no menos honrado que el suyo en toda su persona, a su lado estaba Eugenio Peggio, una figura menor del Partido. También él se ocupaba del ENI. Como miembro de la comisión económica de la federación comunista de Florencia, tenía a su cargo el control y la información acerca de las maniobras «inmobiliarias» del ENI en la zona de Prato. Sobre todo a propósito de la adquisición por parte del ENI de un terreno de diez hectáreas y de la próxima venta de otro terreno donde en ese momento se ubicaba una factoría textil del grupo. Al grupo de los comunistas se había acercado entretanto De Martino, estrechando la mano a camaradas y colegas. El Prof. Valletti (con el corazón helado) sabía lo que había detrás de aquella cordialidad. En una reciente reunión del partido, De Martino se había pronunciado en contra de la aprobación, por parte del Gobierno, de las propuestas del Abg. Cefis. Según De Martino —a lo que parecía— la Montedison debería renunciar a ocuparse del sector químico, dejando tal campo enteramente al ENI y a otras empresas «activas en el sector». Por lo demás, justo en esos días, un cierto Ing. Nino Rovelli, del grupo SIR,[197] había depositado una «sustanciosa» ayuda financiera para la propaganda precongresual del diputado De Martino en Campania.

Todo esto era bien conocido —y ello nos atañe directamente— por el Prof. Carlo Valletti, que estaba al tanto de que Alberto Grandi —que había dejado el ENI hacía poco para pasar a la Montedison— aspiraba a obtener de Cefis su nombramiento como administrador delegado de la Montedison. Cosa que a Carlo le abría la posibilidad de un nuevo ascenso en la cúpula directiva del ENI; y más sabiendo como sabía que el ENI, más que la Montedison, era la debilidad del Abg. Cefis.

Un Abg. Cefis que, naturalmente, no estaba presente allí, en aquella verbena que como mucho podría servir de inspiración para algún episodio de la vida de Zadig o Candide.

xxx (versos griegos del desfile de la Ilíada — o latinos de la Eneida)

Luego estada el grupo de La Malfa, el más numeroso y al tiempo el más exclusivo.

Junto a La Malfa, para empezar, estaba el Prof. Tiziano Federighi, miembro de la federación del Partido y funcionario de la Montedison, que acababa de entregar a La Malfa un largo informe reservado sobre los problemas de la Sociedad (la Montedison). La Malfa, sin embargo, se ocupaba más bien de «comentar» el desfile de los bersajeros con el diputado Francesco Campagna, a quien tenía intención de encargar que le pidiera a Jean Louis Lehemann ayuda financiera de la Mobil Oil Italiana para la campaña electoral del PRI. Tenía buenas y fundadas esperanzas. Incluso podía darse el caso de que La Malfa estuviera en condiciones de ofrecer a la Mobil Oil las mismas garantías que Ferri por su parte había ofrecido a la Shell; Ferri, en efecto, aquella tórrida mañana del 2 de junio, había asegurado a Norman Bain —quien, encargado por la «casa madre», solicitaba información sobre la orientación de la política gubernativa respecto a las sociedades petrolíferas tras la entrada en vigor del IVA— que el actual gobierno no tenía intención de gravar a las sociedades petrolíferas con mayor presión fiscal (ahí lo tenéis al diputado Ferri, con su pálido rostro atormentado cubierto por una capa de sudor).

Casi unido a ambos por una sutil «afinidad electoral», allí estaba, con su vaso de whisky en la mano (aunque era abstemio), el rubio diputado Mario Zagari. Que acababa de constituir una nueva agencia de prensa, llamada «Agencia Socialista», en Via Colonna Antonina, y se la había encomendado a Giorgio Nardi, un hombre de su confianza. Tal agencia se había podido fundar gracias a la ayuda financiera, en este caso, de la Esso Italiana.

El Ing. Renato Lombardi (de la Confindustria),[198] estaba por su parte enfrascado en un coloquio «directo» con Alessandro Alessandri, dirigente de la Standa. Eran amigos desde «los bancos del instituto». El Ing. Renato Lombardi estaba «dentro de las secretas cosas»[199] del Vaticano, mientras que Alessandri lo estaba al parecer en las de la familia Agnelli. El primero estaba confiando al segundo ciertas primicias del todo novedosas a propósito de un común amigo, Vincenzo Cazzaniga.[(36)] El nombramiento de este último —ex alto dirigente de una de las sociedades del grupo Montedison— como nuevo presidente de la UCID[200] era la mejor prueba de la alta consideración de que gozaba en los ambientes vaticanos. La UCID era, efectivamente, una «obra» de la Acción Católica Italiana, que reunía a los dirigentes industriales de fe católica declarada.

El asistente eclesiástico general de la UCID era el cardenal Siri, mientras que el asistente eclesiástico de la sección romana era Mons. Cesaroli, que dirigía la diplomacia Pontificia.

Cazzaniga tendría así una mayor capacidad de maniobra, pudiéndose servir de autorizados apoyos vaticanos. (Quiero recordar al lector que estamos aún en 1972, y que por tanto el Vaticano gozaba todavía de una casi intacta autoridad.)

---

[(36)] Que ya ha aparecido en el curso de esta novela con el nombre de...

A cambio, Alessandrini podía informar a Lombardi de que Gianni Agnelli seguía interesándose por la situación y los problemas de la Standa, con vistas a la compra de la cadena. Estaba dispuesto a comprarla pagando el importe de la operación mediante las acciones de la Montedison que poseía.

También estaba por allí Cottafavi, ex jefe de gabinete del diputado Moro, recién nombrado nuevo embajador de Italia en Teherán. Es «más bien polémico» en relación con la política filoárabe del ENI. Resulta ser bastante cercano a Attilio Monti y a los intereses petrolíferos de la BP.

Y a su lado tenemos, con un flamante traje cruzado que luce con natural elegancia pese al calor, al exembajador (en Damasco) Bozzini, ahora jefe de gabinete del senador Medici. Tampoco Bozzini simpatizaba con el ENI.

Entre ellos andaba también un tal Angelo Berti, que forma parte de la directiva de los círculos «Mario Fani», una organización político-religiosa constituida hace algunos años por Gedda. Berti es el encargado de mantener en contacto precisamente al Prof. Luigi Gedda con el empresario Attilio Monti, que desde el 1 de septiembre venía depositando mensualmente un millón de liras a favor del Comité Cívico Nacional. (Insisto: no olvide el lector que estamos en 1972.)

Quizá debido al calor, Carlo se acercó a uno de los ventanales de la Sala, en el que presumiblemente haría más calor aún, a tenor del ímpetu de los rayos de sol que irrumpían desde el cielo sin una sola nube. Poco más que contornos en la povisa luminosa, allí se encontraban el diputado Angelo Nicosia y el diputado Pino Rauti. Se les veía distendidos, en buena disposición de ánimo, a lo que parecía. El diputado Nicosia se había entrevistado hacía poco con el empresario Monti para ilustrarle sobre la estrategia que pretendía seguir a fin de promover una comisión de investigación parlamentaria sobre el CONI.[201] Se declaraba convencido de que saldrían a la luz «cosas enormes», irregularidades que salpicarían a más de un dirigente político. Se tenía noticia de que durante la conversación había dicho literalmente estas palabras: «Para mí Giulio Andreotti y Giulio Onesti son una sola persona». En cuanto al diputado Pino Rauti, se había encontrado pocos días antes con un tal Bruno Riffeser. Ambos habían comentado el desarrollo de la investigación provincial sobre Rauti «a propósito de los atentados de la extrema derecha» y de la acusación formulada contra Monti por haber financiado el movimiento extremista de Pino Rauti; de cuya expresión, como ya hemos dicho, distendida, parecía desprenderse que no había motivo de preocupación al respecto.

Confundido entre el humo de su cigarrillo y la povisa luminosa que, caravaggescamente, irrumpía en el salón del Quirinal, se distinguía a un hombre vestido por entero de blanco, con un sombrero también blanco sobre su delgado rostro de muchacho envejecido, contraído ahora en una mueca debida al humo del cigarrillo pegado a los labios. Era el general Eugenio Henke. Más allá del rayo de sol, cegador, parecía abrirse una sima oscura, de la que apenas afloraba el escarlata de las tapicerías, pobres y opresivas como todo lo que es estatal. Carlo rebasó la barrera cegadora y alcanzó un rincón oscuro e incluso fresco del Salón, donde varios afortunados ocupaban algunas sillas. Se trataba de sillas dieciochescas, doradas e incómodas, a decir verdad, pero sillas al cabo; y había incluso un pequeño y coqueto canapé. Todo frente a una chimenea apagada (muy recargada de estucos y dorados). Pero era un rincón apacible, alejado del infernal hervidero. Había silencio. Todos los que estaban allí sentados escuchaban atentos a uno que hablaba, como niños que escuchan al abuelo cuentacuentos. El que hablaba estaba en efecto narrando una historia, que Carlo no podía oír, distraído por aquella escena inesperada, y sobre todo por el aspecto de aquellos invitados. No tenían nada en común con los demás invitados descritos más arriba. Parecían hechos de otra pasta. También ellos formaban parte, claro, de la burguesía italiana; y, si estaban allí, serían gente prestigiosa e influyente. Pero sus intereses y su cultura parecían ser de otra naturaleza: más ingenuos, más idealistas, quizá incluso más estúpidos, pero sin duda más profundos, más francos. Probablemente se trataba de una ilusión, pues aquellos personajes no eran sino literatos con sus señoras. Y se contaban historias entre ellos para matar el tiempo, en aquella recepción oficial que afectaban ignorar. Mientras Carlo, sorprendido, y un tanto fascinado, los observaba buscando sitio entre ellos, el narrador concluyó su relato, pasándole, al parecer, la palabra a otro. Que parecía una enorme hormiga vestida de hombre, de frac (pero se trataría de un decoroso traje negro, sin más), y que hablaba arrastrando un poco la erre, mientras sus ojos, muy grandes, permanecían curiosamente fijos y como derretidos de timidez. Con un cierto esfuerzo, este nuevo narrador comenzó a hablar, como quien no tiene otro remedio, pero al tiempo como quien acostumbra a obtener el relativo éxito del hombre ingenioso. Recordaba a un célebre, y demócrata, periodista.

—El arte narrativo, como bien sabéis —arrancó el narrador—, ha muerto. Estamos de luto. Por lo tanto, a falta de vino, queridos oyentes, habréis de contentaros con el ciceón.[202]

## Apunte 98
## La Epojé: Historia de un hombre y de su cuerpo

—La mía no es una historia sino una parábola —comenzó la simpática mosca cojonera—, y, como el fondo de esta parábola es justamente la relación de un autor con la forma que crea, me parece del todo inútil cualquier preámbulo acerca de lo que estoy por contar. Andrea Fago (o lo que es lo mismo, hombre que come) tomó con absoluta normalidad el DC-9 de Alitalia entre Roma y Ciudad del Cabo, una tarde como otra de la primavera del año pasado. Iba a Ciudad del Cabo por asuntos de su incumbencia que no tienen importancia alguna en la historia de la que es protagonista. No diré siquiera si era alto o bajo, si era rubio o moreno, si era de Roma o de Milán, si era un burgués de medio pelo o un plutócrata, si era un intelectual o un empresario; no diré nada de él, y no solo porque nada de eso tiene importancia, sino porque generaría confusión, y punto. El DC-9 despegó con normalidad, trazó una amplia curva sobre el mar de Fiumicino y se dirigió hacia el sur. Dentro del avión se encendieron los primeros cigarrillos y se sirvió té y naranjada; por lo que hace a Fago, no tomó «champagne»: esta vez sí aclaro, por razones funcionales para nuestra historia, que hemos de imaginarlo sentado en los últimos asientos de cola. O sea, que no era un pasajero de primera clase. Pero no es el caso de hacer ilaciones al respecto. El avión hizo una primera escala en El Cairo, todo normal. En el aeropuerto de El Cairo, el más deprimente del mundo, aburrimiento mortal. Pero paciencia. Las dos horas de la escala —que acabaron siendo fatalmente tres— transcurrieron, se avisó a los pasajeros en tránsito y el DC-9 despegó por segunda vez con toda normalidad. Gracias a Dios no había que hacer escala en Jartum, sino que volaban directos hasta Kampala. Quedaban pues por delante unas cuantas horas de pacífico y magnífico vuelo, primero sobre Egipto, con el Nilo verdeante de palmeras y bancales de cereal, y los cúmulos ocre oscuro de los caseríos, luego sobre Sudán, con su interminable desierto meridional, todo maravillosamente rosa. El color rosa de este desierto —me permito insistir— es en efecto impresionante; pero aún más impresionante es su inmensidad. Se extiende ininterrumpido, y siempre igual, inmediatamente después de Jartum hasta más allá del lago Rodolfo, casi hasta Nairobi (en dirección a Kampala la selva empieza antes). No entiendo por qué la inmensidad de este desierto (además de su color rosado) resulta tan ignorada e infravalorada. No es que tenga importancia (ni para mí ni para esta historia), lo digo solo por amor a la verdad. En realidad es mucho más impresionante que el desierto del Sáhara. No conozco la Amazonía (quiero decir que nunca he volado sobre ella), pero quizá sea este el término de comparación con el desierto entre Sudán y Kenia, con su idílico, paradisíaco color rosa. En realidad (este es el punto) no se trata de un desierto en sentido estricto, sino de un territorio, casi un pequeño continente, todo él una maraña sin fin de complicados montes y vaguadas sin un árbol (y de color rosa). El cielo, de un azul implacable, parece igualmente vastísimo. Es un cielo cósmico. Y se diría que cae a plomo sobre los desmesurados horizontes (enturbiándose un tanto en la terrible gama entre el azul y el rosa) del desierto, en el que no cesa la sucesión de montes y vaguadas, cual dispuestas por una fantasía capaz de cualquier retorcimiento —hasta el más tortuoso, el más sofisticado— excepto el de inventar un color distinto, más allá, como mucho, de un matiz del rosa. Lo que no obstante provoca una sensación de terror (aunque no del todo desagradable) en ese desierto es, repito, el hecho de que no sea un desierto sino un enorme territorio vacío, dejado de la mano de Dios, y del hombre. Pues bien, fue justo en medio del desierto donde el DC-9 de Alitalia se estrelló. Cuando Andrea Fago abrió los ojos, y, con una felicidad que ciertamente no seré yo quien aspire a describir, se percató de que había sobrevivido, la escena semejaba un cuadro surrealista. Estaba sentado en su asiento, con el respaldo en posición vertical y el cinturón de seguridad abrochado sobre el vientre; ante él, la mueca de un cráneo carbonizado. Por la graciosa gorrita, que, más surrealista imposible, seguía en su sitio, Andrea Fago reconoció a la azafata. Un centenar de metros más allá, en un contrafuerte de laderas bien perfiladas, contra una serie caprichosa de cumbres, unas en forma de mama, otras de pan de azúcar —pero curiosamente todas alineadas en una perspectiva perfecta, esculpidas en la amena, metálica perfección de su figura—, el DC-9 estaba terminando de arder: era todo negro. Solo un trozo de la cola se había librado de las llamas. La chatarra de ∨ que parecía deleznable chapa, estaba pintada de amarillo con una raya marino: por fin dos colores distintos, sobre materia distinta, en todo aquel sublime rosa.

»Pero basta de bromas. Y de antecedentes. Habría podido empezar justo ahora. Si no hubiera sentido la necesidad de instituir una relación social entre mi protagonista y el resto del género humano. Una relación social para vosotros tan consabida que roza la banalidad; y precisamente por lo mismo solo puedo hablar de ello medio en broma.

»Y además, repito, la verdadera historia que os estoy contando no es esta. La verdadera historia tiene que ver con la absoluta independencia de las leyes que instituyen una forma respecto a las leyes de todas las demás formas. La <u>continuidad</u> que enlaza todas las leyes que más en general instituyen el universo (caracterizado por la ausencia de cualquier solución de continuidad), no cabe duda, es un dato. Pero en su relación con el dato que la contradice y la niega, es decir, con la ausencia de cualquier continuidad —el momento de la autonomía—, tal continuidad, al menos por un instante «ideal», desaparece. La continuidad y la autonomía de una forma entran en contradicción. No coexisten, no pueden coexistir. O la una o la otra. La contradicción no es más que intermitencia de la coexistencia. Hegel, por supuesto, aunque divinamente, se equivocaba. La única verdadera infinitud es la que él mismo llama «mala infinitud» (o sea, ¡lo sabía!). En consecuencia, los dos términos de la contradicción no son en absoluto superados, sino que transitan en la infinitud intercambiándose el derecho a existir a una velocidad que, al ser sobrenatural, impide que ambos términos coexistentes puedan ser tomados en consideración alternativamente y por lo tanto resultar aislados, analizados cada uno en sí mismo. Ese es el objeto de nuestra historia: aislar y analizar en sí mismo el momento de la autonomía de la forma.

»Andrea Fago observaba a aquellos hombres que iban hacia él. Los hombres antiguos que tan bien conocía. Los contempló, o mejor, los reconoció, en silencio. Después, una sonrisa insólita ensanchó su boca e iluminó sus ojos. Una sonrisa enigmática de tan insondablemente humana, que nacía de un pensamiento:[203] yo estoy en todos ellos pero ellos no están en mí; yo los conozco y ellos creen conocerme; la continuidad que existe entre ellos y yo, al regresar desde ellos a mí se interrumpe: yo soy una forma cuyo conocimiento es una ilusión.

## Apunte 98a
## La Epojé: Historia de la reconstrucción de una historia

—Como todas las mañanas, al acabar su trabajo, el Dr. Tomoo Tsushima salió del hospital para dirigirse a la ciudad. Desde hacía unos meses, lo que al salir del hospital se presentaba a sus ojos era exactamente igual; por lo demás, en aquellos contornos, nada, nunca, por ninguna razón, parecía tener la más mínima posibilidad de cambiar. Había habido un «fin del mundo» en los orígenes, y este, ahora, no cabía duda, era otro «fin del mundo».

»Añado, casi como un preámbulo a este relato, que, además, un tercer «fin del mundo» (pero esto el Dr. Tomoo Tsushima no podía aún saberlo) comenzaría pasados unos treinta años.

»Veamos: con una simetría casi calculada, los tres elementos de los que puede derivar el fin del mundo se han sucedido en la historia de la humanidad de la manera más clara y simple; los elementos son: la peligrosidad de la naturaleza, la peligrosidad del hombre y, por último (y era de esto de lo que el Dr. Tomoo Tsushima no podía aún tener conciencia), la finitud de la naturaleza. Cosa esta que naturalmente parece presagiar un «fin del mundo» definitivo. Día a día, durante años, durante siglos, la naturaleza se presenta hermanada al ser humano; aunque, más que hermana, es padre y madre (así pues, incluso en su benevolencia, es ya de algún modo peligrosa); no obstante, la conciencia humana la siente fraterna, una amable y eterna costumbre. El sol sale, brilla, crecen la hierba y las flores, animales y peces parecen dispuestos a ser sacrificados y engullidos; se come, se duerme, se hace el amor, se canta, se trabaja, etcétera, etcétera. De vez en cuando el elemento de la peligrosidad mortal y definitiva «resulta introducido» por el misterioso narrador de nuestra historia, mediante peligros relativos (huracanes, tifones, terremotos, pestilencias, guerras); hasta que el peligro absoluto acaba presentándose explícitamente como tal; y estamos ya, claro, en el «fin del mundo».

»Al «fin del mundo» originario, el hombre, se sabe, ha sido capaz de sobrevivir, con habilidad, paciencia, previsión, con su primera y conmovedora tecnología. De entonces acá, la «peligrosidad de la naturaleza», como elemento de un potencial fin del mundo, ha sido, al parecer, vencida y conjurada.

»Pero veamos el segundo elemento (con el «introito» de infinitas prefiguraciones relativas de suicidio): la «peligrosidad del hombre». El espectáculo que se presentaba ante los ojos del Dr. Tomoo Tsushima no hacía sino dar un pavoroso testimonio de la más que probable verificación de la peligrosidad del hombre como «fin del mundo». Nada, en esos días, permitía esperar lo contrario.

»En cuanto al tercer «fin del mundo», el que nada tiene que ver con este relato porque está aún por venir, el que como hemos visto será debido a la «finitud de la naturaleza», ya se verá... Ciertamente no envidio a quienes tienen hoy treinta años, y mucho menos a sus primogénitos.

»El doctor xxx V

Culto de los muertos — reconstrucción de escenas cotidianas — una escena es particularmente interesante — en ella se originan los recuerdos visionarios de otras escenas misteriosamente conectadas con ella — mediante un puro ímpetu imaginativo y de capacidad «visionaria», el Dr. reconstruye la entera historia de una familia. Se trata de una novela negra «sobre el poder». * Se queda abstraído mirando a un personaje que a su vez está recordando a los muertos; lo que despierta sus sospechas.

## Apunte 99
## **La Epojé: Historia de mil y un personajes**

—Una premisa absolutamente necesaria a mi relato —comenzó el segundo narrador con aire desganado, típico del que preferiría descabezar un sueño—: todo lo que os referiré no aconteció en el teatro del mundo sino en el teatro de mi mente, no se desarrolló en el espacio de la realidad sino en el espacio de mi imaginación, no concluyó, en fin, según las reglas contradictorias del juego de la existencia, sino que concluyó según las reglas contradictorias del juego de mi racionalidad.

»Uno era el personaje principal y, digamos, arquetípico. Lo llamaré (por motivos personales) el «Dios de Saulo». Su unicidad era invisible, simplemente porque el ojo no alcanzaba a abrazarla por entero. Su identidad, en consecuencia, era misteriosa. No hay duda de que era bueno, protector, eternamente presente, infinitamente afectuoso, regularmente generoso en alimentos, en calor y en reposo.

»Yo venía de la muerte. Y acababa de entrar llorando en un maravilloso Jardín. Poco a poco, gracias a este Dios de Saulo, dejé de llorar y empecé a conocer los gozos del maravilloso Jardín en el que había entrado[204] (quizá desde otro Jardín, no menos hermoso por inmóvil, acuático, petrificado en el hielo cósmico de la inexistencia). En cualquier caso ya me había adaptado a mi nueva condición, y contaba con permanecer por siempre en ella. Sin embargo fue precisamente él, el Dios de Saulo, quien me expulsó de allí.

»En ese momento me convertí en narrador: en el narrador de este relato. Así, apenas dejé de llorar y de desesperarme por esta segunda expulsión, y empecé a mirar en derredor por primera vez, lo vi. Era un pobre monstruo (como pude reconstruir después cuando estuve en condiciones de hacerlo): un pobre monstruo desgraciado, mezquino, presa del deber de la supervivencia, de comer y procurar de comer a los demás, de trabajar, sudar, esperar una merced, agradecer, volver a trabajar hasta tarde, dormir siempre demasiado poco, empezar otra vez desde el principio. Observando su vida, me entraron ganas de escribir una Novela.

»Pero un solo personaje, aquel, el único que conocía, no bastaba para montar una historia; se necesitaba al menos un antagonista. De modo que hice lo que suelen hacer por lo común los novelistas: de un personaje real, que conocía, hice dos.

»No sabría describiros al primer personaje, el Dios de Saulo, que, repito, se me había presentado antes poderoso y bueno (una cosa entre el toro y la nodriza) y después como enemigo justiciero, expulsándome gratuitamente, por una culpa que yo desconocía, del Lugar casi cernido en el aire en el que tan bien me encontraba; y que al cabo se me había presentado como un pobre diablo, al tiempo potente e impotente, autoritario y benefactor. Un personaje que, en definitiva, no sabría describir.

»Sé describir en cambio bastante bien a los dos personajes en los que mi fantasía de novelista lo ha escindido.

»El primero es un hombre de unos cuarenta y cinco o cincuenta años, pequeño, de constitución macilenta, pero lleno de una energía, más que juvenil, infantil, de «raterillo» (familia pobre, de origen meridional). Tiene los ojos vivos y siempre como un poco exaltados; el pelo muy canoso, casi blanco, pero una capa le cubre una oreja y le cae juvenilmente sobre los ojos. La nariz y la boca pronunciadas (la boca siempre semiabierta con la misma expresión entre asombrada, servil y exaltada de los ojos). Es una figura bufa en su conjunto, como picada de la tarántula, siempre con cierta agitación. Su sonrisa es fuerte, alegre, de raterillo como digo, o mejor de xxx (porque para ser precisos la familia es calabresa); y, cuando se pone serio, llama la atención por lo imprevisto, porque lo que se espera de él es siempre una alegría servicial, casi de máscara cómica. No obstante, sin darlo a ver, como todos los meridionales, a pesar de aquella cara tan declaradamente de peón o de pintor de brocha gorda, se precia de su dignidad y quizá es incluso algo susceptible, además de tener la lágrima fácil.

»El otro personaje es una mujer. También ella pequeña de estatura, corta de pierna. Pero, al contrario que el hombre, tiene las carnes prietas, aunque le saque un año o dos; una chicha que le desborda el vestido barato de seda cruda con el que se envuelve el cuerpo los días de celebración. No está gruesa, pero tiene esa carnosidad juvenil que en todo caso no es pesadez. Su rostro, como el de él, tiene siempre estampada una especie de sonrisa cómica, que asoma irresistible a los ojos demasiado expresivos (de un color pardo rojizo, como los de él). Tiene el pelo blanco, y la nariz, la boca y los pómulos pronunciados, típicamente meridionales. También ella tiene esa pinta de máscara de la que siempre se espera que te haga reír, o sonreír... Por ejemplo, por una suerte de rudeza atávica, o de afasia, no consigue vocalizar sino de manera estrafalaria los términos inusuales; no solo: pese a vivir ya tantos años lejos de su Calabria, ha aprendido poquísimas palabras italianas, y las pocas que sabe pronunciar bien las pronuncia con aire cortés y ceremonioso; cosa que da risa, como cuando por ejemplo se trabuca al pronunciar «Claudio Villa».[205] No obstante, al igual que en el hombre, tras todo esto se esconde un marcado sentido de la dignidad; es obstinada en sus ideas, y sabe mirar por sus intereses.

»Pues bien, cuando me encontré con estos dos personajes inventados, objetivamente distinguibles el uno del otro, entendí sin embargo que en realidad eran un único personaje, y que, si eran antagonistas, su antagonismo era en realidad una lucha interior.

»Y justo porque eran un personaje único, como don Quijote y Sancho Panza, tendían irresistiblemente a su unicidad originaria.

»Para mantenerse diferenciados debían representar dos símbolos opuestos de una realidad que era única. Con todo y con eso, su oposición no podía dejar de ser infinitamente iterativa, repetirse en una serie de episodios todos idénticos en la sustancia.

»Dividir en dos un personaje único, caído en la esfera de mi experiencia y de mi interés, me garantizaba el drama; pero un drama simbólico, es decir, absolutamente dominado por la razón. V orden.

»Quién sabe el porqué, pero no era esto lo que yo quería.

»De modo que amalgamé de nuevo los dos personajes en uno solo; pero no obtuve sino muy vagamente el ya mítico personaje primero, el Dios de Saulo. Había sido forzado sin remedio, y, una vez reconstruido, no podía no arrastrar las marcas del forzamiento histórico sufrido.

»Por otra parte, como dice Melville: «Los padres no tienen por costumbre revelarse por completo a sus hijos…». Sobre todo, añado, y con mayor motivo, los «padres primeros».

»Una vez reconstruida la figura del Dios de Saulo, la así y la desmembré. Como en ciertos mitos —y luego ritos— llamados salvajes, esparcí aquí y allá los miembros arrancados del cuerpo, enterrándolos como semillas en la tierra. Muy pronto las semillas despuntaron, y me vi rodeado de una verdadera multitud de personajes, que tenían todos «algo» del personaje primero: «algo», por lo tanto, parcial, pero que ellos no obstante habían desarrollado hasta una peculiar absolutez. Quiero decir que pese a ser vulgares, mezquinos, limitados, anquilosados, zafios (como la mayor parte de la gente), en su parcialidad contenían no obstante una potencial totalidad, tan misteriosa e infinita como la del «Dios».

»Ahora, toda esa multitud de personajes a disposición de mi fantasía de novelista ya no podían denominarse «símbolos». Eran partes casuales de un todo, se habían convertido misteriosamente en una totalidad, o sea en seres humanos. Formaban parte caóticamente de la realidad, podían ser dominados por una mente ordenadora solo a condición de que fuera abstracta y generalizante. Eran en definitiva el Desorden.

»Estaban allí a mi alrededor para demostrarme con extrema e incontrovertible viveza que el tiempo histórico no coincide nunca en la práctica con el tiempo vivido.

»Pero en este punto se me presentó otra necesidad improrrogable. ¿Qué oponer a aquel desorden viviente? Si esa multitud —misteriosa y plena de dignidad humana, es cierto, pero inestable, vacía, disparatada— era la protagonista, ¿quién hacía de antagonista?

»Muy sencillo. El antagonista era yo.

»Pero en el momento en que pensé en mí mismo como en el único posible antagonista, es decir, como en un concepto, me di cuenta de que yo, en lo concreto, no sabía quién era yo. No podía abarcar mi unicidad, que me resultaba por tanto invisible en la práctica (como la del Dios de Saulo, ¿recordáis?); y en consecuencia mi identidad me resultaba un absoluto misterio.

»Pero mi mente de narrador era tremendamente fértil. ¿Qué hice? De ese todo que yo era, gravitando, por decirlo así, sobre mí mismo, entresaqué una parte. No sé bien qué criterios seguí para hacerlo. Sin duda, al menos en apariencia y superficialmente, eran criterios de conveniencia: los que me producían placer. En el mismo momento en que esta operación no me pareciera gratificante, no seguiría adelante con ella. La figura de mí mismo como antagonista, a fin de cuentas, afloró más o menos elaborada y completa. Y aquí estoy. Ya me veis. Un pequeño meridional aclimatado al norte, feo, menudo, con la nariz bien marcada, ni aguileña ni roma (como algunos árabes), la boca carnosa y un poco repelentemente roja, los ojos muy vivos dentro de dos enormes bolsas llenas de arrugas, la frente despejada, el pelo de artista cubriéndome el cuello no demasiado limpio. Pero un toque de eterna adolescencia corrige en mí todo lo dicho, haciéndome casi agradable, con mi risa argentina, un tanto alocada pero ingenua; me cautiva la benevolencia de la gente, sobre todo de las mujeres, con las que tengo una mala suerte tremenda, pero también algo de fortuna, y ese aire suplicante que tan bien escondo en mi risa apacible, un aire suplicante que implora perdón por mi secreto. Además, también juega a mi favor haber pertenecido al mundo de los pobres, haber pasado incluso hambre.

»Bien. Pero esta es solo una parte de mí. Al cabo, también conmigo mismo he obrado una escisión, una dualidad. Igual que hice con el Dios de Saulo. También Saulo fue dos. Y cada una de sus dos partes acabó transformándose en símbolo. Dando así un orden al mundo (y legibilidad a mi posible novela).

»No. Esto es justo lo que yo no quería.

»No quería este cómodo dualismo quijotesco y burgués. No quería la cómoda contradicción superada por una síntesis, para avanzar pacíficamente, por más que «en ensartado», a lo largo del proceso unidireccional de la historia. No, no, repito: lo histórico no puede coincidir nunca con lo vivido, a menos que no queramos mentirnos a nosotros mismos.

»Me así y me desmembré. Lo que había hecho con el Dios de Saulo lo hice con Saulo. Tras haberme reconstruido, me desmembré. Tenía que ser todos, no dos. No dos «yo mismo» opuestos entre sí como la luz y la sombra, lo incompleto y lo completo, la ignorancia y el conocimiento, lo ilimitado y lo limitado, el dentro y el fuera, y todo lo que se os ocurra, para acabar defendiendo siempre lo mismo.

»De mis miembros esparcidos nació otra multitud. Tal como no os he descrito la multitud nacida de los miembros esparcidos del Dios de Saulo, tampoco os describiré la multitud nacida de los miembros esparcidos de Saulo. Sería inútil. Sería solo una lista. Asomaos a la ventana y veréis la multitud nacida de la diseminación del Padre, el Dios de Saulo: la multitud que camina o se detiene por las calles, como un inextricable nudo gordiano, grandes, pequeños, viejos, jóvenes, el mozo de la gasolinera, veinte automovilistas, quince niñatos en un bar, un pequeño supermercado con mujeres y criaturas, dos policías en moto; la luz es tenebrosa, anochece, la transparencia del aire es alucinatoria, se encienden las primeras luces, unos chiquillos irrumpen a la carrera, con su alegría, es hora de cenar…

»Si por el contrario queréis ver la multitud nacida de la diseminación del personaje del hijo, o sea de Saulo, mirad a vuestro alrededor aquí dentro. Se entiende que es una idea aproximada la que podéis tener. Las cosas están mucho más ordenadas (proyectadas) y confundidas (superioridad del proyecto sobre sí mismo) de lo que parece.

»Mi novela, no «en ensartado» sino «en borboteo», estaba lista. Comencé con las primeras operaciones, o sea a componer los personajes. Las dos multitudes opuestas constituían, es cierto, un dualismo. Pero era un dualismo real, no simbólico. Estaba lleno del misterio de los orígenes. No podría decir por ejemplo que la multitud de los personajes nacidos de la desintegración del Dios de Saulo fuera la «objetividad», ya me entendéis. Ni que, por el contrario, la multitud nacida de la desintegración del personaje de Saulo fuera la «subjetividad». Objetividad y subjetividad eran elementos constitutivos de ambas multitudes de personajes. Al menos por lo que concierne a la vida individual e interior. Pero también socialmente pasaba lo mismo. ¿Podría decir que la diseminación del personaje del Dios de Saulo constituye una multitud pobre o proletaria? No: porque el Dios de Saulo es el Patrón por excelencia. Entonces, ¿podría decir que la diseminación del personaje de Saulo constituye una multitud burguesa? No: porque Saulo es el Inferior por definición. Por otra parte, tanto el Dios de Saulo en cuanto Patrón, como Saulo en cuanto Subordinado, son pobres. En la experiencia clasista real, en definitiva, tenemos el mismo enredo que en la experiencia interior. Mis dos multitudes son las dos multitudes de la realidad: son simultáneamente dos y una.

»De donde cobra sentido mi ulterior manipulación. O, como os estaba diciendo, la construcción a modo de mosaico de mis personajes, a los que se selecciona en medio del borboteo solo para ser de nuevo sumergidos en él. Por ejemplo, ahí lo tenéis, en la diseminación de las figuras paternas, un joven de pelo claro y ojos, perplejos y algo exaltados, negros; aparentemente se trata de un lumpemproletario que realiza un trabajo eventual de charolista. Y aquí, en la diseminación de las figuras filiales, un joven larguirucho y algo chepado, con el pelo oscuro y los ojos, mansamente risueños, azules: aparentemente se trata de un estudiante cuya pasión política se enmaraña en un oscuro nudo de miedos y angustias interiores que esconde bajo su sonrisa adolescente. Pues bien, yo mezclo ambos personajes: transformo el cabello claro en oscuro, los ojos negros en azules, le presto la pasión política al proletario (haciendo así de él una figura absolutamente excepcional y sorprendente en el sentido poético de la palabra), y le dejo al estudiante (que ahora es bajo de estatura, y recio) su nudo de miedos y de angustias que ya nada compensa, al que ya nada se opone (y me hago con otro personaje poético).

»De modo que mi novela estaba a punto de tomar forma... Forma: esta es, mal que me pese, la palabra. Tal forma tenía sus leyes internas, las idóneas primero para su institución y luego para su conservación. Y todo ello propiciaba un nuevo orden. Si lo histórico y lo vivido no coincidían, salvo por hipocresía, lo vivido, prepotentemente, pretendía instituirse como histórico.

»Para mí significaba la derrota, el fin de la ilusión de la libertad.

»Os confieso que me habría adaptado y resignado; y que habría seguido escribiendo mi novela, lo más libremente posible, según la filosofía del «mal menor», si al propio tiempo no hubiera tomado conciencia, como suele decirse, de otro hecho.

»O, mejor, de dos hechos.

»El primero es este. Al proyectar y empezar a escribir mi novela, yo, en la práctica, he puesto en marcha algo distinto del proyecto o la escritura de una novela: en otras palabras, he organizado en mí el sentido y la función de la realidad, he tratado de apoderarme de la realidad. Apoderarme de ella, lo concedo, en un apacible e intelectual plano cognoscitivo y expresivo; mas no por eso, en sustancia, menos brutal y violentamente, como sucede con toda posesión, con toda conquista.

»El segundo hecho es el que sigue. Al mismo tiempo que proyectaba y escribía mi novela, es decir, que buscaba el sentido de la realidad y tomaba posesión de ella, justo en el engendramiento que todo esto implicaba, yo deseaba también librarme de mí mismo, o sea, morir. Morir en mi creación: morir, como en verdad se muere, de parto; morir, como en verdad se muere, eyaculando en el vientre materno.

»En realidad este deseo misterioso, que, sin que yo me diera cuenta, había acompañado toda la intensa, compleja, infinita brega que os he descrito, vino a la luz poco a poco, victorioso, y se me perfiló claro y rotundo en la conciencia. De golpe, todos los deseos concomitantes fueron eliminados.

»Dejé en el escritorio el manuscrito de mi novela (era ya un enorme cúmulo de apuntes y fragmentos), y partí hacia Calabria.

»Recordaba, como en un sueño, el mar, que había visto de niño, unas Navidades que mis padres me llevaron con ellos, la única vez que volvieron a su pueblo, y aún me pregunto cómo consiguieron arañar el dinero necesario.

»El pueblo era en realidad una pedanía, parecía un belén, todo de casas pequeñas como dados, algo toscas por su enjalbegado de cal viva, como en los pueblos árabes, y con una sola plazoleta, vagamente borbónica. Estaba a media ladera entre ásperos montes nada amenos, a cuyos pies discurría el ferrocarril; más allá de las vías, tras una pequeña playa pedregosa, blanca, con pequeños y buidos escollos, se extendía el mar.

»Cuando llegué ante él, bajando desde el pueblo, era tal cual lo había visto de pequeño. Una especie de barrera azul que parecía suspendida del azul algo más claro del cielo. Calor y silencio. Ni siquiera se oía cantar a los pájaros.

»Me desnudé, y entré en el agua, caminando trabajosamente entre los cantos rodados y los buidos escollos: quería llegar donde no hacía pie, y morir.

»Era la mía una decisión sosegada, definitiva, quizá porque la había tomado, de algún modo, fuera de mí mismo.

Morir ahogado en aquel mar no me daba en realidad ni placer ni terror: era simplemente la única solución que me quedaba, un deber que cumplir sin posibilidad alguna de arrepentimiento.

»Me metí pues hasta donde no hacía pie, y, como no sé nadar, llegado a ese punto bastaba impulsarse hacia adelante y abandonarse. Así lo hice, hasta encontrarme inmerso por completo en el agua.

»¡Qué visión de suprema belleza se presentó ante mis ojos! Allí abajo la luz, difusa y al mismo tiempo llena como de relámpagos y vórtices dulcísimos y de sombras transparentes, dibujaba en torno un inmenso paisaje paradisíaco. De modo que no estaba, como creía, aún cerca de la costa, sino en los abismos marinos; el fondo, que las luces y las sombras delineaban fluctuando, era el fondo inexplorado del océano. Todo a mi alrededor era tibio, así como mórbidamente luminoso; y la respiración maravillosamente fácil y ligera. En aquella inmensidad yo subía y bajaba, daba lentas vueltas sobre mí mismo, dichoso; no podría decir que estuviera nadando, mi lento deslizarme allá adentro más bien se asemejaba a un vuelo sin alas… Esta es mi historia, ni más ni menos. Una historia que —en verdad nunca mejor dicho— «desinit in piscem»;[206] y que no por ser alucinatoria habéis de creer que sea menos real.

## Apunte 100
## La Epojé: Historia de cuatro críticos y cuatro pintores

## Apunte 101
## **La Epojé: Historia de un padre y sus dos hijas**

—Ubiquemos nuestra historia —continuó el narrador— aquí, en las cercanías de Roma. De hecho nos ocuparemos de un hombre de la nobleza romana, la llamada nobleza negra. En el momento en que comienza nuestra historia tenía cuarenta años y dos hijas entre los dieciocho y los veinte. Vivían juntos (la mujer había muerto hacía tiempo) en un castillo o en un palacio nobiliario en el centro de un pueblo del alto Lacio o de la Tuscia. El pueblo, en aquellos años (unos diez años atrás, aunque parezcan muchos más), estaba aún intacto. Surgía con sus casas de toba de grandes muros y pequeñas ventanas, dispuestas a lo largo de tétricas callejuelas que acababan contra un parapeto a pico sobre un espléndido valle. No faltaban amplias plazas con sus casas solariegas de escalinata externa en forma de V invertida y sus viejos empedrados, una diminuta iglesia románica que no podría imaginarse otra más antigua, apartada, y al fondo, inacabada, la gris iglesia dieciochesca. El palacio donde habitaba nuestro protagonista —al que llamaremos, no sin un toque de parodia, Agostino— era del XVII. Estaba encastrado entre las casitas del pueblo por uno de sus lados, y, por el otro, daba a un altozano verde de vides y de olivos, que, justo bajo el palacio, acababa en una pared rocosa en la que un escultor «bambochante» había proyectado una fuente con personajes mitológicos «à trompe l'oeil», unos pequeñísimos, otros enormes, todos bufonescos. El poroso xxx de que estaban hechos les daba, sin embargo, una extraña autoridad. Un alambicado contrarreformismo provinciano se contaminaba con un espíritu popular en el que el mito era algo real. Bueno… Las jornadas de Agostino transcurrían dentro de aquellas estancias enormes y bien cuidadas (aun en su falso desorden y en su vacío decadente). Se dedicaba a la actividad intelectual. Leía, estudiaba, recibía a los amigos.

»Se había impuesto aquella suerte de exilio inmediatamente después de la guerra. Porque había sido fascista. Pero hay que precisar de inmediato que su fascismo no era en absoluto objetivo y, cómo lo diría, normal. Es más, era del todo aberrante. Se fundaba sobre el equívoco de concebir el fascismo como una gran Derecha. Solo a su caída (que coincidió con la edad madura de nuestro héroe) se reveló, para una mirada retrospectiva, por fin radicada en la historia, y culta, como una simple y siniestra bufonada. Pero Agostino era rico, y podía permitirse vivir «a la manera de» un exiliado, pagando con extremo refinamiento, como una provocación, su propio error. Por lo demás, también el mundo del que se mantenía apartado no era, al cabo, otra cosa que un error. Una falsa democracia ni más ni menos bufonesca que el fascismo. Nunca la verdadera gran Derecha había carecido tanto de entidad, nunca había estado tan declaradamente periclitada. El Centro aparentaba miras progresistas, incluso en lo que tenía de más miserablemente reaccionario (mafia, clientelismo, chanchullos, lucha entre corrientes). Pero bueno, todo esto lo conocéis mejor que yo. Agostino quería mucho a sus hijas, pero pasaba poco tiempo con ellas; tan es así que gradualmente se habían ido convirtiendo en unas extrañas ante las que interpretaba —sin ni siquiera esconderlo demasiado— la escena del afecto familiar. Comían juntos, cuando había invitados se reunían todos en el salón de la Chimenea, y su recíproca frecuentación acababa ahí. Fue un amigo llamado Tertulliano (también este es por supuesto un nombre inventado) quien advirtió a Agostino de lo que sucedía. Estábamos a finales de los años cincuenta. No se trataba de hechos reales, sino de interioridades, y tenían que ver con ambas muchachas.

»Una de ellas, Laura, estaba descontenta de la vida que llevaba con su padre en Isola Borghese. Así pues, a espaldas de todos, todo entraba en crisis. Era una cosa enorme. La tierra, en silencio, se había ido desmoronando, y ahora un abismo se abría bajo los pies; ya no había nada que hacer. Si se hubiera tratado de la vida, paciencia. Pero se trataba, como os he dicho, de una representación; y de una representación, además, casi exclusivamente gestual. Agostino había organizado su propia vida como ciertos poetas (pienso en Gottfried Benn) que se convencen de ser nazis y hacen el «gesto» de escribir versos nazis (en el caso de Benn, de todos modos, el nazismo no era otra cosa sino una refinada y lacónica conciencia decadente). Agostino no escribía poemas. Pero, como la mayor parte de los hombres, se expresaba con su cuerpo, con su comportamiento, es decir, con la acción escénica de su propia vida. Lo dice san Agustín. «No os unáis con las palabras, uníos con la palabra hecha carne» («De spiritu et littera»), acordándose como es evidente de san Pablo: «Evidentemente sois una carta de Cristo, redactada por ministerio nuestro, escrita no con tinta, sino con el Espíritu de Dios vivo; no en tablas de piedra, sino en tablas de carne, en los corazones» (2 Corintios, 3, 3).

»¿Por qué esta hija, Laura, estaba descontenta de la vida que llevaba con su padre en el palacio-monasterio de Isola Borghese? Según la información de Tertulliano, se trataba de una razón muy simple, se diría casi natural. Laura era una muchacha que no tenía ni veinte años. Estaba pues más que justificado que la tediosa vida en aquel yermo del alto Lacio no le gustara. Soñaba con la vida de la capital y todo lo que implicaba. La vocación de su vida era irresistiblemente mundana, ese era el punto.

»Lo cual constituía una ofensa para Adriana, la otra hermana un poco más joven, que se declaraba en cambio fiel al proyecto estilístico, llamémoslo así, del padre, que hacía de sus vidas una obra inevitablemente manierista. Y superaba incluso los límites «estilísticos» paternos, como veremos enseguida.

»Agostino afrontó el problema de Laura, que se presentaba, justo es decirlo, como un «golpe de efecto», sin la más mínima duda acerca de cómo debía comportarse. Había decidido, muchos años atrás, ser un padre autoritario, y debía seguir siéndolo. Llamó a capítulo a Laura, y, ciertamente con la clase de un hombre cultivado, le comunicó sus represivas decisiones. Nada de Roma, nada de vida mundana, nada de ambiciones, nada de avenencias con la sociedad italiana. En el origen de la vocación mundana de Laura había por supuesto la misma «teatralidad» del padre (de hecho ambos se parecían extraordinariamente); poseía pues los elementos psicológicos e ideológicos necesarios para aceptar la represión, y para cumplir ese acto heroico —de gran valor durante siglos, durante milenios de historia de la humanidad— que consiste en la resignación, y en la consiguiente interiorización de las propias aspiraciones frustradas.

»En cuanto el problema de Laura se resolvió —o eso parecía—, estalló el problema de Adriana. También esta vez fue Tertulliano quien informó a Agostino, que tampoco esta vez se había enterado de nada. Adriana había sentido en su alma de improviso, justo en esos días, una irresistible vocación religiosa. E incluso había tomado en su interior la decisión de hacerse monja de clausura. Estaba segura de que su padre no lo habría desaprobado; pero temía hablarle de ello. Es más, ante la sola idea de hacerlo se sentía presa de un pánico inexplicable.

»También sobre este punto Agostino se mostró de inmediato radical: nada de clausura, nada de tomar los hábitos, nada de avenencias con una Iglesia que no había sabido erigirse en fundamento de una gran Derecha (!) y que, es más, se había dado, siquiera verbalmente, en los últimos años, a insulsos delirios progresistas (acogiendo en su seno, junto a viejos cardenales ignorantes como gañanes, a insoportables católicos de izquierdas no menos pacatos y untuosos).

»Estaba a punto de llamar a Adriana para echarle su sermoncito represivo, como había hecho con Laura. Cuando, de golpe, tuvo una revelación revolucionaria, iluminadora, acerca de sí mismo. Era junio, un día estupendo —no carente de nubes colmadas de lluvia tardía— del verano recién estrenado. Si algunas gotas caían ya de la ardiente extensión gris del cielo, parecían gotas de sudor. Pero no raramente el viento cálido abría amplias franjas de azul terso, y los oblicuos rayos del sol (era ya de atardecida) daban a los profundos valles, a los rústicos caseríos, a los bosques de robles, un esplendor del que el presente, siempre tan mísero, parecía indigno. Agostino salió de casa, para dar un paseo por las afueras del pueblo, en un hondo silencio en el que nada había cambiado desde el Medievo. Una dulzura salvaje, ariostesca, flotaba sobre las profundas cárcavas, sobre los semicírculos de prados segados contra el verde más oscuro del bosque mediterráneo. Agostino, al revés que toda la caterva de la nobleza romana, no era un hombre ignorante. Al contrario, era muy culto; cosa esta que constituye un caso anómalo, tan anómalo que convierte probablemente en arbitrario este relato. El hecho es que Agostino no solo tenía una buena cultura clásica, sino también un discreto conocimiento de textos contemporáneos. Además, como simple diletante, se había especializado en historia de la Iglesia y en historia de las religiones. Habría podido ahondar en el carácter de la vocación monástica de su hija, reconocer a qué tipo de santidad aspiraba (Adriana y su padre eran también como dos gotas de agua: por lo tanto era inevitable que, si sentía una vocación religiosa, su consecuencia fuera extrema, es decir, la santidad).

»Decidió que hablaría con ella largo y tendido. Cosa que hizo durante varios días a partir del día siguiente.

»Interpelando a Adriana se autointerpelaba, visto que la revelación acerca de sí mismo que lo había fulgurado (disolviéndose de inmediato) había hecho de él, a sus propios ojos, un ser nuevo y «problemático».

»Las conclusiones a las que llegó tras estas conversaciones con Adriana fueron en cierto modo positivas. El misticismo de su hija era de una cualidad espiritualmente alta, es decir, científicamente apreciable. El «cliché» cristiano estaba xxx por buenos arquetipos. Adriana era presa de una regresión real, que solo su cultura, y esa cierta cristalización misteriosa, capaz de distinguir la esquizofrenia de los santos de la de los locos, impedía que se convirtiera en un síntoma preocupante. La hija revivía la «repetición» al margen de la conciencia que tenía de ella como lectora del mejor san Pablo místico (inocentemente ignara de la equívoca sexofobia y del antifeminismo del santo). No podía pasarse por alto la alta cualidad de la renuncia al mundo de Adriana. Pero ello obligaba a revisar también el caso de Laura. Había pues que ahondar igualmente en su vocación mundana. Cosa que Agostino hizo sin dilación. También con Laura el examen fue positivo, incluso altamente positivo. Laura no deseaba en absoluto entrar en contacto con la sociedad por estúpida vanidad o infantilismo superficial. La suya pretendía ser una auténtica interacción con otras gentes; de su mismo nivel social, claro, que aquí hay que entender como nivel cultural.

»Pero ¿en qué consistía esa revelación que, con ocasión de la crisis de sus dos hijas, había tenido Agostino acerca de sí mismo? ¿Por qué —se preguntó Agostino— durante tantos años se había mantenido apartado del mundo, en un estado de voluntaria impotencia? Y la respuesta, fulmínea, que se dio, era justo lo que constituía la revelación: «Me he mantenido apartado del mundo en un estado de voluntaria impotencia porque deseo el mundo y tengo sed de poder». La pregunta y la respuesta que Agostino se había dado acerca de sí mismo se modelaban sobre las preguntas y las respuestas a que se había visto abocado ante los problemas de sus dos hijas. «¿Por qué Laura quiere imponerse al mundo? Quizá, no, con toda seguridad, porque lo teme y lo detesta». «Y ¿por qué Adriana quiere renunciar definitivamente al mundo? Sin duda porque lo ama y se siente tentada por él».

»La «sed de poder» que Agostino había redescubierto en sí mismo —yacente como material precioso en una mina abandonada— era al menos tan imponente como lo había sido su sed de impotencia. Y se desencadenó súbitamente en él —apenas reconocida y admitida— con una violencia digna de sus antepasados.

»Urdió su plan de inmediato. Regresar al mundo y apropiarse de él, como una afirmación de poder. Pero ¿cómo? Se le estaba presentando la ocasión, y era imposible imaginarla mejor. Secundaría a sus hijas, dos mujeres extraordinariamente hermosas, extraordinariamente nobles, y además dotadas de vocaciones e intereses culturales reales. En cuanto alcanzaran el éxito que sin duda alcanzarían, una como mujer de mundo y la otra como santa, se presentaría él, el padre. No tendría que dar personalmente ni un solo paso para remontar la corriente del tiempo perdido. Se encontraría sin más acomodado sobre el mejor de los pedestales o trampolines posibles. No tiene mayor importancia precisar cuáles serían después sus concretos proyectos de poder. La fundación de esa gran Derecha que él —quizá un caso único en una sociedad como la italiana— tenía en mente con tanta precisión y limpidez. Y acaso los inevitables vínculos con el neofascismo, que seguía despreciando pero que, en su estrategia, no podía ser ignorado.

»Llamó a sus dos hijas, y, una vez más, les impuso su paterna voluntad «represiva».[207] Porque su decisión, del todo determinada e inquebrantable, era que tendrían que intercambiarse los papeles:[208] Laura, la hija presa de una desesperada pasión mundana, debería tomar los hábitos y hacerse monja, mientras que Adriana, la hija presa de una irresistible y sincera vocación religiosa, debería trasladarse y establecerse en Roma, para materializar el más ambicioso y xxx de los propósitos de éxito mundano.

»Tanto Laura como Adriana aceptaron, agachando la cabeza ante la voluntad paterna. Por lo demás, para Adriana esta no era sino una regla de su sincera santidad; para Laura se trataba en cambio de poner en marcha un plan que la hacía digna de su padre, ya que había adivinado sus intenciones.

»Pasaron unos diez años (y así llegamos más o menos a nuestros días). Las previsiones de Agostino se cumplieron exactamente. Adriana, la mística, se convirtió en una poderosa mujer de mundo. La vida de la Roma rica y culta era ya inconcebible al margen de ella. La frívola Laura, por su parte, se convirtió en una monja cuya piedad, incrementándose con los años, reclamó de inmediato la atención del mundo sobre ella, tanto que acabó reputándosela santa. Y en efecto hubiera sido imposible demostrar lo contrario. A la sombra de ambas hijas, Agostino poco a poco iba viniendo a la luz; y su autoridad, precisamente por oculta, de momento, y legendaria, comenzaba a hacerse insustituible.

»Llegó el día en que —tras haber reprimido su ardiente voluntad de hacerse presente e imponerse— Agostino consideró oportuno abandonar sus ya veinte años de exilio, y reaparecer en la escena del mundo. Todo estaba preparado. Ciertamente la cosa no podía acontecer sin la repercusión y los resultados que Agostino esperaba, pero, al mismo tiempo, había de ser rigurosamente evitado cualquier atisbo de grandilocuencia.

»Pero justo en la mañana de ese día histórico cesa nuestro relato. O, mejor, se retrae sobre sí mismo, torna al silencio interior del que partiera, aunque tal silencio interior es ya honda e inefablemente distinto.

---

- Reunión sociólogos ecología (‹?›, sociales, etc.) — Con problemas y con puntos consistentes. Con lenguaje humorístico. Con parangones — Mas (yo en vez de hablar de ‹?›, etc., hablaría de un gag)[209] aparece Dioniso que desbarata todo.
- Las dos jornadas de la reunión sobre el desastre ecológico concluyen con una cogorza general de los congresistas (vino aleático y vino ?)
- Dioniso recupera su ser horrendo y criminal
- Aquellos estaban allí para decir la verdad, pero precisamente por eso no la han dicho

la Epojé: Relato del Niño-Mierda (niño nacido de un hombre —un empresario burgués— que lo caga)

## Apunte 102
## La Epojé: Historia de dos padres y dos hijos

—Dejadme que haga un preámbulo —dijo el tercer narrador—, un preámbulo cautelar, quizá incluso brillante... En realidad me sirve para esconder, lo sabéis, el momento trágico del inicio, que siempre es, digámoslo así, una autotomía. Además, narrar significa poner en peligro, y de paso patas arriba, el ser. El sujeto que narra, ante su propia frase inaugural, entra en estado de crisis. Y se trata de una crisis auténtica, típica de la relación con lo sagrado. El relato se produce en el recinto sagrado. Y la aproximación a tal recinto requiere siempre un largo ceremonial, en gran medida forzado. Y bufo, también. Los salvajes parodian, con mucha ironía, su acercamiento rígidamente reglamentado al lugar donde se encuentra el Espíritu. Hacen banales payasadas, gestos bobos. Pues yo también. Mi prólogo «brillante» tiene que ver con la función rectal. Me explico: la función rectal a lo largo de toda la vida humana, vista en su conjunto. Entretanto, como bien sabéis, y como solemnemente quiero aquí repetir: «El recto le enseña a la vejiga cómo conservarse y la vejiga a su vez enseña al recto a ser generoso».

»Grabaos bien en la memoria estas palabras, quizá para usarlas como epígrafe a vuestra historia personal, si no carecéis del mínimo valor cívico necesario.

»No hay pues erotismo uretral que no esté teñido de erotismo anal, ni anal que no lo esté a su vez del uretral. Algo fundamental para la formación del carácter.[210] No obstante, al mismo tiempo, es de notar que «recto» (o culo) y «vejiga» (o cojones) son entidades de formación y definición tardía. La hipótesis heurística es que la correspondiente asignación del papel principal en el acto sexual no se verifica solo durante el coito sino durante toda la vida (individual o de la especie). Una vez operada tal asignación, nos encontramos —en resumidas cuentas— ante la doble tentación de expulsar de nosotros tanto el pene como el contenido intestinal. Los cuales, por vía alucinatoria, han sido identificados entre ellos mediante su común identificación con el niño. Nuestra polla es el yo niño, pero también la mierda lo es. Quiero recordaros en fin, para concluir, el fenómeno de la sexualidad parental (me refiero al placer derivado del parto). Un placer que el hombre envidia en la mujer, y que intenta procurarse, miméticamente, cagando: mediante todo un ceremonial alucinatorio, bien de retención (estreñimiento), bien de exceso de evacuación (diarrea). Todo ello constituye el antecedente de mi relato. Pero podéis perfectamente no tenerlo en cuenta, como si de un cotorreo hipnótico se tratara. En definitiva, ha sido para hechizaros para lo que he ∨ y desplegado la cola. Y ahora os penetro.

»Parte de la burguesía italiana tiene aún por costumbre cazar. Y hace de la caza una ceremonia mundana. Ricos empresarios, grandes profesionales bien situados, incluso algún que otro intelectual, se reúnen en la casa de un amigo común y, como antiguamente los nobles (que en todo caso siguen mezclándose con ellos, y a decir verdad están muy requeridos), organizan batidas de caza. Los acompañan sus señoras. Todo ello —creo poder afirmarlo— os parecerá ya de por sí potencialmente cómico. Y creo también saber la razón. Así enunciados, los señores y las señoras de la buena burguesía italiana (que no puede sino ser, salvo raras excepciones, septentrional) se presentan ante vuestra imaginación de modo abstracto, en una generalización que los fija en fisonomías estereotipadas, cual máscaras. Y, naturalmente, cual máscaras cómicas. Cuando después la atención se centra sobre el ingeniero Gianni xxx, es decir, sobre una máscara individual determinada, en ese momento el sordo cosquilleo de la risa —fruto de un humorismo no carente de jactancia— se hace más fuerte, casi irresistible. En los orígenes de todas y cada una de las figuras de la burguesía italiana hay algo de caricaturesco, ya se sabe. Pues bien, el tal ingeniero Gianni xxx era en efecto como os lo imagináis: milanés de residencia, varesino de nacimiento, ligur de bronceado,[211] con un toque romano en el negro de los ojos y en el pelo también negro ya un poco entrecano (unas canas que, quién sabe el motivo, tenían algo de infame, de imperdonable, de involuntariamente vulgar). No obstante, quede bien claro, el tal ingeniero, como es de rigor, podría ser completamente distinto a como lo he descrito. Quién fuese, en definitiva, no tiene la más mínima importancia en este mi relato ideológico. El ingeniero Gianni xxx se encontraba por tanto en una de esas batidas de caza que os decía. Su comitiva había sentado sus reales en una estupenda casa de campo de la condesa C. Villa, de cristal, madera y cemento visto. Edificada en un gran prado circular un poco descendente, verdísimo. Todo alrededor, un marco vaporoso y sobrio de bosques tallares, ya muy aclarados, con los últimos rojos sanguina y el humus fresco macerado de hojas recién caídas. En lo recóndito del bosque discurría una especie de inmenso laberinto acuático, formado por las ramificaciones del Oglio, pequeños ramales tortuosos, grises y de una transparencia excesiva incluso. Se perdían en el bosque, intrincado como una selva africana. Luego, de golpe, se llegaba al curso principal del río, que por allí discurría muy encajonado. El ribazo, verde oscuro, cuajado de hierbas de todo tipo, era una especie de despeñadero, casi a pico sobre la corriente de un profundo verde botella. Una vereda discurría a lo largo del ribazo, entre las xxx despojadas y arbustos de hoja perenne, perlados de humedad, relucientes de rayos de sol, embriagadoramente olorosos de corteza. La vereda después conducía a un punto en el que el bosque raleaba hasta desaparecer del todo, y el Oglio, resurgiendo de su hocino profundo, se desparramaba libre en mil ramificaciones en una inmensa sablera de grava que se extendía hasta el horizonte brumoso, nacarado. El agua era ahora turquesa claro, divinamente transparente. Escasos arbustos del bosque tallar crecían aún, dispersos, rojizos, en el remanso. Y las aves del otoño, en aquel yermo patricio, cantaban.

»En este punto la «ficción inútil» cesa, y comienza la auténtica representación, en la que son los gestos y los hechos los que hablan; y al igual que el asceta Pambo («Hon siguè retòs epaìdeuse»)[212] el ingeniero Gianni xxx hizo de sí mismo un instructivo ejemplo hablando en silencio.

»Nada más dejar atrás la maraña del bosque, en la amplia apertura de la sablera el ingeniero Gianni xxx sintió las primeras contracciones. Hizo como si nada, y siguió, con desenvoltura, empuñando su primoroso xxx xxx xxx. Pero la cosa iba en serio. Una nueva punzada, implacable, lo atravesó, transformándose esta vez en un prolongado dolor que le retorcía las tripas. El ingeniero Gianni xxx, con la cara descompuesta por la contrariedad, pálida, cubierta de un sudor helado, se llevó las manos al vientre, apretándoselo. Fue en vano. Las punzadas, que lo dejaban sin aliento, se repetían cada vez más frecuentes, incontenibles. El ingeniero miraba en derredor, con la vista nublada. Ante él, la sablera desnuda, abierta. Aislado, lejos, un mimbral, más allá de una torrentera de aguas color turquesa encrespadas y tumultuosas. A su espalda… A su espalda el bosque, el alto ribazo herboso, en penumbra. En los ojos escrutadores del ingeniero se posó una leve, consolada expresión de alivio. Corrió hacia allí, desabrochándose ya, y se guareció. El lugar era un escondrijo perfecto. Hierba perlada de humedad, de un verde que lastimaba los ojos, y en torno, como el cerco de un templete, tupidos y olorosos arbustos de xxx. En un estado casi de felicidad que lo empujaba a hablar entre dientes y hasta a canturrear (¡felicidad parental!), se desvistió, y, en contraste casi con las urgencias, fatigosamente, como buen estreñido, se liberó del «contenido intestinal». Llevada a cabo con resultado satisfactorio tal autotomía —por lo común generadora solo en sentido simbólico— los ojos del ingeniero comenzaron de nuevo a escrutar a su alrededor. Papel, allí, ni por asomo. Había plantas de magníficas hojas, lisas y limpias. Pero mientras el ingeniero las examinaba, no muy convencido, para elegir las más adecuadas al menester, oyó, en un punto indeterminado, detrás de él, como en un sueño, un leve, incipiente lamento. Cesó enseguida, dejando tras él un eco irreal; por un instante el ingeniero se tranquilizó, sintiéndose a salvo de sorpresas inquietantes hasta para un hombre vitalista y práctico como él. Pero fue solo un instante. Porque muy pronto ese vago, aislado lamento surreal, se transformó en un largo, insistente llanto de recién nacido.

»La palabra «ingeniero» me ha evocado a Gadda,[213] y de este hecho deriva el particular estilo de esta exposición.

»Ahora, por cierta lógica genealógica no sin razón restrictiva, paso a Faldella...[214] Con él seguimos en el valle del Po; en un lugar análogo al que acabo de describir. Quizá un poco más rústico y aislado. Pero es obvio que esta es una historia norteitaliana y que no podía ser de otra manera. El contexto en que se desarrolla es un contexto de progresismo burgués en el que ocupa un espacio fundamental el feminismo; un feminismo no ideológico, pero, quizá incluso sin darle nombre, ya hace tiempo maduro y operante, modificador de la realidad. Mientras el ingeniero Gianni xxx se ocupaba en lo que ya sabemos, algo históricamente análogo acontecía no demasiado lejos de allí, en una vaguada del Monferrato, zona de inmigración errática.

»Sobre una ciudad sepulta, que en tiempos de los etruscos y de los romanos mereció el nombre de Industris, se resquebraja (es Faldella quien habla) una ociosa y mísera aldea que, con el nombre de Passabiago, se asienta en las márgenes montuosas del bajo Monferrato en la orilla derecha del Po.

»En una vaguada retorcida y profunda, inexplorada casi como una selva virgen, había unas admirables ruinas de la antigüedad cristiana: un pequeño templo, cuya construcción se remonta a trescientos años después del nacimiento de Jesucristo.

»Se dice que fue fundado por san Eutiquio. Sufrió una incursión sarracena. Lo que resta de una inscripción incisa en la vieja piedra, «XI Kal. Nov. Rolandus», y una vaga tradición permiten suponer una visita de Orlando enamorado, que andando el tiempo regresó furioso para recuperar su perdido juicio. Pero naturalmente sobre la construcción primitiva se habían ido estratificando construcciones posteriores, la última del siglo XV.(37)

»En lo hondo de la vaguada, sepultada casi por las zarzas y las rosas caninas, yacía pues como una gema la iglesita aquella. Sus muros formados por bloques de piedra gris daban a un profundo bosque de avellanos seculares, cuyos claros, con su alfombra de hojas secas, formaban un espacio asimismo sagrado, naturalmente más arcaico. La iglesia estaba envuelta en un cerco de helechos, zarzas y matas de rosa canina.[215] Creo que son muy raros helechos semejantes, casi del grosor de un árbol. Y tan tupidos, en el terreno en torno a las ruinas —un terreno que probablemente tiempo atrás fuera el cementerio—, que parecía poco menos que imposible atravesarlos para entrar en el templo, del que quedaban en pie solo los cuatro muros principales. De la techumbre y de todo lo demás no quedaba traza. Así que el hombre acuclillado dentro de la iglesita, en una maraña más densa si cabe de ortigas y matojos rabiosamente espinosos, para llegar allí habría tenido que hacer milagros. Pero el hecho es que allí estaba. En cuclillas, ya os lo he dicho; los pantalones bajados dejando el culo generosamente al descubierto, la cabeza hundida entre las piernas y, hasta donde se podía ver, los ojos vueltos como los de un condenado y la boca espumeante. Pero todo esto apenas entrevisto, porque las contracciones que habían empujado allá adentro a aquel hombre lo constreñían

(37) «Lo que encontró Napoleón I fue una opulenta abadía cisterciense, donde cocían los capones en vino blanco, y hundían las terneras un instante en el Po para después sacarlas y comérselas los días de abstinencia como pescado. El emperador corso suprimió la abadía, dispersó a los orondos padres, y donó terreno y edificaciones a un brioso mariscal Bonnelane, que se los jugó y perdió a los naipes. Con la restauración política, el convento fue vuelto a más modestos hábitos. El ministro Urbano Rattazzi, culo de rata, hijo de Caín, hermano de Caifás, suelta egregios coscorrones en las crismas encapuchadas, por lo que el padre guardián pudo entonar, según la jocosa canción piamontesa de Brofferio, Mala nueva — orate frates — mala nueva con razón. — Babilonys impii patres — conducen al demonio en procesión». («Donna Folgore» de Giovanni Faldella).

ahora a estar con la cabeza gacha, en un gesto desesperado. Detrás de él, casi como un modelo platónico, un tanto sabelotodo con aquel su «educar hablando silenciosamente», había un Santo bien hermoso, la única figura intacta de un fresco del cuatrocientos en el que todas las demás figuras estaban serenamente acéfalas. Cubría a nuestro Santo, probablemente san Eutiquio, un bonito jubón escarlata del que sobresalían unas mangas abombadas a franjas blancas y verde claro, un desvaído verde veronés. Las calzas tiraban al negro, medio sueltas impúdicamente (como los calzones de aquel lejano descendiente que estaba en cuclillas, soltando baba como un perro, debajo de él). Con un gesto elegante de la mano, nuestro san Eutiquio señalaba una herida, en el muslo, justo debajo de la ingle. Así, la mano que mostraba la herida mortal,[216] tirando de las calzas, estaba suspendida justo encima de la polla: porque decidida y legítimamente era de polla de lo que podía hablarse a propósito de aquel pedazo de hombre, un fornido labriego que el anónimo pintor debía haber elegido como modelo en la zona. El hombre que allí abajo se retorcía entre espasmos, que le hacían estirar el cuello hasta arrastrarlo casi por el suelo, se llamaba Orlando. No era de por allí, era un meridional. Se desconoce cómo había venido a parar a aquella vaguada en los alrededores de Passabiago, en medio de las ruinas de la iglesia de San Eutiquio. Se sabe solo que, tras emigrar desde el sur, y después de una larga serie de peripecias, había acabado en el Monferrato gracias a ciertos paisanos con los que hizo amistad en Turín, donde tenía un contrato temporal en una fábrica de galletas, si galletas podían llamarse. Se trataba de las «Krumiri», las «Rossi» por excelencia, una especialidad de Casalmonferrato, casa fundada en 1886, fundador e inventor un tal Rossi, a quien había sucedido el actual propietario, E. Portinaro; que, en cualquier caso, no había introducido (en cuanto a la elaboración, en lo demás quién lo sabe) innovación alguna. De hecho las «Krumiri» seguían presentándose con la etiqueta de calidad de «Proveedores de S. M. el Rey de Italia y los Príncipes Reales de Aosta y de Génova». Nuestro Orlando, que tan inopinadamente hemos incorporado, era un hombre en torno a los treinta años, joven aún. En otros tiempos hubiera sido un aldeano, un patán retaco de jeta obtusa pero que inspira confianza, con su pelo a lo recluta, sus orejas de soplillo y sus ojuelos diminutos de un azul clamoroso, como algunos ciegos. Ahora en cambio era un adefesio casi repelente: una relativamente mejor nutrición y una relativamente mejorada idea de sí mismo[217] (nada que ver con la auténtica dignidad) le daban un aire artificial de salud que no casaba con su verdadera salud. Tenía cierta pinta de italoamericano. Por lo demás, era un perfecto ejemplo de mimetismo tan conseguido como degradante. Ni le faltaba ni le sobraba nada para parecer un joven burgués de Turín. El pelo, un pelucón que le caía sobre los hombros; fija en los ojos una idiota expresión de superioridad no carente, en todo caso, de la conciencia de su propia bufonería (imprescindible para hacerse aceptar). Y de remate, aun en aquella situación poco seductora, llevaba colgando de su manaza una mariconera muy coquetona. En cuanto a las contracciones, también las suyas —como las del ingeniero— eran una mezcla de «angustia» y de «placer», una forma de contraposición entre deseo de retención y deseo de liberación. Así como también su autotomía, cuando, por fin, tuvo lugar, con una[218] satisfacción que ponía a aquel pobre patán —racialmente inferior pero del todo parangonable, aun en su condición de máscara, a sus coetáneos burgueses— al mismo nivel que el ingeniero Gianni xxx. Igual que el ingeniero, expulsó el objeto de sus gozos parentales, echó una ojeada incierta e indagadora alrededor. Por allí solo había ortigas y espinos de un dedo de largo. Paciencia. Estaba a punto de subirse los pantalones de campana y abrocharse la hebilla un palmo de ancha, cuando, también él, oyó a su espalda un desesperado y poderoso llanto.

»Así pues, tanto Orlando, xxx Orlando, como el ingeniero Gianni xxx, viviendo una misma circunstancia, se encontraron inesperadamente de frente a la que podríamos llamar la hierofanía del presente como futurición. La revelación. Lo que no se quiere admitir. Lo que sobre todo no se puede admitir, pero sin embargo no se puede por menos de admitir.

»Ambos se volvieron, miraron a su alrededor, exploraron, soltaron un «Bueno» (o un «Vale») encogiéndose de hombros, siguieron buscando; hasta que hubieron de admitir que el fenómeno que requería su atención era su propia mierda. Porque era precisamente su mierda la que lloriqueaba.

## Apunte 102a
## **La Epojé: Historia de un vuelo cósmico**

—¿No habéis soñado nunca que volabais y mirabais hacia abajo desde la altura de la Luna o de Marte? —comenzó con cierta agresividad el cuarto narrador, que, con un destello irónico en los ojos de par en par abiertos, prosiguió—: Yo sí. Yo eso lo he soñado. Y la impresión que me causó sigue viva y perfecta en mí. Es como si verdaderamente hubiera volado por el cosmos.

»Os preguntaréis si, con este exordio, no estaré por dar inicio a un relato de ciencia ficción. Pues no. Ni por asomo. Considero que es imposible para un narrador fundarse en experiencias no acontecidas realmente. Lo que me dispongo a narrar afecta al presente. Se trata de un relato liviano y algo estúpido, lo admito. Pero nuestras historias, aquí, o son medio chifladas o no tienen sentido. Por otra parte, por mi propia naturaleza, no puedo dejar de ser manierista. De modo que mi relato se funda sobre una experiencia soñada. Si no hubiera soñado que había realizado un vuelo cósmico nunca se me habría pasado por la cabeza contaros una historia que hablara de ello. Y todo lo que la acompaña, como veréis, también se funda en experiencias reales. Pero os la contaré jugueteando (y la razón, una vez más, la entenderéis al final). El que los nombres de mis personajes sean totalmente inventados forma parte de mis jugueteos de narrador anónimo. No hace daño en estos casos un toque de humor, incluso, por qué no decirlo, de mal gusto: encaja muy bien en el gran sistema del extrañamiento. Basta. Mi historia comienza dentro de una nave espacial. Vista desde la superficie de la Tierra, la nave espacial en cuestión podría ser tomada por un platillo volante. Pero su forma no es circular sino esférica. Y es por su girar vertiginoso, a una velocidad que solo los matemáticos tienen términos para definir, no yo ciertamente, por lo que vista desde lejos tal esfera parece aplastada como un platillo volante. Dentro de la esfera que rota a una velocidad, digámoslo así, sobrenatural, hay otra esfera, apenas unos milímetros más pequeña. Que está del todo inmóvil, suspendida en el interior de la esfera externa que rota a velocidad de vértigo desplazándose vertiginosa por los espacios del cosmos. Hace pocos instantes que la nave ha partido desde xxx xxx y ya se encuentra a varios centenares de kilómetros de la superficie terrestre. Exactamente a la altura desde la que yo miré la Tierra en mi sueño. La velocidad de la esfera externa es tal que casi parece volatilizarse y se vuelve transparente; de suerte que desde los ojos de buey de la esfera interna —inmóvil— se puede mirar al exterior con comodidad. La Tierra está allá abajo. Al fondo de la tiniebla del cosmos, teñido de un añil celestial. Se ve su bien conocida forma, la masa de Francia, las dos penínsulas, la española y la italiana, con su plácida forma de bota, etc. Y todo, materialmente visto, en un vuelo verdadero, a esa distancia más aterradora que vertiginosa, resulta emocionante y misterioso. Bien pronto la Tierra desaparece, y no queda sino el profundo vacío, sin vida. Esto también lo he soñado, lo he vivido perfectamente en el sueño.

»Quienes desde el ojo de buey inferior, casi a sus pies, observaban cómo desaparecía la Tierra, eran dos hombres muy saludables de unos cuarenta años. Uno se llamaba Klaus Patera y el otro xxx xxx. Juntos, miraban en la misma posición, con la misma expresión en los ojos. Pero no eran los únicos miembros de la tripulación. Para ser exactos, no formaban parte de la tripulación; eran dos observadores, exactamente como yo en el momento en que soñé ese mismo acontecimiento. Solo que ellos eran observadores oficiales. La esfera interna medía alrededor de diez metros de diámetro. Tenía casi la amplitud de un holgado salón. Dentro de tal «esfera dentro de la esfera» se había dispuesto un enorme cubo de cristal, con sus cuatro aristas apoyadas contra la pared interna de la esfera que, así, sólidamente lo contenía. Era justo dentro de ese cubo donde se encontraban los dos «observadores oficiales», al igual, por lo demás, que la tripulación propiamente dicha (formada por una media docena de técnicos). El cubo, por supuesto, estaba dividido en varios recuadros, cada uno de los cuales era una especie de pequeña habitación o celda. Los técnicos estaban repartidos por estas pequeñas celdas transparentes, en un recogimiento monacal. Cada quien tenía su cometido, al que se consagraba con un silencio inspirado. Los únicos dos que no hacían nada más que observar eran, claro, los observadores oficiales.

»Llegados a este punto, os daré una simple serie de informaciones. Y —por las buenas razones que al final comprenderéis— lo más objetivas e inexpresivas posible.

»Aquella nave espacial, tan distinta de las naves espaciales que hemos ido acostumbrándonos a ver en los últimos años, no había sido producida por una empresa pública sino privada. El gigantesco esfuerzo tecnológico, que implicaba el trabajo simultáneo, casi en equipo, de varios cientos de miles de personas y de varias docenas de industrias, no contaba con financiación estatal. Había sido financiado por una gran sociedad, como podría ser la ITT, por ejemplo, y digo la ITT con conocimiento de causa. La cuestión no llegó a ser de dominio público, pero desde los primeros años en que el Estado había monopolizado la construcción de naves espaciales muchas sociedades privadas habían protestado, pidiendo que se les concediera el derecho al «espacio cósmico». Y ya que la solicitud era del todo democrática, tal «derecho» se les había concedido. Porque no se le puede impedir a nadie que construya automóviles, aeroplanos o naves, o que funde un periódico o ponga en marcha un canal de televisión. La opinión pública, repito, no fue informada. Por otra parte, se pensaba que la concesión del «derecho al espacio cósmico» no podría sino ser platónica. Y sin embargo no fue así, aunque —como por lo demás veremos— se dan las consabidas buenas razones para creer que la Sociedad privada fabricante de nuestra nave espacial no era del todo ajena al Estado (del mismo modo en que —por retomar nuestro ejemplo— el Estado no podía ser ajeno a la ITT cuando dos o tres años antes esta Sociedad había organizado las masacres fascistas de Chile). Sea como fuere algo es seguro: el prodigio técnico que era aquella nave espacial que ahora surcaba los espacios cósmicos, estaba simultáneamente dominado por dos fuerzas, o por dos poderes. Era una nave ambigua, anfibológica. Habitaba en ella una dicotomía dramática. El choque entre los intereses opuestos de los dos poderes que habían impulsado su proyecto y construcción no era menos violento por estar latente. Si los dos poderes estaban constituidos de una parte por el Estado y de la otra por una Sociedad privada, o por dos Sociedades privadas concurrentes, o por dos grupos distintos de accionistas de una misma Sociedad luchando a muerte por el poder, o en fin por un poder conservador nacional frente a un poder subversivo extranjero, lo ignoro. O al menos por ahora prefiero decir que lo ignoro, convirtiéndoos así, al cabo, en mis colaboradores.

»Una observación, antes de pasar al resto de las informaciones (una observación debida al optimismo —un tanto manierista, repito— del narrador). Los espías son siempre más bien ridículos, no solo en la ficción, también en la realidad. Cuando en un periódico leemos que ha sido arrestado un espía verdadero, y vemos su fotografía, por lo general nos invade una íntima e irresistible hilaridad. Un espía es una cosa cómica. Probablemente porque está obligado a interpretar un papel. Ha de interpretar, pongamos por caso, el papel de un lord o un mayor del ejército británico. Pero si un lord o un mayor del ejército británico son ya de por sí bastante cómicos, lo son de modo irresistible cuando fingen serlo.

»En su interpretación, un espía no puede inventar, porque debe imitar. No tiene otro remedio que ser exageradamente la figura (de todo punto conformista, respetable y acaso solo un tanto original) que finge ser. La comicidad se vuelve aún más fuerte y evidente cuando el espía resulta al cabo desenmascarado. Los niños que aún no saben hablar sueltan sus primeras carcajadas cuando alguien se esconde y luego reaparece. La agnición es el paradigma primero de toda hilaridad.

»Pero prosigamos con las informaciones. Las dos fuerzas o potencias que constituyen el dualismo de nuestra nave espacial están, como hemos visto, en conflicto. La que venza (es decir, la que se convierta en la dueña absoluta de la nave espacial y de todo lo que mediante ella pueda obtenerse) se convertirá asimismo en la práctica en dueña del Estado. De hecho, según los cálculos de los expertos, acabaría superando con mucho en términos objetivos la disponibilidad financiera del Estado. El cual por lo tanto caería automáticamente en sus manos. En cualquier caso, se trataría de la toma del poder de una de las partes sobre el todo. Según los casos más arriba planteados, tendríamos, por orden: una Sociedad privada que se apoderaría del Estado (probablemente con la fundamental connivencia del propio Estado); una Sociedad privada que liquidaría a otra Sociedad privada para después adueñarse del Estado; el propietario de una parte de la Sociedad que liquidaría al propietario de la otra parte para después adueñarse del Estado; un partido, apoyado por otro partido análogo que ya detenta el poder en otro Estado, que se haría con el poder en su propio Estado.

»Klaus Patera y Misha Pila eran dos espías (y esta es la última «desnuda información» propiamente dicha que os doy). La sensación de comicidad que os va invadiendo está del todo justificada. Ambos interpretaban sendos papeles de italoamericanos. Y lo hacían con tal empeño que nunca dos italoamericanos fueran más italoamericanos que ellos. Vitaminas y proteínas habían borrado los caracteres raciales más evidentes (los debidos al hambre, a la bufonería, al estado de ánimo típico de la mendicidad y la indigencia) pero habían dejado intactos los rasgos esenciales: negrura de ojos y de cejas, chatez de narices, turgencia de bocas, obesidad y xxx de complexión, fluctuaban como indestructibles fósiles sobre fisonomías amorfas y mancas de norteamericanos medios.

»Ahora el azar había querido que estos dos personajes fueran lanzados al espacio y se encontraran en medio del cosmos; lo que no podía sino aumentar, automáticamente, su comicidad, aislándolos, como los aislaba, el uno frente al otro, y a ambos frente al universo.[(38), 219]

»Pero no es suficiente. Os he dicho, en un plano puramente referencial, que Klaus Patera y Misha Pila eran espías. Uno, espía del poder que, por comodidad, llamaré «Orina», y el otro espía del poder que llamaré «Heces».

»Y esta es la cuestión: Klaus Patera, espía del poder «Orina», sabía que Misha Pila era espía del poder «Heces»; y asimismo Misha Pila, espía del poder «Heces», sabía que Klaus Patera era espía del poder «Orina».

»No solo: además, Klaus Patera, espía del poder «Orina», hacía un doble juego, o sea que también era espía del poder «Heces».

»E igualmente Misha Pila, espía del poder «Heces», hacía asimismo un doble juego, o sea que también era espía del poder «Orina».

»Ahora bien, Klaus Patera, que hacía un doble juego siendo espía tanto del poder «Orina» como del poder «Heces», sabía que también Misha Pila hacía un doble juego, siendo espía tanto del poder «Orina» como del poder «Heces»; pero Misha Pila no, no sabía que Klaus Patera hacía un doble juego, solo lo sospechaba.

»En un cuadro o gráfico trazado por un semiólogo de formación pragmática o incluso behaviorista —un cuadro o gráfico del todo perfecto en su tipicidad y absoluta simetría— la incerteza de Misha Pila constituiría, digámoslo así, una Semi-incógnita. La cual, mucho más dramáticamente que una verdadera Incógnita, convertiría en irreductible a cualquier esquema (incluso a un esquema de la ambigüedad) la ambigüedad

---

[(38)] «... somos como dos seres abstractos en un aerostato que se han encontrado para decirse la verdad» (Dostoievski, «Los demonios»).

constituida por el dualismo entre proyecto y poder que se vivía en nuestra nave espacial en las personas de Klaus Patera y Misha Pila. La inmensidad de los cielos se abría de par en par a los pies de ambos. No es verdad que el espacio esté oscuro. Ciertamente no hay en él claridad alguna ni auténtica luz. No obstante, «eso» que se abisma bajo los pies y se despliega sobre la cabeza a través de los ojos de buey —o sea, el infinito— tiene un color propio, que emana de sí mismo. El hielo y el silencio, pero también la solemnidad, forman ese particular añil de las simas cósmicas, que, en los extremos márgenes que alcanza la mirada, se difumina en una claridad —si así puede llamarse— celestial. Todo esto lo sé porque lo he visto en un sueño revelador. Tanto mirando hacia lo alto como mirando hacia abajo se experimenta un particular vértigo que, agarrándose al estómago hasta casi quitar el sentido, pone claramente de manifiesto su intolerabilidad. Un pobre cuerpo humano no es capaz de tolerar vértigos tales; y, al sentir que zarandeado por ellos está a punto, digamos, de vomitarse a sí mismo, comprende que ha llegado la hora a la que lo convoca, con una sonrisa aterradora dirigida solo a él, la nada a la que nace. Y, sin embargo, no solo se toleran esos vértigos, sino que incluso el terror que producen tiene algo de dulce y exultante, como ciertos acontecimientos de la infancia. En aquel sueño revelador comprendí, de una vez para siempre, que no es el mar nuestro verdadero origen, quiero decir el vientre materno originario (al que con todas nuestras fuerzas tendemos a regresar); nuestro verdadero origen es el espacio. Es allí donde en verdad nacemos, en la esfera del cosmos. En el mar quizá nacemos por segunda vez. De modo que la atracción del mar es profunda, pero la del espacio celeste es infinitamente mayor.[39]

---

[39] Quizá a esto hacen referencia las religiones con el culto de la Ascensión. En cuanto a la atracción del mar, cfr. especialmente «Thalassa» de Sándor Ferenczi, considerado al parecer por Freud como «la más atrevida aplicación del psicoanálisis jamás emprendida».

»El planeta hacia el que había sido lanzada la nave espacial con Klaus Patera y Misha Pila dentro se había descubierto recientemente. Con referencia a una casual cita de san Pablo, tomada de la «Historia Lausiaca» (que su descubridor estaba leyendo por casualidad en aquellos días), al nuevo planeta se lo había denominado «Ta kai ta», o bien, en la convención que se había constituido ya de inmediato, Takaità. (La frase de san Pablo que, mira por dónde, se refería a los Cielos, en la cita lausiaca sonaba así: «Autòs gar èlegue Paulos: 'Ho gar karpòs tou pneúmatós estin' ta kai ta…»).[220]

»El nuevo planeta estaba extraordinariamente lejos. El viaje en la nave espacial debía durar exactamente tres años, tres meses y tres días. Así que Klaus Patera y Misha Pila tenían mucho tiempo por delante para observar y sobre todo para observarse, según el esquema del cuadro aquel del semiólogo behaviorista, que sería tan maravillosamente perfecto si no fuera, mal que me pese, por la tan lamentable Semi-incógnita debida a la incerteza de Misha.

»En cualquier caso, ninguno (dicho sea con enfático optimismo, aunque pudoroso) de los miembros de la tripulación, incluyendo a nuestros dos protagonistas —a pesar de la prioridad de las graves misiones encomendadas por la sociedad, en las que estaban virilmente enfrascados—, podía abstraerse del júbilo de aquella inmersión en el cosmos, de aquel regreso a los espacios de los que todo provenía, de forma inorgánica. Júbilo, repito, júbilo: aun aterrador.

»Los tres años, tres meses y tres días pasaron. La nave espacial ralentizó su sobrenatural velocidad y entró en la estratosfera de «Takaità». Reapareció la luz. Una luz que descendía como desde un embudo humeante: helada y cinérea, con lejanas manchas azules que parecían agujeros sobre un cielo distinto, estival y marino, y desgarros o humaradas amarillentas, remansándose a miles y miles de kilómetros de distancia, quizá en derredor del planeta. Y en efecto apareció el globo de Takaità, que su Sol iluminaba a mitad (ya no estábamos en el sistema solar, por supuesto). Un globo exaltante, familiar, que se acercaba vertiginosamente, pues la velocidad de la nave seguía siendo vertiginosa. Y se dibujaron mares y continentes, limosos, magmáticos, con espumeantes luces a un tiempo planas y tangentes (desde la altura de la nave con un solo golpe de vista se distinguían, sobre el globo, la hora del alba, la hora del mediodía y la hora del crepúsculo). Rápidamente la nave se situó sobre el planeta, a la distancia de un común satélite televisivo, es decir, a la distancia en que el dibujo de mares y de tierras se hace perceptible. Y fue en este momento cundo se presentó lo inimaginable.

»Mientras la nave se acercaba a la corteza terrestre de Takaità, Takaità naturalmente giraba: del día pasaba a la noche. Y, por eso, lo que se mostró a los ojos de los astronautas y de los dos observadores, además de ser inimaginable, fue tan rápido que pareció un sueño, generando así serias dudas sobre su propia realidad y obligando, en definitiva, a suspender el juicio sobre lo que quiera que fuese.

»¿En qué consistió tamaña sorpresa, asombrosa hasta el punto de provocar la incredulidad que provocan los sueños fugaces? Consistió, simplemente —aun en la luz alucinada y anómala filtrada desde distintos estratos de la atmósfera—, en la aparición sobre la corteza terrestre de Takaità de formas que recordaban, con una fidelidad que era en sustancia identidad, las formas de la corteza de nuestro globo terráqueo. Ahí estaba la tosca forma de Francia, más abajo la no menos tosca forma de la península ibérica y la forma «de bota» de Italia. Una identidad, repito, perfecta. Pero de inmediato todo fue engullido por la oscuridad; y la fulmínea aparición —tan encendida— semejó, en lo oscuro, un espejismo espectral.

»La nave aterrizó en la oscuridad. Y volvió a empezar —al cabo de más de tres años— para sus xxx la convención del tiempo real. La noche era noche y solamente noche. Una noche que duraba regularmente, incluidos ambos crepúsculos, unas doce horas. La oscuridad era profunda. Takaità no tenía luna, o, si acaso la tenía, era aquella una noche sin luna.

»Las operaciones de desembarco de la nave serían largas. Se prolongarían aproximadamente durante toda la noche. No hay nada más conmovedor que el estupor de los técnicos; y no hay nada más heroico que su estupidez y su sentido del deber. Aunque ingenuamente estupefactos, se empeñaron en cumplir con la máxima seriedad su cometido. No podría decirse que la noche hubiera pasado del todo cuando la tripulación pudo salir de la nave. Estaba oscuro todavía; se vislumbraban apenas, en derredor, masas inmóviles, quizá árboles, o rocas; solo hacia oriente el cielo se había transformado en una enorme, vertiginosa placa de cristal a través de la cual una luminosidad, aún tenue, comenzaba a traslucirse, transformando su profundo añil en una tinta azul sin matiz alguno, pero ya casi encendida.

»Los cosmonautas salieron, y, como ya habían previsto los expertos, no fue precisa ni una pesada escafandra llena de lastre para caminar, ni casco y bombonas de oxígeno para respirar. Se podía caminar y respirar libremente, como en nuestra Tierra. La tripulación pudo pues salir de la nave de uniforme y con la cabeza descubierta. Apenas fuera de la nave, otro hecho asombroso colmó de estupor a los astronautas y los inmovilizó en un silencio atento y alarmado: a lo lejos, en la más profunda oscuridad, resonaba el gorjeo de un ruiseñor. Pero quizá —si era en verdad el gorjeo de un ruiseñor— fuera el último de la noche. Solo pudo oírse una extrema frase interrogativa, poco más que un eco. Se desvanecía tan rápidamente que no parecía verdadero, daba la impresión de ser un engaño, una ensoñación. La noche era tibia, estival. Pero, al mismo tiempo, el frescor que precede al alba provocaba escalofríos; y de hecho los pies estaban empapados de rocío. En cuanto la elemental e inmensa placa del cielo, de un azul eléctrico apenas desvaído, comenzó a vetearse hacia oriente de una infinita serie de primorosos matices, entre los que empezaba ya a prevalecer una franja, casi compacta, de rosa cinabrio, otros sonidos misteriosos, como hálitos o suspiros, comenzaron a oírse en la oscuridad. Hasta que de golpe, esta vez sin equívocos posibles, empezaron a trinar las alondras. Casi de la misma imprevista manera se iluminó el aire. Ahí estaba dispuesta ya la luz, una luz triste y perlada, aún fría. Que todo lo desveló, sin refutación posible, en su gris fatalidad.

## Apunte 103
## **La Epojé: Historia de las masacres**

—Si he entendido bien —dijo quien se aprestaba a ser el cuarto narrador, empezando a servirse su copa de ciceón—, en todas estas historias, explícita o velada, se repite siempre una misma historia, que constituye el esquema, el paradigma, o si se quiere el «dromenon» real, histórico, al que estas historias de ficción, legomena,[221] dotan de veste simbólica, y a él se remiten. Tal «historia primera» creo que podría titularse «Historia de un golpe de Estado fallido».

»A continuación os contaré una historia que no es simbólica, no es secundaria, no es subsiguiente. No se remite a la «Historia del golpe de Estado fallido», es la «Historia del golpe de Estado fallido». Y que el fracaso del golpe sea momentáneo o definitivo es algo que dejo a vuestro juicio. Así como dejo a vuestro juicio si el golpe ha sido históricamente posible o un simple conato.

»Sin duda os preguntaréis quién soy yo, un narrador anónimo —y encima abstemio, porque estoy de luto—, para poder contaros una tan importante «historia primera», no acontecida en el mito sino en la realidad. Pues bien, señores, yo no soy nadie. Outis, como Montale.[222] Sencillamente la casualidad ha propiciado que yo conociera los hechos. Unos hechos que por tanto me limito a referir. Entre otras cosas, ni siquiera soy del oficio. Yo vivo de las rentas, no ejerzo profesión alguna. Paso el tiempo dedicándome al diletantismo cultural. Y eso es lo que me ha permitido venir a saber de los «hechos» en cuestión. Del mismo modo que son mis condiciones económicas las que instauran, casi automáticamente, por necesidad propia, el estilo de mi relato. ¿Por qué? Porque yo, siendo un hombre rico, tengo al mismo tiempo mucho que perder y nada que perder, al no estar comprometido con ningún trabajo ni con ninguna responsabilidad. En consecuencia —como quien tiene mucho que perder— no diré los nombres de los protagonistas de estos hechos y tampoco de los lugares donde tales hechos se desarrollan; a cambio, como quien no tiene nada que perder, referiré los hechos tal como me han sido referidos, sin miedo alguno a su tremenda verdad.

»Pero antes, dos palabras sobre el «caso» que me puso al corriente de una historia semejante, o mejor de su significado, que cabe en una sinopsis de no más de dos o tres folios mecanografiados. No he alcanzado a saber nada más (pero creo que es suficiente). Me encontraba en Katmandú, y me encontraba allí porque entre mis «hobbies» está el de registrar música popular. No sabía que justo en aquellos días se celebraba en Bhaktapur una gran fiesta religiosa popular, equivalente más o menos a nuestra Pascua o a nuestra Navidad. Así que yo estaba en aquella plazuela de Bhaktapur de casualidad, en realidad siguiendo el itinerario de un turista cualquiera; en vez de llevar en la mano una cámara normal y corriente, llevaba conmigo algo menos corriente, un magnífico Nagra. Y además era de noche, y la cámara hubiera sido completamente inútil; mientras que, a mi parecer, había una atmósfera magnífica para mi magnetófono. En la plazuela había una animación insólita. Se oían cantos y músicas lejanas. Cosa, esta, del todo normal, al anochecer, en Nepal, porque en los compartimentos de los templos se reúne siempre gente a cantar, acompañándose con dos o tres antiguos instrumentos. Pero esas músicas y esos cantos, que resonaban a veces cercanos y a veces lejanos en la plazuela de Bhaktapur, tenían algo de particular. Pronto aparecieron grupos de gente con pequeñas teas en las manos, poco más que cerillas, y platos de latón con pequeñas ofrendas: florecillas rojas, algo mustias, polvos también de color rojo, quizá alguna especia, un puñadito de arroz, guindillas y otras sustancias indefinibles, entre el naranja y el púrpura, todas extrañamente lacias y como marchitas, y al mismo tiempo delicadas. La gente sostenía aquellos pesados platos metálicos con las ofrendas sin esconder su excitación, su alegría y su prisa. Eran grupos de amigos, o familias. Padres y madres con sus niños, o cuadrillas de jóvenes. En torno al cuello todos llevaban collares de abalorios rojos, o de hilos rojos enlazados sobre el pecho. Y en la cabeza también, en una oreja, llevaban esas flores de color anaranjado desvaído en un rojo cinabrio indefinible. En medio de la frente, un gran lunar, siempre de ese misterioso color: una pasta viscosa aplicada con un toque del dedo. Un viejecillo muy alegre, de rasgados ojos risueños enmarcados de arrugas y orejas de soplillo —seguido por un grupo de jóvenes también risueños, pero con mayor discreción y timidez filial—, se me acercó y con un toque de su índice renegrido me dejó en la frente aquella señal rojiza, lo que suscitó la alegría general. Tanto que uno de los jóvenes, pequeño y alegre como un chiquillo, se me acercó y me puso, por si fuera poco, un collar de abalorios rojos alrededor del cuello. De modo que burla burlando, decididamente, me convertí en uno de los suyos. Aunque fuera un turista, lo que resultaba embarazoso. Pero no me desanimé; mi interés hacia todo lo que me sucedía —siendo un recopilador de música popular— era real y muy emocionante. Y además no estoy hecho a sentir jamás diferencias raciales, ni sociales o históricas. Por naturaleza, sin más. En definitiva, con aquel lunar en la frente y el collar aquel, y, sobre todo, entre aquellas sonrisas afectuosas, me sentía completamente a mis anchas, aunque casi estremecido de emoción y de ternura. Mis ocasionales compañeros y anfitriones, por lo demás, no me abrumaron con su gracia ni siquiera un instante: en cuanto se diluyó, junto con sus sonrisas, el primer momento de dicha del encuentro, siguieron su camino, intactos.

»Ya había oscurecido. Todo estaba a punto de ser engullido por la negrura de una noche sin luna: las pequeñas casas y los edificios de ladrillo rojo, con bases de piedra y frisos de madera labrada, en particular bajo las cornisas y en torno a los ventanucos, los templos con sus perfiles reiterados (aquí, en esta plazuela, había uno arcaico, muy rústico), los grupos de tabernáculos dispersos por todas partes en las calles pavimentadas con pequeños ladrillos rojos y bordillos de piedra, como en nuestras ciudades, los lavaderos, al fondo de graderías de piedra en profundos y anchos fosos, con sus mil primorosos frisos y estatuillas. Los grupos de gente con sus pequeñas teas se dirigían todos al fondo de la plazuela —la última de Bhaktapur, lindera con el campo— y enfilaban una espléndida calle, cuajada de edificios de menudos portales espléndidos y pequeñas logias de madera, que se alternaban con los frecuentes tabernáculos, con sus exquisitos monstruos de bronce. También yo me dirigí hacia allá, mezclándome entre la multitud. Enseguida llegué al final de la calle, que desembocaba en una explanada, llena de estupendas logias de madera, y con una parte elevada en el centro llena de los consabidos tabernáculos, y ahora, como por lo demás los patios interiores, que se adivinaban tras las puertas y al fondo de los callejones, llena de interminables ristras de guindillas rojas y de no sé qué cereal amarillo, puestas a secar. En derredor, más y más pequeños templos, con sus patios cuajados de estatuas, estatuillas y pequeños altares. La explanada era un altozano sobre los campos, que se vislumbraban —exuberantes, verdes y cenagosos— en la oscuridad. La multitud se hacía más numerosa. Algunos se detenían en los callejones o bajo las logias, o en medio de la explanada, mientras que otros enfilaban una calle empedrada de cantos irregulares, no de ladrillos en espinapez, que descendía hacia los primeros campos cenagosos. Pero sobre todo, algo extraordinario y para mí exaltante, grupos de hombres y muchachos por doquier tocando sus instrumentos, todos a un tiempo. Había grupos pobres, muy reducidos, con rudos instrumentos arcaicos y el indefectible y rústico tambor. Otros grupos, en cambio, eran numerosos, como auténticas bandas. Y hasta tenían instrumentos modernos, incluso violines o trombones, aunque siguieran tocando sus viejos motivos. De vez en cuando, no obstante, algunos de los motivos me parecían europeos, probablemente ingleses, asimilados y elaborados durante el dominio colonial. Que tantos grupos de personas tocaran sus instrumentos al mismo tiempo aquí y allá, en aquella explanada, era ya, repito, para mí, algo extraordinario y exaltante. Pero nada comparado a lo que me esperaba al cabo de un rato. Todos los grupos, tanto los de los músicos como los que llevaban sus ofrendas votivas sin más, tras demorarse un tanto alegremente, se dirigían calle abajo hacia los campos. Me mezclé entre ellos. Y esta vez me encontré literalmente atrapado en medio de la multitud que se amontonaba. A ambos lados de la calle empedrada había pequeñas regueras, repletas de agua fangosa que hedía agudamente a heces humanas recientes. Y más allá de las regueras, los últimos muretes y las últimas cercas de pequeñas eras repletas, desbordantes de almiares de heno y de estiércol, de aperos y xxx. Luego empezaban los campos, y las hediondas regueras se desbordaban en los márgenes pantanosos de los sembrados. La multitud, junto a la cual yo a duras penas transitaba lentamente, se concentraba en aquel camino perdido en la oscuridad de los campos. Y la marcha se fue volviendo más dificultosa porque, al cabo de un rato, la multitud empezó a cruzarse con gentes que regresaban (yo aún no sabía de dónde), otra multitud formada asimismo por grupos que llevaban los recipientes de las ofrendas (ya vacíos) y que tocaban sus instrumentos. Se oía una música, refinada y salvaje, mucho más cercana a la música occidental que la de cualquier otro país oriental, una música que surgía como milagrosamente, consistente y festiva, en medio de la gente. Se acercaba deprisa, y deprisa, tras haber resonado ensordecedora en los oídos de quienes con ella se cruzaban, desaparecía a sus espaldas, hacia la ciudad. Deprisa, sí, por más extraño que parezca, dada la parsimonia con que la multitud, en ambos sentidos, avanzaba. Pero así era. Yo caminaba, zarandeado por el gentío, con el magnetófono en alto. Las músicas llegaban, se cruzaban, se desvanecían. Los que las ejecutaban, repito, eran hombres, incluso viejos, y muchachos. La mayoría muchachos. Todos risueños, partícipes de la felicidad general, y, como pasa siempre con los jóvenes, rivalizaban en habilidad. Eran tan jóvenes que parecían chiquillos, el rostro terso, el pelo negro bien recortado, en parte vestidos a la europea, con sencillas camisas blancas, y en parte con sus ropas tradicionales, que consistían muy sencillamente en una túnica blanca o clara y calzones del mismo color. Tocaban alegremente sus instrumentos, cruzándose con sus coetáneos y desapareciendo hacia la ciudad sin luces, saboreando ya quién sabe qué nuevos episodios de la fiesta. El camino se iba estrechando, cada vez más atestado, entre campos que eran ya auténticos aguazales, siempre vagamente hediondos de mierda humana reciente, de niño. Caminar era casi imposible en medio de aquellas músicas ensordecedoras, de aquella multitud cada vez más impetuosa. Al cabo empecé a entender con mayor precisión (porque ya me lo había imaginado) de qué se trataba. La gente iba en peregrinación a un templo, o a un gran Tabernáculo, que se adivinaba, al final del camino, en la oscuridad. Y ni siquiera parecía particularmente antiguo ni vistoso. Cosa que también sucede con los santuarios italianos meta de peregrinaciones. Surgía allá al fondo, en el terreno pantanoso, al otro lado de un foso cruzado por una mísera pasarela de madera. De improviso, en medio de un grupo de gente particularmente apretujada, que parecía imposible atravesar, porque además eran todos presa de una especie de paroxismo, como de pánico, apareció ante mí el estupendo simulacro de una divinidad; en realidad no era otra cosa que un muñeco, hecho quizá de trapos y paja, como los que en Europa se queman por la epifanía o las fiestas de mayo. Pero estaba revestido de soberbios ropajes y llevaba una máscara sobre el rostro. Las ropas y la máscara no eran lujosas ni de materiales preciosos. Es más, eran pobres. El fasto residía en la concepción, que en cualquier caso era completa y puramente popular. Era la locura artificiosa, tortuosa, fastuosa, barroca de la fantasía popular, que alcanzaba un refinamiento de otro modo inalcanzable. Los colores predominantes de los ropajes eran dos colores que a menudo usa conjuntamente la gran pintura manierista: el rojo y el verde. Un rojo vagamente violeta, claro, y un verde venenoso, de trigo recién brotado. Sobre todo las cintas, los festones y los aderezos eran de esos colores. Y estaban prendidos en forma de lazos y nudos que, al menos a mí, me recordaron los lazos y los nudos del elegantísimo Alcibíades tal como se presenta ante Sócrates en el Banquete. Portaba aquel simulacro un grupo de jóvenes; pero, aunque intentaran mantenerlo elevado, enseguida me fue hurtada su visión, tal era la muchedumbre. Lo vi mecerse y enseguida desaparecer. Pero pronto apareció otro ídolo semejante, cuajado de nudos y colgantes de suntuosidad andrajosa y barroca, con las facciones impasibles de su máscara rósea. Y también fue engullido por la multitud devota y desquiciada. Yo avanzaba lentamente hacia el templo. Puesto que ahora bajo el camino había un foso bastante profundo, lo abandoné y empecé a caminar de lado, como hacían todos, por el talud resbaladizo. Y así llegué a la pasarela de madera, llena de frisos de artesana fantasía, que conducía a la explanada en cuyo centro se hallaba el pequeño templo erigido como santuario. En efecto no se trataba de un templo antiguo ni particularmente vistoso. La gente se desperdigaba por la explanada, chapoteando en el barro, y giraba alrededor del templo, deteniéndose ante las estatuas de las divinidades para orar y depositar sus ofrendas. Como todos los demás templos, grandes y pequeños, este también estaba lleno de campanillas de bronce, y la gente las meneaba haciéndolas sonar, agudas y ensordecedoras. También yo rodeé el templo, con los grupos de peregrinos. El campo en derredor era triste, negro, húmedo. Cuando regresé a la explanada frontera al templo, en lugar de volver a cruzar de inmediato la pasarela, me detuve un poco, en el margen, junto a un gran arbusto repelado circundado de altísimas cañaveras. Hacía pocos minutos que estaba allí, siempre con mi magnetófono en alto (la música que se sucedía incesante se mezclaba a los desordenados repiques de las campanillas), cuando, a mi espalda, creí oír un lamento. Agucé el oído, hasta donde era posible hacerlo con aquel estrépito. Era exactamente un lamento, un lamento humano. Venía de más allá de los matorrales, entre las cañaveras. Me adentré en la maraña —en torno a la cual el persistente olor a mierda de niño era más agudo— y, tendido en el fango, vi un cuerpo humano; por sus abultadas dimensiones y por sus ropas comprendí que se trataba de un europeo. Me agaché y le levanté la cabeza, horriblemente sucia de cieno. Me pareció que tenía la boca ensangrentada. Me hablaba con un hilo de voz. Pero en aquel momento era tal la furia de las campanillas que no llegué a percibir sus palabras. Aunque poco después alcancé su sentido. Hablaba en inglés. Debía ser americano. Cuando se dio cuenta, por mi acento, de que yo era italiano, empezó también él a hablar en italiano, casi perfectamente. Tenía el rostro alargado, amarillento y miserable. El pelo largo de moda entre los jóvenes (pero él andaba por los cuarenta) le colgaba innoble sobre los hombros. Tenía la pinta de un drogadicto —que no se sabe si en los ojos del prójimo busca complicidad, indulgencia o admiración— e impresa en la cara como una sonrisa, deformante e ininterrumpida: la de quien, sintiéndose perdido o humillado, es inocuo. Y se estaba muriendo. Todo lo que mirando y oyendo a aquel hombre vine a saber de él tenía algo de irrevocable, y sin embargo estaba a punto de ser revocado. Pero ¿cómo podría ser de otra manera? Como cualquiera, siguió siendo él mismo hasta el final. Me dijo, con la voz áfona de quien siente dentro de sí un trauma mortal, lo que había sucedido. «Esos de ahí», o sea los pobres paisanos de Bhaktapur entregados a su festividad campesina, lo «habían matado». Al parecer apaleándolo. Pocas horas antes, cuando aún era de día, andaba por allí con su cámara (la vi, estaba en el suelo a su lado sobre el fango hediondo) grabando por la explanada los preparativos, más bien pobres, de la ceremonia. Algunos chiquillos no dejaban de interponerse insistentemente entre su cámara y lo que quería grabar. Él les había rogado repetidas veces que se apartaran, pero ellos, quizá por su absoluta incapacidad de comprender sus exigencias, no se movían; entonces él, según sus palabras, «le largó una patada en el culo» a uno de ellos. Lo miré. ¿Cómo era posible que un hombre semejante, humillado hasta la mansedumbre, hubiera sido capaz de emprenderla a patadas en el culo con nadie? Una pregunta que quedó sin respuesta. El hecho es que aquel niño tan severamente castigado corrió a decírselo a los mayores, llorando. Y estos intervinieron indignados, quizá tras una breve discusión. Sin duda su reacción fue colectiva. Se acercó hasta él un nutrido grupo de exaltados por la ofensa. Pretendían que el culpable, para ser perdonado, se arrodillara ante el más anciano de los presentes y le besara los pies. También cabría preguntarse cómo era posible que hombres apacibles como los habitantes de Bhaktapur pudieran llegar a tales excesos. Pero también esta era una pregunta destinada a quedar sin respuesta. El culpable no accedió a arrodillarse ante nadie ni a besarle los pies a nadie. Entonces la emprendieron a palos con él y, en resumidas cuentas, lo lincharon. Ahora estaba liando el petate, allí detrás de aquel arbusto, en el cieno, mientras los repiques festivos de las campanas del templo resonaban cada vez más insistentes y ensordecedores. Entendí que se disponía a confiarme, deprisa, sus últimas voluntades. Pero no se trataba exactamente de últimas voluntades sino de una especie de confesión, que me hacía por ser yo italiano. Se negó a recibir ayuda, a ser trasladado al hospital. Lo importante era hablarme. Mostraba una especie de impaciente compasión hacia mí, notando cómo yo mentía dando a entender que aún había esperanzas. En esto se comportó como un perfecto burgués.[223] Poco después vine a saber que era de origen italiano (pero de madre anglosajona) y que pertenecía a la mafia. Tenía que confesarme lo que sabía. Su culpa, pues, consistía en saber. Quizá, como aquellos campesinos que lo habían apaleado, creyera en Dios, y quería pasar ligero de equipaje al otro mundo. Quién sabe. O quizá quisiera vengarse de alguien. Lo que me contó es un breve periodo de la reciente historia italiana (exactamente seis años). Mi Nagra funcionaba a la perfección. Por eso, todo lo que me dijo está grabado en una cinta, mezclado con los repiques obsesivos de las campanillas y con las músicas nepalesas, que seguían resonando en aquellos campos oscuros y fríos entre montañas imponentes.

[el relato del moribundo en primera persona: larga historia que comienza en Norteamérica — homicidio de Kennedy — llegada a Grecia — fascistas italianos, etc.

El moribundo cuenta lo que sabe; pero también lo que ha venido a saber a través de otros moribundos (tres o cuatro)[40] que a su vez, antes de morir, le cuentan a él lo que saben.

El moribundo del Nepal es por lo tanto cronológicamente el último. Sospecho que no lo han matado los buenos nepaleses. Con todo, él, metalingüísticamente, insiste en decir que dos son las fases de las masacres, dos, y el narrador lo repite a su auditorio: Dos son las fases, dos]

[40] Uno de ellos le cae justo al lado una noche desde la cuarta planta de una clínica (D'Ambrosio). Otro muere al caer por el hueco del ascensor.

## Apunte 103a
## **Un incierto punto y seguido**

No sé si en realidad una estructura formal abraza toda la realidad de un libro. Sobre tal identificación entre forma y contenido diría no tener las certezas de Shklovski, entre otras cosas porque cada «unidad», a lo que parece, ha resultado siempre «idealista». Con todo, no hay duda de que una identidad de formas lingüísticas implica una identidad de formas no lingüísticas. Por ejemplo, el conjunto de la presente obra está netamente dividido en dos partes (en sentido estructural, porque, lo reitero, no estoy escribiendo una historia real, sino que estoy construyendo una forma): la primera parte es un «bloque político» cimentado sobre la lucha del poder contra la oposición comunista, una lucha real, con una tensión real; la segunda parte es un «bloque político» cimentado sobre la lucha del poder contra la subversión fascista, una lucha por el contrario ficticia, con una tensión ficticia. División de formas que reproduce exactamente la del último relato incluido en el texto y atribuido a un anónimo narrador en un círculo de personas cultas. Este «trasvase de sentido» en una obra entre compartimentos que deberían ser compartimentos estancos, puede ciertamente poner en dificultades al lector. Y yo, como el marqués de Sade, pienso que «Le lecteur a droit de se fâcher quand il s'aperçoit que l'on veut trop exiger de lui…».[224] Por este motivo yo le planteo generosamente el dilema en términos casi elementales.

## En lugar de los relatos zen

Dos historias sobre la Epojé: el cambio total de la historia.

1) Historias de descubrimientos de personalidades artísticas (un noble descubre a un pintor pobre; un pobre descubre a un pintor noble; un pequeñoburgués descubre a un pequeñoburgués desaparecido en un campo de exterminio): pero luego, con la Epojé, es imposible descubrir a pintor alguno

2) El padre y las dos hijas (santa y mundana): cuando está a punto de alcanzar su objetivo la Epojé muda los valores

   (siguen comentarios de los narradores y del auditorio)

3) Relato del Niño-Mierda

(mayo de 1974)

4) Personaje creado con la división en dos de una persona. Personaje creado como síntesis de una infinidad de personajes, o una infinidad de personajes creados de la diseminación de uno solo. En el primer caso tenemos el orden (que por lo tanto puede nacer de la disociación) y la muerte; en el segundo caso, el desorden y la vida.
   En el caso intermedio, el bloqueo: o sea la Epojé.

(4 de junio de 1974)

## Apunte 102
## **La Epojé: comentarios en una tertulia**

1) Época nueva (de las «Comunas», etc.)

2) Fin de la Iglesia

3) Fin del fascismo clásico, etc.

Apunte 103 — La búsqueda de un nuevo Carmelo Pisa

« 104 — Regreso a Turín

« 105 — Estación de Turín, pensión Sicilia: los 20

« 106 — Episodio de los veinte

« 107 — Desaparición de los veinte, su encuentro con los veinte Espíritus fascistas

« 108 — La bomba

« 109 — Visión de la masacre

## Apunte 103
## **Un ansia literalmente indescriptible**

Mientras, a su alrededor no cesaba el runrún de fondo de la Fiesta del Quirinal, y, al alcance de sus oídos, la culta discusión como un bajorrelieve viviente sobre una piedra imponente y amenazadora. Carlo se sentía transido de dolor por la pérdida de Carmelo, o de cualquier otro que hubiera ocupado el lugar de Carmelo. El deseo de recuperarlo le quitaba el sentido; y un sentimiento fatal, que claramente le decía que jamás habría de conseguirlo, era como un dolor físico que atenazaba todo lo que en él había de mortal. Desde esa condición, como desde una fosa a cuyos bordes tuviera tiempo y ocasión de asomarse (como absorto) ∨ y lanzar una mirada al mundo en torno a él; lo reconocía, y ello no hacía sino aumentar su desesperación. ¡Qué auténticos eran todos cuantos tenía a su alrededor, hablando, sonriendo, buscándose, evitándose, en la zarabanda de la vida y de las viejas luchas políticas, ya de nuevo sangrantes, como sus heridas! Allí en medio, el recuerdo del sexo de Carmelo —enorme como el ferro de una nave pirata, como apero de era campesina, como lanza de carreta boyeriza, y al tiempo sedoso casi, tierno en su dureza— lo hacía tambalearse, con el corazón en la boca. Llegados a este punto he de advertir que tras el deseo y el dolor de Carlo no hay nada oculto: ni equivalentes ni precedentes ni ejemplos ni códigos. Lo que unía tan profundamente a Carlo con Carmelo, con un vínculo por el que Carlo estaría dispuesto como suele decirse a dar la vida, era algo del todo arbitrario y gratuito; algo que no consta ni en los libros de historia de las religiones, ni en los libros de etnología, ni en los libros de antropología, ni en los libros de psicología o de psicoanálisis, ni tampoco en las novelas ni en los memoriales; es decir, en la totalidad de lo cognoscible, que —ordenado en una biblioteca, inmensa e ilimitada— pudiera yo consultar para ayudarme en el empeño de describir el deseo y el dolor de Carlo.[225] Quien ha perdido a una persona amada solo puede entender la intensidad, la violencia de la pérdida. Su fenomenología, pero no ciertamente su sentido. De hecho tal sentido fue concebido por primera vez en un total desfasamiento de la realidad. Ante Carlo, un camarero ocioso, al final de un turno cumplido sin pena ni gloria, se miraba las uñas. Estaba ya cayendo la noche; pero había cesado el viento y hacía más calor; desde las casas de los alrededores, allá por la Fontana di Trevi, llegaban vagas músicas.

En este punto siento la necesidad de hacer una observación, sobre todo a mí mismo. El sistema estilístico de este libro me impide inventar un personaje cuya definitiva partida o cuya muerte pueda conmover, hasta provocar (y no me avergüenza considerarlo natural) el tan antiguo, humano,[226] pujo de llanto.[227]

## Bloque político I

[Las fuentes — Apéndices de novela negra]

[Las cosas que es preciso saber]

* Primera fase —vivida por Carlo I semiinconscientemente (?) — de la organización gubernativa (Estado) de masacres en función anticomunista (cfr. apuntes)

# PETRÓLEO
# (SEGUNDA PARTE)[228]

## Apunte 103b
## **Segundo bloque político (Premisa)**

Lo que en este libro está por narrar es, una vez más, «algo escrito». Pero «algo escrito» que ya no remite a otra cosa sino a «algo escrito» precedentemente.

Solo el lector iniciado —e iniciado en concreto en la lectura de este libro— puede quizá tener la pretensión de entender la maqueta de signos impresa en la página que está a punto de leer.

«Algo escrito» precedentemente había relatado el genocidio del Poder entre la clase obrera y en general depauperada mediante la imposición de nuevos Modelos (que, transformando radicalmente a los obreros y a los pobres, los había hecho desaparecer de la faz de la tierra, al pie de la letra).

Ahora, este «algo escrito» relata, literalmente, una iniciativa delictuosa del Poder (mejor, para ser exactos, del Estado).

Ahora, la iniciativa delictuosa impulsada por el Poder en su forma burocrática estatal,[229] y descrita en el presente «bosquejo de signos», consiste en una forma violenta de lucha de clases antiobrera, y para mayor precisión anticomunista.

La pregunta problemática es la siguiente: ¿qué sentido tiene todo esto, si, como hemos visto en el «bosquejo de signos» aludido precedentemente, la clase obrera y en general depauperada, en realidad, «ha desaparecido de la faz de la tierra»? ¿Cómo es posible, ni siquiera concebible, luchar contra quien ya no existe?

Por supuesto que siempre se puede ofrecer una explicación. En este caso —artificialmente planteado por mí— la explicación es esta: el Poder es siempre, por decirlo a la italiana, maquiavélico, o sea, realista. Excluye de su praxis todo aquello que pueda «conocerse» mediante Visiones. Pues bien, la

Visión que describe el final violento de la clase trabajadora se encuentra en esta novela, se incluye «en el dominio de esta escritura»; y es solo aquí, por lo tanto, donde la inteligencia del Poder debe tomar en consideración las Visiones.

Y ya que, al parecer, no lo hace, se demuestra falta, ineficaz, obtusa, miedosa, despiadada, criminal. Cuando —como veremos más adelante en un tercer «bosquejo de signos», en una tercera tirada de ese «algo escrito»— no lo es. El comportamiento estúpido del Poder (montar un enorme mecanismo, estructurado como una cadena de delitos comunes, para destruir algo que el propio Poder ya ha destruido de otro modo) es en verdad, al menos en este contexto, enigmático. La luz de la historia precisa un calendario; apenas se altera un tanto la continuidad cronológica de los acontecimientos —acaso descomponiéndolos en sus elementos— héteme aquí que la luz de la historia se apaga, ya nada explica.

La posposición de una serie de delitos (realistas) respecto de una Visión —una posposición que pone en ridículo la lógica del maquiavelismo o realismo político, volviéndola sobremanera anticuada— es no obstante en todo caso —debe quedar claro— un acto de denuncia. Porque los políticos no solo no deben ser asesinos, han de ser capaces además de tener Visiones.

– Nota sobre el desmayo del Merda (‹?›)
– El monumento «para reírme»
– Nota al «     » (compromiso asumido con el lector para guiarlo)

Parte I
– Fiesta de Yulia Mijáilovna (Carlo = Stavroguin = Tagore) descaradamente Giulia De Micheli (eterno femenino) ‹?› de Dostoievski — momento parasitario — «reescrito» con analogías, concordancias etc. mundo actual (feministas en lugar de las gobernantas, pero cfr. siempre los Demonios) — También literatos — también la camarilla literaria — etc.

Parte II [a la espera del escándalo] [varias y muy peculiares características físicas de C.]
– Todo paráfrasis de Dostoievski porque C. se echa a perder etc. pero no por un desastre (incendios o delitos) sino con el escándalo de poca monta de los dos golpes de efecto que afectan a C.
1) C. encarna temas nuevo antifascismo y es él quien cita y decide cataclismo Fanfani (preanunciando la «crisis cósmica» que estallará al final de la novela)
2) Paradojas religiosas

(introducir eventualmente historia de amor)

– Viaje a Edo — ‹?› por simetría con primer viaje — todo telegráfico etc. — desde la aparición o sugerencia del viaje por parte de Cornelio

11 nov. 1974

## Final

* Crisis cósmica (fin del petróleo, agua, aire)
– Dioses-no Dioses[41] que reviven la escena de las crisis cósmicas originarias (resulta evocada, en lugar de la actual, la más arcaica — que en efecto se repite idéntica: anasyrma, carcajada, ‹?›, reanudación del curso de la historia)

– Carcajadas etc.

– se trata de decidir cómo — reunión — todo como antes.

---

[41] Apareciendo de improviso ven el nuevo aspecto de la tierra degradada, contaminada — agua, animales, pastos, cementerios de residuos ‹?› y plutones — monumentos fúnebres centrales termonucleares (además de ruinas retorcidas de todo lo que atañe al petróleo, desde las refinerías a las gasolineras).

## Apunte 103c
## **El prado bajo la torre de Pisa**

(Es un capítulo análogo al capítulo 51a (El Bullicame). Carlo pasa revista a los jóvenes estudiantes ociosos, tumbados etc. en el enorme prado. Sus características físicas y morales, totalmente legibles, totalmente distintas de las de los jóvenes del Bullicame. Hay un salto de época, pero aún no se ha hecho patente en la conciencia de Carlo —mientras que el otro Carlo ya lo ha experimentado cumplidamente, etc.—, por eso observa todo como en una pesadilla dolorosa de impotencia, suya y de ellos, etc.)

## Apunte 104
## **Los lugares del vicio**

Carlo regresa directamente a Turín desde Pisa. Me ahorro, y le ahorro al lector, la descripción de su dolor «desconocido». Carga consigo mismo como con un saco dentro del cual está encerrado un hombre amordazado y sangrante. Lo desgarra un deseo cuya realización considera imposible. Tiene de él una sola experiencia, única, aislada, abstracta. La de cuando siendo niño había aprendido de sus compañeros del colegio que existían «los lugares del vicio», de los que hablaban entre ellos con total normalidad; pero él ya desde entonces mantenía sepultada dentro de sí la conciencia de un fenómeno semejante. Y después durante toda la vida no cejó en su tarea de soterramiento. Ahora bien, si la cosa en sí la tenía tan enterrada dentro como para desengañarse de que pudiera nunca en modo alguno salir a la luz, el «recuerdo de la cosa», por el contrario, permanecía vivísimo en él, casi reciente, flamante. Recordaba con absoluta exactitud cuáles eran los lugares del vicio y lo que se hacía en ellos.

Había sido un muchacho torpe, tosco, antipáticamente ridículo y pusilánime, con los pantalones hasta la rodilla, a la inglesa, ceñidos sobre un bajo vientre vacío como el de una mujer. Carecía por completo de la gracia de la timidez. A escondidas, arramblaba con todo, con el mismo derecho que los demás. No era alguien desesperadamente «distinto». Las mejillas grandes y amorfas de campesino, los ojillos diminutos e inexpresivos (cuando no cargados de una indescifrable expresión defensiva y ∨), la nuca plana y hundida entre los hombros pequeños y redondeados, el culo abultado y respingón, las piernas gordas en equis: todo ello hacía de él un muchacho desagradable pero perfectamente normal.[42]

Ahora, de adulto, no estaba muy cambiado. Ni mucho menos: seguía siendo curiosamente el mismo de entonces. Ávido, sensual, ciegamente convencido de que no decir las cosas sellara su perfecto y perdurable secreto: como entonces.

Así que ahora regresa a Turín, en busca de aquellos «lugares del vicio» que eran los únicos de los que tenía alguna noción, y a los que atribuía por tanto una especie de validez particular, «sólida», de alguna manera incluso «tradicional». Eran los únicos que conocía, repito; lo que hacía de ellos los «lugares del vicio» por excelencia: únicos, absolutos.

[42] «Votivus puer» justo en tanto que «perversus puer», y viceversa (por adoptar el lenguaje de Pietro da Eboli y de Gioacchino da Fiore, que naturalmente se referían a un hijo de poderosos padres (Federico II).

- baja del tren en Turín

- velada (siniestra penumbra, cena legal, todo demasiado brillante, etc.)

- Primeras «visiones» — chaperos<br>travestis

- Bar — Clientes del Bar

- Conoce a Pambo

- Aparición de personajes con barbas y pelos largos que recuerdan al escritor que acaba en -trini. Es imposible entender si son fascistas o comunistas, y tampoco su actitud misteriosa (drogas, bombas, etc.)

- Encuentro con Teodoro (Fedka), modelado sobre el encuentro entre Stavroguin y Fedka; pero este último es un vulgar chantajista que chantajea a Carlo sin base alguna. Carlo es un hombre poderoso (o lo ha sido) y no se deja chantajear.

- Usará a Fedka como rufián — y será él quien lo llevará a la pensión Sicilia (donde hay un hervidero u hormiguero de inmigrantes, de hombres nuevos — Una sociedad que se resquebraja y se renueva)

## Apunte 105
## **Premisa a la gran Digresión**

Pero el caso es que... aunque me cueste y me dé cierto reparo «traicionar las expectativas» del lector, debo en este momento interrumpir la trayectoria que tan decididamente llevaba a Carlo hacia la realización (por más que insatisfactoria y convencional) de sus nuevos deseos, y comenzar a trazar una distinta. Este nuevo impulso narrativo no tiene que ver, al menos por el momento, con Carlo, sino con una serie de personajes no «introducidos», absolutamente nuevos y, por lo mismo, a todas luces equívocos y huraños. Además, el relato que tiene que ver con estos nuevos personajes no es ni siquiera original. Es una «reelaboración» parasitaria y, por más señas, se sirve de una técnica por completo ajena al narrador que tomo como modelo (considerado inimitable). Que Carlo sea un Stavroguin en ningún modo puede ser verdad, ni lejanamente. Es indudable sin embargo que se trata justamente del Stavroguin que Dostoievski había programado construir (y que en realidad no ha construido por la sencilla razón de que no habría podido soportar la convivencia con un personaje semejante durante más o menos dos años de su vida, entre 1868 y 1869). Quiero decir que Carlo es un personaje «tibio». Es cierto que Stavroguin —como Dostoievski afirma— no es ni «ardiente» ni «frío». Es las dos cosas juntas, pero ello no significa en absoluto que sea «tibio». El «ardor» y la «frialdad» puestos el uno al lado de la otra producen algo diferente a la «tibieza», o sea a la mediocridad, como pretendía, verbalmente, Dostoievski. El «ardor» y la «frialdad», puestos el uno al lado de la otra, producen ambigüedad; vivida dramáticamente, pero sin un explícito conflicto. Una ambigüedad firme por lo tanto en el simulacro del enigma. Ya he observado, creo, a lo largo de esta obra, que los pecados carnales de Carlo, precisamente por repetirse sin cesar, no se acercan lo más mínimo a los escasos y pavorosos pecados de Stavroguin.

En definitiva, y en conclusión, Carlo es un Stavroguin como es debido, es decir, verdaderamente «tibio» (cosa horrible para Dostoievski, y también para mí); y si ha sido igualmente dotado de una doble vida, ello significa, en nuestro caso, que se trata de dos vidas tibias.

Como Stavroguin, que consumaba sus pecados en la capital o en el extranjero, Carlo también tenía una madre reputada en el establishment de «nuestra ciudad», o sea de Turín. Y esta tal madre —que mira por dónde se llamaba Barbara— tenía una poderosa amiga-rival, recientemente establecida en Turín, muy similar a Yulia Mijáilovna, de modo que yo no tendré empacho en llamarla por comodidad Giulia Miceli. Es verdad que su «eterno femenino» me asusta un poco; no obstante intentaré medirme con él, por más que, repito, en una simple paráfrasis.

## Apunte 106a
## **Comienza la gran Digresión**

Barbara (Varvara Petrovna), la madre de nuestro Stavroguin a la italiana (definición o identificación que por otro lado no es veraz, o lo es solo en parte), en aquellos últimos años había abandonado casi del todo su Skvoréshniki del Canavese para establecerse definitivamente en la ciudad. Quería hacerse presente. Era (como sabemos) una mujer no ajena a la política. Y de izquierdas, por más señas. Ciertamente, por ejemplo, más de izquierdas que Saragat, a quien conocía muy bien desde su juventud. Se había formado (es un decir) en el ambiente ideal turinés cuya matriz directa eran Gobetti y Gramsci.[230] Su ambición (no confesada a nadie y que quizá conozco solo yo) era la de parecerse «a lo grande» a la madre Pajetta.[231] En sus tiempos había sido buena amiga de Pavese (que sin embargo —al menos según constancia documental— no debió darse cuenta). Decidió dar cauce a su progresismo de izquierdas en el Partido de la Democracia Cristiana solo para sentirse así más libre (de un eventual conformismo de izquierdas) y además, y sobre todo, más útil (el pontificado de Juan XXIII y el catolicismo contestatario le habían venido, a este respecto, como anillo al dedo). Pero sobre un asunto era inamovible: sobre el antifascismo y la fe en los ideales de la Resistencia. De modo que sinceramente confundía una cosa con la otra: su deseo de destacar con su ejecutoria. En el periodo en el que Carlo regresó a Turín (no como el hijo pródigo) habían acontecido hacía poco algunos sucesos muy importantes para Barbara. Una vieja compañera de colegio se había trasladado de Roma a Turín, acompañando a su marido, el nuevo gobernador civil. Pero, como a menudo sucede en casos semejantes, la verdadera gobernadora era ella.[43] Se había casado con un pobre diablo, un burócrata que por la fuerza inerte de las promociones había hecho carrera en el Ministerio de Defensa. Era originario de Las Marcas, y, por naturaleza, inseguro y neurótico de un lado, del otro pacífico y carente de verdadera ambición. Pero la casualidad había querido que durante la guerra se encontrara en Piamonte, y allí, siempre por casualidad, había participado en la guerra partisana. Esta, entre otras, le pareció a la vieja compañera de colegio de Barbara una razón decisiva para casarse con él, sacarlo del trantrán burocrático romano y conseguir que lo nombraran gobernador civil de Turín. Por primera vez el gobernador de una gran ciudad industrial provenía de la Resistencia; era poseedor, pues, de una aquilatada fe antifascista. Parecían por tanto inaugurarse unas maneras nuevas —en una perspectiva de tolerancia— en el gobierno y la administración. En esto Barbara se hallaba en la vanguardia como vieja pionera. Pero había una sombra: la sombra de Giulia Miceli. Entre las dos rivales no podía nacer, en consecuencia, sino una visceral alianza. Y así fue.

Ofrecidas todas estas aceleradas informaciones, al parecer obligatorias en un relato, voy rápidamente al meollo: es decir, al xxx de los hechos, las intrigas en las que Carlo vino a encontrarse (con absoluto desinterés) a su llegada a Turín.

---

[43] por analogía, claro, con la «gobernadora» de «Los demonios».

## Apunte 106b
## **Continúa la gran Digresión**

Apunte 107

## Encuentro con Fedka

* Introducir la figura del padre Pambo[232] (viejo maricón siciliano, gigantesco) y reintroducir la figura del escritor de apellido que acaba en -òn — en un contexto de grupúsculos marxistas-leninistas y feltrinellianos al borde del mundo de la criminalidad (que después pasará del rojo al negro etc. en el episodio de la masacre, que liga ese mismo mundo de la criminalidad [Pensión «Sicilia»] con el comunismo extremista).

* La cara anónima «típica» de una juventud enigmática (ni fascista ni antifascista, ni conformista ni anticonformista: quizá imbécil, quizá criminal, etc.)
Cara que queda impresa (simbólicamente) en la memoria de Carlo, en todas sus aventuras «degradadas».

* Los sicarios o aliados de la mala vida (o del caos italiano) hacen estallar la bomba con los dos millones de liras que Carlo ha pagado por las «chapas», en la Pensión Sicilia

## Apunte 110
## **Los Godoarios**[233]

Carlo se dirigió hacia el final de la estación. Los muros, en parte derrumbados, en parte aún en pie, pero con enormes brechas que los cuarteaban oblicuamente o abrían en ellos grandes huecos circulares, tenían la apariencia de ruinas. Polvorientos, como señal de su reciente derrumbe, quedaban solo diseminados aquí y allá montones de escombros frescos. Pero el dibujo de sus resquebrajaduras, el perfil denticulado de los xxx, dada la solidez de la construcción realizada con materiales viejos, según usos vivos aún a principios de siglo, proporcionaba a aquellos muros devastados un aire de nobles vestigios; como por ejemplo los de un templo o una iglesia seiscentista en medio de los campos, entre marañas de ortigas, hiedras pobres con campánulas azules, cardos, los arcos abiertos contra el cielo y el lejano horizonte… Misteriosamente, también las brechas y los huecos de la estación modernista dejaban entrar la luz celestial (y me quedo corto) de los campos, como si la ciudad se hubiera desvanecido tras ellos. En efecto, brechas y huecos daban directamente al cielo, desde el que provenía aquella luz que bien podía ser la de primera hora, apenas perdida la tenuidad del alba, cuando ya ha comenzado la vida; o bien la que precede en poco al crepúsculo, en verano, cuando todavía la noche está lejos, y en su madurez tiene algo de fresco y de fúnebre a un tiempo. Entrando como desde un celaje azul, o desde un horizonte marino en el que el mar no fuera visible, aquella luz tomaba las formas monstruosas de las brechas y los huecos por donde penetraba, pero al posarse sobre el suelo adquiría una ligereza suprema, alentadora: un auténtico regreso de la vida (que a decir verdad nunca, ni por un instante, se había detenido). Pero ¿en qué habían quedado las largas calles rojizas de los alrededores, de mansiones humbertinas y altos pórticos, con los raíles del tranvía bien encastrados en la destellante pavimentación? ¿Era posible que la explosión hubiera arrasado por completo incluso el barrio en torno a la estación?

## Apunte III
## **Los Godoarios (continuación)**

Carlo se acercó a los montones de escombros con cautela de hombre sedentario, los superó resbalándose y por fin consiguió acercarse a una brecha del muro y mirar a través de ella. En efecto, la ciudad había desaparecido. El edificio de la estación surgía en medio de un inmenso desierto, como las ruinas de una antigua iglesia aislada invadida de ortigas y de sol.

Con esfuerzo, Carlo superó el antepecho de un ventanal resquebrajado, reducido a la solemne miseria de un arco consumado por los siglos.

Ante él, el desierto era una especie de páramo verde, con terraplenes aquí y allá y uno que otro bosque tallar, delgados alisos y acacias repeladas. Por todas partes la hierba crecida, desmedrada, asilvestrada, sin traza de calles ni senderos.

Hacía años sin duda que no se segaba ni se forrajeaba; las hierbas más delicadas se habían agostado, o escaseaban, mientras las más silvestres, las matillas de hinojo, los xxx, los xxx, resistían, con sus tallos duros y como encallecidos.

Carlo se adentró en aquella llanura somontana, justo en dirección a los montes, que obstruían, grises o azulencos como nubes, el cielo; solo un hilo blanco de nieve dibujaba su perfil, distinguiendo su silueta neblinosa en el cielo estival, apenas más transparente.

Según iba avanzando, el terreno se hacía menos desmedrado y árido; quizá se estaba acercando a una zona de resurgencias, en la que aguas sin ribazo alguno, llegadas subterráneamente de los neveros de aquellos lácteos[234] montes, afloraban y se diseminaban por la llanura, reverdeciéndola.[235]

Aunque era evidente que no se sembraba desde hacía años, la alfalfa dibujaba amplias manchas oscuras entre las hierbas silvestres, más claras y amarillentas, descaradamente mediterráneas; y crecían —asimismo sin podar desde hacía años— los dulces árboles padanos: bosques de chopos, no en hileras sino desordenados, como hubieron de ser al inicio de los tiempos. Y tilos, recién perdidas sus flores blancas; acacias cuajadas en cambio de corimbos enormes, obscenos casi por su excesivo perfume primaveral; zarzamoras; y luego, hacia más domésticos espacios, los árboles que circundan casales y vergeles, los que se alinean a las orillas de los ríos.

## Apunte 112
## **Los Godoarios (III)**

Pero por aquellos espacios verdeantes era más difícil caminar. Ya no se trataba de un desierto, sino de una sabana, el margen de una selva. Las piernas se hundían en la hierba alta, bajo la cual no se veía ni tierra ni barro. En derredor, cada vez más poblados, bosques tallares: saúcos de hojas duras y secas y de débiles ramas, zarzamoras, higueras bordes, a veces al fondo de una depresión herbosa más densa aún, de fondo cenagoso, otras en ciertas elevaciones que, dada su regularidad, se diría que habían sido tiempo atrás terraplenes. Aunque cada brizna de hierba, cada hoja resultara familiar, y no hubiese un solo árbol cuya forma no resultara desde siempre conocida para quien no hubiera puesto nunca un pie fuera de la llanura padana, el sol y el silencio lo inundaban todo de un terror salvaje. Donde los árboles más se acumulaban, entre arbustos secos que más parecían nutrirse de aire y de sol que de agua, las cigarras, más que cantar, enloquecían. Era el suyo un concierto alto, monótono, ensordecedor, poderoso, como entre las mieses, a la orilla del torrente, cerca de Atenas, donde Sócrates y Fedro paseaban, una tarde trece siglos atrás. Y los pájaros se habían adueñado de nuevo por completo del cielo y de las plantas. En ciertos momentos sus densas bandadas en el cielo semejaban hormigueros. E igual los animales de la tierra: los reptiles, las lagartijas, los caracoles, los escarabajos, las moscas. Tras unas bardas que parecían marmóreas, entre cipreses enroscados de hiedra cuajada de campánulas azules y, allí crecidos por azar, nísperos enanos, había una hoya alimentada por un curso de aguas profundas y verdes, más transparentes que el cristal; allá en lo hondo, el sol entraba oblicuamente, iluminando a manchas el agua y las orillas. En torno a una poza redonda de agua se congregaban cientos y cientos de abejas, saciando su sed. Parecía una fuente homérica. O acaso la hubieran visto también los ojos astutos de Salimbene da Parma. Más de un giróvago sin duda debía haber pasado y haberla olvidado, como tantas otras, tan familiares. Pero no quedaba traza de paso alguno. Solo aquellas abejas de oro, sobre el agua estancada levemente pútrida, daban señales de vida.

## Apunte 113
## **Los Godoarios (IV)**

Luego volvía la sabana, con sus chopos de antiguas plantaciones, que cada vez más iban adensándose hasta convertirse en un verdadero bosque silvestre. Por el cual se habría podido correr incluso, pues la hierba era corta y rala, y la tierra dura. Los largos troncos lisos, bañados por la luz ya un tanto rasante del sol, proyectaban sobre las hojas secas que tapizaban la tierra largas y delgadas sombras regulares, que también se iban adensando.

Al final de la chopera, de nuevo la llanura; pero menos verdeante, casi yerma como en un principio, en torno a las ruinas de la estación.

La hierba se había vuelto amarillenta y rígida, y más agudamente perfumada, de hinojo, manzanilla o menta. Y raleaba cada vez más dejando al descubierto un terreno duro y pedregoso.

Hasta que, en el horizonte, tras parvos sotos poblados de los consabidos árboles, apareció como un vacío, una extensión uniforme contra el horizonte que discurría, claro, bajo la raíz oscura y neblinosa de las montañas. Se trataba de un río; o mejor de una enorme torrentera, de al menos un kilómetro de ancho, toda blanquinosa de guijarros claros, o blancos como huevos, o tiernamente rosa o grises, recién arrastrados monte abajo.

En aquel desierto de guijarros discurrían algunos riachuelos, ramificándose, confluyendo, de un color turquesa apenas oscuro en los puntos más profundos, en las pozas, pero del todo transparente, tanto que se distinguía el color de las piedras del fondo.

En la desmedida extensión del pedregal —orlado al fondo por una diáfana barrera de árboles y matorral, pequeños en la lejanía—, en medio de aquellos rápidos verdiazules, crecían matojos de olor acre: mimbres velados, casi lacados de rojo, bajo los cuales —sobre una pizca de tierra polvorienta— V menudas flores amarillas, los más pobres y primorosos frutos del verano, que se hacía presente allí, en aquella inmensa sablera, con todo su poderoso y residual bochorno.

## Apunte 114
## **Los Godoarios (V)**

Después de la sablera volvía de nuevo la raña, que, iluminada por la luz rasante del sol, dibujaba limpiamente su línea de horizonte contra los oscuros despeñaderos de las montañas lejanas.

El silencio —si podía llamarse silencio aquel estridor de cigarras que aturdía, pero no menos que el de las golondrinas, o que el gorjeo de tantos pajarillos— era absoluto. Ninguna señal de vida humana.

De improviso, una parcela de hierba que parecía segada; sí, se veían claramente los tallos segados e hirsutos de las xxx xxx xxx. Pero nada sino aquel preciso indicio señalaba en derredor otra paz que no fuera la paz silvestre de la naturaleza abandonada a sí misma.

Sin podar desde décadas o siglos atrás, los árboles frutales tenían las ramas duras y retorcidas, demasiadas hojas, pequeños frutos irreconocibles; y eran escasos, nacidos por azar entre las zarzas, que poco a poco, con las ortigas y la xxx, parecían querer adueñarse de los campos, cubriéndolos. Pero más allá de una barda, justo un zarzal, espeso y duro como el hierro, detrás de un prado de hierba corta y verde —probablemente entreverada de berros y achicoria— apareció un segundo indicio; y era algo que no podía dejar de estremecer el alma y arrasar los ojos en lágrimas: se trataba de un campo de maíz, surcado por hileras de vides, donde claramente se sentía la xxx de una mano humana.

## Apunte 115
## **Los Godoarios (VI)**

Poco después, en efecto, apareció la traza de un sendero, casi un camino, de tierra apisonada.

Atravesando campos de alfalfa, luego espesuras de tilos y de acacias, aquel camino llevaba a otro más ancho, siempre de tierra apisonada, de fango pardo, endurecido por la bonanza prolongada.

A la orilla del camino discurría veloz un caz de aguas verdes y milagrosamente transparentes.

Se veían las más menudas hojas de las hierbas acuáticas que brotaban en su fondo, con largas hojas a ratos desordenadas por la corriente, a ratos musgosamente compactas, verdísimas.

Más adelante, superando el caz —que estaba bordeado por una alta barrera de tilos y de acacias paralela al camino—, había un puentecillo.

El pavimento era de tierra apisonada, pero el arco, de mínima curvatura, era de ladrillo. Por debajo, en un frescor maravilloso, se precipitaba la corriente; pero ya no en su soledad perfecta, porque, tanto sobre el puente como en los ribazos verdísimos de las orillas, o en el agua, varios patos se ocupaban en sus menesteres, muy decididos a no dejarse distraer por nada. De vez en cuando batían sus toscas alas, blancas, gris perla y gris pajizo, y el azul de sus pequeñas cabezas tenía alrededor de los ojos un reflejo de zafiro.

## Apunte 116
## **Los Godoarios (VII)**

La noche cayó de repente; o el crepúsculo al menos, que parecía más oscuro, allí, adentro en la espesura de plantas embebidas de agua. Era la hora en la que deberían empezar a oírse las campanas de los pueblos cercanos. Más allá del puente, la larga pared de tilos y de acacias acababa, y, detrás, apareció un muro, alto, de ladrillo, con un portón en medio. Estaba entornado. Al acercarse, resonaron en el aire —o al menos así parecía— unas voces, desde dentro del casal. No se distinguían palabras, solo inflexiones. Una voz de mujer, lejana, quizá desde la parte opuesta del casal que debía asomarse a campo abierto, dijo algo muy alto, y continuó luego como ensimismada, tenue; probablemente la mujer se habría retirado hacia el interior de la casa desde el balcón al que se asomaba. Poco después, quizá sin responderle directamente, pero retomando el hilo de lo dicho por la mujer, se alzó la voz de un muchacho, a la que se superpuso de inmediato el tono autoritario de la de un adulto, sin duda su padre. El muchacho se rio un poco y permaneció callado. Y se oyó el gañido de un perro. Luego volvió el silencio. Era la hora en que los campesinos regresaban a casa de los campos, posaban los aperos e iban a lavarse y a ordenarse el pelo en el pilón que servía también de abrevadero para los animales, y, mientras el que le tocaba iba a aviar el establo, los demás subían a su habitación a cambiarse; quizá se prepararan para ir al pueblo, a lo mejor en bicicleta, o igual, lavados y repeinados, para pasar la anochecida en el patio, con los amigos de los otros casales. Y era la hora en la que antaño las mujeres se disponían a preparar la cena; se veía por la ventana la lumbre en los oscuros hogares; se sentía un fuerte olor de cereal torrado, y los niños esperaban justo ese momento para dar más que hacer, reprendidos por la madre o las hermanas, peleándose entre ellos…

Bastaba empujar apenas el portón entornado para entrar en el casal aquel, superado el puente. Pero nada más llegar ante el portón, a través de la hendidura entre los grandes batientes macizos y desgastados, apareció algo que, de algún modo, era milagroso: en el centro del patio, una morera, enorme, por lo menos tres o cuatro veces más alta que las moreras menudas que antaño se plantaban en fila en los campos, o que servían como sujeción para las hileras de las vides. Su fronda, tupida, de hojas amasadas en un xxx redondeado, era de un verde tan intenso, profundo, encendido que cegaba. Quizá aquel xxx absorbía toda la extrema luz del sol y la irradiaba en derredor por el patio con sus porches y sus tejavanas, su piso enladrillado ya inmerso en las sombras.

## Apunte 117
**Los Godoarios**

Las voces habían sido sin duda una ilusión; quizá fueran pájaros u otros animales, porque dentro del casal no había un alma. Igual que el portón, dentro todas las puertas estaban entornadas; algunas incluso caídas, con sus umbrales como bocas oscuras. La cocina, grande como un granero, con su hogar abierto en la pared que daba al campo y dos ventanucos a derecha e izquierda por los que entraba la última claridad verde del crepúsculo, estaba vacía; el pavimento, de ladrillos medio sueltos; el techo xxx. A las habitaciones superiores se subía desde el exterior por una escalera de madera que conducía a una larga galería; pero los peldaños estaban podridos, y no se podía subir. En una esquina del patio se veía el muro de una iglesia, con su frontón puntiagudo, su pequeña y noble puerta, del cuatrocientos, y, encima, un pequeño rosetón preciosamente rudo. También allí los batientes estaban podridos, abiertos, con la aldaba colgando. Dentro estaba oscuro; solo entraba esa débil luz verduzca de los campos detrás del casal, que debía dar a poniente.

En cuanto los ojos se acostumbraron a la sombra teñida aún por el tenue claror desconsolado de un ocaso que vanamente —en la limpidez primorosa del cielo apenas encendido en el horizonte— prometía una larga serie de días bonancibles, se distinguieron en los muros los débiles restos de un fresco, deteriorado desde hacía ya mucho tiempo; pero tras la definitiva destrucción, afloraban aún unos fragmentos: el rostro de un santo en escorzo, el pómulo alto, que miraba con ojos de noble, moreno, quizá proveniente del sur, o al menos de esa escuela; el cuerpo acéfalo de una virgen, con la tela del manto azul prusia desvaído sobre las rodillas, y pendiente a uno y otro lado en pliegues simétricos; unas ovejas y un perro, en un cacho de prado verde, sobre el que se dibujaba, en primer plano, la cara de un devoto: no sureño, este, sino humilde y rudamente padano. En el ábside se distinguía solo un velo de tonos negruzcos, con grandes estrellas y los pomos del respaldo de un trono.

Apunte 118

**Los Godoarios**

- Buscando un lugar donde dormir Carlo (rebautizado) ve heces recientes (debido a las moscas)

- Duerme (en un lecho en el que se perciben los antiguos olores campesinos) con una pesadilla: quien ha dejado esas heces puede ser una presencia enemiga, matarlo, etc.

- Cae en un sueño profundo y por la mañana se despierta como si la pesadilla tomara cuerpo — Es un muchacho de unos 15 años o de entre 21 y 22, etc., etc. Tunin (en piamontés) — Guía a Carlo hacia Turín — no habla no comprende está medio ido (como un muchacho del hospicio) etc.

## Apunte 119
## **Los Godoarios**[236]

A la mañana siguiente todo relucía de rocío helado; había incluso algo de niebla suspendida sobre las acacias estivales. Siguiendo el camino de tierra apisonada se llegaba primero a unos maizales; luego, de nuevo a campo raso. De nuevo, el desierto: tierra a la que nunca llegaron hombres o tierra que los hombres han abandonado.

Los restos de la antigua vegetación doméstica, asilvestrados, formaban una espesura inextricable. No todas las parcelas habían desaparecido por completo; no todas las conformaciones regulares de viñedos o choperas, o la red de canalización, o las largas líneas de los ribazos habían sido borradas; lo que hacía aún más angustiosa la desolación primordial en que la vieja llanura —tiempo atrás, poco tiempo atrás, tan familiar— había caído.

Las plantas que durante tantos siglos el hombre había combatido victoriosamente, relegándolas a inútiles rincones, donde perpetuaban, en estrecha alianza con el sol polvoriento, las tinieblas o el barro su invencible vitalidad, ahora, poco a poco, retomaban su vida verdadera, se propagaban en una especie de maligno triunfo al que solo la inmensidad o el silencio ponían freno con una especie de contención solemne. Las ortigas y la grama, xxx y xxx, se extendían interminables, ahogando los que un tiempo fueran frutales y hortalizas; tenían su misma grandeza matutina, su misma luz blanca.

La espesura sin vida, toda de vieja vegetación padana, se abría hacia los no lejanos confines de un río o de un encadenado de colinas; pero se sentía —como en el corazón de África—

que todo seguía igual, en la misma escalofriante y perfecta soledad, más allá del horizonte. Una siniestra madeja de vegetación, que casualmente, acá y allá, conservaba, como trazas de un sueño, el dibujo de otro tiempo (el ornato sublime de una viña, el parasol de una encina entre nogales, un sauce entre las cañaveras, la ladera negra de una colina cubierta de castaños contra las laderas más lejanas de una cadena montañosa de un intenso y clarísimo azul, un contrafuerte amarillento contra rocas pardas plagadas de hierba verdísima), se presentaba sin fin ante los ojos, donde quiera que se posaran en busca de realidades de otros tiempos. Se sentía que el desierto no acababa entre los collados de Vezzolano o de Montiglio, ni hacia la plana de Poirino, Carmagnola, Carmignano o Airasca, ni contra las primeras estribaciones, iluminadas perpendicularmente, de los Alpes, por encima de Giaveno, Avigliana o Viù; sino que seguía inalterado durante decenas y cientos de kilómetros aún, a lo largo de Val Chisone y el Dora Riparia, hasta los glaciares, o siguiendo el cauce del Varaita y el Maira hasta Cuneo, y luego xxx del Stura hasta la Liguria y el mar, y —más allá del Monferrato— hasta allá donde un tiempo surgían Alessandria, Novi, Tortona o Piacenza, desde el Bormida al Staffora; abrazando solamente en su inmensidad, acaso, ciertos restos románicos, preexistentes desde siglos atrás a la civilización sepultada por aquel desierto, renacido en un retorno a los orígenes.

## Apunte 120
## **Los Godoarios (IX)**[237]

No obstante, poco a poco, aquella «waste land», que en principio tenía una forma, acabó volviéndose informe. No había más nada. Era mera presencia, materia, extensión. Tierra anónima, hierbajos, pobres árboles repelados incapaces de ser trágicos en su miseria; cursos de agua apenas esbozados para que el agua pudiera correr por ellos, grandes superficies inmensas pero como privadas de espacio, cúmulos de tierra fresca abandonada antes de asumir función alguna, terraplenes trazados y dejados sin acabar. Por fin apareció, primero, un enorme muladar, en una especie de gran hondonada del terreno, de olor ácido, irrespirable, con los soeces destellos de las latas y los más opacos de los plásticos; las basuras, una desolada superficie cenicienta, estaban en gran parte quemadas; otra parte seguía ardiendo. El fuego crepitaba, menguaba o arreciaba de improviso, alimentado por el viento infecto, en la más absoluta soledad.

Más allá, en los márgenes de aquel inmenso basurero, surgía una pequeña montaña,[238] cuadrada, de carbón o de escorias; en parte negra, en parte blancuzca, dependiendo quizá de la diversa exposición a la luz; comoquiera que fuese, el suyo era un color de muerte; pero, repito, de una muerte auténtica, carente de toda forma.

Desde aquella altura apareció Turín en toda su extensión, allegándose inmensa casi hasta el pie de los montes, que formaban como un oscuro telón al clarear antiguo de las ciudades tal cual aparecían a las caravanas.

## La ciudad sin muros (a partir de Auden)[239]

Esas formas fantásticas, afiladas como colmillos, desperdigadas como huesos —que en la pintura bizantina son el gráfico que representa la Ilimitación, el espacio fuera del poder, habitado por monstruos y recorrido por demonios, o bien colonizado por gente que ha abandonado el mundo, sofistas penitentes y sodomitas—, helas ahí ahora visibles en primer plano: estructuras de acero y de cristal. Hoy son todos eremitas a la fuerza, encerrados en grutas numeradas dentro de inmensas prisiones, hoteles estudiados para deteriorar a sus huéspedes tétricos y ya corrompidos, fábricas en las que el funcional hombre de Hobbes es producido en serie. Allí cada condenado tiene una llave para salir, pero las Tierras de Asfalto son regiones sin ley, donde las bandas se enfrentan y los policías se convierten en los dueños del cotarro; ya se ha vuelto imposible pasear por aquel desierto tras la cena.

No obstante el alumbrado eléctrico permite encuentros patibularios en la noche, donde las subculturas pueden encontrarse y discutir, impulsadas las lenguas por la jerga tribal del vicio y del negocio que genera fraternidad.

Y siniestros cafés que nunca cierran acogen en su aire viciado a charlatanes desenfrenados, holgazanes capaces solo de chismorrear, que pueden desgranar sobre una docena de oyentes idiotizados una ristra interminable de absurdeces, en nombre de algún principio ideológico chantajista y carente de piedad.

Cada día laborable, Eva se dirige a los grandes almacenes para arramblar con los víveres, mientras Adán se ocupa en ganar sin demasiado esfuerzo algo de dinero; cuando cae la tarde toman juntos su sustento, aburridos, y ciertamente sin necesidad de limpiarse el sudor.

Llega el fin de semana que tiempo atrás era santo, libre, no una fiesta sino un simple intervalo en el que uno podía no preocuparse de lo que hacía el vecino. Ahora la radio y los periódicos son absolutamente imprescindibles. Aquello que se va a ver puede ser una cosa vulgar, aquello que se escucha puede ser un sonido idiota, pero es un dique levantado para defenderse de la Desgracia del Domingo, de los aviesos ojos gafes de la Nada. ¿Por qué los anonadados deberían ser capaces de dar una respuesta a la Nada?

Los ordenadores están listos para eliminarlos a todos excepto a unos cuantos más inteligentes, dispensados para que puedan extraer sentido y valor de un universo invisible de hobbies, sexo y consumo. ¿Contra quién habrá de rebelarse la banda de los Hijos si el Padre Gigante y la Madre Dentada son monstruos oníricos, con una tendencia ya irreversible a caer en desuso?

Una Edad de las Máquinas, pero incómoda e incivil como cuando se abrían las primeras luces sobre los pastores bárbaros, que esperaban su turno junto al hontanar, con las mágicas bestias que construyeron los senderos.

## Apunte 121
## **La nueva periferia**

Las primeras casas habían sido dispuestas sobre aquella llanura sin forma; eran enormes, blancas, geométricas, de fachadas cegadoras embestidas por la luz al surgir el sol, y la serie infinita de balcones repetidos las moteaba de pequeñas, secas, míseras sombras idénticas; las paredes en sombra eran negras y lisas, gigantescos rectángulos. Las formas de estas grandes construcciones, dispuestas en grupos asimétricos pero regulares, alrededor de patios circundados de tapias, eran formas gemelas. Repeticiones de una misma forma; que asimismo se repetía, análoga, en los demás grupos cercanos. Como constelaciones, estos grupos de viviendas se allegaban desde el desolado desierto hacia más densos conglomerados. Pero el silencio no era menos profundo que en el desierto. En los enormes patios de materiales pobres, cemento salpicado imitando al mármol, ladrillos que parecían falsos, el vacío era absoluto. Solo dos o tres mujeres se recogían en alguno de ellos, perfilándose oscuras contra paredes metálicas, cargadas con bolsas de plástico blanco semitransparente. También se veía a algunos niños, apartados, silenciosos, generalmente fuera de los patios, entre tapias y zanjas secas y llenas de basura, más allá de las cuales se extendía el desierto.

## Apunte 122
## La nueva periferia (continuación)

Antes de comenzar a incrustarse definitivamente en la ciudad que se asomaba a la luz grisácea del sol (que, según se alzaba, perdía fuerza y luminosidad), las ciudadelas de bloques en serie, en ciertos puntos, iban raleando, y recomenzaba el desierto. Es verdad que una ancha calle asfaltada cruzaba el desierto en cuestión. Pero sus bordes estaban resquebrajados e invadidos por las basuras y por la tierra de aquella llanura informe. De vez en cuando la cruzaban canales de aguas negras e infectas, sobre cuyos escarpados márgenes las basuras parecían dispuestas por una mano decidida a darles un sentido de solidez, de eternidad: insolente en la orilla soleada, melancólica en la penumbra. En un puente de los varios de aquella calle que cruzaba la extremidad del desierto estaban parados, inclinados sobre sus motocicletas, algunos adolescentes vestidos con pantalones y camisas de colores artificiosos, muy vivos, como de fiesta. Luego se pusieron en marcha todos juntos, haciendo rugir rabiosamente sus motos, y levantando las ruedas delanteras como si quisieran encabritar a sus cabalgaduras. Pero tenían una expresión ausente, la cara pálida, la mirada retorcida o distante. El pelo corto sobre la frente y muy largo detrás de las orejas, colgándoles por los hombros, les daba un aire monstruoso[240] de ridículos fetiches femeninos. Enseguida desaparecieron; y en aquel último margen del desierto restó solo la soledad impregnada del hedor irrespirable de las basuras. Poco más adelante había otro conglomerado, pero, entreverado en él, como ruinas o formas constructivas de otro universo, algunas viejas y pobres casas campesinas. Tenían revoques rojos vagamente anaranjados, ya desteñidos, desconchados; las techumbres a base de tejas, con lamparones de musgo; en la fachada interna, que daba a la era, un herbazal ahora intensamente verde sobre el terreno blanco apelmazado, una escalera de madera y hierro conducía por fuera al piso superior y se prolongaba en una galería tan larga como la casa entera. Las puertas que daban a esta galería estaban cerradas; pero aquellas casas viejas no estaban abandonadas. Sobre la hierba jugaban unos niños, y en la galería había un viejo sentado; era de piel oscura, de ojos como ranuras luminosas. Entreabría una boca sensual en su apretada mandíbula, negruzca, cubierta de vello cano. Pequeño de cuerpo, seco, curtido por el trabajo. La luz de su mirada era casi en exceso expresiva, incluso en aquel momento de soledad; su viveza se debía, quizá, a la alegría con la que una persona que se considera inferior piensa en su propia mísera presencia; o quizá era la sonrisa comprometedora con la que un huésped no deseado, tolerado, incapaz de acomodarse a las costumbres del lugar donde se encuentra, mendiga comprensión con una pizca de bufonería; o quizá la luz de aquellos ojos fuera incluso aviesa, sucia, como la de un joven bandido avejentado de repente que sin embargo no renuncia a su autoridad, ahora ya la de un padre, la de un vejestorio miserable, que ya no habla, y cuyo silencio calla acerca de cosas que el mundo no debe saber.

## Apunte 123
## **La nueva periferia (III)**

Apareció la terminal del primer autobús, cosa más bien antigua, a estas alturas, en el mundo. Pero el chófer y el revisor, mientras esperaban su turno, no bromeaban como es usual entre la gente del pueblo. Estaban tiesos como funcionarios junto a su enorme autobús nuevo flamante. Insensibles al hedor de las basuras que llegaba hasta allí —por los bordes de un canal que corría tras una antigua, amarilla, caseta del fielato, ya en desuso y medio derruida—, fumaban pálidos, reservados, con los pelos que les caían por encima del cuello desde los viejos gorros de ordenanza. Su verdadera vida —parecían expresar— estaba en otro sitio. Con delicadezas, deseos y ansias que nada tenían que ver con su trabajo. La gente que se acumulaba esperando el autobús a punto de llegar o a punto de salir, tenía asimismo unas maneras hostiles. La intensidad con que aceptaba las obligaciones de su jornada confirmaba su absolutez insustituible. Tenían a gala un trabajo que les daba una cierta dignidad para la que no estaban en modo alguno preparados, y que adquiría así las características de una traición, por más que inocente: la humildad de los sicarios se transformaba en ellos en complicidad, lo que los volvía presuntuosos y desabridos. Llegaron algunos jóvenes, cuadrillas mixtas de chicos y chicas; y, con ellos, un poco de alboroto y de alegría. Pero era del todo convencional, aprendida en la televisión. Incluso alguno de ellos, junto a un pequeño utilitario brillante como un espejo, imitaba las posturas de los jóvenes que hacen los anuncios de coches o de ropa, o de cualquier otro accesorio: la misma total felicidad en los ojos, que ponía fuera de su alcance cualquier otro sentimiento que no fuera el de la coincidencia con un modelo ansiado sin alternativa posible; pero puesto que esta total felicidad, naturalmente, era falsa, en el fondo de los ojos se posaba una sombra de vergüenza y de miedo. Las alegres palabras eran todas forzadas. Y nadie lo percibía. De modo que la representación, por parte del elenco completo, era perfecta.

Gente como aquella de la parada del autobús constituía el modelo que habría de repetirse, no decenas, ni cientos, ni miles, sino decenas de miles de veces en el viaje hacia el centro de la ciudad.

Los conglomerados de edificios se encastraban los unos en los otros, y los únicos cortes que seccionaban aquella superficie compacta eran los pasos elevados, observatorios del desorden, con su rabioso tránsito de coches y camiones. Era ya media mañana, el sol oculto tras una especie de veladura.

## Apunte 124
## **La nueva periferia (IV)**

Casi toda aquella gente (que, vista por quien no tuviera sus mismos intereses, parecería una especie de realidad revelada) se dirigía al centro de la ciudad, atraída por el trabajo que les proporcionaba bienestar y en consecuencia ese aire de ensoñación. Quien no compartiera su prisa, aun yendo en su misma dirección, podría contemplar a sus anchas cómo ese sueño en que la gente estaba inmersa actuaba y funcionaba realmente. Se trataba de una acción y de un funcionamiento en sustancia definible mediante una serie de negaciones: aquella gente ya no era la de antaño, aquella gente ya no conservaba la inocencia (incluso forzada) de la pobreza, aquella gente ya no conservaba su antiguo respeto, aquella gente ya no conservaba su antigua ansia de redención, aquella gente ya no creaba su propio modelo humano, aquella gente ya no oponía su cultura a la de los patronos, aquella gente ya no conocía la santidad de la resignación, aquella gente ya no conocía la silenciosa voluntad de la revolución. Todas estas contradicciones eran indisolubles la una de la otra.

Todo ello lo expresaba su presencia física, su modo de ser: sus cuerpos. De golpe hubo una oleada en sentido contrario, una invasión que, desde el centro de la ciudad, se dirigía hacia la periferia, o bien desde un suburbio a otro. Eran obreros que salían de sus fábricas. Rugían las sirenas; alguna campana superviviente anunciaba el mediodía.

↑

VISIÓN

Como para una fotografía publicitaria, divididos en tres secciones: mayoría silenciosa, criminalidad, élites políticas e intelectuales.

## La nueva periferia (V)[241]

En una explanada miles de jóvenes se precipitan hacia sus vehículos, motocicletas, utilitarios. La explanada de asfalto arañado por el sol lunar, bajo el severo azulenco del cielo, se encontraba en el extrarradio de la ciudad, entre nudos viarios, huertos abandonados, viejas casas, rascacielos como precipicios de cristal. Detrás de ristras de bloques populares de nueva construcción podía haber una fábrica (quizá la reaparición del desierto glauco en la lontananza brumosa de la ciudad se debía a su disposición horizontal, a sus largos muros bajos), y, tras la esquina de la calle en la que se levantaban rudas construcciones humbertinas (que antaño surgían en medio de los campos), podía haber una escuela. Los jóvenes de aquella turba que se precipitaba a toda prisa, riendo, hablando a gritos, unos corriendo, otros más remisos, ¿eran estudiantes o eran obreros?

## La nueva periferia[242]

Quizá porque Carlo de buena mañana, caminando por la hierba del desierto empapada de rocío, se había mojado los pies, o simplemente a causa del aire que, pese a aquel sol color de miel, comenzaba a refrescar, el hecho es que, poco después de la gran explanada del aparcamiento, llamada pomposamente «Piazzale del Lavoro xxx», cuando tomaba por una gran avenida —esta completamente nueva— bautizada como «Viale dell'Elettronica», Carlo comenzó a sentir en el vientre unas punzadas tan dolorosas que lo dejaban sin aliento. Su sentido era inequívoco, pero trató de ignorarlo,[243] apretando los dientes, con un sudor frío. Al rato las punzadas comenzaron a aplacarse. Breve ilusión. No había caminado ni cien metros, bajo los plátanos dulcemente iluminados por el sol, cuando volvieron las contracciones en el vientre, más violentas que nunca, fatales. El dolor lancinante tenía su centro en el bajo vientre, y se propagaba hacia arriba como fuego en el estómago, le oprimía el pecho, le erizaba la piel de las manos y hasta los cabellos que enmarcaban un rostro blanco como la pared. Clavando las manos en los bolsillos el señor Valletti intentaba comprimirse el vientre mientras caminaba medio doblado sobre sí mismo, pero con la cabeza bien alta como los ciegos. Miraba a su alrededor, como buscando algo con mirada mendicante. Nada contaba más en el mundo, en ese momento, que encontrar un lugar apartado donde evacuar aquellos tremendos excrementos que urgían como agua contra una presa a punto de ceder. Pálido como un muerto, con los ojos vidriosos (aún capaces de fingir sin embargo una cierta indiferencia no exenta de humorismo), escrutaba cada rincón de aquella gran avenida nueva a estrenar. Un rinconcillo cualquiera podía servirle al señor Valletti, que suspiraba incluso por un sitio descubierto, apenas resguardado de las miradas de los eventuales transeúntes, ya que en aquel momento la gran avenida electrónica estaba desierta. Pero no. El rincón aquel daba a un patio interior, encerrado entre precipicios de altas paredes de cristal oscuro, verduzco, como ahumado, con ventanas que eran recuadros de cristal recubiertos por tiras de metal bruñido. Más adelante una gran puerta de entrada a un edificio también de cristal, inmenso, era[244]

Apunte 125
## Manifestación fascista

Carlo va a su casa. El piso principal de un edificio de Via xxx. La madre y las hermanas, Chiara, Emilia, Natalia, le parecen anacrónicas sombras. El incesto consumado con todas ellas lo recuerda ahora como un suceso acontecido en sueños, y en la práctica las ha abolido de la realidad. Pertenecen a otro orden, puramente social. En su casa, por lo demás, Carlo está como en un hotel. Come, duerme. Sale (de nuevo disponible y sin compromiso como cuando era muchacho). Va al café donde se reúnen los amigos (trece años más viejos que la última vez que se vieron). Llega como un sonámbulo. Para ellos es un hombre poderoso; ha alcanzado el ápice de su carrera. Se le atribuyen cualidades de orden distinto a las humanas. La suya es como una teofanía. Los amigos, de recorrido profesional limitado a la ciudad (pero que en cualquier caso en el ámbito ciudadano han alcanzado altos resultados, respetables, en cierto sentido más respetables aún que los de Carlo, a quien no es ajena la idea de algo aventurado, inestable, ligado a la corrupción capitalina, y de rango socialmente inferior), lo acogen con un respeto disfrazado —sin esfuerzo alguno, es más, con sorprendente naturalidad— de confianza y cordialidad. Su experiencia filosófica, limitada, condicionada por una vida sin alternativas, no carece sin embargo de cierta perfección. En el conocimiento y en el talante cultural se parecen mucho los unos a los otros; lo que los asemeja es un sentido del humor compartido, impetuoso y vital, al que Carlo no está acostumbrado. Los políticos que hacen carrera —aunque provengan de ambientes como el de xxx, de cafés similares a ese de Via xxx— son infinitamente más pobres, estúpidos y provincianos. Nace entre los viejos amigos una de esas discusiones que en Roma, o sea en el mundo que se ha convertido en propio para Carlo, serían imposibles (o fruto de mala fe). Un político de primera fila ha de ser siempre un demagogo, ha de mentir; quien de verdad es poderoso —menos conocido públicamente, y sin necesidad de mendigar popularidad pavoneándose de continuo— es por el contrario frío y totalmente cínico, y se distiende y se vuelve un poco niño solamente con sus hobbies. Los viejos amigos turineses, que han pasado toda su vida allí donde nacieron, parecen poder aún gozar, no solo de los placeres de la mesa, sino también de una discusión intelectual desinteresada (de donde nacen después iniciativas prácticas paralelas a las del poder, pero puritanamente polémicas con el poder, hasta donde esto es posible en Italia y en particular en Turín). En una discusión de ese tipo Carlo usa nociones inutilizables en el ámbito del poder, que, para concretarse y verificarse, precisa de nociones puramente formales, es decir, de inmediato traducibles —sin las resistencias de la pura razón— en acciones, en hechos. Hacer discursos reales, para un político, es caer en lo académico. Pero Carlo ha retrocedido a su anterior condición cultural, y vuelve a hacer un uso sincero de tales discursos, como el resto de sus amigos, más acostumbrados que él, y por lo mismo más indiferentes (dispuestos a interrumpir la discusión por cualquier broma que forme parte de la tradición del grupo, o para ir a comer).

Citando a Auden, Carlo, en una pausa de la discusión sobre el inmediato futuro de la sociedad italiana (visto desde dentro de la realidad, es decir, mediante la mejor de las conciencias burguesas), suspira, no por cierto como un hombre poderoso:

—Dichosos los que esperan algo mejor, porque lo que les espera puede ser mucho peor…

—Hay que ver el gusto que te da —continuó la cita uno de pelo canoso, casi blanco, que por casualidad también conocía el poema de Auden—, vaya que sí, referirte a Jeremías con Juvenal. ¿No te da vergüenza regodearte del mal ajeno?

—No te me pongas moralista —siguió citando Carlo—. ¿Que todo me resbala? Supongamos que así sea. Y ¿qué importa, si lo que digo es verdad?

Desde la mesa de al lado, risueña, terció la voz de otro de los amigos (que también conocía la «Ciudad sin muros», quizá recién publicada por Einaudi):

—¡Vámonos a comer, por amor de Dios! Os sentiréis todos mejor después de la comida.[245]

Estas réplicas —las únicas de toda la novela, si no me equivoco (exceptuando los relatos intercalados)— resultaron inmediatamente desmentidas por algo irregular al final de la calle, como un imprevisto vendaval que embistiera contra las ventanas y asustara a las mujeres. La vida se detuvo, y una especie de interrogante se posó sobre las cosas y los rostros. Se oyeron golpes secos; y las voces, fuertes, aisladas, se multiplicaron, se convirtieron en un vocerío confuso, alarmado. Los coches empezaban a pararse, y enseguida se formó una cola que atestaba la calle entera. Desde la zona de la que venían las voces y los gritos empezaron a llegar personas corriendo; alguna de ellas se quedaba esperando bajo los pórticos, en aquella enorme plaza que parecía napolitana, porque una y la misma fuera la Ilustración principesca. Hasta que al final de la calle apareció una fila de personas cogidas del brazo, sosteniendo como podían banderas, carteles, pancartas; y detrás de aquella fila, otra. Una riada de gente.

## Apunte 126
## Manifestación fascista (continuación)[246]

Se trataba de una manifestación fascista. Los carteles ensalzaban, en grandes caracteres y con eslóganes que imitaban los de la Nueva Izquierda, a Almirante y a Birindelli. Algunos pedían perentoriamente la libertad para un cierto xxx: «xxx libre». Quizá fuera ese el motivo por el que la manifestación había sido organizada y autorizada. Carlo, bajo la piedra gris de los altos pórticos de su ciudad, junto a un pequeño grupo de personas (ciudadanos de a pie contrarios a la marcha), se quedó observando a los manifestantes (que pasaban deprisa sobre el adoquinado de la vieja calle). La ocasión favorecía la contemplación. El azar dejaba a Carlo al margen del tumulto. Podía examinar a aquellas gentes como si fueran extraños; o como si él mismo fuera extranjero. Pero ¿aquella casualidad era en verdad un azar? ¿Aquella situación era en verdad reconducible a un momento cualquiera en el que un hombre (exento de su dimensión pública, momentáneamente anónimo) se cruzaba con otros hombres (que, por contra, ponían de manifiesto públicamente, convirtiéndose en protagonistas, lo que eran o pretendían)? Quizá se trataba más bien de la imprevista radicalización y cristalización de algo que maduraba ya hacía tiempo: una separación definitiva del bien respecto del mal, o, mejor, de un fenómeno que no representaba ni el bien ni el mal respecto de otro fenómeno que tampoco representaba ni el bien ni el mal. Entre los manifestantes había hombres de mediana edad (y también algunos más jóvenes) con la camisa negra; algunos se encaraban a los fotógrafos con el provocador saludo fascista; también se veían ondear algunos «gallardetes».[247]

Pero todo ello no impidió que Carlo extrajera con la máxima lucidez sus «inspiradas» conclusiones, que fueron más o menos las siguientes.

No. Estos ya no son fascistas. Hay entre ellos algunos «retardatarios», que son los fascistas clásicos, pero esos ya no cuentan (o cuentan del modo en que lo hacen ciertas supervivencias en nuevos contextos históricos). La decepción es atroz. El final del fascismo marca el final de una época y de un universo. El fin del mundo popular campesino. Era en lo más miserable de este sector donde el fascismo reclutaba sus bandas de sicarios inocentes y viriles. Y es también el fin de las clases medias cuya cultura burguesa estaba aún fundada sobre la cultura popular (similar a la de los sicarios): campesina, pastoricia, marinera, pobre. Diferenciada (entre región y región, entre ciudad y ciudad, entre el centro y la periferia). Descentralizada, particularista. Y por lo tanto real. El nuevo poder (del que Carlo formaba parte directamente) se había apoyado en la posguerra en estas formas culturales reales pero políticamente tradicionalistas. Había hecho pues lo mismo que hiciera el fascismo. Pero luego poco a poco, de manera inopinada, tal poder había cambiado radicalmente de naturaleza. La Iglesia, que había hecho suya la totalidad de los caracteres comunes de las varias culturas particularistas y reales (electoralmente reaccionarias), había sido útil al poder de un modo definitivo. De golpe, ahora la Iglesia resultaba superada, abandonada, inservible, un estorbo. Aquellas culturas reales (particulares, populares) estaban extinguidas (o en vías de extinción). Había acabado con ellas el propio poder, al tiempo que acababa también con la Iglesia. El tipo de vida propugnado por el poder (cada día, cada hora, cada instante cotidiano) era completamente irreligioso. Por ejemplo, nada en el mundo —durante todos esos años— podía considerarse más irreligioso que la televisión. Es cierto que en la pantalla se veían, muy a menudo, actos oficiales de inauguración con la presencia de un ridículo obispo; y aún más a menudo ceremonias religiosas, con el propio papa, etc. Pero todo ello no era sino una exhibición de poder, mediante la religión oficial del Estado. En realidad la televisión destilaba cotidianamente, hora tras hora, puro hedonismo; todo su interés consistía en alimentar el bienestar consumista. Y la gente había aprendido la lección radicalmente, palingenésicamente (por primera vez en la historia). Había mutado. Había hecho propios los nuevos modelos humanos propuestos por la cultura del poder. Había abandonado sus propios modelos tradicionales. Se vivían existencialmente nuevos valores que en la conciencia eran aún solo nominales. La vida iba por delante de la conciencia. La tolerancia, necesaria para la ideología hedonista del consumo, imponía nuevos deberes, para estar al nivel de las nuevas libertades que desde arriba, subrepticiamente, se concedían. Motivo inevitable de neurosis. Por otra parte, vivir existencialmente nuevos valores sin conocerlos era a su vez un buen motivo de neurosis. El mundo campesino se había derrumbado. Los campos (y los seminarios) estaban llenos de víboras. Había perdido sus propios valores tradicionales, reales, junto a los convencionales impuestos por la religión oficial. Y ¿qué sustituía estos valores, que seguían siendo además los valores de la pequeña burguesía? Nadie dijo nunca —desde el poder— la verdad: que los nuevos valores eran los valores de lo superfluo, algo que convertía en superflua, y vacía de esperanza, la vida. En fin, se aparentaba no saber. Carlo miraba a aquellos fascistas que le pasaban por delante. No podían dejar de ser las personas reales que en ese momento el poder (la historia) quería que fueran. Sus eslóganes mentales clásicos, como «Dios, Patria, Familia», eran un puro delirio. Los primeros que realmente no se los creían eran ellos. Quizá, entre las viejas consignas, la única que aún conservaba su sentido era la del «Orden». Pero eso no era suficiente para construir el fascismo. Las personas que pasaban por delante de Carlo eran míseros ciudadanos definitivamente atrapados en la órbita angustiosa del bienestar, corrompidos y devastados por las mil liras de más que una sociedad «desarrollada» les había metido en el bolsillo. Hombres inseguros, grises, amedrentados. Neuróticos. De rostros tensos, aviesos, pálidos. Los más jóvenes llevaban el pelo largo común a todos los consumidores, con bucles y coletas dieciochescas, barbas carbonarias, greñas modernistas; pantalones ceñidos que envolvían unos huevos miserandos. Su agresividad, estúpida y feroz, encogía el corazón. Daban pena, y nada hay menos afrodisíaco que la pena. Su destino les tenía reservado un empleo pagado menos malamente que en las décadas precedentes y fines de semana algo más aburguesados. Aquella manifestación era una simple maniobra diversiva. Los Spínola son peores que los Caetano.[248] Los sicarios de Caetano podían todavía creer en sus valores, en parte falsos y en parte verdaderos: ascetismo y virilidad eran hechos reales, prácticos. Ahora no eran más que penosos fantasmas, cuyo derecho a rondar la ciudad solo derivaba probablemente de una decisión de la CIA. Los auténticos fascistas eran ahora en realidad los antifascistas en el poder. El poderoso era Carlo, no esos lloriqueantes niñatos estúpidos que desconocían el origen de su dolor.

En esas caras de viejos italianos maquillados por el bienestar, lo que no era neurosis era vulgaridad: espesas cejas negras sobre ojos pasmados, mejillas pálidas, gorduras repelentes y agresivas, traseros de bestia de carga. También la vulgaridad es violentamente antiafrodisíaca. Esa masa de gente se desparramaba por aquella vieja calle sin la más mínima prestancia física, o peor aún, con sus físicos penosos y desagradables. Eran pequeñoburgueses sin futuro, al margen de la historia del mundo, en el preciso momento en que se les homologaba con todos los demás.[249]

## Apunte 127
## **Cuarto momento fundamental del poema (del «Misterio»)**

Apenas hubieron pasado los últimos de aquellos espantajos, arrastrando sus pies hinchados, y xxx con voz ronca los cánticos que los primeros estaban acabando de cantar, Carlo sintió un repentino, espantoso dolor en el vientre, y se quedó súbitamente pálido, exangüe, como siempre sucede en estos casos tras el primer V. El dolor pareció calmarse un momento, pero volvió a presentarse más fuerte, con una punzada insoportable. Carlo no pudo evitar echarse las manos al vientre, apretándolo y doblándose sobre sí mismo. La cosa no dejaba lugar a dudas. Con la mirada vidriosa de dolor, Carlo echó un vistazo en derredor suyo buscando la salvación desesperadamente; habría sido suficiente incluso un rincón en algún portal. Pero allá al fondo del adoquinado gris de la plaza, después de los frescos pórticos, estaba el Café xxx, el Café de su juventud. Sin dejar de apretarse el vientre, Carlo llegó hasta él a la carrera, y franqueó el umbral. Rebosaba de gente. Sin duda habría también algún conocido. Pero él, con un esfuerzo, digamos, sobrehumano, aparentando desparpajo y jovialidad, al pasar por delante de la cajera pidió un té, como si nada, y prosiguió sin detenerse, mostrándose en la mejor disposición de ánimo posible, en dirección al váter. Entró y echó el pestillo, presa de una incontenible felicidad: tan incontenible que hasta se puso a canturrear para sus adentros, en voz muy baja, dando gracias a Dios.

Pero el caso fue que algo se añadió, o mejor se superpuso, a esta situación ya de por sí tan novelesca.

Al parecer, toda la historia humana no hace sino repetirnos una cosa: solo es lo que ya ha sido. Y en efecto Carlo, desvistiéndose, vio que le estaba sucediendo lo que ya le había sucedido. Llevando velozmente a cabo el anasyrma, en el espejo del váter, donde ya se había visto reflejado cuando era estudiante, en lugar de ver una vez más a Polhymnia vio a Polhymnos, o si se quiere a Baubo en el lugar de Baubon. Polhymnia o Polhymnos, Baubo o Baubon, son más de lo mismo, a decir verdad. Motivo de risa —sacra quizá, y con referencias fúnebres— tanto para el niño como para la divinidad cósmica, ya lo sabe el lector mejor que yo. Lo que no es óbice para la profunda emoción que Carlo sintió cuando —en el viejo espejo del váter— vio que en su delgado torso ya no había pechos; y cuando, al bajarse pantalones y calzoncillos —según el rito del anasyrma, aunque en este caso concreto nadie riera—, vio que de nuevo del vientre le colgaba, bajo un vello escaso, su viejo pene.[250]

## Apunte 128
## **Antes de la iluminación y de los calambures**

«No os maravilléis de que yo conozca todas las lenguas, porque conozco lo que los hombres no dicen».[44]

Y más: «Quien tenga ojos para ver y oídos para oír se convencerá de que ningún hombre mortal puede mantener un secreto. Si sus labios guardan silencio, murmura con la punta de los dedos: la traición le rezuma por cada uno de sus poros».[45]

El Carlo de la Realidad Literal no habló con nadie, naturalmente, sobre lo sucedido, por razones históricas, y con toda sencillez («Verbum infans», «Dei dialectus solecismus»).

En el mundo del poder ciertas razones históricas no se entienden por principio, y mucho menos el sencillo lenguaje de los símbolos, que son siempre carne y cuerpo. Dicho esto, referiré con toda sencillez cómo al «primer golpe de efecto» (o sea, la recuperación del pene, que acontece por lo demás especularmente a la recuperación del pene del Carlo del Tiempo de los Sueños; pero no se reactualiza sin embargo, no se repite sacralmente; es más bien mera iteración, en dos situaciones históricas distintas)[46] le siguió casi de inmediato no solo un «segundo golpe de efecto», sino incluso un «tercero».

---

[44] Apolonio de Tiana.

[45] Sigmund Freud.

[46] En esto consiste la absoluta originalidad (el juego) de este poema.

## Apunte 128a
## **Dos palabras antes de retomar la gran Digresión**

En cuanto estuvo de nuevo en posesión de su pene (reintegración pagada con la pérdida de los pechos, entiéndase) Carlo pensó enseguida en recuperar su lugar en el mundo. Un mundo (como veremos mejor de inmediato) que era este mundo. Y huelga decir que le resultaba inconcebible no regresar a ese mundo al más alto nivel, en el que el Poder no es solo fuente de sentido sino también ejercicio de sí mismo.

Pero Carlo tenía claro que nunca podría recomenzar desde el punto en el que se había quedado. Lo vivido en aquel periodo no solo había penetrado en su conciencia, lugar en el que es generalmente fácil desembarazarse de todo lo que pueda molestar. Por lo demás, tampoco podría decir cuál era la verdadera novedad, o sea, la novedad experimentada en la inmensidad de su vida inconsciente: «El tao que se puede decir no es el eterno tao».[251]

Lo que puede decirse, anticipando el curso ideal de los hechos, es que, por lo que hace a la conciencia, el descubrimiento de Carlo era que el fascismo ya no era el fascismo conocido por todos y consagrado por la costumbre (sobre todo por las nobles costumbres de los antifascistas); era otra cosa; y el mero hecho de nombrar esa otra cosa derrumbaría todo el andamiaje sobre el que Carlo y otros como él fundamentaban su poder.

La honestidad (que forma parte del mundo literal, y es por lo tanto represiva; también, e incluso más, cuando es sincera) le impedía desentenderse: es decir, recuperar su puesto «directivo» como si no hubiera descubierto, y por lo tanto entendido, nada, y como si él, si quisiera, no fuera capaz de uno u otro modo de nombrar esa otra cosa…

Llegados a este punto hay que hacer una última observación: y es que durante el sueño de Carlo también el mundo había dado algún paso adelante, como es de rigor; y por mundo se entiende en este caso la realidad económica y política. Será menester decir algo acerca de tales avances o mutaciones, y el lector me consentirá hacer alguna puntualización en la puntualización.

Pero vengamos al gran capítulo al final del cual se verificarán los dos nuevos «golpes de efecto» que he anunciado y cuyas repercusiones serán fundamentales para el resto de nuestra historia.

## Apunte 129
## La fiesta antifascista[252]

La fiesta tuvo lugar, a pesar de todas las perplejidades de la anterior jornada «encendida». Creo que aunque el vicepresidente Miceli hubiera muerto aquella misma noche, por la mañana habría tenido lugar igualmente la fiesta, dado el especial significado que tenía para doña Giulia Miceli. Era conmovedor que persistiera en su ceguera hasta el final y que no hubiera entendido el temple de la sociedad. Nadie creía, llegados a ese punto, que el día solemne transcurriría sin algún imprevisto excitante, sin una auténtica «disolución» como decían algunos (destinados por lo demás a la decepción, aunque sus previsiones no fueran desacertadas). Muchos, es verdad, intentaban asumir un porte lo más severo y «político» posible; pero, hablando en general, se sabe que el italiano es hombre que se alegra con desmesura ante cualquier descalabro escandaloso en sociedad. Había en la opinión pública, también es verdad, algo mucho más serio que la simple sed de escándalo: una irritación general, algo implacablemente furioso. Parecía que a todo el mundo cualquier cosa le causara un terrible tedio. Se había difundido cierto cinismo general, indeterminado, un cinismo postizo, como desganado (era la última herencia, dejada por los jóvenes a los adultos, de aquel 1968). Solo las señoras, las eternas señoras, no andaban confundidas, aunque también ellas en un solo punto: en el odio impotente que sentían hacia ese «flatus vocis» de nuestro poema que es Giulia Miceli. En eso coincidían las señoras de cualquier tendencia. Mientras que ella, la pobre, ni lejanamente lo sospechaba; ni un momento dejaba de perseverar en su convicción de sentirse «circundada» por una cohorte de «fanáticos devotos».

Ya he aludido a la aparición en sociedad durante aquellos años de abundante «chusma». En los turbios periodos de oscilación y transición siempre y en todas partes aparece esa «chusma». No hablo de quienes, en general, tratan siempre de ser los primeros, cosa que constituye su objetivo, no ilógico pese a ser a menudo perfectamente estúpido. No. Hablo —como dice Dostoievski, pero no osaré decir yo— de los «pelagatos». En cualquier periodo turbulento, primero, y de transición después, brota un sinnúmero de ellos, con una inmensa capacidad de chantaje e intimidación, ya que evidentemente pululan en estado potencial (estado en el que vete a saber de lo que son capaces) en cualquier sociedad. Y brotan no solo carentes de finalidad lógica, sino además sin que idea alguna los mueva: simplemente expresan con todas sus fuerzas la inquietud y la impaciencia, o mejor el hastío, generales.

Para empezar, esta turba de «pelagatos» (salidos a la luz, en concreto, en el 68), sin ni siquiera saberlo, no hacen otra cosa casi siempre más que seguir las consignas de ese pequeño grupo de «vanguardistas» que actúan con una finalidad lógica (y, quiero añadir, además con propósitos revolucionarios nobles y honestos, aunque al mismo tiempo improvisados y pueriles). Estaba claro que la inspiración general era esa, revolucionaria y marxista, y, por lo que hace a nuestra fiesta, la inspiración de doña Giulia Miceli, siendo la de sus jóvenes amigos, era también revolucionaria y marxista. Qué aconteció (y cómo) en ese periodo pocos sabrían decirlo (remito al lector al apunte 43: «Linkskommunismus»). El hecho es que una turba de los más despreciables «pelagatos» (con sus buenas barbas, patillas, pelos hasta los hombros) estaba imponiéndose, estaba comenzando a criticar «cuanto hay de más sagrado», mientras antes no osaban siquiera abrir la boca; y personas relevantes que hasta ese momento habían mantenido sin dificultad la iniciativa comenzaron de repente a escucharlos, y ellas mismas a callar. Había quien incluso les reía las gracias mofándose «del modo más vergonzoso». Las turbas revolucionarias se estaban imponiendo no solo sobre los buenos burgueses, los profesionales liberales, los altos burócratas, los grandes empresarios, los militares (esto se da por descontado); sino también sobre la pequeña burguesía, desde siempre rebelde, y hasta sobre los partidos de izquierdas con sus reputados dirigentes y sus intachables intelectuales. Si incluso Barbara xxx Valletti —hasta el momento de la catástrofe de su hijo Carlo— había hecho las veces de recadera, podría decirse, de aquellos «pelagatos» ante las demás señoras de la ciudad, son en parte excusables los dislates de tales señoras en aquellos años. Ahora todo se atribuye —objetivamente, por lo que afecta a los hechos de nuestra historia— al Extremismo, en particular al rojo. Es cierto que entre nuestros buenos burgueses, conservadores o progresistas, se había mantenido un pequeño grupo de personas que se hicieron a un lado desde el principio y se cerraron en banda. Pero no hay cierre que se resista a la ley natural. En las más dignas familias también hay muchachas que es indispensable poner en danza. De suerte que todas estas personas acabaron favoreciendo igualmente a las feministas. Y además la danza se preveía tan brillante y grandiosa... Se contaban maravillas; se hablaba de la participación de políticos nacidos con la «Resistencia», de una decena de vástagos polémicamente audaces de familia noble «que se apuntaron a la fiesta», de ciertos patrocinadores romanos; del escritor F. que, para hacer caja, consentiría en leer su ensayo «Merci» (anfibológico entre el francés «merci» y la palabra italiana «merci»).[253] Se decía que habría una «cuadrilla de caballeros literatos», en la que distintas indumentarias representarían las distintas tendencias. ¿Cómo era posible no apuntarse? Todo el mundo se apuntaba. A pesar de que la inmigración meridional la hubiera transformado en una metrópoli, Turín no había dejado de ser una pequeña capital de provincia: una población más dentro de la megalópolis.

## Apunte 129a
## La fiesta antifascista (continuación)

El día de la fiesta estaba dividido, según el programa, en dos partes: una matiné literaria, desde mediodía hasta las cuatro, y luego un baile, durante toda la noche a partir de las diez. Pero ya en la propia disposición anidaba el germen del desorden. Para empezar, desde el principio entre los asistentes se había extendido la voz de que se serviría un ágape tras la matiné literaria, o incluso durante la propia matiné, en un receso previsto al respecto: un ágape, se supone, gratuito, que forma parte del programa; y con champán. El enorme precio de la invitación —treinta mil liras— hacía plausible el rumor. La cosa parecía del todo lógica. Es preciso decir que la propia doña Giulia había contribuido con su ligereza a que se corriera la fatídica voz. Alrededor de un mes antes, en pleno fervor inicial, entusiasta, por la gran idea, había llegado a escribir a uno de los periódicos de la capital (replicando a un lector que había mandado una «carta al director») que en la fiesta se pronunciaría más de un brindis. Sentía predilección, entonces, por los brindis (políticos, por supuesto); tenía intención de proponerlos ella misma, y de momento elaboraba los suyos personales. Pero para un brindis (por político que fuera) hacía falta champán, y puesto que el champán no se puede beber en ayunas, el ágape acababa siendo indispensable. Después, cuando, gracias a sus esfuerzos, se constituyó un comité y se consideró seriamente el asunto, le fue mostrado inmediata e incontestablemente que, si se fantaseaba con un banquete, quedaría poquísimo a disposición de los escritores rusos exiliados, aun con una abundante recaudación. La cuestión podía resolverse de dos maneras: un festín opulento con sus brindis, y apenas entre novecientas mil liras y un millón para los escritores rusos exiliados, o una fiesta, digamos, formal sin más, lo que permitiría una considerable recaudación. El comité, por otra parte, pretendía solo asustarla, porque en realidad había pensado en una tercera posibilidad, una razonable solución de compromiso, una fiesta más que decorosa en todos los aspectos, pero sin champán, lo que habría dejado una suma considerable, muy superior a esas novecientas mil liras. Pero doña Giulia Miceli no consintió; su carácter despreciaba las medianías burguesas. Estableció enseguida que, si la primera idea no era realizable, era menester lanzarse de inmediato y a tumba abierta hacia el extremo opuesto, es decir, conseguir una recaudación colosal y destinarla íntegra a los exiliados, ante la sorpresa general. En su encendida arenga al comité sostuvo que los asistentes tendrían que entender que la consecución de los objetivos políticos es infinitamente superior a los placeres momentáneos del cuerpo, que la fiesta en el fondo no era más que la proclamación de un ideal antifascista, y por tanto había que contentarse con los «Four and All», ya que al parecer no se podía prescindir del insufrible baile. Que de repente, muy digna ella, se le había vuelto odioso. Pero consiguieron calmarla. Y fue precisamente entonces cuando se les ocurrió la idea anacrónica, pero tan kitsch, de la «cuadrilla de caballeros literatos», y algún que otro aderezo estético, para sustituir a los placeres del cuerpo. Y fue también precisamente entonces cuando el escritor —que hasta ese momento daba largas, titubeante— consintió por fin en leer su «Merci» (¿gracias o mercancías?), contribuyendo con ello a destruir incluso la propia idea de alimento en las mentes de los intemperantes asistentes. Así, la fiesta volvía a presentarse correctamente como una fiesta política. Pero, para no caer sin remedio en lo severo y en lo abstracto, se decidió que al principio del baile podrían servirse bebidas alcohólicas, y también quizá un helado.

Y para quienes siempre sin falta, en todas partes, sienten hambre y sobre todo sed, podría disponerse al fondo de la sucesión de las estancias un «buffet» especial, del que podría ocuparse Pandimiglio Fioretto, el cocinero de casa Miceli, que doña Giulia ponía a disposición de la organización; en el «buffet», bajo el riguroso control del comité, podría servirse de todo, pero previo pago de su importe, de modo que debería advertirse con el correspondiente aviso escrito en la puerta de la sala que el buffet era cosa aparte. Pero la mañana en cuestión, al cabo, se decidió que tampoco se habilitaría este buffet, para no interferir en la lectura, aun cuando el buffet se habría debido montar cinco estancias más allá de la sala blanca, donde F. consentía en leer «Merci». Resulta curioso que tanto el comité como la gente de mayor criterio atribuyera una tan enorme importancia a la lectura de «Merci». Entre las personas sensibles, además de amantes de la cultura, la señora Casalegno, por ejemplo, esposa del vicedirector de «La Stampa», le decía a F. que tras la lectura debería colocarse inmediatamente una lápida de mármol en la pared, en la que una inscripción de caracteres dorados celebrara que tal día de tal año, justo en ese lugar, el gran escritor italiano y europeo había leído públicamente la que habría de ser su última obra. De lo que se tiene certeza es de que F. pidió expresa e insistentemente que aquella mañana, durante su lectura, de ninguna de las maneras hubiera un buffet, a despecho de cualquier necesidad de alimentarse o de calmar la sed, por imperiosa que fuera.

Así estaban las cosas, cuando en la ciudad seguía pensándose aún en el banquete pantagruélico, o sea en el buffet incluido en el precio. Esa fue la idea hasta el último momento.

## Apunte 129b
### La fiesta antifascista (III)

La identificación literal de una escena o de un episodio con su arquetipo, que, la palabra lo dice, no puede sino ser inmensamente anterior, puede resultar asombrosa pero sobre todo de escasa fiabilidad. Esta Turín arcaica ya no tiene, literalmente, sentido: es poco menos que desalentadora. Bien me doy cuenta. Pero es precisamente desalentar lo que yo pretendo. Un desaliento del todo anómalo, injustificable; y por más señas irritante, por «fallido». Sé que soy un provocador. Concédaseme serlo por una sola vez. No tengo ningún propósito práctico, como los provocadores (de derechas o de izquierdas) que circundan a doña Giulia Miceli. Mi propósito es estético. Tan es así que sobre la historia que vengo contando, como veremos, gravita una sombra religiosa. Es pues lógico que el equivalente estilístico V se caracterice por su escasa credibilidad, su torpeza, sus salidas de tono, su confusión. No se trata, como pronto quedará claro, de una religión confesional y tampoco, probablemente, de una religión existente. Así que he resuelto la papeleta reelaborando un episodio arquetípico, y retrotrayendo absurdamente Turín a los años cincuenta, por no decir a los cuarenta o incluso a los treinta.[47] En las fiestas de esas que ya no se celebran hay una tristeza sobrenatural. Por otro lado, el inicio de la fiesta, con la andadura mimética de su comienzo, no podía sino conducir a una catástrofe de proporciones sensacionales: el incendio de un barrio entero por parte de unos

[47] Y además se ignora qué querría yo decir datando con tal antelación la «fiesta anifascista».

extremistas, el asesinato de quienquiera que fuese la mujer del protagonista —un asesinato horripilante, de manual de historia de la criminalidad—, y en consecuencia el envilecimiento de la fiesta, que acaba V de mierda, con algunos meridionales borrachos que pisotean y empuercan parquets y cortinajes, meando, cagando y vomitando por todas partes. No es este en cambio el final de la fiesta de la presente historia. La fiesta de la presente historia «desinit in piscem». El escándalo es un escándalo interior que, durante unos minutos, fulgura y se agita en público (como veremos). De modo que la desproporción entre el inicio y el final es más que evidente. Pero también tal desproporción se explica a través del carácter religioso que nuestra historia está a punto de asumir, un carácter religioso que tiñe asimismo el momento político inmediatamente precedente. En todo caso abandonaré, a partir de este momento, mi modelo; y en vez de reproducirlo al pie de la letra —con resultados desalentadores— lo «adaptaré» al tiempo real en el que se desarrolla nuestra historia, y a sus inquebrantables características ambientales. En fin, en cuanto el presidente Miceli y su señora hubieron ocupado su lugar en la improvisada platea, abatiendo fábulas y restituyendo en sus derechos a la verdad, los asistentes parecieron «reposar».

## Apunte 129c
**Elementos, hay que decirlo, retardantes**

El propio gobernador parecía gozar de óptima salud. Por lo demás eran pocos los que sospechaban que sufriera de una dolencia que pocos días después acabaría con él en un sanatorio en Suiza, en concreto en un manicomio. Y todos juzgaban absolutamente normal su actuación, la mañana precedente, contra la manifestación fascista, es más, en general la aprobaban sin discusión. Si acaso, todos coincidían en que era preciso actuar de raíz, al contrario de lo que sostenía el partido radical sin darse cuenta de que sus principios de garantismo democrático, su poético formalismo, acabaría revolviéndose contra ellos mismos. Como mucho, lo que se pensaba es que un perfecto antifascista habría debido comportarse con algo más de sangre fría (como por lo demás era natural que pensara la vieja burguesía turinesa). Con pareja curiosidad, las miradas se dirigieron hacia su consorte doña Giulia. Por cierto: nadie tiene derecho a pretender de mí —como narrador— particularidades demasiado precisas acerca de una mujer, un punto en el que reside el misterio. Una sola cosa sé: al anochecer del día precedente había entrado en el estudio del señor don Francesco Paolo Miceli donde permaneció hasta bien pasada la medianoche. Francesco Paolo se sintió halagado y reconfortado. La concordia entre los cónyuges era perfecta. No entraré en sus zalamerías nocturnas. El hecho es que la prudencia antifascista del gobernador había quedado completamente erradicada. La felicidad era bien visible en el rostro de su esposa. Se movía entre los asistentes con aire desenvuelto y un magnífico vestido (amplias faldas zíngaras o vagamente mujics y collares de bisutería «hippy», todo en su justa dimensión, moderado en extremo y por supuesto costoso). Parecía haber colmado sus deseos: la fiesta —objetivo y culminación de su política— tenía lugar.

Mientras se dirigían a sus butacas, justo delante del escenario, los Miceli respondían democráticamente a los saludos con una inclinación. Muchas señoras, entre las más distinguidas de la ciudad, «compensadas» por la presencia de sus hijos de extrema izquierda, se levantaban a su paso. Pero aquí tuvo lugar un desagradable equívoco: los «Four and All» de buenas a primeras empezaron a tocar, y no un explosivo ritmo pop sino una de esas marchas de antaño, tirolesas quizá o bávaras, que era habitual tocar en ocasión de un brindis, sobre todo en época navideña o en un aniversario señalado, una fiesta nacional... Luego se supo que el responsable había sido un escritor amigo de aquel escritor véneto con el nombre acabado en -òn, que, como hemos visto, diez años después, para darle un toque meridional, cambió por otro acabado en -elli; se trataba de un tal Balestrini,[254] un guaperas de pelo algodonado de un color entre amarillo y rosa. Ciertamente el Balestrini este siempre habría podido justificar el hecho como una broma tonta o como fruto de un exceso de celo. Pero desgraciadamente la realidad era que el momento de las justificaciones, al menos por ese día, ya había pasado; y que la decisión era llegar hasta el final. Nadie supo nunca si contra el antifascismo del Sr. don Francesco Paolo Miceli y de su consorte doña Giulia —o sea, si detrás estaban los fascistas— o bien contra la tibieza de tal antifascismo, y en este caso estarían detrás los «rojos». Todo quedó en un equívoco, de manera, por otra parte, más bien demoníaca —nunca mejor dicho, habida cuenta del contexto— y al tiempo monstruosamente refinada. Este escritor, el véneto acabado en -òn y luego sabino acabado en -elli, debía ser un tipo de cuidado, y lo mismo sus compadres. El equívoco, además, no tenía las características de las situaciones confusas que resultan de aplicar la teoría de los extremismos opuestos. En un caso como el de la fiesta para los escritores antifascistas exiliados, sin duda (como siempre, por lo demás) se habría podido distinguir y disociar un extremismo del otro. Los extremistas siempre se apresuran a decir, naturalmente (o sea, por su propia naturaleza), de qué color son. Además, lo penoso y quizá, pero solo quizá, risible, no acabó con la marcha. De hecho, entre la irritada perplejidad y las sonrisas de una parte del público, de repente, al fondo de la sala y en los palcos se oyeron grandes ovaciones. Era evidente que se trataba de ovaciones exageradas, al límite del alboroto y el escarnio. Pero nadie habría podido jurarlo. Y, en cualquier caso, quienes así aplaudían ¿eran los fascistas o los antifascistas (tanto los unos como los otros allí presentes para desbaratarlo todo)? A doña Giulia le entró un sofoco, los ojos le echaban chispas. El Sr. Miceli se detuvo junto a su butaca, y, volviéndose hacia el lugar de donde provenía la algazara, majestuosa y severamente contempló la sala. Le recorría el rostro esa concreta y peligrosa sonrisa que un mínimo de psicología no podía dejar de observar con terror. Había en ella algo siniestro, y también, lo que es peor, algo cómico... Doña Giulia llamó con un gesto urgente a uno de los muchachos izquierdosos, hijo de una de las señoras del comité, para que buscara enseguida a F. y le suplicara que empezase de inmediato con la lectura de su texto. Pero en esas se desencadenó otra infamia peor aún que la primera.

En ese momento entraba en la sala Carlo, con toda su aura, objetiva, de prestigio. Nadie sabía nada de lo que le había pasado. Solo el «staff» de Einaudi,[255] si hubiera acudido, habría podido acreditar un prestigio similar, desde una posición de neutralidad respetada por las dos hipotéticas facciones. La «infamia» que se estaba verificando mientras Carlo entraba (y nadie sabía aún que iba a ser el real protagonista de aquella «matinal») consistía en lo que sigue. En el escenario —en el escenario vacío a la espera del escritor F. y de la señora Antonietta Carinella, directora de los famosos «Miércoles literarios», que iba a presentarlo—, en ese escenario vacío en el que solo había una pequeña mesa con una silla delante, y encima un vaso de agua en una pequeña bandeja de plata, apareció de repente la figura colosal, tan inconfundiblemente siciliana, del padre Pambo. Es cierto que se trata de un tipo que conocemos solo nosotros, y es difícil que lo conocieran más allá de un par de personas (homosexuales, por supuesto) entre el público. La suya era pues una aparición en estado puro. Carecía de nexos o de referencias que fueran de por sí escandalosos. No obstante, el padre Pambo era tan impresionante que no hacía falta conocerlo con antelación para que se revelara de inmediato como lo que era. Enorme, como una estatua normanda, con la cara redonda de redondos ojillos brillantes, las greñas colgándole en sendos mechones a ambos lados de la cabeza, la boca pequeña y carnosa entreabierta en una remilgada sonrisa de irresistible satisfacción narcisista pero sin pulir, ciertamente parecía mucho más un personaje de circo que un cura, jesuita por más señas. Lo que cabía esperar de él era que se arremangara, que hiciera gala de sus bíceps monstruosos, acentuando así su triunfal sonrisa de amor infantil hacia sí mismo, y que levantara con los dientes un peñasco. Por eso el clergyman causaba un extraño efecto en aquel cuerpo. Y más cuando el padre Pambo estaba a todas luces borracho: tenía ese punto de fofo, desastrado, mugriento, andrajoso y presumiblemente fétido que tienen los borrachos por la mañana. V[256] Todo esto, naturalmente, si hubiera habido tiempo para observarlo; porque nunca una revelación divina fue tan escandalosa como rápida. Unas robustas manos con toda evidencia predispuestas procedieron enseguida a apartarlo, y él tambaleándose mansamente obedeció. Fue así la suya poco más que una fulguración, un rápido rotar sobre sí mismo. Pero desde ese momento la figura del padre Pambo habría de permanecer de forma indeleble. En la materialidad, en su lugar apareció, inquieto y conciliador, en una exagerada pantomima que afectaba azoramiento y violentado pudor —así como un aire sutil de complicidad refinada y vagamente compasiva con el público en su conjunto— el escritor de nombre acabado en -trini (el del pelo algodonado entre amarillo y rosa). Llevaba corbata y una chaqueta estrecha de hombros y de faldones anchos, con los bolsillos xxx. Pidió silencio como avergonzado e informó de que el padre Pambo era un jesuita, antifascista, defensor de los pobres, un cura comprometido, y que había querido simplemente ofrecer su testimonio. Las circunstancias no permitían que fuera él mismo, un tímido patológico, quien leyera su propio texto, de modo que se encargaría él, el escritor en -trini. Se aclaró la garganta, se sacó del bolsillo una hoja que para común alivio era pequeña y sin acompañamiento, y comenzó a leer los siguientes versos, que se titulaban —y lo dijo en voz alta y seca, mirando fijo y algo amenazante al público— «Dirge»:

flotsam an jetsam
are gentlemen poeds
urseappeal netsam
our spinsters and coeds

thoroughly bretish
they scout the inhuman
itarian fetish
that man isn't wuman

vive the millenni
um three cheers for labor
give all things to enni
one bugger thy nabor

eneck and senecktie
are gentlemen ppoyds
even whose recktie
are covered by lloyd's[257]

Naturalmente en toda la platea no había nadie en condiciones de entender que se trataba de uno de esos textos inauditos que Ezra Pound —y solo él— se permite citar en sus escritos de poética con toda naturalidad, y con pretensiones acaso sublimemente didácticas. Y si hubiera habido alguien en condiciones de reconocer aquel texto «intraducible» y sin duda digno de la «saevitia catuliana», no le hubiera sido posible reconocerlo allí, en aquel contexto, dada la pronunciación del escritor en -trini, que entre otras cosas no sabía inglés. Así que resultó muy extraña la intervención de alguien que desde el último rincón al fondo de la platea, como una sombra ultraterrena, primero emitió un gruñido incomprensible, lo mismo que un perro, y después consiguió pronunciar con voz inteligible la palabra «Pound». Un «Pound» que, sonando, y mal, «pànd», no dijo nada de nada a la platea. Pero el escritor en -trini miraba con aire «demoníaco» y estimulante hacia aquel «joven» (que tal había de ser por fuerza) que intervenía desde la guarida del anonimato, desde el paraíso ideal donde xxx xxx lo auténtico. Todas las miradas se volvieron hacia allí desencajadas y colmas de encendida esperanza. No se trataba exactamente de un joven, debía superar holgadamente la treintena, se entreveía una barba furiosa, dos chuletas otro tanto furiosas y una cabellera furiosamente recortada a la altura del cuello en todo su enorme espesor; añádase que gruesos anteojos le rutilaban sobre la nariz enrojecida. O sea que la cara no se le veía; pero, siempre medio ladrando, con voz estentórea y acusadora, desde lo hondo de toda aquella pelambre fulva, por fin afloró algo inteligible, que enunció que Pound era asimismo el autor del siguiente pasaje: «Mil velas juntas resplandecen. Ninguna vela daña con su luz a las demás. Así la libertad del individuo en el estado ideal fascista». Título del fragmento: «FASCIO». Todo ello «significativamente» subrayado por el interviniente.

¿Qué sentido tenía esta «significatividad»? ¿Pretendía hacer propaganda neofascista, desempolvando una grandeza espiritual y económica alabada por Pound? Y en ese caso, ¿cómo es que precisamente el padre Pambo y el escritor en -trini se lo ponían en bandeja, utilizando aquel texto inaudito del universo poundiano en una fiesta antifascista? ¿Quizá (y, por más espantoso que parezca, esta hipótesis tampoco es ilógica) estaban de acuerdo con el «estudiante» aquel que había intervenido? Pero la situación podía ser también diametralmente la opuesta; es decir, el estudiante podía haber intervenido citando «negativamente», y en consecuencia con desprecio, a Pound, con el objetivo de subrayar la criminal inconsistencia del antifascismo de aquella reunión. No obstante, también en ese caso, quizá, el padre Pambo y el escritor en -trini estaban de acuerdo con él, ofreciéndole la ocasión de intervenir, en ese caso no como fascista sino como antifascista: un antifascista desafiante y extremista, es obvio. Nada se podía colegir de la actitud del escritor en -trini, que se había quedado como lelo con la cuartilla que le temblaba en la mano, en una actitud azorada y al tiempo xxx. En sus ojillos de monigote brillaba la luz de quien goza una humillación, el estupor exaltado de quien escucha una revelación que lo conduce a un estado de culpabilidad. Con aquella luz extremadamente ambigua en los ojos, el escritor en -trini se retiró del escenario. En cuanto al interviniente, había desaparecido de nuevo en las tinieblas donde anidan la juventud y la lucha de clases. Pero, a decir verdad, nada en él, insisto, resolvía el sutil enigma de una provocación, fascista o antifascista, que, por otra parte, igual no era ni una cosa ni la otra; y quizá aquel fanático pelirrojo fuese simplemente un estudioso de Pound, o un colaborador de Scheiwiller.

El nuevo elemento retardante no se hizo esperar. La señora Giulia Miceli seguía manteniendo su expresión desencajada de encendida curiosidad, que la había hecho alzarse de su butaca como envalentonada y dirigir la mirada por turnos y precipitadamente al escritor en -trini y al lejano interviniente, en un estado casi de éxtasis por las sorpresas que la democracia y el debate público reservan, cuando, como ella firmemente xxx (en realidad temblaba presa de un pánico parangonable solo al de su consorte, abandonado al desconsuelo en su butaca), héteme aquí que aparecieron en el escenario el escritor F. y su presentadora, toda sonriente, Antonietta Carinella.

Se acomodaron, pegados el uno a la otra detrás de la mesa demasiado pequeña, y el vaso empezó a tintinear en la bandeja de plata. Un tintineo que ya no cesaría durante la entera lectura del «Merci». Fueron acogidos con un aplauso. Pero no debía ser un aplauso lo que el escritor F. se esperaba; de hecho, fingió impacientarse considerándolo una necedad antidemocrática, cuando él era a todas luces el primer interesado en desmontar el culto a la propia personalidad. Se sentó, intentando parecer lo más inexpresivo posible, mientras la señorita Carinella, con voz de niña, leía su redacción llena de cumplidos cuyo meollo era el siguiente: no tiene ningún sentido presentar al escritor F. porque todos lo conocen perfectamente. A continuación el escritor F. sacó su puñado de folios y comenzó a leer.

En la sala seguía circulando, suspendido en el aire, algo turbio. Vaya por delante: me inclino ante la grandeza del genio; pero ¿por qué nuestros genios, al llegar a la vejez, que debería ser la edad de la sabiduría, se comportan como niños? ¿Alguien ignora que es imposible demorarse durante una hora entera leyendo un ensayo ante un público como el nuestro (incluido el turinés)? Por regla general vengo observando que ni el más consumado de los portentos, en una lectura pública, puede tener a los asistentes pendientes de él impunemente durante más de veinte minutos. Aquel público además era muy particular, como todos en aquellos años de transición; si los ataques frontales y los escarnios del 68 habían quedado en simples tentativas y concreciones esporádicas, la reacción que las sustituía estaba muy lejos de cualquier forma de estabilidad. Ya lo he dicho: la aparición del célebre escritor había sido recibida respetuosamente; hasta los más severos provectos manifestaron cierta aprobación, y las señoras incluso cierto entusiasmo, no sin autoironía. Pero los aplausos fueron más bien breves, y como discordes, confusos. Y si es verdad que en las últimas filas, al abrigo de la sombra, nadie aplaudió, no lo es menos que nadie silbó; tampoco cuando empezó a leer sucedió nada particularmente desagradable; pero se dio una situación equívoca. El escritor F. tenía una voz muy chillona, algo femenina, y hablaba con una especie de ingenuidad un tanto excesiva. En cuanto pronunció las primeras palabras, alguien de repente se echó a reír, probablemente algún patán inexperto, quizá meridional, que no habría participado nunca en un debate cultural y que para colmo tendría una tendencia congénita a soltar el trapo. Pero esa no fue aún la chispa que encendería la mecha; es más, lo callaron. Entretanto, quedó claro enseguida que «Merci» no era la palabra francesa que quiere decir «gracias», sino que se refería a las mercancías, al plural de «merce». Y que las «mercancías» en cuestión eran las obras literarias y las obras artísticas en general. El ensayo que el escritor había comenzado a leer constaba de una veintena de folios escritos a máquina, aterradoramente atestados de palabras; el orador, por si fuera poco, leía adrede con una voz apagada, severa, sin concesiones, persuadido de la altura intelectual de su discurso, casi «ofendiendo» aposta al público; pero adoptando, al «ofenderlo», una técnica completamente opuesta a la de los provocadores. «Ofendía» con el rigor de la cultura, no con la intimidación de la subcultura. Estaba claro.

El tema… Pero ¿quién podía entenderlo, el tema? No por cierto las señoras, las heroicas señoras, que tan tenazmente habían sobrevivido a todo, y que a todo estaban dispuestas, pobrecillas; incluso a una revisión de la lógica hegeliana, si les daban la posibilidad. No por cierto esos viejos truhanes (burócratas, políticos, periodistas) que por supuesto nunca admitirían no enterarse, es más, que tendrían siempre algunos latiguillos que deslizar al respecto (ya experimentados en otras ocasiones) y que, con afable suficiencia, todo lo desbaratarían. No por cierto los jóvenes aplicados, los «integrados», que, apenas salidos de la facultad, no estaban ciertamente dispuestos a renunciar a la calidad y legitimidad de lo recién aprendido, con tanto entusiasmo además (por ejemplo, sin ir más lejos, la lógica hegeliana, base del progresismo). No por cierto los jóvenes contestatarios, que aplicaban esos mismos mecanismos de defensa a cualquier cosa, que ni siquiera se hubieran parado a escuchar, visto que para su coleto acusaban a cada quisque como mínimo de revisionismo (a propósito: criticar a Hegel no podía ser más que una blasfemia reaccionaria en un correcto contexto marxista-leninista). No por cierto los intelectuales que pudieran estar presentes mezclados con los jóvenes, incluso mimetizados entre ellos, con sus mismas barbas, sus mismos bigotes, sus mismas patillas, sus mismos pelos con la permanente; que, si fuera el caso, por ejemplo, de criticar la lógica hegeliana, ya lo harían ellos, y «con los cojones bien puestos», no como el viejo F. En fin, el viejo F., con su vocecilla dramática y austera, comenzó a recitar en el vacío su encíclica sobre tesis, antítesis y síntesis; encíclica en la cual, en parte en broma en parte no, es decir, como una provocación, se invocaba la posibilidad por lo demás perdida de una lógica «duádica»,[258] en la que todo permaneciera coexistente y no «superado», y las contradicciones fueran simples «oposiciones»; en tal caso la historia no sería la historia unilineal y sucesiva, nacida, como es sabido, de la exégesis reformista del Antiguo y el Nuevo Testamento, así como de las Epístolas de San Pablo. Sobre esto se había fundamentado todo el racionalismo occidental moderno, justo mientras la ciencia demostraba que el tiempo no se fundamentaba en absoluto sobre lo unilineal y lo sucesivo, o que incluso ni siquiera existía, en la total simultaneidad de la presencia (como ya enseñaban las religiones dravídicas).

Fue más o menos en este punto cuando se levantó estentórea, desde las sombras donde anida el pueblo saludable, la desnuda expresión:

—¡Basta!

Era una exigencia popular, perentoria, amenazadora; había en ella algo de cósmico. Porque, en efecto, el paso del tiempo, por más que ilusorio, determina no solo el final de un periodo histórico sino también el final de la vida. Quien hubiera gritado ese «basta» lo sabía; sabía que hacía daño, no solo que expresaba una justa exigencia política. Lo que una vez más resultaba incierto era quién había gritado: bien un espectador simplemente cansado, bien un fascista al que Pound como intelectual, quizá añadiéndole a Evola,[259] le parecía suficiente, bien un marxista extremista que encontraba sencillamente reaccionaria cualquier proposición que pusiera en discusión el concepto de historia. Sea como fuere, el pánico, por decirlo de algún modo, demudó los rostros de los oyentes tal como una repentina ráfaga de lebeche demuda la superficie del mar, volviéndolo de repente lívido, inquietante, demasiado terso. Pero fue solo la primera señal. Venció la facción moderada —que parecía ser aún la incierta mayoría— callando al portavoz. Que, por el momento, misteriosamente, no rechistó. El viejo F. no es que fuera tan viejo, hasta tenía cierto aire juvenil. Había acudido allí, claro, para leer aquel texto suyo, tras infinitos titubeos y cediendo solo ante los ruegos de los amigos, pero con un gran desasosiego no exento de escrúpulos. Dirigió una mirada socarrona al intruso: una mirada en la que brilló una especie de adulación bajo forma de complicidad. Luego bajó los ojos de nuevo sobre la encíclica y siguió leyendo. Las obras en cuanto «mercancía» —afirmaba— presentan una forma de ambigüedad insoluble: lo «no lingüístico» (o sea, el momento de la mercantilización) no contradice lo «lingüístico» según las normas tradicionales de la lógica hegeliana; no hay síntesis posible, dentro de la obra, entre «lingüístico» y «no lingüístico». En consecuencia sería más exacto hablar de «oposición» que de «contradicción», produciéndose una ambigua amalgama en lugar de una síntesis (la obra). Ahora bien, el problema se ha resuelto siempre de manera idealista, o sea, postulando la unidad inocente de la obra. Es verdad: en la obra se da el momento de la unidad, o de la total autonomía, en tanto que es una forma autoconstituida a través además de normas autosuficientes. Pero esta es una respuesta de laboratorio. Del laboratorio, por ejemplo, de un formalista o de un estructuralista. Mientras quien postula la inocente unidad del arte es un técnico que examina «cómo está hecho», «cómo funciona», etc., todo va muy bien. Pero si quien postula la inocente unidad del arte es un filósofo, queda mancillado por la culpa del irracionalismo y del idealismo. En el campo materialista (en este punto, o sea, en el momento en que F. pronunció esta palabra, se oyeron silbidos aquí y allá, a los que nadie pudo dar la réplica oportuna, porque era imposible entender si los silbidos eran un reflejo condicionado de los fascistas o la protesta de los antifascistas extremistas que no le reconocían a F. el derecho de hablar de materialismo), en el «campo materialista», sigamos, era preciso proceder a propósito del arte a la misma desmitificación de la unidad y de la inocencia que el marxismo había llevado a cabo para el hombre social y el psicoanálisis para el hombre interior. El marxismo había revelado que el ser humano, contrariamente a la falsa idea que tiene de sí mismo, está dividido (en clases), lo que lo convierte en culpable (explotación del hombre por el hombre). A su vez, el psicoanálisis había revelado al hombre interior que (también contrariamente a la falsa idea que tiene de sí mismo) está dividido (Yo y Ello, lo consciente y lo inconsciente), lo que lo convierte en culpable (todos los infinitos, innombrables, inmundos pecados que el ser humano, por vía alucinatoria, nunca cesa de cometer o desear). En cuanto al arte, precisaríamos de un Tercer Hebreo que viniera a demostrar que no es ni «inocente» ni «uno»...

En este punto volvieron los silbidos, y esta vez fue el acabose. Influían dos factores, maravillosamente armonizados entre sí: la crítica política (todavía no demasiado clara, pero que al parecer había llegado al límite de lo soportable) y la hartura adocenada y consabida dado lo imperdonablemente largo de la monserga. Ambos factores, maravillosamente armonizados, obtuvieron el inmediato resultado de que la señorita Carinella (que era de lágrima fácil) rompiera a llorar, y acto seguido el de dar pábulo sin ulterior demora —vista la impaciencia general— al «debate», en la común, unitaria, irresistible condena de todo personalismo, de todo paternalismo, de todo magisterio ex cátedra, de todo acto represivo. La tímida exhortación de F. —a propósito de los silbidos— a expresar las propias opiniones de un modo algo más racional que el usado por los mirlos, de momento no fue atendida. Sí que hizo sonreír un poco, en medio de las lágrimas, a la señorita Carinella, pero estaba claro que lo de F. no tenía perdón.

Apunte 128b[260]

**Puntualización en la puntualización**

*  la situación política italiana del momento

– trazar dentro del parágrafo precedente (128) una síntesis de la nueva situación política italiana; o sea, las razones que han aupado a Cefis desde el ENI a la Montedison, y la conquista de la Presidencia de la Edison con la ayuda de los fascistas (Nencioni,[261] etc.)

* Tal «situación histórica», que Carlo I supera promoviendo un nuevo tipo de antifascismo revolucionario al margen de Cefis —y siguiendo la línea transnacional de Cefis— acaba siendo vivida y desarrollada a fondo por Carlo II, que «retrocede», hace realpolitik (alianza con los fascistas, etc.)

Chia, finales de agosto de 1974

## Apunte 128c
### Reanudación de «Antes de la iluminación y de los calambures»

Hizo a la integridad, cohonestándola, copartícipe del plan, que selló bajo siete llaves (pero no invocando a Apolonio, el de Tiana, ni al de siempre, Freud). Transformaría parcialmente su antifascismo y su relación con el fascismo. Nombraría solo alguno de los aspectos o elementos de esa cosa innombrable que era el nuevo Poder real; es decir, se serviría de un nominalismo de estructura y carácter quizá litúrgicos. Por ejemplo, a propósito del desarrollo y de su relación con el progreso, aunque llamándolo prudentemente «desarrollo civil», véase este pasaje de sus apuntes, en la perfecta observancia de un «cursus» de carácter catequístico:

> Constatados los perjuicios derivados para el país de la fallida conexión entre programa de desarrollo civil y programa económico, hemos deducido dos conclusiones: primera, los partidos que asumen la responsabilidad del gobierno del país deben, sin la impaciencia del corto plazo, tratar de definir juntos la inspiración, los objetivos, los métodos, los modos, los tiempos de un programa de desarrollo civil, el cual debe tener como finalidad superior la expansión de la personalidad de cada ciudadano en una sociedad democrática con un alto grado de participación cívica y fuertes vínculos comunitarios, y en consecuencia no puede ser un programa de corto alcance. Segunda: en coherencia con el programa de desarrollo civil los partidos de gobierno deben definir el programa económico. Constatadas las insuficiencias hasta el momento registradas por la política de programación económica, hemos deducido

que hoy, utilizando todos los recursos naturales, las capacidades técnicas, el capital humano disponible —y por lo tanto eliminando los derroches de una investigación mal orientada, de la fuga de cerebros y de capitales, de la emigración— la política económica ha de fijar las condiciones para un moderno y equilibrado desarrollo...[262]

Note el lector el valor eufemístico de los ablativos absolutos («Constatados los perjuicios, etc.», y «Constatadas las insuficiencias, etc.»). La dignidad lingüística «calcada» del latín con espíritu notarial confiere a la materia esa institucionalidad de la que indudablemente y en el más absoluto de los modos carecen los hechos examinados. Fuera del ablativo absoluto, esos «perjuicios» y esas «insuficiencias» son indudablemente criminales; el ablativo absoluto en cambio los normaliza, los convierte en momentos de una «negatividad» necesaria o ineludible, por más que deplorable. El elemento eufemístico del discurso se explicita en las expresiones «sin la impaciencia del corto plazo» y «no puede ser un programa de corto alcance». O sea: los hechos criminales pueden seguir siendo perpetrados. Ne deje el lector de notar los «listados», en el más exquisito —casi cantable— cursus didascálico de la liturgia: «definir la inspiración, los objetivos, los modos, los tiempos de un programa de desarrollo civil», «todos los recursos naturales, las capacidades técnicas, el capital humano», para terminar con «los derroches de una investigación mal orientada, de la fuga de cerebros y de capitales, de la emigración»: listados que poseen el poder liberador del «Acto de contrición» recitado en el confesionario con voz monótona e institucional, en tanto que, convirtiendo en nombre los pecados cometidos, en el momento «codificado e institucional» del arrepentimiento, los elimina; y los elimina, en este caso concreto, a través de procedimientos mnemotécnicos.

Pero sobre todo rogaría al lector que meditara sobre el gran hallazgo consistente en la invención de la expresión gubernativa «programa de desarrollo civil», en sustitución de «progreso», la típica expresión de las izquierdas. Hay aquí algo de diabólico. Que consiste en la confianza casi mágica en el poder de los nombres, que a su vez esconde, primeramente, el carácter fascista de un «desarrollo económico» que no incluye el «progreso»; en segundo lugar, la transformación de tal carácter fascista en cuanto operante precisamente a través de un «desarrollo económico» y ya no a través de la clásica violencia conservadora; por último, el abandono de los valores tradicionales simbolizados (y por cierto no solo platónicamente) por la Iglesia, a cambio de la asunción de nuevos valores (por ejemplo, el hedonismo derivado del «desarrollo económico»), lo cual modifica la realidad del poder al que someterse. Pero estos ocultos conceptos no son nombrados: porque el estilo de este «examen de conciencia» es única y estrictamente nominalista, ni más ni menos.

La liturgia sigue adelante, en el programa compuesto mentalmente por nuestro nuevo democristiano, que, habiéndose liberado de un fascismo, no tiene intención (al menos en parte)[263] de caer en otro nuevo fascismo, innombrable. Esta vez se trata de un «examen de conciencia» ejercido en el interior de sí mismo, de una «autocrítica» cuyo objeto es el «parasitismo», un problema exclusivamente típico de quien ocupa el poder; para comodidad del lector, transpongo la prosa a su esquema real de «cursus» recitable según el modelo de la homilía, o del «Misterio»:

El fenómeno del parasitismo afecta a todos los que,
en su momento,
a cambio de una ganancia determinada se ocupan de bienes
o servicios de coste considerablemente inferior,
o incluso cobran sin contraprestación, y todo eso lo hacen:
o aprovechándose de particulares posiciones de monopolio
[u oligopoooolioooo,
o de tiempos difííííícileees,
o de urgencias ajeeeeenaaas,
o de la ignorancia de los peticionaaaaariooos,
o del ineficaz control de los inspectoooooreees,

o de actuaciones negligeeeeenteees,
o del caso omiso de días y horarios de trabaaaaajooo,
o de prácticas frauduleeeeentaaas…

Y aquí es imposible resistirse a añadir el sello, recitado con voz plena, de un «Aaaaameeen», que retrotraiga definitivamente a la fórmula del rito y a la semiinconsciencia mnemónica este V «Parasitismo».

Ídem más adelante, cuando llega el momento de proclamar la firme (pero no precipitada) voluntad de asegurar la continuidad del progreso económico, indisociable del civil:

Pero simultáneamente se pone en marcha una política an-
ticoyuntural a base de medidas contra la inflación,
capaces de reducir la demanda innecesaria,
los asientos deficitarios en la balanza de pagos,
el exceso de moneda corriente,
la fuga de capitales,
la evasión fiscal,
los desajustes de las cuentas públicas —
y a base asimismo de medidas para el aumento o al menos el
mantenimiento del ritmo de producción,
de la tasa de ocupación,
del volumen de las exportaciones,
con el control cualitativo y cuantitativo del crééééébditooo,
con incentivos,
con el impulso de la demanda proveniente de sectores de
[bajos ingreeeeesooos,
con ayudas al suministro de productos
y servicios para el mercado exterioooor…

«Aaaaameeen». El cursus de la voz que recita los «Misterios» tiende aquí netamente hacia inflexiones de «Ritmos» goliárdicos, y sobre él se cierne el sentimiento del sacrilegio y de lo fescenino.

Sea como fuere, his fretus,[264] o sea con su memorial en el bolsillo, Carlo hizo su reaparición oficial en sociedad con motivo de la Feria del Automóvil, ya que estaba de regreso a los Lares turineses para regenerarse, según una interpretación del todo plausible. Estábamos ya en plena restauración respecto al 68, y no se perfilaba amenaza alguna de retroceso.[(48)] La indumentaria había vuelto más o menos a la normalidad, al menos entre personas de una cierta edad. Y lo mismo el lenguaje. Otro era el modo en el que Carlo se proponía provocar escándalo y proponerse como «hombre nuevo».

Bien habrá entendido el lector que todo esto es un subterfugio. Por lo demás Carlo se aprestaba (al volver a presentarse en sociedad) a una representación; y cualquiera que fuese el contenido o el guion de tal representación, en realidad no era otra cosa que «un proceso de liberación de fantasías masturbatorias», como dice no recuerdo si la Klein en «Psychoanalysis of Children» o Fenichel en «Psychoanalytic Theory of Neurosis». Y el de la masturbación es asimismo el ámbito de los subterfugios, pertenece al fin y al cabo, en el momento en que se enuncia, al Mundo de las Letras; las Alegorías por su parte —como la presente— no son científicas.

El hecho es que Carlo se presentó en la Inauguración de la Feria —un acto oficial absolutamente pedestre— en la plenitud de su virilidad y en la óptima disposición de ánimo de quien acepta el Juego del Poder. Lo que acontecía en Turín, de hecho, había de ser posteriormente «reconocido» en Roma, convertirse en un acto político.

No obstante, llegados a este punto, estamos ante el «segundo golpe de efecto».

---

(48) El tiempo de este libro no es unilineal.

## Apunte 129
## La proposición fatal (del «Proyecto»)

Carlo se encontraba en medio de un nutrido grupo de invitados, en un corrillo formado sobre todo por señoras que discutían indignadas sobre la manifestación fascista del día anterior. Estaban todas elegantísimas. También Carlo estaba muy elegante. Alto, más bien corpulento, como un hombre que de joven hubiera practicado natación, una serena sonrisa en el fondo de sus ojos claros, la boca carnosa con el labio superior más pronunciado (lo que acentuaba aún el recuerdo del joven nadador que fue), el porte contenido, algo encorvado, pero como de quien quisiera no imponer la sensación de autoridad emanada de toda su figura, vestido de gris claro, escuchaba en silencio a sus amigas; aunque no la diera a ver, en su silencio urgía y V cierta paciencia irónica; una ironía que se debía evidentemente al flagrante carácter ficticio y evasivo, y ya casi escandaloso, de la indignación contra esos fascistas. En aquel momento pasó por allí un viejo camarero con su bandeja llena de vasos relucientes, y Carlo extendió la mano casi mecánicamente para coger un vaso de whisky. Fue entonces cuando se despertó.

## Apunte 130
## La Iluminación y los calambures (del «Proyecto»)

A menudo en los sueños de Carlo (como hemos dicho) se presentaba un personaje mudo.(49)

En el momento en que Carlo se despertó, este personaje comenzó de improviso a hablar (sirviéndose como es natural de la boca de Carlo).

Habló atropelladamente, sin parar, como una catarata que pudiera por fin precipitarse, con un frenesí casi afásico, alegre en extremo; de hecho, todo lo que aquel personaje decía por boca de Carlo no eran sino calambures, juegos de palabras, chanzas lingüísticas, neologismos, falsos lapsus o amnesias. En Turín aún se recuerda aquella gesta absolutamente insólita, cabría decir epifánica. Aparte las sublimes y divertidas definiciones que dio de algunas personas, basándose en sílabas cambiadas, o deformando lugares comunes o títulos de obras literarias (a propósito de sí mismo, habló de la «Carriera della Sera»),[265] en la memoria de la sociedad turinesa quedaron impresos algunos aforismos que Carlo improvisó durante la velada: «Mientras estás vivo, eres un hombre muerto», «Quien entra en el reino de Dios ha de entrar antes en su madre y morir», «Si la materia es la nada, somos materialistas», «En vez de vanidad, inanidad», «Hallándose en las formas de un ser humano, se vació de sí mismo» (aquí había una reminiscencia de san Pablo, creo que de la Epístola a los Filipenses), «Habéis de oírme y no entenderme», «Lo que siempre habla en silencio es el cuerpo», «Es el estúpido

(49) «En los sueños el mutismo es a menudo una representación familiar de la muerte» (Freud).

Rey Lear quien pregunta a sus hijas cuánto lo aman, y es la que lo ama quien no habla». Y más: «En Lifou, una de las Islas de la Lealtad, el órgano sexual se llama su palabra»,

«No os encontréis en casa en ningún lugar», «Enseñar no es decir, es no decir lo oscuro»,

«El Dios no sabía mentir: y así no engañaba a los conciudadanos»,

«La verdad, si no es nueva, no es»,

«El significado no está en las cosas, sino en medio», y «si no es evanescente, no es»,

«La libertad es violencia»,

«La semilla debe ser sembrada en abundancia: si no es excesiva, no es bastante»,[266]

«Devolver la nulidad a las palabras»,

«Admite el vacío: acepta la pérdida para siempre».

Pero yo que todo esto refiero estoy «a este lado». Respecto a la óptica desde la que Carlo hablaba, yo soy presa de la «objetividad civil», que «es la conciencia no partícipe», «una conciencia como separación, dualismo, distancia, definición», qué voy a hacerle. Soy esclavo de la Letra. Mis palabras son literales y por tanto definen siempre propiedades: están dentro del principio de realidad, y del de reificación, así que son falsas. No obstante, me consta —pero solo puedo referirlo con mis palabras— que al concluir su delirio verbal —y muchos de los buenos burgueses de Turín allí presentes estarían dispuestos a jurarlo— Carlo resultaba «brillante», además de en su locuacidad, en su apariencia, en su cuerpo. Eso decían los asistentes, «brillante»; pero quizá fuera más justo decir «luminoso».[267]

Todos los parágrafos precedentes han de reunirse en un solo capítulo más amplio (apunte 129) que tiene por centro la fiesta de la Sra. Giulia Miceli, etc., etc. (cfr. nota antepuesta al apunte 110)

## Apunte 131
## **Nueva glosa**

Conduciendo —omnisciente y un tanto pedantescamente— este mi «Legomenon» (aunque, al menos en parte, lo haya groseramente abandonado a su primitiva proximidad al «Dromenon»), en este punto me veo forzado a tomar distancia respecto de mi propia materia; y a referir en consecuencia los hechos con una cierta dosis de incredulidad que me consentirá no comprometerme demasiado con todo lo que de milagrero —de este momento en adelante— pueda advertir el lector.

Querría además aconsejar al lector que releyera el apunte 37, titulado «Algo escrito», así como, al menos, los Apuntes 22i («Continuación del puzle, etc.»), 3c («Prefacio pospuesto, III) y 103b («Premisa al segundo bloque político»), donde hablo de mi ambición de construir una forma con sus leyes autopromovidas y autosuficientes, en lugar de escribir una historia que se explique mediante correspondencias, más o menos «en clave», con la peligrosísima realidad. (A este respecto, recuerde asimismo el lector el relato «Historia de un hombre y de su cuerpo», que constituye el apunte 98.)

No sin cierto orgullo, recomiendo al lector tales referencias dentro de la propia obra. Lo que yo deseaba hacer se verifica precisamente en este hacerse y explicarse de la obra consigo misma, literalmente incluso.

El caso extremo, cuya justificación se encuentra en el apunte 3c —una entera sección de la obra escrita en caracteres griegos, antiguos o modernos, prácticamente ilegibles y, por lo mismo, constitutivos solamente de «algo escrito»—, está ahora a punto de repetirse. Esta vez los caracteres son japoneses. Aquí la pura ideografía y la significativa ilegibilidad son, evidentemente, mejor expresadas aún.

Pero mientras el primer inserto «puramente escrito» (griego moderno) —por más que extremista y anómalo respecto a la austera normalidad de escritura que me he impuesto— estaba justificado, este segundo (japonés) lo está sin duda menos; es más, corre incluso el riesgo de ser repetitivo y monótono.

Pero el lector ciertamente habrá oído hablar de la simetría. Pues bien, yo no he podido resistir a la tentación de construir este segundo cuerpo arquitectónico «simétricamente». Por otra parte, las Catedrales y las Alegorías se fundan sobre la simetría, aun cuando después sean magmáticas, desproporcionadas y anómalas.[(50)]

---

(50) El lector culto ya se habrá percatado de que existen en la obra otros «cuerpos arquitectónicos simétricos» similares; solo que se trata de textos citados en italiano y en caracteres alfabéticos normales (cfr. Apuntes x e y, Apuntes 129-130).

## Apunte 132
## Hacia Edo: programación del viaje

El «personaje mudo» de los sueños de Carlo se disocia de Carlo y se procura un cuerpo — Se procura también un nombre, onomasiológicamente, según su carácter, chistoso: Cornelio — Su típica ironía más bien ambigua y «traviesa» — Ve que Carlo «se ha despertado», sí, es verdad, pero a efectos prácticos no sabe qué hacer — La Iluminación, como es de rigor, se presenta cuando le da la gana — En el caso de Carlo, se le ha presentado a uno que no estaba preparado y que no la buscaba en absoluto — Una vez recibida la gracia de la elección, no tiene ni idea de cómo comportarse — Él, Carlo, no es uno de esos tan cansinos monjes capaces de llevarse toda la vida quietos esperándola, y que luego, cuando llega, saben enseguida lo que hacer — Risas (¿sacras?) de Carlo y de Cornelio — Necesidad de una nueva cultura y de un nuevo modelo de comportamiento para Carlo — Suspensión de la lógica en el discurso de Cornelio — Transfigurado, pero siempre sonriente, o mejor insinuante, señala el punto por donde en aquel momento está saliendo el sol — Seis de la mañana, en Turín — Cornelio pronuncia la palabra «Edo» — Cornelio se desvanece — Meditación de Carlo — Desapacible disposición de su ánimo — Impresión «inducida» de que Cornelio se parece a un «hippy» drogado y un poco estúpido — Además muy ignorante, y, por si fuera poco, italiano.

(texto japonés)

## Apunte 133
## El escarnio (del «Proyecto»)[268]

Repatriado, Carlo perseveró en la observancia de la valiosa instrucción recibida en Edo, viviéndola con intensidad. Para empezar, mandó construir, en el Canavese, a orillas del Adda (?), en un guijarral desierto, una casa a modo de pequeño eremitorio, de forma idéntica a la del templo de Edo; era un marco que le resultaba indubitablemente necesario. Allí, soledad, meditación, retiro:

> Feliz aquí mi vida se asemeja
> tanto a mis sueños, permanentes sueños:
> vivir en una casa solitaria,
> y sin pasado ya, sin añoranza:
> al fin dueño de mí, medito... Canto
> la renuncia y el voluntario exilio.

Se trataba del culto, practicado a través del ocio, al «Dios ocioso», o, si era el caso, del culto, practicado a través del juego, al «Dios juguetón»: el Dios que juega al escondite, el Dios que para expresarse chancea como un locuelo, y que, zascandileando de un lado para otro, según le da, con imprevisible ligereza, muestra claramente que «la sabiduría está en la estupidez», y que, por fortuna, «el mundo no se tornará seguro ni gracias a la democracia ni de ninguna otra manera». Así las cosas, si es cierto que tal culto hacía imposible que Carlo tuviera normales relaciones con sus congéneres —escarnecerlos era justamente la forma del más supremo amor hacia ellos—, también lo es que no le impedía mantener cierto trato con aquellos

Dioses a quienes el Dios primero, el travieso holgazán —que quizá está dormido más allá de los cielos—,[51] confía el orden de este mundo.

---

[51] Tal es al menos la convicción de los kai, una pequeña tribu de Nueva Guinea, sembradores de tubérculos; creen que el Creador, Mâlengfung, después de haber creado el cosmos y al hombre, se retiró a los confines del mundo, en el horizonte, y allí se durmió. Pero un día despertará, se alzará de su lecho y destruirá todo lo que ha creado.

# APÉNDICE I
# DEL MECANOSCRITO[269]

Carlo I convertido en santo, mientras busca para Carlo II, etc., en su «estoica» lucha social, etc., etc., una ayuda sobrenatural, etc., lleva a cabo

## Un DESCENSO A LOS ÍNFEROS

que se configura como un clásico viaje, según los modelos mitológicos y medievales, incluido Dante. Pero no es más que un capítulo (como para Ulises) y mucho más sencillo, frontal, enumerativo, etc.

Qué son hoy estos Ínferos, para un hombre como C.: son el lugar de los Sueños, o del Inconsciente (el Recinto personal y el Recinto de la Massenpsyche, o Inconsciente colectivo) con todos sus símbolos. Un «Sueño ideal», que sintetice todos los sueños posibles, con todos sus símbolos posibles; el sueño de los sueños, convertido en lugar común, arquetípico y cristalizado en una serie de divisiones didascálicas. Llegado al punto más profundo de estos Ínferos, frente a la Escena originaria (que puede ser inventada, dando un vuelco a todas las hipótesis de los estudiosos, y reducida a un acto trivial y decepcionante, y por lo mismo extremadamente significativo, como derramar un vaso posado sobre una tumba en la que yace la verdadera Razón de la Muerte, etc.), C. lleva a cabo el gesto ritual y liberatorio, es decir, liberado de cualquier sentido y mecánica lógica (incluso de la lógica del simbolismo de los sueños). Naturalmente, el «Descenso» está novelado. P. ej. reaparición del sexo, a través de la Visión del Centauro con una polla enorme entre las piernas delanteras en vez de las traseras, etc.; visiones «arquitectónicas» de ciudades. Pero la auténtica Historia novelesca de este Descenso no atañe a C. sino en realidad a un personaje al que <u>acompaña</u> en este Descenso, que ha de repetir su mítica empresa, restablecer la relación con un igual —como Orestes y Pílades, etc.— muerto (siglos atrás) antes que él. Un mito helenístico (como las Argonáuticas, una vez más, de Apolonio de Rodas) concerniente a hechos acaecidos en el mundo clásico, aunque todo acabe por referirse a los albores. Para esto podría reelaborarse un mito primitivo hindú, o africano o polinesio, en el que estén presentes, rudimentarios, los elementos del mito mediterráneo y cristiano, etc.

— Trávelin de retroceso gracias al cual Carlo es un espectador de las empresas del héroe mítico — Solo al final Carlo se convierte en el protagonista — El trávelin es análogo al de la Visión en la sección del «Merda».

Chia, 16 de agosto de 1974
(soñado durante la noche)

## Para la carrera de «Carlo»[270]

Dossier (Sifar,[271] Mafia) sobre Carlo II.
Carlo I, chantajeado, sin que él sepa nada: relación entre Yo y Ello. Ayuda a Cefis en el asesinato de Mattei (al margen de cualquier cronología). Comienza el periodo en el que los Crímenes de Estado tienen una pura función anticomunista, sirviéndose de fascistas y de griegos (coordinados por la Mafia). Promoción de Carlo I en el ENI. Adopción de la ideología de Cefis: empresas multinacionales, desaparición de lo nacional, nueva función de un Ejército profesional y tecnológico, etc.

Al final: Cefis a la Montedison, Carlo con él. Nuevo planeamiento de la Estrategia de la Tensión: ahora las masacres tienen una función antifascista para restaurar la virginidad antifascista del poder. Se sirven de franceses y alemanes. Y también de algún extremista de izquierdas (feltrinelliano).

Cuando en el puesto de Carlo I tenemos a Carlo II (que no sabe nada del primero: lo de siempre, relación entre Yo y Ello, más bien extravagante respecto al psicoanálisis), quien tiene que ser asesinado, como Mattei, es Cefis. Carlo toma parte en esta eliminación, que debe producirse durante los funerales de Fanfani, que se ha llevado a la tumba los secretos de la primera fase de la Estrategia de la Tensión (pero que ha compartido con Andreotti). Funerales laicos. Desaire al Vaticano (por obra de Andreotti).

Los dos pilares entre los que se dispone la peregrina materia son el discurso a los Cadetes de la Academia de Módena y el discurso en el Centro de Altos Estudios Militares, de Cefis. Las fechas están manipuladas.

Toda la materia se dispone atemporalmente, por yuxtaposición y subdivisión en sus propios elementos, yuxtapuestos, como en una pintura primitiva, frontal, alegórica, etc.

(Destruir este apunte)

Chia, agosto de 1974

Todo esto se articula en dos tiempos:
Crimen de Estado en función anticomunista
Crimen de Estado en función antifascista
(para relanzar el Estado, restituirle el prestigio perdido, etc.)
— En esta segunda fase se introduce el «regreso» de Carlo II al puesto de Carlo I

‹?›

— Explicar la anomalía de Polis y Tetis, junto al sentido del esquema de sus historias.
Aludir a que los secretos que confían a los hombres que eligen para sí es la historia de Carlo Valletti.
Los demás parágrafos sobre Carlo: «Continúa el despropósito prologuista»

* Todos los relatos intercalados son la representación concreta y viviente de hechos o personajes que en el texto son fruto de pura deformación abstracta.

1. P. ej. el primer grupo de relatos «representa» a los personajes políticos que en el texto llevan a cabo —abstractamente— la política del desarrollo y los dos grupos de masacres políticas.
   Solo uno de los narradores —al final— narra un relato auténtico. Omite los nombres, pero narra en concreto los hechos de las masacres en su ordenación histórica (finge que un agente de la CIA le ha confiado todo a punto de morir)
   * Esta es también la tesis de mi obra (no decir esto explícitamente, pero darlo a entender diciendo que este es también el esquema de mi obra)

2. En el grupo de relatos de la Epojé se velan «golpes» fallidos: se opone a ellos la realidad histórica, simbolizada por desórdenes naturales apocalípticos — el lodo — el fuego — etc. (el lodo en el relato del noble romano y sus dos hijas) — (El fuego podrá recordar el fuego del relato de Bihar)

*	Para el relato del padre que pare al hijo-mierda.

– Al mismo tiempo que el altoburgués milanés también un paisano centro-meridional caga un hijo. El asunto llama la atención de una lumbrera de la ciencia, etc., que acoge al recién parido en la misma clínica exclusiva donde está ingresado el hijo del altoburgués — Se confunde a los dos niños-mierda — Los padres se los intercambian — Las mierdas vivientes tienen por tanto una universalidad incluso clasista, etc., etc., son intercambiables, etc.

– prefinal: día de sol estival tras algunos días vuelta invierno — Hombres nuevos, espíritu nuevo — Fin de una moda, de un corte de pelo — Ingenuidad, ‹?› — todo se concentra en la figura de un joven (el retroceso de la crisis y de la pobreza crea una novedad)

– Las divinidades que ayudan a resolver la crisis cósmica son naturalmente «campestres» (Baubon o la divinidad japonesa, etc.) — Esto se integra en el redimensionamiento de la agricultura y en la crisis del mundo campesino (cfr. también caricatura del discurso de Fanfani que se le hace[272] a Carlo en la fiesta turinesa) — El desfile de la comitiva en un paisaje campestre en torno al cementerio de una central atómica

# PETRÓLEO
## (Novela)

Una persona y su doble, o sosias. Esta persona es una mujer, una pequeñoburguesa «bien situada» por méritos propios, etc.[273]

Un hombre y su doble, o sosias. El protagonista es a veces uno, a veces el otro. Si A tiene un sosias B, B tiene un sosias A, pero en tal caso él mismo es A.

Es la disociación esquizoide que divide en dos a una persona, reuniendo en A algunas características y en B otras, etc.

A es un burgués rico, culto; un ingeniero que se ocupa de prospecciones petrolíferas; está integrado en la esfera del poder (pero es culto, con aperturas a la izquierda, etc.; todo implícito).

Larga descripción su imposibilidad de hacer carrera.

B, el hombre de características «malvadas», está al servicio de A, el hombre de características «bondadosas»: es su siervo, se ocupa de los trabajos sucios. Entre ambos disociados hay un acuerdo perfecto. Un verdadero equilibrio.

Y al contrario: A, el hombre de las características malvadas, se sirve de B, el hombre de las características bondadosas, para justificarse ante la sociedad y garantizarse la incolumidad ante la policía, la magistratura, etc.

A el bueno parte en un viaje oficial —a un país de Oriente Medio, con el presidente del Gobierno— dejando a B el malo en Roma; pero poco antes de partir se da cuenta de que B se ha convertido en mujer por complejo de castración frente a los jóvenes del 68. No puede aplazar el viaje.

B, el hombre de características malvadas, y encima mujer, solo en Roma, se dedica al trabajo sucio; pero ya no busca mujeres (hermanas, madres, etc.), busca hombres, sexo masculino. Se entrega, por esa vía, al exceso, a la anomia.

Protegido por la soledad y la total libertad —simbolizada en la permanencia en Oriente de su Doble— consigue degradarse sin límites. Ahora su deseo consiste en hacer el amor con veinte hombres, ni uno más ni uno menos. Por supuesto lo consigue. La cosa, organizada, se verifica en un descampado fangoso, mientras a ratos llueve, etc.

Los veinte jóvenes, después de hacer el amor, de uno en uno o en grupo, se van. Se dirigen hacia los lugares (mostrados de manera muy realista) en los que se desarrolla habitualmente su vida; pero tras una curva, al final de una calle, en la oscuridad de un patio, en un portal, etc., es decir, allá donde se disuelven en sus propias vidas para no reaparecer jamás, como engullidos por la nada, son asesinados, cada cual del modo más extraño; simbolizan estas muertes las verdaderas razones por las que se muere en el mundo moderno (ya se trate de la muerte física o de otro tipo de muerte).

A la vuelta de Oriente Medio (compromisos públicos, periodistas, resultados económicos y científicos), A el bueno no da con B el malo convertido en mujer. Pierde su equilibrio y debe ocuparse él mismo de los trabajos sucios que B tenía asignados; se degrada; afronta con su presencia física y su conciencia las situaciones de las que siempre se había mantenido apartado.
Naturalmente, no puede continuar. Debe elegir: será solo «público», y en consecuencia «santo».

Política y socialmente el resultado es que se desplaza marcadamente hacia la derecha, hasta casi la implícita alianza con los fascistas. Entretanto, también él se ha vuelto mujer, y hace el amor con un joven fascista siciliano, que lo obliga a hacer cosas solo aptas para su Doble, pero que él no está en condiciones de soportar, etc.

Después de haber hecho el amor con A, el fascista se dirige a su casa; y también él muere, devorado por un Monstruo.

A, obligado por las circunstancias, ha vencido el pudor, el vínculo con su conciencia burguesa, que le impedía ser B; y quiere repetir el acto que el joven fascista le enseñó de una vez para siempre. Por esa vía, llega al exceso, a la anomia, igual que inocentemente había llegado B.

Él también tiene que hacer el amor al menos con veinte hombres, para llegar a la extrema degradación, etc. Organiza el encuentro con veinte jóvenes, etc. Hace el amor con todos.[274]

Una vez que hacen el amor, los jóvenes se dirigen cada uno a su casa; viven todos en el mismo barrio; uno de ellos ha decidido poner una bomba en la estación de Bolonia.[275] No queda claro si es anarquista o fascista. Los demás, bebidos, e inspirados por Monstruos análogos a los que devoraron a sus coetáneos, lo siguen.
La bomba estalla; muere un centenar de personas, sus cadáveres quedan diseminados, amontonados en un mar de sangre, que inunda, entre carne hecha jirones, los andenes y las vías.

B (al que no llamamos A solo por no confundir) siente una profunda nostalgia por la vida deferente y tranquila que A le garantizaba. Sale del miserable cuchitril del arrabal donde se había instalado para refocilarse sin límites en su soledad, y va

en busca de A. Pero el piso de A, estupendo, céntrico, está desierto. B se llama inútilmente a sí mismo. No hay nadie. Se pregunta cómo encontrar un sustituto de A. Ya no sirven ni la Iglesia ni el Partido Comunista. A B no le queda sino hacer del Petróleo el ideal de su vida: él solo se castra. Y va a ocupar su puesto en los mismos despachos en los que los fascistas, con quienes A había puesto en marcha una tácita política de alianzas, se han asegurado una mayor cuota de poder. Pero es imposible que los fascistas tengan una relación amistosa o simplemente aprecien a un hombre castrado. Con su vieja vulgaridad convencen a una muchacha para que tiente a B, castrado, para poder después ridiculizarlo públicamente (y chantajearlo para quitárselo de en medio).
Pero mientras el pobre B trata de defenderse del coqueteo de la fascista llegan los Monstruos devoradores y arrojan una vaharada pestífera contra los fascistas, que los vuelve horrendos, medio putrefactos, infectos, cubiertos de pústulas y pus. En tal estado ya no pueden ridiculizar a B; no solo eso, sino que deben adaptarse a convivir con el castrado en la inmensa sede de las prospecciones Petrolíferas.

Mientras tanto A se ha ido a vivir al campo, a una vieja casa rústica, y no se relaciona con nadie; en Oriente Medio había sido iniciado (por un occidental) en los misterios de una religión órfica; profundiza en esta iniciación; se convierte en santo; se comunica con Dios, a quien eleva adocenadas preces por el bien común.
Y Dios lo escucha.

El Dios de A envía un ángel desconocido por todos, que llega a la sede del Petróleo durante una sesión a la que asiste el ministro para las Participaciones del Estado; el castrado B y los fascistas putrefactos han dado un extraordinario impulso a la investigación científica y a la organización económica. Todo va viento en popa, pese a sus dramas personales. El ángel los sana. B vuelve a ser un hombre y los fascistas seres humanos. Ahora que están curados, han de decidir qué hacer. Deciden que todo siga como antes.

Primavera o verano de 1972

Me ha llamado la atención de casualidad en un suelto creo que de L'Unità la palabra «petróleo», y solo el haber ya pensado en la palabra «Petróleo» como título para un libro me ha animado enseguida a pensar en la trama de tal libro. En menos de una hora esa «trama» estaba pensada y escrita.

Secuencias para Carlo Primero:

Visita a Juan XXIII (un día de 196…) describirla, etc.
Balducci y la objeción de Conciencia (Don Milani)[276]
Mattei lo usa para los contactos con los fascistas (precisamente por su intachable antifascismo y su catolicismo de izquierdas)
Los fascistas sicilianos chantajean —por este motivo— a Carlo cuando llega el momento de asesinar a Mattei; y Carlo se convierte en cómplice (solo por su silencio). A propósito de la Mafia.

Carlo Primero mujer:

cuando decide hacer lo que hacía Carlo Segundo, recuerda los tiempos de «Il Mulino», la vida sexual y la prostitución ligadas a las experiencias intelectuales juveniles. ‹?› Pisa. Eso le trae a la mente la prostitución masculina en la Montagnola. Allí organiza el encuentro con los veinte análogo al de Carlo Segundo. Colocación de la bomba en la estación de Bolonia. La masacre se describe como una «Visión».

Notas para Carlo Segundo

Los veinte muchachos que luego desaparecen son guiados por Monstruos benéficos (tradicionales) aunque ellos sean «modernos» (consumismo, lucha continua, etc.). La muerte como olvido y pérdida de sí mismo en la existencia tiene rasgos arcaicos y benignos: la tragedia es pura, etc. Los Monstruos se identifican luego con las mariposas del Verano. Titilan en la noche. Glosa sobre los viejos muertos del Verano.[277]

Nombres de diablos hindúes para los espíritus comunistas

NOMBRES DE LOS NÚMENES FASCISTAS
Lobo Cano
Registro
Pragma
Nostalgia
Brea (o Asfalto)
Mamporro
Porsche
Paja
Nevera
Cuarentaytrés
Mosquetón
La Bernabei
Denuncia
Taquilla

– Cada uno por su parte asesora a uno de los terroristas (empachados de coño fascista); y todos en grupo distraen a los policías de la estación de Bolonia, creando una complicidad tácita, etc. Los terroristas tienen todos nombres de jerarcas o mártires fascistas, pero son todos muy modernos (algunos tendrán nombre de vocalista)

| | |
|---|---|
| Dostoievski | «Los demonios» (y todo) |
| Gógol | (todo) |
| Dante | Últimos cantos del Purgatorio |
| Swift | |
| Schreber | Memorias de un enfermo de nervios |
| Strindberg | (Infierno) |
| Longhi | (descripciones de cuadros) |
| Apolonio de Rodas | (Argonáuticas) |
| Ferenczi | (Thalassa) |
| Locke | |
| Hobbes | |
| Sollers | (sobre Dante y Sade) |
| Sade | (120 días [proyecto]) |
| Joyce | (pero no la escritura) |
| Pound | (ídem) |
| <u>Propp</u> | |
| Platón | (todo: mundo ideas… Ciudad) |
| Aristóteles | Ciudad |
| Sterne | |
| Shklovski | (sobre Sterne) |

Todo «PETRÓLEO» (a partir de la segunda redacción) habrá de presentarse en forma de edición crítica de un texto inédito (considerado una obra monumental, un Satiricón moderno). Se cuenta con cuatro o cinco manuscritos de tal texto, concordantes y discordantes, algunos de los cuales incluyen hechos y otros no, etc. La reconstrucción se sirve pues del cotejo de los varios manuscritos conservados (entre los cuales, por ejemplo, dos apócrifos, con variantes curiosas, caricaturescas, ingenuas o «de trazo manierista»); y no solo, también de las aportaciones de otros materiales: cartas del autor (cuya identidad es un problema filológico irresuelto, etc.), cartas de amigos del autor conocedores del manuscrito (discordantes entre sí), testimonios orales citados en periódicos o en misceláneas, canciones ligeras, etc. Existen asimismo ilustraciones (probablemente obra del propio autor) del libro. Tales ilustraciones son de gran ayuda en la reconstrucción de escenas o episodios perdidos; su descripción será cuidadosa, y, puesto que se trata de obras gráficas de alto nivel aunque absolutamente manieristas, junto a la reconstrucción literaria habrá de hacerse una reconstrucción crítico-artística. Por lo demás, para subsanar las vastas lagunas del libro, y para la información del lector, se usará una considerable cantidad de documentos históricos que atañen a los hechos del libro, especialmente por lo que hace a la política y, más aún, a la historia del ENI. Tales documentos son: periodísticos (reportajes de revistas, L'Espresso, etc.), en cuyo caso se citan por entero; testimonios orales «grabados» (para entrevistas, etc.) de altos personajes, o de otros testigos; documentales cinematográficos raros (y aquí habrá de hacerse una reconstrucción crítica análoga a la artística y a la literaria, no solo filológica sino además estilística y que contemple hipótesis de atribución, p. ej. «¿Quién es el director del documental en cuestión?»). El autor de la edición crítica «compendiará» pues, sobre la base de documentos tales —en un estilo llano, objetivo, gris—, largos pasajes de historia general, para unir entre sí los «fragmentos» de la obra reconstruida. El editor dispondrá tales fragmentos en parágrafos ordenados. A veces los fragmentos corresponden a capítulos originales completos (se trata de capítulos cuyo texto concuerda casi totalmente en los varios manuscritos, a excepción de los apócrifos, que continúan sugiriendo curiosas variantes). El carácter fragmentario del conjunto del libro provoca por ejemplo que ciertas «partes narrativas» sean perfectas en sí mismas, pero que no se pueda entender, por ejemplo, si se trata de hechos reales, de sueños o de conjeturas realizadas por algún personaje.

Primavera de 1973

*

* FORTE (8 de septiembre de 1973)[278]

Aps. 8-9 dedicados a carreras profesionales de ejecutivos del petróleo, entre las que se esboza la de Carlo.

Aps. 9-20 Los dos Carlos se separan (pacto tácito). Carlo di Tetis va a Turín. En el viaje en tren primera, sórdida, exultante, etc., aventura femenina. Su casa. Reconstrucción fragmentaria su vida, educación, formación, inicio carrera, etc. Sus familiares. Seduce y hace el amor con la madre entrada en años (odiosa burguesía agraria, pero ella personalmente no, católica avanzada como se podía ser en los años cincuenta), luego una por una hace el amor con las cuatro hermanas, entre ellas una de trece años; con la criada; con varias muchachas turinesas; para acabar, en el campo con la abuela y una criadita suya meridional. Se inclina por las muchachas pobres, sobre todo meridionales. Acaba en la pensión «Sicilia». [todo como visto por un espía]

Aps. 20-40 (o alternado con los precedentes) El Carlo di Polis, la misma noche que el otro Carlo parte hacia Turín, va a una reunión (?) y tiene el primer éxito de su carrera, el primer gesto por parte del Poder de integrarlo en los círculos más altos, etc. Primeros encargos, primeras responsabilidades: carrera rápida y brillante, se introduce en el ambiente del ENI.[279]
Primer viaje iniciático (Argonáuticas)

En este punto precisamente en tanto que hombre de izquierdas es elegido (es una contrapartida para obtener después lo que quiere) para una operación de derechas, de extrema derecha: la complicidad en un delito (¿el asesinato de Mattei ocurrido a finales de los años cincuenta?) que lo pone en contacto con la CIA y con la mafia. Pero él vive todo esto como en un sueño. Como el cómplice ideal, ni entiende ni ve nada. La maniobra delictiva sucede en la pensión SICILIA, en Turín.[280]

Aps. 40 y ss. Carlo di Tetis tiene su primer gran amor: dura cinco años. Acaba trágicamente. Vuelve a las muchachas pobres, esta vez en Roma. Durante cinco o seis años. Hasta que llegamos a 1969. [Historia plagiada de Kafka — cartas a Felice]

Aps. 40 y ss. (alternados con los precedentes) La carrera de Carlo llega a su culmen. (Relatos sobre el Poder, intercalados en la novela, y en parte uno dentro de otro)

Ap. 50 (actual 25) Trauma del 69, cambio de sexo de Carlo di Tetis, etc. Gran amor (frustrado de Carlo di Polis, que estalla con la desaparición de Carlo di Tetis) [¿plagiado de «Manon»?] y prosigue hasta poco antes de la Visión (Jardín Medieval — actual Ap. 55).

junio de 1973

# APÉNDICE 2
# EL BLOC DE NOTAS[281]

Particularidades:
– flato delante de ‹?›
– calcetines bajos en una cena informal con amigos
– ‹?›
etc.

– Aparición socio
Esta vez el parecido consiste en una idéntica fisonomía (noble, conmovedora pero miserable) de rubito norteño

* La aparición del socio (pasado un tercio del libro) hace que Carlo «despegue» y por fin haga carrera de verdad, tenga éxito

* A la vuelta del viaje a oriente, el socio de C. se ha esfumado. Entra en crisis, su carrera está truncada objetivamente, aunque quisiera continuar no podría

* Segundo efecto de la desaparición del socio es que C. ya no quiere subjetivamente seguir viviendo y hacer carrera, de aquí su retiro

* El viraje místico de C., real y sincero, lo lleva solamente a la práctica mística, a la acción: o sea aprende a hacer milagros, no a seguir viviendo de teorías y en el profundo ‹?›
— Es italiano

– Carta a un amigo como introducción preguntándole si es el caso de transformar estos apuntes de los que naturaliter ha encontrado el lenguaje en un verdadero relato con su lenguaje objetivo cuya clave no sabe encontrar

‹?› después de los 20 (últimos comunistas del 68 etc.) — enferma — por qué se echa a sus espaldas también la enfermedad — Mediante esta enfermedad, juzga a los jóvenes del 68, y los supera — Vuelve a ser hombre — Tiene nostalgia del Centro, del Deber humano, etc.

Es el 4 de enero de 1970 (?)
Carlo no toma en consideración la masacre de Milán — la ignora y sigue la corriente, etc. — Solo al cabo de dos o tres años se hace cargo[52] (en el sueño de la bomba de Bolonia con el anejo Acompañamiento)

* apunte inmediatamente sucesivo al del Jardín Medieval

Fascinación del fascismo — como misterio de los padres

Las preguntas (¿qué le sucederá a raíz de esto a nuestro héroe? etc.) parecen preguntas de suspense

Regresamos a...
(maravillosa palabra — palabra de la novela)

Describir la Montagnola en los primeros capítulos del libro (así como Pisa)

---

[52] Se hace cargo de la masacre de Milán cuando carismáticamente viene a saber la verdad (en la cena de la corrupción) en mayo de 1972.

– recordar que la vieja catedral de Pisa produce la visión del Jardín Medieval

– (apunte Jardín Medieval)
– Poder = poder sexual en los jóvenes, que se ponen al servicio de los Reyes — prepotentes, etc. Fascinante ‹?› la cabeza del Poder, etc.

u.s.
– El Heroísmo y la Resignación
– La Humildad (o Italia humilde)
– también mundo reaccionario

u.s.
El cuerpo…
Quizá no era exagerada la gracia para subrayar el racismo de Carlo, como todos los burgueses — en realidad ‹?› el contagio de las vulgaridades, etc.
En cualquier caso él vivía todo en el cuerpo. ‹?› dicho que etc., etc., y todo esto (‹?› lucha poder, etc.) lo vive en el cuerpo, en el sexo.

Descripción sexo
Palpitaciones de Carlo pero pesadez en el pecho y espasmos en el vientre

## Notas

[1] Esta carta a Alberto Moravia constituye en 1.ª, 2.ª y 3.ª eds. el antepenúltimo texto de la novela; el cambio en la ubicación obedece a una de las anotaciones del «Apéndice 2. El bloc de notas», que se incluye solo en 4.ª ed.

[2] Gustave Flaubert, *La educación sentimental*, tercera parte, parágrafo VI (De Laude-Siti).

[3] La frase entre paréntesis, solo en 4.ª ed.

[4] Pasolini alude implícitamente a su condición de escritor bilingüe, en italiano y en friulano.

[5] La segunda parte de este diálogo, desde la réplica «Este Cuerpo es el de un hombre que no ha imitado...», marcada para ser reescrita en estilo indirecto.

[6] El manuscrito incorpora la variante «que comparten sus vidas», que es la opción prioritaria elegida por 1.ª, 2.ª y 3.ª eds., frente a 4.ª. A propósito de la priorización entre variantes, la traducción, salvo que se indique otra cosa, sigue los criterios de la última edición.

[7] Referencia a un comentario de 1950 sobre Leopardi de Giuseppe Ungaretti, cuya dicción esencial de tradición postsimbolista cimenta la poética del primer Pasolini.

[8] Salmos, 91 (90), 5-6. Todo el párrafo marcado con la indicación «en nota».

[9] Variante: «inexperto».

[10] En el suburbio se encuentra el cementerio Flaminio, el mayor de Italia.

[11] El breve, y leve, retrato que sigue está muy probablemente inspirado en Susanna Colussi, la madre del autor.

[12] En el original, exponente de una nota no redactada.

[13] Variante: «de tristeza».

[14] El personaje (en buena medida una más que probable contrafigura autorial feminizada) sería según ciertos rasgos, en opinión de Walter Siti y Silvia De Laude, trasunto de la novelista Elsa Morante; el fotógrafo aludido es Wilhelm von Gloeden.
[15] Variante: «técnico»; en este caso se elige la más apropiada lección de 1.ª, 2.ª y 3.ª eds. respecto a la de 4.ª.
[16] Hasta los dos puntos, solo en 4.ª ed.
[17] Hasta el final del párrafo, solo en 4.ª ed.
[18] Sigla, en italiano, del Ente Nacional de (H)idrocarburos.
[19] Enrico Mattei, empresario y político democristiano, fundador y primer presidente del ENI, muerto en 1962 en un accidente aéreo, debido a un sabotaje por obra de una oscura trama (más que probablemente orquestada por quien habría de ser su sucesor, Eugenio Cefis) de la que formarían parte asimismo la mafia y los propios servicios secretos del Estado.
[20] La frase, solo en 4.ª ed.
[21] Anotación: «añadir estas líneas al apunte 3c (Prefacio pospuesto III)». Las que en este aparato figuran como 'anotaciones', con pocas salvedades, aparecen en las tres primeras ediciones reunidas en conjunto aparte como «Apostillas»; la 4.ª las suele dar como notas al pie, aunque algunas las integra en el cuerpo del texto.
[22] Hasta el final del párrafo, solo en 4.ª ed.
[23] En el escalafón de la mafia, el *picciotto* (del siciliano *picciottu*, 'pequeño') ocupa el puesto más bajo, a menudo como ejecutor directo de las disposiciones superiores.
[24] La especificación, presente en todas las ediciones menos en la 3.ª.
[25] En este caso se elige entre las variantes siguiendo el criterio de 1.ª, 2.ª y 3.ª eds., que evitan la repetición de «los espíritus críticos», mantenida sin embargo en 4.ª.
[26] El resto del apunte, solo en 4.ª ed.
[27] Variante: «ser».
[28] El párrafo, precedido de la anotación «[apuntes]», se cierra con otra anotación: «describir detalladamente los diversos actos exhibicionistas, etc.».

[29] Quizá no sea una confusión con Hyde, la otra cara del paralelismo con Stevenson, como cree Siti, sino un desliz freudiano o incluso una vuelta de tuerca autorial sobre las convenciones éticas y los sesgos interpretativos del eventual lector. No se olvide que este Carlo «degradado» es sin embargo «puro».

[30] Variante: «seres queridos».

[31] Variante: «fanático comunista».

[32] Primera de una profusa serie de citas de la *Comedia* de Dante Alighieri (*Infierno*, canto XXII, verso 118); según los exégetas, «ludo» podría significar juego, competición, espectáculo; en latín medieval alude a los dramas o misterios religiosos.

[33] Tanto los versos citados en este apunte como en el sucesivo (así como los del apunte 82 y los incluidos en el que cierra la novela, el 133, contribuyendo a un cierto efecto de simetría) son de *Los coloquios* (1911) de Guido Gozzano, poeta piamontés muy ligado al área geográfica turinesa del Canavese, y máximo exponente del denominado *crepuscularismo*, una tendencia poética programática y a menudo paródicamente antiáulica, de exaltación irónica de lo banal.

[34] Errata en 4.ª ed., que da las dos últimas réplicas como una sola.

[35] El adjetivo tiene como referencia la estética preciosista y recargada de Gabriele D'Annunzio, cuya obra representa una de las versiones italianas del decadentismo europeo, quizá la más ornamental; «vate de Italia», se significó en diversas empresas militaristas y parafascistas en los albores del siglo xx.

[36] Se sigue la lección de 1.ª, 2.ª y 3.ª eds., que evitan la repetición de «fuerte», mantenida en 4.ª.

[37] Ambos adverbios significan 'a menudo', 'frecuentemente'; el primero suele percibirse como literario, algo afectado en el uso común.

[38] Cita-variación de un verso de Arthur Rimbaud (que acabaría, a su vez como variación, en *Una temporada en el infierno*) (Siti).

[39] *Trasumanare* (elevarse a condición más alta de la humana) es verbo exquisitamente dantesco: *Comedia*, *Paraíso*, c. I, v. 70.

[40] Título precedido de la anotación: «insertar dos o tres apartados sobre exhibicionismo en el campo, en un pueblo».
[41] Variante: «a la espera».
[42] Tanto el título del apunte como los versos citan el soneto 129 de William Shakespeare (De Laude-Siti).
[43] Variante: «lancinantes».
[44] Se sigue la lección de 1.ª, 2.ª y 3.ª eds., que evitan la repetición de «innatural», mantenida en 4.ª.
[45] Variante: «misteriosas».
[46] Variante: «grandes».
[47] El adverbio (*circa* en el original), presente en 1.ª, 2.ª y 3.ª eds., desaparece en 4.ª.
[48] Se sigue la lección de 1.ª, 2.ª y 3.ª eds., que evitan la reiteración de «ahora», mantenida en 4.ª.
[49] La disquisición que a partir de aquí se desarrolla sobre el soneto 94 de Shakespeare y el Estado-Jardín es la primera muestra en la novela de páginas construidas acarreando de modo más o menos ostensible materiales ajenos; en este caso se trata casi de la paráfrasis de fragmentos de una obra de 1973 de Giorgio Melchiori, *El hombre y el poder* (De Laude-Siti).
[50] Personajes de la novela *Un pequeño demonio*, del simbolista ruso Fiódor Sologub (De Laude-Siti).
[51] Variante: «necesidad».
[52] Se prefiere la lección de 1.ª, 2.ª y 3.ª eds., frente a 4.ª («se apretó en el puño»).
[53] El verso de Sandro Penna, asiduo interlocutor del Pasolini romano, forma parte del poema *La batalla* (1974).
[54] Título seguido de la anotación: «Nuevo capítulo».
[55] Sigue la anotación: «sombra y luz».
[56] La última escena del sueño, incluido el despertar, está marcada en tres ocasiones —tras «sombras», «recelo» y el cierre del apunte— con la anotación: «(angustia de Carlo)».
[57] Se sigue la lección de 1.ª, 2.ª y 3.ª eds., que evitan la repetición de «caminaba», mantenida en 4.ª.

[58] Rodolfo Graziani, alto mando (mariscal de Italia) del ejército de Mussolini, se distinguió por sus crueles actos represivos durante las campañas africanas; tras la guerra, fue presidente honorario del neofascista Movimiento Social Italiano.

[59] Los más de dos mil sonetos de Giuseppe Gioachino Belli son el principal monumento de la literatura dialectal romanesca de la primera mitad del siglo XIX, y constituyen un acervo expresivo fundamental para la narrativa *romana* de Pasolini, tanto literaria como cinematográfica.

[60] La fuente de las noticias sobre el ENI (apuntes 20-22d) es un libro de 1972 (secuestrado nada más aparecer), *Este es Cefis. La otra cara del honorable presidente*, de Giorgio Steimetz (pseudónimo de dudosa atribución), una indagación sobre los turbios manejos del presidente de la entidad (y más tarde de la corporación industrial y financiera Montedison) y su círculo a través de empresas pantalla. En la novela cambian los nombres tanto de las sociedades interpuestas (la mayoría de cuyas siglas representan denominaciones ficticias aunque reflejan un real entramado societario) como de los personajes: por destacar solo los más significados, Eugenio Cefis, el alto dirigente que se hace cargo del ENI tras la muerte de Mattei, es en *Petróleo* Aldo Troya; Enrico Mattei (en cuya muerte podría haber estado implicado Cefis) es Enrico Bonocore. Pasolini se sirve en los apuntes indicados de extractos casi literales del libro de Steimetz (De Laude-Siti).

[61] Se prefiere la lección de 1.ª, 2.ª y 3.ª eds., frente a 4.ª («va mucho más allá de ellos»).

[62] La agencia de noticias italiana por excelencia.

[63] Alcide De Gasperi, inspirador y fundador del partido de la Democracia Cristiana, fue el primer presidente del Gobierno italiano tras la segunda guerra mundial; en la lucha partisana contra el nazifascismo participaron, no sin enfrentamientos internos, formaciones que van desde la derecha católica, pasando por republicanos y socialistas, hasta la izquierda comunista.

[64] El narrador se refiere a la teoría de la prosa de Viktor Shklovski, que habla de relatos «en ensartado», en los que el hilo conductor reside en la identidad del protagonista; los relatos «en borboteo» son de cuño pasoliniano (Siti).
[65] Como señalan los editores, y como es por lo demás obvio, el retrato del personaje coincide con la fisonomía de Giulio Andreotti, no con la de Eugenio Cefis.
[66] Variante: «coherentemente».
[67] Via Montenapoleone, la calle por excelencia de la moda milanesa.
[68] Camilla Cederna, además de ejercer un aguerrido periodismo político, fue una notable articulista de moda, en clave antropológica, muy seguida durante los años 60 y 70 del pasado siglo.
[69] La *ciocia* es una especie de abarca, tradicional en algunas áreas campesinas centro-meridionales (de donde el nombre de la Ciociaría, la actual provincia de Frosinone), y la *dàlmine* el zueco característico friulano.
[70] Se prefiere la lección de 1.ª, 2.ª y 3.ª eds., frente a 4.ª («viñas»).
[71] Servicio de información de la defensa, los servicios secretos italianos entre 1966 y 1977.
[72] La de la pulga que difama al piojo es una fábula tradicional friulana, que genera expresiones cuasi proverbiales.
[73] Los *bamboccianti* son los seguidores de la escuela del holandés Pieter van Laer llamado el Bamboccio ('monigote'), activo en Roma entre la tercera y la cuarta décadas del XVII, que lleva el tenebrismo tan en boga a la escena costumbrista. Pasolini afirmaba deber al gran historiador y crítico de arte Roberto Longhi (que fue su profesor en la Universidad de Bolonia) «toda su fulguración figurativa» (dedicatoria de *Mamma Roma*, 1962).
[74] Original: *accepita*; podría tratarse de un hápax pasoliniano, formado sobre el latín *accipere*.
[75] El original presenta, en una nota autorial al pie de este apunte, pero sin marcar el texto con exponente alguno, una llamada a la segunda parte, capítulo octavo, de *Los demonios* (1871-72) de Fiódor Dostoievski.

[76] En la nota al pie, el término «convivencialidad», en castellano en el original en su segunda aparición, parece tomado del título español de la obra del ensayista austríaco establecido en México Ivan Illich, *La convivencialidad* (1973).
[77] Entre los personajes aludidos a continuación: Amintore Fanfani, democristiano, varias veces presidente del Gobierno, impulsor de una apertura a centro-izquierda; Attilio Monti, llamado el «petrolero negro», industrial y editor filofascista; Franco Restivo, democristiano, varias veces ministro, responsable (entre otras) de la cartera de Interior a finales de los años sesenta coincidiendo con el inicio de los «años de plomo».
[78] 4.ª ed. incorpora dos fragmentos distintos con el título «Apunte 31», el primero de los cuales (no presente en las otras tres ediciones) comienza reproduciendo con ligeras variantes, de las que da cuenta la traducción, el inicio del apunte 20.
[79] Sigue la anotación: «(rehacerlo)».
[80] Sigue la anotación: «reescribirlo todo como visto por Carlo, que entra en el salón, donde alguien está contando una historia (y luego serie de historias)».
[81] Los cuatro retratos precedentes corresponden respectivamente a Moravia, el propio Pasolini, Giulio Andreotti y Antonello Trombadori (periodista, impulsor de revistas de debate político y cultural, notable valedor de la estética neorrealista). Menos evidentes, y de figuras de menor relieve, los retratos sucesivos (De Laude-Siti).
[82] Párrafo presente solo en 4.ª ed.
[83] Ernesto De Martino, eminente antropólogo, autor, en las décadas centrales del siglo pasado, de fundamentales estudios sobre ritualidad y religiosidad arcaica en la Italia meridional.
[84] Sigue: «?»; título y texto de este apunte solo en 4.ª ed.
[85] «Itaglia» (léase aproximadamente como 'Italla' con pronunciación no yeísta) es articulación popular y dialectal, sobre todo en áreas septentrionales; el vocativo parodia las clásicas invocaciones a la patria.
[86] Exponente que remite a una nota no redactada.

[87] Variante: «solo informado, limitándose a».
[88] Viene a ser como decir que el tiempo parecía haberse detenido en un medioevo ideal. Salimbene da Parma, franciscano, es autor, en las últimas décadas del siglo XIII, de una vívida *Crónica* latina con interpolaciones vernáculas sobre las vicisitudes de la vida religiosa y política italiana de los siglos XII y XIII.
[89] Sigue la anotación: «Dialecto»; a continuación, el exponente de una nota no redactada.
[90] Las líneas que siguen, hasta «un pedregal de triste color pardo», solo en 4.ª ed., como redacción alternativa de la descripción sucesiva.
[91] Norman Oliver Brown, uno de los padres intelectuales de la contracultura norteamericana, es autor de *El cuerpo del amor* (1966), donde se cita ampliamente al psicoanalista y etnógrafo Géza Róheim; el libro de Brown, según Siti y De Laude, se cuenta entre las fuentes más frecuentadas de *Petróleo*. Pasolini ya se ha servido de él en el apunte 17 para ciertos particulares del sueño del protagonista (la madeja de serpientes, la mujer de enorme pene, la transformación de Carlo en un língam), y seguirá haciéndolo más adelante (en el arranque del apunte 97), como cantera de varias referencias a Hobbes, Locke y Frazer.
[92] Ezra Pound cita a Laurence Sterne en *El ABC de la lectura* (1934). De la misma obra toma Pasolini la cita de François Villon en el cierre del apunte 55 (De Laude-Siti).
[93] Mediometraje documental del propio Pasolini, de 1968.
[94] Oscura alusión, que podría serlo a la «Vieja» por antonomasia, la *Befana*, un adefesio benefactor que lleva regalos a los niños por la Epifanía; pero curiosamente aquí Pasolini no usa la mayúscula.
[95] Las tres historias no aparecen en las tres primeras ediciones al final del apunte sino como interpolación entre los demás bocetos.
[96] Probable errata en 4.ª ed., que confunde el nombre con el de la ciudad iraní de Abadán; o quizá se trate de una restauración en las ediciones precedentes.
[97] Cita, apenas apartada de la literalidad, de la *Comedia* de Dante (*Infierno*, V, 56).

[98] Sigue exponente que remite a una nota no redactada.
[99] Hasta el final del párrafo, solo en 4.ª ed.
[100] De la flecha en adelante, solo en 4.ª ed.
[101] Según 1.ª, 2.ª y 3.ª eds., esta palabra resulta ilegible.
[102] Se prefiere la lección de 1.ª, 2.ª y 3.ª eds., frente a 4.ª («estaba en vela a pesar de que ∨»).
[103] Se sigue la lección de 2.ª y 3.ª eds; 1.ª y 4.ª dan la palabra en cuestión como ilegible.
[104] Solo 4.ª ed. introduce en lugar de la coma una conjunción copulativa, que no aparece sin embargo en la fotografía del manuscrito que aporta.
[105] Se prefiere la lección de 1.ª, 2.ª y 3.ª eds., frente a 4.ª («culpa»).
[106] Como apunta Walter Siti, muy probablemente «Shpigulin» es lapsus por Stavroguin, el criminal protagonista de *Los demonios*.
[107] El verbo, *leccava*, en 3.ª persona, solo en 4.ª ed.; en las anteriores, en 1.ª persona, *leccavo*.
[108] Variante: «estrictamente».
[109] De la docena de ocasiones en que encontramos el término en la novela, salvo en dos casos, aparece en femenino, uso que solo registran las más de veinticinco mil páginas del *Grande Dizionario della Lingua Italiana* en sendos tratados médicos, uno del siglo XVI y otro del XVIII. El Corpus Diacrónico del Español de la RAE testimonia también en castellano algunos pocos casos en un tratado médico del XVII y en el padre Feijoo.
[110] El cínico y pervertido (como Carlo, en cierto sentido) protagonista de *A contrapelo* (1884) de Joris-Karl Huysmans.
[111] 'Hervidero', tanto en sentido literal como figurado; denominación de un manantial sulfuroso que vertía sus aguas en el cauce, hoy canalizado y sumergido, de la Marranella, a la altura de la romana Via dell'Acqua Bullicante ('en ebullición'); el término es además un guiño a la *Comedia*, concretamente al *Infierno* (XII, 117, donde se refiere a un río de sangre hirviente; y XIV, 79, donde da nombre a una fuente de cuyas aguas se sirven las meretrices de Viterbo) (De Laude-Siti).

[112] Se prefiere la lección de 1.ª, 2.ª y 3.ª eds., frente a 4.ª (que lee «homologadas», lo que supondría un anacoluto, por otra parte no descartable, ya que el apunte —en este caso manuscrito— no es gráficamente del todo claro).

[113] Nuevo guiño a la *Comedia* (*Infierno*, I, 106s.). La especificación, desde «pelásgicos», solo en 4.ª ed.

[114] Giorgio Almirante, fundador y principal cabeza visible del neofascista Movimiento Social Italiano (MSI, de donde el adjetivo *missino*, 'misino'); Gino Birindelli, militar, presidente del MSI-Derecha Nacional.

[115] Giangiacomo Feltrinelli, aristócrata, fundador de la editorial que lleva por nombre su apellido, militante de la izquierda extraparlamentaria, murió en 1972 mientras manipulaba un explosivo durante la preparación de un atentado.

[116] Variante: «A continuación de la desaparición de Karl».

[117] Alusión al atentado en la sede del Banco Nacional de la Agricultura en Piazza Fontana en diciembre de 1969, que acabó con la vida de diecisiete personas y causó casi un centenar de heridos; la masacre, que marca el inicio de la llamada «estrategia de la tensión» y de los «años de plomo», fue perpetrada por el terrorismo neofascista (con presumibles conexiones en los servicios secretos), aunque en un principio resultara acusado el anarquista Giuseppe Pinelli, quien —curiosamente, como al parecer no es del todo extraño que suceda en estas circunstancias— tras ser arrestado cayó por una ventana (por un desvanecimiento o quizá con voluntad suicida, según las versiones oficiales) y murió.

[118] Hasta el final del párrafo, solo en 4.ª ed.

[119] Alusión a *Giotto spazioso* (1952), ensayo de Longhi en el que se analizan los «engaños ópticos» de ciertos frescos de la Capilla de los Scrovegni de Padua.

[120] Todo el párrafo, solo en 4.ª ed.

[121] Exponente de una nota no redactada.

[122] Miembros de distintos niveles de la judicatura, todos ellos implicados en las falsas acusaciones contra componentes de

grupos anarquistas en la investigación sobre la masacre de Piazza Fontana en Milán (Siti).
[123] Todo el párrafo, solo en 4.ª ed.
[124] Siti interpreta este parangón entre dos manifestaciones de *estilo* tan distantes —la elegancia futbolística del brasileño Tostão y el vistoso virtuosismo experimental del novelista siciliano Antonio Pizzuto— como una pulla irónica contra el escritor, que Pasolini no apreciaba.
[125] El apellido, de origen siciliano, tiene un claro significado alusivo: 'Dulcemacho'.
[126] Variante: «inmersas».
[127] Variante: «a la altura».
[128] Se prefiere la lección de 1.ª, 2.ª y 3.ª eds., frente a 4.ª («de ébano o marfil»).
[129] Exponente de una nota no redactada.
[130] Los dos primeros párrafos del apunte, solo en 4.ª ed.
[131] Variante: «variación». Exponente de una nota no redactada.
[132] Variante: «de modo que».
[133] Variante: «absorbido por la ebriedad».
[134] Variante: «frustrados».
[135] La *inocencia* reside en el significado del apellido, 'tórtola'.
[136] Alusión a la *Comedia* (*Infierno*, XXVI, 101s.).
[137] Apellidos de origen siciliano, o bien muy extendidos en Sicilia.
[138] Se prefiere la lección de 1.ª, 2.ª y 3.ª eds., frente a 4.ª («picciotto»).
[139] Variante: «ciegamente».
[140] Variante: «función».
[141] Las próximas frases, hasta «las luces fulgurantes [...] de las tiendas», solo en 4.ª ed.
[142] Se prefiere la lección de 1.ª, 2.ª y 3.ª eds., frente a 4.ª («bombillas»).
[143] Variante: «intolerable».
[144] Variante: «saciarse».
[145] Este breve párrafo solo en 4.ª ed.
[146] Variante: «afecto».

[147] Las próximas páginas, que incluyen el remedo de la figura de Lázaro de Tormes, solo en 4.ª ed.
[148] Alusión a la *Comedia* (*Infierno*, I, 63).
[149] 'Miembro viril'; término siciliano cuyo uso se extiende a otros dialectos, sobre todo meridionales; con valor interjectivo, se utiliza como expresión de sorpresa, contrariedad, protesta, como en español *coño*. Hasta aquí las páginas interpoladas solo en 4.ª ed.
[150] Sigue la anotación: «‹?› —La han palmao unos cuantos».
[151] Variante: «un pensamiento».
[152] Hasta el final del párrafo, solo en 4.ª ed.
[153] De nuevo, una alusión oscura, no tanto por «Las Madres» (que bien pudieran ser Deméter, Cibeles y Rea, las tres deidades maternas de la religión griega) como por «Andrí»: nombre con el que quizá Pasolini ha pretendido jugar con un femenino artificiosamente formado sobre *anér-andrós* ('varón'), teniendo en cuenta además que la letra eta en griego moderno se lee como una i (agradezco la sugerencia de esta hipótesis, conjetural, a Sebastiano y Dario Burgaretta).
[154] Exponente de una nota no redactada.
[155] Exponente de una nota no redactada.
[156] Personaje de la novela histórico-metafórica *Los novios* (1840-1842) de Alessandro Manzoni, presente entre los capítulos XIX y XXIV; se trata de un poderoso réprobo que experimenta una especie de conversión que le lleva a poner en cuestión todo su pasado y a enmendarse.
[157] Polo de expansión urbanística monumental al suroeste de Roma, proyectado y solo parcialmente construido en los últimos años del régimen fascista, cuyas instalaciones fueron ultimadas y reconvertidas tras la segunda guerra mundial en sedes ministeriales y de grandes empresas, además de cumplir asimismo una función puramente residencial.
[158] Hasta el final del párrafo, solo en 4.ª ed.
[159] Variante: «honesto».
[160] Variante: «mafia».
[161] Se prefiere la lección de 1.ª, 2.ª y 3.ª eds., frente a 4.ª («episodio»).

[162] En castellano en el original.

[163] Exponente de una nota no redactada.

[164] Se prefiere la lección de 1.ª, 2.ª y 3.ª eds., que evitan la repetición del verbo *pasar*, frente a 4.ª («¿Quién es este forastero que pasa por aquí?»).

[165] El párrafo, solo en 4.ª ed.

[166] Los «Recintos» (*Gironi* en el original) son una nueva evocación de la *Comedia*: en el *Infierno*, tres son los recintos del séptimo círculo (cantos XII-XVII).

[167] El conde de Cavour se convirtió en 1861 en el primer presidente del Gobierno de la Italia unificada; pero la referencia es puramente iconográfica, en alusión a la característica sotabarba del personaje.

[168] Se trata de una suerte de autocita: *Riccetto* ('rizoso') es el apodo del protagonista de la primera novela romana de Pasolini, *Chavales del arroyo* (1955).

[169] En 4.ª ed. se prescinde del término *visione* tanto en este apunte como en el sucesivo; quizá se trata de un error de omisión, o quizá se ignora un eventual criterio uniformador seguido en las anteriores ediciones.

[170] Enésima alusión a la *Comedia*: los «Guías» (*Duchi* en el original) evocan en su denominación al *Duca*, Virgilio, guía de Dante en el poema, a quien se nombra así ya en el canto II del *Infierno* (v. 140).

[171] Guiño especular (es decir, invertido, y por lo tanto carnavalesco) a la leyenda de *Las siete ciudades de oro*, superpuesto quizá a una arcana alusión a las *siete hermanas*, las empresas dominantes en el panorama petrolífero internacional en expresión de Enrico Mattei.

[172] La cláusula concesiva, solo en 4.ª ed.

[173] También los «Fosos» (*Bolge* en el original) evocan la *Comedia*: diez son los fosos circulares, concéntricos, que constituyen el octavo círculo del *Infierno* (cantos XVIII-XXX).

[174] El adjetivo, solo en 4.ª ed.

[175] Variante: «disgusto».

[176] Exponente de una nota no redactada.
[177] *Comedia*, *Infierno*, III, 18.
[178] *Infierno*, XI, 82s.
[179] Variante: «alocuciones».
[180] Como precisan Siti y De Laude, la datación exacta de la carta leopardiana es junio de 1836.
[181] Eco prácticamente literal del verso 7 de *La retama, o la flor del desierto* (1836) de Giacomo Leopardi.
[182] Sigue la anotación: «Falta de iniciación; la Pauta actúa de inmediato incluso en los niños prepuberales; no hay adiestramiento ni brimade (además de genocidio, matanza de los inocentes)». El término francés *brimade* podría traducirse como 'novatada'.
[183] Variante: «una cabra, una gallina, un perro».
[184] *Comedia*, *Infierno*, V, 142.
[185] Pasolini muestra dudas sobre todo acerca del primero de los términos, *nefra* en el original (pero *nefro* al final de este mismo apunte), que Siti conjetura como deformación de *nenfro*, un tipo de toba usada en esculturas etruscas; la «nocra» es una toba volcánica grisácea.
[186] Original, en 1.ª, 2.ª y 3.ª eds: «per farla breve»; errata en 4.ª: «per farla la breve».
[187] Dostoievski, *Los demonios*, parte II, cap. 1, 3.
[188] Los próximos cuatro párrafos, solo en 4.ª ed.
[189] Hasta aquí la interpolación presente solo en 4.ª ed.
[190] Son versos de Guido Gozzano que citan casi a la letra la *Comedia*, *Purgatorio*, XII, 118s. (Siti).
[191] Sigue la anotación: «¿30 relatos zen? pág. sig, en una fiesta mundana 12 oct. 1973».
[192] El texto que sigue, solo en 4.ª ed.
[193] El editor de 4.ª ed. corrige el *luglio*, 'julio', del original manuscrito; el 2 de junio se celebra en Italia la Fiesta de la República.
[194] Sigue la anotación: «Todo visto con "la lucidez de la melancolía mortal" de Carlo "que ha mutado en otro"». Aparte los corrillos de los «don nadie» (representados metafóricamente mediante personajes de Gógol, Sologub y Dostoievski), una vez

que el protagonista se acerca (en una alusión irónica a la *Comedia*, ahora a la «cándida rosa» del Empíreo de los últimos cantos del *Paraíso*) a los círculos más próximos al poder, todas las figuras del mundo político, empresarial y militar que desfilan por el apunte (comenzando por el socialista Giuseppe Saragat, presidente de la República entre 1964 y 1971), así como sus filiaciones ideológicas, corresponden estrictamente a la realidad de las luchas intestinas por la gestión en beneficio propio, personal o partidario, de los recursos económicos del Estado, a través de todo tipo de manipulaciones y connivencias, entre otras con los servicios secretos del propio Estado. En esta especie de trávelin dantesco (más infernal que paradisíaco, en el que pocos son los dirigentes a quienes el narrador ahorra el estigma) van apareciendo exponentes políticos socialistas, democristianos, comunistas, republicanos, misinos. Como precisa Silvia De Laude, Pasolini se basa, siguiéndolo a veces al pie de la letra (e incluso, aunque no siempre, entrecomillando algunas de sus frases a lo largo del apunte), en un reportaje del periodista Giuseppe Catalano (publicado en el semanario *L'Espresso* en agosto de 1974) sobre las turbias tramas del Servicio de Información de la Defensa, dirigido por Eugenio Henke, que elabora y transmite casi a diario todo tipo de informes político-financieros para Eugenio Cefis.

[195] Nueva alusión irónica al *Paraíso* (XXIV, 16s.) de la *Comedia*, donde los santos se solazan bailando.

[196] Sigla del Instituto para la Reconstrucción Industrial.

[197] Sociedad Italiana de Resinas.

[198] Confederación general de la industria, la patronal italiana por excelencia.

[199] *Comedia*, *Infierno*, III, 21.

[200] Unión cristiana de empresarios y dirigentes.

[201] Comité Olímpico Nacional Italiano, presidido por Giulio Onesti.

[202] Bebida alucinógena de uso ritual en los misterios eleusinos.

[203] Las dos oraciones siguientes, separadas por punto y coma, solo en 4.ª ed.

[204] La frase entre paréntesis, solo en 4.ª ed.
[205] El nombre del más popular cantante melódico italiano, sobre todo en los años 60.
[206] Horacio, *Arte poética*, v. 4.
[207] Anotación: «elemento retardante: reunión de "doctos" en curso pero que preanuncia la "Epojé"».
[208] Anotación: «situación escénica: reunión familiar — las dos muchachas creen haber entendido mal…».
[209] Tanto este como el anterior paréntesis resultan prácticamente ilegibles para las tres primeras eds.
[210] Cfr. Sándor Ferenczi, *Thalassa* (1924), A, 1 (tanto para esta observación como para la anterior frase entrecomillada, aunque no del todo literal).
[211] Se prefiere la lección de 1.ª, 2.ª y 3.ª eds., frente a 4.ª («de piel»).
[212] Paladio de Galacia, *Historia lausiaca*, 10, 8 (De Laude-Siti).
[213] Carlo Emilio Gadda, ingeniero de profesión, escritor que Pasolini admiraba profundamente por la contaminación pluridialectal y la textura expresionista de su escritura, reconociendo en él un inmediato precedente de su propia obra narrativa.
[214] La crítica más autorizada sitúa la prosa experimentalista y plurilingüe de Giovanni Faldella entre los antecedentes de la estética de Gadda, de ahí el engarce. Pasolini traslada explícita y literalmente en la página siguiente (incluida la nota al pie, cuyas frases subrayadas están en el original en dialecto piamontés) distintos momentos de la novela de Faldella *Donna Folgore* (1906-1909). En los fragmentos reproducidos, la referencia a «Orlando», primero «enamorado» y después «furioso», lo es a *Orlando enamorado* (1495) de Matteo Maria Boiardo y a *Orlando furioso* (1532) de Ludovico Ariosto, los poemas narrativos fundacionales de la épica culta europea.
[215] Hasta aquí el calco de Faldella.
[216] Se prefiere la lección de 1.ª, 2.ª y 3.ª eds., que evita la rima de 4.ª: «tal herida mortal».
[217] Variante: «mayor respeto de sí mismo».

[218] Se sigue la lección restauradora de 2.ª y 3.ª eds., que mantienen el nexo, tachado en el manuscrito, por imprescindible para la comprensión.

[219] La cita de *Los demonios* en parte II, cap. 10, 1.

[220] Paladio de Galacia, *Historia lausiaca*, «Vidas de los Santos Padres», 14: «El mismo Pablo añade: "El fruto del espíritu es..." etcétera»; las palabras de san Pablo se encuentran en la Epístola a los Gálatas, 5, 22.

[221] Lo acontecido como resultado de una acción ritual (*dromenon*), frente a lo dicho (*legomenon*).

[222] *Outis* (la conocida respuesta de Ulises a Polifemo en el libro IX de la *Odisea*) es el título de una especie de panfleto satírico en verso publicado por Pasolini en 1972 contra Eugenio Montale.

[223] Variante: «anglosajón».

[224] Cfr. De Sade, «Ideas sobre las novelas», en *Los crímenes del amor* (1799).

[225] Hasta el final del párrafo, solo en 4.ª ed.

[226] Variante: «divino».

[227] Variante: «de un llanto fuerte, tan desconsolado como consolador».

[228] En el mecanoscrito, todo el encabezamiento rodeado por un trazo manuscrito circular y marcado con un signo de interrogación.

[229] La frase siguiente entre comas, solo en 4.ª ed.

[230] Periodista, ensayista, editor, renovador de un pensamiento liberal militantemente antifascista, Piero Gobetti se cuenta entre los directos interlocutores de Antonio Gramsci, activista y teórico de inspiración marxista, uno de los fundadores del Partido Comunista Italiano, figura tutelar de la fase central de la obra de Pasolini. Ambos, Gobetti y Gramsci, fueron víctimas, respectivamente, del matonismo y de las cárceles fascistas.

[231] Elvira Berrini, humilde maestra elemental, madre de Gian Carlo y Giuliano Pajetta, significados antifascistas, partisanos y dirigentes del PCI.

[232] Variante: «Carmelo».

[233] Los godoarios son el pueblo bárbaro ficticio, establecido en la llanura padana, protagonista del relato de Anna Banti *La villa romana* (1971) (De Laude-Siti).
[234] Se prefiere la lección de 1.ª, 2.ª y 3.ª eds., frente a 4.ª, para evitar la repetición que comportaría «neblinosos».
[235] Hasta el final del apunte, solo en 4.ª ed.
[236] Sigue la anotación: «todo como visto por Carlo guiado por el muchacho».
[237] Sigue la anotación (solo en 4.ª ed.): «idem».
[238] Anotación al pie del folio: «a los pies de esta pequeña montaña el muchacho se detiene e incierto vuelve atrás (llorando) y deja solo a Carlo, que sube y ve Turín desde lo alto».
[239] El apunte, solo en 4.ª ed. Se trata de una versión casi literal de los primeros sesenta y cinco versos del poema *Ciudad sin muros* (1969) de Wystan Hugh Auden; más adelante, en el apunte 125, Pasolini hará lo propio con los últimos versos del poema (Siti).
[240] Variante: «siniestro».
[241] Sigue un punto de interrogación. El apunte, solo en 4.ª ed.
[242] El apunte, solo en 4.ª ed.
[243] Variante: «resistir».
[244] Según Walter Siti, este final trunco se debe a una decisión sobrevenida (que revelaría el folio cuya fotografía —a diferencia de lo que hace en otros casos— no aporta); Pasolini habría optado por trasladar el cambio de sexo del protagonista, inicialmente previsto aquí, al apunte 127; en su lugar, y prescindiendo de esta página inconclusa que el editor exhuma, habría decidido situar como apunte independiente el primero de los dedicados a la «manifestación fascista» (125).
[245] Sigue la anotación, referida al texto sucesivo: «nuevo capítulo».
[246] Variante: «El nuevo centro»; se sigue la lección de las tres primeras ediciones.
[247] Referencia específica al tipo de estandarte enarbolado casi como un arma por los escuadrones fascistas durante el ventenio

mussoliniano. Siguen dos anotaciones: «terminar el capítulo con una descripción visionaria de la miseria de esos fascistas clásicos»; y junto al texto sucesivo (solo en 4.ª): «Epojé».

248 Vitriólica alusión a la (reciente, en los tiempos de la escritura) Revolución de los Claveles portuguesa.

249 Anotación al margen: «englobar en la descripción visionaria — un mísero asesino (¿Di Lauria?) (¿Angeli?)». Infructuosas las pesquisas sobre el primero de los nombres, el segundo corresponde a un turbio personaje ligado al terrorismo neofascista, Angelo Angeli.

250 El texto de referencia para el *anasyrma* (apartarse las ropas para descubrir los órganos sexuales), así como para las parejas *Baubo-Baubon* y *Polhymnos-Polhymnia* (aparición numinosa de los genitales masculinos o femeninos) y la carcajada ritual, es *Antropología religiosa* (1974) de Alfonso Di Nola, del que ya se ha servido Pasolini para el apunte titulado «Final» y para la descripción del simulacro del apunte 74 (De Laude-Siti).

251 Tanto esta cita como las dos del apunte precedente, de Apolonio de Tiana y de Sigmund Freud, aparecen en *El cuerpo del amor* de N. O. Brown, libro (según Siti) «saqueado» por Pasolini, que extrae también de él las notas de índole latamente psicoanalítica del apunte 128c, así como la cita de Freud y buena parte de los «aforismos» del apunte 130. Los tres párrafos siguientes, solo en 4.ª ed.

252 Este apunte y los tres sucesivos, hasta el 129c, calcan literalmente (con poquísimos cambios para reformular las referencias al contexto ruso del original) varias páginas de una traducción italiana de *Los demonios* de Dostoievski (parte III, cap. 1, 1) (De Laude-Siti).

253 En italiano, plural de *merce* ('mercancías').

254 Nanni Balestrini, miembro de una generación de escritores neovanguardistas inmediatamente posterior a la suya con quienes Pasolini mantuvo agrias polémicas.

255 La turinesa editorial Einaudi, entre las más prestigiosas en el panorama italiano del siglo XX.

[256] Junto a la señal, la anotación: «sus gestos de homosexual afeminado».
[257] Poema de Edward Estling Cummings reproducido por Ezra Pound en *Carta da visita* (1974), un opúsculo publicado por el editor de culto milanés Vanni Scheiviller, que incluye asimismo el texto titulado *Fascio* y la referencia a la *saevitia* catuliana (De Laude-Siti).
[258] Hápax autorial por *diádica* (Siti).
[259] Julius Evola, esoterista romano inspirador de toda suerte de neofascismos.
[260] El apunte, solo en 4.ª ed.
[261] Gastone Nencioni, uno de los fundadores del MSI.
[262] Tanto este fragmento como la posterior salmodia son transcripción directa de las respuestas de Amintore Fanfani, a la sazón secretario general de la Democracia Cristiana, a una entrevista del semanario *L'Espresso* de agosto de 1974 (De Laude-Siti).
[263] Variante: «al menos de palabra».
[264] 'Sobre estas bases'; guiño a *Los novios* (cap. XXXVII) de Manzoni.
[265] *Corriere della Sera*, el periódico milanés del que Pasolini fue asiduo colaborador en sus últimos años; nótese el efecto cómico de la rima, y la ironía sobre una «carrera» plagada de escarceos vespertinos.
[266] Se da una insalvable ambigüedad en el original: *seme* ('semilla' y 'esperma').
[267] Sigue la anotación: «Conducir el "Misterio", omnisciente y pedantesco».
[268] La novela concluye con la enésima incursión en el libro de N. O. Brown, y con materiales acopiados en la edición italiana de *Mito y realidad* (1974) de Mircea Eliade, incluida la cita al pie (De Laude-Siti).
[269] Los apuntes recogidos a continuación son presentados como un «apéndice» explícito solo en 4.ª ed.; las demás los incluyen (salvo uno, transcrito solo en 4.ª) sin mayores especificaciones. Además, los dos apuntes que ocupan los lugares penúltimo y

último en el apéndice se ubican en las tres primeras ediciones en la apertura de la novela; el antepenúltimo apunte, en fin —ausente en las dos primeras ediciones, fotografiado el manuscrito al inicio de la tercera—, se transcribe solo en la cuarta.

[270] El apunte, solo en 4.ª ed.

[271] Servicio de Información de las Fuerzas Armadas.

[272] Probable errata en 4.ª ed., que lee *fatta* (referido a caricatura) en lugar de *fatto* (referido a discurso), como hacen las demás ediciones.

[273] Esta anotación solo en 4.ª ed.

[274] Anotación al margen: «Bolonia Montagnola». El de la Montagnola es un parque ubicado en pleno centro de Bolonia.

[275] Variante: «Termini».

[276] Ernesto Balducci y Lorenzo Milani, sacerdotes vinculados tras el Concilio Vaticano II a corrientes democráticas y progresistas, impulsores del diálogo entre marxismo y cristianismo; más dado al debate intelectual el primero, a la acción pedagógica el segundo.

[277] Lucha Continua: organización de la izquierda extraparlamentaria activa entre finales de los años sesenta y mediados de los setenta. El Cementerio del Verano, de principios del siglo XIX, es el más antiguo y monumental entre los grandes camposantos modernos de Roma.

[278] Francesco Forte, socialista, a la sazón vicepresidente del ENI; Siti conjetura que el personaje de Carlo está modelado en parte sobre su figura.

[279] El párrafo, solo en 4.ª ed.

[280] Anotación al margen: «Se juntan el chantaje a Carlo II y la pena de Carlo I».

[281] El apéndice, solo en 4.ª ed.

# ÍNDICE

PETRÓLEO (SEGUNDA PARTE)

Esta edición de *Petróleo*,
compuesta en tipos AGaramond 11,5/14 sobre
papel offset Natural de Torras de 80 g, se acabó
de imprimir en Salamanca el día 2 de noviembre de 2025,
aniversario del asesinato de Pier Paolo Pasolini